문학의 이해

전면개정판

문학의 이해

김종회 · 신덕룡 · 심상교

한울
아카데미

머리말

모처럼 친구들과 어울려 웃고 떠들다 혼자 집으로 돌아가면서 종종 고적감을 느낄 때가 있다. 특히, 평소보다 말을 많이 한 뒤에는 허탈감까지 밀려온다. 많은 말을 했지만 속이 시원한 게 아니라 뭔가 쓸데없는 이야기만 늘어놓은 것 같은 느낌 때문에 개운하지 못하다. 이렇듯 씁쓰레하게 남는 뒷맛은 문학강의를 하고 난 뒤의 느낌과도 비슷하다.

이런 느낌은 강의를 성의 없이 했다거나 적절하지 못한 사례를 들어 설명했다는 것과는 다르다. 오히려 문학을 강의하는 데 있어 개념설명에 치중하지 않았나, 자연스러운 감상보다 억지로 공감을 이끌어내려 하지 않았는가 하는 반성과 연결되어 있다. 개념설명이나 체계적인 접근, 공감의 유도 등은 모두 문학수업에 필요한 것임에 틀림없다. 어떠한 학문도 거기에 접근하기 위해서는 배경지식이 필요하듯 문학수업에도 이런 기초작업은 필요한 것이다. 그럼에도 불구하고 씁쓸하게 남는 뒷맛은 무엇인가.

우선, 학생들이 지닌 문학에 대한 선입관을 해소시키지 못한 데서 오는 것이 아닐까? 이는 문학에 대한 정의에서부터 비롯한다. '문학이란 무엇인가'라는 질문에 대한 대답만큼 다양한 정의를 내릴 수 있는 예도 드물 것이다. 이 모든 정의들은 문학의 한 부분에 대한 강조이거나, 개인적인 느낌에 지나지 않을 수도 있다. 이 모두를 포괄하는 정의가 명확히 나올 수 없으니, 문학이란 명쾌하게 이해할 수 없는 대상이라는 선입관이 그것이다.

또 문학에 대해 학생들이 지닌 두려움을 잘 걷어냈느냐는 것이다. 왜 학생들은 문학에 대해 두려움을 갖는 것일까? 여러 가지 이유가 있겠지만 그 중 지금까지의 문학수업에 문제가 있었던 듯싶다. 대부분의 문학수업이 문학을 향유하기 위해서가 아니라 지식을 습득·전달하는 방향으로 이루어졌다는 것이다. 따라서 모든 대상을 논리화하고 명쾌하게 해석하는 데 익숙한 학생들이 다양한 차이를 포용하는 문학에 대해 공포감을 갖는 것은 당연하다. 가르치는 입장에서 문학작품을 이해하고 향유하게 함으로써 삶을 풍요롭게 하기보다는 지식을 가르치고 그 지식을 바탕으로 작품을 분석하는 데 급급하지나 않았나 하는 자성 때문이리라.

이런 점에서 이 책은 될 수 있는 한 문학에 쉽게 접하고 향유하도록 하는 방법론에 역점을 두었다. 이론을 소개하거나 작품의 본격적인 분석보다는 우리 삶과 관련해서 문학을 이해하도록 노력했다.

이를 위해서,

첫째, 문학을 접하고 즐기려는 학생들을 위해 이론 중심의 개론서에서 벗어나 작품 중심의 입문서가 되도록 했고,

둘째, 과거의 작품들뿐만 아니라 현재 활동하고 있는 작가들의 작품을 지문으로 넣어 보다 신선감을 갖게 했으며,

셋째, 전달에 의한 이해보다는 작품을 대상으로 대화와 토론을 할 수 있도록 불필요한 설명을 될 수 있는 한 배제하였다.

아울러 앞으로 미흡하고 부족한 부분은 후일 보충하기로 약속하면서 이 책을 위해서 온갖 궂은일을 해준 도서출판 한울 편집부 가족에게 고마움을 전한다.

2007년 봄
지은이

차례

문학의 이해

LITERATURE

1. 문학이란 무엇인가

1) 문학의 정의

문학이란 무엇인가에 대한 대답은 각 시대, 각 민족, 각각의 작가들에 따라 얼마든지 다양하게 나타날 수 있다. 문학에 대한 정의는 먼 과거로부터 오늘에 이르기까지 그리고 인간의 삶이 영위되는 한 무수히 많이 있어 왔고 또 전개될 것이다. 이는 문학이 인간의 감성과 삶의 내용을 다양하게 보여주고 있기 때문이다. 인간의 감성이나 삶을 단순·명쾌하게 설명할 수 없듯, 이를 내용으로 하는 문학 역시 객관적이고 보편적인 논리로 정의할 수 없다는 것이다.

그러나 수많은 정의들 속에 공통되는 것이 있으니 그것은 문학이 언어로 된 예술이라는 점이다. 동양에서는 통상적으로 문학이란 말은 학문 또는 문장의 뜻으로서 지식을 언어로 표현한 것으로 사용했다. 마찬가지로 서양에서 문학이란 말의 쓰임은 'literature'로서 라틴어 'litera'에서 유래하는데 이는 '글자'를 뜻하는 말이다. 동서양을 막론하고 '문학'은 '언어'와 필수불가결의 관련을 지니고 있음을 보게 된다. 문학의 발생에 대해 설명하면서 민요무용설(Ballad Dance)을 주장한 몰튼(R. G. Moulton)의 경우도 문학의 기본적 속성은 언어임을 말하고 있다. 즉 원시종합예술 형태(原始綜合藝術形態)에서 비롯한 예술이 차차 분화되어 몸짓은 무용과 연극으로, 소리는 음악으로, 말은 시로 나타났다는 것이다. 말(言語)이 시(文學)로 나타났다는 것은 문학이 언어예술임을 입증한다. 따라서 언어를 떠나 문학을 이해할 수 없고, 언어를 수단으로 하지 않은 것은 문학일 수 없다는 결론에 도달한다.

이와 같은 정의는 문학에 있어 기본적인 특성을 말하고 있으나 문학이란 무엇이냐에 접근하기엔 부족하다. 문학을 언어예술로 본다는 것은 넓은 의미의 정의일 뿐이다. '글자로 기록된 모든 것'을 문학이라고 할 경우 일기, 편지, 일반 논문까지 문학의 범주에 들어갈 수 있기 때문이다. 이와 같은 글은 엄밀히 시·소설·희곡 등과는 구별되는 글이다. 따라서 작가에 의해 의도적이며 심미적으로 창작된 것에 국한해서 정의를 내릴 필요가 있다. 이를 보다 구체적으로 살피기 위해 아래의 그림을 보자.

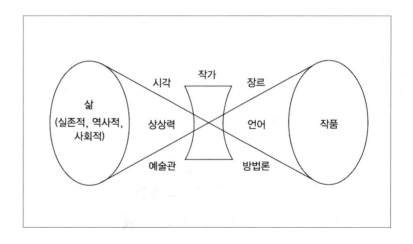

위의 그림은 문학의 제 구성요소들을 단순화시킨 것이다. 여기서 보듯, 문학의 내용은 삶이다. 작가는 삶의 여러 측면을 자신만의 시각으로 바라보고 상상력을 통해 재구성한다. 이를 위해 장르(문학의 여러 양식)를 선택하여 언어로, 다양한 기법을 동원해 형상화한다. 따라서 작가가 삶의 어떤 측면을 중요시하고, 어떤 예술관을 갖느냐에 따라 문학에 대한 정의 역시 달라질 것이다. 여기서는 작가와 독자의 입장에서 내린 포괄적인 정의를 살펴본다.

우선, 작가의 사상과 감정의 예술적 표현이란 점에 비추어 다음과 같은 정의가 있다.

> 문학은 정서적 표현의 예술이다.
>
> — 헌(L. Hearn)
>
> 문학이란 근본적으로 언어의 매개물을 통한 인생의 표현이다.
>
> — 허드슨(W. H. Hudson)

이런 정의는 엄밀하게 말해서 작가의 입장에서 문학을 설명한 것이다. 작가의 사상·감정 그리고 인생에 대한 사색의 결과를 의도적으로 표현했다는 것으로, 문학이 나타내는 바에 대한 관심의 표출이라 할 것이다. 작가의 섬세한 감성이나 다양하고 풍부한 인생경험, 세계에 대한 진지한 성찰의 기록이 문학이란 형식 속에 담겨져 있다는 것이다. 이런 태도에 치중해서 문학을 본다면, 작가의 전기적 사실이나 취미, 기호까지도 문학의 정의 속에 포함될 수 있다.

헌(Hearn, Patricio Lafcadio)

1850~1904. 그리스 레프카스에서 출생. 미국에서 저널리스트로 활동. 1890년 일본으로 건너가 시민권을 받고 동경제국대학, 와세다 대학 교수 역임. 저서로 『동양인을 위한 영국문학사』 등이 있음.

허드슨
(Hudson, William Henry)

1841~1922. 영국의 박물학자, 남미에서 출생하여 1869년에 영국으로 와서 1900년에 귀화했다. 대지와 동식물, 그 중에서도 조류에 깊은 애착을 가졌다. 저서로 『라플라타의 박물학자』 등은 물론 소설 「녹색의 집」이나 자서전 「먼 나라 먼 옛날」 등이 있다.

이와는 달리 문학이 독자에게 무엇을 주느냐라는 측면에서 내린 정의를 보자.

> 문학은 정화된 쾌락의 모든 근원 중에서 가장 뛰어난 것이다.
>
> ― 헉슬리(A. L. Huxley)
>
> 문학이란 산문이건 운문이건 반성보다는 상상의 결과요, 교훈이나 실제적 효과보다는 될 수 있는 한 많은 국민에게 쾌락을 줌을 목적으로 하고, 특수한 지식이 아니라 일반적 지식에 호소하는 저술로 이루어진 것이다.
>
> ― 포스넷(H. Posnet)

이러한 정의는 문학을 통해 얻을 수 있는 즐거움에 관심을 두고 있다. 즐거움은 작가 스스로 제재를 다루는 데서 오는 즐거움일 수도 있고, 독자가 독서를 통해 얻는 즐거움일 수도 있다. 물론 이런 즐거움은 정신적 차원의 것이어야 한다. 문학을 통해 보다 다채로운 삶을 경험하고, 여기서 새로운 삶의 의미와 인생의 가치를 발견하는 일이야말로 문학이 지닌 최상의 가치이기 때문이다.

이렇게 볼 때 문학의 정의들에서 나온 공통점은 첫째, 문학은 그 표현 매체가 언어라는 점, 둘째는 문학의 내용이 정서·사상·인생의 표현이라는 점, 셋째는 문학은 즐거움을 준다는 점으로 요약된다. 이 공통점은 모두 문학이 언어를 통해 예술적으로 형상화됨으로써 존재

헉슬리
(Huxley, Aldous Leonard)
1894~1963. 영국 소설가, 평론가. 소설 『크롬 옐르』, 『광대춤』을 발표하여 1920년대를 대표하는 작가가 됨. 그 외에 『연애 대위법』, 『멋진 신세계』 등이 있다.

의의를 지닌다는 것으로 집약된다. 즉 철학·종교·사상·감정 등을 문학만이 가진 독특한 양식 속에 담음으로써 즐거움을 누릴 수 있는 것이요, 여기서 교훈적 의미도 발견할 수 있다는 것이다. 이를 위해서는 언어의 쓰임에 있어 과학적 언어가 아닌 문학적 언어(정서적 언어)의 사용, 작가의 특수한 상상력, 허구를 통한 진실에의 접근이 요청되는 것이다.

문학은 언어를 통해 인간의 삶·사상·감정을 의도적으로 표현한 것이다. 의도적이란 곧 문학만의 보편적이고 특수한 양식에 따른다는 뜻이다. 그리고 이를 통해 독자에게 즐거움을 준다는 것이 기본전제가 되어야 한다. 즐거움이 없는 문학은 읽혀지지 않기 때문이다. 아무리 위대한 사상이나 철학적 의미를 지녔다 하더라도 읽는 즐거움, 깨닫는 즐거움이 없다면 위대한 문학이라 할 수 없는 것과 같다. 결국 문학에 있어서 '사상과 감정을 통한 인생의 탐구'란 인생을 구체적으로 탐구하고 문학적으로 표현하는 일, 더 나아가 다양한 세계를 창조하고 형상화하는 일을 의미한다.

2) 문학의 기원

모방본능설

문학의 정의에서 문학은 예술의 한 분야, 언어예술임을 밝혔다. 즉 문학은 사랑·죽음·아름다움·진실 등을 다른 예술과 마찬가지로 추구하되 그 표현매재가 언어라는 점이다. 이를 위해 매재(媒材)를 어떻게 사용하고, 그것이 어떻게 정리·구체화되어 미적 의의를 획득하게 되는가. 그것은 다름 아닌 언어예술로서의 문학이 지닌 특성에서 기인하며 인간의 내부엔 본능적으로 예술적 성정이 자리하고 있기 때문이다.

모방본능설은 이와 같이 인간이 본능적으로 지니고 있는 성정에서 문학·예술이 발생했다고 보는 견해의 하나이다. 모방본능설은 문학을 예술의 한 형태로 파악하고 그 기원을 설명하는, 가장 오래되고 전통적인 견해로서 최초로 모방이란 용어가 나타난 것은 플라톤(Platon)의 『공화국(The Republic)』에서이다. 그는 모방론을 전제로 하여 시인추방론을 내세웠는데, 시(문학)는 진실과 동떨어진 허상(虛像)에 지나지 않는다고 말한다. 모방이 단순히 눈에 보이는 사물을 대상으로 한 것으로서 진리나 정의와 무관하다고 주장한다.

플라톤의 '공화국'이란 이상국(理想國)으로서 진리가 이념이 되고 정의가 실현되는 세계이다. 여기서 진리란 사물 속에 내재한 본질적인 것으로 순수 이성을 통해서만 파악되는 이데아(idea)를 뜻한다. 그런데 문학은 이데아를 모방하는 것이 아니라, 화가와 같이 실재하는 사물의 겉모습만을 보여준다는 것이다. 좀 더 구체적으로 침대 또는 탁자(卓子)의 예를 들어 다음과 같이 설명한다.

플라톤(Platon)

B.C. 427~347. 고대 그리스의 철학자. 소크라테스의 제자이며 객관적 관념론의 창시자이다. 그는 유명한 이데아설을 제창, 이데아(혹은 eidos = 형상)는 비물질적, 영원, 초세계적인 절대적 참 실재이며, 이에 대해 물질적, 감각적인 존재는 잠정적, 상대적이고, 이 감각에 호소하는 경험적인 사물의 세계는 이데아의 그림자, 모상이라는 이원론적 세계관을 내세웠다. 저서로 『소크라테스의 변명』, 『항연』, 『국가』, 『크리톤』 등이 있다.

창조자(신)	탁자의 이데아를 지닌 자	(제1단계)
제작자(목수)	실재하는 탁자를 만든 자	(제2단계)
모방자(화가)	캔버스에 탁자를 그린 자	(제3단계)

제1단계는 사물에 있어 이데아를 지니게 한 창조자 즉 신(神)을 보여준다. 제2단계는 신의 이데아를 실재하는 탁자로 만드는 단계로 여기에는 진실이 반영되어 있다. 제3단계는 제작자가 만든 실재를 다만

화폭에 옮기는 단계이다. 시인은 화가와 마찬가지로 제3단계에 있는 모방자일 뿐이다. 화가와 달리 언어를 표현매체로 할 뿐 진리를 의미하는 이데아로부터 동떨어진 허상을 표현하고 있다. 이러한 허상은 진실이 없고, 인간생활을 혼란에 빠뜨리게 하므로 아무런 도움이 되지 않는다. 그러므로 시인은 당연히 '공화국'에서 추방되어야 한다는 것이다.

문학에 대한 플라톤의 부정적 입장은 아리스토텔레스(Aristoteles)에 의해 극복된다. 아리스토텔레스는 모방을 인간이 지닌 근본적인 성정의 하나로 보고, 모방을 통해 즐거움을 얻는다고 보았다. 즉 문학은 인간의 본래적인 모방본능이 작용하여 발생하였고, 이 모방을 통해 즐거움을 얻는다는 것이다. 이를 좀 더 구체적으로 살펴보자.

첫째, 인간과 동물을 구별하는 것으로서의 모방성은 어린 시절부터 본연적으로 갖추어져 있다. 인간의 최초의 지식은 모방을 통해서 이루어진다.

둘째, 인간은 모방을 통해 기쁨을 느낀다. 고통스러움도 극히 충실하게 재현되고 묘사된 것을 보게 되면 즐거움이 된다.

이러한 논리는 인간이 모방충동과 모방의 결과에서 기쁨을 느끼게 된다는 것으로 모방을 단순히 실용적 차원이 아닌 심미적 차원에서 이해하고 있음을 보여준다. 플라톤이 단지 사물의 외형을 묘사한다는 이유에서 문학의 무용론(無用論)을 주장한 데 반해 아리스토텔레스는 시를 인간의 행동을 모방하는 것으로 보고 단순한 모방이 아닌 보편타당성을 바탕으로 한 모방·재현으로서 시(문학)도 이념(진실)의 세계에 도달할 수 있다는 것이다. 이를 위해서는 삶과 사물을 지배하는 공통의 법칙, 즉 개연성(蓋然性, Probability)을 통해 진리에 접근해야 한다. 즉 '사물이 그렇게 되어야 하는 상태'로서의 개연성을 발견하는 것이 진리에 이르는 길임을 주장한다.

아리스토텔레스
(Aristoteles)

B.C. 384~322. 고대 그리스 최대의 철학자. 스타게이로스 출생. 스승 플라톤이 초감각적인 이데아의 세계를 존중한 것에 대해, 인간에게 가까운, 감각되는 자연물을 존중하고 이를 지배하는 원인들의 인식을 구하는 현실주의 입장을 취하였다. 그의 귀납적 방법론 및 주요 문예이론은 신비평(New Criticism)의 전범이 되었고 모방론은 문학사회학에서 주로 수용되고 있다. 저서로는 『시학』, 『오르가논』, 『형이상학』, 『정치학』 등이 있다.

스펜서(Spencer, Herbert)

1820~ 1903. 영국의 철학자. 다비 출생. 그는 과학의 모든 영역에 걸친 진화원리의 종합적 전개, 즉 '종합철학'을 일단 발표했고, 뒤에 다시 『제1원리』(1862), 『생물학원리』(2권, 1870~72), 『사회학원리』(3권, 1879~96), 『윤리학원리』(2권, 1879~92)로 각각 완성했다.

쉴러(Schiller, Johann Christoph Friedrich von)

1759~1805. 독일의 시인, 극작가, 역사가. 괴테와 함께 독일 고전주의를 대표하는 시인으로 일컬어진다. 주요 저서로 『휘스코의 반란』, 『모략과 사랑』, 『우아한 아름다움과 품성에 대해서』, 『미적 교육에 관한 편지』 등이 있다.

칸트(Kant, Immanuel)

1724~18 04. 독일 철학자. 쾨니히스베르크에서 출생. 최초의 주조는 『순수이성비판』(1781)이며, 도덕 철학인 『실천이성비판』(1788)을 내고, 다음에는 미학인 『판단력비판』(1790)을 내었다. 이 3권으로 그는 대륙의 관념론과 영국의 경험론을 지양하여 독일 관념론의 단서를 열고, 비판철학의 창시자가 되었다. 『판단력비판』에서는 미적 주체의 활동을 중심으로 그 형식적 규정을 부여했으며, 특히 미의 자율성 원리를 확립한 점에 미학사상 중요한 위치를 차지한다.

모방본능설은 18세기 낭만주의 시인들의 비판과 칸트(I. Kant)의 유희본능설이 제기되기까지 서구 문학론의 주류를 이루었고, 오늘날 맑시스트 비평가들의 이론 전개에 논리적 근거를 제공해주었다.

유희본능설

예술이 인간의 유희본능에서 시작되었다고 보는 것이 유희본능설이다. 이 주장은 칸트에 의해서 제기되고 쉴러(F. Schiller), 스펜서(H. Spencer) 등으로 이어져온 학설이다. 칸트는 예술을 '관심 없는 관심사'라는 무상성(無償性)으로 규정한바, 이는 예술이 무보상(無報償)의 활동이고 목적이 없는 목적성을 지닌다는 것이다. 즉 보상을 전제로 하지 않음으로써 예술은 창조성을 지니게 된다. 이는 예술과 여타의 가공품과의 본질적인 차이를 말해주는 것으로 예술이 실생활과는 무관한 존재임을 의미하게 된다.

예술이 실생활과는 무관하다는 주장은 스펜서에 와서 더욱 확실하게 드러난다. 그는 인간에게 유희본능은 본질적인 것이라 설명한다. 그에 의하면 사람에게는 원래 유희본능이 있는데, 이는 사람과 동물을 구별해주는 요소로서 사람이 동물보다 한 차원 높은 존재임을 말해준다. 즉, 인간과 동물은 공통적으로 종족보존과 생명보존에의 본능을 지니고 있다. 그러나 인간만은 이러한 본능만으로 만족할 수 없는 '정력의 과잉(surplus of energy)'이 있는데 이것이 유희본능의 시원(始源)이 된다. 예술은 이 유희본능이 밖으로 표현된 것으로서 이로 말미암아 예술이 새로운 세계를 창조한다. 결론적으로 예술은 실생활과는 무관하게 존재한다는 것이다.

실러는 예술을 인간의 유희본능의 표현이라고 하면서 이를 다음과 같이 설명한다.

인간에게는 두 가지의 충동―사태충동과 형식충동―이 있다. 앞의 것은 인간의 육체적 성질에서 일어나 외계에서부터 여러 인상을 받아 끊임없이 변화를 추구한다. 뒤의 것은 인간의 자아(ego)의 활동에서 일어나 항상 휴식을 구한다. 이들은 상호 보족하면서 활동하는 것인데 이들 상호 보족이 가장 조화가 잘 되었을 때 여기에 제3의 충동이 생긴다. 이 제3의 충동이 곧 유희본능이다.

―박철희, 『문학개론』에서 재인용

변화를 추구하는 심성과 휴식을 구하는 심성의 종합으로서의 유희본능은 곧 예술을 유희이고 오락이게 하는 것이다.

이와 같은 주장은 원시종합예술 형태를 집약적으로 나타낸 제의(祭儀)를 상기시킨다. 여기에는 모든 형태의 예술이 미분화(未分化)된 상태로 혼합되어 있는 바, 제의에 내포된 인간의 기본적 심성은 생활과 관련된 종교의 심성이라 할 수 있다. 부여의 영고(迎鼓), 고구려의 동맹(東盟), 예의 무천(舞天) 등은 모두 가을 추수가 끝난 뒤 하늘에 제사지내는 것을 기본골자로 하고 있다. 여기에 내포된 의미를 추출해 보면 제의행사를 통해 이루어지는 의식(儀式)은 종교적 심성의 표현이고, 집단가무는 미의식(美意識)의 표현이라고 할 수 있다. 삶에 리듬을 주는 미의식이 곧 유희를 의미하는 것이며, 동시에 예술의 발생을 의미하는 것이기도 하다. 즉 생존의 필요성으로 인한 종교적 심성과 정신적 위안으로서의 유희를 보여주는 것이 제의(祭儀)인 것이다.

그렇다면 유희본능설은 모든 예술이 종합되어 있는 제의에서 인간의 종교적 심성과 실생활에 대한 관심을 배제하고 유희적 본능만을

박철희

1937~ . 비평가, 제주 출생. 저서로 『한국시사연구』, 『서정과 인식』, 기타 『시조론』(공저), 『한국현대시 작품론』(편저) 등이 있다.

강조한 것이게 된다. 제의에서 불리어진 노래와 춤이 원래 종교적 심성에 바탕을 둔 것임과 동시에 유희적 요소를 내포하고 있다는 것을 생각할 때 유희본능설이 지니는 한계는 뚜렷해진다. 후에 유희본능이 실용도구유래설의 비판 대상이 된 것도 이런 이유에서이다.

실용도구유래설

실용도구유래설은 유희충동과 같은 자연발생설을 부정하고, 예술이 삶과 관련된 실용성에서 출발했다고 보는 견해이다. 이 주장은 원래 유희충동설에 대한 비판으로 제기되었는데 헌(Y. Hirn)과 그로세(E. Grosse), 맥킨지(A. S. Mackenzie) 등이 중심이 되어 세운 이론이다. 이들의 공통점은 예술을 사회생활과 관련시켜 인류학·고고학의 연구성과를 통해 설명하고자 한 점이다. 즉 인류학, 고고학, 원시 고대민족의 유품 등을 기초로 하여 문학예술의 발생을 논의했다는 점에서 실증적인 연구라 할 수 있다.

이들이 위와 같은 자료 및 연구성과를 바탕으로 주장한 바는, 예술이 심미적 차원에서 발생한 것이 아니라 실용성에서 발생했다는 사실이다. 우선, 유희는 실생활과 무관한 것이 아니라 인간생활을 생기 있게 한다는 점, 그리고 예술은 이러한 유희 이상의 어떤 필요에 의해 생겨났다는 점을 들 수 있다. 헌은 『예술의 기원(The Origin of Art)』에서 다음과 같이 말하고 있다.

그로세(Grosse, Ernest)

1862~1927. 독일의 민속학자, 미학자, 프라이부르크 대학 조교수(1926) 역임. 주저 『예술의 기원(Die Anfangeder Kunst)』(1894), 『예술학 연구』(1900) 등에서 종래의 예술사적 내지 예술, 철학적 연구에 대립하여, 인류학적, 민족학적 방법에 입각한 예술의 새로운 과학적 연구를 제창했다.

원시시대의 어떤 종족의 장식품을 자세히 연구해 보면 오늘날 우리들에게는 단순히 장식품처럼 보이는 것도 사실은 옛날에 모두 그들

종족에 있어서는 극히 실제적인 비심미적 의미를 지니고 있었음을 알 수 있다. …… 원시의 문학, 희곡 등의 연구에 있어서도 이 점에 있어 같은 결론에 도달한다. 가령 원시적이고 예술적인 목적 이외의 어떠한 다른 목적도 없는 것처럼 보이는 희곡이나 야만인의 무용도 실은 단순한 예술적 소산이 아니고, 그들은 그것으로 일상생활의 사냥하는 행동, 가령 짐승을 활로 쏘아 넘어뜨리는 연습을 겸하는 것이다.

이와 같이 예술은 심미적인 목적이 아니라 실제적인 목적에 맞도록 발생했다는 것을 주장한다. 좀 더 구체적으로 예술이 노동과 관련되어 있음을 지적하면서, 예술은 노동력을 증진시키고 협동심을 촉진하는 데 필요했다고 하면서 노동요를 예로 들었다.

> 거미야 거미야 왕거미야
> 晋州 德山 왕거미야
> 네 천룡 내 활량
> 청윤산 靑바우
> 미리국 미리국(龍湯)
> 두덩실 두덩실 왕거미야
>
> ―「이앙가(移秧歌)」

이 노래는 영남지방에서 모내기를 하면서 부르는 노동요이다. 농사를 잘 짓기 위해 지신을 위협하는 내용인데, 여러 사람이 일치해서 리듬에 맞춰 흥겹게 노래 부르는 것으로 실제적인 목적이 내포되어 있다. 그러나 힘든 일을 하면서 흥겨움을 통해 노동의 지루함을 잊게 해주는 것과 더불어 노동하는 사람의 생각이나 감정을 표현하는 유희적 요소도 생각할 수 있다. 따라서 예술이 꼭 실생활과 밀착된 실용적 목적에 의해 발생했다는 것은 독단적인 주장이다. 예술에 실용성이 있다는 점은 인정되나 이와 동시에 예술 자체로서의 심미적 기능 또한 내포되었음을 생각할 필요가 있는 것이다. 이런 점에서 예술이 실제적 목적과 예술로서의 심미적 기능이 동시에 작용되어 발생했다고 보는 것이 타당하다.

이 외에도 심리적 기원설을 들 수 있다. 이는 프로이트가 『정신분석 강의』에서 제기한 것으로 개체발생 차원에서 예술의 기원을 환상, 즉 허구화된 유아기의 기억에 둔다. 이는 신경증 환자와 마찬가지 경우로 설명된다. 과잉 리비도가 대체 대상을 찾지 못하고 자아 내부로 돌아오는 퇴행(regression)현상을 보이고 퇴행한 리비도 에너지는 심리발달 초기 단계로 되돌아가 고착(fixation)을 시도하는데, 여기서 초기 단계란 리비도가 만족을 누렸던 행복했던 시기이다. 문제는 유아기적 기억들이 허구인 '환상'으로 구성되었다는 사실이다. 예술가는 신경증 환자와 달리 개인적 환상의 보편화 작업, 성적 환상의 탈성화(脫性化), 환상의 예술적 가공, 작품에 대한 리비도의 재집중(sublimation)을 거쳐 예술이 탄생한다. 예술가는 '예술'을 통해 유아기적 환상으로부터 다시 현실로 되돌아온다는 것이다.

편의상 예술발생에 관한 일반적인 학설 중 가장 많이 논의되는 몇 가지를 들었다. 예술발생에 관한 이론은 크게 두 가지로 나누어진다. 첫째는 심리학적 기원설로 인간의 내면에서 예술 발생의 동기가 주어졌다는 모방본능설, 유희본능설을 비롯하여 쾌락본능설, 자기과시본

프로이트(Freud, Sigmund) 1856~1939. 오스트리아의 정신의학자, 정신 분석의 창시자. 명저 『꿈의 해석』에서 그는 자신의 이론을 신경증의 영역뿐만 아니라 널리 예술, 종교, 도덕, 문화의 영역에까지 적용하여 커다란 충격과 공명을 불러일으켰다. 저서로는 『히스테리에 관한 연구』, 『일상생활의 정신병리』, 『토템과 타부』 등이 있다.

능설, 심리적 기원설 등을 들 수 있다. 둘째로는 앞에 언급한 실용도 구유래설로 이는 발생학적 기원설에 속한다. 즉 고고학·인류학적 연구성과를 토대로 예술을 발생학(發生學)적으로 연구하는 태도가 그것이다.

2. 문학의 요소

1) 문학과 언어

문학의 정의에서 살펴보았듯 한마디로 문학은 언어예술이다. 예술의 한 부분이면서 문학은 언어를 표현매체로 한다. 문학이 원시종합예술 형태에서 분화되기 이전에는 음악·무용이 문학적 요소를 내포하고 있었음은 주지의 사실이다. 그러나 음악과 무용이 서로 분리되고, 음악에서 언어를 사용하는 부분이 분리되면서 언어예술로서의 문학적 특성은 확립되었다. 언어가 문자화되고 그 문자로 무언가 표현하고자 하는 욕구가 구체화되었다는 것이 곧 문학의 출발이요, 언어예술로서의 문학이 다른 예술분야와 독립되었음을 뜻한다. 따라서 오늘날 언어를 표현매체로 하지 않은 문학이란 생각할 수 없게 되었다.

넓은 의미에서 문학이라 함은 인간이 자신의 생각을 언어로 표기한 것에 지나지 않는다. 그러나 의사전달수단으로서 표현매체인 언어를 통해 자신을 표현하는 것이 모두 문학이 될 수는 없다. 언어를 표현매체로 한다 하더라도 문학과 그 외의 다른 글을 구별할 필요가 있다. 즉 언어를 어떻게 사용하느냐에 따라 문학과 기타 다른 정신적 활동과의 구별이 생겨난다. 리차즈(I. A. Richards)가 『문예비평의 원리(Principles of Literary Criticism)』에서 언어사용에 있어 정서적 용

리차즈
(Richards, Ivor Armstrong)

1893~1979. 영국의 비평가. 체셔(Cheshire)생. 시를 읽는다는 행위를 의식적으로 분석하려 했다. 언어학자로서 '베이직 잉글리쉬(Basic English)'의 제창자이며, 1940년 이후 주로 교육의 입장에서 이론을 전개했다. 주요 저서에 『의미의 의미』(1923), 『문예비평의 원리』(1924), 『시와 과학』(1926), 『실천비평』(1929) 등이 있다.

법과 과학적 용법으로 나누어 문학적 언어를 구별하듯, 문학의 언어는 일상적으로 쓰이는 언어와 다른 면이 있다. 웰렉(R. Wellek) 역시 『문학의 이론(Theory of Literature)』에서 과학용어는 순수하게 외연적(外延的, denotative)인 데 비해 문학어는 내포적(內包的, connotative)이라고 구분하면서 다음과 같이 말하고 있다.

> 문학어와 과학용어 사이에는 더 중요한 구별이 있다. 전자(前者)에서는 기호 그 자체, 즉 언어가 가진 음(音)의 상징성이 강조된다. 모든 종류의 기교가 이 사실, 즉 운율, 두운음(頭韻音)의 유형과 같은 따위에 주의를 집중하게끔 이루어져온 것이다. …… 즉 문학용어는 언어의 역사적 구조 속에 훨씬 더 깊이 뿌리를 박고 있다. 문학용어는 기호 그 자체에 대해서 항상 숙지(熟知)할 것을 강조하며 그리고 그것은 과학용어라면 될 수 있는 데까지 항상 경시하려고 하는 그 표현적인 측면과 실용적인 측면을 가지고 있다.

그렇다면 문학 이외의 글에서 사용되는 언어의 특성은 무엇인가. 우선 과학적 언어는 개념의 정확성을 나타내는 논리적 성격을 지녔다는 점이다. 지시부(기호)와 지시대상(의미)이 일치하는 경우로 여기엔 뜻하는바 이외엔 다른 어떠한 의미도 내포되지 않는다. 가령 수학에 있어 공간도형의 기본공리에서, '공간의 서로 다른 두 점을 지나는 직선은 단 하나 결정된다'와 같은 진술이 있다. 여기에는 두 점 사이의 최단거리는 직선일 뿐이라는 사실 이외에 어떠한 의미도 내포되어 있지 않다. 이 기본공리를 바탕으로 점을 결정하는 조건이나, 평면을

웰렉(Wellek, Rene)

1903~ . 비엔나 출생. 1926년 프라하의 찰스 대학에서 박사학위 받음. 1946년 미국으로 건너가 1972년까지 예일대학을 비롯한 여러 대학에서 슬라브 문학과 비교문학을 강의했다. 『영국에서의 임마누엘 칸트』, 『비평의 개념』, 『근대비평사』 등의 저서가 있다.

결정하는 조건으로 확대될 수는 있어도 그것은 논리적인 사고의 결과일 것이다.

마찬가지로 언어가 그 뜻을 정확하게 전달하는 데 그친다면, 그것은 자연과학에서 사용하는 기호나 숫자(數字)를 닮아갈 수밖에 없다. 가령 분자식을 나타내는 공식에서 $H_2+O=H_2O$라는 분자식은 물은 수소 원자 2개와 산소 원자 1개로 되어 있음을 나타낸다. 이 경우 O라는 기호는 반드시 산소를 의미해야 한다. H_2O 역시 반드시 물을 의미한다. 이것을 물을 의미하는 언어 이외에 다른 어떤 것으로 사용하면 그 진술내용은 거짓이거나 잘못된 것이다. 지시대상과의 일치를 요구하는 언어사용은 흔히 습관이나 약정에 의해 쓰이는 것이며 동시에 사물과의 관계를 지칭하는 데 유용하다. 이러한 언어사용을 보통 언어의 외연적 사용이라고 한다.

언어를 과학적으로 사용하는 것은 곧 언어를 외연에 충실하도록, 즉 지시부와 지시대상이 일치되도록 사용함을 의미한다. 따라서 사물과의 관계를 말하는 데 이보다 정확한 사용은 있을 수 없다. 그러나 이러한 언어사용이 인간과 인간과의 관계나 인간의 내면세계에 담긴 진실을 정확히 전달할 수 있느냐에 와서는 문제가 생겨난다.

한 쌍의 연인이 연주회에 갔다고 생각하자. 여인은 음악을 즐기는 쪽이고, 남자의 경우는 거의 관심이 없는 사람이다. 연주회는 정확히 3시간에 걸쳐 끝났는데 남자는 시종일관 하품만 했다고 치자. 음악 애호가인 여인이 즐긴 3시간과 하품만 하다가 나온 남자의 경우에 두 사람 사이의 시간의 양과 질은 엄청난 차이가 난다. 이를 '두 사람이 3시간에 걸친 연주회를 즐겼다'라고 말한다면 거짓이 된다. 여자의 입장에서는 시간의 질로 보아 10분도 안 되었다고 느낄 수도 있을 것이요, 남자의 경우 하루보다 더 지루했다고 느꼈을 수도 있다. 따라서 똑같은 3시간을 보낸 것은 사실이지만, 그 속에는 사실과 다른 진실이 내포되어 있는 것이다. 사실과 진실 사이의 차이를 언어의 과학적 사용으로 정확히 나타낼 수 없다. '지루함'의 의미를 단순히 수치로 나타낼 수 없는 것과 같다. 여기서 언어의 외연적인 사용이 지닌 한계가 나타난다.

문학에서 사용하는 언어는 인간과 인간생활, 그리고 인간과 세계 사이의 진실을 표현해야 한다. 단순히 지시부와 지시대상 사이의 일치를 꾀하는 언어의 외연적인 사용이 아니라 내포적인 언어를 사용해야 한다. 이는 습관이나 약정에 의한 언어가 아니라 글쓰는 이의 개인적인 언어로써 함축적인 의미를 가지도록 사용함을 뜻한다. 따라서 사물과의 관계를 지칭하는 과학적 언어가 아닌 인간의 감정을 나타내는 언어가 된다.

> 얼골 하나야
> 손바닥 둘로
> 폭 가리지만
> 보고 싶은 마음
> 湖水만 하니
> 눈 감을 밖에
>
> ― 정지용, 「호수」

정지용

1903~53(?). 시인. 옥천 출생. 박팔양 등과 함께 동인지 『요람』을 발간, 대표작인 「향수」, 「카페 프랑스」, 「슬픈 인상화」, 「풍랑봉」 등을 발표했다. 시집으로 『정지용시집』, 『백록담』 등이 있다. 『백록담』에 실린 산문시는 한국시 형태 발전사에 중요한 시사적 의의를 지닌다.

여기서 '보고 싶은 마음'이 '호수'만하다는 진술에 당혹감을 느낀다면 그것은 논리적 사고에 젖은 독자일 것이다. 시인은 언어를 외연적으로 사용하지 않는다. 여기서의 호수는 단순히 숲으로 둘러싸인 아름다운 호수를 지칭하지 않는다. 즉 그리움이라는 내적 체험과 관련된 호수라 할 수 있다. 그리움의 양(量)을 수치로 나타낼 수 없는 것과 같이 호수 역시 단순한 사물이 아닌 것이다. 호수를 단순히 단어의 차원에서가 아닌, 시의 전체적인 내용에서 그리움의 정도를 나타내는 언어적 표현으로 보아야 할 것이다. 보고 싶은 마음을 두 손으로 가린다는, 객관적으로 모순되어 보이는 이러한 표현 역시 인간의 진실된 감정을 내포하고 있다. 그리움의 정서를 체험한 사람이라면 이 표현과 관련해서 자신의 다양한 경험을 재현시킬 수 있을 것이다. 이와 같이 언어를 내포적으로 사용한다는 것은 한 단어나 표현 속에 체험내용에 따른 여러 의미를 한꺼번에 포함시키는 함축적 활용을 뜻한다. 상상을 통해 시적 진실에 접근하는 일은 언어의 내포적 의미를 어떻게 확대하느냐는 문제와 직결된다.

> 친구 조(趙)는 키가 작았고 살결이 검은 편이었다. 그래서 키가 크고 살결이 창백한 나에게 열등감을 느낀다는 얘기를 내게 곧잘 했었다. '옛날에 손금이 나쁘다고 판단받은 소년이 있었다. 그 소년은 자기의 손톱으로 손바닥에 좋은 손금을 파 가며 열심히 일했다. 드디어 그 소년은 성공해서 잘살았다.' 조는 이런 얘기에 가장 감격하는 친구였다.
>
> ─ 김승옥, 「무진기행(霧津紀行)」에서

김승옥

1941~ . 소설가. 일본 오사카 출생. 1962년 한국일보신춘문예 현상 모집에 소설 「생명연습」이 당선되어 등단했다. 그의 소설의 특색은 인간의 내밀성과 사회관계에 있어서의 윤리적 문제를 파헤치고 있다. 중편 「60년대식」(≪선데이서울≫, 1968), 장편 「내가 훔친 여름」(≪中央日報≫, 1967)을 비롯하여 「서울 1964년 겨울」, 「무진기행」, 「차나 한 잔」 등에서 이러한 경향을 여실히 엿볼 수 있다.

여기서 한 사람의 성격을 설명하기 위해 쓰인 언어는 설명문에서의 언어와 다르다는 것이 눈에 띈다. 사람의 성격을 한마디 말로 집약시켜 표현한다는 일은 매우 어렵다. 사람의 성격이 일관된 형태를 지니기도 어렵거니와 그 사람 자체가 여러 상반된 감정을 지니고 있기 때문이다. 흔히 인간의 부정적인 면을 이야기할 때, '매정한', '속 좁은', '수전노 같은', …… 이란 수식어가 붙게 마련인데 이것 역시 그 사람의 특징 중 어느 일면에 대한 나름대로의 판단에 기인한다. 그러나 이 소설에서 친구인 조(趙)의 성격은 매우 간단하면서도 암시성을 내포하고 있는 표현 속에 나타난다. 그는 '손금을 파 가며 열심히 일'해 성공한 얘기에 감동을 받는 부류의 사람이다. 따라서 독자는 타산적이며 세속적인 욕망을 지닌 조(趙)의 모습을 자연스럽고 구체적으로 떠올리게 된다. 작가는 이와 같은 간접적 표현 속에 그 친구의 유년시절의 모습 그리고 세무서장으로 출세하기까지의 과정 등을 독자에게 상상할 수 있도록 하면서 한 인물의 성격을 복합적이면서도 선명하게 설명하고 있다. 즉 몇 줄의 문장을 통해 한 인물이 지닌 성격을 암시적으로 그리고 자연스런 연상과정을 거쳐 떠올리게끔 하는 것이다.

이와 같이 언어를 함축적으로 사용했다는 것은 겉으로 드러난 의미보다 내포된 의미가 더 크게 작용함을 뜻한다. 여기에는 언어의 함축적 활용으로 인한 연상작용과 실제의 의미가 지닌 상징성, 글쓰는 이만이 지닌 독특한 개성이 배어 있다. 단어 하나하나가 독립된 명확한 개념을 지시한다 하더라도 그것이 전체 문맥 속에서 드러나는 의미는 훨씬 복합적이고 다양한 측면을 나타내게 된다. 따라서 문학적인 언어는 글쓰는 이의 개성을 나타냄과 동시에 독자로 하여금 상상력을 자극시킨다. 즉 과학적 언어가 즉각적인 이해와 인식을 전제로 사용되는 것이라면, 문학적 언어는 직관과 상상력을 통해 이해되어야 한다는 것이다. 문학적 언어가 지닌 이러한 특성을 이해하지 않고서는 문학을 제대로 향유할 수 없음은 물론이다.

2) 문학의 4요소

정서

사전적 의미에서 정서(情緒)는 '일시에 급격하게 나타나는 감정'으로서 감각감정이라고 할 수 있다. 감정이 주관적인 의식 현상이라고 한다면 정서는 보다 순화된 감정이다. 즉 희노애락애오욕(喜怒哀樂愛惡欲)과 같은 인간의 순화된 감정이 곧 정서인 셈이다.

헌(L. Hearn)은 문학이 정서적 표현의 예술이라고 전제하고, 그 정서가 문학 속에 구체화되는 과정을 실감(實感)의 분리(分離)를 통해 설명한다. 가령 우리가 산 속에서 밤길을 걷다가 길을 잃었다고 상상해 보자. 몸과 마음이 지쳐 있는데 외딴집이 눈에 들어왔다. 어둠 속에서 두려움에 떨며 겨우 문 앞에 도착했다. 문을 열 때 나는 소리도 그렇거니와, 집안으로 들어서는 순간 무엇에겐가 뒤를 낚아채이는 듯한 느낌, 그리고 낯선 집이 주는 섬뜩함, 모두 끔찍한 경험이리라. 안도하는 순간에 찾아드는 두려움의 경험은 신체적 변화(소름이 끼친다든가 이마에 땀이 솟는)를 수반한다. 이는 공포감이라고 하는 생경한 감정으로서 '실감'에 해당하는 정서이다. 그러나 시간이 흐르면서 이러한 실감이 우리의 기억 속에 저장된다. 그리고 문득 회상 속에 드러나는 감정, 이는 실감과 분리된 순화된 정서이다. 문학적 정서란 이렇듯 순화된 정서가 개성에 의해 재구성되어 나타날 때의 감각적 정서, 즉 미적 정서인 것이다.

다음의 시를 보자.

연약한 봄이
이 땅에 변함없이 세우고 있는 것은

오직 하나
끝내 무너지지 않는 감옥뿐이다

— 김영석, 「감옥을 위하여」에서

언뜻 보면, '봄'과 '감옥'은 전혀 어울리지 않는다. 봄이 오면 언땅이 풀리면서 시냇물이 소리내어 흐르고, 대지에는 새싹이 돋고, 사람들도 추운 계절에 움츠렸던 몸과 마음을 풀고 새로운 생명력을 온몸으로 받아들이는 계절이다. 모든 생명들이 자유롭게 자신의 모든 것을 발산하는 계절이다. 그러나 시인은 봄의 문턱에서 감옥을 생각한다. 왜일까.

시인은 봄의 문턱에서 항시 좌절해야 했던 이 땅의 역사적 사실과 그로 인한 공포를 생각하는 것이다. 항시 봄과 함께 비롯되었던 현대사의 비극적 사건들이 어두운 공포의 기억으로 자리해 있었던 것이다. 이런 기억이 봄이라는 계절을 맞으면서 구속의 상징인 '감옥'을 떠올리게 하는 것이다. 이런 점에서 볼 때, 미적 정서가 개성에 의해 재구성된다 함은 공통적인 감정(실감)이 자신만의 특수한 심리적 과정을 거쳐나온 정서의 표현을 뜻한다. 체험된 감정을 기억이나 회상을 통해 환기시킨 정서, 체험된 감정을 나름대로 정리·보완하여 표현한 정서가 미적 정서인 것이다. 즉 작가의 마음속에 용해되어 취사선택되고 정화된 정서가 문학적 정서임을 의미한다.

문학에 있어서 이러한 미적 정서가 본질적인 요소로서 갖추어져야 함은 물론이다. 이는 문학이 독자들에게 지식 전달이 아닌 감동을 준다는 차원에서 가장 중요한 요소가 된다.

김영석

1945~ . 시인. 전북 부안 출생. 1974년 《한국일보》 신춘문예에 시 「단식」이 당선되어 등단했음. 시집으로 『썩지 않는 슬픔』, 『나는 거기에 없었다』 등이 있다.

금조는 쾌락의 공포에 빠졌다. 그런 쾌락 어딘가에 머물 사람들의 것이 아니었다. 뻥 뚫고 서로를 지나가버릴 사람들의 것이었다. 홍수 저 범람하는 급류 위를 뗏목을 타고 미끄러지며 나란히 독약을 먹고 의식을 잃어간다던가 ……, 눈 속에서 서로의 목을 끝까지 졸라 한 사람이 죽은 뒤, 남은 사람이 제 목젖에 칼을 밀어 넣는다든가, 혹은 천길 벼랑 끝에서 열 손가락을 깍지 껴 부둥켜안고 허공 아래로 떨어져버린다든가 ……. 어느 순간 금조는 벼락 맞은 나무처럼 몸이 절반으로 쩍 갈라져 불타는 것 같았다. 사랑의 끝에 금조는 입을 활짝 벌리고 죽은 새처럼 잠이 들었다. 울며불며 저승길을 따라 헤맸던 열흘치의 잠이 한꺼번에 검은 갱도 같은 암흑 속으로 굴러 떨어졌다.

― 전경린, 「야상록」에서

한 사람의 내면의 모습은 단순하지 않다. 특히 격한 슬픔이나 불안에 빠져있을 때는 더욱 그렇다. 이 소설에서 주인공인 금조는 아버지 장례를 치르고 나서 삼우제 전날, 애인을 만나 하룻밤을 보낸다. 그날 밤에 겪었던 '쾌락의 공포'를 표현한 것이다. 여기에는 항시 말없이 자신을 사랑해주었던 아버지를 잃은 슬픔, 열흘간 계속된 병간호와 장례로 인해 한없이 잠 속으로 빠져드는 피로감, 삼우제 전날 외간 남자와 외박을 하는 데서 오는 죄책감, 언제 끝날지 모를 유부남과의 사랑에 대한 불안 …… 등이 복합적으로 드러나 있다.

인간의 내면이 단순하지 않듯 정서 또한 선명하지 않다. 그러나 한 인간이 처한 특수한 상황에서 이렇듯 다양하고 복합적인 감정을 인상적으로 표현할 수 있는 것은 정서의 결을 섬세하게 다듬을 수 있는

전경린

1962~. 소설가. 경상남도 함안 출생. 본명은 안애금. 1995년에 ≪동아일보≫ 신춘문예 중편소설 부문에 「사막의 달」이 당선되어 작품 활동을 시작. 주요 작품으로는 「염소를 모는 여자」, 「아무 곳에도 없는 남자」, 「메리고 라운드 서커스 여인」, 「난 유리로 만든 배를 타고 낯선 바다를 떠도네」, 「검은 설탕이 녹는 동안」 등이 있다. 「내 생에 꼭 하루뿐인 특별한 날」은 2002년 변영주 감독에 의해 영화화되기도 했다.

삶과 대상에 대한 심리적 거리를 유지했기 때문이다. 이와 같이 문학의 정서는 개별적인 체험으로서의 실감이 문학적 양식 속에서 보편적 정서로 확산되고, 이는 읽는 이의 마음속에 잔잔한 감동을 가져다준다.

문학에 있어 미적인 정서의 특징이라 한다면, 제일 먼저 영속적인 성격을 들게 된다. 이는 충동적인 감정의 발산이나 식사 뒤의 포만감과 같이 일시적으로 나타났다가 소멸되는 것과는 근본적으로 다르다. 즉 「가시리」에서 보이는 여인의 슬픔은 단지 일시적인 슬픔의 정서가 아니라 오랫동안 감동의 여운으로 남는다. 이것은 남과 공유하는 정서로서 미적 정서의 특징과 연관된다. 한 개인의 슬픔이나 기쁨의 표현이 아닌 독자와 공유하는 정서로서 보편성을 지닌다는 것이다. 이것은 정서적 체험이 문학적 양식을 통해 구체화됨으로써 우리가 갖게 되는 정서적 반응이 확대됨을 의미한다.

상상

상상(想像), 상상력이란 말은 문학에 있어 최고의 가치를 나타내고 있다. 상상은 사실의 세계에 얽매이지 않고 사실들을 자신의 의도대로 변형시켜 사실보다 더 아름답게 또는 다양하게 진실에 접근하기 때문이다. 문학에서의 상상은 이미지를 만들어내고, 이를 종합함으로써 새로운 가치를 형성해낸다. 이런 점에서 상상은 창조적인 성격을 지닌다.

가령 우리가 아름다운 장미 한 송이를 보고 있다고 치자. 우리가 느끼는 일차적인 감정은 아름다운 꽃을 대하는 데서 오는 즐거움이다. 아름답기 때문에 꺾어다가 책상 앞 화병에 꽂아놓고 은밀하게 즐거움을 느끼고자 한다면 이는 소유욕의 발동이라 할 수 있다.

그러나 아름다움을 느끼는 순간 사랑스런 연인(戀人)을 생각하게 되고, 아름답고 사랑스런 연인의 얼굴과 목소리, 따스한 마음씨를 떠올리게 된다. 이런 연인과 같이 생활하는 즐거움을 연상하면서 아름다운 것은 지키고 보호해야 한다고 여기고, 아름다움의 영원한 가치를 생각하게 된다면 이는 상상력의 발동이라 할 것이다. 즉, 자연스런 연상작용을 통해 최초의 사물인 '한 송이 장미'가 '연인'으로, '연인과의 즐거운 생활'로, '아름다움의 절대성'으로, 더 나아가 영원성을 희구하는 것으로 확대된다는 것은 상상력의 한 특성을 말해준다. 그것은 상상이 이질적인 요소들을 결합시켜 새로운 질서를 형성하고 가치를 창조해내는 것을 의미한다. 리차즈가 상상력이 여러 충동과 욕망을 조직하는 능력이라고 한 것은 바로 이런 특성을 두고 말한 것이다.

최재서는 그의 『문학개론』에서 상상은 독립된 마음의 기능이 아닌 체험의 소산이라고 설명하고 있다. 상상 자체가 무한한 창조 능력을 지니는 것이 아니라 과거의 체험이 현재의 지각과 유기적으로 연관된다는 것이다. 따라서 그는 상상을 현재의 지각과 과거의 체험을 연결하는 과정으로 설명한다. 즉 과거의 체험을 바탕으로 하여 보다 새로운 이미지나 관념을 만들어내는 과정이 곧 상상인 것이요, 상상의 창조성인 셈이다. 다음의 시를 보자.

가을 햇볕에 공기에
익은 벼에
눈부신 것 천지인데,
그런데,
아, 들판이 적막하다—

최재서

1908~64. 영문학자, 문학평론가, 황해도 해주 출생. 1934년 조선일보에 「현대주지주의의 문학이론 건설: 영국 평단의 주류」, 「비평과 과학: 현대주지주의의 문학론 속편」 등을 발표하여 주지주의 문학론을 본격적으로 도입했다. 저서로 『문학과 지성』, 『최재서 평론집』, 『문학원론』 등이 있다.

메뚜기가 없다!

오 이 불길한 고요—
생명의 황금고리가 끊어졌느니……

－정현종, 「들판이 적막하다」

이 시의 화자는 풍요로운 가을의 풍경 속으로 걸어 들어간다. 황금빛으로 수놓은 벼이삭의 물결, 하얗게 부서지는 햇살이 따스한 가을 들녘의 고요 ……. 아름답기 그지없는 들녘이다. 이런 풍경 속으로 걸어가면 누군들 넉넉하지 않을 수 없으리라. 그러나 화자는 이 풍요와 고요함이 예사롭지 않음을 느낀다. 당연히 있어야 할 메뚜기가 없는 것이다. 벼 이삭에 붙어 있다가 사람이 지나가면 이리저리 튀어야 할 메뚜기 떼가 없다는 것, 메뚜기 떼가 없는 황금들녘—불길하지 않을 수 없다. 마땅히 자리하고 저마다의 생명을 노래해야 할 시기에 어느 하나가 빠져버렸기 때문이다. 이유는 간단하다. 농약 때문이다. 수확을 올리기 위해 농약을 많이 사용했기에 이제 논에는 메뚜기가 없다. 메뚜기뿐만 아니라 농약의 독성을 견디지 못하는 모든 생물이 그곳에서 죽거나 추방당했던 것이다.

시인은 가을 들녘에서 느끼는 '불길한 고요'를 심각하게 받아들인다. 단순히 메뚜기의 부재에 그치는 것이 아니라 '생명의 황금고리'가 끊어졌다는 사실로 받아들인다. 생명의 황금고리가 존재의 사슬에 대한 비유라면, 존재의 사슬이 끊어짐은 곧 전체 생태계의 구성 자체를 위협하는 것이 아닐 수 없다. 생각해보자. 메뚜기가 없으면, 메뚜기를

정현종

1939～. 시인. 서울 출생. 1964년 ≪현대문학≫에 「화음(和音)」, 「여름과 겨울의 노래」로 추천받아 등단. 시집으로 『사물의 꿈』, 『고통의 축제』, 『나는 별아저씨』, 『떨어져도 튀는 공처럼』, 시론집으로 『날자 우울한 영혼이여』, 『숨과 꿈』 등이 있다.

먹고 사는 새들이 줄어들 것이요, 새를 먹이로 하는 잡식성 동물도 줄어들 것이다. 또한 이웃사슬에서 메뚜기 → 개구리 → 뱀 → 물새 → 큰새와 잡식성 동물의 고리도 끊어질 것이다. 이 그물망이 파괴되면서 새가 주식으로 하는 해충과 온갖 곤충들은 더욱 창궐할 것이요, 인간은 더 많은 농약을 사용해 해충을 죽일 것이요, 벼에 침투한 농약의 성분은 인간의 몸속에 쌓여갈 것이요 ……. 따지고 보자면 한이 없다. 그리고 이 순환의 고리가 악순환하면서 결국 인간에 대한 피해로 되돌아올 수밖에 없으리라. 시인은 들판을 멀리서 바라보다가 그 속으로 걸어 들어가며 조그만 사실에서 끔찍한 상상을 하고 있다. 인간도 예외일 수 없는 '생명의 황금고리'에 대한 인식은 단순한 경고의 메시지를 넘어 피부에 와닿는 것이다.

이렇듯 상상은 단순한 사물들의 연결이 아니라 체험적 요소를 통해 여러 심상들을 융합하여 새로운 의미의 심상이나 세계를 형성하게 하는 것이다. 이런 점에서 상상이 실재 자체를 파악하는 것이 아니라 실제 이상의 것을 만들어낸다고 하는 이유가 성립된다.

윈체스터(T. C. Winchester)는 『문예비평의 제 원리(Some Principles of Literary Criticism)』에서 상상의 종류를 다음과 같이 나누고 있다.

① 창조적 상상: 경험에 의해 주어진 요소들 중에서 자발적으로 그것들을 결합하여 새로운 전일체(全一體)를 만들어낸다. 이 결합이 자의적(恣意的)이고 비합리적이면 그 기능을 공상(空想)이라 한다.

② 연상적 상상: 물체, 관념 또는 정서에 정서적으로 친근한 이미지를 연합한다. 이러한 연합이 정서적 친근성 위에 성립되지 않을 때 그 과정

윈체스터
(Winchester, T.C.)

1847~1920. 미국 비평가.
Wesleyan 대학에서 학업을 마치고, 그 대학에서 교수 역임. 저서로 『문예비평의 제 원리』, 『윌리엄 워즈워드』 등이 있음

을 공상이라 한다.

③ 해석적 상상 정신적 가치 혹은 의미를 지각하여 그러한 정신적 가치가 들어 있는 부분 또는 성질을 가지고 대상을 표현한다.

이렇게 볼 때, 가을날 풍요로운 들판을 걸어가다가 문득, 메뚜기가 없다는 것을 생각하고 이를 바탕으로 모든 생명체의 위기를 감지하는 정현종의 「들판이 적막하다」는 창조적 상상을 바탕으로 쓰인 셈이다. 나아가 님의 죽음과 봄이 주는 소생 이미지를 잔디와 불의 생명력으로 형상화한 김소월의 「금잔디」는 연상적 상상을, 깃발을 통해 자유에의 염원을 형상화한 유치환의 「깃발」은 해석적 상상을 보여주는 것임을 추론할 수 있다. 결국 상상이란 체험적 요소들을 연쇄적으로 결합함으로써 문학의 창조성을 형성해주는 요소라 할 수 있을 것이다.

사상

유치환

1908~67. 시인, 교육자. 경남 충무 출생. 호는 청마. 시 「정적」 (≪문예월간≫ 2호, 1931.3.11) 을 발표하여 등단. 그는 시를 통해 범신론적 자연애로 통하는 생명의 열애를 바탕으로 하여 허무를 극복하려는 의지를 보여주었다.

사상(思想)은 문학 속에 내재한 철학적 성격을 뜻한다. 문학에 있어 정서와 상상이 감성적 측면으로 독창성의 바탕이 된다면, 이성적 측면으로서의 사상은 문학의 내적 깊이를 이루고 있다. 즉 문학의 한 요소로서의 사상은 작가의 인생관, 세계관, 가치관에 의해 작품 속에 숨겨진 의미 내용이 된다.

문학에 있어 사상은 단순히 종교관, 철학, 이념 등으로 구분해서 설명하기엔 너무 복잡하고, 체험적 요소가 다분히 깃들여 있다. 한 인간이 살아가면서 부딪치는 온갖 경험과 그 경험을 통해 얻어진 정신적인 결정들을 내포하고 있기 때문이다. 따라서 한 작가의 종교적 태도, 도덕적 신념, 이념적 성향, 역사에 대한 태도 등, 모든 요소가 작품 속에 어우러져 나타나는 것이다. 한 작품의 위대성은 이러한 요소들이 얼마나 독창적인 모습으로 작가의 정신적 성숙을 뒷받침하느냐에 달려 있다. 문학은 '인생의 비평'이니, 위대한 작가는 '인생의 관찰자요, 인생을 보다 깊이 생각하는 사람'이니 하는 것은 결국 인생에 대한 심오한 성찰과 인생의 의미에 대한 사색이 사상의 근거를 이루고 있음을 말해준다.

문학에 있어서 사상은 작품을 보다 깊이 있게 한다. 이 사상성을 객관적 진리의 우위로 내세우는 리얼리즘 계열, 주관적 절대성의 우위를 내세우는 모더니즘 계열, 또는 인간 자체에 관심을 갖는 휴머니즘 계열 등으로 구분하기도 한다. 그러나 중요한 것은 사상이 문학에 있어 어떻게 잘 형상화되었느냐의 문제로 집약된다. 아무리 심오한 사상이나 철학을 내포했다 하더라도 그것이 문학적으로 정서화하지 않으면 감동을 줄 수 없다. 이런 점에 있어 사상은 정서나 상상에 앞서는 개념이 아니라 유기적인 관계 속에 놓여 있다는 사실을 생각하게 된다. 즉 한 시대를 풍미한 사상이나 작가의 세계관을 작품화한다는 것은 곧 문학적 형상화의 과정을 거쳐야 함을 의미하는 것이다. 문학적 형상화의 과정이 무시되었을 때, '사상 = 문학적 가치'라는 등식의 오해가 있을 수 있음을 웰렉(R. Wellek)은 『문학의 이론』에서 다음과 같이 지적하고 있다.

매우 자의식적인, 혹은 소수의 경우에는 그들 자신이 사색적인 철학자이며, 또는 철학적이라고 할 수 있는 시를 쓴 작가들을 우리들이 생각하고 있을 때에도, '시는 철학적일수록 그만큼 더 훌륭한 시일까'와 같은 따위의 질문을 제기하지 않으면 안 될 것이다. 시는 그 신봉하는 철학의 가치에 의하여 혹은 시가 그 봉사하는 철학을 통찰하는 정도에 의하여 판단될 수 있을까? 혹은 시는 철학적 창의성을 표준으로 하여, 또는 시가 전통적 사상을 수정하는 정도에 의하여 판단될 수 있는 것일까?

이와 같은 질문은 사상의 깊이가 곧 문학적 위대성으로 연결되지 않는다는 사실을 반증하고 있다. 아무리 심오한 사상적 깊이를 가졌다 할지라도 그것이 곧 문학의 위대성을 의미하지 않음은 물론 사상의 깊이가 곧 문학의 성패를 결정하지도 않는다는 사실을 말해준다. 이것은 문학작품 전면에 작가의 주장이 노골적으로 드러나는 경우에도 똑같이 적용될 수 있다. 우리가 문학작품에서 과도한 감정노출로 인해 정서적 파탄의 모습을 볼 수 있듯 자신의 이념이나 주장이 생경한 모습으로 나타나는 것 역시 감동을 주지 못한다.

내가 그의 이름을 불러주기 전에는
그는 다만

하나의 몸짓에 지나지 않았다.

내가 그의 이름을 불러주었을 때
그는 나에게로 와서
꽃이 되었다.

내가 그의 이름을 불러준 것처럼
나의 이 빛깔과 향기에 알맞는
누가 나의 이름을 불러다오.
그에게로 가서 나도
그의 꽃이 되고 싶다.

우리는 모두
무엇이 되고 싶다
너는 나에게 나는 너에게
잊혀지지 않는 하나의 눈짓이 되고 싶다.

— 김춘수, 「꽃」

이 시는 10~20대 청소년기의 많은 독자들에게는 연애시로 읽혀지기도 하고, 30대 이상의 독자들에게는 존재의 의미를 묻는 관념시로 읽혀지기도 한다. 이렇듯 보는 관점에 따라 시의 의미가 다양하게 나타난다. 즉 '몸짓'과 '꽃'과 '눈짓'을 통해 변형되는 존재의미와 '나'와 '그'의 관계 속에 맺어지는 삶의 의미를 제각기 자신의 체험내용에 따라 다르게 받아들이는 것이다. 이것은 인간의 존재론적 의미와 이를

김춘수

1922~ . 시인. 경남 충무 출생. 해방 1주년 기념 시화집 『날개』(조선청년문학가협회경남본부 간, 1946.8.15)에 「애가(哀歌)」를 발표하여 시작(詩作)을 시작했다. 시집으로 『늪』, 『부다페스트에서의 소녀의 죽음』, 『처용이후』, 『하느님의 아들, 사람의 아들』 등이 있다.

받아들이는 과정을 '꽃'이라는 친근하고 구체적인 사물을 통해 보여 주고 있기 때문이다. 생경한 관념으로 떨어지기 쉬운 의미내용을 서정적으로 형상화하고 있는 데서 이 시의 참맛을 느끼게 되는 것이다.

결국 문학에서 사상이란 이념, 철학, 종교, 관념 등 여러 복잡한 내용으로 구성되어 있으나, 이것은 항상 문학의 내용으로서 정서와 상상의 요소 뒤에 있으면서 문학을 보다 깊이 있게 하는 요소인 셈이다.

형식

앞서 언급한 정서·상상·사상이 문학의 내용이라면 형식(形式)은 이들 세 요소가 구체적인 모습으로 나타난 것이다. 따라서 문학의 내용과 형식을 구별해서 생각할 수 없다. 문학은 내용과 형식이 유기적으로 결합하여 이루어지는 통일체인 것이다. 최재서는 『문학개론』에서 내용과 형식과의 관계를 다음과 같이 말하고 있다.

…… 작가는 내용과 형식을 따로따로 생각해서 두 부분을 합쳐서 작품을 만들지 않으며, 또 독자도 내용을 이해하고 형식을 지각한 뒤에 두 부분을 합쳐서 작품을 감상하지 않는다. 내용과 형식은 동일한 창작정신 내부에서 동시에 잉태되어 유기적으로 서로 융합하면서 전적(全的)인 작품을 형성한다. 우리는 작품을 읽을 때에 형식 속에서 내용을 체험하고 내용을 통해서 형식을 지각할 수밖에 없다.

이와 같은 말의 의미는 문학의 형식과 내용을 구분하거나, 어느 쪽에 우위를 두고 문학을 이해한다는 것이 얼마나 어리석은가를 말해준다. 형식과 내용을 구분한다는 것은 일시적인 편법에 지나지 않으며 결코 올바른 태도가 아니다. 우선 내용을 담는 그릇으로서의 형식을 보자.

예를 들면, 이규보의 「동명왕편」을 보면, 공간적 무대가 북방대륙에서 한반도에 걸치는 광활한 대지와 천상(天上), 해상(海上) 등으로 펼쳐지고 시간적으로는 주인공인 동명왕의 출생 이전, 부여국 왕자들과 송양왕(松讓王) 등과의 대결, 후계자 유리왕자의 시련 등 고구려 건국의 과정이 폭넓게 펼쳐지고 있음을 보게 된다. 이러한 내용을 짧은 서정시의 형식 속에 포함시킬 수는 없다. 영웅들의 투쟁이나 역사적 사실을 시로써 표현하기 위해서는 주관적 감정을 짧은 형식으로 표현하는 서정시가 어울리지 않기 때문이다. 마찬가지로 한 사회의 총체적 모습이나 주인공의 일생을 통한 삶의 이야기를 짧은 분량의 형식인 단편소설 속에 포용할 수 없다. 내용을 우위에 놓고 생각하는 리얼리즘 계열의 작품들에 있어서 이에 적합한 형식은 시보다는 소설, 단편소설보다는 장편소설이 걸맞다고 할 수 있다. 한 사회의 총체적인 모습을 그려야 한다는 명제에 알맞게 거기에 맞는 형식을 찾으려 하는 것은 당연한 일이다.

이와 같은 생각의 이면에는 형식과 내용을 떼어놓고 생각하려는 유혹이 있다. 그러나 따지고 보면 시에 맞는 내용이라거나 소설에 맞는 내용이란 있을 수 없다. 중요한 것은 내용과 형식이 떼려야 뗄 수 없는 관계를 이루고 있다는 점이다. 따라서 '내용에 어울리는 형식'이라고 하는 말의 진정한 의미는 내용과 형식의 화학적 결합을 뜻한다고 할 수 있다. 마치 좋은 배추를 갖은 양념으로 정성스럽게 버무린 김치가 입맛을 돋우듯, 화학적 결합이란 하나의 작품이 통일적으로 체계 있게 구성되어 있는 상태를 의미하기 때문이다.

이와 같이 형식은 넓게는 시, 소설, 희곡 등으로, 보다 협의의 의미

이규보

1168(의종 22)~1241(고종 28). 고려의 문신이자 문인. 호탕 활달한 시풍으로 당대를 풍미했다. 저서에 『동국이상국집(東國李相國集)』, 『백운소설(白雲小說)』, 『국선생전(麴先生傳)』 등이 있으며, 작품으로 시(詩)에 「천마산시(天摩山詩)」, 「모중서회(慕中書懷)」, 「고시십팔운(古詩十八韻)」, 「초입한림시(初入翰林詩)」, 「공작(孔雀)」, 「재입옥당시(再入玉堂詩)」, 「초배정언시(初拜正言詩)」, 「동명왕편(東明王篇)」, 문(文)으로 「모정기(茅亭記)」, 「대장경각판군신기고문(大藏經刻板君臣祈告文)」 등이 있다.

로는 문체나 표현기교를 포함하는 개념이다. 문제는 작가가 자신이 의도하는 바를 효과적으로 나타내기 위해서는 스스로 형식을 만들어 가야 한다는 점이다. 그렇게 함으로써 문학의 형식은 내용이 되고, 또 내용은 형식이 되어 좋은 작품이 탄생하는 것이다. 즉 문학의 요소로서 형식과 내용은 구분되는 피상적인 형태가 아닌 본질을 이루는 요소이다.

3. 문학의 기능

1) 교시적 기능

문학의 교시적 기능이란 문학작품을 통해 독자들이 새로운 세계를 발견하고 주위의 사물을 새로운 차원에서 인식하게 되고, 또한 자신의 행위를 되돌아보게 하는 것을 의미한다. 물론 문학작품은 무엇을 직접적으로 설명하거나 진술하지는 않는다. 도덕적·윤리적인 주장이나 세계에 대한 새로운 해석을 차분하게 논리화시키는 글은 문학작품이라고 할 수 없다. 이런 글은 글쓰는 이의 인격이나 체계적인 지식에 공감하거나 동조한다 하더라도 독자에게 감동을 주지는 못한다. 감동을 유발시키고, 감동의 여운 속에서 자신의 행위에 대한 반성적 성찰이나 사물과 세계에 대한 새로운 인식을 얻는 것은 문학만이 지닌 교시적 측면이라 할 것이다. 즉 문학작품을 통한 교시적 효과는 논리적이고 규범적인 전달로서가 아니라 독자 스스로 깨닫는 과정에서 나타난다.

1970년대 후반 우리 사회에 큰 반향을 불러일으켰던 조세희의 「난장이가 쏘아올린 작은 공」이란 작품을 살펴보자. 여기서는 난쟁이 가

볼테르(Voltaire, 본명: Francois Marie Arouet)

1694~1778. 프랑스의 작가, 계몽사상의 대표자. 파리 출생. 사상가로서 이신론, 합리주의의 입장에서 초자연을 부정하고, 사회악 특히 광신을 예리하게 비판했다. 문학가로서는 풍자작가, 명쾌하고도 기지에 넘친 프랑스 신문 작가의 전형으로 평가된다. 소설 『캉디드』를 비롯 『관용론』, 『철학사전』 등이 있다.

조세희

1942~ . 소설가. 경기도 가평 출생. 1965년 《경향신문》 신춘문예에 「돛대 없는 장선(葬船)」이 당선되었다. 1975년에 「뫼비우스의 띠」를 시작으로 해 「난장이」 연작을 발표하였다. 작품으로 『난장이가 쏘아 올린 작은 공』, 『시간여행』, 『하얀 저고리』 등이 있다.

족이 중심이 되어 산업사회에서 빚어지는 가난하고 소외된 사람들의 생활 속에 우리 사회가 지닌 구조적 모순이 드러난다. 난쟁이 가족들은 근대화·산업화의 물결 속에서 어떠한 정신적·물질적 혜택도 받지 못한 도시빈민이고 노동자이다. 그러나 그들은 늘 핍박받고 소외된 삶을 살고 있지만 인간적 가치를 상실하지 않는다. 가족끼리의 화목과 이웃들과의 따스한 정, 같은 노동자들끼리의 우정 ……. 모든 면에서 가진 자들보다 도덕적 우위에 서 있다.

그러나 큰 아들은 가진 자의 비인간적 행위와 소외된 사람들이 겪는 비참한 생활에 분노하고 살인까지 저지르게 된다. 따라서 이 작품은 가족에겐 그렇게 착한 아들이었고, 직장에선 이해심 많은 동료였던 그가 인간적인 삶을 위협하는 사회의 구조적 모순에 극단적인 항거를 하게 하는 원인은 무엇이겠는가라는 질문을 독자에게 던지고 있다. 그것은 공존하는 삶에서 이탈되어 있고, 물질적 풍요로부터 소외된 노동자들에 대한 일방적인 강요에서 그리고 이를 바탕으로 성장한 우리 사회의 구조적 모순에서 기인함을 새삼 생각하게 한다.

이 소설의 의의는 사회적인 영향력을 행사하고 있다는 점, 또 우리 자신의 소시민적 삶에 대한 반성적 계기를 마련해 준다는 점에서 찾아야 할 것이다. 이와 같이 사회적 영향력이나 독자에게 자신의 삶에 대한 반성적 계기를 마련하는 작품은 작품 자체의 미적 구조보다는 작가의 공리주의적 태도에 더 근접해 있는 것인데 외국의 경우 발자크(Balzac)의 작품이나, 볼테르(Voltaire), 루소(J. J. Rousseau) 등의 작품이 여기에 해당된다. 구체적으로는 입센이 쓴 『인형의 집』에서 노라가 남편과 가족의 예속물로서가 아닌 독립된 인격으로서의 자신을 찾아 나서는 행위가 여성해방운동의 서막을 올리는 계기가 되었다는 것, 스토우 부인(Stowe)의 『엉클 톰스 캐빈』이 미국 시민전쟁의 한 발화점이 되었음은 주지의 사실이다.

스토우(Stowe, Harriet Elizabeth Beecher)

1811~96. 미국의 여류소설가. 잠시 교사를 지내다가 목사인 스토우(Calvin Elliss Stowe, 1802~86)와 결혼했다. 유명한 소설인 「엉클 톰스 캐빈」(1852)은 워싱턴 잡지 ≪내셔널 이어러(National Era)≫에 연작된 것이다. 이 외에 『그리운 마을사람들』 등이 있다.

루소(Rousseau, Jean Baptiste)

1671~1741. 프랑스의 시인. 파리 출생. 제화공의 아들로 태어났다. 18세기의 대표적인 서정시인이었으나, 개인적 중상 사건 때문에 국외로 추방(1712)되었다. 브뤼셀에서 사망. 브왈로의 충고에 의하여 몇 편의 고전적 오드와 캉타트(cantate)를 썼다. 주요 작품은 「행운에게 보내는 오드(Ode a la fortune)」 등이 있다.

입센(Ibsen, Henrick Johan)

1828~1906. 노르웨이의 극작가. 우매한 민중과 대립한 자아주의자로 혁명적이나 허무주의의 경향도 띠고 있다. 키에르케고르의 영향을 받았으며 영혼과 육체의 일치를 이상으로 삼아 서정시를 쓰기도 했다. 『인형의 집』, 『유령』, 『민중의 적』, 『헤다가블러』 등의 작품이 있다.

일찍이 공자(孔子)가 "詩三百一言而蔽之曰思無邪"라 한 것도 문학을 교시적 측면에서 해석한 것으로, 이는 문학을 통해 진실을 깨우친다는 것을 의미한다. 즉 교육자가 피교육자에게 일방적으로 경험이나 지식을 전달하는 방식으로서가 아니라, 독자가 문학을 통해 스스로 깨닫는 정신적 변화를 의미하는 것이라 할 수 있다. '생각하는 데 사악함이 없다'는 것은 지식전달로 이루어지는 것이 아닌 스스로의 각성을 통해 얻어지는 것이기 때문이다. 이와 같은 문학관은 동양의 전통적인 문학관으로 이어져 왔다.

서양에서 이와 같은 문학적 기능에 대한 언급은 플라톤의 『공화국』에서 나타난다. 플라톤은 시인추방론을 내세워 문학의 교시적 기능을 강조하고 있는데, 그 논거는 이상국가인 공화국에서는 진리가 이념이 되고 정의가 실현되는 국가여야 한다는 데 있었다. 즉 진리는 사물 속에 내재한 본질적인 것으로 이것은 눈에 보이는 현실세계가 아닌 실존의 세계이다. 실존의 세계는 순수한 이성에 의해서만 파악되는 이데아(idea)의 세계이다. 그런데 시는 언제나 눈에 보이는 것만을 모방한다는 것이 플라톤의 생각이었다. 현실세계란 이데아의 세계에 대한 모방이고, 시는 현실세계의 모방이기에 어떠한 진실도 내포되어 있지 않은 셈이다. 따라서 문학은 진실되지 못한 것, 비이성적인 것이므로 도덕적 기능이 있을 수 없고, 그런 사회에서 시인이 추방되는 것은 당연한 일이라는 것이다.

이와 같은 문학의 교시적 기능은 문학에 있어서 공리성(功利性)과 효용성(效用性)을 강조한 것으로 우리나라 대부분의 고소설(古小說)이 이에 해당됨을 알 수 있다. 『흥부놀부전』, 『춘향전』, 『심청전』 등은 물론이고 사회비판적 요소를 강하게 풍기는 『홍길동전』에서조차 유교적 이념인 충(忠)·효(孝)의 가치를 보여주고 있다. 이러한 전통은 개화기 이후 이광수의 『무정』이나 대부분의 농촌소설, 1920년대 KAPF

의 작품들로 이어져 오늘에 이르고 있다.

그러나 이상과 같은 문학의 교시적 기능이 지나치게 강조됨으로써 문학적 평가의 편협성을 보여줄 수도 있다. 문학의 공리성만을 지나치게 주장하여 문학적 형상화의 문제를 무시하고 목적문학·선전문학에까지 나아가는 것을 보게 된다. 박영희가 주장하는 "문예의 전 목적은 작품을 선전 삐라화하는 데 있다. 선전문이 아닌 문학은 프로문예가 아니요, 프로문예가 아닌 모든 문예는 문예가 아니다"에까지 나아간다. KAPF 초기에 보여준 이러한 문학관은 문학 자체의 문제보다는 그것이 사회적으로 얼마만한 영향을 끼치는가에 따른 척도로 문학을 평가함을 의미한다. 이러한 태도는 문학을 사회적 교화의 수단으로 전락시킬 수 있는 위험을 내포한다.

2) 쾌락적 기능

문학을 통해 사물과 세계를 새롭게 인식하고 독자 스스로의 삶에 대한 성찰의 계기를 마련하는 것으로만 문학의 기능을 따진다는 것은 극히 단편적인 주장이다. 우리가 『심청전』을 읽으면서 효(孝)에 대한 자각만을 얻는다면 차라리 『명심보감』을 읽는 것이 더욱 효과적일 수 있다. 마찬가지로 이광수의 『무정』을 통해 신문명의 필요성이나 사회의식만을 생각한다면, 이보다는 그의 「민족개조론」을 읽는 것이 작가의 의도를 훨씬 정확하게 효과적으로 알 수 있을 것이다. 그렇다면 어째서 『명심보감』이나 「민족개조론」보다 『심청전』과 『무정』이 훨씬 많이 읽히고 사람의 입에 오르내리는가. 여기엔 읽는 즐거움이 뒤따르고 있기 때문이다. 읽는 즐거움이 없다면 어떠한 작품도 존재의 미가 없다. 문학작품으로서의 재미, 쾌락이 있기 때문에 작품이 읽히고 더욱 많은 사람들에게 전파되는 것이다. 『무정』에서 선영과 영채

박영희

1901~ . 시인, 소설가, 평론가. 서울 출생. 김기진과 더불어 배재고보를 같은 반에서 수학. 시전문지 ≪장미촌≫(1921), ≪신청년≫, ≪백조≫의 동인이 되어(1922), 탐미적 낭만주의의 시를 발표하다가 1925년 ≪개벽≫지에 단편소설 「사냥개」(58호)를 발표하면서부터 신경향파에 속하게 되었다. 이 해에 김기진과 함께 카프를 조직, 그 중앙위원이 되었고, 주로 프롤레타리아 문학의 이론을 담당했다.

와 형식이라는 인물의 삼각관계 속에 진행되는 남녀의 사랑, 『심청전』에 심청이 겪는 온갖 고난과 심봉사의 어리석음과 뺑덕어미의 고약한 심성과 희극적 요소, 또는 탐정소설 등에서 느끼는 호기심 등은 모두 문학이 주는 재미로서 문학의 제1차적 기능, 즉 쾌락적 기능이라 할 것이다.

이와 같은 입장에서 문학의 기능에 대한 논의는 아리스토텔레스의 『시학(Poetics)』에서부터 시작된다. 그는 모방이란 즐거운 행위로 설명하고 있다. 즉 실제보다는 그것을 모방함으로써 아름다움과 기쁨을 얻는다는 것으로, 아무리 추악한 것이라 할지라도 그것을 여실히 모방하였을 때 즐거움이 느껴진다는 것이다. 인간은 어떤 사물을 대함에 있어서 그것을 흉내내고 모방하려는 충동을 일으킬 뿐 아니라 흉내내고 모방한 것에 대해서 즐거움을 느낀다는 것이다. 인간행위의 모방인 비극에서 카타르시스 효과를 설명한 것도 문학의 쾌락적 기능의 단면을 말하고 있다. 주인공의 비극적 결말을 통해 공포와 연민이 일시에 해소되는 카타르시스 효과야말로 비극이 주는 즐거움이라는 것이다.

이와 같은 입장은 칸트(I. Kant)의 '무목적의 목적'이란 생각에서도 찾아볼 수 있다. 즉 문학을 유희(遊戲) 개념으로 볼 때, 거기엔 어떠한 공리적인 목적도 있을 수 없다. 그러나 유희 자체가 이성적인 사고에 의해 이루어진 것이기에 궁극적으로 합목적성(合目的性)을 갖는다는 것이다. 그에 따르면 문학이 자연 그대로가 아닌 생산목적(양식)에 의해 결정되기 때문에 이를 인위적 목적의식에 의해 이루어진다고 하고, 이것이 미적인 합목적성이라고 한다. 이와 같이 문학에 있어서 쾌락의 심미화(審美化)를 주장하는 사람들로 쉴러, 페이터(W. Pater, 1839~94) 등을 들 수 있는데, 스코트(Walter Scott, 1771~1832) 같은 이는 작가의 입장에서 '나는 여러 사람이 즐거워하도록 (소설을) 쓰고 있다'고 말하고 있다.

이광수

1892~?. 시인, 소설가, 평론가, 언론인. 평북 정주 출생. 최초 작품은 1909년 일본 유학 당시 쓴 일문 소설 「사랑인가」. 1917년 한국 최초의 근대장편소설 『무정』 발표. 1919년 「조선독립선언서」를 작성, 선언대회를 열었으나 이후 친일행각을 보였다. 『재생(再生)』, 『마의태자(麻衣太子)』, 『단종애사(端宗哀史)』, 『흙』, 『이차돈의 사(死)』, 『사랑』과 『원효대사』, 『유정』 등 작품과 수많은 논문과 시편들이 있다.

그러나 모든 쾌락적 즐거움이 문학의 기능이라 한다면 이러한 주장 역시 어폐가 있다. 청소년층을 상대로 쓰여진 명랑소설이라든가 무협지, 또는 말초적 신경을 자극하는 퇴폐소설, 한때 폭발적인 인기를 얻었던 김홍신의 『인간시장』이나 김한길의 『여자의 남자』 등은 모두 흥미와 쾌락적 요구를 충족시키는 것이었지만 이들이 올바른 문학적 기능을 수행했다고 할 수는 없기 때문이다. 실생활에서 느끼는 즐거움 보다는 퇴행적이고 현실도피적 경향을 부추기는 단순한 읽을거리에 지나지 않는다는 의미에서다. 최재서는 『문학원론』에서 문학이 지닌 쾌락적 기능에 대해 다음과 같이 한계를 짓고 정의하고 있다.

쾌락이라는 감정이 따로 있지는 않다. 그것은 여러 가지 체험에서 나타나는 결과이며, 쾌락에도 여러 종류가 있을 수 있다. 하등감각 (下等感覺)에서 오는 관능적(官能的)인 쾌락도 있고, 시각과 청각에서 오는 감각적(感覺的)인 쾌락도 있으며 — 이것이 정당한 의미의 쾌락이다 — 또는 이지(理智)에서 오는 지적(知的) 쾌락도 있다. 이들이 쾌락이라 함을 거부할 이유는 전연 없지만, 이들은 인간 정신의 극히 제한된 일부분만 어필하기 때문에 그 만족의 범위는 국한되고 따라서 그 효과도 빨리 사라진다. 그러나 쾌락은 이러한 단순한 것들만은 아니다. 좀 더 복잡하고 광범위한 체험이 활동할 때는 좀 더 넓고 깊어서 좀 더 영속적인 쾌락이 발생한다. …… 이러한 의미에서 최상 최고의 쾌락을 확보하자는 것이 모든 예술의 공통된 의도이며, 문학은 그 성질상 쾌락의 가장 높은 질과 영속성을 지향한다. …… 그것은 어디까지나 충실한 체험의 자기의식인 것이다. 먼저 충실한 체험이 추구되고, 그 뒤에 결과로서 쾌락이 온다.

김홍신

1947~ . 소설가. 충남 공주 출생. 단편 「물살」(≪현대문학≫, 1976.2)이 추천 완료되어 등단했다. 장편소설 『해방영장』, 『인간시장』이 있으며, 창작집 『무죄증명』(평민사, 1980) 등이 있다.

조정래

1943~ . 소설가. 전남 승주 출생. 1970년 《현대문학》에 작품 「누명」, 「선생님 기행」(同上) 등이 추천되어 등단했다. 소설집 『어떤 전설』, 『20년을 비가 내리는 땅』, 『허망한 세상 이야기』, 『대장경』, 장편으로 『태백산맥』, 『아리랑』 등이 있다.

이문구

1941~2003. 소설가. 충남 보령 출생. 《현대문학》에 소설 「다 갈라진 불망비」(1965.7), 「자결(自結)」(1967.10)을 추천받아 등단. 현실비판 의식을 바탕으로 현실의 부조리를 과감하게 파헤치면서 그것을 폭로, 고발하는 저항소설을 썼다. 단편소설집 『이 풍진 세상을』, 『해벽』, 『몽금포 타령』, 『관촌수필』, 『우리 동네』, 『다가오는 소리』, 장편소설 『장한몽』, 중편소설집 『엉겅퀴 잎새』 등이 있다.

문학에서 요구되는 보다 폭넓고 깊은 예술적 쾌락은 '충실한 체험의 자기의식'이라고 하고 있다. 즉 하나의 작품을 읽으면서 그 속의 인물들이 겪는 온갖 체험을 대리로 체험하면서 느끼는 공감과 도취야말로 감동적인 작품을 대하게 될 때 누리는 즐거움이요, 이를 통해 인생의 의미를 생각하는 데서 진정한 쾌락적 기능을 맛보게 된다는 것이다.

문제는 문학의 기능 중 어느 하나만을 고집한다는 것은 문학을 폭넓게 향유하지 못하는 것과 일치한다는 사실이다. 문학의 쾌락적 기능을 강조하든 교시적 기능을 강조하든 문학이라는 것은 이 두 가지 요소가 차원 높게 깔려 있을 때 존재의의가 있다. 남북분단의 모습을 다룬 김원일의 『겨울 골짜기』나 조정래의 『태백산맥』과 같은 작품을 보자. 이들 작품이 이데올로기의 허구성이나 이로 인한 인간적 삶의 왜곡을 통해 우리의 역사적 삶에 반성의 계기를 마련해주고 있다 하더라도 소재적 측면, 즉 빨치산의 생활이 주는 호기심과 흥미가 없었더라면 작품으로서의 성공 여부는 의문시되었을 것이다. 이문구의 『장한몽』과 같은 작품도 마찬가지다. 공동묘지 이장 공사라는 낯선 세계와 여기서 일하는 인부들의 다양한 인생여정, 애인의 생일선물을 마련하기 위해 시체에서 머리칼을 잘라내어 파는 순박하고 애절한 사랑의 모습 등은 흥미를 유발시킴은 물론 근대화의 물결에서 소외된 사람들의 그늘진 삶의 모습을 생각하게 한다. 즉 소재의 특이성과 다양한 삶의 모습 그리고 그 속에 빠져 작품을 읽다가 문득 자신과 이웃의 삶을 되돌아보고, 그 의미를 묻는 과정이 자연스럽게 이어지는 것이다.

이것은 문학의 두 가지 기능, 교시적인 측면과 쾌락적인 측면이 서로 독립된 것이라기보다 상호 보족적인 관계에서 작용한다는 사실을 말해준다.

문학이 주는 쾌락은 존재할 수 있는 여러 가지의 쾌락 중에서 마음에 내키는 하나가 아니라, 한층 더 고상한 종류의 활동의 쾌락, 다시 말하면 이욕(利慾)을 떠난 명상이기 때문에 한층 더 고상한 쾌락인 것이다. 그리고 문학이 지닌바 효용—그 엄숙성과 교훈적인 점—은 쾌락을 줄 수 있는 엄숙성, 즉 수행해야만 될 의무의 엄숙성, 혹은 배워야만 될 교훈의 엄숙성이 아니라 미적인 엄숙성, 지각의 엄숙성인 것이다.

위에서 보았듯 문학의 기능에 대해 웰렉과 워렌이 『문학의 이론』에서 말한 '미적 엄숙성'과 '지각의 엄숙성'의 문제 역시 같은 입장에서 생각해야 할 것이다.

4. 문학의 갈래

1) 장르의 개념

장르란 프랑스어인 'genre'의 역어(譯語)로서 '종류,' '유형'을 가리키는 라틴어 genus, generis에서 유래된 말이다. 이 말은 원래 생물학에서 동·식물의 분류와 체계를 세울 때 사용하는 용어인데 문학상의 개념으로 볼 때 문학의 갈래를 뜻한다.

문학의 갈래는 작품의 형성원리나 공통적 특성에 의해 구분해야 하는데, 이는 분류의 편의상 이루어진 개념이다. 따라서 문학작품이 어떻게 형성되고 어떻게 존재하느냐의 문제와 직결되며, 문학상의 이

워렌(Warren, Austin)

1899~. 미국의 비평가, 문학자. 매사추세츠 주 월텀 출생. 1947년에 나온 비평론집 『질서를 위한 분노(Rage for Order)』는 비평과 문학교육을 훌륭하게 양립시킨 대표작이다. 웰렉과의 공저 『문학의 이론』(1949)은 미국적 문학이론을 제시한 명저이다.

론을 마련하는 데 결정적 역할을 하게 된다. 이러한 분류의 기준이 보다 구체화되면 각 나라·시대·작가 등에 따라 구분된다. 이는 양식 (style)에 근접한 분류로서 문학의 형식(form)에 따른 분류가 보다 문학의 본질적인 면에 접근하는 방법임을 말해준다.

한 가지 예를 들어보자. 장흥 보림사(寶林寺)의 김삿갓 시비가 있는 공원에서 우리는 나무와 온갖 꽃들로 다듬어진 모습을 보고 흔히 '아름답다'고 표현한다. 그러나 '아름답다'는 말로서는 그 공원의 모습을 충분히 설명할 수 없다. 보다 구체적으로 나무숲이 있고, 온갖 꽃들이 있고, 파란 잔디가 깔려 있다고 한다면, 공원의 아름다운 모습의 윤곽이나마 떠올릴 수 있을 것이다. 좀 더 구체적으로 시비 둘레에 대나무 숲이 있으며 그 앞에 단풍나무가 있고 장미, 국화, 코스모스가 그 앞에 심겨져 있고 파란 잔디가 넓게 펼쳐져 있다고 한다면 보다 선명하게 풍경을 떠올릴 수 있을 것이다. 이렇듯 선명한 풍경은 공원의 구성물들을 좀 더 구체적인 특성에 따라 분류했기 때문이다. 그러나 문학의 장르란 이렇듯 구성요소들의 구체적인 특성에 따른 분류이기도 하지만 본질적으로는 공원 구성의 원칙과 같은 것에 속한다.

전통적으로 문학의 갈래는 아리스토텔레스의 분류방법이 통용되어 왔다. 그는 『시학』에서 문학의 장르를 서사시(敍事詩), 서정시(抒情詩), 극(劇)으로 구분했다. 이러한 구별은 모방의 수단이 언어인 문학에서 문학적 모방의 대상을 행동하는 인간으로 규정하고, 이러한 인간의 도덕적 우열에 따른 것이다. 즉 보통의 사람보다 우수한 사람을 모방한 것은 비극, 못난 사람을 모방한 것은 희극이라 하였다. 특히 서사시는 비극과 마찬가지로 우수한 사람을 모방하는데, 그 구별을 작품의 제시방법에서 찾았다. 작품의 제시방법에 따른 구별은 결국 독자(청중)에 대한 작가의 입장에서 본 분류이게 된다. 그는 이러한 입장에서 서정시, 서사시, 극을 나누었는데 그 특징은 다음과 같다.

① 서정시: 1인칭 화자가 이야기하는 경우

② 서사시: 서술자는 1인칭이고, 등장인물 스스로가 말하는 경우

③ 극: 등장인물이 모든 것을 말하는 경우

이와 같은 아리스토텔레스의 구분은 르네상스 시대에 와서 희곡(비극, 희극, 희비극), 서사시(산문소설), 서정시로 굳어져 불변하는 문학의 틀로서 반드시 따라야 할 규범으로 여겨졌다. 결국 문학작품의 장르란 상호 공통적 특성을 가진 문학작품들이 모여 일종의 틀을 이룬 것이라는 생각에서 비롯된 것이다. 한 작가가 자신이 말하고자 하는 바를 어떤 틀을 통해 나타내느냐 하는 것은 작가뿐 아니라 독자에게도 중요한 사실이 된다. 작가나 독자는 일정한 틀을 전제하고, 그 틀 속에서 작품에 접근하는 방법을 모색하기 때문이다. 즉 하나의 관습으로서 시를 시로 생각하고, 소설을 소설로 받아들이는 것은, 시와 소설을 구분하는 일종의 특성을 이해하고 있기 때문이란 점이다. 시를 시답게 하고, 소설을 소설답게, 희곡을 희곡답게 하는 것은 각 장르만이 지니는 특성 때문인 것이며, 이를 이해하는 것은 결국 문학의 본질에 접근하는 것이라 할 수 있다.

2) 장르의 구분과 역사

서구의 경우

아리스토텔레스 이후 르네상스까지 장르를 고정불변의 틀로 생각해 온 데 반해 19세기 후반에 오면 장르를 생성·소멸하는 자연계의

현상으로 설명하고 있음을 보게 된다. 19세기 이전까지의 장르론이 아리스토텔레스에 의한 관념적 분류임에 반해, 19세기 후반의 장르론은 자연과학적 차원에서 이루어진다.

문학에서 장르론을 자연현상의 차원에서 설명한 것은 브륀티에르(F. Brunetiére)에 의해서였다. 그는 문학에서의 분류방법인 장르를 다윈(C. R. Danwin)의 진화론에 적용시켜 설명하고 있다. 그는 『문학사에 있어 장르의 진화(L'Evolution des genres dans l'histoire de la litérature)』에서 장르의 존재, 분화, 정착, 변용, 전이 등의 다섯 항목을 제기하였는데 이를 요약하면 다음과 같다.

첫째, 예술은 그 표현수단인 매재(媒材), 목적, 신경계통이 각각 다르기 때문에 여러 가지 장르가 존재한다. 둘째, 장르의 분화는 자연계의 종자(種子)와 마찬가지로 특성적 차이에 의해 단순성에서 복잡성으로, 동질적인 것에서 이질적인 것으로 분화한다. 셋째, 장르에는 정착성과 영구성이 없고 발생, 성장, 사멸, 또는 완성·성취되는 과정이 있다. 넷째, 장르의 변용(變容)은 유전이나 민족성, 환경(지리적·풍토적 조건, 사회적 조건, 역사적 조건)의 영향, 개성에 의해 이루어진다. 다섯째, 장르의 전이·변형은 진화론의 적자생존과 자연도태의 법칙과 동일한 법칙을 따른다.

이러한 생물학적 진화론을 문학에 적용시킨 브륀티에르에게 있어 가장 큰 관심사는 셋째 항목인 문학 장르의 진화과정에 있었다. 그는 모든 문학 장르는 문학사의 전면에서 명멸한 많은 장르가 생물에서의 발생·성장·사멸 또는 완성·성숙의 단계를 밟듯 이루어진다는 것을 강조했다.

이에 대해 보베(E. Bovet)는 그의 저서 『서정·서사·극』(1911)에서 문학이 정신현상인 이상 생물학적 자연현상으로만 이해할 수 없다고 하고, 하나의 장르는 발생·성장·사멸 혹은 완성의 과정을 밟는 것이

브륀티에르(Brunetiere. F.)
1849~1906. 프랑스 남부 툴롱에서 출생. 1886년부터 Ecole Nonale에서 불문학 교수 역임. 1893년 프랑스 아카데미 회원.

다윈
(Darwin, Charles Robert)
1809~82. 영국의 박물학자, 진화론자. 슈르즈베리(Shrewsbury) 출생. 북 웨일즈로 지질학 연구여행을 했으며(1831), 해군 측량선 비글(Beagle)호를 타고 브라질, 페루, 오스트레일리아, 태평양의 섬들을 항해하고 각지의 박물학적 관찰에서 생물진화 신념을 굳히고 1836년에 귀국했다. 저서로 『종(種)의 기원(On the Origin of Species, 1859)』, 『인간의 유래(The Descent of Man)』(1871) 등이 있다.

아니라 시간적 반복을 통해 반복·전개된다고 하였다. 그에게 있어서 문학의 장르는 자연보다는 이념·정신적인 것에 바탕을 두고 정신적 계통으로서의 연관관계를 통해 파악된다. 따라서 그의 장르구분은 작품과 작자와의 관계에서 작가의 의도, 즉 작가의 정신활동에 중점을 두어 다음과 같은 장르구분을 시도하고 있다. 즉 서정시는 청년기의 문학 장르로 기대와 절망의 극단 사이에서 발생하고, 서사시는 행위와 정열을 포함한 장년기의 장르이고, 극은 긴장에서 이완으로 이행하는 노년기의 장르라고 구분하고 있다.

이와 같은 보베의 견해는 웰렉과 워렌의 『문학의 이론』에서 다음과 같이 변형되어 나타난다. 즉 이들은 '문학의 종류는 일종의 제도 (institution)'라고 정의하면서 이 제도를 통해 일하고, 자신을 표현하고, 새로운 제도를 창출해 나갈 수 있음을 주장한다. 이와 같은 견해는 한 시대의 뛰어난 작가에 의해서 새로운 장르가 성립될 수 있다는 것과 그 작가를 추종하는 많은 작가군에 의해서도 이루어질 수 있음을 생각하게 해준다.

현대의 장르론을 다시 정립하려는 야심적인 시도를 하고자 했던 프라이(N. Frye)는 『비평의 해부』에서 문학에서의 장르를 원형의 모방이라고 보았다. 그는 사계절에 관련된 신화를 문학의 4대 장르(희극, 로맨스, 비극, 아이러니와 풍자)의 원형으로 보고 그림과 같이 장르의 특성을 설명하고 있다.

<그림>과 같은 구분은 문학의 장르가 원형을 모방하는 것이란 전제 위에서 이루어진다. 작가는 지금까지 인류가 해온 이야기의 틀속에 갇혀 있다. 스스로 새로운 문학을 만들어간다는 것도 불가능하다. 이미 과거부터 있어온 거대한 틀 속에서 끊임없이 원형을 모방하고 있기 때문이다. 따라서 이러한 구분의 취약성은 신화를 문학의 원형으로 보지 않을 때에도 가능하겠느냐는 질문으로 나타나기도 한다.

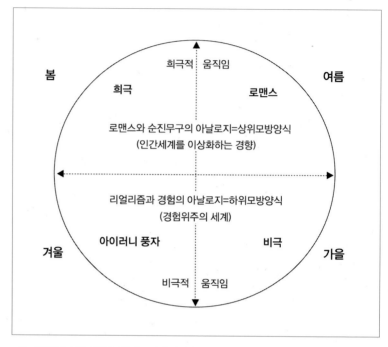

<그림> 사계(四季)의 신화(神話)로 본 문학의 장르

봄

여름

희극적 ┊ 움직임

희극

로맨스

로맨스와 순진무구의 아날로지=상위모방양식
(인간세계를 이상화하는 경향)

리얼리즘과 경험의 아날로지=하위모방양식
(경험위주의 세계)

아이러니 풍자

비극

겨울

가을

비극적 ┊ 움직임

※ 여기서의 극은 희곡을 뜻하는 것이 아니라 인간의 행동을 의미한다.
· 봄 영웅의 탄생신화, 부활과 재생, 신화·희극·열광적 찬가·광상곡의 원형
· 여름 인간의 신격화와 낙원에 관한 신화, 로맨스·전원시·목가의 원형
· 가을 신과 영웅의 사망에 관한 신화, 비극의 엘레지의 원형
· 겨울 대홍수와 혼돈의 신화, 영웅 패배의 신화, 풍자와 아이러니의 원형

　　오늘날 문학현상을 나누고 그것을 분류하는 데, 앞서 언급한 일반적인 분류보다 더 구체적으로 행해지는 방법을 제시한 사람은 댄지거(M. K. Danziger)와 존슨(W. S. Johnson)이다. 이들은 『문학비평입문(An Introduction to Literary Criticism)』에서 장르를 나누는 네 가지 기준을 다음과 같이 제시하고 있다.

① 작품의 매체·형태

② 제재와 성격

③ 창작목적

④ 독자와의 관계

   이 네 가지 기준에 의거할 때 우리는 ① 작품의 매체·형태를 기준으로, 운문 / 산문, 기록문학 / 구비문학으로 나눌 수 있고, ② 제재와 성격을 기준으로 할 때 농촌소설 / 연애소설 / 역사소설 / 풍속소설 등으로 나눌 수 있고, ③ 창작목적에 따라 순수문학 / 참여문학 / 계몽문학 등으로, ④ 독자와의 관계로 보아 순수문학 / 대중문학 등으로 나눌 수 있다.

   이렇게 볼 때, 장르의 구분은 결국 문학을 이해하기 위한 하나의 방편으로서의 의미를 지니며, 이는 문학을 보는 안목이나 관점에 따라 다른 구분이 얼마든지 가능함을 알 수 있다.

우리나라의 경우

   우리나라의 경우 장르에 관한 이론적 체계를 마련하고 이에 따라 논리 정연한 장르 구분을 시도한 학자는 드물다. 그러나 서구의 이론이 소개되고 이를 우리 문학에 적용하는 데 있어, 나름대로 우리 문학의 특성에 맞게 구분을 시도하고 있는 예는 얼마든지 찾아볼 수 있다. 국내 학자들의 장르구분 중 대표적인 것들을 소개하면 다음과 같다.

① 이병기(李秉崎)의 2분법

ⓐ 시가(詩歌): 잡가(雜歌) / 향가 / 시조 / 별곡체 / 가사(歌辭) / 극
시(劇詩)

ⓑ 산문(散文): 설화 / 소설 / 내간(內簡) / 일기 / 기행 / 잡문(雜文)

『국문학개론』에서의 이러한 구분은 시가는 표현으로 산문은 서술
로 보고 행해졌으나, 결과적으로 형식 개념에 머물러 있는 구분이라
할 수 있다.

이병기

1891~1968. 시조시인, 국문학
자, 수필가. 전북 익산 출생. 호
는 가람이다. 1926년 10월부터
11월까지 ≪동아일보≫에 「시
조란 무엇인가」를 연재하면서
이 방면의 연구와 창작에 깊은
관심을 보였다. 『가람시조집』
(문장사, 1938)을 내어, 시조의
중흥을 이룩하는 데에 결정적
역할을 했다.

② 조윤제(趙潤濟)의 4분법

ⓐ 시가: 향가 / 장가(長歌) / 경기체가 / 시조

ⓑ 가사: 가사(歌辭)

ⓒ 소설: 신화 / 전설 / 설화 / 소설

ⓓ 희곡: 가면극 / 인형극 / 창극(唱劇)

조윤제

1904~76. 국문학자, 경북 예
천 출생. 1929년 경성제대 법문
학부 조선문학과를 졸업했다.
저서로 『조선시가사강(朝鮮詩
歌史綱)』, 『국문학사』, 『국문
학개설』, 수필집으로 『현대문
감』, 『고대문감』 등이 있다.

『국문학개설』의 4분법은 과거 『조선시가의 연구』에서의 3분법을
보완한 것으로 문필을 소설과 희곡으로 세분한 것이 특징이다. 그러나
여기에는 가사를 시가와 독립시켰다는 점, 수필이나 일기·기행 등을
포괄하지 못했다는 점이 아쉬움으로 남는다.

③ 장덕순의 3분법

ⓐ 서정적 양식(抒情的 樣式): 고전시가 / 향가 / 고려가요 / 시조 /

가사(主觀的·抒情的 歌辭) / 잡가

ⓑ 서사적 양식(敍事的 樣式): 설화 / 소설 / 수필(일기, 내간, 기행,

잡필, 객관적·서사적 가사)

ⓒ 극적 양식(劇的 樣式): 가면극 / 인형극 / 창극(唱劇)

『국문학통론』에서의 3분법은 소설과 시가가 서사와 서정으로 되어 장르 개념이 분명히 설정되어 있으나 저자 자신이 말하고 있듯 수필을 서사양식에 포함시켰다는 점에서 아쉬움이 남는다.

④ 조동일(趙東一)의 4분법

ⓐ 서정(抒情)

ⓑ 교술(敎述)

ⓒ 서사(敍事)

ⓓ 극곡(劇曲)

장덕순

1921~ . 국문학자. 강원도 철원 출생. 저서로는 『국문학통론』, 『한국설화문학연구』, 조동일, 서대석 등과의 공저인 『구비문학개설』 등이 있다. 한국 고전문학 전반에 걸친 깊고 해박한 연구로 학문의 성과를 올렸다.

조동일

1939~ . 민속학자, 문학평론가. 경북 출생. 저서 『서사민요연구』를 간행한 데 이어, 『구비문학개설』, 『신소설의 문학사적 성격』, 『한국문학통사』 등을 계속 간행하여 학계의 주목을 받았다.

그는 「판소리의 장르규정」에서 조윤제, 장덕순 등의 이론을 기초로 하여 4분법을 제시했다. 여기서 특징적인 것은 서사에 판소리를 포함

시킨 것과 교술(敎述)이란 장르를 설정하여 경기체가 / 가전체 / 가사 / 악장 / 몽유록 / 창가 / 수필을 포함시켰다는 점이다. 그러나 교술이라는 용어가 개념이 불분명하고, 용어 자체가 '가르친다'는 의미가 내포되어 있음으로 해서 반론의 여지를 남기고 있다. 이에 대해 김태곤(金泰坤)은 교술에 포함된 각종 실용문은 전달에 그치는 것이므로 교술보다는 전술(傳述)이라는 용어가 더 적합하다는 반론을 제기한 바 있다.

이상과 같은 국문학의 장르구분은 엄격히 말해 서양에서의 전통적인 장르구분을 넘어서지 못하고 있다. 따라서 보다 실제적이고 보편타당한 국문학의 장르구분을 산출해내는 것은 시급한 과제라 할 것이다. 장르구분 자체가 일정하게 고정된 틀이 아니라는 점을 인식할 때 우리 문학 자체의 특질을 밝혀내기 위해서는 우리 나름의 장르구분이 반드시 필요하기 때문이다.

김태곤

1937~97. 국문학자. 충남 서산 출생. 경희대 교수, 동대학 민속학연구소장, 아시아 지역 민속학협회 회장, 황토축제협의회 회장 등을 엮임. 저서로 『한국무속연구』, 『한국문화의원본사고』 등이 있다.

시의 이해

POETRY

1. 시란 무엇인가

1) 시란 무엇인가

시에 대한 사전적 풀이는 대체로 "정조(情操)와 감동을 간직한 계율적 언어로서 사람의 마음을 예술적으로 표현한 문학의 형식으로 서정시, 서사시, 극시 등으로 분류한다"고 설명하고 있다. 그러나 '계율적 언어'라든지 '예술적으로 표현'이라는 말 자체가 지닌 관념성·추상성 등으로 인해 시의 정체에 대한 접근이 오히려 어려워진다. 즉 구체성의 상실로 더욱 모호한 설명이 되고 있다.

시의 정의에 대한 모호성이나 비논리성은 어쩌면 당연한 일일 수도 있다. 엘리어트(Eliot)의 "시에 대한 정의의 역사는 오류(誤謬)의 역사"라는 말과 같이 시에 대해 정확하고 일관된 정의를 내리는 것은 불가능한 일이기 때문이다. 그것은 시에 대한 정의가 정의를 내리는 사람의 시각과 관점에 따라 다양해질 수 있는 성격의 일면을 말하고 있으며, 모두 각자의 관점에서 시가 지닌 어느 한 면을 강조하고 있음을 의미한다.

엘리어트
(Eliot, Thomas Stearns)

1888~1968. 영국 시인, 비평가, 극작가이다. 미국 출생. 물질 문명하에 있는 현대인의 정신 빈곤을 깨닫고, 새 시대의 정신을 표현하는 데는 시의 새로운 형식과 언어가 필요하다고 주장했다. 주요 저서로 『시집』, 『평론선』, 『전통과 개인의 재능』, 『바위』 등이 있다.

그럼에도 불구하고 시가 인류 최초의 문화인 원시종합예술 형태로부터 분화되었고 오늘날에도 여전히 관심의 대상이 된다는 점에서, 시의 정의에 대한 견해는 오랜 역사를 지니고 있다. 우리가 시에 대한 정의를 살펴보고자 함은 이미 내려졌던 정의를 통해 시가 지닌 다양한 면을 이해하고 나름대로의 생각을 정리하는 데 도움을 받기 위해서이다. 우선 동·서양을 막론하고 시에 대한 비슷한 성격의 정의를 분류해 보면 다음과 같다.

첫째, 시를 자연과 인생에 대한 모방이라는 모방론적 관점에서 보는 견해이다. 이러한 견해는 서양에 있어 아리스토텔레스(Aristoteles)의 언급 이후 가장 오랜 시에 대한 정의라 할 수 있다. 여기서 모방은 단순히 대상의 재현이나 외형만을 모방하는 것이거나 실제로 일어난 일을 이야기하는 데 있는 것이 아니라, 일어날 수 있는 일, 즉 개연성 또는 필연성의 법칙에 따라 있을 수 있는 보편성에 비중을 둔 개념이다.

시모니데스(Simonides)

B.C. 556~468. 그리스의 서정 시인. 케오스 섬(Keos 島) 출생. 찬가, 만가, 경기 승리가, 엘레게이아, 비문 등 많은 시를 썼으나, 단편과 약간의 비문 외에는 전하지 않는다. 작품들은 모두 명료한 언사와 일종의 무상감이 어울려 간소하고도 아름다운 해조를 이루고 있다. 또 그의 지혜와 경구도 유명하다.

셸리(Shelley)

1792~1822. 영국의 시인. 옥스퍼드 대학 재학 중에 『무신론의 필연성(The Necessity of Athe-ism)』(1811)이라는 소책자를 내어 퇴학 처분을 받았다. 주요 작품으로 「몽블랑(Mont Blance)」 등이 있고 시극으로는 「속박에서 풀린 프로메테우스」, 즉흥시로는 「서풍부」, 「종달새에게」 등, 주옥같은 서정시가 있다.

> 시는 율어(律語)에 의한 모방이다.
>
> ― 아리스토텔레스(Aristoteles)
>
> 그림은 말 없는 시이고, 시는 말하는 그림이다.
>
> ― 시모니데스(Simonides)
>
> 시는 일그러진 사실을 아름답게 만드는 거울이다.
>
> ― 셸리(Shelley)

위의 견해들이 그것인데, 이러한 정의의 근거에는 시가 우주·자연·인생·이념이나 진리를 모방함으로써 존재의의를 지닌다는 생각이 깃들여 있다.

둘째, 시가 시 자체로 의미 있는 것이 아니라 남에게 가르침을 주거나 즐거움을 준다는 효용론적 관점에서 보는 견해이다. 즉 교훈성에 기반한 도덕적 기능이나, 즐겁고 유익하다는 견해는 시가 지닌 효용에 더 많은 관심을 갖는 것으로 동·서양을 막론하고 가장 오랜 전통을 지닌다.

시 300수의 의미를 한마디로 말한다면 생각함에 있어 사악(邪惡)함이 없다는 것이다(子曰 詩三百一言而蔽之曰 思無邪).

— 공자

임금을 사랑하지 않고 나라를 걱정하지 않는 것은 시가 아니며, 어지러운 시대나 풍속을 슬퍼하고 통분하지 않는 것은 시가 아니다 (不愛君憂國非詩也不傷時憤俗非詩也).

— 정약용

시는 가르치고 즐거움을 주고자 하는 말하는 그림이다.

— 시드니(P. Sidney)

정약용

[1762(영조 38)~1836(헌종 2)]. 조선조 말기의 실학자. 시호는 문탁이다. 경기도 광주에서 출생한 그는 천주교인이었으며 천주교 교명은 '요한'이다. 유배지의 다산(茶山) 기슭에 있는 윤박(尹博)의 산정에서 19년간 경서학에 전념, 학문적인 체계를 완성하고 많은 저술을 했다. 조선조 학계에 전개된 진보적인 신학풍을 총괄, 집대성한 실학파의 대표이다.

시드니(Sidney, Philip)

1554~86. 영국의 시인, 정치가. 미문(美文)으로 된 신문과 연애시를 썼으며, 엘리자베스 1세의 외교사절로도 활약했다. 그의 목가적인 로맨스 『아케이디아』는 영국 산문사상 하나의 위관이다. 시의 본질, 영국 시의 전통 등을 취급한 『시의 변호』는 비평사상 특필할 만한 것이다.

이와 같은 견해는 모두 시 자체가 지닌 예술성보다는 시를 통해 얻어지는 효과, 즉 기쁨과 즐거움 그리고 교훈적 의미를 전달하는 측면을 강조하고 있다.

　셋째, 시는 사물을 있는 그대로 묘사하는 데 그치지 않고, 자연 및 삶의 현실을 주관적 상상에 의해 구현한다는 표현론적 관점에서 보는 견해이다. 즉 시를 개인의 주관적인 감정의 표현으로 보고, 시의 형태를 형식적인 면에서 음악성을 강조하고 내용면에서는 상상과 감정의 발로로 보고자 한다. 즉 개성적이고 독창적인 상상력을 통해 시인의 내면세계를 밖으로 표출하는 자기표현(Self Expression)이 시가 된다는 관점이다.

　시는 뜻을 나타내고 노래는 말을 읊은 것이다(詩言志 歌詠言).

　　　　　　　　　　　　　　　　　　　　　　　　　　─ 유협(劉勰)

　시는 마음에서 우러난다고 하는 것이 믿을 만하다(則所謂詩源乎心子信哉).

　　　　　　　　　　　　　　　　　　　　　　　　　　─ 이인로(李仁老)

　시는 넘쳐흐르는 감정의 힘찬 표출이다.

　　　　　　　　　　　　　　　　　　　　　　　　　　─ 워즈워드(Wordsworth)

　시는 상상과 감정을 통한 인생의 해석이다.

　　　　　　　　　　　　　　　　　　　　　　　　　　─ 허드슨(Hudson)

　시는 미의 운율적 창조이다.

　　　　　　　　　　　　　　　　　　　　　　　　　　─ 포우(E. A. Poe)

위의 정의들은 모두 시에 대한 낭만적 정의인데, 시에 대한 본질적인 측면을 강조하고 있다. 서양에서는 19세기 낭만파 시인들에 의해 정의되고 있음을 알 수 있다.

넷째, 시 자체가 어떻게 구성되느냐는 구조론적 관점에서 보는 견해이다. 구조론적 관점은 시를 하나의 독립적 구조물로 보고 시인이나 독자, 역사, 상황, 현실 등 외부적인 것과 따로 떼어서 그 작품 자체의 독자성에 근거하여 시를 보는 태도이다. 시가 언어의 구조물로서 그 자체가 완결된 질서와 여러 구조들의 결합에 의해 이루어진 만큼 작품의 연구방법이라든가 평가기준이 이 내적 조건에서부터 출발되어야 한다는 것이다. 20세기 초반 러시아형식주의자들과 영미의 신비평가들에 의해 연구가 되었던 이 구조론은 "작품은 유기적인 통일성을 지닌 생물과도 같은 것이며 그에 고유한 쾌감을 산출할 수 있을 것이다"라고 말한 아리스토텔레스에게서 그 뿌리를 찾을 수 있다.

> 시는 언어의 건축이다.
>
> — 김기림
>
> 좋은 시란 내포와 외연의 극단적 대립에서 모든 의미를 통일한 것이다.
>
> — 테이트(A. Tate)
>
> 시는 정서의 표출이 아니라 정서로부터의 도피이다.
>
> — 엘리어트(T. S. Eliot)

포우(Poe, Edgar Allan)

1809~49. 미국의 시인, 소설가, 비평가. 영국 낭만파의 영향을 받아 환상적·괴기적인 단편소설과 음악적인 시를 지었다. 「갈가마귀」, 「헬렌에게」 등의 시와 「그로테스크하고 아라베스크한 이야기」 등의 단편소설을 발표했다. 『호손론』, 『시의 원리』 등을 통해 단편소설의 이론을 수립했다. 때로 그의 작품은 시대 및 환경에서 이탈된, 사상성이 빈곤한 것이라고 비난받기도 한다.

김기림

1908~?. 시인, 평론가. 함북 성진 출생. 호는 편석촌(片石村)이다. 니혼 대학 문학 예술과를 거쳐 도호쿠 제대(東北帝大) 영문과를 졸업했다. 시집으로 『기상도』, 『태양의 풍속』, 저서로 『시론』 등이 있다.

테이트 (Tate, John Orley Allen)

1899~1979. 미국의 시인, 분석 비평가. 랜섬과 함께 남부 농경파에 속하며 우수한 형이상시를 발표했고, 신비평의 지도자 중 한 사람으로 비평용어인 텐션[tention]은 시의 이상적 상태를 나타낸다. 시집으로 『포프의 시 그 밖에서』(1928)가 있고, 평론집에 『반동적 에세이집』(1936), 『광기 속의 이성』(1941) 등이 있다.

시는 역설과 아이러니의 구성체이다.

―브룩스(C. Brooks)

이와 같은 견해는 모두 현대에 와서 내려진 정의임을 알 수 있다. 시에 있어서 감정보다는 이성을 중시하고, 시 자체가 지닌 내적인 통일성을 중시하는 신비평 계열의 비평가들의 견해가 눈길을 끈다. 김기림의 정의 역시 하이데거(M. Heidegger)의 견해와 같은 것으로 서구의 모더니즘 이론을 적극 수용한 흔적을 찾아볼 수 있다.

이러한 다양한 시에 대한 정의는 앞서 언급하고 있듯 시에 대한 전체적 면모를 밝혀주지 못하고 있다. 다양한 정의들이 모두 시가 지닌 한쪽의 측면만을 강조하고 있기 때문이다. 분명한 것은 시라는 말의 어원이 동양에서 '言+寺'(寺는 원래 持이다)로 나타나듯 '언어행위'라는 점, 서양에서의 Poem이 원래 만듦(making)을 의미하는 희랍어 Poiesis에서 유래되었듯 '만들기(창작·제작)'를 의미한다는 점이다.

시가 만들기를 의미하고 있는 만큼 시인(Poet)은 '만드는 사람'이란 뜻이다. 즉 그 무엇인가를 모방해서 만드는 모방자인 것이다. 언어로서 무엇을 만든다는 것 자체는, 인생이든 자연이든 언어를 통해 그 속에 내포된 새로운 의미와 진실을 밝혀가는 것을 뜻한다. 이를 위해서는 시인의 상상력과 사물의 진실을 포착해내는 직관이 필요하게 되고, 압축된 언어 속에 인생을 포괄하는 시적 기교의 문제 역시 중요하게 된다.

2) 시의 일반적 특징

정서와 상상력

시에서 찾아볼 수 있는 가장 두드러진 특징은 정서와 상상력을 통한 문학이라는 점이다. 정서와 상상력이라 해서 이것이 곧 시만이 지닌 특징이라는 것은 아니다. 문학의 기본적인 요소인 사상·정서·상상·형식 중에서 시는 특히 정서와 상상력을 통해 인생과 자연을 노래하

① 나 보기가 역겨워
　가실 때에는
　말없이 고이 보내 드리오리다.

　영변에 약산
　진달래꽃
　아름따다 가실 길에 뿌리오리다.

　가시는 걸음 걸음
　놓인 그 꽃을
　사뿐히 즈려 밟고 가시옵소서.

　나 보기가 역겨워
　가실 때에는
　죽어도 아니 눈물 흘리오리다.

— 김소월, 「진달래꽃」

김소월(김정식)

1902~34. 시인. 평북 구성군의 외가에서 출생. 정주 오산학교에서 스승 김억의 영향을 받아 시를 쓰기 시작해서 1920년 「낭인의 봄」(『창조』 5호) 등을 발표하면서 문단에 데뷔하였다. 시집으로 『진달래꽃』, 유작시 등을 모은 『소월시초』 등이 있다.

② 남자가 여자의 왼쪽 옆구리를 뜯어내 주유기를 걸쳐놓고 한 손으로는 여자의 목을 또 한 손으로는 여자의 머리를 쓰다듬고 있다

여자가 남자의 배를 뜯어내고 밀어 넣은 주유기를 두 손으로 잡은 채 쉴새 없이 깔깔거리고 있다

남자가 남자의 등을 뜯어내고 그러고는 담배에 불을 붙이고 있다 주유기는 뼈 사이에 걸려 있다

세상의 모든 차들은 휘발되는 불빛만 믿고 길을 만들고

의외로 간단한 조합인 남자와 남자 또는 여자와 남자 또는 여자와 여자는 몸만 바꾸고

—이원, 「주유소의 밤」

이원

1968~ . 경기도 화성 출생. 1992년 ≪세계의 문학≫에 「시간과 비닐봉지」를 발표하면서 작품활동 시작. 시집으로 『그들이 지구를 지배했을 때』, 『야후! 의 강물에 천개의 달이 뜬다』가 있다.

고, 그 의미를 해석한다는 점에서 중요한 특징을 이룬다는 말이다.

①의 시에서 느끼는 이별의 정한은 곧 우리 마음속에 공통적으로 자리한 슬픔의 정서에 맞닿아 있음을 알 수 있다. 이별에 대한 어떠한 해석이나 논리 이전에 독자에게 다가오는 것은 감성(感性)으로 받아들여진 정서적 감동일 것이다. 시에서 감동을 느끼지 않는다면 그 시는 시로서 존재가치가 없다고 할 수 있다. 이 감동은 주로 정서적인 감동이다. 물론 오늘날의 시가 다양한 형태로 나타나기 때문에 사상적인 면이나 관념적 형태로 쓰여지기도 하지만, 사상이나 관념 자체로 독자를 감동시키는 것은 아니다. 아무리 관념·사상 위주의 시라 할지라도

그것이 감성으로 바뀐 관념, 감성화된 사상으로 전화되어야만 감동의 울림을 전해준다.

정서와 더불어 시의 본질을 나타내 주는 요소로 상상력에 의한 이미지의 창조를 들 수 있다. 상상력은 이질적인 요소들을 하나로 통합시키는 힘이라 할 수 있다. 위의 시에서 보이듯 사랑하는 님, 고향 산천에 흐드러지게 피어 있는 진달래꽃, 님과의 이별, 인고의 태도 등은 진달래꽃이 단순한 꽃이 아니라 떠나가는 님의 앞길에 대한 축복이며, 그 꽃을 매개로 하여 이별의 슬픔을 딛고 일어서는 인고의 정신까지를 내포한다. 꽃에서 님을 발견하고 이별을 생각하고 이별의 정한을 표현해내는 힘은 곧 상상력의 소산인 것이다.

물론 시에서 정서와 상상력이 「진달래꽃」에서와 같이 서정적인 모습만을 의미한다고는 할 수 없다. ②의 시에서 보면, 상상력이 매우 낯설게 전개된다. 남자와 여자 사이의 애틋함이 없다. 나아가 인간의 몸이 주유기나 플러그같이 차가운 사물과 뒤섞여 있다. 도시의 밤 풍경 속에 인간과 사물이 같은 모습으로 나타난다. 차들이 "휘발되는 불빛만 믿고 길을" 만들듯, 인간 역시 끊임없이 생을 소진하며 무의미한 삶을 살고 있는 것이다. "의외로 간단한 조합"이 아닐 수 없다.

오늘날의 삶이 기계화·문명화되어 있듯, 시에서의 정서와 상상력 역시 변화되고 있음은 주지의 사실이다. 전통적인 서정적 표현만으로는 날로 변화되어 가는 우리의 삶을 모두 담아낼 수 없다. 이런 점에서 시가 감성보다는 이성을 통해, 감동의 울림보다는 내적 성찰의 계기를 마련해야 한다고 주장하기는 하지만, 이러한 태도 역시 시가 지닌 정서와 상상력의 참신하고도 독창적인 사용에 의거하지 않으면 빛을 발하지 못하기 때문에 정서와 상상력은 시를 이루는 가장 근본적인 요소라 할 것이다.

운율과 형식미

시의 특징 중 운율과 형식미를 빼놓을 수 없다. 언어는 의미와 소리의 결합체이다. 일반 산문이나 다른 문학의 장르에서는 이 '소리'의 측면에 대해 거의 의식을 안 하지만 언어를 가장 정교하게 다루는 시에서는 언어의 소리가 빚어내는 효과를 최대한 살려서 사용한다. 시를 읽으면서 마음속에 어떤 흥겨움을 느끼는 것은, 시가 지닌 일종의 리듬, 즉 운율적 요소에 의한 흥취라 할 수 있다. 시가 산문에서와 달리 율조(律調)를 드러내는 것도 이러한 운율적 요소 때문이다. 이런 점에서 "시는 미의 운율적 창조"라고 한 포우의 정의는 시가 지닌 특징을 잘 말해주고 있다.

시에서의 운율은 심리적으로는 읽어가면서 느껴지는 흥겨움에서 찾을 수 있고, 시 자체로는 반복을 통해 생겨나는 음악성의 발견이라 할 수 있다.

① 우러라 우러라 새여
  자고니러 우러라 새여
  널나와 시름한 나도
  자고니러 우니노라
  얄리 얄리 얄라셩 얄라리 얄라

  가던새 가던새 본다
  믈아래 가던새 본다
  잉무든 장글란 가지고

믈아래 가던새 본다
얄리 얄리 얄라셩 얄라리 얄라

—「청산별곡」에서

② 강원도 백성들아 형제송사 하지마라
종귀밧귀는 얻기도 쉽거니와
어디가 또 얻을 것이라 흘긧흘긧 하나다.

—정철, 「훈민가」에서

①은 반복을 통한 리듬을 잘 보여주고 있다. 즉 '얄리얄리 얄라셩 얄라리 얄라'라는 후렴구가 매 연이 끝날 때마다 반복됨으로써 하나의 패턴을 이루고 그 자체가 지닌 음악성으로 말미암아 흥겨움을 주고 있다. 특히 시의 내용이 희망도 살아갈 의욕도 없는 절망적 삶의 내용임을 생각할 때, 반복에서 얻어지는 흥겨움은 절망적 삶에서도 비극으로 떨어지지 않게 하는 무의식적인 의지를 불러일으킨다. 반복적인 리듬이 시의 내용, 즉 의미구조에까지 영향을 끼치고 있음을 보여주는 예이다.

②는 조선조 중기의 작품으로 백성을 훈계하는 내용의 시조이다. 남을 가르친다거나 교화한다는 내용에 비추어볼 때 이 작품은 무미건조한 형태를 지닐 수 있는 요소가 농후하다. 그러나 이 작품에서 의태어 '흘긧흘긧'이 주는 묘한 흥취와 해학적 표현은 다른 시조에 비해 완연히 그 특징을 달리한다.

이 외에도 리듬을 창조해내는 운율적 요소로 압운(押韻)[두운(頭韻)·

정철

1536(중종 31)~1593(선조 26). 시인, 정치가. 중종 31년에 서울 장의동에서 출생. 송강 정철은 가사의 효시인 「한림별곡」(1560, 명종 15)을 지었고 윤선도와 더불어 가사, 시조의 쌍벽을 이루었다. 시조는 모두 93수, 『역대시조전서』에는 109수가 전한다.

요운(腰韻)·각운(脚韻)]을 들 수 있는데, 오늘날의 현대시에서는 잘 쓰이지 않는다.

　시에서 운율과 형식미의 통일로 인해 사상의 집중과 압축된 효과를 이루는 것은 내용과 형식의 일치를 의미한다. 이것은 정형시는 물론 자유시와 산문시에서도 똑같이 적용되는 시의 근본적 특질이다. 시조의 경우 그 내용이 대부분 유교적 이념을 반영하고 있기 때문에 갈등과 긴장보다는 화해로운 결말로 처리되는 단가(短歌)의 형식을 갖추듯, 자유시에서는 발랄한 시심이 자유롭게 펼쳐지기 때문에 정형성의 탈피와 함께 내재율의 획득이란 자기규제를 보여준다.

풀이 눕는다
비를 몰아오는 동풍에 나부껴
풀은 눕고
드디어 울었다
날이 흐려져 울다가
다시 누웠다

풀이 눕는다
바람보다도 더 빨리 눕는다
바람보다도 더 빨리 울고
바람보다 먼저 일어난다

날이 흐리고 풀이 눕는다

발목까지

발 밑까지 눕는다

바람보다 늦게 누워도

바람보다 먼저 일어나고

바람보다 늦게 울어도

바람보다 먼저 웃는다

날이 흐리고 풀뿌리가 눕는다.

— 김수영, 「풀」

이 시는 형식과 내용의 일치, 즉 압축된 형태 속에 조화되고 통일된 시의 주제를 잘 드러내고 있다. 우선 풀의 속성으로 나타나듯 '눕고,' '울고,' '일어남'의 반복적 움직임은 시행의 전개에 따라 새로운 상황을 유도해 냈다. 즉 같은 내용의 반복이 아니라 상황전개에 따른 끈질기고 억센 삶의 양식이 드러난다. 이 시에서 풀의 이미지의 놀라운 구사, 주술적으로까지 보이는 빠른 속도의 리듬 등이 주제와 관련되어 압축된 형태 속에 통일되어 있는 것이다. 브룩스와 워렌이 『시의 이해(Understanding Poetry)』에서 "모든 시는 극적인 구조를 내포한다"고 하고 또 이런 의미에서 "모든 시는 '작은 희곡(little drama)'이라 보여질 수 있고 실제에 있어서는 그렇게 되어야 한다"고 한 말은 결국 시를 위한 모든 요소—율격이나 비유적 언어나 의미—가 유기적으로 연결되어야 함을 의미한다. 압축되고 집중된 형태 속에 드러난 시의 형식이야말로 다른 장르에서 찾기 어려운 시만의 특징이라 할 수 있다.

김수영

1921~68. 시인. 서울 출생. 해방 후, 김경린, 박인환 등과 함께 합동시집 『새로운 도시와 시민들의 합창』(도시문화사, 1949)을 간행. 시집으로 『거대한 뿌리』, 산문선집으로 『시여 침을 뱉어라』 등이 있다.

3) 시의 두 관점

주정적 관점의 시

시가 다른 문학 장르보다 주관성이 짙게 드리워져 있음은 주지의
사실이다. 워즈워드가 『서정시집』 서문에서 "모든 좋은 시는 강한 감
정의 자연발생적 표현이다"라고 한 것은 시에 있어서의 주관성을 강
조한 것이다. 이 주관성은 흔히 시인이 대상을 바라보는 시점과 심리
적 태도의 문제로 설명된다. 즉 심리적 거리가 짧을 때 시인의 주관이
나 정서가 시의 전면에 노출되는데, 이는 대상과 시인(체험적 자아)이
거의 일치된 상태로 설명된다. 우리가 흔히 서정시라고 하는 것은 주
관성이 짙게 내포된 시로서 시인 자신의 관념이나 정서를 토로하는
시를 의미한다.

저녁의 피묻은 洞窟속으로
아, 밑 없는 그 洞窟속으로
끝도 모르고
끝도 모르고
나는 꺼꾸러지련다.
나는 파묻히련다.

가을의 병든 微風의 품에다
아, 꿈꾸는 微風의 품에다
낮도 모르고
밤도 모르고

나는 술취한 몸을 세우련다.

나는 속아픈 웃음을 빚으련다.

　　　　　　　　　　　－ 이상화, 「말세(末世)의 희탄(稀嘆)」

　이 시는 이상화(李相和)의 데뷔작으로 ≪백조(白潮)≫ 창간호에 실린 시다. ≪백조≫의 대부분의 작품이 그러하듯 직정적(直情的)인 감정 토로와 함께 시인의 병든 낭만주의를 보는 듯 하다. 3·1운동의 실패로 인한 젊은 시인의 좌절과 절망감이 '꺼꾸러지련다,' '파묻히련다'와 같이 어떤 시적 장치도 없이 드러나고 있다. 예술적 장치(리듬, 이미지, 어조 등)에 의해 시인의 정서가 여과되지 않은 상태에서 작품의 표면으로 흘러넘치고 있는 것이다. 우리는 여기서 정서적 환기나 감동의 울림이 아니라, 젊은 시인의 자기고백을 듣고 있는 셈이다. 이것은 시인이 감정의 노예가 되어 예술적 정서를 환기시키지 못했다는 것을 의미한다. 감정의 노예가 된 시를 흔히 감상적인 시라고 하는데, 이는 서정시가 주관성이 강하지만 시인의 감정을 적절히 예술적 정서로 전이(轉移)시키지 못했기 때문이다. 이에 대해 김기림은 그의 『시론』에서 다음과 같이 말하고 있다.

이상화

1901~1943. 시인. 대구 출생. 백조 동인(1922)이 되어 그 창간호에 「말세의 희탄」, 「단조(單調)」, 2호에 「가을의 풍경」, 3호에 「나의 침실로」, 「이중의 사망」을 발표했다. 시집으로 『늪의 우화』(1969), 『이상화 시집』(1985) 등이 있다.

　비극(悲劇)이 비극적인 것은 그 중의 인물이 우는 때가 아니다. 차라리 그 속에 나타나는 인생의 동딴위치가 관객을 울리는 것이다.

시가 스스로 욺으로써 독자를 울리려고 하는 시가 있다. 그런 경우에 우리는 차라리 그러한 치기(稚氣)를 웃을 수밖에 없다.

시에 있어서 주관성의 강조는 시인의 감정이 솔직하게 드러남을 의미하지만, 이처럼 정서의 고취가 아닌 시인의 자기고백을 의미하는 것은 아니다. 정서의 고취란 시인의 충동적 감정이 일정한 시형식을 통해 이루어지는 것이다. 단순히 주관적 감정에 사로잡히는 것이 아니라 그 감정을 형식을 통해 여과하는 것이 중요하다. 서정시의 특징을 자발적(自發的, Spontaneous), 광희적(狂喜的, Rapturous), 비규율적(非規律的, Un-disciplined)이라고 하지만, 이 역시 시인의 원초적 감정이 형식을 통해 객관화됨으로써 그 의미를 확대해 갈 수 있다.

나무들 그들만이 그들의 生의 저 홀로 흔들려 바로서는 절대의 자세를 안다. 절대의 슬픔을, 그 슬픔의 끝인 피눈물을, 절대의 생로병사로 서서, 오로지 초지일관, 곧 죽어도 서서, 이 텅텅 말라비틀어지는 육신에 피닉스를 잎 게워낸다. 그리하여 나는 이 전무후무한 학교에서 맛본 생의 불굴의 투지를 흡입한다. 나무들 그들만이 그들의 忍苦의 세월을 불쑥 잎 피고 지는 벌거벗음으로 벌거벗지 않은 생의 무거움을 어디까지나 몸 하나로 가볍게 보여주는, 나에게 설교를 하려는 세력들은 죽어 뒈져라 하는, 아 곧 망할 것 같은, 아 곧 끝장날 것 같은, 나무는 나무들은 그들만

> 이 그들의 생의 저 홀로 흔들려 저 홀로 꿈 불타는 절대의 독립을, 절대의
> 가능으로 불가능의 삶을 확확 살아낸다.
>
> ―박용하, 「나무 앞에서」

　이 시에서는 앞의 시에서 보이는 시인의 자기고백이 아닌 시적 정
서의 울림을 느끼게 된다. 이 시의 정서는 끊어지지 않고 계속되는
거친 호흡과 여기서 오는 리듬, 강렬한 시어 그리고 나무를 통해 배우
는 삶의 열기 등에서 잘 나타난다. 화자는 사시사철 다른 모습으로
다가오는 나무의 모습에서 '절대의 슬픔'과 '절대의 자세' 그리고 '절
대의 독립'을 읽어낸다. '절대'라는 강렬한 표현 속에 우리는 한겨울
나뭇잎이 다 떨어진 앙상한 가지에 스치는 눈보라와 매서운 바람을
생각하게 된다. 그러나 봄이 되면, 다 말라비틀어진 듯 보이는 가지에
서 새싹이 트고 또 다시 새로운 생이 시작된다. 누구의 도움도 받지
않고 스스로 삶 속에 왕성한 생명력을 꽃피우는 것이다. 시인은 이런
나무에게서 격렬한 생의 의욕을 보고, 배우고 있는 셈이다. 그리고
이런 감정은 나무의 자세와 어울리면서 독특한 개성을 지닌 목소리에
실려 있다. 이 시의 개성은 감정을 노출시키되 나무의 내면을 통해서
라는 시적 장치를 동원하여, 객관적 감정으로 변형시키는 데서 찾을
수 있다. 시인의 감동이 단순한 감동으로 끝나지 않음을 보게 되는
것이다.

　단순하고 격렬한 감정은 독자에게 정서를 환기시키지 못한다. 오히
려 나무의 태도나 자세 속에 내면화된 상태에서 더 큰 진폭으로 감동
을 전해주는 것이다. 주관적 감정의 객관화 ― 시가 자기표현에 그치는

박용하

1963~ . 강원도 사천 출생.
1989년 《문예중앙》 신인상
에 당선. 시집으로 『나무들은 폭
포처럼 타오른다』, 『영혼의 북
쪽』 등이 있다.

것이 아니라, 독자와 더불어 공유하는 정서 — 야말로 일차적 요소가 될 것이다.

이와 더불어 한 가지 더 지적할 것은 주정적인 시에서 시인과 시의 화자를 일치시켜 본다는 점이다. 엄밀하게 말해서 시인(체험적 자아)과 화자(서정적 자아)를 구별하는 것은 당연한 일이다. 그러나 주관적인 감정이 작품의 전면에 드러남으로써 서정적 자아는 곧 시인의 분신으로 여겨질 수 있다. 이것은 시인이 자신의 감정에 진실하다는 측면과 시에서의 언어 역시 시인의 기질이나 성품과 밀접하게 연결되어 있다는 측면에서 오랜 문학적 관습으로 이어져왔다.

주지적 관점의 시

주지시라는 용어는 20세기에 들어와 큰 비중을 차지한 것으로, 과거 낭만파 시인들의 주정적인 면에 반기를 든 시인들에 의해 쓰여진 말이다. 이들은 과거의 시가 시인과 대상과의 심리적 거리가 짧았기 때문에 주정적인 모습을 띠게 되고, 체험적 자아인 시인과 시적 자아와의 동일시가 이루어지고 있었음을 지적한다. 즉 주정적인 시들은 자연발생적인 시이기 때문에 실제의 감정이 시의 전면에 그대로 노출된다는 것이다. 그러나 엘리어트의 경우, 시 속에 어느 정도 시인의 개성이 내포된다는 것을 부정하고 있다. 그는 시를 '정서로부터의 도피,' '개성으로부터의 도피'라고 정의하면서 시의 정서란 실제의 정서와는 다른 객관적 상관물을 통한 환기된 정서임을 주장한다. 즉 시는 감정을 직접 진술하지 않고 객관적 상관물을 통해 간접적으로 정서를 환기시킨다는 것이다.

시에 있어서 정서를 환기시키는 구체적 방법으로 객관적 상관물을 발견하는 일은 매우 중요하다. 그는 「햄릿과 그의 문제(Hamlet and his problems)」에서 다음과 같이 말한다.

예술의 형태에 있어 정서를 표현하는 유일한 방법은 '객관적 상관물'을 발견하는 데 있다. 다시 말하면 특수한 정서의 공식이 되고 독자에게 똑같은 정서를 환기시키는 일련의 사물과 상황과 사건을 발견하는 것에 의존한다.

객관적 상관물이란 구체적 사물, 상황, 사건을 통해 감정의 직접적 진술이 아닌 간접적인 정서를 환기시키는 방법을 의미한다. 이를 위해서는 시에서 진술이 아닌 묘사의 구체성과 명확성이 강조될 수밖에 없다.

琉璃에 차고 슬픈 것이 어른거린다.
열없이 붙어서서 입김을 흐리우니
길들은 양 언 날개를 파다거린다.
지우고 보고 지우고 보아도
새까만 밤이 밀려나가고 밀려와 부딪치고,
물먹은 별이, 반짝, 寶石처럼 백힌다.
밤에 홀로 琉璃를 닦는 것은
외로운 황홀한 심사이어니
고운 肺血管이 찢어진 채로
아아, 늬는 山ㅅ새처럼 날러갔구나!

— 정지용, 「유리창(1)」

'폐혈관이 찟긴' 죽음과 이별의 슬픔이 담겨진 이 시는 투명하면서도 안과 밖을 차단하는 유리창을 통해 고립감과 슬픔의 정서를 환기시킨다. 화자는 유리로 차단된 공간에 갇혀 있다. 찬 유리에 입김을 불어보는 화자의 행위엔 유리의 차가운 느낌과 생기를 불어넣으려는 헛된 행위가 대조적으로 드러난다. 그러나 입김은 창에 얼어붙어 '언 날개'를 파닥거릴 뿐이다. 파닥거림은 생명의 호흡이나, '언 날개'로 인해 죽어가는 생명을 암시한다. 투명하지만 안과 밖을 가르는 유리창과 유리 특유의 촉감은 죽음의 세계가 주는 섬뜩한 이미지를 감각화하면서 죽음을 바라보게 하는 객관적 거리를 제공한다. 이런 점에서 유리창은 객관적 상관물로서 시적 정서를 환기시킴은 물론 아들의 죽음을 앞에 둔 화자로 하여금 슬픔과의 심리적 거리를 유지시켜 준다. 이러한 심리적 거리는 슬픔을 '물먹은 별'로 응축시키는 객관화된 감정과 함께, 죽은 '늬'를 날아간 '山ㅅ새'로 환치시키는 승화된 슬픔을 보여주게 된다.

태엽 풀린 시계의 톱니바퀴처럼 느릿느릿
몇 명의 여자들이 소파에 몸을 기댄다
하루의 시간을 다 팔아버린 안도의 숨을 쉬며
일제히 식은 찻잔들도 건조한 자기 자리로 돌아간다
창문마다 붉은 티켓으로 꽂혀 있던 허공이
시커멓게 부패된다
사소한 추억도 쌓이지 않은 하루의 끝은 평온하다
정지된 여자들이 고대 벽화처럼 얼룩진 내부
불빛은 그 오래된 풍경을 밀봉시킨다

> 방부처리된 시간마저 副葬햇던 고대 무덤의 유적인지도 모를 이곳
>
> ─ 배용제, 「타임다방」에서

    이 시는 영업이 끝난 다방의 풍경을 보여준다. "태엽풀린 시계의 톱니바퀴처럼 느릿느릿" 힘겨운 하루를 보낸 여자(종업원)들이 피곤한 몸을 기대고, 식은 찻잔들도 자기자리에 놓여 있다. 시인은 피곤한 몸을 태엽 풀린 시계로, 지루한 일상을 "사소한 추억"도 없는 관계로 읽어내고 이를 "평온하다"라는 역설로 표현한다. 어떤 희망도 없이 습관적으로 반복되는 일상을 끝낸 이곳은 "정지된 여자들이 고대 벽화처럼 얼룩진 내부"를 이루고, 시간마저 "부장(副葬)했던 고대 무덤의 유적" 같은 곳이 아닐 수 없다. 이 스산한 다방 내부를 채우고 있는 권태와 절망들이 평온함으로 위장된 무덤의 이미지로 통합된다.

    이렇듯 묘사의 구체성과 정확성이란 결국 시인과 대상과의 심리적 거리조정을 통한 의미와 이미지와의 통일성을 의미한다. 「유리창」에서 보이는 유리창을 매개로 한 차가움과 따뜻함, 안과 밖, 삶과 죽음이란 대조적 이미지 속에 죽은 아이에 대한 슬픔이 동화되는 것으로 나타났다. 「타임다방」에서는 지루하고 반복적인 일상에 매몰된 여인들의 삶을 태엽 풀린 시계로, 무의미한 일상을 부패와 밀봉, 즉 "방부처리된 시간"의 이미지로 구체화하고 있는 것이다. 더욱이 죽음을 대하는 이의 실제 감정이 드러나지 않고 유리의 차가운 이미지로 보여준다는 것이나 일상 속에 찌든 권태와 절망을 무덤의 이미지로 구체화하는 것 역시 객관화된 감정의 표출이요, 정서를 상징적으로 암시하는 것임을 알 수 있다.

배용제

1963~ . 전북 정읍 출생. 1997년에 ≪동아일보≫ 신춘문예에 「나는 날마다 전송된다」로 등단했다. 시집으로 『삼류극장에서의 한때』, 『이 달콤한 감각』이 있다.

우리나라에서 주지적인 시의 경향은 1930년대 김기림에 의해 도입되어 김광균의 시에 직접 적용되었다. 이러한 이미지즘을 바탕으로 한 시의 전개는 1950년대 후반기 동인들에 의해 계승되고 오늘날 많은 시인들에 의해 쓰여지고 있다.

2. 시의 요소와 방법

1) 시와 언어

정서적 언어

시에서 쓰이는 언어가 일상어와 달리 유별난 뜻을 지니고 있음은 주지의 사실이다. 일반적으로 쓰이는 언어가 하나의 대상을 지시하고 그 뜻을 명확히 드러내는 데 있다면, 시에서 쓰이는 언어는 정확한 의사전달 수단으로서의 사용이 아니라 감동을 전달하기 위해 쓰인다. 따라서 시어는 명확한 의미전달로서의 기능이 아니라 독자의 반응을 환기시키고 감동의 폭을 넓히기 위해 쓰인다. 이런 점에서 일상어와 시어의 차이는 언어를 어떻게 사용하느냐에 따라 생겨난다고 할 수 있다.

앞서 '문학과 언어'에서 언급했듯 리차즈(I. A. Richards)는 언어를 그 쓰임에 따라 정서적 용법과 과학적 용법으로 나누어 설명한다. 그는 감정과 기분을 표현하거나 독자로 하여금 환기시키는 방법은 언어의 정서적 용법이며, 객관적 사물이나 사건을 지시하는 방법은 과학적 용법이라 하여 시어의 특징을 구별해 낸다. 즉 시어 자체가 따로 존재하는 것이 아니라 언어를 시인이 함축적으로 활용함으로써 분위기, 의미확대, 암시, 연상작용 등을 독자에게 부여해준다는 것이다.

한잔의 술을 마시고
우리는 버지니아 울프의 생애와
목마를 타고 떠난 숙녀의 옷자락을 이야기한다.
목마는 주인을 버리고 그저 방울소리만 울리며
가을 속으로 떠났다. 술병에서 별이 떨어진다.
상심한 별은 내 가슴에 가벼웁게 부숴진다.

— 박인환, 「목마와 숙녀」에서

　이 시에서 별이 술병에서 떨어지고, 술병에 떨어진 상심한 별은 '내 가슴에 가벼웁게' 부서지고 있다. 술병에서 별이 떨어진다는 것이나, 별이 상심했다는 것이나, 별이 사람의 가슴 속에 떨어져 부서진다는 것은 논리의 세계에서는 있을 수 없는 현상이다. 우선 별은 무생물로서 인간처럼 마음이 상할 수 없다. 또 하늘에 떠 있는 별이 술병 속에서 떨어진다는 것 역시 상상할 수 없다. 그러나 시적인 세계에서는 별과 인간과의 공간적 거리도, 인격적인 차이도 있지 않다. 별이 단순히 하늘에 떠 있는 것이 아닌 가치 있는 어떤 대상인 것이다. 별이 떨어진다거나 상심했다는 것은 곧 소중하고 가치 있는 것의 소멸을 의미하게 된다. 따라서 술을 마시는 행위 속엔 소중하고 가치 있는 것의 상실로 인한 슬픔과 그로 인한 비애감이 내포되어 있다. 그렇기에 별이 술병 속으로 떨어질 수도 있고 상심할 수도, 시인의 가슴 속에 떨어져 부서져버릴 수도 있는 것이다.

　이와 같이 시의 언어는 무엇을 증명하거나 설명하기 위한 차원에서 씌어지지 않는다. 위의 시에서 보는 바와 같이 어떤 심적 태도를 수용

박인환

1926~1956. 시인. 강원도 인제 출생. 광복 이듬해(1946)부터 시를 쓰기 시작, 작품 「거리」(1946), 「남풍(南風)」(『신천지』, 1947.7), 등을 발표, 모더니즘 신인으로서의 각광을 받았다. 시집으로 『박인환 시선집』이 있다.

하기 위해 쓰이고, 나아가서는 그 태도 자체를 수용하고 있는 것이 시의 언어이다. 특히 슬픔과 비애를 보여주는 비논리의 세계는 독자로 하여금 정서적 반응을 배가시키게 된다. 언어의 이러한 쓰임이 곧 정서적 용법이요, 시의 언어를 정서적 언어라 하는 것이다.

시어의 함축성

산문과 시의 차이점을 김준오는 그의 『시론』에서 "산문은 '축적의 원리'에 의한 설명이지만 시는 '압축의 원리'에 의한 암시성을 그 본질로 하고 있다"고 했다. 이와 같이 시는 연속된 사건이나 줄거리를 갖지 않는 문학양식이다. 대상에 대한 직관이며 체험이나 감정이 집중되어서 하나의 결정체(結晶體)로 나타나는 것이다.

시어와 일상어가 언어의 함축적 활용에 의해 정서적 언어와 과학적 언어로 구별되듯이, 언어의 함축성이란 곧 정서를 환기시키는 성질을 의미한다. 모든 시는 언어를 정서적 반응의 효과를 높일 수 있도록 사용한다. 따라서 시에서 느끼는 분위기, 의미 확대 작용, 암시성, 상징성 등은 모두 독자의 마음속에 정서를 환기시키는 역할을 하며, 이를 위해서는 가능한 한 시어 속에 함축적 의미를 많이 수용할 것을 요구한다.

김준오

1937~2000. 부산 출생. 평론가. 서울대 국문과 및 동아대 대학원 국문과를 졸업하였다. 저서로 『시론』, 역서로 『장르론』 등이 있다.

한용운

1879~1944. 시인, 충남 홍성 출생. 법명은 용운(龍雲), 만해(卍海)는 법호이다. ≪유심≫(1918)지 발간, 시 「심(心)」을 발표했고, 한국현대시사상 기념비적인 존재가 되는 『님의 침묵』(1926)을 상재했다. 그의 전저작(全著作)은 『한용운전집』 전 여섯 권에 수록되어 있다.

① 타고 남은 재가 다시 기름이 됩니다. 그칠 줄을 모르고 타는 나의 가슴은 누구의 밤을 지키는 약한 등불입니까?

— 한용운, 「알 수 없어요」에서

② 저 만월, 만개한 침묵이다.
소리가 나지 않는 먼 어머니,
아무런 내용도 적혀있지 않지만
고금의 베스트셀러가 아닐까
덩어리째 유정한 말씀이다.
만면 환하게 젖어 통하는 달,
북이어서 그 변두리가 한없이 번지는데
괴로워하라, 비수 댄 듯
암흑의 밑이 투둑, 타개져
천천히 붉게 머리 내밀 때까지
억눌러라, 오래 걸려 낳아 놓은
대답이 두둥실 만월이다.

— 문인수, 「달북」

①의 경우 등불을 '약한' 등불이라고 하고 있다. 등불 자체가 약하다거나 강할 수 없다. 또 이 시에서의 밤이 시대적 암울함을 의미하든, 님의 부재를 의미하든 등불은 이를 극복해 가는 존재로서의 의미를 지니고 있다. 그렇기에 어둠이 주는 위협적 이미지 앞에 흔들리는, 그렇지만 꺼지지 않는 불빛을 떠올리게 한다. 그리고 그것이 '약한'으로 나타나듯 더욱 간절한 소망을 내포하고 있음을 보여주는 것이다.

②는 환하게 빛나는 달을 북으로 유추해서 의미를 확대한 시다. 빛의 열림(만개)이 소리의 닫힘(침묵)과 이율배반적으로 연결되어 있지만 오히려 빛과 소리의 통합이 이루어진다. 모든 상처와 고통을 품어

문인수

1945~ . 경북 성주출생. 1985년 〈심상〉 신인상으로 등단했다. 시집으로 『뿔』, 『동강의 높은 새』, 『쉬!』 등이 있다.

녹여버리는, 소리 나지 않지만 '덩어리째 유정한 말씀'인 어머니의 사랑이 그것이다. 온갖 고통을 억누르고 녹여 '낳아 놓은 대답'이 진정한 만월인 셈이다. 시인은 모성을 통해 만월로 구체화되는 생명 탄생의 과정을 펼쳐 보이고 있다.

이렇듯 정서적 용법의 언어사용은 사물과의 구체적인 교섭과 관계를 만들며 그 사물로 하여금 새로운 의미를 제시하게 하는 것이다. 시는 이런 감정의 표현이며 사물과 세계 속으로 끊임없이 흐르는 인간의 마음을 드러내는 함축의 언어들로 이루어져 있다. 이러한 시어의 특징은 시가 무엇을 진술하기보다는 의미하고 있다는 데서 찾을 수 있다. 그리고 그 의미는 겉으로 드러나지 않고 안으로 숨겨져 있다. 따라서 시어가 지닌 함축적 의미는 독자가 적극적으로 개입하면서 드러나게 된다. 독자의 상상과 유추(類推)를 통해서 밝혀지는 것이 시어가 지닌 함축적 의미일 것이고, 이러한 시어의 속성을 최대한 이용하는 것이 시가 가지는 특징이다.

애매성

시는 언어를 지시적으로 사용하는 과학적 산문이나 논문과는 달리 함축적으로 사용한다. 언어가 정서적·함축적으로 활용되기 때문에 시의 언어는 이해하기 어려운 경우가 많다. 특히 시에 있어서 애매성(ambiguity)은 문맥의 불확실한 구조에서 발생하기도 하고, 시어 자체가 지닌 다의성(多義性)에 의해서 발생하기도 한다.

애매성의 어원에 '두 길로 몰고 간다'라는 의미가 있듯이, 풍부한 암시성을 필요로 하는 시의 언어에서는 적극적으로 애매성을 이용한다. 그러나 가끔씩 서로 혼동을 일으키는 애매성과 난해성의 용어는 엄밀히 구별해야 한다. 이상섭은 『비평용어사전』에서 "어떤 낱말, 문장이 애매하다고 규정하는 것은 이미 그것의 복합적인 의미, 또는 의

이상섭

평론가, 영문학 박사. 평양 출생. 연세대 인문과학연구소 발행 《인문과학》에 시론 「시(詩)의 생략적 구조에 대하여」(연대인문과, 1963,6)를 발표, 영문학 연구와 본격적 비평활동을 시작했다. 저서로 『문학연구의 방법』, 역서로 『예술창조의 과정』, 『문학의 이해』 등이 있다.

미의 풍부를 의식했음을 뜻한다. 즉 그것대로 이미 하나의 해설이 되는 것이다. 그러나 한 낱말이나 문장이 난해하다고 규정할 때에는 아직 그 의미를 판별하지 못했다는 말일 수도 있다"고 말한 의미를 잘 새길 필요가 있다.

애매성이 시에 있어서 신선하고 새로운 의미를 찾는 시도라는 점을 착안하고, 이를 일곱 가지 유형으로 나누어 설명한 사람은 영국의 문학이론가 엠프슨(W. Empson)이다. 그는 「애매성의 일곱 가지 유형 (Seven Types of Ambiguity)」이라는 글에서 다음과 같이 설명한다.

① 하나의 낱말이나 구문이 동시에 다양한 효과를 나타내는 경우
② 두 개 이상의 의미가 시인이 의도한 하나의 의미로 나타나는 경우
③ 두 개념이 문맥상 동시에 양쪽에 관계되어 하나로 나타나는 경우
④ 둘 이상의 의미가 서로 모순되게 결합하면서 시인의 복잡한 정신 상태를 나타내는 경우
⑤ 일종의 직유(直喩)로서 직유의 두 관념은 서로 어울리지 않으나, 시인의 시작과 정중한 관념에서 다른 관념으로 옮겨감을, 즉 불명료한 것에서 명료한 것으로 나타나 있음을 암시하는 경우
⑥ 하나의 표현이 모순되거나 아무것도 의미하지 않을 경우, 독자가 그 시 속에 들어가 스스로 해석해야 할 경우
⑦ 하나의 표현이 근본적으로 모순되어 시인의 마음속에 분열을 일으키고 있음을 암시하는 경우

엠프슨(Empson, William)

1906~84. 영국의 시인, 비평가. 요크셔 출생. 케임브리지 출신. 리차즈의 언어예술이론에서 언어의 정서적 용법의 미적 효과를 받아들여, 시에서 은유의 역할과 그 효과를 언어의 정서적 의미가 갖는 '애매함'으로 설명한다. 평론 『의미의 다양성의 일곱 가지 유형』, 『복잡어의 구성』 외에 『몰리는 폭풍우』 등의 시집이 있다.

이러한 경우는 모두 시의 문맥 또는 시의 의미가 단순하지 않고 복합적이며 풍부한 상태로 독자에게 전해져 옴을 뜻한다.

착한 개 한 마리처럼
나는 네 개의 발을 가진다

흰 돌 다음에 언제나 검은 돌을 놓는 사람
검은 돌 다음에 흰 돌을 놓는 사람
그들의 고독한 손가락

나는 네 개의 발을 모두 들고 싶다. 헬리콥터처럼
공중에

그들이 눈빛 없이 서로에게 목례하고
서서히 일어선다

마침내 한 사람과 그리고 한 사람

—김행숙, 「착한 개」

김행숙

1970~ . 서울 출생. 1997년에
≪현대문학≫에 「뿔」 외 4편
을 발표하면서 작품활동 시작.
시집으로 『사춘기』가 있다.

이 시에서 "나는 네 개의 발을 가진다"라고 하는 구조를 살펴보자. 우선, 개처럼이란 비유가 있어 네 개의 발을 갖는 것은 당연하다. 그렇다면 개는 어떤 특성이 있는가. 사람이 주는 대로 먹고 시키는 대로 순종한다. 착한 개일 경우 더욱 그렇다. 또 하나의 상황, 바둑을 두는 사람이 나타난다. 바둑알을 한 사람이 계속해서 두 번 놓을 수는 없다. 누구도 움직일 수 없는 규칙이다. 이 규칙 속에서 치열하게 그러나 담담하게 상대방과 싸워 이겨야 한다. 두 가지 상황을 종합하면, 화자

는 현재의 삶에 대한 회의나 이의제기 없이 규칙을 착실하게 따르는
존재가 된다. 어느 순간, 자신을 돌아보고 지금까지의 삶에 반기를
드는 것은 자연스런 일이다. 헬리콥터처럼 공중에 "네 개의 발을 모두
들고 싶다"는 화자의 소망으로 구체화된다.

이 시에의 애매성은 '착한 개', '고독한 손가락', '마침내 한 사람'
이 환기하는 현실적 삶에 대한 순응과 반항, 벗어나고 싶은 열망과
두려움, 존재에 대한 회의와 불안 …… 등의 정서구조가 얽혀 있다는
것에서 드러난다. 또 이는 문맥에 의해 그 의미가 강화되고 있음을
알 수 있다. 이러한 특징은 '시에 있어서의 언어가 정확을 기하지 못
하기 때문에 결함을 지닌다'라는 견해에 대한 반증일 수 있다. 오히려
감각화의 옷을 입힌 시어의 다의성은 시가 지니는 최대한의 특권이요
특징이라고 할 수 있다.

언어의 문맥성

언어가 갖는 의미는 사용방법에 따라 외연적·사전적 의미의 객관성
을 떠나서 새로운 의미를 향해 무한하게 열려 있다. 즉 언어의 내포적
사용 때문이다. 그러나 이 내포적 언어는 별개의 단어들로 따로따로
놓여 있을 때보다 하나의 문맥 안에서 자리를 잡고 있을 때 여실히
제 기능을 다하게 된다.

우리가 일상생활에서 언어를 사용할 때, 낱말 하나하나를 그 자체
로 따로 떼어 사용하지는 않는다. 설사 그런 경우라 하더라도 드러나
지 않은 단어들의 의미를 이해했기 때문에 화자와 청자의 의사소통이
가능한 것이다. 보통 지시적 언어들의 사용도 이러한 문맥 속에서 제
역할을 정상적으로 해낼 수 있듯이 언어의 내포적 의미도 문맥성을
바탕으로 하여 생겨난다. 예를 들어 '눈물'이라는 언어는 단어 자체로
있을 때 '어떤 자극으로 인하여 눈에서 흘러나오는 투명한 액체'라는

사전적 의미로 해석된다. 그러나 이것이 어느 문맥 속에 자리를 잡을 때는 다른 의미가 생겨난다. 가령 '눈물에 호소하다,' '눈물 젖은 빵을 먹어 보지 않은 사람과는 이야기하지 말라'라는 문맥에서 눈물의 의미는, 전자는 '인정'을 의미하는 것이요, 후자는 '역경이나 고생, 고난' 등을 의미하는 것이다. 즉 언어의 내포적 의미이다.

다음의 시를 살펴보자.

이 시에서 눈물은 지금까지 관습적으로 생각한 눈물의 의미로부터 우리를 멀리 벗어나게 한다. 눈물은 생명이며 그것은 흠도 티도 금가

김현승

1913~75. 시인. 전남 광주 출생. 호는 남풍(南風), 다형(茶兄)이다. 「쓸쓸한 겨울 저녁이 올 때」를 《동아일보》에 발표함으로써 작품활동 시작. 저서로는 『한국현대시해설』(관동출판사, 1972)이 있으며 1973년에는 시집 『절대고독』으로 서울시 문화상을 수상했다.

더러는 옥토에
떨어지는 작은 생명이고저……
흠도 티도
금가지 않는
나의 전체는 오직 이뿐!

더욱 값진 것으로
드리라 하올 제
나의 가장 나아종 지닌 것도 오직 이뿐.

아름다운 나무의 꽃이 시듦을 보시고
열매를 맺게 하신 당신은
나의 웃음을 만드신 후에
새로이 나의 눈물을 지어 주시다

— 김현승, 「눈물」

지 않은 시인의 순수한 전체인 것이다. 그러면서 꽃이 아름답지만 쉽게 시들어버리듯 일시적이고 변하기 쉬운 것처럼 웃음 또한 가변적인 데 비해, 눈물과 열매를 연결하면서 영원하고 불변하는 생명의 가치로서의 '눈물'을 드러내고 있다. 눈물은 시인에게 절대의 가치요, 시인이 삶을 바라보는 태도인 것이다. 이것은 '눈물'이 갖는 지시적 의미로부터 벗어난, 즉 언어의 내포적 의미로부터 얻게 되는 새로운 인식이다. 한 단어가 문맥 속에 참여하여 이렇게 수많은 의미를 환기하는 것이야말로 지시적 언어를 내포적 언어로 사용하는 데서 온 결과인 것이다.

2) 비유

비유(比喩)는 어떤 사물의 모양이나 상태, 성질 등을 효과적으로 표현하기 위하여 그것과 비슷한 사물에 비교하여 표현하는 언어적 방법이다. 즉 비유는 서로 다른 사물들을 비교함으로써 얻어지는 이해나 인식을 언어적 표현으로 나타낸 것이다.

비교는 어떠한 사물을 이해하는 데 필수적인 수단이 된다. 미지의 사물은 우리가 이미 알고 있는 사물과 비교를 통하여 구체적인 인식의 대상이 된다. 시인이 가장 개성적이고 독창적이게 사물을 드러내는 방식으로서의 비유는 시창작의 가장 중요한 원리이다.

리차즈는 비유를 주지(主旨, Tenor, 원관념)와 매체(媒體, Vehicle, 보조관념)의 결합구조로 설명하고 있다. 주지는 시인이 본래 표현하고 드러내려는 사물, 즉 원관념을 뜻하는 것이며, 매체는 주지를 효과적으로 나타내기 위하여 비교하는 또 하나의 사물이라 할 수 있다(여기에서는 혼란을 피하기 위하여 원관념과 보조관념으로 용어를 통일한다). 이렇게 원관념과 보조관념의 결합으로 이루어지는 것이 비유의 기본적인 구조이다. 가장 흔하고 손쉬운 비유의 예를 하나 들어보자. '쟁반 같은 달,' '유수 같은 세월'에서 달과 세월이 원관념이요, 쟁반과 유수는 보조관념이다.

그런데 이렇게 별개의 두 사물이 각각 원관념과 보조관념으로 결합될 수 있는 것은 이 두 사물 사이의 유사성 혹은 동일성을 바탕으로 하기 때문이다. 그러므로 비유는 두 사물 사이의 유사성에 의하여 성립되는 것이 된다. '쟁반 같은 달'이라는 비유는 '쟁반'과 '달' 사이에 '둥글다'라는 유사성이 있고 '유수 같은 세월'에는 '유수'와 '세월' 사이에 '끊임없이 움직인다'라는 유사성을 발견할 수 있다. 그러나 이러한 유사성의 발견은 객관적 논리에 기초하지 않으며 상상적 유추를 통해 가능한 것이다.

위에 예로 든 비유들이 특별한 상상력이나, 유추를 필요로 하지 않고도 두 사물들 간의 유사성을 발견할 수 있는 것은 유사성이 너무 크거나 습관화된 인식에서 나온 것이기 때문이다. 이러한 유사성을 바탕으로 하여 만들어진 비유는 죽은 비유라 하여 시에서는 멀리한다. 그것은 사물에 대한 새로운 인식이나 의미, 새로운 발견을 열어주지 않기 때문이다.

직유

직유는 가장 기본적인 비유이며 직접적인 비유로서 어느 한 사물을 다른 대상에 빗대어 표현하는 기교의 하나이다. 직유란 주지와 매체가 '~처럼,' '~같이,' '~마냥'의 형태로 동시에 드러나는 비유의 하나이다. 복잡한 유추(類推)작용을 거치지 않고 가장 단순한 형태로서 일시적인 효과를 노리는 표현법이기에 항시 새롭고 참신한 매체를 선택하는 일이 매우 중요하다.

① 밤이 깊어 갈수록 적막이 감돈다

　　별빛이 조금씩 이동하고

　　나뭇가지의 눈꽃이 떨어진다

　　어디선가 인기척이 들려 온 듯

　　땅위에 고요가 쌓인다.

— 박이도, 「예수 탄생하심」에서

② 여기 고요가 있다 고요는 분노의 무덤이다 보라, 연못의 둘레에
고요가 있다 저 고요는 오래되지 않은 것이어서 명상을 가장하지만
성난 황소의 뿔처럼 치명적이다 고요가 고요를 밀어내고 고요가
고요를 갈아엎는다 고요를 보라, 팽팽히 당겨진 시위에 걸려 있는
화살같이 독이 차 있다

　　무엇이 이토록 굴욕을 고요로 만들었는가? 왜 고요는 핏물을 입
안 가득 물고 있는가? 노란 제 몸에다 왜 창백한 유서만을 새기며
싸늘히 웃음 짓고 있는가?

— 박주택, 「고요」

①은 적막한 상황을 청각적으로 제시한 것으로 고요함의 깊이를
효과적으로 드러낸 직유이다. 불안스러울 만큼 정적과 고요에 싸여
있는 생활 속에서 환청으로밖에 볼 수 없는 인기척을 제시함으로써
어둠과 고요의 깊이를 인상적으로 표현해낸다. 어둠과 고요를 시각화
시키면서 동시에 청각적 심상으로 나타낸 이러한 비유는 표현의 독자
성·참신성을 보여주는 예라 할 것이다.

박이도

1938~ . 평북 선천 출생. 1959
년 ≪자유신문≫ 신춘문예에
시 「음성」, 1962년 한국일보 신
춘문예에 「황제와 나」, 같은 해
공보부주최 제1회 신인예술상에
시 「방(房)」이 당선, 등단하였
다. 시집으로 『회상의 숲』, 『안
개주의보』, 『불꽃놀이』 등이 있
고, 시선집 『빛의 형상』 등이 있
다.

박주택

1959~ . 충남 서산 출생. 1986
년 ≪경향신문≫ 신춘문예로 등
단. 시집으로 『꿈의 이동건축』,
『카프카와 만나는 잠의 노래』
등이 있다.

②는 원관념(주지)과 보조관념(매체)이 직접 연결되어 있는 경우다. "성난 황소의 뿔처럼"이란 표현이 그것인데, 이는 분노를 품고 있는 고요의 속성을 잘 드러낸다. 여기서의 고요는 침묵으로도 설명할 수 있다. '오래되지 않은 것이어서 명상을 가장하지만', 즉 분노가 저절로 삭거나 풀어질 여유가 없었기에 침묵은 언제든지 폭발할 위험성을 안고 있다. 불안한 고요 속에 독기를 내뿜으며 뛰쳐나가려는 공격성이야말로 '팽팽히 당겨진 시위에 걸려 있는 화살'이 아닌가. 황소의 뿔이나 화살촉의 날카로움이 주는 섬뜩함은 굴욕과 핏물과 싸늘한 웃음을 가두고 있는 고요의 속성과 잘 연결되어 있는 것이다.

이렇듯 원관념과 보조관념 사이의 동질성에만 집착하지 않고 자신의 눈으로 독특하게 결합시켜 순간적으로 새로운 의미와 정서를 환기시키는 것은 직유가 지닌 하나의 특성이라 할 것이다. 이질적인 요소들을 새롭게 결합시킴으로써 새로운 의미, 새로운 뉘앙스를 제시하는 것은 곧 진부한 표현을 벗어나는 유일한 길이기도 하다.

은유(병치·치환)

은유를 지칭하는 Metaphor는 희랍어 metapherein에서 온 것으로 meta는 'to carry,' 즉 다른 것으로부터의 이행(移行)을 뜻하며 pherein은 'motion' 즉 움직임을 뜻한다고 하는데, 그 의미는 '옮겨 놓다'라고 할 수 있다. 표현상으로 볼 때 직유가 외적 유사성에 바탕을 둔 직접적 비교라면, 은유는 내적 동일성을 바탕으로 한 간접적 비교가 된다. 따라서 직유에서와 같이 '~처럼,' '~같이' 등의 관계사가 직접 드러나지 않는다.

관계사가 있느냐 없느냐에 따른 직유와 은유의 구별은 오늘날 크게 설득력을 갖지 못함을 지적하고 그 극복방법을 내세운 이는 휠라이트 (P. Wheelwright)이다. 그는 『은유와 실재』에서 비유가 이미 알려진

휠라이트(Wheelwright)

1901~70. 프린스턴 대학에서 학사·박사 학위를 받았으며 뉴욕대 등에서 강의했고 작고하기까지 캘리포니아 대학에서 명예교수로 재직했다. 철학·윤리학·언어학·미학 등 광범한 분야에 걸쳐 해박한 이 연구가의 문학 저서로는 『은유와 실재』 등이 있다.

것, 체험된 것을 통해 새로운 경지를 제시하는 방편으로 생각되었기에 서술의 형식을 지향하는 면이 있다고 지적한다. 즉 A를 이용하여 B를 효과적으로 제시하는 형식은 결국 'A는 B다'라는 것으로 귀결되는데 이것은 아주 단순한 서술양식에 지나지 않는다. 논리적 제약에 집착하다 보면 시가 지닌 비논리적 특성을 모두 수용할 수 없게 된다. 따라서 논리적 관계에 치중하는 비유를 치환(置換, epiphor)이라고 하고, 비논리적 관계를 통해 새로운 의미를 창출하는 것을 병치(竝置, diaphor)라 하여 구별한다.

① 새가 우는 소리는
　그의 영혼의 가장 깊은 속살을
　쪼아대는 언어의 즙이다.

　새가 나는 공간은
　그의 가냘픈 의지가
　쌓아 올리는 부재의 계단이다

　　　　　　　　　　　　　　　— 이광석, 「새」에서

② 어금니 악다물고 있는 것들아
　조용히 눈감고 고개 흔들고 있는 것들아
　여린 제 가슴 잔뜩 안으로 감싸고 있는 것들아
　그렇게 웅크려 떨고 있는 것들아
　저희들끼리 모여 저희들 이름 부르고 있는 것들아

이광석

1935~ . 시인, 언론인. 경남 의령 출생. 시 「바위」(≪현대문학≫, 1963)로 추천받아 등단, 시집으로 『겨울나무들』, 『겨울을 나는 흰새』, 산문집 『향리(鄕里)에 내리는 첫눈』 등이 있다.

단단함으로 단단함 불러 제 단단함 다지고 있는 것들아
우기적거리며 아랫배에 힘 모으고 있는 것들아
그래도 속으로는 온통 세상 뒤흔들고 있는 것들아
오직 뼈다귀 하나로 울고 있는 것들아
차마 어찌하지 못하는 것들아
아흐 이 바위덩어리들아

— 이은봉, 「바위덩어리들아」

①에서의 은유는 'A는 B이다'라는 형식으로 나타나고 있음을 보게
된다. '새가 우는 소리'는 '언어의 즙'으로, '새가 나는 공간'은 '부재
의 계단'으로 치환되고 있다. 새의 울음을 언어의 즙으로, 공간을 부재
의 계단으로 드러내는 지적 환기력을 통해 현실적 고뇌의 모습을 유추
해낸다.

②는 전체가 은유화된 시이다. 시의 전면에 드러난 '바위덩어리'는
여러 가지 모습으로 드러난다. '어금니 악다물고 있는 것,' '웅크려
떨고 있는 것,' '세상 뒤흔들고 있는 것'에서와 같은 구체적 형상에서,
나아가 '차마 어찌하지 못하고 있는 것'에서 나타나듯 안타까움이란
내적인 상태를 보여주고 있다. 바위 덩어리의 겉모습에서 내면의 모습
으로 나아간다. 더욱이 이 바위덩어리는 일반적인 바위의 이미지들과
는 다르다. 흔히 바위가 의지나 견고함이라는 내적 이미지를 드러낸다
면, 이 시에서의 바위는 '바위가 되고 싶어하는 것'일 뿐이다. 바위처
럼 되기 위해 갖가지 모습으로 있는 것이다. 그렇다면 바위는 무엇을
의미하는가. 한마디로 슬픔의 덩어리이다. '차마 어찌하지 못하는 것

이은봉

1953~ . 시인. 충남 공주 출생.
1984년 창작과비평사 17인 신
작시집 『마침내 시인이여』에
「좋은 세상」 등을 발표하면서
작품활동을 시작. 시집으로 『좋
은 세상』, 『절망은 어깨동무를
하고』, 『길은 당나귀를 타고』
등이 있다.

들아'에서 보듯 슬픔의 감정을 억누를 수 없는 상태이다. 즉 안간힘을 쓰면서 '여린 제 가슴' 속에 슬픔과 외로움을 응축시키는 모습을 보게 되는 것이다. 여기엔 바위의 다양한 모습이 병치되면서, 바위 자체의 의미를 내면화시킨다. 즉 매체(보조관념)들이 독립적으로 나열되면서 시행의 전개에 따라 의미 또한 확대된다. 이렇듯 이질적인 요소들을 병렬시키고 내적인 의미로 종합하여 새로운 의미를 창출하는 비유를 병치은유라 한다.

의인·풍유

의인법(Personification)은 사물이나 사람이 아닌 생물에 사람과 같은 성질을 부여해 표현하는 비유이다. 즉 무생물의 생물화, 무인격의 인격화 하는 비유로서 활유법(活喩法)이라고도 한다. '속삭이는 물방울,' '비의 함성,' '재잘대며 흐르는 시냇물' 등 무생물을 인간화한 것이나 '나뭇잎들의 합창'과 같이 생물을 의인화한 것도 있다. 시에서의 의인법은 사물에 인격을 부여하여, 그 사물로 하여금 인간과 더욱 친밀한 존재로 느껴지게 하거나, 의인화된 사물을 통해 사실적 인식을 꾀하는 데 효과적으로 사용된다.

① 이 겨울에는
  저무는 들녘에 혼자 서서
  단호한 믿음 하나로 이마를 번뜩이며
  숫돌에다 칼을 가는 놈이 있다
  제 섰던 자리
  벌판에 두 동강 내어
  어슬어슬 황혼 속을 걸어가는 놈이 있다

보아라. 저 방랑의 검객
한 굽이 감돌면서 모래밭을 만들고
또 한 굽이 감돌면서 모래밭을 만드는 건
힘이다.

— 송수권, 「강」에서

② 흙도 가려울 때가 있다 씨앗이 썩어 싹이 되어 솟고
여린 뿌리 칭얼대며 품속 파고들 때
흙은 못 견디게 가려워 실성한 듯 실실 웃으며
떡고물 같은 먼지 피워 올리는 것이다
그럴 때 눈 밝은 농부라면 그걸 금세 알아차리고
헛청에서 한가하게 낮잠이나 퍼질러 자는
갈퀴 깨워 흙의 등이고 겨드랑이고 아랫도리고 장딴지고
가리지 않고 슬슬 제 살 긁듯 긁어주고 있을 것이다

— 이재무, 「갈퀴」에서

송수권

1940~ . 시인. 전남 고흥 출생.
1975년 ≪문학사상≫ 신인상
에 「산문에 기대어」 등이 당선
되어 등단. 시집으로 『산문에
기대어』, 『꿈꾸는 섬』, 『아도
』, 『새야 새야 파랑새야』, 『우
리들의 땅』, 『파천무』 등이 있
다.

이재무

1958~ . 충남 부여 출생. 1983
년 ≪실천문학≫, ≪문학과 사
회≫에 시를 발표하면서 작품활
동 시작. 시집으로 『벌초』, 『시
간의 그물』, 『푸른 고집』 등이
있다.

①은 강을 의인화하여 남성적인 힘과 생성의 이미지를 만들고 있
다. 멀리서 황혼에 물결을 번뜩이며 겨울 들판을 가로질러 흐르는 강
을 시인은 '숫돌에다 칼을 가는 놈'과 '방랑의 검객'으로 표현하고
있다. 칼을 지닌 자의 단호한 의지가 겨울 황혼 무렵이라는 시간적
배경과 어울려 고독한 모습으로 다가오는 것이다. 검객이 칼을 휘두르
듯, 굽이굽이 흘러내리며 유연한 흐름을 만들어내는 '강'에서 황량함
과 쓸쓸함보다 고독한 사내의 의지를 발견하는 것은 이 때문이다. 따

라서 '강'의 이미지에서 고독한 존재로서 시인의 자기인식과 더불어 감정이입을 통한 삶의 자세를 보게 된다.

②는 흙의 의인화를 통해 봄날의 정감을 보여주는 예라 할 것이다. 씨앗이 썩어 싹이 되고 여린 뿌리들이 흙 속으로 파고들 때, 마치 아이의 고사리 같은 손이 우리 몸에 와 닿을 때의 작고 부드럽고, 간지러운 느낌이 그것이다. 더욱이 햇살 가득한 봄날, 여린 싹이 더 잘 자라라고 흙을 다독여주는 농부의 마음 역시 인간과 자연 사이의 정겨운 관계를 잘 드러낸다. 흙과 싹과 농부 사이의 애틋함이 더욱 가까운 친밀감으로 다가온다.

우의법(寓意法, 諷喩, allegory)이란 브룩스와 워렌의 『시의 이해』에서 "알레고리란 때때로 확대된 은유라고 정의된다. … 알레고리를 엄밀히 말해서, 주제와 인물이 설화 밖에 숨어 있는 의미와 다름없는 그런 설화이다"라고 정의하듯, 원관념을 숨기고 비유에 의해서 본래의 의미를 암시한다는 점에서 일종의 확대된 은유라고 할 수 있다. 여기엔 보통 교훈적이고 도덕적인 내용이 포함되는데 이러한 형식은 신화에서 유래되었다. 즉 신화에서 나타내고자 하는 비의(秘意)는 직접적인 표현이 아닌 비유를 통해 간접화되고, 본래의 뜻을 특수한 몇몇 사람들만이 이해하게 되는 것이다. 따라서 암시된 의미는 동물이나 무생물에 인격을 부여하는 형식 속에 내포되는데, 풍유의 이런 성격은 의인법과도 밀접하게 연관되어 있기 마련이다. 오늘날 풍유의 기본적인 속성은 현실과 밀접하게 연관되면서 유머와 위트가 곁들여진 날카로운 풍자라고 할 수 있다.

진돗개 암놈이 코를 끙끙거리며 앞서간다
진돗개 수놈이 뒷짐을 지고 따라간다

잡종들이 엉거주춤 따라간다
숲에서 인동초 하나가 불쑥
고개를 내밀었다가 잡종의 다리에 밟힌다

구례 화엄사 입구
잡종 하나가 뒤에 오는 잡종의 눈치를 본다
잡종 둘이 앞서가는 잡종의 눈치를 본다
잡종 하나 무조건 앞선 잡종의 엉덩이에 바짝 붙는다

—오규원, 「달과 어둠」에서

오규원

1941~2007. 시인. 경남 밀양
출생. 1965년 ≪현대문학≫에
「겨울 나그네」, 「우계(雨季)의
시」 등이 추천되어 등단했다.
시집 『분명한 사건』, 『순례(巡
禮)』, 『왕자(王子)가 아닌 한
아이에게』, 『토마토』, 시론집
『현실과 극기』, 『언어와 삶』 등
이 있다.

이 시는 주체성 없이 시류에 부화뇌동하는 군상들을 비꼬는 시이다.
앞서가는 개를 무조건 따라가는 잡종개들의 우스꽝스런 행태에서 보
듯, 왜, 어디로, 무엇 때문에 가는 줄도 모르고 남이 가니까 나도 간다
는 식의 추종이다. 우리의 삶이 복잡하고 다양화되는 만큼 삶에 대한
뚜렷한 소신과 주체적 판단이 요구된다. 그러나 스스로의 삶을 살아가
는 데 있어 자신의 의지보다는 얄팍한 이해에 얽혀 시류에 휩쓸리는
것은 자신을 포기하는 것이다. 유행에 따라, 시류에 따라 적당히 눈치
나 보면서 살아가는 현대인의 왜소한 모습을 생각하는 것은 이런 이유
에서다. 잡종개들의 행태 속에 숨은 천박한 삶의 모습, 이는 단순한
야유로 그치지 않고 우리의 삶을 되돌아보게 한다. 주체적 삶이니 진

실된 삶이니 하는 추상적 언어가 아닌 풍자와 야유 속에 숨은 의미를 정서적으로 느낄 수 있게 해주는 것은 풍유가 지닌 독특한 효과라 할 수 있다.

제유와 환유

제유(提喩, synecdoche)는 은유의 한 형태로서 어느 한 부분이 전체를 나타내는 비유이다. 제유가 은유의 한 형태가 되는 것은 드러난 한 부분(보조관념)이 숨어 있는 전체(원관념)를 가리키기 때문이다. 예를 들어 '푸른 눈'으로 서양인 전체를 가리키는 경우를 의미한다. 돛이 배의 전체를, 빵이 식량의 전부를, 약주가 술의 전부를, 외팔이나 애꾸눈이 불구자의 전부를 나타내는 비유들이 이 제유에 속하는 것들이다.

노래하리라 비 오는 밤마다
우리들 서울의 빵과 사랑
우리들 서울의 전쟁과 평화
......

노래하리라 비 오는 밤마다
목 마를 때 언제나 소금을 주고
배 부를 때 언제나 빵을 주는
우리들 서울의 빵과 사랑
우리들 서울의 꿈과 눈물

—정호승, 「우리들 서울의 빵과 사랑」에서

정호승

1950~ . 시인. 경남 하동 출생. 1972년 한국일보신춘문예에 동시 「석굴암을 오르는 영희」로, 1973년 ≪대한일보≫ 신춘문예에 시 「첨성대」가 당선되었다. 시집으로 『슬픔이 기쁨에게』, 『서울의 예수』, 『새벽편지』 (1987), 『별들은 따뜻하다』 등이 있다.

위의 시에서 나타나는 '빵'은 음식물 전체를 가리키고 있는 제유이다. 빵은 인간이 먹는 모든 음식물 중의 하나이지만 그것으로써 모든 음식물을 가리킨다. 그러므로 여기에서 빵은 단순한 의미가 아닌 인간의 생존, 삶과 가장 밀접한 관계에 있는 모든 음식물을 의미하고 있는 것이다.

이렇게 제유가 사물의 부분과 전체의 관계에서 발생하는 것과는 달리 환유(換喩, metonymy)는 사물의 한 부분이 그 사물과 관계가 깊은 다른 어떠한 것을 나타내는 것이다. 예를 들어 '소월(素月)을 읽고 있다' 할 때 소월은 김소월이 지은 시작품을 가리키는 환유이다. '별'이 장군을, '금배지'가 국회의원을, '백악관'이 미국의 대통령을, '백의'가 한국인을 가리키는 것들은 모두 환유의 예들이다. 이러한 비유는 오랫동안의 경험과 습관 등을 통해서 만들어지는 것이며 한 개인의 생활보다는 사회구성원들의 전체적인 생활경험과 밀접한 것들이라 할 수 있다.

지금까지 살펴본 비유가 유사성에 근거하여 발생하는 것이라면 제유와 환유의 또 하나의 특성은 인접성의 비유라는 것이다. 이 말은 은유라든가 직유가 원관념과 보조관념이라는 서로 다른 두 개의 사물 사이에 있는 유사성을 근거로 하여 만들어지는 비유인 데 반하여, 제유와 환유는 이러한 '유사성'보다도 두 사물 사이에 있는 '관련성' 내지 '인접성'을 바탕으로 하여 만들어진다는 것이다.

가령 '빵'은 음식물이라는 것과 차이가 있는 것도 아니며 유사한 것도 아니다. 즉 음식물 그 자체일 뿐이며 전체적인 음식물 중의 하나이다. 이것은 음식물을 유(類)개념으로 볼 때 빵은 하나의 종(種)개념이 된다. 그러므로 빵은 음식물이라는 유개념에 인접해 있는 숱한 종개념 중의 하나이다. 또한 '흰옷'은 '한국인'과 유사성을 갖는 사물이 아니지만 전통적으로 즐겨 입는 의상으로서 의생활과 관련이 깊기 때문에 '한국인'을 연상하게 되는 것이다.

> 흰 수건이 검은 머리를 두르고
> 흰 고무신이 거친 발에 걸리우다
>
> 흰 저고리 치마가 슬픈 몸집을 가리고
> 흰 띠가 가는 허리를 질끈 동이다.
>
> —윤동주, 「슬픈 족속」

이 시에 등장하는 '흰 수건,' '흰 고무신,' '흰 저고리,' '흰 띠'는 모두 우리 한국인을 가리키는 환유들이다. 이처럼 제유와 환유는 시 속에서 암시성이 약한 비유이기 때문에 그다지 많은 상상력이나 유추들을 필요로 하지 않으며 사용 빈도 또한 낮은 편이다.

인유

인유(引喩, allusion)는 우리들이 이미 알고 있는 신화, 전설, 민담, 잠언 혹은 역사적 사건이나 문학 속에 나오는 인물, 사건 등의 소재들을 끌어들여서 만드는 비유이다. 그러므로 시인이나 독자가 갖게 되는 어떤 공통적인 지식이나 경험의 요소들이 많기 마련이며 그만큼 친근감을 준다. 인유의 원천이 되는 모든 소재들은 시인의 상상력 속에서 끊임없이 새로운 가치를 발휘하면서 현재 속에서 되살아나고 비록 지나간 시간 속에 머물러 있는 사건들일지라도 현재 우리의 삶과 가치를 탐구하고 모색하는 데 기여하는 것이다.

윤동주

1917~45. 시인. 북간도 출생. 중학 재학 때에, 간도 연길에서 발행하던 ≪가톨릭 소년≫지에 동시 「오줌싸개 지도」(1937.1), 「무얼 먹구 사나」(1937.3), 「거짓부리」(1937.10) 등을 발표했고, 연희전문 재학생 때에 조선일보 학생란에 산문 「달을 쏘다」(1939.11), ≪소년≫지에 「산울림」을 발표하였다. 유고 시집으로 『하늘과 바람과 별과 시』가 있다.

논개양은 내 첫사랑
논개양을 만나러 뛰어들었다.

초겨울 이른 새벽
촉석루 밑 모래밭에다
윗도리, 아랫도리, 내의 다 벗어던지고
내 첫사랑 논개양을 만나러
남강에 뛰어들었다.

논개양은 탈 없이 열렬했다.
내가 입맞춘 금가락지로 두 손을 엮어
왜장을 부둥켜 안은 채
싸움도 끝나지 않고 숨결도 가빴다.

— 조태일, 「논개양: 국토·6」에서

임진왜란 때 남강의 촉석루에서 왜장을 껴안고 죽은 논개라는 인물을 인용한 것이다. 이 시의 화자는 역사 속의 인물로만 만날 수 있는 논개를 상상력을 통해 구체적으로 생생하게 만나고 있다.

조태일

1941~1998. 시인. 전남 곡성 출생. 1964년 《경향신문》 신춘문예에 시 「아침선박」이 당선되어 등단했다. 시집으로 『아침선박』, 『식칼론』, 『국토』, 『산 속에서 꽃 속에서』, 『풀꽃은 꺾이지 않는다』 등이 있다.

4월의 피바람도 지나간
수난의 도심은
아무렇지도 않은
표정을 짓고 있구나.

진달래도 피면 무엇하리
갈라진 가슴팍엔
살고 싶은 무기도 빼앗겨 버렸구나.

아아 저녁이 되면
자살을 못하기 때문에
술집이 가득 넘치는 도시

모든 자살의 집단 멍든 기를 올려라
나의 병든 '데모'는 이렇게도
슬프구나.

— 박봉우, 「진달래도 피면 무엇하리」에서

이 시는 말할 것도 없이 역사 속의 4·19혁명이라는 사건을, 시를 쓴 현재의 시점으로 끌어들인 것이다. 4·19혁명이 실패로 끝나버린 뒤 시의 화자는 삶에 대한 모든 의욕과 의지를 잃어버렸다. 그러나 이러한 의욕의 상실과 좌절감이 화자 한 개인의 것이 아님을 알 수 있다.

박봉우

1934~ . 시인. 전남 광주 출생. 1956년 ≪조선일보≫ 신춘문예에 시 「휴전선」이 당선되어 등단했다. 시집으로 『휴전선』, 『황지(荒地)의 풀잎』, 『박봉우 시선집』 등이 있다.

반어와 역설

반어(反語, irony)는 희랍어 eironeia를 어원으로 하는데, '숨기다,' '시치미 떼다'라는 의미를 지니고 있다. 즉 아이러니는 시치미를 떼고 무언가를 둘러대는 데서 발생하고 있음을 알게 된다. 가령 하숙집에서 아침상을 받은 하숙생이 "오늘도 풀밭에서 식사하는군" 하고 중얼대는 것은 야채류로 이루어진 반찬들에 대한 비판임을 쉽게 알 수 있다. 풀밭에서 식사를 한다는 것 자체는 매우 즐거운 일이지만, 그 속뜻은 반찬이 형편없음에 대한 불만인 것이다. 시에서 이러한 아이러니의 형식이 도입되는 것은 시가 진실에 대한 축어적 표현이란 점과 연결된다. 즉 표면적 현상 속에 감추어진 진실을 밝히는 데 효과적으로 아이러니가 사용됨을 의미한다.

일반적으로 아이러니는 세 가지 유형으로 나누어지는데 첫째, 문의적(文義的) 아이러니(Verbal irony)로 하숙집의 반찬투정에서 보듯 실제로 의미하는 것과 모순된 말을 통해 발생하는 경우이다. 둘째, 극적 아이러니(Dramatic irony)로 말하는 사람 자신은 무엇을 말하고 있는지 모르나, 청자나 관객은 사실이나 진실을 알고 있는 경우이다. 셋째, 상황적 아이러니(Situational irony)로서 사건이나 상황이 처음 예측한 것과 반대로 드러날 때 발생하는 아이러니의 경우이다.

이젠 잠자리에 들어서도 반성이랄 것도 없이 그냥 배가 부르면 배가 부른 채로 부른 배가 부른 잠을 그대로 받아 안는다

올해도 몇 그루의 나무들을 사다가 차례도 질서도 없이 계단 앞에 묻어 본다. 사과나무, 배나무, 불두화, 석류, 매화, 넝쿨장미 …… 모두

가 살아난다면 이 좁은 마당은 얼마나 치졸해질까? 그러나 그 치졸을 나는 즐기련다.

　속물은 할 수 없다. 잠 속에도 이것저것을 묻어둔 모양이다. 어떤 때는 여자가 보이고 또 어떤 때는 돈다발이 보이기도 한다. 안팎 빨갱이가 있다더니 안팎 속물들과도 별 수 없이 어울리고, 웃고, 거래한다. 뭐 좀 속여보자는 속셈이다. 이름자라도 팔고 돈냥이라도 좀 얻어먹어보자는 속셈이다. 참, 차례도 질서도 없이 피어나는 잠 속의 종이꽃들.

　　　　　　　　　　　　　　　　　　　　—장석남, 「稚拙堂記」에서

　위의 시는 어조의 아이러니와 상황적 아이러니의 모습을 보여주는 좋은 예라 할 것이다. 우선 시의 전면에 드러나는 어조를 살펴보자. 무언가 시큰둥하고 진실성이라고는 보이지 않는 태도가 드러난다. 이는 실제의 자아와 이상적 자아 사이의 갈등을 전제로 한다. 이런 갈등은 구체적 상황으로 발전한다. 자신이 하는 일 모두가 의미 없다는, 즉 딴청피우기가 그것이다. 잠자리에 들어서도 반성도 없이 '부른 배'가 부르는 잠을 잔다. 좁은 마당에 '차례나 질서도 없이' 나무들을 심는다. 무엇 하나 진중한 맛이 없다. 잠이 들어서도 여자, 돈다발 등이 나타난다. 스스로를 속물이라고 부르듯 안팎으로 속물근성이 배어있다는 자조가 드러난다. 그러다가 화자는 이 모든 것들이 '종이꽃'이라고 한다.

　삶에 대한 일정한 거리두기의 외피가 자조적인 형태로 나타났다면, 이 시가 진정으로 추구하는 바는 그 속에 숨어 있다. 우리의 일상에서

장석남

1965~ . 경기 인천 출생. 1987년 ≪경향신문≫ 신춘문예 「맨발로 걷기」가 당선되어 등단. 시집으로 『새떼들에게로의 망명』, 『미소는, 어디로 가시려는가』 등이 있다.

일어나는 그리고 반성 없이 행해지는 일이나 욕망 등이 '종이꽃', 즉 아무런 가치 없는 것들에 지나지 않는다는 인식을 발견하는 것이다. 따라서 시적 상황의 전개는 여기서부터 독자의 기대를 배반한다. 우리의 삶이 반성 없이 이루어진다면, 삶을 구성하는 모든 것 역시 허위일 수밖에 없다는 아이러니를 보게 되는 것이다.

역설(逆說, paradox)은 겉으로 보기에는 명백히 모순되고 부조리한 듯하지만 표면적인 논리를 떠나 자세히 생각하면 근거가 확실하든가 진실된 진술 또는 정황을 말한다. 역설은 앞에서 살펴본 아이러니와 닮은 데가 많아 서로 혼동되기도 하는데 아이러니의 하위 범주에 넣기도 한다.

역설을 나타내는 영어의 paradox는 그리스어 para(초월)+doxa(의견)의 합성어에서 유래했다. 고대 희랍에서는 수사법의 하나로서 상대방의 주의력을 환기시키기 위한 효과적인 방법으로 사용되었으며, "시의 언어는 역설의 언어이다"라고 할 만큼 현대에 와서는 시의 중요한 요소가 되고 있다. 일상어에서 흔하게 볼 수 있는 '죽어야 산다'든가 '좋아서 죽겠다,' '죄가 많은 곳에 하느님의 은혜가 많다,' '도(道)를 도라 할 수 있으면 도가 아니다' 등 논리상 서로 모순되는 의미를 갖는 진술이 역설에 속하는 것들이다.

이렇게 모순성을 갖는다는 점에서 역설은 아이러니와 자주 혼동되는데, 그러나 이 둘은 형태상 차이점을 갖고 있다. 아이러니는 겉으로 드러난 의미와 속으로 담겨진 의미가 서로 모순되고 상충될 뿐 표면의 진술 그 자체에는 아무런 모순이 없다. 예를 들면 어떤 아기를 보고 너무 예쁜 나머지 "아이구! 정말 못생겼네!"라고 표현하였을 경우, 이 언어의 진술 자체에는 아무런 모순이 없다. 다만 그 속에 의미된 내용이 표현된 진술과 반대가 될 뿐이다. 그러나 역설은 '죽어야 산다'와 같이 표면적으로 진술 자체가 모순을 갖고 있는 경우이다. 이렇듯 역설은 표면에 나타나는 진술이 논리적으로는 명백한 모순을 범하지만 그것이 나타내는 의미는 진실성과 진리이며 인생과 세계에 대한 복합적이고도 적극적인 인식이 담겨져 있다. 브룩스가 『역설의 언어』라는 그의 시론에서 주장한 '역설의 언어'는 다름 아닌 이러한 의미들을 담고 있는 것이다.

새가 새장에서 견딜 수 있는 것은
새장을 새장으로 여기지 않기 때문이다.
온실의 구석에서 겨울을 나며
부리에는 조그만 햇살을 물고 논다
아무리 날아도 더 할 수 없는 네모난,
하늘, 하늘 속의 새의 자유
한나절이면 둥지 속에
두어 개의 슬픈 새알을 낳으러 간다
푸른 산골과 메밀밭을
잊은 지 이미 오래다
횃대의 땅에서 횃대의 하늘로
횃대의 하늘에서 횃대의 땅으로
새는 조금도 새장을 느끼지 않고
그의 공간을 즐기는 것이었다.

—이동순, 「새의 자유」

이동순

1950~ . 시인. 경북 금릉 출생. 충북대 인문대 교수. 1973년 시 「마왕(魔王)의 잠」이 ≪동아일보≫ 신춘문예에 당선되어 등단. 시집으로 『개발풀』, 『물의 노래』 등이 있다.

위의 시는 역설을 통한 진실에의 접근을 시도하는 아이러니를 보여준다. 새에게는 자신을 가두고 제한하는 새장이 오히려 자신의 안전을 보장하는 보호막으로 위장되어 있다. 그 속에서 주어진 만큼의 생활과 자유를 즐기는 것은 철저히 자기기만의 모습이라 할 수 있다. 자신이 본래 야생의 하늘을 나는 존재라는 사실조차 망각하고 왜곡되고 제한된 공간에서 삶을 즐기는 새의 삶은 진정한 의미의 삶일 수 없음을 역설적으로 드러낸다. 단순히 새장 속의 새에 국한되는 문제가 아니라 우리의 왜곡되고 왜소해진 삶에 대한 반성적 자각을 불러일으키게 된다. 이것은 역설이 지닌 정서적 환기력을 보여주는 예라 할 수 있다.

3) 이미지

이미지의 개념

이미지(image)는 원래는 심리학에서 인간의 지각과정을 설명하기 위한 용어이다. 심리학적 현상으로 인간의 의식 상태와 무의식 상태 등 기억, 상상, 꿈, 환상 등에 의하여 마음속에 떠오르는 감각적 지각 대상이 모두 이미지가 될 수 있다. 따라서 우리말의 심상(心象)에 해당되는 이미지는 체험을 통해 머릿속에 저장된 감각적 지각을 재생시키는 말이다. 심상은 사물을 감각적 지각을 통해 머릿속에 재생시킬 수 있도록 자극하는 말을 의미한다.

루이스(C. Day Lewis)는 『시적 이미지(The Poetic Image)』에서 "이미지는 독자의 상상력에 호소하는 그런 방법으로 시인의 상상력에 의하여 그려진 언어의 그림"이라고 말하고 있다. 이미지를 회화적으로 국한해서 설명하고 있는 것이다. 그러나 심상은 꼭 시각적인 것으로만 제시되지는 않는다. 가령,

달은 나의 뜰에 고요히 앉아 있다
달은 과일보다 향그럽다

— 장만영, 「달·포도·잎사귀」에서

위의 시에서 우리는 '고요히 앉아 있다'라는 시각적 이미지와 함께 '향그럽다'는 후각적 이미지가 드러나 있음을 보게 된다. 한편 어떤 종류의 이미지는 감각기관을 통한 체험과 상관없이 이루어질 수 있다. 흔히 꿈을 꾸거나 환상에 사로잡힌 이후 그것을 마음속에 재생시키는 경우와, 한 번도 보지 못했던 사물을 마음속에서 떠올리는 경우 역시 이미지가 성립된다. 가령 어린아이가 도깨비의 형상을 그림으로 나타낸다거나, 도시 아이들이 벼를 나무로 그렸다고 한다면, 그것은 상상력에 의한 작용이라고 할 수 있다.

이러한 사실은 이미지가 체험에 의해 재생되는 것과 체험에 의하지 않은 상상력 위주로 구성되는 것으로 구별할 수 있다는 것을 보여준다. 따라서 앞에서의 루이스의 정의보다는 브룩스와 워렌이 『시의 이해』에서 내린 정의가 좀 더 포괄적임을 알 수 있다.

시에 있어서 어떤 감각체험의 재현은 이미저리(imagery)라고 한다. 이미저리는 단순히 마음속의 그림으로 이루어지는 것이 아니라, 감각의 어떤 것에 호소하게 된다.

장만영

1914~75. 황해도 연백 출생. 1933년 ≪동광≫에 「봄노래」로 추천을 받아 등단한 이후로 작품활동 시작. 시집으로 『양(羊)』, 『축제』 등이 있다.

즉 이미지와 이미저리는 상상적인 것을 포함하는 감각적인 체험의 재생이라 할 것이다. 특히 시에 있어서의 이미지는 언어를 통해 마음속에 재생된다는 점과 이미지가 단편적인 것을 나타내는 데 그치지 않고, 여러 개의 이미지들로 시를 이루고 있다는 점을 상기할 필요가 있다.

이미지의 유형

지각적 이미지

알렉스 프레밍거(Alex Preminger)에 의하면 이미지는 크게 세 가지 유형으로 분류된다. 지각적 이미지(mental image), 비유적 이미지(figurative image), 상징적 이미지(symbolic image)가 그것인데, 지각적 이미지는 우리의 감각기관을 통해서 성립되는 것으로서 시에서 흔히 발견되는 이미지를 말한다. 즉 언어에 의해 마음속에 떠오르는 감각적 재생으로 우리의 오감(五感)과 밀접하게 연관되어 있다. 시각(색채·명암·동작 등), 청각(소리), 후각(향기나 악취 등), 미각(맛), 촉각(차가움·뜨거움·부드러움 등)을 통한 마음속의 재생을 지각적 이미지라고 할 수 있다.

김지하(김영일)

1941~ . 시인. 전남 목포 출생. 1969년 '지하'라는 한글 필명으로 시 「비」(시인, 1969.11), 「황톳길」 등을 발표하면서부터 문학 활동을 시작했다. 시집으로 『황토(黃土)』, 『중심의 괴로움』, 『유목과 은둔』 등이 있다.

① 시퍼런 하늘을 찢고
　치솟아 오르는 맨드라미
　터질 듯 터질 듯
　거역의 몸짓으로 열리는 땅

─ 김지하, 「비녀산」에서

② 복사꽃이거나 아그배꽃이거나

　새뽀얀 꽃그늘 강물에 어룽대던가

　섬진강 상류 압록물에

　달빛은 욜량욜량, 바람은 살랑살랑

　너와 난 마냥 설레었던가

　　　　　　　　　— 고재종, 「은어 떼가 돌아올 때」에서

③ 하이얀 입김 절로 가슴이 메어

　마음 허공에 등불을 켜고

　내 홀로 밤 깊어 뜰에 나리면

　먼 곳에 여인의 옷벗는 소리

　　　　　　　　　— 김광균, 「설야」에서

고재종

1957~ . 전남 담양 출생. 1984
년 실천문학사의 신작시집 『시
여 무기여』에 시를 발표하면서
작품활동 시작. 시집으로 『바람
부는 솔숲에 사랑도 머물고』,
『날랜 사랑』, 『쪽빛 문장』 등이
있다.

김광균

1914~ . 시인, 실업가. 경기도
개성 출생. 시 「야경거(夜警車)」
(≪동아일보≫, 1930.1.12)를
투고하여 발표한 이후로 시작생
활. ≪시인부락≫, ≪자오선≫
(1937) 동인으로 활동.

　①은 맨드라미의 붉은 빛깔과 파란 가을하늘이 빚어낸 대조적 이미
지를 시각화해서 보여주고 있다. 맨드라미의 색깔이 표출하는 강렬한
내면 의식이 하늘을 '찢는' 것으로 시각적 이미지뿐만 아니라 역동적
인 힘을 느끼게 해준다.

　②는 봄밤의 아련한 풍경을 가볍고 경쾌한 움직임으로 형상화한
시이다. 봄밤의 풍경을 채우는 것들은 복사꽃, 아그배꽃, 강물, 달빛,
바람 …… 등이다. 시인은 강물에 반짝이는 달빛의 모습을 '욜량욜
량', 작고 가볍게 촐싹대는 시각적 이미지로 표현했다. 이런 시각적
이미지는 살랑거리며 살갗을 스치고 지나가는 바람의 촉각적 이미지

와 합쳐지면서 봄밤을 움직임으로 가득 채운다. "너와 내가 마냥 설레"는 것도 작고 여린 것들의 끊임없는 율동에 함께 참여하고 있기에 가능한 것이 아닌가.

③은 지각적 이미지에서 가장 보편화된 대상인 공감각적 이미지를 보여준다. 공감각이란 대상을 통해 자극된 한 감각으로 말미암아 두 가지 이상의 감각적 재생을 경험하게 해주는 것으로, 여기서는 시각과 청각적 이미지가 드러나고 있다. 문 닫힌 방안에서 여인이 조심스레 옷 벗는 형상과 함께 은밀한 소리를 듣는 느낌을 자아낸다. 이것은 시각적 이미지와 함께 청각적 이미지를 눈 오는 밤에 대비시킨 것으로서, 겨울밤의 정서를 놀랍게 환기시키고 있다. 시인의 상상력을 통해 겨울밤의 서정이 주는 신선한 감각을 맛보게 해주는 선명한 이미지의 형상화라 할 것이다.

이러한 지각적 이미지는 시의 이해에 많은 도움을 준다. 가장 큰 도움으로 시인들이 어떤 감각적 이미지를 주로 사용하고 있는가를 알게 될 뿐 아니라, 독자들의 경우 여러 감각적 이미지를 체험함으로써 기호의 편협성을 벗어나 참신한 감각 영역을 넓힐 수 있다. 김광균의 경우 시각적 이미지를 주로 사용하고 있고, 김영랑의 경우 청각적 이미지를 주로 사용하고 있는 것은 두 시인의 성향을 알아볼 수 있게 해준다. 또 전자가 시에서 회화성을 강조하고 있다면, 후자는 시의 음악성을 중시하는 것을 알 수 있다. 이것은 각 시인들이 지닌 상상력의 차이를 지적할 단서를 얻는다는 점에서 매우 중요하다. 이와 반대로 시적 체험을 감각적인 것에만 국한시켜 이해할 경우 시적 체험의 단순화를 가져올 수 있음을 상기할 필요가 있다. 시란 단순히 지각적 이미지로만 구성되어 있지 않다. 아울러 시가 독자에게 환기시키는 체험은 복잡하고 단순하고 직선적인 지각적 이미지뿐 아니라 비유적, 상징적 이미지를 통해 시의 깊이를 더해간다는 사실이다. 따라서 시의

김영랑(김윤식)

1903~50. 시인. 전남 강진 출생. 1930년 박용철, 정지용 등과 더불어 ≪시문학≫ 동인으로 참가, 「동백잎에 빛나는 마음」(『시문학』 1호, 1930. 3), 「언덕에 바로 누워」 등으로 시작 활동. 제1시집 『영랑시집』을 간행.

감상과 해석을 지각적인 것에 국한시켜 이해할 때 우리는 이렇듯 다양한 이미지의 차이와 특성을 무시하는 결과를 초래하게 된다.

비유적 이미지

　비유를 통해서 제시된 심상으로 시에서 가장 많이 사용되는 이미지이다. 이것은 앞서 비유의 장에서 언급했듯, 원관념과 보조관념의 관계가 동일성의 형식으로 드러난다. 즉 직유적 심상, 은유적 심상, 제유적 심상 등 다양한 형식으로 나타나는데, 여기서 주목해야 할 것은 비유적 심상의 성격이 포괄적이며 통합적이란 사실이다. 지각적 이미지가 단순하고 직접적인 이미지라 한다면, 비유적 이미지는 시의 주제와 관련되어 유기적인 관계를 이루고 시적 의미를 통합적으로 제시한다.

한 송이의 국화꽃을 피우기 위해
봄부터 소쩍새는
그렇게 울었나 보다.

한 송이의 국화꽃을 피우기 위해
천둥은 먹구름 속에서
또 그렇게 울었나 보다.

그립고 아쉬움에 가슴 조이던
머언 먼 젊음의 뒤안길에서
인제는 돌아와 거울 앞에 선
내 누님같이 생긴 꽃이여.

노오란 네 꽃잎이 피려고
간밤엔 무서리가 저리 내리고
내게는 잠도 오지 않았나 보다.

— 서정주, 「국화 옆에서」

위의 시를 살펴보면 1연의 소쩍새 울음(청각적 이미지) → 2연의 천둥소리(청각적 이미지) → 3연의 거울 앞에 선 누님(시각적 이미지)→ 4연의 인생에 있어 고뇌와 불면(내적 체험)으로 전화되어 있음을 보게 된다.

그런데 소쩍새 울음이나 천둥소리는 서로 독립되어 있지 않고 제3연의 '젊음의 뒤안길'의 내용을 함축하고 있다. 따라서 국화를 피우기 위한 과정으로서의 지각적 이미지를 사용한 것은 젊은 시절의 방황과 고뇌를 통해 자아성찰이 완숙한 경지에 이른 누님이 걸어온 인생의 뒤안길과 유사성을 발견하도록 유도한다. 이러한 유사성은 국화와 누님이라는 서로 이질적인 대상을 하나의 문맥 속에 수용하는 효과를 낳는다.

국화와 누님의 비유는 이질적인 것을 하나로 통합할 뿐만 아니라 시의 주제와 관련되어 유기적인 통일을 이루어내고 있다. 즉 한 인간의 원숙한 인격미를 얻기까지의 고뇌가 새로운 인간으로서의 탄생의 준비과정을 의미한다면, 국화는 이러한 생명 탄생의 과정의 어려움을 보여주고 있다. 이와 같이 시의 주제는 각 연의 구체적이고 지각적인 이미지 속에 용해되어 있고, 이들의 유기적인 관련으로 인해 시적 체험과 깊이를 더해 간다.

서정주

1915~ . 시인, 전북 고창 출생. 호는 미당이다. 「자화상」(『시건설』 7호, 1935.10)으로 시작을 시작하여, 동아일보신춘문예에 시 「벽」이 당선되어 등단하였다. 시집으로 『화사집』, 『귀촉도』, 『신라초』, 『동천』 등이 있다.

이런 점에서 리차즈가 말하는 포괄시(包括詩, inclusive poetry) — 여러 경험적 요소를 수용해서 이루어진 시 — 의 특징은 비유적 심상의 포괄성과 연결되어 있음을 생각하게 된다. 어떤 유사성을 통해 얻어지는 단순한 심적 반응이 아닌, 여러 이질적인 요소들의 갈등과 충돌을 시적 깊이 속에 용해해내는 기능은 비유적 이미지가 지닌 포괄성과 통합성의 특징이라 할 것이다.

상징적 이미지

상징적 이미지는 다른 것과의 비유를 통해 얻어지는 것이 아닌, 하나의 작품이나 한 작가의 여러 작품 속에 되풀이되어 나타나는 이미지를 의미한다. 한 작품이나 작가뿐 아니라 한 시대나 민족의 여러 작품 속에 되풀이되어 사용되는 경우도 있을 수 있다. 이러한 이미지는 명확한 의미를 드러내거나 그 의미 속에 제한되지 않고, 많은 의미를 함축하거나 추상적인 성격을 띠고 나타나게 된다.

이런 점에서 비유적 이미지가 시를 비유적 인식 속에 진실을 내포한 하나의 표현기교를 의미한다면, 상징적 이미지는 이러한 비유적 이미지가 드러나게 되는 바탕을 의미한다고 하겠다. 따라서 상징적 이미지

'마돈나' 뉘우침과 두려움의 외나무다리 건너 있는 내 침실 열 이도 없으니,

아, 바람이 불도다, 그와 같이 가볍게 오려무나, 나의 아씨여, 네가 오느냐?

'마돈나' 가엾어라, 나는 미치고 말았는가, 없는 소리를 내 귀가 들음은—

내 몸에 파란 피—가슴의 샘이 말라버린 듯, 마음과 몸이 타려는도다.

'마돈나' 언젠들 안아갈 수 있으랴, 갈테면, 우리가 가자, 끄을려 가지 말고!

너는 내 말을 믿는 '마리아'—내 침실이 부활의 동굴임을 네야 알련만…

'마돈나' 밤이 주는 꿈, 우리가 엮는 꿈, 사람이 안고 뒹구는 목숨의 꿈이 다르지 않으니.

아, 어린애 가슴처럼 세월 모르는 나의 침실로 가자, 아름답고 오랜 거기로.

'마돈나' 별들의 웃음도 흐려지려 하고, 어둔 밤 물결도 잦아지려는도다.

아, 안개가 살아지기 전으로, 네가 와야지, 나의 아씨여, 너를 부른다.

— 이상화, 「나의 침실로」에서

를 이해하는 작업은 곧 시적 이미지가 생산되는 상상력의 토대, 한 시인의 세계관, 가치관을 밝히는 작업과 동일한 의미를 갖게 된다.

이 시의 화자는 피곤하고, 안타깝게 그리고 미칠 듯하게 '마돈나'를 찾고 있다. '마돈나'와 함께 어디론가 가고 싶음을 노래한다. 일상적인 모든 것을 버리고 '외나무다리 건너 있는 내 침실'로 가자고 한다.

그리고 그곳은 언제가 되든 가야만 할 곳이기에 끌려가지 말고 자진해서 가야 할 곳임을 말하고 있다. 그렇다면 화자가 지향하는 침실은 무엇을 의미하는가. 이 시에서 침실은 ① 뉘우침과 외나무다리 건너에 있고, ② 부활의 동굴이며, ③ 아름답고 오랜 곳이고, ④ 세월 모르는 곳으로 나타난다. ①, ②, ③, ④를 종합해볼 때 침실을 단순히 우리가 쉬고 잠자는 곳으로서의 공간이 아닌 특별한 의미를 지닌 곳임을 알게 된다. 즉 일상적인 시간과 공간 속에 존재하지 않는 특별한 시공인 셈이다. 그것은 신성(神聖)과 결부된 공간이다. 단군신화나 구전신화 등에 나타나는 '동굴'과 같은 성격으로 영원성을 지니는 공간이게 된다. 따라서 이곳에 가자고 하는 것은 현실이 주는 중압감과 현실적인 가치를 모두 버리고 '부활의 동굴'로 가서 새로운 차원에서의 존재양식을 구한다는 것을 의미한다. 이 시가 단순히 현실도피적이라고 할 수 없는 이유는 '아름답고 오랜' 신성의 공간과 결부된 재생의 욕구와 결부되기 때문이다.

죽음은 삶의 끝이 아니라 새로운 삶의 시작이라고 보는 시인의 세계관이 시의 상상력의 토대가 되어 있으며 '부활의 동굴'이 지닌 상징적 이미지는 먼 신화의 세계로까지 독자를 안내하고 있다. 여기서 우리는 시에서 드러난 이미지뿐만 아니라 시인의 의식, 의식을 지탱하는 세계관 등의 상관관계를 검토하여 이미지를 상징의 차원으로 끌어올리는 시인의 상상력을 감지할 수 있다.

4) 상징

상징의 개념

상징은 원래 희랍어 Symballein에서 유래한 말로, 여기엔 '조립하다,' '짜맞추다'의 뜻이 내포되어 있다. 그리고 이 말의 명사형인

Symbolon은 표상(mark), 증표(token), 기호(sign)의 뜻을 지니고 있다. 이렇게 볼 때 상징이란 하나의 기호로서 다른 어떤 것을 대신하는 기능을 수행하고 있음을 알 수 있다. 이것이 상징의 가장 기본적이고 일반적인 의미이다.

이러한 상징의 기능은 고구려 건국신화에서도 찾아볼 수 있다.『삼국사기』「고구려본기」제2권에서 보면 주몽(朱蒙)이 고구려를 세운 후 부여에 있는 아들 '유리'가 아버지를 찾아올 때 칼 토막을 가지고 온다. 그 칼 토막은 주몽이 부여의 태자들의 등쌀에 못이겨 어머니와 처를 그곳에 두고 도망나올 때, 곧 태어날 자식에게 자신의 자식임을 증거하는 증표를 숨겨놓은 것이었다. 따라서 그 아들인 유리가 칼 한 조각을 가져와 아버지를 찾을 때, 아버지인 주몽이 가진 단검(斷劍)과 맞추어보니 한 자루의 칼이 되고 이로써 아들임을 확인했다는 내용이다. 즉 한 자루의 칼을 토막내어 후일 서로를 잇는 증표로 삼았고, 이를 맞추어봄으로써 결합과 신임의 표시로 삼았던 것이다. 이렇듯 상징이란 어떤 것에 부합되는 기호나 표상을 의미한다.

또 '十'이란 표시는 이것을 바라보는 입장에 따라 그 상징의 내용이 다양화됨을 알 수 있다. 기독교인이 보았을 때는 '예수'를, 불교인이 보았을 때는 '완전'을, 환자가 보았을 때는 '병원'을, 운전자가 보았을 때는 '안전제일'을 의미하게 된다. 이러한 것들은 모두 의미되는 것이 고정되어 있는 일반적 상징 또는 언어적 상징이라고 한다. 이러한 상징의 성격으로 'H_2O＝물'이라는 식의 논리성과 이미 타성에 젖어 의미가 축소되거나 고정되어 있음을 알 수 있다.

이에 비해서 문학적 상징은 단순히 어떤 대상을 대신하여 하나의 의미만을 표상하는 일반적 상징과 달리 상상력을 내포한 개념이다. 경험 중심의 가시적 세계가 아닌 불가시적 세계와 같은 초경험적 대상을 암시하는 기호로 나타난다. 따라서 문학적 상징은 일상언어로 표현할 수 없는 사실이나 진실에 대한 표상이며, 여기엔 허구와 진실이 동시에 내포되어 있다고 할 수 있다.

브룩스와 워렌이 『시의 이해』에서 비유와의 비교를 통해 상징이 지닌 특성을 다음과 같이 말하고 있다.

상징은 원관념이 생략된 은유로 보인다. '소녀들의 장미 동산에 있는 여왕 장미'라고 하면 은유이지만, 시인이 단순히 사랑의 성질을 암시하기 위해 장미를 가리킬 뿐 비유적인 틀을 지시하지 않는다면 이때의 '장미'는 그의 사랑의 상징물이다. 우리는 비유적인 전화 (轉化) 를 강조할 때 은유라는 말을 쓴다. 예컨대 '소녀는 장미이다'라고 하면 장미의 특질이 소녀에게 전이(轉移)된다. 그러나 다른 무엇을 대신하는 것으로서의 대상이나 행동을 생각할 때 우리는 상징이란 말을 쓰는 것이다. 그러므로 상징은 의미를 지적하는 표시(signs)이다.

여기서 우리는 두 가지 사실을 알게 된다. 첫째는 상징이 은유와는 달리 원관념이 처음부터 전제되지 않았다는 것이다. 원관념이 생략되어 있기 때문에 그것이 정확히 무엇을 의미한다고 할 수 없는 부정확성이 드러난다. 둘째는 비유가 원관념을 전이한다면, 상징은 원관념을 대신한다는 점이다. 대신한다는 것은 원관념은 원관념대로의 특성을 지니고, 보조관념은 보조관념 나름대로의 특성을 지니면서 양자가 완전히 결합되어 새로운 의미를 창출해간다는 것을 의미한다. 따라서 비유와 이미지가 시의 부분에 작용하는 것과는 달리 상징은 시 전체에 영향력을 지닌다는 것을 알 수 있다. 이러한 상징의 특징으로 어반(W.

M. Urban)은 『언어와 진실(Language and Reality)』에서 다음의 네 가지로 분류한다.

① 모든 상징은 무언가를 표시한다.
② 모든 상징은 2중의 지시(指示)를 갖는다.
③ 모든 상징은 허구와 진실을 포함한다.
④ 모든 상징은 2중의 적절성(適切性)을 지닌다.

이와 같은 지적은 결국 상징이 지닌 원관념과 보조관념 사이의 동일성, 원관념이 지닌 추상적 의미, 이로 인한 상징의 부정확성 그리고 상징이 지닌 암시적 성격으로 인한 다의성 등을 의미하게 된다. 이런 점에서 볼 때, 결국 문학적 상징이란 일상생활에서 얻은 일반적 상징의 차원을 넘어 시인 자신의 개인적이며 특수한 상상력의 구체화인 것이다.

상징의 유형

개인적 상징

개인적 상징은 하나의 작품에서만 의미를 갖는 단일한 상징이나, 한 개인의 독창적 체험에 의해 특수한 의미를 지니게 되는 상징을 말한다. 따라서 이것은 관습에 의해 보편성을 띠지 못하고 관련 시나 한 개인에게만 적용되는 상징이다.

① 푸른 하늘을 제압하는
　노고지리가 자유로왔다고
　부러워하던
　어느 시인의 말은 수정되어야 한다.

　자유를 위해서
　비상하여 본 일이 있는
　사람이면 알지
　노고지리가
　무엇을 보고 노래하는가를
　어째서 자유에는
　피의 냄새가 섞여 있는가를

　혁명은
　왜 고독한 것인가를

　혁명은
　왜 고독해야 하는가를

　　　　　　　　　　　　－ 김수영, 「푸른 하늘을」

② 눈보다도 먼저
　겨울에 비가 오고 있었다.
　바다는 가라앉고
　바다가 있던 자리에
　軍艦이 한 척 닻을 내리고 있었다.

여름에 본 물새는
죽어 있었다.
물새는 죽은 다음에도 울고 있었다.
한결 어른이 된 소리로 울고 있었다.
눈보다도 먼저
겨울에 비가 오고 있었다.
바다는 가라앉고
바다가 없는 海岸線을
한 사나이가 이리로 오고 있었다.
한쪽 손에 죽은 바다를 들고 있었다.

— 김춘수, 「처용단장」에서

　①은 한 시인의 특수한 체험을 통해 드러난 상징으로서 개인적 상
징을 보여준다. 즉 '노고지리'는 혁명가의 모습을 상징하고 있다. 여
기서 겉으로 드러난 의미를 살펴볼 때 '노고지리'와 '혁명가'와의 관
련성을 찾을 수는 없다. '노고지리'는 봄날 보리밭 위에 높이 떠서
끊임없이 노래하는 작고 귀여운 새다. 작고 귀여운 새에서 사회변혁을
꿈꾸는 개혁자로서의 혁명가적 특성을 찾는 일은 불가능한 일이다.
　따라서 '노고지리'가 지닌 혁명가로서의 상징성은 순전히 김수영
개인의 상징일 뿐이다. 굳이 김수영 개인의 체험을 통한 상징성을 찾
는다면 시 전체를 통한 문맥을 살펴야 할 것이다. 우선 노고지리는
봄에 우는 새라는 것, 봄은 겨울을 지내고 새로운 생명력을 분출하는
계절이라는 것, 노고지리는 이러한 봄을 누구보다도 먼저 노래하고

있다는 것을 생각하게 된다. 그렇다면 겨울이 주는 삭막함과 살벌함의 이미지와 사회적 특성과의 결합을 통해서 볼 때 봄은 자유의 신장을 보여주는 계절이요, 억압과 고통의 상황으로부터의 해방을 의미하게 된다. 김수영은 이러한 계절을 통해 혁명가의 고독을 생각하게 된 것이다. 즉 '노고지리'가 지닌 상징성은 이 시에서만 볼 수 있는 개인적 상징이라 할 것이다.

②는 한 편의 시에 나타난 주도적 이미지로서의 절대심상을 통해 바다의 상징성을 보여준다. 이 시에서의 바다는 가라앉은 바다, 없어진 바다, 죽은 바다로 나타난다. 파도치고 갈매기 울음 우는 바다를 생각하는 사람들에게 이런 바다는 너무도 낯설고 이질적인 느낌을 갖게 한다. 즉 바다는 시인만이 소유하는 바다이며, 시 전체를 지배하는 주도적 이미지로서의 바다이다. 우선 이러한 낯설음을 바다가 있던 자리에 '군함이 한 척 닻을 내리고 있었다'에서 '물새는 죽은 다음에도 울고 있었다'로 한 사나이가 '한쪽 손에 죽은 바다를 들고 있었다'는 식의 극히 비상식적인 상황으로 몰고 간다. 따라서 바다는 이 시의 전체를 지배하는 절대심상으로서의 의미를 지니지만, 독자들에게는 도저히 이해할 수 없는 불가해한 상징으로 다가온다.

바다는 병이고 죽음이기도 하지만, 바다는 또한 회복이고 부활이기도 하다. 바다는 내 유년이고, 바다는 또한 내 무덤이다.

김춘수 자신의 해설이다. 즉 바다는 어느 누구와 공유하는 의미를 지닌 존재가 아닌 시인 자신만이 의미를 부여한 하나의 상징이게 된다. 바다와 관련한 시인의 유년시절 비극적 체험이 배어 있을 것이란 추측만 할 수 있을 뿐이다. 따라서 바다에 대한 기존관념이나, 인간적 삶과의 연관성 또는 보편적 의미를 배제한 이러한 개인의 특수한 상징으로서의 바다는 이 시의 난해성과도 깊은 관련을 지니고 있다. 따라서 현대시의 난해성은 이와 같은 시인 자신만의 독특한 관심사요, 이로 인한 개인적 상징의 사용으로 말미암은 것이란 단서를 얻게 된다.

관습적 상징

관습적 상징이란 공중적 상징(public symbol)이라고도 하는데, 이는 오랜 시간 동안 특수한 문화를 배경으로 하여 사용된 상징을 의미한다. 따라서 한 개인만이 사용하는 상징이 아니라, 더불어 사는 사람들과 공유하는 상징이라고 할 수 있다.

① 거룩한 분노는
  종교보다도 깊고
  불붙는 정열은
  사랑보다도 강하다.
  아 강낭콩꽃보다도 더 푸른 그 물결 위에
  양귀비꽃보다도 더 붉은 그 마음 흘러라

  아리땁던 그 蛾眉
  높게 흔들리우며

그 석류속 같은 입술
죽음을 입맞추었네!
아 강낭콩꽃보다도 더 푸른 그 물결 위에
양귀비꽃보다도 더 붉은 그 마음 흘러라

—변영로, 「논개」에서

② 별은 無盡燈이다
다함이 없는 등불,
꺼지지 않는 무진등

내 안에 다함이 없는 등불
꺼지지 않는 무진등이 하나 있다

숨겨놓은 말들에
하나씩 불을 켠다

내 몸은
그 등불의 심지다

—조용미, 「무진등」

변영로

1897~1961. 시인. 서울 출생. 작품으로는 초기작인 「운상소요」(≪개벽≫, 1923.1)를 비롯하여 「저녁놀빛」, 「논개」 등 광복 전후를 통하여 약간의 시를 발표했다. 시집으로 『조선의 마음』, 『수주시문선』, 수필집 『명정 40년』 등이 있다.

조용미

1962~ . 경북 고령 출생. 1990년 ≪한길문학≫에 「청어는 가시가 많다」 등을 발표하며 작품 활동. 시집으로 『불안은 영혼을 잠식한다』, 『삼베옷을 입은 자화상』 등이 있다.

①은 한국의 특수한 역사적 사실을 배경으로 한 시이다. 임진왜란 중 진주성 싸움에서 여인의 몸으로 왜장 케야무다를 껴안고 남강 물에 뛰어들어 함께 죽은 논개(論介)를 이해하지 않고는 이 시의 맛을 제대로 느낄 수 없다. 물론 이 시에서 느끼는 대구로 인한 리듬감과 경쾌한

후렴구의 반복, 붉은색과 푸른색의 선명한 대조에서 나타난 시각적 이미지 등이 시의 맛을 살려주고 있기는 하다. 그러나 '거룩한 분노,' '불붙는 정열,' 2연에서 '아리땁던 蛾眉,' '석류속 같은 입술,' 인용에서 빠졌지만 3연에서의 '꽃다운 혼'은 모두 논개의 충절로 관련되는 것으로 보아 강한 상징성을 띤다. 즉 이 시에서 논개란 말은 한마디도 없지만 시 전체가 논개의 충절을 암시하고 있다.

이와 같은 인유(引喩)는 고전문학이나 특수한 시대적 조건하에 많이 쓰이는 표현기교이다. 즉 역사적 배경·문화적 배경은 오늘날의 시인들에게 많은 시적 소재를 제공할 뿐 아니라, 여기서 상징을 빌어옴으로써 독자로 하여금 새로운 감흥을 느끼게 한다.

②의 경우, '내 안에 다함이 없는 등불'의 상징의미를 밝히기 위해서는 불교문화를 이해해야 한다. 불교 문화권에 있는 독자는 언뜻 그것이 무엇을 의미하고 있는지 이해할 수 있으나, 그렇지 않을 경우 매우 곤혹스럽다. 즉 '무진등'이란 한 사람의 법(法)으로 수많은 사람을 교화시킬 수 있다는 것에 대한 비유라는 사실을 알아야 한다는 것이다. 시인이 이 법문을 '별'에 걸어 두었지만 별의 빛과 내 안의 빛이 다르지 않다(不二). 내 안의 빛이란 저 많은 빛 중의 하나이며, 계속해서 이어지고 또 이어질 빛이기 때문이다. 별과 등과 내가 하나인 것이다.

이러한 상징 역시 매우 인습적이고 관습적인 문화의미권적 상징이라 할 수 있다. 이외에도 '매(梅)·란(蘭)·국(菊)·죽(竹)'으로 선비의 기품과 지조와 절개를 의미한다든지, 한국적 풍류의 조건으로 '꽃·달·술·벗' 등을 통해 시적 의미를 확보한다든지 하는 데서도 모두 오랜 문학적·문화적 전통에서 인습적·관습적 상징을 빌려온 것임을 알 수 있다.

원형상징

원형(archetype)은 인류의 가슴 속 깊이 깔린 의식이 인류 전체에 유사하거나 동일한 것이라는 전제 아래 논의된다. 따라서 원형은 신화·종교·역사·풍속 등에서 수없이 반복되어 나타나는 이미지로 화소(話素, motif)나 주제가 된다. 중요한 것은 이들이 똑같은 모습으로 되풀이 되거나, 막연하게 나타나는 것이 아니라 조금씩 변모된 형태로 반복되어 드러난다는 사실이다. 변모된 형태로 드러난 원형의 모습을 상징이라고 할 수 있는데 이는 논리나 합리성을 떠나 초월적인 힘으로 독자에게 정서적 반응을 일으키게 된다. 이것은 신화 자체가 그것을 만들어낸 사람들의 염원의 표상으로 인간의 의식 속에 공통적으로 자리해 있기 때문이다. 따라서 원형상징은 인류 전체가 공유하는 의식의 표상이란 점에서, 논리를 초월한 세계의 표상으로 수없이 반복되어 오늘날까지 강한 영향력을 지닌다는 점에서 관심의 대상이 된다. 문학에서 이에 대한 연구는 프레이저(J. G. Frazer)의 방대한 저서 『황금가지』 출간 이후 융(C. G. Jung)을 중심으로 한 심층심리학적 연구가 이루어짐에 따라 문예비평에서 중요한 개념의 하나로 간주되기에 이르렀다. 다음 시를 보자.

올해는 매미가 극성이다 여러 해 땅속에 묻혀 있었으니 어둠을 알배고 있었을 슬픔을 알배고 있었을 매미가 올해는 극성이다 한낮의 인사동에서도 매미가 운다 내가 사는 산 가까운 수유리 이곳은 새벽부터 매미의 바다다 떼울음 바다다 수유리 사람들은 그래서 모두 잠이 모자란다 매미의 울음은 매미의 울음일 뿐 이제는 지우기를 잘하

융(Jung, Carl Gustav)

1875~1961. 스위스의 심리학자, 정신의학자. 인간이 타고난 정신의 세 가지 구성요소로 그림자(shadow), 영혼(soul), 탈(persona)을 구분했다. 융은 인류학자가 말하는 신화가 자연과 같은 외부적 요인에서 유래한다고 한 것과는 달리 신화를 정신현상의 투사로 보고 원형을 인간의 정신구조에서 찾았다. 저서에 『리비도 변천과 심벌』, 『심리적 유형』, 『새비지 전』 등이 있다.

프레이저
(Frazer, James George)

1854~1941. 영국의 인류학자, 민속학자. 민족학·고전문학의 자료를 비교·정리하여 주술(呪術)·종교의 기원과 진화의 과정을 명확히 하려고 하였다. 그가 신앙이나 의례를 사회·정치조직 및 그 밖의 여러 제도에 기능적으로 관련지어서 검토한 시점은 현재의 인류학적 연구로 이어진다. 주요저서로 『금지편』(12권, 1890~1915), 『토테미즘과 외혼성(外婚性)』 등이 있다.

이 시는 알이라고 하는 원형상징을 현실적 삶의 문제와 함께 드러
내고 있다. 우선 현실적 삶의 문제를 보자. 시의 화자는 매미 소리
때문에 괴롭다. 매미 소리는 도심 한복판에서 변두리인 수유리까지
온 도시를 시끄럽게 하고 있다. 7여 년을 애벌레의 상태로 있다가
불과 보름 정도 살고 죽어야 하는 매미의 운명을 생각한다 해도 여간
시끄러운 게 아니다.

그러나 달리 생각하면, 이 짧은 시간에 종족을 번식시켜야 하는 것
이 매미의 운명이다. 그런데 제 짝을 부르는 매미 소리는 도시의 온갖
소음공해 때문에 제대로 전달될 리가 없다. 당연히 매미 소리는 더욱
커질 수밖에 없다. 앞으로도 이런 현상은 계속될 것이다. 사람이 편히
살자고 이룩한 문명 때문에 생명이 살지 못하게 되고, 그 피해는 고스
란히 사람에게 되돌아오는 모습이다. 시인은 이런 상황을 '알을 거둘
수 없게' 되었다고 말한다. 여기서 '알'의 상징성이 선명하게 드러난
다.

알은 모든 생명체에게 있어서 존재의 시작을 의미한다. 또한 그 형
상이 둥글다는 데서 완전 또는 전체로서의 상징성도 아울러 지니고
있다. 알의 상징성은 우리 신화에서 쉽게 발견된다. 난생신화(卵生神
話)가 그것이다. 고구려의 동명왕 신화, 신라의 박혁거세 신화, 가야의

정진규

1939~ . 시인. 경기도 안성 출
생. 1960년 ≪동아일보≫ 신춘
문예에 시 「나팔서정」이 입선되
어 등단. 시집으로 『마른 수수깡
의 평화』, 『들판의 비인 집이로
다』, 『비어 있음의 충만을 위하
여』, 『연필로 쓰기』, 『본색(本
色)』 등이 있다.

김수로왕 신화 등 우리나라 대부분의 개국신화가 이 계통에 속한다. 우리 신화에서 성스런 존재의 탄생은 대부분 알을 매개로 한다. 알을 깨고 나오면서 새로운 존재로 태어나기 때문이다. 따라서 신화에서 '알'은 신성과 세속에 함께 뭉뚱그려진 상태이다. 신성한 존재가 세속에서 다시 태어나기 전의 카오스를 의미한다. 여기는 시간도 공간도 없는 곳이다. 새로운 세계에 새로운 존재로 태어나기 위한 생명의 씨앗을 담지하고 있을 뿐이다.

이렇게 볼 때, 위의 시에서 알의 상징성은 '새로운 생명의 씨앗' 그리고 '새로운 존재로 변화하기 직전의 상태'로 나타난다. 이런 알이 이 세상에 존재하지 않을 때, 그 세상은 죽음의 그림자를 짙게 드리운 곳이 될 것은 두말할 나위도 없다. 이 시는 인간이 자신의 욕망에 따라 그리고 철저하게 인간중심적인 삶을 살아왔기에 초래한 생태학적 위기와 그 위기에서 자유로울 수 없는 인간의 운명을 경고하고 있는 셈이다. 이런 삶을 계속한다면 인간을 비롯한 모든 생명체는 알을 낳을 수 없게 될 것이기 때문이다.

이렇듯, 알이 나타내고 있는 것처럼 원형상징으로 되풀이되는 것들은 수없이 많다. ① 물을 창조와 신비, 삶과 죽음, 풍부한 성장으로, ② 태양을 창조적 에너지, 부성(父性), 시간과 생명의 순환으로, ③ 색채에 있어서 흑색은 혼돈과 죽음을, 붉은 색은 피와 희생과 정열을, 녹색은 성장과 희망 등을 나타내며 ④ 원은 전일성(全一性)과 통합, 생명의 근원으로서의 우주 등을 의미한다.

이러한 상징들은 먼 과거로부터 오늘날의 시인들의 작품에 이르기까지 끊임없이 되풀이되고 있다. 이에 대한 자세한 언급은 신화비평의 장에서 다루어질 것이다.

3. 시의 어조와 화자

1) 어조

문학은 그냥 쓰여진 채로 있는 글이 아니라 특정한 인물이 특정한 어조(語調)로 특정한 사물에 대하여 특정한 사람에게 하는 말인데 이러한 견해는 문학을 하나의 담화양식(談話樣式)으로 보고 있는 것이라 할 수 있다. 이것은 시에서도 마찬가지로 적용된다. 시 속에는 말하는 사람과, 이야깃거리, 듣는 사람이라는 형태가 존재한다. 어조(tone)란 다름 아닌 말하는 사람의 목소리이며 말씨를 의미한다. 시에서 말하는 사람을 시의 화자, 시적 자아, 서정적 자아라고 하는데 이들의 목소리가 곧 어조이다.

우리는 어조를 통하여 시적 화자의 태도를 알 수 있다. 일상생활 속에서도 어조는 말하는 사람의 감정 태도를 나타낸다. 똑같은 목소리라 하더라도 화가 났을 때와 기분 좋을 때 혹은 슬프거나 기쁠 때 등 상황에 따라서 내는 목소리는 달라지기 마련이다. 또한 말하고자 하는 사물이 무엇이냐에 따라서, 이야기를 듣는 상대자가 누구냐에 따라서 어조는 다르게 나타나는데 이상섭은 어조는 말하는 이의 사람됨, 그의 신분, 정신상태를 나타낼 뿐만 아니라 듣는 이의 신분, 정신상태에 대한 그의 판단도 은근하게 나타낸다고 말한다. 조롱조, 농담조, 고백조, 분개조도 있을 수 있고, 심각할 수도 있고, 우회적일 수도, 단도직입적일 수도 있다고 말한다. 그것은 작품의 전반적인 분위기와도 밀접한 관계를 갖게 된다. 리차즈는 어조에 대하여 의미와 감정, 의도와 함께 시의 총체적 의미를 형성하는 시적 의미의 하나라고 했다.

어조가 시적 화자의 태도와 직결되는 문제이듯이 이것은 시인의 개성과 태도를 반영한다. 같은 이야기나 동일한 주제를 표현한다 하더라도 시인이 어떠한 목소리를 선택하느냐에 따라서 남성의 경우, 여성의 경우 이에 대한 언어의 선택이나 표현방법이 달라지게 된다. 그러므로 작품의 전체적인 이미지나 리듬 또한 이 어조에 따라 영향을 받기 마련이다. 김소월이나 한용운 같은 경우는 작품의 대부분에 걸쳐 여성의 목소리를 들을 수 있다. 그것은 시인의 개성에서 우러나온 것이다. 시인이 다루고자 하는 대상, 세계에 대하여 가장 효과적이고 개성적으로 표현하기 위해 시인이 창조한 목소리인 것이다.

여기에서 시인은 남과는 다른 자신만이 목소리를 가질 줄 알아야한다. 김준오가 그의 『시론』에서 말하고 있듯, 시인의 태도는 개성적 작가로서의 개성적 결정, 곧 그가 특수한 청중에게 보여주고 싶은 자기 입장의 노정(露呈)에 관한 결정이다. 여기에 시인의 진정한 자유가 있기 때문이다.

2) 화자

시를 하나의 담화양식으로 볼 때 여기에는 이야기하는 주체가 반드시 있기 마련이다. 즉 시 속에서 이야기하고 있는 사람, 일정한 어조를 갖고 있는 사람이 시의 화자이다. 지금까지 살펴본 비유라든가, 이미지, 리듬 등이 시를 구성하는 중요한 요소이듯이 화자도 하나의 필수적인 구성요소가 된다. 우리가 한편의 시를 이해하는 데 화자는 많은 영향을 끼치기 때문이다. 이 화자를 통하여 시 속에서 인간의 친근한 목소리를 들을 수도 있으며 시의 전반적인 주제라든가 의미도 포착할 수 있다. 그러므로 시인이 화자를 어떻게 설정하느냐에 따라서 언어의 선택, 표현방법, 어조 등이 달라진다. 시의 화자(person)는 다른 말로 시적 자아, 서정적 자아, 상상적 자아라고 부르기도 한다.

3) 융의 퍼소나

앞에서 살펴본 퍼소나의 개념과는 달리 융의 퍼소나는 심리학적 개념이다. 자신의 『원형과 집단무의식(The Archetypes and the Collective Unconscious)』에서 인간의 정신구조를 세 가지로 분류하였는데 그것은 그림자(shadow), 영혼(soul), 탈(persona)이다. 그림자는 무의식적 자아가 갖는 열등하고 어둡고 우울한 모습이다. 영혼은 인간의 내적 인격이며 내적 태도인데, 그것은 자신의 내부세계와 관계를 맺고 있는 자아의 한 모습이다. 탈은 인간의 외적 인격이며 외적 태도로서 바깥세계와 관계를 갖는 자아의 한 모습이다. 즉 인간이 자신이 처한 세계와 현실에 적응하면서 드러나는 태도이다. 그런데 세계와 현실을 수용하며 외적으로 나타나는 자아는 진정한 자아와 서로 대립되며 분열된다는 것이다.

이렇게 현실적으로 적응하며 겉으로 취하는 태도인 탈은 세속적인 자아이며 거짓의 자아이다. 이 거짓의 자아는 내면의 진정한 자아에 의해 비판되며 반성된다. 그리하여 융의 퍼소나는 인간이 겉으로 외부와 맺는 자아와 자신의 주체성을 지닌 진정한 자아, 즉 이중의 자아를 갖게 된다. 진정한 자아는 뒤로 숨은 채, 세계와 현실에 적응하기 위해 거짓의 자아로 삶을 영위하는 것이 어쩌면 대부분의 현대인의 모습인지도 모른다. 그것은 삶의 국면이 지닌 부조리함에서 오는 것일 수도 있고 진정한 삶의 모습을 찾기 어려운, 제대로 된 삶을 살기 어려운 시대적 상황에서 오는 것일 수도 있다.

아무튼 사회적 존재인 인간은 타자와 관계를 맺고 또 삶에 적응하기 위해 여러 개의 가면을 쓴다. 가면을 쓰기 이전의 자아는 주체성을 확보하고 있으나 가면을 쓰고 나설 때는 그 주체성이 외부의 요구에 흡수되어 객체화되는데, 그리하여 인간은 주체적 자아와 객체적 자아로 분열되어 이중성을 지니는 것이다.

갑자기 유년의 뜨락이 그리워져 앨범을 뒤지는 건 함정입니다.

지나간 시간에 새 옷을 입혀 함께 외출하는 것도 함정입니다.

책꽂이에 꽂힌 당신의 시집을 빼내 읽지도 않고 다시 꽂는 것도 함정입니다.

루이 암스트롱의 목소리에 마음이 울컥해져 창문을 활짝 여는 것도 함정입니다.

누군가가 당신에게 실망했다고 말할 때마다 먹은 나이를 게워내는 것도 함정입니다.

사람의 마음을 너무나 잘 읽으면서도 모르는 척 침묵하는 것도 함정입니다.

들어줄 귀가 없고, 보아줄 눈이 없고, 품어줄 가슴이 없다면 아무도 사귀지 마십시오. 외로움 때문에 누군가의 어깨에 기대는 것이야말로 가장 큰 함정입니다.

— 김상미, 「함정 속의 함정」에서

위에서 인용한 시에서 보듯 객체적 자아는 앨범을 뒤지고, 지나간 시간을 반추하고, 나이를 되돌아보고, 침묵하는 것 모두 함정이라고 한다. 이 모두는 외로움에서 벗어나고자 하는 욕구와 결부된 행위들이다. 타자를 향해 다가가는 것이 함정이고, 이 함정에 빠지지 않기 위해 더 고독해야 한다는 것이다.

그러나 드러난 말과 달리 주체적 자아는 함정, 즉 타자와의 관계 속에 빠져드는 것이야 말로 삶의 의미가 아니겠느냐는 말을 하고 있다. 비록 관계맺음으로 인해 또 다른 상처를 입는다 해도, 그것이 진정

김상미

1957~ . 부산 출생. 1990년에 ≪작가세계≫에 「그녀와 프로이트 요버」외 7편을 발표하며 작품활동 시작. 시집으로 『모자는 인간을 만든다』, 『잡히지 않는 나비』 등이 있다. .

살아가는 것이라 말하고 싶은 것이다. 우리가 이 시에서 이중의 어조를 느낄 수 있는 것은 시의 화자가 거짓된 자아와 진정한 자아로 분열되어 있음을 엿볼 수 있기 때문이다.

4) 화자와 청자의 존재형태

시 속에서는 말을 하는 사람, 즉 화자가 존재하듯이 화자가 하는 이야기를 듣는 청자(聽者)가 있기 마련이다. 독백적 요소가 강한 '나'라는 일인칭 시점의 화자는 자신이 청자를 겸하게 된다. 그러나 실제로 하나의 작품 안에서 청자와 화자의 존재형태는 간단한 문제가 아니다. '시'의 화자는 궁극적으로는 시인 자신이며 청자는 독자가 되기 때문이다. 앞에서 살펴보았듯이 자전적 요소가 강해서 화자와 시인 자신을 구별할 수 없는 작품에서도 몰개성론의 시론은 화자를 가면, 허구적인 장치로 보고 있다. 즉 작품을 효과적으로 구체화시키기 위해 만든 극적 인물이다. 이러한 점은 청자도 마찬가지다. 시 속에 나타나는 청자 또한 필요에 의해서 만들어낸 허구적 인물이기 때문이다. 이러한 점들의 이해를 돕기 위해 널리 인용되고 있는 채드먼의 표를 살펴보자.

작품(text)

실제 시인 ── 함축적 시인 → 화자 → 청자 → 함축적 독자 ── 실제 독자

위의 표에서 테두리 쳐진 부분은 시작품을 의미한다. 즉 실제시인과 실제독자는 작품의 바깥에 있게 된다. 다시 작품 안에 있는 함축적

시인과 함축적 독자는 작품의 표면에 드러나지 않고 숨어 있는 화자와 청자를 나타낸다. 따라서 실제시인과 독자를 제외하고 작품만을 대상으로 화자와 청자의 존재형태를 살펴보면 몇 가지 유형으로 분류된다.

4. 시의 갈래

1) 형태상 분류

정형시

정형시(定型詩)란 시의 형식이 일정한 규칙에 의해 이루어진 시를 말한다. 다시 말해서 일정한 율(律)의 제한과 운(韻)의 제한을 가진 형식의 시를 정형시라 한다. 운이란 같거나 비슷한 소리가 규칙적으로 반복되는 것을 가리킨다. 이를 통해 시의 리듬은 반복적·규칙적 소리이면서 동시에 다른 구성요소인 말의 의미를 결합하고 있다. 이때 형성되는 반복·규칙적인 양식이 율격이 된다. 율격은 소리의 고저·장단·강약 등의 규칙적 반복으로 우리가 흔히 말하는 음수율, 즉 음절의 수에 따른 리듬이다. 따라서 운율적 제한은 곧 시에서 나타나는 일정한 양식 속에 그 말뜻을 적절히 효과적으로 배합해야 함을 의미한다.

운율론의 입장에서 보면 시에서 눈에 두드러지게 드러나는 율조가 외형률임을 쉽게 알 수 있다. 외형률에 의거한 작품을 정형시라 하는데 중국의 오언절구(五言絶句), 칠언율시(七言律詩) 등이나, 우리나라의 시조와 가사는 모두가 자수율에 의거한 것으로 정형시의 전형이 된다.

① 問余何意棲碧山 笑而不答心自閑

　　桃花流水杳然去 別有天地非人間

　　무슨 생각으로 푸른 산에서 사느냐고 묻지만

　　빙긋이 웃음만 띠우는 마음 절로 한가롭다

　　복사꽃 떠내리는 물 조용히 흐르니

　　여기는 딴 세상, 인간세상 아니로고

　　　　　　　　　　　　　　　　　— 이백, 「산중문답」

② 매화 옛 등걸에 봄절이 돌아오니,

　　옛 피던 가지에 피엄즉도 하다마난,

　　춘설이 난분분하니 필동말동 하여라

　　　　　　　　　　　　　　　— 매화(梅花), 「매화 옛등걸에」

이백(李白)

701(長安 元)~762. 중국 맹서기의 시인. 11세 연하인 두보와 함께 '이두(李杜)'라 이르며, 중국을 대표하는 세계적 시인이다. 현재 약 1천 수의 시와 수십 편의 산문이 전하지만, 모두 한위의 시풍을 부활시킨 고풍(古風)과 민간이 가곡을 개작한 악부(樂府)가 대부분이다. 7언 절구, 7언 고시 등도 잘 지었으나, 특히 악부에 뛰어나, 「촉도난」, 「양보음」, 「청평조사(淸平調詞)」 등은 널리 알려져 있다. 청나라 왕기(王綺)편주의 『이태백문집』 36권이 있다.

①은 한시에 있어서의 운과 율을 보여주고 있다. 여기서 운은 소리의 반복으로 압운이라 불리는 리듬이다. 이 리듬은 각운·요운·두운 중 각운에 해당되는 것이다. 7언 절구의 압운이 1, 2, 4구의 끝인 山, 閑, 間으로 드러남이 그것이다. 즉 시행의 음절 수가 일곱(七言)이고 시행의 수가 4행으로 고정된 절구로서 일정한 형식을 지닌 정형시임을 알게 된다.

②는 평시조로서 한 행에 있어 음절 수는 약간의 가변성을 보이나 대개 초장은 3·4, 3·4, 중장 역시 3·4, 3·4, 종장은 3·5, 4·3의 음절 수에 고정되어 있다. 시조의 이러한 특징은 음절 수만이 아니라 한

행에 음보의 수가 4음보로 고정되어 있는 데서 잘 나타난다. 이런 점에서 시조의 정형성은 자수에 관계없이 3음절 혹은 4음절을 주로 한 휴지(休止)에 의한 의미마디(음보)가 일정한 수로 반복됨에 있다.

자유시

자유시는 정형시가 지닌 일정한 형식적 제한을 벗어나 자유롭게 형식을 창조한 시를 말한다. 자유시를 유기적 형식의 시라 함은 외형률에 의한 형식이 아닌 내재율에 의거한 자유로운 형식임을 뜻한다. 자유시는 정형시가 지닌 운율적 제한을 타파한 형태라는 점에서 시인은 관습에 의거하지 않는 새로운 시 형식을 만들어가야 한다. 과거와 같이 음절 수나 음보, 동일한 소리의 반복이나 음의 고저를 통해서가 아니라 의미의 확대와 축소, 감정의 적절한 통어에 의해서 시를 창작해야 한다. 따라서 시행의 진행 속에 수사적인 기법이라든가 이미지의 활용, 내적 의미의 적절한 연결 등이 고려된다.

자유시의 특징이 시인의 체험을 자유롭게 표현하려는 욕구에 있지만 여기서도 나름대로 형식을 지니고 있다. 즉 한 행, 한 행의 연결로 나타난 행을 통해 의미의 고리를 이룬다든가, 또 작은 의미 단락으로서의 연(聯)을 살펴보면 자유시 나름의 독특한 형식과 의미와의 연결을 찾아볼 수 있다. 특히 시행에 나타난 구두점이라든가 마침표 그리고 시인의 개성에 따른 시행의 연결 등은 시가 지닌 주제와 밀접한 관련을 맺고 있다.

> 못난 놈들은 서로 얼굴만 봐도 흥겹다
> 이발소 앞에 서서 참외를 깎고

목로에 앉아 막걸리를 들이키면
모두들 한결같이 친구같은 얼굴들
호남의 가뭄 얘기 조합 빚 얘기
약장사 기타소리에 발장단을 치다 보면
왜 이렇게 자꾸만 서울이 그리워지나
어디를 들어가 섰다라도 벌일까
주머니를 털어 색시집에라도 갈까
학교 마당에들 모여 소주에 오징어를 찢다
어느새 긴 여름 해도 저물어
고무신 한 켤레 또는 조기 한 마리 들고
달이 환한 마찻길을 절뚝이는 파장

― 신경림, 「파장」

위 시에 보이는 가장 큰 특징은 ① 연(聯)이 구분되어 있지 않다는 점, ② 구두점이나 마침표가 없다는 점, ③ 이러한 이유로 빠른 템포의 리듬이 형성되고 있다는 점이다. ①을 좀 더 구체적으로 살펴보면 이 시의 의미단락은 셋으로 나누어진다. 1~4행까지는 장날에 모인 시골 사람들의 정겨운 모습, 5~10행까지는 피폐화된 농촌의 실상과 거기서 느끼는 농민의 자학적 심정, 11~13행까지는 잔치 뒤끝이 주는 쓸쓸함의 정서로 나누어진다. 그러나 이런 의미단락이 구분되지 않는 것은 건강한 삶의 의욕이 보이지 않고 방황하는 농민들의 암담한 삶이 시 전체에 드러나는 이유에서다. '못난 놈들'로서의 삶, 가뭄 얘기, 조합 빚 얘기가 자신의 절박한 삶이면서도 오히려 남의 이야기로

신경림

1936~ . 시인. 충북 중원 출생. ≪문학예술≫에 「낮달」(1955. 2), 「갈대」(56.1), 「석상」(56. 4) 등이 추천되어 등단. 시집으로 『농무』, 『새재』, 『남한강』, 『가난한 사랑노래』, 『뿔』 등이 있다.

치부되는 절망적인 삶, 파장 뒤의 황량함으로 나타나는 쓸쓸한 정서는 곧 농촌의 삶을 이루는 전체적 현장이기 때문이다.

따라서 이러한 삶의 절박성과 자학적 심정은 ②에서 언급한바 구두점이나 마침표가 필요 없는 행의 연결로 나타난다. 삶에 대한 객관적 성찰이 아닌 삶이 주는 무게에 짓눌린 상황은 시행의 휴지보다는 연속이 더욱 적절한 충격을 주기 때문이다. 즉 시행의 연속적인 연결로 인해 파장이 주는 어수선한 분위기와 절망적 삶의 여러 모습을 합일시키고자 하는 것이 작가의 의도인 셈이다. 그러나 이와 같은 빠른 템포의 시행이 주는 리듬은 절박한 삶 속에 최소한의 흥겨움을 자아내고 있다. 이러한 흥겨움은 서로가 서로에 대해서 '우리'라고 하는 공동운명을 발견하는 데 있다. 아무리 피폐한 삶일지라도 최소한 '우리'를 발견하는 삶이란 완전한 절망으로 빠지지 않는 힘을 제공한다. '절뚝이는 파장'이 주는 쓸쓸함과 황량함 속에서도 '우리'를 발견하고, 그것이 자신의 생활을 유지시켜 주는 것이란 현실 인식이 이 시의 리듬과 함께 조화된 상태로 나타나는 것이다.

이런 점에서 자유시는 보편적 리듬을 차용하는 것이 아닌 시인의 체험과 나타내고자 하는 주제를 자신의 개성적 리듬에 통일시킨다고 할 수 있다. 즉 자유시는 정형성으로써의 형식을 거부하는 것과 동시에 자신의 독특한 체험을 개성적인 리듬(형식)으로 만들어가는 시이다.

산문시

산문시는 시적인 내용을 산문(散文)의 형태로 표현한 시를 말한다. 정형시 특히 시조의 경우, 평시조에서 엇시조, 사설시조로 형태가 발전해온 것이 내용을 담는 그릇(형식)의 한계에서 비롯된 것이듯 산문시 역시 자유시의 한계를 극복하고자 하는 데서 생겨났다. 그렇다고 시의 내용면에서 자유시와 산문시의 뚜렷한 구별이 있는 것은 아니다.

자유시가 정형시에서의 규칙적인 리듬을 거부하고 내재율이란 개성적인 리듬을 창출하여 형식적인 변화를 꾀한 것이 산문에 가까운 것임은 주지의 사실이다. 즉 행과 연의 가름 없이 산문에 가까운 형식이 곧 자유시의 형식인 셈이다. 자유시가 내용이 형식을 낳은 대표적인 예이듯, 그 형식은 규칙적 리듬이 아닌 일상어를 통한 시 정신의 구현이란 점에서 산문적 특성을 함께 지니고 있는 것이다. 따라서 어떤 종류의 자유시는 그 내용에 따라 산문적 형태를 띠는 경우가 많을 뿐더러 산문시라 이름할 수 있는 시 중에서도 자유시보다 더 운율적인 경우를 발견하기도 한다.

> 파고다 공원에 갔지 비오는 일요일 오후 늙은 섹스폰 연주자가 온 몸으로 두만강 푸른 물을 불어대고 있었어 출렁출렁 모여든 사람들 그 푸른 물 속에 섞이고 있었지 두 손을 꼭 쥐고 나는 푸른 물이 쏟아져 나오는 섹스폰의 주둥이 그 깊은 샘을 바라보았지 백두산 천지처럼 움푹 패인 섹스폰에서 하늘 한자락 잘게 부수며 맑은 물이 흘러나오고 아아 두만강 푸른 물에 님 싣고 떠난 그 배는 아직도 오지 않아 아직도 먼 두만강 축축한 그 섹스폰 소리에 나는 취해 늙은 연주자를 보고 있었네 은행나무 잎새들 노오랗게 하늘을 물들이고 가을비는 천천히 늙은 몸을 적시고 있었지 비는 그의 눈을 적시며 눈물처럼 아롱졌어 섹스폰 소리 하염없을 듯 출렁이며 그 늙은 사내 오래도록 섹스폰을 불었네
>
> —이대흠, 「두만강 푸른 물」

이대흠

1968~ . 시인. 전남 장흥 만손리 출생. 서울예전 문예창작과를 졸업했다. 1994년 ≪창작과 비평≫ 봄호에 「제암산을 본다」 등을 발표하면서 등단했다. 〈시힘〉 동인이다.

위의 시는 자유시보다 오히려 더욱 운율적임을 알 수 있다. 압축된 시어, 마침표 없이 끊어질 듯 이어지는 문장, 노래와 인물이 하나가 된 듯한 분위기 등이 시 자체에 생동감을 불어넣고 있다. 즉 이 시의 내용 ― 늙은 섹스폰 주자의 쓸쓸함과 노래 소리에 동화된 군중들 ― 이 자유시보다 산문으로 처리됨으로 해서 더욱 효과적으로 드러난다. '출렁출렁 모여든 사람들 그 푸른 물속에 섞이고 있었지'에서 보듯, 늦가을이란 계절적 배경과 섹스폰 소리와 늙은 연주자와 모여든 군중이 하나가 되어 있는 모습이 시 전체적인 분위기를 형성하고 있는 것이다. 행갈이나 의미단락의 나뉨에서보다 더 자연스럽고 잔잔하게 감동을 전해 준다.

이런 점에서 볼 때 산문시는 자유시의 확대된 영역 속에 속한다고 볼 수 있다. 다만 일반적인 구분으로 본다면 대개의 산문시가 압축된 언어보다는 일상어를 사용하고 행이나 연의 구별 없이 산문의 형태로 쓰여진다는 점이다.

시의 형태에 따른 분류도 정형시 / 자유시 / 산문시로 나누어지고 있지만, 이 외에도 장시(長詩)나 연작시를 들 수 있다. 장시는 하나의 주제를 비교적 길게 쓴 시를 말하는데 보편적으로 포괄적인 주제를 다루게 된다. 그러나 여기에는 단일한 느낌이나 서정이 아닌 복합적 의미를 포함한 주제가 한 편의 시를 이루는 완벽한 짜임새 속에 통일되어야 한다는 난제가 놓여 있다. 이와는 달리 연작시는 하나의 시적 주제 속에 포괄될 수 있는 제재로 독립된 한 편의 시를 쓰지만, 이것들이 전체 연작들과 상호 유기적 관계를 이룰 수 있어야 한다. 즉 작품 하나하나가 독자적 완결성을 지향하지만 시인의 지속적인 관심사에 따라 전체적으로 긴밀한 연결을 고려해야만 한다.

2) 내용상 분류

서정시

서정시는 원래 노래 부를 수 있는 시가(詩歌)를 의미한다. 오늘날 주정적인 시와 주지적인 시를 총칭하는 서정시는 원래 희랍의 lyre라는 악기에 맞추어 노래부르던 시를 의미한다. 여기에서 서정시가 음악과 떨어질 수 없는 숙명적 관계를 보게 되는데 포우(E. Poe)가 정의한 "미의 운율적 창조"라는 말 역시 시에서의 음악성을 강조한 것이다. 서정시에 대해 좀더 포괄적이고 일반적인 정의를 내린다면, '인간의 사상과 감정을 너무 길지 않게 행이나 연 속에 표현하는 시'라고 할 수 있다. 따라서 서정시가 인간의 사상과 감정을 표현하는 것이라고 규정한다면, 지성을 강조하고 개성을 무시하는 주지시 역시 서정시란 개념 속에 포용된다. 서양에서 송시(頌詩, ode), 애도시(elegy), 목가(pastoral) 등이 주정적 서정시에 속하고, 경구시(epigram), 풍자시(satire) 등이 주지적 서정시에 속하는 것도 같은 이유에서이다.

서정시는 인류가 지닌 가장 오랜 문학적 표현의 하나이기 때문에, 오늘날에 있어서 그 영역과 범위, 형식이나 주제면에서 다양하게 전개됨을 알 수 있다. 현대인의 삶이 복잡·다양해짐에 따라 과거와 같이 주관적 감정뿐만 아니라 의식의 흐름, 이미지와 상징성, 때론 의식의 해체에 이르기까지 다양한 속성이 드러나고 있다.

① 가시리 가시리잇고, 나는
　 브리고 가시리잇고, 나는

위 증즐가 태평성대

날러는 엇디 살라ᄒ고
바리고 가시리잇고, 나는
위 증즐가 태평성대

ー「가시리」에서

② 그가 내 얼굴을 만지네
　흩치마 같은 풋잠에 기대었는데
　치자향이 水路를 따라 왔네
　그는 돌아올 수 있는 사람은 아니지만
　무덤가 술패랭이 분홍색처럼
　저녁의 입구를 휘파람으로 막아 주네
　결코 눈뜨지 말라
　지금 한 쪽마저 봉인되어 밝음과 어둠이 뒤섞이는 이 숲은
　나비떼 가득 찬 옛날이 틀림없으니
　나비 날개의 무늬 따라간다네
　햇빛이 세운 기둥의 숫자만큼 미리 등불이 걸리네
　눈뜨면 여느 나비와 다름없이
　그는 소리 내지 않고도 운다네
　그가 내 얼굴을 만질 때
　나는 새순과 닮아서 그에게 발돋움하네
　때로 뾰루지처럼 때로 갯버들처럼

ー송재학, 「그가 내 얼굴을 만지네」

송재학

1955~ . 시인. 경북 연천 출생. 1986년 계간 ≪세계의 문학≫에 시를 발표하면서 시단에 등단하였다. 시집으로 『얼음시집』, 『살레시오네 집』, 『기억들』 등이 있다.

①은 『악장가사(樂章歌詞)』에 실려 있는 고려 속요로서 서정시의 특징인 음악성을 잘 보여준다. 고려시대 많은 고려인의 입에서 노래로 불려졌던 이 노래는 이별의 정한을 그 주제로 하고 있다. 슬픔의 정서를 반복적 리듬 속에 잘 형상화한 예라 할 것이다.

②는 그리움의 서정을 압축된 언어와 리듬 그리고 이미지를 통해 보여준다. 특히 그리움을 촉각, 시각적 이미지를 활용해서 나타냄으로써, 정서를 구체화시키고 있다. 이렇듯 구체화된 정서는 죽음으로 인해 이별한 님이지만 마치 화자의 곁에서 같이 숨 쉬고 있는 듯한 착각을 일으킬 정도이다. 비몽사몽의 상태에서 얼굴을 스치는 부드러운 바람결에서도 님의 존재를 인식하는 것이다. 나아가 슬픔을 객관화하는 이런 시적 장치들의 활용은 밝고 부드러운 그리고 시각적인 이미지를 통해 아련한 추억과 그리움을 더욱 간절하게 한다.

이 외에도 서정시의 특징을 든다면 우선 길이가 짧다는 것, 주관적인 현재의 감정을 노래한다는 것, 대개의 경우 1인칭 시점으로 표현된다는 것을 들 수 있다. 이와 함께 서정시에 대해 허드슨(W. H. Hudson)이 『문학연구입문(An Introduction to Study of Literature)』에서 말한 가치평가의 문제는 음미해볼 만하다.

신동엽

1930~69. 시인. 충남 부여 출생. 《조선일보》 신춘문예에 「이야기하는 쟁기꾼의 대지(大地)」(1959)가 당선되어 등단했다. 석굴암을 지은 김대성의 애인 아사녀의 간절한 사랑을 그린 장시 「아사녀」와 동학혁명을 주제로 한 서사시 「금강」으로 민중의식과 서민의 방향의식을 표현했다.

김동환

1901~?. 함북 경성 출생. 호는 파인(巴人). 일본 동양대학 문과를 수학했고, 시 「적성(赤星)을 손가락질하며」(「금성」 3호, 1924.5.25)로 추천을 받아 데뷔했다. 시집으로 『국경의 밤』, 『승천하는 청춘』, 편저로 『해당화』 등을 간행했다.

서정시의 진수는 그 개성에 있지만 세계적으로 위대한 서정시의 대다수는 단순히 개성적이고 특수한 것보다 인간적인 것을 구체화시켰다는 사실에서 문학사적 위치를 점하게 되었음을 기억해야 할 것이다.

이 말은 순수한 서정시는 개인적인 특수한 감정보다는 모든 인간이 함께 공유할 수 있는 보편적 감정을 표현하는 데서 더 큰 의의를 지니게 됨을 말해준다.

서사시

서사시(敍事詩)는 객관적인 사실을 노래한 시로서 일명 영웅시라 할 수 있다. 서사시의 어원인 희랍어 epos가 '이야기'를 의미하듯, 서사시는 영웅이나 역사적 사실을 시인 자신의 주관의 개입 없이 객관적으로 서술해 놓은 시라 할 것이다.

서양에서 호머(Homer)의 『일리아드(Iliad)』와 『오디세이(Odyssey)』, 밀턴(Milton, 1608~74)의 『실락원(Paradise Lost)』 등의 많은 문학적 유산이 있으나, 우리나라에는 이규보(1168~1241)의 「동명왕편」, 조선조 세종(1397~1450)이 지은 「용비어천가」를 들 수 있다. 좀 더 확대한다면 무가 중 서사무가에 속하는 것들이 서사시의 기본적 특성을 내포한다고 하겠다. 근대에 와서 파인 김동환의 「국경의 밤」을 들 수 있으나 엄밀한 의미에서 서사시의 특징인 객관성에 벗어나 있다.

이러한 서사시의 기본적 특징은 첫째는 시의 대상이 민족적 신이나 영웅, 또는 역사적 사실이라는 점, 둘째로 시간과 장소가 모두 과거형이라는 점, 셋째는 시인의 주관이 개입되지 않고 객관적으로 서술된다는 점, 넷째는 주인공에 의한 행위나 업적이 드러난다는 점을 들 수 있다. 서사시의 이러한 특징에 근접하고 있는 시로서 신동엽의 「금강」, 고은의 「백두산」, 신경림의 「남한강」 등을 들 수 있는데, 오늘날 많은 시인들에게 흔히 볼 수 있는 것은 아니다. 오늘날 서사시가 많이 쓰여지지 않는다는 것은 여러 가지 이유가 있을 수 있겠지만 현대 사회에서의 삶의 성격을 들 수 있다. 오늘날의 삶이 보편화되고

고은

1933~ . 시인. 전북 군산 출생. 본명은 고은태(高銀泰). 1958년 「봄밤의 말씀」(『현대문학』, 1958.11)으로 등단. 시집으로 『피안감성(彼岸感性)』(1960), 『입산』(1978), 『고은시전집』(2권, 1983) 등이 있고, 장편소설 『피안앵(彼岸櫻)』(1961) 등이 있다.

호머

[Homer, 호메로스(Homēros)]

고대 그리스 2대 서사시 「일리아드」, 「오디세이」의 작자라고 전해지는 반(半) 전설적 대시인이다. 그의 작품은 그리이스 신화와 전설의 집대성이고, 그리이스 문학뿐 아니라 '성서'와 더불어 유럽문학의 2대 원류로 되어 있다. 텍스트는 먼로, 알렌이 공편한 『옥스퍼드 텍스트』(1912~1919) 등 몇 종류가 전한다.

밀턴(Milton, John)

1608~74. 영국의 시인, 산문작가. 대표작 「실락원」. 주요 작품으로는 「복락원」, 「투사 삼손」 등이 있다. 영문학상 불후의 명작을 남긴 그에게서 우리는 셰익스피어적 보편성은 볼 수 없으나, 희귀한 개성과 순수성을 발견할 수 있다.

특별한 영웅이나 특수한 개인이 존재하지 않는다는 것이다. 또한 시대적 삶의 대응양식에 있어서도 즉각적인 반응으로서의 서정시가 더 효과적일 수 있다는 측면이 있다. 이 외에도 극시(dramatic poetry)가 있는데 희곡(戱曲)의 장(章)에서 다루어질 것이다.

소설의 이해

NOVEL

1. 소설이란 무엇인가

1) 소설의 정의

소설이란 무엇인가에 대한 보다 확실한 정의를 내릴 수 있었던 것은, 근대 시민사회 이후 소설이라는 문학 장르의 의의와 가치가 부각되면서부터이다. 그 이전에는 소설에 대한 정의가 시대와 사회에 따라 각기 다른 양상으로 나타났으며 논자들의 문학관에 따라 달리 표현되어 왔다. 소설에 대한 제일 처음의 인식은 그것을 이야기로서 파악한 데 있었다. 동양에서는 소설을 경시하여 변변치 못한 잡담이나 항간에 떠도는 이야깃거리를 적은 것에 '소설'이라는 용어가 사용되었다.

중국의 장자(莊子)는 「외물편(外物篇)」에서 "飾小說以于縣令 其於大達亦遠矣"라 하였으며 반고(班固)는 『한서(漢書)』 「예문지(藝文志)」편에서 "小說家者流 蓋出於稗官街談巷語 道聽塗說者之所造也"라 하였는데, 이 말은 '소설은 패관이 창작한 작품으로 거리 바닥에 마구 떠도는 부스러기 같은 이야기'라는 뜻이다. 우리나라에서는 이규보가 『백운소설(白雲小說)』에서 처음으로 '소설'이란 용어를 사용하였다. 이렇듯 소설이란 용어는 단순히 괴담(怪談)이나 패관소설, 수필 정도의 산문류를 지칭하는 것으로 길거리에 떠도는 잡담이나 변변치 못한 이야기에 불과한 의미 없는 것으로 인식되고 있었다.

이것은 서양에서도 마찬가지여서, 소설을 연애·모험의 이야기로 인식하고 있는 로맨스(romance)란 용어를 통해서도 알 수 있다. 그리고 서양에서는 소설을 흔히 스토리(story), 쇼트 스토리(short-story)라고 하는데 이 단어의 의미를 보아도 소설이 가벼운 이야기를 의미하고 있음을 발견할 수 있다.

사무엘 존슨이 "소설은 대체로 연애를 우습고 재미있게 쓴 이야기다"라고 하고 웻(Abbe Wet)도 "소설이란 독자에게 기쁨과 교훈을 주기 위하여 기교를 부려서 쓴 연애 모험담의 픽션이다"라고 한 데서도 소설은 이야깃거리에 불과했던 것이다. 근대 이후 이러한 흥미위주의 이야기라는 단계는 보다 발전해서, 소설이 인생의 표현이요 인간성의 탐구라는 관점이 대두되기 시작했다.

"소설은 증류(蒸溜)된 인생이다"(해밀턴), "소설은 실생활과 풍습과 그것이 쓰여진 시대의 그림이다"(리브), "소설이란 생활에 대한 인상, 즉 직접적인 체험의 단계이다"(제임스)라는 표현들을 보면, 소설은 현실이나 인생과 밀접한 관련이 있는 것으로 인식되고 있음을 알 수 있다. 이러한 정의들 속에는 소설을 삶의 반영으로서, 그리고 체험의 반영으로서 보려는 뜻이 담겨져 있는 것이다.

이것은 르네상스 이후 영국에서 소설이란 뜻으로 쓰인 'novel'의 명칭에서도 발견할 수 있다. novel은 어원적으로 new, 즉 '새롭다'는 뜻을 지닌 이탈리아어 novella와 라틴어 novellus에서 왔는데, 여기서 '새로움'이란 이야기의 단계를 넘어선 인간에 대한 새로운 탐구요,

존슨(Johnson, Sammuel)
1709~84. 영국의 문학자, 저술가. 풍자시 「런던」, 「덧없는 소망」 등의 시작품으로 활동하기 시작했으며, 1759년에 쓴 소설 『래실러스』는 볼테르의 『깡디드』에 비견되기도 한다. 평론가로서는 1765년 셰익스피어 전집을 편찬, 뛰어난 셰익스피어론을 씀으로써 그 면모를 과시했다.

표현을 뜻하는 것이라고 할 수 있다. 워렌은 "노블(novel)은 사실적인 인간생활과 그 풍습이 작품화되던 시대의 묘사이다"라고 하여 노블을 로맨스와 구별하고 있다.

소설을 정의하는 세번째 단계는 소설이 거짓말로 꾸며진 세계라는 것이다. 영국에서는 소설을 픽션(fiction)이라고 부르는데 이것은 '허구'라는 뜻을 가진 말로서 소설은 사실의 기록이 아니라 상상적인 세계를 허구화한다는 의미가 포함되어 있다. 픽션은 곧 가공적인 이야기, 허구적 세계를 뜻하는 것이다.

포스터는 "소설은 적당한 길이의 산문으로 된 가공적인 이야기다"라고 하고 있으며, 브룩스와 워렌은 "소설은 이야기, 즉 캐릭터에 대해서 꾸며놓은 이야기다"라고 정의하고 있다. 이러한 정의들 속에는 길이·서술방식·짜임 등에 관한 구체적인 정의와 소설에 등장하는 인물의 성격적 특성을 강조하고 있음을 발견할 수 있다. 또한 이것은 현대소설의 특징적인 한 면을 지적하고 있음을 알 수 있다.

이와 같이 소설은 그 시대적 조건이나 상황에 따라 개념이 다르다. 소설이 지닌 특질이나 기능의 한 면을 강조해 놓은 이러한 정의들을 종합해볼 때, 소설은 이야기이며 꾸며서 만든 것이고 현실이나 인생과 밀접한 연관이 있음을 알 수 있다. 따라서 '소설은 인생에 대하여 꾸며진 환상적이며 사실적인 이야기로서 창작문학의 한 장르'라고 정의할 수 있을 것이다.

2) 소설의 기원

소설의 기원을 논하는 경우, 우선 세 가지 측면에서 접근할 수 있다. 첫째가 고대의 서사문학에서, 둘째가 중세의 로맨스, 그리고 셋째가 근대사회의 출현에서 보는 경우가 그것이다.

소설의 기원을 고대 서사문학에서 보려는 경우는 소설의 특징을 이야기(story)와 서술(narration)에 있다고 보는 견해이다. 즉 서사시(epic)는 장중한 문체로 역사적 사건을 다룬 장편의 운문시로서 국가와 민족의 운명을 좌우할 만한 영웅이나 신적 존재의 행위가 중심적인 이야기가 된다. 몰튼은 『문학의 근대적 연구』에서, "서사시·서정시·희곡 및 역사·설화·웅변은 문학 형태의 여섯 가지 요소이다"라고 말하면서 앞의 세 가지를 poetry(詩-創作文學), 나머지를 prose(散文-討議文學)로 양분하고 서사시의 창조적 서술과 서정시(lyric)의 창조적 명상 및 극(drama)의 창조적 표출을 주장했다. 그는 또한, "서사시는 이미 우리가 보아온 바와 같이 고대의 운문설화와 근대소설을 포함한다"라고 하여 근대소설의 기원을 서사시에 있다고 보고 있다.

김동리 역시, 소설을 서사 형태의 창작이라고 보고 다음과 같이 언급하고 있다.

> 서사 형태의 창작(서사시)이란 무엇인가? 이것은 먼저 서정 형태의 창작(서정시)에 대비하여 볼 때는 스토리적인 플롯이 그 특징이다. 이것은 표출 형태의 창작(희곡)과 대비하여 볼 때는 내러티브(narrative)의 특징이 있다. 그러나 그 스토리적인 플롯이 어디까지나 내러티브의 형식으로 표현되는 데에 서사시의 기본적인 성격이 있다.

김동리

1913~ . 소설가, 시인, 평론가. 경북 경주 출생. 1934년 ≪조선일보≫ 신춘문예에 「백로」가 입선, 1935년 ≪중앙일보≫ 신춘문예에 「화랑의 후예」가 당선되어 문단에 데뷔. 저서로는 창작집 『무녀도』, 『황토기』, 『귀환장정』, 『실존무』, 『등신불』 등이 있고, 평론집 『문학과 인간』, 『문학개론』 수필집 「자연과 인생」 등이 있다.

서사시는 대체로 두 가지 형태로 나눌 수 있는데, 하나는 '전승적 서사시'(일차적 서사시)로 외적을 물리치고 국가의 세력을 확장하던 시대에 구전되어 오던 역사와 전설을 소재로 익명의 시인이 장편의 시로 형태화한 것이 있다. 또 하나는, '문학적 서사시'(이차적 서사시)로서 시인이 전승적 서사시를 모범으로 삼아 의도적으로 창작한 시를 말한다.

전자의 예로는 그리스의 『일리아드』와 『오디세이』, 이스라엘의 『출애굽기』, 독일의 『니벨룽겐의 노래』 등이 있으며, 후자의 것으로는 로마의 시인 베르질리우스의 『아에네이스』 그리고 영국의 밀튼이 지은 『실락원』 등이 있다.

또한 종교적 신화·역사적 전설·허구적 민담 등 신화와 역사, 허구가 혼합된 전승적인 여러 설화 형식이 배경이 되고 있는 '영웅의 서사시'가 있다. 이는 곧 구전(口傳) 서사시가 신화적임을 말해주는 것으로 영웅서사시는 관습적 플롯에 따라 다시 이야기하려는 충동에서 태어난 문학으로 신화(mythos)가 중심이 된다.

우리나라의 영웅적 서사시로는 이태조의 왕업을 운문으로 묘사한 『용비어천가』와 이규보의 『동명왕편』을 들 수 있다. 비록 서구의 서사시에 비해 방대한 양은 아니지만 설화적 상상력을 충분히 살린 신화적 요소를 엿볼 수 있어 한국 영웅신화의 기본구조를 이해하는 데 좋은 자료가 된다.

둘째로는, 소설의 기원을 중세 로망(roman)에서 찾으려는 견해이다. 티보데가 『소설의 미학』에서 다음과 같이 말했다.

> 소설(roman)은 그 이름이 가리키듯이 승려(僧侶) 문학자의 시대에 라틴어로 쓰여지던 정규의 서적에 대해서 세속의 속어(俗語)로 쓰여진 것을 의미한다. 로망이란 말이 마침내 이야기를 뜻하게 된 것은 로망어로 기록된 것의 대부분이 이야기였기 때문이다.

티보데(Thibaudet, Albert)

1874~1936. 프랑스의 비평가. 말라르메, 베르그송의 영향을 받았다. 실증주의에 기반을 둔 랑송과 대립, 세대의 교대(交代)에 의한 문학의 발전계승의 자취를 탐구하는 문학사의 방법을 실현했다. 저서로는 『말라르메의 시』, 『모라스의 사상』, 『베르그송 철학』 등이 있다.

이처럼 로맨스는 원래 일반인과는 거리가 먼 귀족 중심의 문학이었으나, 고달픈 현실 속에서 잠시라도 위안을 얻고자 한 서민에게도 한때 많은 인기가 있었다. 따라서 로맨스는 현실유리의 환상적인 도피문학으로서 기사의 무용담과 아름다운 연애 이야기가 대부분이다.

우리나라의 고대소설인『홍길동전』,『장끼전』,『구운몽』,『춘향전』등에서도 로맨스적인 성격을 발견할 수가 있다. 일본의 문학자 혼마 히사오(本間久雄)도 티보데의 이론을 설명하여, 다음과 같이 말한다.

전기소설은 영자(英字)로 romance라고 한다. romance는 어원적으로는 Lingua Romana로서 Lingua Latina와 대조된다. Lingua Latina는 유럽 중세기에 교회와 수도원의 교양 있는 승려들이 사용한 기품 있는 라틴어이며, 이에 대하여 서민계급이 사용한 방언이나 속어(俗語)가 섞인 라틴어는 Lingua Romana라고 하였다. 다음에 '로맨스'란 말은 이 Lingua Romana로 쓰여진 작품에 전용(轉用)되게 되었고 그리고 중세기에 있어서의 이들 작품은 예컨대『아더 왕의 죽음』등에서 보는 것처럼 중세기 기사의 연애와 모험을 취급한 것이 대부분을 차지하는 점에서, 다시 바뀌어 그러한 기사적 연애 및 모험의 가공적 (架空的) 이야기의 작품 전체를 이름하게 되었고, 다시 근대에 이르 러서는 이 romance라는 말은 소위 낭만주의와 연관되어 해석되기에 이르렀다.

영국에서는 18세기 이전에 성행하던 이야기를 로맨스라고 하여 소설 취급을 하지 않다가, 다시 18세기 이후부터는 이야기를 노블(novel)

이라 불러 소설이라고 하였다. 이 노블은 원래 중세기 이탈리아에서 유행하던 이야기 형식인 노벨라(novella)에서 온 말로서 '신기한 것' '새로운 것'이란 뜻을 내포하고 있다. 따라서 환상적인 이야기가 아닌 현실적인 세태를 반영한 사실적인 이야기를 로맨스와 구분하기 위해서 썼던 것임을 알 수 있다.

그러므로 로맨스는 사건을 위주로 해서 쓴 이야기요, 노블은 성격과 동기를 위주로 해서 쓴 이야기라 규정지을 수 있다. 그러나 논자에 따라서는 이 둘의 분리를 옳지 않다고 주장하기도 한다. 현재 로망(roman)은 장편소설을 뜻하고 노블은 단편소설을 뜻하는 것으로 주로 쓰인다. 다음은 리브의 로맨스와 노블에 대한 개념 정의이다.

노블은 사실적 인생과 풍습, 그리고 그것이 쓰여진 시대에 대한 묘사이다. 로맨스라는 것도 여태까지 일어나지 않은 일, 또는 일어날 것 같지 않은 일을 고상하고도 품위 있는 언어로 기술한 것이다.

워렌은 이러한 개념 정의에 추가하여, 노블은 비허구적인 이야기 형식인 편지·일기·비망록·전기·연대기·역사 등 문헌으로부터 발달한 것이고 로맨스는 서사시와 중세 로망에서 비롯되었음을 설명하고 있어 좀 더 다른 각도에서 로망과 노블의 기원을 설명하고 있다. 결국 로맨스가 역사적 성격을 띤 명칭이라면 노블은 근대적 성격을 띤 '창조'라는 뜻을 지닌 명칭이라고 할 수 있다.

세 번째로, 소설의 기원을 근대 산업사회 이후로 설정하는 경우가 있다. 그것은 본격적인 근대소설의 성격은 인간성의 탐구와 인생의 표현에 있는 만큼 그러한 특질은 인간의 발견을 내세운 르네상스 이후인 18세기에 이르러서야 나타날 수 있기 때문이라는 것이다. 즉 근대소설은 프랑스혁명이나 미국의 독립, 산업혁명 등 자유·평등·개인주의 사상의 산물이며, 따라서 자유로운 산문 형태의 문학이고 평민의 문학이라고 할 수 있다는 것이다.

서구에 있어서 리차즈는 『파멜라』를 근대소설의 효시로 보고 있다. 종래 보카치오의 『데카메론』에 비해 『파멜라』는 산문 형식으로 되어 있는 서간체 소설일 뿐만 아니라, 하녀를 주인공으로 등장시켜 인간의 평등사상과 자아각성에 대한 주제를 다루고 있으며 생생한 심리묘사와 인습의 개성적 표현이 구체적으로 드러나 있기 때문이다. 『파멜라』를 선두로 하여 일련의 18세기 소설들에는 그 이전의 흥미나 사건 위주의 소설인 로맨스에 비하여 현격한 차이가 있음을 발견할 수 있다. 이들 근대소설은 이야기 전개가 어떤 특정한 사건이나 특수한 인물의 등장으로 이루어지며 인물의 성격이 개성적으로 나타나고 사실적인 문체의 확립이 이루어지고 있다.

우리나라에서도 서구의 근대소설에 가까운 소설이 나타나게 된 것은 신소설이나 이광수와 김동인에 이르러서이며, 근대소설의 효시로는 이광수의 『무정』을 들고 있다.

이상의 고찰로서 소설의 기원은, 이야기와 설화에 있다고 보아 고대의 서사시에서 혹은 중세의 로맨스에서 찾을 수 있지만 본격적인 소설의 개념은 근대 산업문명의 발전과 더불어 시작되었다고 할 수 있다. 그리하여 인간성을 탐구하고 인생을 표현하는 근대소설은 19세기 들어와서 더욱 발전하였으며 20세기에는 여러 가지로 변모되는 양상을 보이고 있는 것이다.

김동인

1900~51. 소설가. 평양 출생. 1919년 신문학 최초의 동인지 ≪창조≫를 전영택, 주요한 등과 창간하고 여기에 단편 「약한 자의 슬픔」을 발표, 문단에 데뷔했다. 자연주의, 인도주의, 민족주의, 탐미주의, 낭만주의 등이 작품에 따라 다채롭게 나타나 있다. 주요작품으로는, 단편에 「배따라기」, 「감자」, 「광화사」, 「광염 소나타」, 「발가락이 닮았다」, 중편에 「마음이 옅은 자여」, 「여인」, 「김연실전」 등과 장편 『젊은 그들』, 『대수양』, 『아기네』, 『운현궁의 봄』 등이 있다.

3) 소설의 특질

허구와 진실

소설의 특징으로서는 먼저 허구성을 들 수 있다. 그것은 소설이 근본적으로 '이야기'에 그 연원이 있는데, 이 '이야기'는 상상에 의하여 꾸며진 이야기요, 가공(架空)의 세계이기 때문이다.

따라서 소설은 작가에 의하여 꾸며진 가공적인 이야기요, 허구의 세계라고 할 수 있다. 그러나 여기서 허구, 즉 픽션이란 말은 단순히 거짓말로 꾸며진 이야기에 불과한 것이 아니라 작가의 주관과 상상력의 작용에 의하여 창조된 것으로 환상(illusion)의 세계인 것이다. 따라서 작가는 제2의 창조자라고 할 수 있다. 작가는 우리가 살고 있는 현실의 다양한 모습들을 소설 속에서 재현하고자 한다. 이때 그는 현실을 있는 그대로 복사(copy)하는 것이 아니라 가공적인 세계 속에서 가공적인 사건이나 인물을 통해 소설 속에 재구성하는 것이다.

한때 소설은 사회의 거울이요, 시대의 그림이라 하여 대상의 사실성(actuality)을 중요시한 적도 있었다. 그러나 이는 현실과 시대의 반영체라는 점을 강조하였을 뿐으로 소설은 현실의 복사이거나 시대의 기록일 수는 없는 것이다. 따라서 소설은 허구성의 특징과 함께 실재성(reality)이 부여될 때 진정한 의미가 있다. 그것은 소설에서 그리는 사실(寫實)이란 그 자체가 목적이 아니라 인간성의 진실을 그리는 것이 목적이기 때문이다. 한편의 소설을 읽고 '그럴싸하다'고 느꼈다면 대체로 그 소설은 리얼리티를 지녔다고 말할 수 있다.

허드슨도 "리얼리티가 없는 소설은 소설이 아니다"라고 말하고 있듯이 소설은 구체적으로 다양한 인간에 대한 탐구이고 작가의 주관에 의해 꾸며진 픽션이지만, 그것이 리얼리티를 획득할 때 비로소 생명을 얻게 되고 진실해진다. 즉 거짓말인 소설을 참말처럼 믿게 할 수 있는 것이 이 리얼리티의 작용에 의한 것이고 작품 속의 인물이나 행위에 대해 공감하고 같이 호흡할 수 있게 해주는 것도 이 리얼리티의 작용에 의한 것이다.

그러나 이 리얼리티의 획득은 그냥 얻어지는 것이 아니고 소설 속에서 작품을 구성하는 작가의 부단한 노력에 의해서만 가능한 것이다. 그것은 워렌이 리얼리티를 설명하면서 "동기화의 논리를 포함하여 논리성은 플롯의 사건을 모두 통일성으로 묶어 놓는다"고 하는 것에서도 알 수 있다. 즉 리얼리티는 논리성(logic)이고 이 논리성으로 하여 전체적인 작품의 통일성(unity)을 이룰 수 있는 것이다.

작품 속에서 플롯의 전개나 캐릭터의 설정 및 배경의 변화에 있어서까지 우리는 작가가 창조해 놓은 인생을 우연성이 아닌 필연성에 의한 논리의 인과관계가 따를 때만이 별다른 무리 없이 수긍할 수 있다. 따라서 소설의 리얼리티는 현실 세계에서 보는 '사실(fact)'이 아닌 가능한 '진실(truth)'로서의 인생의 양상을 만들어가는 데 있다.

대중소설이 통속소설로 전락한 데는 이 리얼리티 획득에 문제가 있는 것이다. 우연성에 의한 사건의 반복은 진실성을 부여할 수 없고 따라서 감동을 줄 수 없다. 왜냐하면 사건이나 사실들에 대해서 필연성이 부여될 때만이 일관성과 질서를 발견할 수 있고 나아가서 감동을 느낄 수 있기 때문이다. 이때의 감동은 소설로 형성화된 진실성 위에서만 형성되는 정서적 반응이다. 따라서 소설은 만들어진 가공의 세계이면서 그 나름의 독자적인 실재성(reality)을 획득하여야 하는데 그것은 소설적 필연성에 의해서만 가능하다.

인간탐구와 인생표현

허드슨이 "문학이란 언어를 매개로 하는 인생의 표현이며, 소설은 인생의 해석이요, 소설의 주제는 곧 인생이다"라고 하였듯이, 소설은 궁극적으로 인간을 탐구하고 인생을 표현하는 것이라고 할 수 있다.

소설이 발견하고 묘사하고 창조하려는 것이 인간의 다양한 삶과 인생인 만큼 소설은 총체적으로 인간을 탐구하고 구체적으로 인생을 표현하는 것이다. 즉 작가는 표현하고자 하는 이야기의 주인공의 내면적인 동굴을 찾아 부단히 붓을 움직이고 있는 것이다. 작가는 단지 인간의 모습을 찾는 데만 목적을 두지 말고 의미성을 지니는 인생, 가치성을 부여할 수 있는 인생을 탐구해야 한다.

현대소설 중에는 더러 인물이 등장하지 않는 경우가 있다. 조지 오웰의 『동물농장』이나 김성한의 「제우스의 자살」, 황순원의 「차라리 내 목을」과 같이 동물이 주인공인 소설이 더러 있는데 이러한 소설들은 궁극적으로 인간과 인간의 삶을 상징적으로 보여주려고 한 것으로 일종의 풍자라 할 수 있다.

절대적 동일성을 가진 인간형이 존재하지 않는 만큼, 우리는 다양한 인간 삶의 모습을 소설 속에서 만나게 된다. 따라서 소설은 인생과 삶의 다양한 전시장이라고까지 말할 수 있는 것이다. 그러나 이러한 다양한 삶의 양상을 어떻게 보여주는가가 문제인데 모리악의 견해를 빌면 다음과 같다.

소설가는 모든 인간 속에서 가장 신을 닮았다. 그는 신을 모방하는 자이다. 그는 산 인간을 창조하고, 운명을 구명하고, 사건과 재앙을 짜올리고, 그것을 뒤섞고, 종국에로 인도한다. 그것은 끝내 허공 속에서 그려진 인물일까, 아마 그러하리라. 그러나 『전쟁과 평화』의 로스토프와 카라마조프의 형제는 살아 있는 어느 인간에 못지않은 실재성(實在

황순원

1915~2000. 소설가, 시인. 평남 대동(大同) 출생. 1931년 《동광》에 시 「나의 꿈」 등을 발표하여 문단에 데뷔. 《삼사문학》, 《단층》의 동인으로 모더니즘 계열의 시를 발표하다 1940년 단편집 『늪』, 『황순원 단편집』 등의 발간을 계기로 소설에 주력했다. 『목넘이 마을의 개』, 『기러기』, 『곡예사』 등의 단편집과 『별과 같이 살다』, 『카인의 후예』, 『인간접목』, 『나무들 비탈에 서다』, 『일월』, 『움직이는 성』, 『신들의 주사위』 등의 장편소설을 발표했다. 소설작품의 전반적인 특징은 서정적이고 섬세하며, 간결한 문장과 치밀한 구성으로 인간의 본질을 추구하여 삶의 의미와 그 지향점을 제시하는 데 있다.

性)을 가지고 있다. 그들의 영원한 본질은 우리의 본질과 같이 형이상의
신념이 아니며, 현재의 우리가 그 증인이다. 이들 인물은 약동하는
생명을 가지고 우리 사이에 대대로 전달되고 있다.

뛰어난 고전작품에는 독창적인 인간의 모습이 생생하게 살아있음
은 물론이거니와 우리의 가슴 속에 영원히 간직되고 있음을 잘 명시하
고 있다. 즉 인간의 탐구는 개성의 특징이나 사고방식, 심리현상 등
인물로서의 전형을 창조해내기 위한 인간성의 발굴이요, 표현이라고
할 수 있다. 모리악의 말대로 인간을 창조하는 작가는 신의 입장에서
인간을 구출하는 휴머니스트인 것이다. 따라서 고대소설이 스토리 중
심의 소설이었지만 근대소설에 와서는 구체적인 인간의 모습을 표현
하는 캐릭터 중심의 소설로 바뀌고 있다. 즉 성격창조, 심리묘사, 인물
표현 등이 주요 특질로서 다루어진다.

이러한 인간탐구와 인생표현에 그 목적을 두는 소설은 그것이 언어
의 예술인 만큼 구체적인 구조나 스타일 등 표현방식이나 형태에 있어
서 예술성을 지녀야 하기 때문에 '무엇을' 보여주는가 하는 문제와
함께 '어떻게' 보여주느냐도 고려되어야 한다. 즉 소설이 인간의 사상
을 표현하고 인간성을 탐구한다는 점에서는 철학적이지만 소설은 근
본적으로 캐릭터의 형상화요, 창조적 표현의 구체화라는 점에서 단연
코 예술성이 있어야 하기 때문이다. 따라서 훌륭한 소설은 인간과 인
생에 대한 탐구와 함께 사상성(思想性)이 나타나야 하며, 동시에 예술
적인 기교와 형식미도 갖추어야 한다.

2. 소설의 유형

　소설의 종류는 그 분류기준이나 관점에 따라 매우 다양하다. 우선 일반적으로 사용되는 분류방법에 따르면 다음의 다섯 가지로 나눌 수 있다.

① 소설의 주제에 따른 분류　정치소설 / 종교소설 / 계몽소설 / 비극소설 / 순정소설 등으로 나눌 수 있다.

② 소설의 소재에 따른 분류　농촌소설 / 해양소설 / 도시소설 / 역사소설 / 과학소설 / 탐정소설 등이 있다.

③ 문예사조를 중심으로 한 소설의 종류　사실주의소설 / 자연주의소설 / 낭만주의소설 / 사회주의소설 / 실존주의소설 / 심리주의소설 / 상징주의소설 등으로 구분할 수 있다.

④ 소설 미학적 가치를 기준으로 한 분류　순수소설 / 통속소설 / 본격소설 / 중간소설 등이 있다.

⑤ 소설의 분량에 따른 분류　콩트(掌篇) / 단편소설 / 중편소설 / 장편소설 / 대하소설 등으로 나누어지기도 한다.

　그러나 이상에서 나눈 분류는 소설을 이해하는 방편으로서의 도움을 줄 뿐이다. 그것은 소설의 장르 자체가 가지고 있는 다양성으로 인해 그렇게 현저한 차이를 보이지 않기 때문이다.

　슈탄첼이 "소설 유형학은 소설이란 장르가 내어 놓은 수많은 현상들과 형식들에다가 그것을 조감하고 서술할 수 있도록 일종의 질서와 원리를 부여하려는 소설비평 및 소설이론의 노력의 산물이다"라고 말하고 있듯이 어느 한 유형에다가 한 작품을 넣고 보는 방법으로 해당 작품을 완전무결하게 해석할 수는 없는 것이다. 그러나 우리가 작품해석을 하는 데 있어 사소한 개별적 문제나 하찮은 문제에 빠지게 되는 오류를 범하지 않도록 어떤 방향제시나 도움을 줄 수 있는 것은 사실이므로, 소설의 내적 형식에 입각한 유형분류를 살펴보는 것도 중요하다.

뮤어의 유형분류를 구체적으로 살펴보면 다음과 같다.

① 행동소설 플롯이 없는 스토리 위주의 소설로서 행동소설은 초보단계의 소설이라 할 수 있다. 즉 근대 이후의 사실주의 소설과는 달리 호기심의 연속으로 이어져 있는 로맨스가 그 원초적인 것이다. 행동소설은 호기심과 박력 있는 사건들로 인하여 독자에게 한없는 즐거움을 주는 것이 목적이기 때문에 대부분 모험소설, 탐정소설들이 많으며 로맨스와 마찬가지로 해피엔딩으로 끝나는 것이 특징이다. 뮤어는 트웨인의 『톰소여의 모험』이나 스코트의 『아이다호』 등을 행동소설로 꼽고 있는데, 스토리 중심에다 해피엔딩으로 끝나는 우리나라 고대소설 『홍길동전』도 행동소설에 속한다고 볼 수 있다.

② 성격소설 본격적인 소설의 첫 단계로서 행동소설이 스토리 중심의 시간소설이라면 성격소설은 등장인물의 성격을 공간적으로 탐구하는 소설이다. 행동소설은 개개의 사건에 특별한 초점이 맞추어지지만, 성격소설에서는 인물에 초점을 맞추어 개성적이며 새로운 성격이 도출된다. 따라서 성격소설은 공간적·평면적인 사회를 배경으로 삼아 당시의 풍속을 보여주고 주인공의 성격과 생활의 양상을 나타내는 소설 유형이다. 대표적인 작품은 터키베리의 『허영의 시장』인데, 이러한 성격소설은 근대소설과 관계가 깊다고 할 수 있다. 뮤어는 "행

동소설에서는 인물이 플롯에 맞게 만들어지지만 성격소설에 있어서는 인물을 분명히 나타내기 위하여 플롯이 마련된다"라고 그 특징을 말하고 있다.

③ 극적소설 극적소설은 작중 인물과 플롯이 완전에 가깝게 결합된 소설로서 행동소설과 성격소설이 종합된 경우라 할 수 있다. 뮤어는 브론테의 『폭풍의 언덕』, 멜빌의 『백경(Moby Dick)』, 오스틴의 『오만과 편견』 등을 극적소설의 전형으로 들고 있다. 그는 또 『소설의 구조』에서 성격소설과 극적소설을 다음과 같이 비교·설명하고 있다.

성격소설이 생활의 양상을 그린다면 극적소설은 체험의 양상을 형상화하는 것이다. 성격소설의 가치는 사회적이고 극적소설의 가치는 개인적이거나 보편적이다. 전자에서는 사회에 살고 있는 인물을 볼 수 있고 후자에서는 처음부터 끝까지 움직이는 인물을 만날 수 있다. 그러므로 극적소설(Dramatic novel)은 주로 비극적이며, 흔히 주인공의 체험의 양상이 그려진다. 극적소설은 플롯에 초점이 맞추어지기 때문에 결말은 사건을 진행시켜온 근본문제의 해결로 이루어진다. 즉 행동은 거기서 완결되고 더 이상 앞으로 나가지 않는다. 또한 극적소설에서 장면은 변하지 않고 인물 자신 속에 하나의 완결된 체험의 영역이 나타나기 때문에 극적소설이 그리는 세계는 시간 속에 있다고 할 수 있다.

④ 연대기소설 톨스토이의 『전쟁과 평화』가 대표작이라 할 수 있는 연대기소설은 개인의 편력을 거대한 사회를 배경삼아 그리기 때문

에 극적소설과 성격소설의 양효과를 거둘 수 있다. 흔히 총체소설이라고도 하는데, 극적소설의 시간성과 성격소설의 공간성을 조화시킨 소설이라고도 할 수 있다. 연대기소설에서 가장 중요시되는 것은 시간개념이다. 그러나 극적소설에서의 내면적 시간이 아니라, 외면적 시간에 의해서 '탄생·성장·죽음, 그리고 탄생'이라는 순환이 거듭되는 인간의 편력이 나타난다. 그러므로 극적소설의 플롯이 긴밀한 논리적 발전임에 비하여 연대기소설의 플롯은 몇 개의 삽화로 엮어지는 외적 진행, 즉 시간의 순서 속에 결합되어 있는 것이다. 뮤어에 의하면 톨스토이의『전쟁과 평화』외에도 조이스의『젊은 예술가의 초상』, 로렌스의『아들과 연인』등을 연대기소설 속에 넣고 있다.

⑤ 시대소설 한 세대의 풍속을 보여주는 시대소설은 모든 세대에 공통되는 삶과 인간을 제시하거나 탐구하려 하지 않는다. 단지 변화있는 한 사회와 그 사회만을 대변하는 인물을 보여주는 것으로 만족한다. 따라서 지속적인 소설의 효과를 느끼지 못하고 한 시기에만 매여있기 때문에 많은 사람들이 이 소설유형을 부정하기도 한다. 뮤어에 의하면, 드라이저(T. Dreiser)의『아메리카의 비극』, 웰즈의『새로운 마키아벨리』등의 소설이 이에 속한다.

이상의 다섯 가지 유형 가운데, 뮤어가 본질적인 유형으로 꼽는 것은 성격소설 / 극적소설 / 연대기소설의 세 가지이다.

다음은 티보데의 분류로, 그는『소설의 미학』에서 소설의 유형을 총체소설 / 피동소설 / 능동소설의 세 가지로 나누고 있다.

① 총체소설 개개의 등장인물보다 집단적인 사회의 모습을 파노라마처럼 그리는 소설을 말한다. 따라서 작가는 개인적 존재를 초월하여

거대한 사회생활의 리듬을 표현해야 한다. 톨스토이의 『전쟁과 평화』,
위고의 『레미제라블』이 이에 속한다.

② 피동소설 가장 단순하면서 평범한 소설유형으로 특별한 창작상
의 원리나 기교를 필요로 하지 않는다. 인생 그 자체에서 원리를 섭취
할 뿐이다. 시간을 자유롭게 처리할 수 있다는 점, 통일을 잃지 않고
무한히 연장할 수 있다는 점이 특징이다. 피동소설은 다시 기록소설,
원만한 진행을 보이는 진행성 소설, 돌발적 변이의 진행성 소설로 나
누어진다. 이에 해당하는 소설로 디킨즈의 『데이빗 카퍼필드』, 스탕
달의 『적과 흑』, 플로베르의 『보바리 부인』을 각각 들 수 있다.

③ 능동소설 소설의 구성이 특정한 시대라든가 인간의 생활이라고
하는 통일에 의해서 외부로부터 부여된 것이 아니라, 작가의 자유로운
처리에 의해서 창조되는 소설이다. 즉 어떤 의미를 지닌 삽화가 특별
히 추출되어 전개되는 것으로서 부르제의 『한낮의 악마』 등이 이에
속한다.

위에서 살펴본 바와 같이 티보데가 말하는 소설의 세 종류는 사회
와 시대를 파노라마와 같이 조감하여 그리는 총체소설과 현실과 인
간의 모습을 극히 자유롭게 그리는 평범한 피동소설, 그리고 작가에
의해서 통일된 구성을 갖추고 에피소드를 연결시키는 능동소설을 말
한다.

세 번째로는 루카치의 소설유형 분류를 살펴볼 수 있다. 그는 『소설
의 이론』에서 주인공의 존재양식을 기준으로 하여 19세기의 소설유
형을 세 가지로 나누었다가, 1920년대에 들어와서 톨스토이의 『전쟁
과 평화』와 같은 서사시를 지향하는 소설들을 톨스토이 소설유형이라
하여 제4유형으로 첨가한다.

위고(Hugo, Victor-Marie)
1802~1885. 프랑스의 시인,
소설가, 극작가. 특히 프랑스 낭
만파 최대의 대표시인이었다.
나폴레옹에 반대하다가 1834년
국외로 추방당하여 건지 섬에서
망명생활을 하였다. 1895년에
쓴, 프랑스 최대의 서사시로 평
가받는 『세기의 전설』 등 인도
주의적 색채가 짙은 시를 발표
하다가 1862년에 그의 최대작
『레미제라블』로 위대한 상상
력, 풍려한 운율 및 숭고한 휴머
니즘의 유산을 남겼다.

루카치(Lukács, györgy)
1885~1971. 헝가리의 철학자,
미학자, 헝가리 과학 아카데미
회원. 관념론자로 출발하여 마
르크스주의자에 이르렀다. 그의
미학은 체계적인 것을 지향하면
서도 실제 서술은 종종 발생론적
인 외관을 띠어 소위 변증법적
유물론과 사적 유물론의 내적 통
일의 가능성을 찾아볼 수 있다.
저서에 『역사와 계급의식』, 『소
설의 이론』, 『영혼과 형식』, 『역
사소설론』, 『이성의 파괴』, 『미
학의 특성』, 『미학의 범주로서
의 특수성』 등이 있다.

프라이(Frye, Northrop)

1912~91. 캐나다의 영문학자,
신화비평, 또는 원형비평의 이론
을 확립한 구조주의 문학이론가.
개별적인 작품에서 보편적인 의
미를 탐구하고, 개개의 작품을
문학의 전체구조의 어느 위계에
설정해야 하느냐 하는 문제를 해
명하는 데 원형(Archetype)의
개념을 도입하고 있다. 신비평의
방법론을 구조주의의 입장에서
비판·발전시킨 것으로 사회와
작품의 연관성을 강조하고 있으
며 이것은 동일성의 개념에 잘
나타나 있다. 저서로는『비평의
해부』,『신화의 해석』등이 있
다.

① 추상적 이상주의 소설 맹목적인 신앙에 가까운 의식을 지배받
고 있는 소설유형으로서 복잡한 자기세계와 연결된 주인공의 행동양
식이 매우 협소하다. 따라서 이 경우에 주인공은 거의 광신에 가까운
자기 나름대로의 일정한 가치를 추구한다.『돈키호테』와『적과 흑』이
이 유형에 속한다.

② 심리소설 작중 인물의 내면세계를 분석하는 데 주력하는 소설
유형으로, 주인공이 수동적이지만 그의 의식세계가 매우 넓어서 인습
의 세계가 부여하는 모든 것에 만족을 못한다. 따라서 정신분석학에
힘입어 인간의 의식세계를 더욱 깊게 파고 들어가는 '의식의 흐름'이
나 '내적 독백'에 의한 현대 심리주의 소설이 이에 속한다. 이 유형의
소설로는 조이스의『젊은 예술가의 초상』,『율리시즈』등이 있다.

③ 교양소설 주인공이 일정한 생의 형성이나 성취에 도달하기까지
의 과정을 그린 소설이다. 이 소설의 주인공은 세계와의 대립 과정에
서 빚어지는 문제추구를 포기하는 것처럼 보인다. 그러나 인습으로
가득 찬 세계를 맹목적으로 수용하지도 않으며 사회의 모든 내적인
가치체계를 포기하지도 않는다. 이때의 주인공은 '성인으로서의 성숙'
에 의해 특징지어진다. 괴테의『빌헬름 마이스터』가 이에 속한다.

이 외에 프라이가『비평의 해부』에서 로망 / 노블 / 고백 / 해부의 네
유형으로 분류하고 있다.

이상에서 검토한 소설의 유형들은 논자의 소설에 접근하기 위한
하나의 방편으로 제시된 것일 뿐이므로 소설의 진정한 이해는 작품과
의 실질적인 접촉에 의해 가능하다고 하겠다. 이러한 소설유형의 분류
이외에 일반적인 길이에 의한 분류로서 단편소설과 장편소설로 나누
어 볼 수 있다.

① 단편소설 불어로 콩트(conte), 영어로는 쇼트 스토리(short-story)라 한다. 포우를 시조로 하여 체홉·모파상·헨리 등의 대가들이 있는데, 이들은 한때 산문시대의 총아로 각광을 받기도 했다.

포우가 "단편소설은 적절한 길이로 한 번 앉아서 읽어낼 정도의 짧은 것이어야 한다"고 말한 바 있듯이 단편소설은 우선 단숨에 읽을 수 있어야 하며 분량이 적어야 한다. 우리나라에서는 200자 원고지 100매 내외를 단편으로 하고, 500매 내외이면 중편, 1,000매 이상이면 장편으로 취급한다.

단편소설의 특질로는 우선 단일한 효과와 인상의 통일을 줄 수 있어야 한다는 점이다. 매튜즈(Mathews)가 "참된 단편소설은 결코 길이가 짧다는 데만 있지 않다. 그 이외의 것이고 또 이상의 것이다. 참된 단편이 장편과 다른 점은 인상의 통일이다. 단편은 장편에서 결여되기 쉬운 통일을 가지지 않으면 안 된다"라고 지적하고 있듯이, 단편은 단일한 주제와 단일한 사건, 단일한 성격을 긴밀하게 구성하여 단일한 인상을 줄 수 있어야 한다.

그리고 단편소설은 압축된 구조를 가져야 하며 표현기교가 뛰어나야 한다. 장편소설은 구조와 문체에 다소 흠이 있더라도 주제나 사상성으로 어느 정도 커버될 수 있지만, 단편소설은 분량이 짧고 인상이 한눈에 들어와야 하기 때문에 구성이 압축·긴밀해야 한다. 즉 단편소설은 인간의 삶을 총체적으로 그리는 장편소설과는 달리 인생의 한 순간이나 단면을 그리기 때문에 간결하면서도 함축적으로 하나의 효과를 주제에 집중시킴으로써 장편소설이 성취하는 총체적인 삶의 표현에 버금갈 수 있는 몫을 해내야 한다.

단편소설의 범주에 드는 것으로 콩트가 있다. 200자 원고지로 20, 30매 정도의 미니소설을 말한다. 콩트는 어느 한 사건의 순간적인 모멘트(moment)를 붙잡아 그것을 예리하게 표현하는 것으로 구성이

고도로 압축되고 간결해야 하며 풍자·위트·유머가 나타나야 한다. 따라서 콩트는 단편소설과는 달리 착상이 기발해야 하며 날카로운 비판력과 압축된 구성법, 해학적인 필치 그리고 반어적인 표현법을 그 특징으로 한다. 콩트에서 가장 중요한 것은 클라이막스 부분으로 사건 진전이 예상외의 전환을 보여주는 것(surprise ending)을 원칙으로 한다.

② 장편소설 영어로 노블(novel), 불어로 로망(roman)이라고 하는데 그동안 소설의 주류를 형성해 온 장르이다. 인간의 삶과 사회를 총체적으로 깊이 있게 그리는 것이 특징이다. 따라서 장편소설의 작가는 인생과 사회에 대한 깊은 통찰력과 체험이 있어야 하며, 뛰어난 사상과 인생관을 지녀야 한다.

단편소설이 표현기교에 중점을 둔다면 장편소설은 주제와 사상성을 중점에 두므로 내용이 너무 산만해지지 않도록 작품의 전체적인 통일을 기해야 한다. 또한, 그 구성이 매우 복잡하기 때문에 많은 에피소드를 연결시켜 나가면서 구성을 발전시키도록 해야 하며, 다각적으로 시점을 이동하는 것이 좋다. 단편소설이 집중 지향적이라면 장편소설은 확산 지향적으로 결국 생략에 의한 통일성과 포용에 의한 통일성을 얻는 것이 단편소설과 장편소설의 차이라고 할 수 있다.

우리나라는 대부분이 단편소설이 위주이고 장편은 대체로 신문 연재소설이나 대중소설에 많았던 것이 사실이다. 그러나 요즈음 많은 본격적인 장편소설이 나오고 있는 것은 매우 고무적인 현상이다. 대표적인 장편소설로, 이광수의 『흙』, 『무정』 외에 염상섭의 『삼대(三代)』, 황순원의 『움직이는 성(城)』, 김동리의 『사반의 십자가』 등이 있다.

염상섭(廉想涉)

1897∼1963. 소설가. 서울 출생. 본명은 상섭(尙燮). 1920년 ≪폐허≫ 동인으로 시 「법의(法衣)」를 발표, ≪개벽≫에 「표본실(標本室)의 청개구리」를 발표하면서 작품활동을 시작했다. 한국 최초의 자연주의 작품으로 평가되는 「표본실의 청개구리」 이후에 「만세전」, 「제야(除夜)」, 「사랑의 죄(罪)」, 「두 출발(出發)」, 「탐내는 하꼬방」, 「대(代)를 물려서」 등에 이르기까지 그의 작품은 사실주의적 경향으로 일관하고 있다. 28편의 장편과 148편의 단편, 100여 편의 평론, 246편의 잡문 등이 있다.

3. 소설의 구성요소

소설의 구성요소는 작자에 따라 여러 가지로 구분되고 논의되어
왔다. 브룩스와 워렌은 플롯, 성격, 주제를 소설의 3요소로 구분하고
분위기·시점·거리·스케일 등을 창작 기교에 관련되는 요소들로 보고
있다.

허드슨은 플롯, 성격, 대화, 행위의 시간과 장소, 문체, 인생관으로
여섯 가지를 소설 구성의 요소로 보고 있으며, 포스터는 소설을 이루
는 양상으로 스토리, 인물, 구성, 판타지, 패턴, 리듬으로 나누어 설명
하고 있다.

이와 같이 소설의 기본요소는 매우 다양하며 복잡하다. 그것은 소
설관의 다양성에서 기인하는 것으로 이러한 여러 분류는 단독적으로
존재하는 것이 아니라 상호 복합적으로 작용하여 하나의 작품을 형성
하게 된다. 본 절에서는 가장 널리 쓰이는 분류인 구성, 성격, 주제를
다루고 나머지 시점, 배경, 거리와 톤은 기술적 요소들로 보아 다음
절인 소설의 방법에서 논의하겠다.

1) 구성

플롯의 개념

플롯(plot)은 소설의 모든 사건들을 통합시켜 나가기 위한 하나의
체계적인 질서를 말한다. 일반적으로 소설의 구조, 구성, 결구 또는
짜임새라고도 한다. 문학에 있어서의 구성의 중요성을 제일 먼저 강조
한 사람은 아리스토텔레스이다. 그는 『시학』에서 '사건의 결합, 즉
구성(플롯)이 비극의 목적'이며, 나아가서 '비극의 제1원리 또는 비극
의 생명과 영혼은 구성'이라고 하였다.

그는 비극의 플롯은 전체이어야 하며 전체는 시작, 중간, 끝을 가지는데, 시작은 발단부분이고 중간은 극의 중심을 이루는 부분이며 끝은 그 다음의 종결이라 하여 사건의 연속체, 즉 인과관계에 의한 사건의 배열이라는 점을 강조하고 있다.

오늘날 구성은 두 가지 개념으로 사용된다. 우선 좁은 의미로는 스토리의 전개, 즉 사건과 행동의 구조이며, 넓은 의미로는 성격의 설정과 배경의 의미를 포함하는 소설의 모든 설계를 의미하기도 한다. 티보데는 『소설의 미학』에서 '스토리를 이어가는 기술,' '성격을 만드는 기술,' '상태를 만드는 기술' 등을 포괄하여 플롯이라고 하여 보다 폭넓은 의미로 사용하고 있음을 알 수 있다. 플롯을 논하는 자리에서 반드시 구분해야 할 것은 스토리와의 개념 구분이다. 이 구분을 완전히 이해하지 못하면 소설의 구조적인 본질을 이해하기 어렵다고 할 수 있다. 따라서 포스터가 『소설의 양상』에서 말한 스토리와 플롯에 대한 개념 구분은 오늘날까지도 매우 설득력 있게 받아들여지고 있는 것이다.

스토리는 시간적인 순서대로 배열된 사건의 서술이다. 플롯도 사건의 서술이지만 인과관계에 중점을 둔다. '왕이 죽고 왕비가 죽었다' 하는 것은 스토리지만, '왕이 죽자 왕비도 슬퍼서 죽었다' 하는 것은 플롯이다. 시간적 순서는 그대로 가지고 있지만, 인과감(因果感)이 이에 그림자를 드리운다. 또 '왕비가 죽었다. 아무도 그 까닭을 몰랐더니, 왕이 죽은 슬픔 때문이라는 것을 알게 되었다' 한다면 이것은 신비(神秘)를 간직한 플롯이며 고도의 발전이 가능한 형식이다. …… 왕비의 죽음을 생각할 때, 이것이 스토리에 나오면 'and'이지만, 플롯에 나오면 'Why'이다.
…… 우리는 여기에서 미(美)의 문제에 부딪친다. …… 플롯은 소설의
논리적(論理的)이고 지적(知的)인 면이다.

그에 의하면 스토리는 '시간의 순서대로 배열하는 사건의 진술'로
서 위에서와 같이 과거, 현재, 미래의 시간의 순서대로 사건의 순서가
배열되는 것을 의미한다. 그러나 이것이 다시 플롯으로 구성되면서
진정한 소설로서의 구성인 인과관계를 통한 짜임에 의해 예술미를
획득한다고 보고 있다.

플롯이 없이 스토리만 있는 소설은 행동소설로서 중세의 로맨스와
전기소설(傳奇小說)이 이에 속한다. 이 소설은 흥미와 호기심의 유발
로 사건이 전개되는 것으로, 비록 소설의 근본적인 양상이 이야기하는
것에 있다고는 하지만 호기심은 인간심리에서 가장 저급한 것이며
소설은 호기심만으로 이루어질 수 없는 것이다. 따라서 소설에서의
행동성은 어떤 인물이 지닌 목적의식의 행위인 만큼 확고한 인과관계
를 전제로 해야 한다. 인과를 무시할 때 우연성을 초래하게 되고, 이
우연성은 소설에 있어서 치명적으로 그 가치를 상실하게 하는 원인이
되기 때문이다. 소설의 플롯은 '행동의 인과관계로 엮어진 연결'이라
고 할 수 있는 것이다.

플롯의 기본적인 성격은 무엇보다는 스토리의 재구성에 있다. 스토
리가 시간에 의한 이야기의 서술에 불과하지만 플롯은 보다 높은 가치
성을 위한 것이므로 필연적으로 원만한 통합이 이루어져야 한다. 즉

'발전가능한 형식'을 엮어나가는 것이 플롯이므로 성공적으로 구성을 구축하기 위해서는 지적 논리에 의한 필연성과 아울러 소설이 요구하는 미학인 예술적 리얼리티를 충분히 살려야 할 것이다. 그래야만 독자들의 이해를 돕고 이야기의 진실이 아름답게 형상화되어 예술성을 높일 수 있기 때문이다.

아리스토텔레스는 『시학』에서, 처음은 그 앞에 아무것도 없으며 중간은 그 앞에 무엇인가 필연적으로 있으며 끝은 아무것도 따르지 않는다고 하여 부분들의 배열과 크기에 대해 말하였으며, 예술의 통일성과 함께 아름다움에 관해서도 언급하고 있다. 그것은 플롯이 통일적인 하나의 세계를 완성할 때 주제와 형식이 혼연일체가 된 작품이 이루어지기 때문이다. 따라서 플롯은 ① 인과관계에 의한 사건의 전개이며, ② 주제를 드러내는 기법이고, ③ 소설의 예술미를 형성해주며, ④ 논리적이고 지적인 활동을 나타내는 것이라고 요약될 수 있다.

오늘날의 현대 심리소설의 경우 인간의 내면의식을 그리다보니까 구성의 개념이 해체되거나 부정되는 경우가 있는데 이는 현대소설의 변모양상의 일면인 것이다. 물론 소설의 플롯이 지나치게 획일화되어 공식화함으로써 어느 작품이 이러이러한 플롯의 전개 과정을 보인다라고 억지로 꿰어 맞추어서는 안 되지만, 플롯은 주제를 전달하기 위한 행동의 배열이기 때문에 작품의 이해를 돕기 위해서는 논리적인 전개양식에 의한 하나의 분석을 통하는 것이 바람직하다고 할 수 있다.

여기서는 브룩스와 워렌이 『소설의 이해』에서 구분한 이래 가장 널리 통용되고 있는 ① 발단, ② 전개, ③ 절정, ④ 결말의 네 단계로 나누어 살펴보기로 한다.

플롯의 단계

발단

발단은 소설의 서두이며 이야기의 기점이 되는 곳으로 앞으로 전개될 내용에 대한 시사적이며 상징적인 사건의 실마리가 되는 부분이다. 등장인물의 기본적인 성격이나 배경의 설정 등 작품의 대체적인 윤곽이 드러나야 하기 때문에 작품의 무드라든가 분위기의 제시로 독자의 호기심을 유발시키도록 하는 것이 중요하다. 따라서 대부분의 작가들은 이 서두에 많은 신경을 쓰고 있는 것이 사실이다.

포우는 "맨 첫줄부터 소기의 효과가 우러나지 않는 작품은 졸작이다"라고 하여 발단의 중요성을 강조하였으며, 해밀턴은 『포우 연구』에서 발단을 묘사로 시작되는 장면중심적 발단, 인물에 대한 서술로 시작되는 성격중심의 발단, 앞으로 있을 사건의 암시로 시작되는 행동중심의 발단 등 세 가지 성격으로 구분하였다.

이렇듯 대부분의 작품에서는 인물의 성격이나 갈등의 양상을 암시하는 부분이 발단에 나타나는 것이 통례로 되어 있으나, 경우에 따라서는 발단을 생략하고 직접 갈등의 단계로 들어가는 작품들도 있다. 이것은 극적인 충격이나 의문을 제시하여야 할 경우에 해당되는 것으로 호기심과 흥미, 소설의 효과를 노리기 위해 추리소설에서 많이 사용하는 방법이다.

발목까지 빠져드는 눈길을 두 사내가 터벌터벌 걷고 있었다. 우중충 흐린 하늘은 곧 눈발이라도 세울 듯, 이제 한창 밝을 정월 보름달이 시세를 잃고 있는 밤이었다.

　앞서서 걷고 있는 사내는 작은 키에 다부져 보이는 체구였지만 그
걸음걸이가 어딘지 모르게 허전허전한 느낌을 주는 것이었다.

　이 사내로부터 두서너 걸음 뒤져 걷고 있는 사내는 멀쑥한 키에 언뜻
보아 맺힌 데 없다는 인상을 주면서도 앞선 쪽에 비해 그 걸음걸이는
한결 정확했다.

－전상국의 「동행」 중에서

6·25를 소재로 하여 역사의 파행성(跛行性)에 덜미를 잡힌 채 그
과거의 늪에서 허우적거리는 가해자 또는 피해자의 삶을 다룬, 전상국
의 「동행」의 서두 부분이다. 눈길을 걷는 두 사내의 서로 대조적인
외관(外觀)을 묘사하고 있는 것은 이 두 인물의 서로 다른 입지점과
상관관계를 통하여 소설의 주제가 드러날 것임을 은연중에 암시하기
위한 것이다.

전개·갈등, 또는 분규

등장인물의 성격이나 행동이 상호 대립하면서 갈등을 일으키고 분
규가 발생하는 단계로, 사건과 성격은 변화 발전되고 배경이나 분위기
도 더욱 고조됨으로써 긴장을 구축해 나가게 되는 부분이다. 따라서
고도의 조작적인 극적 형태와 분위기의 연출이 무엇보다 중요하기
때문에, 복선과 생략·서스펜스·반복·대조 등 여러 가지 강조법과 기
교적인 방법이 많이 나타나게 된다.

고대소설에서는 권선징악의 도식적인 결말과 선악이라는 규범적인

전상국

1940~ . 소설가. 강원도 홍천
출생. 1963년 대학 재학 시 경
희대문화상을 수상한 단편소설
「동행」을 개작한 작품이 조선일
보 신춘문예에 당선되어 등단했
다. 주요작품으로 「돼지새끼들
의 울음」, 「고려장」, 「하늘 아
래 그 자리」, 「우리들의 날개」,
「아베의 가족」, 「외등」, 「우상
의 눈물」, 「여름의 껍질」, 「음
지의 눈」, 「지빠귀 둥지 속의 뻐
꾸기」 등이 있다. 6·25 전쟁으
로 인한 실향의식과 삶의 뿌리
찾기 의식 등 체험을 토대로 한
깊이 있는 주제를 작품화함으로
써 엄숙주의적 경향을 띤 작가
로 평가받고 있다.

내용 때문에 갈등의 형식이 기계적일 수밖에 없었다. 그리고 현대소설이라고 하더라도 통속소설의 범주에 드는 대부분의 것들이 인간 대 인간의 물리적인 관계에서 벗어나지 못하므로 매우 깊이가 없는 것이 사실이었다.

따라서 훌륭한 소설이 되기 위해서는 플롯의 단계 중에 갈등 부분을 계획적이고 고도의 조작적인 수법으로 발전시켜서 극적 효과를 노리는 것이 무엇보다도 중요하다. 갈등관계를 전개하는 방법으로 ① 연대순의 방법으로 이야기를 시간의 순서에 따라 평행적으로 전개시키는 방법, ② 현재와 과거를 혼합한 비연대적 배열로, 발달하기 전의 사건과 그 후의 사건을 합하여 입체적으로 만들어서 갈등이 빚어내는 결정적인 순간을 통합해 치밀하게 구성하는 방법, ③ 반복에 의한 플롯의 분규로서, 강조를 위하여 중요한 사건이나 성격의 변화를 반복하여 분규를 전개하는 수법 등이 있다.

갈등 단계에서는 쉽게 지나치기 쉬운 것들에 새로운 의미가 부여되고 필연성을 확인하게 된다. 즉 작가는 주도면밀하게 계획된 분규를 점점 구체화하면서 절정을 향하는 준비를 하는 것이다.

큰 키의 사내는 보득솔을 붙잡고 끙끙 힘을 써 오르며,

"글쎄 그게……"

잠시 사이를 두었다가,

"그날 밤 꽤 피곤했지만 잠이 통 오질 않더군요. 그 어미토끼의 도사리고 노려보던 눈, 그리고 배를 째이는 새끼토끼의 환상이 자꾸…… 그예 난 생물선생네 토끼장의 위치를 짐작하며 잠자리에서 빠져나오고

야 말았습죠."

하자, 억구는 그 예의 조소섞인 웃음을 흠흠—하며,

 "하, 선생이 왜 일어났는지 내 알겠수다. 물론 그 새끼토낄 구해주셨
겠구먼. 그러구 보니 선생두 어렸을 적엔 어지간하게시리 거 뭐랄
까……"

 그러나 큰 키의 사내는 그 말을 가로채,

 "글쎄 그게 그렇게 되지가 못하구……"

하고 또 긴 말을 이을 기세를 보이자, 억구는 얼른 말미를 낚아,

 "여하튼 선생 얘길 듣고 보니 난 사실 부끄럽수다. 그럼 선생, 이번엔
내 얘길 한번 들어보실라우? 이렇게 눈이라두 푹 빠진 날이면 늘 생각이
납니다만 이놈은 원래 종자가 악종이었습네다."

 아홉 살인가 그럴 때였다……

—전상국의 「동행」 중에서

마침내 '동행'이 된 두 사내가 서로의 지난날 체험을 주고받기 시작
하는 대목이다. 이 소설의 과거사는 이들의 대화를 통해 드러나며,
현재가 아닌 과거는 대화 속에서 전개와 갈등의 형태를 보이게 된다.
억구는 쫓기는 범죄자이고, '큰 키의 사내'는 구체적 표현은 없지만
작가가 지속적으로 형사임을 암시하고 있다. 이들은 지난 과거의 가해
또는 피해의 의식을 가슴 속 깊은 자리에 상처로 간직하고 있다. 이
대목에서 작가는 그것을 드러내고 독자들의 눈앞에 이야기로 펼쳐
보인다.

절정

갈등이 고조되어 최고점에 이른 순간으로 사건이 최고로 극적인 성격을 띠게 되는 부분이다. 갈등에서 대립되던 요소들이 첨예화되는 부분으로 균형이 와해되고 분규가 해결되려는 조짐이 보인다. 따라서 필연적으로 결말이 나오게 되는 순간이다. 절정의 배치는 소설의 진행 과정상 맨 앞에 올 수도 있는데 이럴 경우에는 하강커브를 나타내고 발단과 갈등의 다음에 오면 상승커브를 나타낸다.

또한 모든 플롯 단계에 있어서 양적으로 가장 짧은 부분으로, 그 이유는 위기가 여러 번 반복되면서 해소된 다음의 마지막 부분이기 때문에 길어지면 박력과 긴밀성, 그리고 강조성이 자연히 희박해질 수밖에 없기 때문이다. 분규가 해결되는 이 부분은 소설의 내용 전편에 대해 확실한 의미를 암시하는 근본적인 계기가 되므로, 주제가 어느 정도 드러나면서 강조된다.

분규에서 절정의 단계에 이르는 과정에서 작가는 여러 가지 우회와 반복을 통해 행동을 유예하면서 반전이나 전환의 계기를 마련하고 극적인 효과를 가장 잘 나타내려는 의도를 보인다.

> 옆 산 소나무 위에 얹혔던 눈무더기가 쏴르르 쏟아져 내렸다. 마치 자기 무게를 그렇게 나약한 소나무 가지 위에선 더 이상 지탱할 수 없다는 듯이…… 그때 좀 먼곳에서 뚝, 우찌근— 소나무 가지 부러져 내리는 소리가 들려왔다.
>
> 그러자 이때 억구가 느닷없이 키 큰 사내의 앞을 막아서며,
>
> "선생, 난 득수 동생놈을, 그 김득칠일 어제 죽였단 말이요. 이렇게 온

통 눈이 내리는데 그까짓 걸 숨겨 뭘 하겠소. 선생은 아주 추악한, 사람을 몇씩이나 죽인 무서운 놈과 함께 서 있는 거유. 자 날 어떻게 하겠수?"

그러면서 한 걸음 큰 키의 사내 앞으로 다가섰다.

큰 키의 사내는 후딱 몇 걸음 물러서며 오바주머니에 오른손을 잽싸게 넣었다.

— 전상국의 「동행」 중에서

이 장면에서 억구는 자신이 바로 살인자임을 직접적으로 드러내고 큰 키의 사내도 방어적인 몸짓으로 맞선다. 아마도 사내의 '오바주머니' 속에는 권총이 들어있을 것이다. 두 인물의 대화를 통하여 과거의 이야기 속에서도 극적인 장면이 등장하지 않는 것은 아니지만, 소설의 사실적인 정황에 있어서는 바로 이 지점에서 동행자의 정체가 밝혀지고 그 다음 갈등해소의 단계를 준비하고 있는 것이다.

대단원

소설의 결말에 해당하는 부분으로 파국, 해결, 결말이라고도 한다. 따라서 사건의 전모가 드러나고 등장인물의 운명이 분명해지며 문제가 해결되는 단계이다. 즉 지금까지 얽히고설킨 갈등의 양상과 그 결과에 대한 최종적인 설명이 주어지고 독자의 궁금증을 풀어준다. 이 부분은 작품에 대한 강렬한 인상과 여운의 효과를 얻기 위하여 형식상 기술적인 배려가 따라야 하므로 고도의 테크닉이 요구된다. 주제와 구성이 만나는 대단원에서는 주제를 어떻게 나타내야 하느냐는 측면에서 볼 때 계시(啓示)의 순간에 해당되므로 작품의 기본적인 테마가 해명되기도 한다.

　대단원은 형식상 결말이지만 어떤 작품에서는 클라이막스로 끝나는 경우가 있으며, 결말 장면을 의도적으로 대단원임을 암시만 하고 끝맺거나 분규의 장면으로 대치하는 경우도 있다. 즉 이상의 「봉별기」와 현진건의 「불」, 나도향의 「물레방아」는 전부 클라이막스에서 작품을 끝맺고 있으며, 김동리의 「바위」에서는 바위를 부둥켜안고 죽은 문둥이에 대해 말하는 동네 사람들의 냉담한 대화와 차가운 시선으로 결말을 지음으로써 극적인 효과를 얻고 있다.

　그러나 결말이 지나치게 작위적일 때 '계시되는 순간'으로서의 여운을 잃게 된다. 소설의 다른 요소와 논리적으로 합치되지 않는 우연의 일치를 사건의 근본적인 해결의 실마리로 사용한다면 그것은 좋은 소설이라고 할 수 없기 때문이다. 고대소설의 정식화된 패턴인 권선징악이나, 오늘날의 통속소설에서 해피엔딩을 보여주기 위해 무리한 변화를 조작하는 것들이 그 예이다.

"이걸 나한테 주시는 겁니까?"
억구가 물었다.
"예, 드리는 겁니다. 아까 두 개피를 피웠으니까 꼭 열여덟 개피가 남아 있을 겁니다. 눈이 이렇게 많이 왔으니 올핸 담배두 풍년이겠죠. 그러나 제가 지금 드린 담배는 하루에 꼭 한 개씩만 피우셔야 합니다."
큰 키의 사내 얼굴에 엷은 미소가 번지고 있었다.
그리고 그는 담배 한 갑을 받아든 채 멍청히 서 있는 억구에게서 몸을 돌려 마치 눈에 홀린 사람처럼 비척비척 큰 길을 향해 걸어가고 있었다.

현진건

1900~43. 소설가. 대구 출생. 1920년 단편 「희생자」를 ≪개벽≫에 발표하면서 문단에 등장. ≪백조≫ 동인으로 활동. 「타락자(墮落者)」, 「운수 좋은 날」, 「불」, 「B사감과 러브레터」 등의 역작을 계속 발표해 김동인과 더불어 우리나라 근대 단편소설의 선구자가 되었다. 사실주의의 기틀을 확립했다. 주요 작품으로 「술 권하는 사회」, 「적도(赤道)」, 「빈처」, 「유린(蹂躪)」, 『무영탑(無影塔)』, 『흑치상지(黑齒常之)』 등이 있다.

잔기침을 몇 번 쿳쿳— 하면서.

걸어가는 그의 등 뒤로 마치 울음 같은 억구의 외침이 따랐다.

"하루에 꼭 한 개씩 피우라구요? 꼭, 한 개씩, 피, 우, 라, 구요?"

그러면서 그는 느닷없이 웃음을 터뜨리는 것이었다.

ㅎㅎㅎㅎㅎㅎㅎ

눈 덮인 산속, 아직 눈 조용히 비껴 내리고 있는 밤이었다.

—전상국의 「동행」 중에서

감동적인 결말의 장면이다. 큰 키의 사내는 가친의 산소 앞에서 자살하려 하는 억구에게 간곡히 생명의 연장을 권유한다. 그의 그러한 권유는 직무의 수행에 따르는 객관적 상황에 앞서 한 인간의 내면적인 상처와 고통에 대한 이해를 포괄하고 있다.

6·25 또는 과거의 역사적 상처로 인하여 건강하지 못한 삶을 살던 인물들이 어떤 절박한 한계에 부딪쳤을 때, 전상국은 대체로 그들을 고향으로 돌려보낸다. 위에서 「동행」이 가진 이야기 구조를 통해 알 수 있듯이, 그의 소설에 있어 고향으로의 회귀와 피해의식의 해소는 별개의 논리를 가진 사건이 아니라 동시에 이루어지는 정동적 동류항이다. 그 화해의 지점은 종착점이 아니라 출발점이다. 고향에서 이루어진 이 때늦은 화해야말로 진작 찾아냈어야 할 건강한 생명력이 원천이라는 사실을, 이 소설의 이야기 구조가 잘 끌어안고 있다.

이상의 네 단계로 살펴 본 플롯의 단계는 소설을 감상하고 분석하는 데 좀 더 용이하게 접근하기 위한 편의상의 분류에 불과하다. 꼭 이러한 단계를 순차적으로 진행해야만 하는 것은 아니다. 분규로 시종하는 것도 있고 어떤 것은 결말이 미리 제시되는 경우도 있기 때문이다.

인생의 단면도를 제시하는 19세기 리얼리즘 소설들에서는 위와 같은 논리적인 구성 전개를 따르고 있지만, 심리주의 소설과 같이 인간의 내면의식을 추구한 소설에서는 이같은 구성 전개를 도외시하는 경향이 짙다. 그러나 소설이 미학적으로 예술성을 확보하기 위해서는 통일을 위한 플롯의 체계를 무시할 수가 없다. 그리고 심리주의 소설이라고 해도 구성 자체가 완전히 해체된 것은 아니다.

플롯의 유형

플롯의 유형은 작가의 개성이나 독창력, 그리고 작품의 성격에 따라서 여러 가지 형식으로 나눌 수 있다.

단순구성

사건의 진행이 단일하고 단순한 구성방식이며, 한 가지 사건의 진행으로만 구성된 것을 말한다. 따라서 플롯의 단일화는 물론 통일과 압축된 긴장감을 나타내게 되며 비교적 단편소설에서 시도되는 방법이다. 그리고 대체로 시간의 순서에 따라 사건을 진행시키는 순행법에 의하는 것이 보통이다.

단순구성 방식은 소설의 플롯 가운데서 가장 단순한 논리적 구성형태로서 작가가 분석적인 비판력을 목적으로 하여 작품의 소재들을 주제의식 속에 통일시키고 압축시켜서 강화하는 것이 그 특징이다. 모파상의 「목걸이」, 김동인의 「감자」 등이 이 구성법에 의한 것이다.

복합구성

한 소설 속에 둘 이상의 플롯이 중첩되어 진행됨으로써 많은 이야기가 전개되는 플롯이다. 장편소설에서 주로 많이 사용되고 있으며 사건 진행에도 복잡성을 띠게 되고 시간의 순서에 따르지 않는 역행법을 사용하기도 한다. 따라서 복합구성은 주된 사건과 부수적인 사건이 교차되기도 하고, 동시적으로 진행되기도 하여 산만해질 우려가 있기 때문에 통일성 있게 하는 것이 무엇보다 중요하다.

현대에 이르러 소설의 시간구성은 사회 조직의 복잡화와 인간 개성의 다양화로 인해 단순구성만으로는 불가능한 매우 복잡한 양상을 띠게 되었다. 그러므로 복합구성을 통해 다양한 삶의 변화를 제공하고 복잡하게 얽힌 현실의 리얼리티를 구현할 수 있어야 한다.

복합구성을 취한 대표적인 작품으로는 톨스토이의 『부활』, 염상섭의 『삼대(三代)』, 현진건의 『무영탑』 등이 있으며, 황순원의 『움직이는 성(城)』 역시 남녀의 애정관계를 주된 사건과 부속된 사건의 두 개의 플롯 속에서 이끌어나가고 있다.

피카레스크 구성

여러 개의 플롯이 병렬되어 있는 유형으로, 인과관계에 의한 사건의 진행이 아니라 하나의 작품 속에서 일정한 짜임새나 순서가 없이 산만하게 여러 개의 삽화가 이어져 나가는 플롯이다. 따라서 이 방법으로 쓰여진 소설에서는 각각의 독립된 사건과 해결에서 오는 단순한 리듬의 반복이 있을 뿐 일관된 성격의 변화나 주제의 발전 같은 것은 찾아볼 수 없다. 피카레스크 구성은 전통적인 기사들의 로망(roman)에 반대되는 스페인의 피카레스크 소설(picaresque novel)에서 그 기원을 찾을 수 있는데, 피카레스크 소설은 로맨틱한 모험이 아니라 현실적인 소극(笑劇)이며 악한들의 뉘우침과 결혼으로 끝나는 것이 대부분이다.

이 구성방법은 현실이나 인생에 대해 하나의 일관된 체계로 보려는 것을 부정하고, 인생은 우연의 산물이지 도식적 추상화에 의해 포착될 수 없다는 인식을 그 특징으로 한다. 따라서 20세기의 일련의 심리주의 소설들과 전통적 가치체계를 상실하고 방황하는 현대인의 정신적 공허를 묘사한 소설들은 일관된 관점으로 세계를 들여다볼 수 없는 이 시대의 비극적 정황을 이 방법을 통해 추구하고 있다. 대표적인 소설로는 보카치오의 『데카메론』을 비롯하여, 50개의 에피소드들의 인위적인 구성으로 시정(市井)의 일상을 스케치하듯 그리고 있는 박태원의 『천변풍경』, 그리고 등장인물도 전혀 다르고 서술상의 연속성도 없이 9개의 각기 다른 단편을 엮어 오늘의 농촌현실의 모습을 보여주고 있는 이문구의 『우리 동네』 등이 있다.

액자형 플롯

하나의 플롯 속에 또 하나의 플롯이 삽입된 것으로 구조의 핵심을 이루는 중심 플롯과 그 외곽을 이루는 부분인 종속 플롯으로 되어 있다. 이야기의 틀은 중심적인 이야기의 뼈대를 세우고 종속적인 이야기로 둘러싼다. 따라서 중심적인 이야기는 이야기 속의 이야기가 된다. 두 플롯은 상호 긴밀한 관계를 유지하며 경우에 따라서는 부차적인 플롯의 중요성이 강조될 때도 있다. 김동인의 「배따라기」, 「붉은 산」, 김동리의 「무녀도」 등이 액자소설에 해당하며, 이청준의 「병신과 머저리」에서도 화자(話者)에 의해 형이 쓴 소설의 내용이 액자형식으로 소개되고 있다. 이 액자소설의 경우에 대부분 작가는 화자인 '나'의 시점을 통해 등장인물과 그들의 행동을 해석하는데 이 경우 '나'는 중심 플롯 속에 전개되는 일련의 사건들을 관찰할 때 사용되는 색안경에 비유될 수도 있다.

박태원

1909~?. 소설가. 서울 출생. 1930년 ≪신생≫에 단편인 「수염」을 발표하여 문단에 데뷔함. 「행인」, 「회개」, 「피로」, 「소설가 구보씨의 일일」, 『천변풍경』 등을 발표했다. 한때 이광수에게 사사하였고, 1933년 이태준, 이효석, 이무영 등과 '구인회'를 만들어 예술좌파적 소설을 지향하였다. 반계몽주의, 반계급주의의 처지에서 세태풍속을 착실하게 묘사했다. 저서로 『박태원 단편집』, 『여인성장』 등이 있다.

플롯의 진행방식

플롯은 진행방법에 따라 다양하게 나타나는데 그것은 같은 사건이라도 그 진행방법에 따라 작중 현실이 주는 밀도가 달라지고 인상도 다양해지기 때문이다. 플롯의 진행은 우선 시간성이며, 이 시간의 흐름을 어떻게 엮어나가느냐에 따라서 진행방법도 달라진다.

① 평면(진행)적 구성 사건을 과거·현재·미래의 시간 순서에 따라서 진행시키는 방법이다. 많은 소설들이 이에 속하는데 주로 로망·고대 소설의 대표적인 전형이다. 『무정』을 비롯한 이광수의 대부분의 작품들은 평면적 진행에 바탕을 두고 있다.

② 입체적 구성 분석적 진행방법이라고도 하는데 시간의 순서에 의하지 않고 과거·미래·현재라든가 현재·미래·과거라든가 하는 역행적 진행방법을 말한다. 분석적·추리적인 방법으로 근대소설에서도 볼 수 있지만 주로 현대소설에 와서 그 현상이 뚜렷해졌다. 즉 현대 심리소설의 경우 '의식의 흐름'이나 '내적 독백'으로 시간의 전도성(顚倒性)이 두드러지게 나타나고 있는데 주로 프루스트나 조이스, 우리나라의 이상, 최인훈 등이 이 방면에 대표적인 작가이다. 또한 '의식의 흐름' 소설이 아니더라도 심리묘사를 두드러지게 한 도스토예프스키나 손창섭의 작품에서도 발견할 수 있다.

③ 평행적 구성 두 사건을 동시에 진행시키는 방법으로, 다만 이론적으로 관계없는 두 가지 이상의 사건을 동시에 진행해 나가다가 마지막에 두 사건이 결합하여 하나의 통일을 이루는 구성방식이다. 장(章)마다 다른 이야기로 진행되는 헉슬리의 『연애대위법』이나 동경에 있는 연(姸)이와 서울에 있는 C양의 두 가지 사건이 동시에 진행되고 있는 이상의 「실화(失花)」가 이 구성방식에 속한다. 즉 같은 시간의 단위 속에서 두 가지 이상의 사건이 벌어지고 있음을 교차하여 보여주

고 있다. 여러 이야기 속에, 여러 사건 속에서 우리 인간이 존재하고 있느니 만큼 이 방법은 우리를 가장 냉철하고 투명한 현실 속으로 안내해주는 것이다.

플롯의 강조법

플롯을 구성할 때 주요 부분을 어디에 두느냐에 따라 느낌이 달라진다. 이렇게 어떤 한 부분을 중점으로 하여 강조하는 것을 강조법이라고 한다.

① 위치강조법 서두강조법과 종말강조법이 있다. 서두강조법은 서두를 강조하여 처음부터 독자에게 짙은 인상을 주고 호기심을 불러일으키는 방법이다. 김동인은 「광염소나타」에서 머리글을 강조하고 있으며, 현진건의 「운수 좋은 날」은 칙칙한 날씨를 맨 처음의 배경으로 삼아 독자로 하여금 비가 추적추적 내리는 날이 어떻게 운수 좋은 날인가 하는 의혹을 일으키게 하고 있다. 포우를 비롯하여 대부분의 추리소설 작가들이 독자의 관심을 끌기 위해 서두강조법을 많이 쓰고 있다. 종말강조법은 수수께끼 같은 이야기를 끌고 가다가 맨 마지막에 가서 독자를 놀라게 하는 수법(surprising ending)으로 경이적인 강조법이라고도 한다. 모파상의 「목걸이」나 오 헨리의 단편소설에서 많이 볼 수 있다. 이것은 단편소설에서도 특히 콩트에서 많이 사용되고 있다.

② 중단강조법 일명 교차적(交叉的) 플롯이라고 하는데 이야기를 끌고 나가다가 중도에서 그것을 중단하고 다른 이야기로 옮겨가는 수법이다. 독자에게 초조감을 주어 흥미를 일으키는 효과가 있으므로 신문 연재소설에서 즐겨 이용하는 수법이다. 즉 회(回)마다 클라이막스를 설치하고 그것으로써 그날의 이야기를 끝내 다음을 기대하게

하는 방법의 하나이다. 황순원의 「학」에서와 같이 서로 다른 두 입장의 이야기를 중단하고 어린 시절 학 사냥하던 이야기로 넘어가는 기법이 그것이다.

③ 대조강조법 서로 다른 대조적인 것을 그려 넣어 그 하나의 성격을 뚜렷이 하는 기법이다. 아름다운 것, 선한 것을 강조하기 위하여 정반대의 추한 것과 악한 것을 넣어 아름다움과 선을 더욱 뚜렷이 하는 방법이다. 고대소설의 『흥부전』에서 '흥부'와 '놀부'의 대조나 김동리의 「무녀도(巫女圖)」에 나오는 '모화'와 '욱이'의 대조도 이 대조강조법에 의한 것이다.

2) 인물 또는 성격

근대소설의 특징이 인간탐구, 즉 새로운 인간성의 창조에 있다고 할 때 소설의 구성요소 중에서 인물의 설정은 매우 중요한 비중을 차지한다.

우리는 한 편의 소설을 대할 때 작중인물, 그 중에서도 모든 사건을 이끌어가는 중심인물인 주인공에게 많은 관심을 갖게 된다. 따라서 주인공이 평범한 것보다는 개성이 뚜렷할수록 소설 속에서 받게 되는 인상은 그만큼 커지게 되므로 작가의 노력은 바로 인물의 성격 창조(characterization)에 많이 기울어질 수밖에 없는 것이다.

캐릭터(character)라는 용어는 영어에서 원래 인물과 성격의 두 가지 뜻으로 사용되었다. 인물은 작품 속에 등장하는 개개인의 사람들을 지칭하고, 성격은 그 개인들을 설정하는 관심이나 욕망·정서·도덕적 의식 등을 포괄한 내적 속성을 지칭한다. 따라서 일반적으로 캐릭터라고 할 때는 인물의 성격을 의미하는 것이다.

아리스토텔레스가 그의 『시학』에서 비극의 6가지 요소 중에 플롯을 가장 우위에 두고 그 다음으로 성격, 사상, 묘사 등의 순으로 말할 정도로 고대의 서사문학에서는 스토리와 행동과 플롯을 중요시했던 것이다. 그러나 인간의 해방과 자아의 각성을 주장하는 근대소설에 있어서는 인물의 성격창조와 심리묘사가 그 주축을 이루고 있다.

허드슨은 그의 『문학연구서설』에서 인물설정의 중요성을 다음과 같이 강조하고 있다.

기교적인 방면에서 본다면 작품의 성공여부는 오로지 성격묘사에 달려 있다. 희곡(戱曲)을 상연하는 경우에는 무대장치라든가 배우의 연기로 성격을 뚜렷이 나타낼 수 있지만, 소설에 있어서는 그렇게 쉽게 되지 않으며, 다만 상상력에 호소할 수밖에 없다. 그러므로 소설가는 묘사로써 인물의 품행을 생생하게 나타내야 한다.

도스토예프스키나 플로베르 등의 유명한 고전작품에 나오는 인물들이 아직도 우리의 뇌리 속에 생생하게 기억되고 많은 감동을 주는 것은 그만큼 작가가 인간성의 탐구에 전력을 기울였으며 그로 인해 독창적이고 생동하는 인물의 설정이 이루어졌기 때문이다. 따라서 로브 그리예(Robbe-Grillet)의 말대로 "소설을 쓴다는 행위는 문학사가 포용하고 있는 초상화 전시장에다 몇 개의 새로운 초상화를 부가시키는 것이다"라고 할 수 있다.

근대소설의 핵심은 바로 인생의 표현이요, 인간성의 탐구이다. 그러므로 소설을 창작한다는 것은 어떤 인물을 설정하여 그 인물이 시간과 공간 속에서 어떤 행동을 하게 함으로써 인생의 의미를 내포시키는 것이라고 할 수 있다. 이때 소설의 캐릭터는 작품 속에서 살아 움직이는, 생동하는 인물이 되어야 하며 그러하기 위해서는 인물의 설정과 성격의 발전에 리얼리티가 있어야 한다. 즉 인물은 행동과 플롯의 주체로서 구체적인 인생의미, 곧 주제를 나타내야 하는데 이때 필요한 것이 진실성이기 때문이다.

카실은『소설작법』에서 인물설정의 기본을 다음과 같이 말하고 있다.

① 소설에 있어서 캐릭터는 작위적 구조(artificial structure)여야 한다.
② 인물은 소설의 기본요소인 언어, 묘사, 행동, 대화, 장면 및 다른 인물들과의 상호작용 등의 결합에 의해 구성되어야 한다.
③ 허구적 인물(fictional character)은 실제적 인물과 같은 의미에서 살아있는 것이 아니고 평행적인 의미로 살아있다. 즉 인물은 끝이 없는 사실의 세계가 아니고 작가가 그를 위해 만들어 놓은 환경 속에 살고 있다.

평면적인 인물과 입체적 인물

포스터가『소설의 양상』에서 구분한 이래 널리 쓰이고 있는 인물의 유형이다.

평면적 인물(flat character)은 작품 속에서 한 번 등장하면 거의 변화하지 않는 인물을 말하고, 입체적 인물(round character)은 작품 속에서 사건의 전개에 따라 변화하고 발전하는 인물을 말한다. 따라서 전자를 정적 인물(static character)이라고도 하며 후자를 발전적 인물(develo ping character)이라고도 한다.

평면적 인물은 늘 일관된 성격만을 유지하므로 작품 속에 등장하면 언제든지 독자가 쉽게 알아볼 수 있으며, 아무런 변화가 없기 때문에 항상 독자의 마음속에 남아 있어 나중에라도 독자에게 쉽게 기억된다는 점이 장점이다. 그러나 환경의 변화에도 불구하고 한 가지 성격으로만 고정되어 나타나기 때문에 너무 평면적이고 단순해서 개성을 잃고 일반화되기 쉬우므로 리얼리티를 얻기 어렵다고 하는 것이 흠이다. 평면적 인물은 늘 우울하고 침울한 분위기에 잠겨 있거나, 아니면 항상 밝고 명랑한 모습만을 보여주거나 하는 것처럼 한 가지 성격의 특성만이 드러난다. 때문에 이러한 인물은 실제 인물보다 과장적이기 쉬우며 풍자소설이나 희곡에서처럼 희화적인 인물이 되기 쉽다.

대부분 고대소설의 주인공들이 이 유형에 속한다. 『흥부전』의 흥부와 놀부, 그리고 『춘향전』의 춘향이가 그들이다. 현대소설에서도 이러한 유형의 인물을 많이 발견할 수 있다. 황순원의 『카인의 후예』에 나오는 '오작녀'나 이광수의 『흙』에 나오는 '허숭,' 그리고 안수길의 「제3인간형」에 나오는 주인공 '석' 같은 인물이 이 유형에 속한다. 손창섭 소설에 나오는 인물들도 대부분 평면적 인물들로서 늘 우울하고 침울한 모습만을 보여줄 뿐 현실을 적극적으로 살아가려는 노력도 의욕도 보여주지 않는다. 즉 그들은 논리적으로 사고하여 현실에 대결하는 것이 아니라 그대로 환경을 통과만 할 뿐이다.

입체적 인물은 선한 면과 악한 면을 동시에 지니거나 어떤 상황에 처했을 때 결단성 있는 행동을 보여주는 것처럼 여러 가지 성격을 지닌 인물을 가리킨다. 즉 성격이 고정되어 있는 것이 아니라 한 작품 속에서 사건의 진전이나 시간의 경과에 따라 변화한다. 예를 들면 악인이었던 사람이 선인으로 변화하는 것처럼 소설의 서두에서와는 달

안수길

1911~77. 소설가. 함남 함흥(咸興) 출생. 1935년 ≪조선문단≫에 단편 「적십자병원장」과 콩트 「붉은 목도리」가 동시에 당선되어 문단에 데뷔. 간도에서 문예동인지 ≪북향(北鄕)≫을 간행하고 작품집 『북원(北原)』을 발간했다. 그의 사실주의는, 1950년대에 『제삼인간형』, 『초련필담(初戀筆談)』, 1960년대에 『풍차(風車)』, 『벼』 등 4권의 작품집을 낸 후에 1959년부터 1967년까지 ≪사상계≫에 세 번으로 나누어 연재된 『북간도(北間島)』에 이르러 완성되었다.

리 끝에 가서 완전히 다른 사람으로 변하여 인생에 대해 새롭게 자각하게 되는 경우이다. 그래서 발전적 인물이라고도 부른다.

그러나 변화하고 발전하더라도 소설적 필연성에 기초할 때 독자의 공감을 얻어 그 의의를 획득할 수 있으나, 일관성이 결여되어 있으면 실감 있게 받아들일 수 없다. 즉 이광수의 『무정』에서 주인공 '이형식'은 세 여인과의 갈등을 일으키다가 결말에는 교육적 우국지사로 갑자기 변모하는데 여기에서 '성격의 불일치'를 발견할 수 있다.

따라서 작가라고 해서 인물을 마음대로 조종할 수 있는 것은 아니다. 인간의 본성에 대한 깊은 이해와 성찰을 바탕으로 인간의 양면적 속성에 대한 인식을 갖고 있을 때 작가는 내면적 갈등을 겪는 입체적 인물을 창조할 수 있는 것이다. 김동인의 「감자」의 주인공 '복녀'나 「붉은 산」의 '정익호,' 황순원의 『카인의 후예』에 나오는 '도섭영감' 등이 이에 속한다. 또한 전광용의 「꺼삐딴 리」에 나오는 '이인국 박사' 역시 입체적 인물의 대표적인 경우인데, 그는 일제말기 북한의 소련군 진주 → 월남 → 미국 대사관 출입과정에 이르는 우리 민족의 수난기에 살아온 한 의사이다. 그는 일제시대에는 일본인에게, 소련군 점령 시에는 소련군에 대한 아첨으로, 그리고 다시 월남해서는 미국 대사관에 출입하는 기회주의자의 표본으로서 그에게 있어 의술은 살아가기 위한 생활의 무기일 뿐 아무런 가치 있는 것이 되지 못하고 있음을 보여주고 있다.

전형적 인물과 개성적 인물

전형적 인물(typical character)이란 어떤 사회의 집단이나 계층을 대표하는 보편적인 성격을 지닌 인물을 말한다. 군인은 군인으로서의 전형이 있고 학생은 학생으로서의 전형이 있으며, 또 정치가는 정치가로서의 전형이 있게 마련이다. 이렇듯 전형은 당대 사회의 어떤 인간

전광용

1919~88. 소설가. 국문학자. 함남 북청(北靑) 출생. ≪시탑(詩塔)≫과 ≪주막(酒幕)≫ 동인으로 활동했다. 1955년 「흑산도」가 ≪조선일보≫ 신춘문예에 당선되어 문단에 데뷔했다. 이후 단편 「진개권(塵介圈)」, 「동혈인간(凍血人間)」, 「경동맥(硬動脈)」, 「벽력(霹靂)」 등의 역작을 발표했다. 그의 작품은 냉철한 사실적 시선을 바탕으로 인간의 존엄성과 생명력을 부각하는 일관된 태도로, 정확한 문장과 현장답사, 철저한 자료수집, 구성의 치밀한 계산 등을 특징으로 하고 있다.

군(群)을 연상하게 하는 대표적인 인물을 말한다. 웰렉은 전형을 보편적 전형과 개별적 전형으로 나누고, 보편적 전형은 명랑하거나 화를 잘 내는 것처럼 인간의 특정한 기질을 강조할 때 창조되며, 개별적 전형은 그 인물이 속한 당대 사회의 모순을 객관적으로 잘 드러내줄 때 창조된다고 하였다.

전형적 인물은 현실에서 쉽게 발견해낼 수 있는 모습을 보이기 때문에 모든 사람들에게 쉽게 이해될 수 있는 장점을 지닌다. 그러나 전형의 추구는 인간을 너무 도식적으로 이해하려는 흠을 갖는다. 그러므로 개성을 전형 속에 용해시킬 수 있어야 한다. 아무리 여러 사람에게 두루 통할 수 있는 성격이라 할지라도 개성적인 특성이 없다면 살아있는 인간이 될 수 없기 때문이다. 예컨대 4·19 이후 1960년대 대학생이 등장인물로 나오는 경우 그들 세대의 공통적인 전형을 살리면서도 그 시대 대학생들만이 가지고 있는 개성적인 성격을 부각시켜야 비로소 살아있는 인물로 우리에게 기억될 수 있는 것이다.

전형과 개성이 조화된 인물이야말로 가장 좋은 인물이다. 전형과 개성은 서로 대조적인 관계에 놓이므로 지나치게 전형적이면 개성이 희박해지기 쉽고 너무 개성적이면 전형성을 상실할 우려가 있다.

소설에서 인간을 탐구한다는 것은 새로운 인간상의 창조를 의미하는 것으로 그것은 전형의 창조에 의해서만 완성될 수 있다. '춘향'은 조선 시대 열녀의 표상으로 전형적인 인물이며 '허숭'은 개화기의 농촌계몽운동에 앞장섰던 청년의 전형이다. 그리고 최인훈의 「광장」에 나오는 주인공 이명준은 4·19 이후 지식인의 고뇌를 대변하는 전형이라 할 수 있다. 구한말 시대부터 일제 식민지시대에 이르는 혼란한 사회상을 그린 염상섭의 『삼대』에는 구한말·개화기·식민지시대의 전형적 인물인 '조의관 – 조상훈 – 조덕기'라는 3대를 등장시켜 각 세대의 전형을 잘 그려내고 있다.

성격 창조의 방법

소설에서 인물을 설정하고 성격을 창조하는 방법에는 두 가지가 있다. 하나는 직접적 표현법이고 다른 하나는 간접적 표현법인데, 전자를 해설적 또는 분석적 방법이라고 하며 후자를 극적 방법이라고 한다.

해설적 방법은 나레이터가 직접적으로 인물의 특성을 요약하며 소개하는 방법으로 등장인물에 대한 요약과 설명은 물론 심리 분석과 타인물의 보고 등을 통하여 이루어진다. 따라서 이 방법은 전지적 작가에 의해 서술되거나 1인칭 관찰자일 때 많이 사용된다.

이에 대비해 극적 방법은 등장인물의 언어나 행동을 중심으로 하여 타 인물에 대한 반응과 환경을 간접적으로 묘사하는 방법이다. 허드슨은 『문학연구서설』에서 분석적 방법과 극적 방법의 장·단점을 다음과 같이 지적하고 있다.

① 극적 방법은 인물을 생생하게 묘사할 수 있다. 따라서 독자는 작가의 견해와 설명을 들을 필요도 없이 바로 등장인물과 접할 수 있다.

② 분석적 방법의 장점은 등장인물의 심리를 상세하게 분석하여 명백히 설명해 준다는 점이다. 그러나 비설화성(非說話性)이라는 단점이 있다. 즉 분석적 방법은 사건 진행을 방해하기 쉽다.

③ 극적 방법은 과거의 사실을 현재법에 의해 재생시키고 직접 호소할 수 있다. 그러나 작가의 견해를 나타내는 데는 불편하다.

④ 분석적 방법은 심리의 동향을 독자에게 정확히 제시할 수는 있으되 추상성에 빠지기 쉽다. 극적 방법은 구체적인 인물의 묘사지만 분석적 방법은 개괄적이다.

위에서 알 수 있듯이 분석적 방법은 설명적이며 제한적이기 때문에 독자가 쉽게 주인공을 이해할 수는 있으나 작가가 생각하고 느낀 바를 일방적으로 이야기해버림으로써 독자 스스로 작중 인물에 대한 창의적인 성격 파악을 막아버리는 흠이 있다. 그러나 인물의 성격묘사에 소모되는 지면을 절약할 수 있으며 독자가 등장인물을 잘못 이해하기 쉬운 단점을 막을 수 있다.

극적 방법은 작가에 의하지 않고 독자가 스스로의 상상력과 감수성에 의해 성격을 파악할 수 있다는 장점은 있으나, 많은 지면을 할애해야 된다는 것이 단점으로 지적되기도 한다. 따라서 훌륭한 작가라면 이 두 가지 방법을 혼용하는 것이 매우 효과적이라고 할 수 있다.

전경린의 『황진이』에서 이 두 가지 방법의 예를 확인해보자. 작가는 주인공 진의 눈을 통하여 소세양이라는 등장인물의 성격을 다음과 같이 직접적으로 표출(해설적 방법)하고 있다.

전체적으로 가느다란 소세양은 세련되고 우아하지만, 신경질적이고 예민하게도 보였다. 대담하지만, 소심하고 정직하고 결백하지만, 상처받기를 싫어해 바른 말을 싫어할 사람이었다. 그는 전체적으로 고독하고 우울해 보이기도 했다. 미처 다과상이 들어오기도 전 짧은 시간에 진은 소세양의 면모를 대략 파악했다. 술이 몇 잔 돈 뒤에는 여독을 풀도록 목간으로 안내했다. 소세양은 진이 하라는 대로 순순히 응했다. 소판서는 순응하기를 좋아하면서도 억압에 예민하여 배려는 즐기나 갇히기를 두려워하는 사람 같았다. 그런 사람은 번번이 자기도 모르게 갇히고 갇힌 것을 못 견디어 앓는 수동적인 형이기도 했다.

―전경린의 『황진이』 중에서

그리고 작가는 진의 행동이나 표정, 대화를 통해 그의 성격을 간접적으로 묘사(극적 방법)하고 있는데, 진의 뛰어난 인품과 강하지만 선한 심성을 파악할 수 있게 하는 부분은 다음과 같다.

> 진은 예의를 차려 몸을 굽힌 후 단정하게 마주 앉았다. "송도로 돌아가는 게 어떤가?" 정씨 부인이 대뜸 말하였다. 부인의 눈에는 기생에 대한 혐오와 경멸이 가득했다. 그 시선 속에 진은 없었다. 정씨 부인은 진을 보지 않은 채 기생을 상상하며 대하고 있었다. 진은 대답하지 않았다. "들으니, 서화가무에 두루 능한 기생이라니, 하루도 놀지 않은 날이 없을 터인데, 이 좁은 집, 좁은 방, 좁은 마당에서 일도 없이 어찌 지내겠는가?" "할 일을 차차 찾아보겠습니다." "한량이라도 불러들일 텐가?" 뜻밖의 막된 말에 진은 당황하였다. 질투와 두려움이 간신히 닦아온 부덕을 무너뜨리는 모양이었다. 오히려 진의 마음이 아프고 안타까웠다. "허락만 하시면, 어머님 시중을 제가 들겠습니다. 부인께서 오래 수고하지 않으셨습니까?" 진이 담담하게 말했다.
>
> ─ 전경린의 『황진이』 중에서

3) 주제

주제는 흔히 theme, subject, motif 라고도 하는데 소설뿐만 아니라 모든 문학작품 가운데서 가장 중요한 자리에 놓인다. 그러므로 주제의 파악은 소설연구에 있어서 가장 먼저 행해져야 하는 것으로, 일반 독자들뿐만 아니라 문학연구가들이 즐겨 찾는 관심의 대상의 하나라고 할 수 있다.

누구나 작품을 읽고 나면 그 스토리 속에 함축되어 있는 의미가 무엇인지 알고 싶어한다. 즉 이 작품이 인생에 관해서 무엇을 말하려고 했는지 작가의 의도를 탐색해내려고 하는데, 이것이 바로 주제파악의 시작을 의미하는 것이다. 따라서 주제는 우선 스토리 속에 함축되어 있는 스토리의 의미로서 단순한 이야기의 이해가 아닌 작품 속에 구체적으로 나타난 작가의 중심사상이요, 핵심적인 의미이며 한 작품에 담겨져 있는 작가의 독특한 인생관이라고 규정지을 수 있는 것이다.

주제의 중요성과 개념

러보크는 『소설기술론』에서 주제의 중요성을 다음과 같이 지적하고 있다.

소설에 있어서 가장 최초로 존재하는 것은 주제라고 볼 수 있다. 따라서 어떤 주제를 발견할 능력이란 그 작가의 기초적인 재능이라고 할 수 있다. 이 주제가 제출되기 전까지는 작가는 아무 손댈 곳을 모른다. 주제는 소설의 시초요, 전체이다. 주제에 의하지 않고는 소설은 그 형태를 이룰 수 없다.

또한 브룩스와 워렌은 『소설의 이해』에서 다음과 같이 정의하고 있다.

> 주제는 한 편의 소설을 쌓아 올리는 것이다. 그것은 사상이요, 의미이고 인물과 사건에 대한 해석이며, 전체적인 서술 속에 구체화된 침투력 있고 단일화된 인생관이다.

이러한 정의에서도 알 수 있듯이 주제는 소설의 출발점이자 귀결점으로서 결국 소설가가 작품의 소재에 대하여 내린 해석이나 부여한 의미라고 할 수 있다. 따라서 작가가 창작을 한다는 것은 좋은 주제를 찾아내어 이를 구체적으로 형상화한다는 것을 뜻하게 된다.

그러나 카실의 견해에 의하면 "주제는 스토리에 대한 의미이다. 그것은 모랄도 아니다. 그것은 결말의 행위에 의하여 되는 계시(啓示)도 아니다. 그것은 제재와 혼동될 것도 아니다. 주제란 작가가 제재에 대하여 말하지 않으면 안 되는 그것이다"라고 말하고 있어 주제를 소설의 모랄이나 제재 또는 소설에 의해서 예시되는 어떤 관념으로 혼동하는 것을 경계하고 있다. 따라서 주제의 본질을 보다 바르게 이해하기 위해서는 주제와 위에 카실이 언급한 세 가지와의 차이점을 살펴보는 것이 무엇보다 중요하다.

첫째, 주제는 소설의 모랄이 아니다. 주제는 소설에서 끌어낼 수 있는 그 무엇을 가리킨다는 점에서 모랄과 비슷하겠지만, 주제는 모랄보다 훨씬 복잡한 의미를 지닌 것으로 실제적인 충고와 같은 직접적인 가치를 내포하지는 않는다. 즉 모랄은 소설에서 실제적으로 끌어낼 수 있는 도덕적 충고나 교훈을 가리키기 때문에 주제보다 훨씬 단순하다고 볼 수 있다.

둘째, 주제는 소설의 제재와 명백히 구별되어야 한다. 주제가 작품이 드러내고자 하는 어떤 의미라고 한다면, 제재는 주제를 낳기 위하여 동원되는 재료나 근거라고 할 수 있다. 우주 속에 존재하는 수많은 대상 가운데서 작가가 택하는 제재는 한정되지만 주제는 보는 이에 따라서 얼마든지 여러 가지 해석이 가능한 것이다. 즉 제재가 표면적인 것이라면 주제는 암시적으로 그 이면에 깔리기도 하는 내면적 표출이라고 할 수 있다.

셋째, 주제는 소설에 의하여 예시되는 관념과는 다르다. 대부분의 소설가는 사상가가 아니다. 훌륭한 작가라면 어떤 사상을 드러내고자 할 때 작품 속의 구체적인 인물들과 그들 간의 갈등이나 상호대립의 사건 전개를 통하여 작품 속에 내면화시킴으로써 독자 스스로가 이해하도록 해야지 단순히 관념을 직접적으로 예시함으로써 그 목적을 달성할 수는 없는 것이다. 만일 하나의 소설이 목적의식에만 치우쳐 지나친 관념의 표면노출이 나타날 경우 그것은 예술적 기능을 손상시키고 말 것이다.

이광수의 소설에서 볼 수 있는 계몽성이나 이상주의가 그 일례로서 이것은 과도기적 상황 속에서 작가가 너무 작품의 주제를 의식한 나머지 주제가 작품 속에 용해되지 못한 결과이다. 따라서 소설의 주제는 작품 전체 속에 용해되어야 하는 것이므로 주제를 생경한 관념의 형태로 표현해서는 안 되는 것이다.

현대소설에 이르면서 주제의 내면화가 이루어져 왔으며 경우에 따라서는 이 주제를 어떻게 잘 내면화시키는가가 작품의 성공여부를 좌우하고 있기도 하다. 물론 이상의 소설이나 카프카의 작품 등에서 주제가 지나치게 내면화되어 존재의 탐구에 빠져들어 철학적인 관념의 체계로 기울어지고 있는 경향을 볼 수 있다. 그러나 이것은 현대의 정신적인 상황을 대변한 것으로 새것을 찾으려는 문학 본래의 사명을 위한 작가의 노력이라고도 볼 수 있다.

주제의 구분

주제는 작품에 따라 단일주제와 복합주제로 나눌 수 있다. 대체로 단일한 효과를 노리는 단편소설의 경우에는 인생의 어느 한 단면을 집약적으로 제시하는 것이기 때문에 단일한 주제가 적합하다. 그러나 장편소설의 경우에는 인생의 전모를 총체적으로 서술해 보이는 것이기 때문에 여러 부주제(副主題)와 주주제(主主題)를 가지고 있는 경우가 대부분이다.

황순원의 「소나기」, 김동인의 「감자」, 현진건의 「운수 좋은 날」 등은 단일주제를 잘 구사하고 있는 작품이며, 톨스토이의 『전쟁과 평화』, 도스토예프스키의 『죄와 벌』 그리고 플로베르의 『보바리 부인』 등은 복합주제를 보여주고 있는 대표적인 작품들이다.

주제의 설정

주제가 작품 속에 드러난 의미요, 소재에 대한 해석이라고 한다면 작가는 이 주제를 설정하기에 앞서 동기(motive)가 있어야 하는데, 그것은 이 동기의 구체화를 통하여 작품의 형상화가 이루어지기 때문이다.

1990년대 들어 『경마장 가는 길』을 필두로 '경마장' 시리즈를 내놓으면서 일약 이름을 얻은 작가 하일지는 그의 『경마장을 위하여』에서 다음과 같이 그가 인식하고 있는 '경마장'과 창작동기에 대해 설명하고 있다.

나는 아직 한 번도 경마장에 가본 적이 없다. 따라서 나는 경마장이 어디에 있는지 알지 못한다. 오래전에 언젠가 한 번은 누가 나에게 경마장에 대하여 이야기해 준 적이 있다. 나는 그에게서 들은 이야기를 다만 기억하고 있을 뿐이다. 그러나 나는 그가 누구였는지 지금 알 수 없다. 그리고 무엇보다 곤란한 것은 경마장에 대하여 내가 들은 것을 나는 이제 온전히 기억하지도 못한다는 점이다. 따라서 나는 경마장에 대하여 아무것도 말할 수 있는 것이 없다.

그러면서도 나는 경마장에 대하여 책을 써왔다. 나는 경마장이 어떤 모습으로 드러날 것인지 나 자신도 아직은 전혀 예측하지 못한다. 나는 고고학자가 땅속에 묻힌 도시를 캐내듯이 내 의식의 밑바닥에 침잠해 있는 경마장을 드러내려고 애쓸 뿐이다.

—하일지의 『경마장을 위하여』 중에서

위에서 알 수 있듯이 그의 '경마장'은 일부 항간에 잘못 알려진, 경주마가 달리는 현실적인 공간의 개념이 아니다. 그것은 그의 의식 심연에 도사리고 있는, 그가 세계와 삶과 인간을 내다보는 창에 해당한다. 말하자면 '경마장'은 하일지식 세계관의 다른 이름이며, 현대소설에서 널리 사용되는 불명확한 의식의 정체성에 대한 기록이다. 그는 소설을 통하여 이를 표현하고 싶었던 것이다.

이처럼 현대소설에서 작가가 의식의 심연에 간직하고 있는 주제와 그것이 표면적으로 드러난 형태의 관계가 모호하기 때문에, 특히 현대소설에서는 정확한 주제의 파악이 어렵다. 주제파악의 방법으로는 플롯을 통하거나 톤(tone)을 통한 방법, 또는 작품의 분위기나 무드(mood)에 의한 파악 방법 등으로 세분해볼 수 있다.

하일지

1954~ . 소설가. 경북 경주 출생. 1990년 『경마장 가는 길』을 발표하며 등단했다. 작품으로는 소설 『경마장 가는 길』, 『경마장은 네거리에서……』, 『경마장을 위하여』, 『경마장의 오리나무』, 『경마장에서 생긴 일』, 『위험한 알리바이』, 『그는 나에게 지타를 아느냐고 물었다』, 시집 『시계들의 푸른 명상』, 이론서 『소설의 거리에 관한 하나의 이론』 등이 있다.

이상에서 살펴본 주제의 개념 및 설정 방법 등 주제파악의 길을 알아보았지만 가장 중요한 방법은 독자의 '주의 깊은' 독서에 있다. 독자 스스로가 작품을 읽을 때 그 작품의 초점과 리얼리티의 깊이를 확인하는 것이다. 즉 소설에서 취급된 모든 것은 주제를 전달하는 데 이바지하는 것이므로 어떤 인물이나 사건 등에 대해서 보다 자세히 관찰함으로써, 그것들이 어떤 관련을 맺고 있나 확인하는 것이 작품의 전체 구조와 함께 주제를 발견하는 지름길이 되는 것이다.

4. 소설의 방법

앞장에서 살펴본 것은 소설의 구성요소로서 개념적인 분야에 대한 논의였다. 그러나 위에서 다룬 인물·구성·주제들이 어떻게 결합하여 한 작품을 이루는지에 대한 고찰이 행해져야 하는데 이것이 소설을 이루는 기술적인 요소이다. 동일한 재료라 하더라도 그것을 결합하는 방법 또는 기술에 의해 각각 상이한 효과를 거두게 되기 때문에 소설의 방법은 매우 다양하다. 여기서는 그동안 공통적으로 논의되어 온 기술적 요소 몇 가지, 즉 시점, 배경과 분위기, 거리와 톤 등에 대해서 살펴보고자 한다.

1) 시점

시점(視點)은 누가 어떠한 위치에서 사건을 보고 기술하느냐 하는 화자(話者)와 사건과의 관계를 말하는 것으로 흔히 서술의 초점(point of narration)이라고도 한다. 러보크가 『소설기술론』에서 "모든 소설의 기법은 시점의 문제, 즉 나레이터의 스토리에 대한 관계의 문제에 달

<표> 시점의 네 종류

	사건의 내적 분석	사건의 외적 관찰
화자가 소설의 등장인물	① 주인공이 자신의 이야기를 한다.	② 부인물(副人物)이 등장인물의 이야기를 한다.
화자가 소설의 등장인물이 아님	④ 분석적이며 전지적인 작가가 이야기를 한다.	③ 작가가 외적 관찰자로서 이야기를 한다.

려 있다"고 말하고 있듯이 시점은 소설구성 요소 중에서 기술적 측면에 해당하는 매우 중요한 부분이다.

동일한 사건이라도 그것을 바라보는 사람의 '위치'와 서술하는 '각도'에 따라 매우 다르게 느껴지므로 작가가 작품의 주제를 정확하게 전달하기 위해서는 그 작품에 알맞은 시점을 잘 선택해서 작품에 적용하여야 한다. 브룩스와 워렌은 『소설의 이해』에서 시점을 네 종류로 분류하고 있다(<표> 참조).

<표>에서 ①은 1인칭 주인공 시점이며, ②는 1인칭 관찰자 시점, ③은 작가 관찰자 시점, ④는 전지적 작가 시점에 해당한다. ①과 ②는 작품의 등장인물이 화자가 되며, ③과 ④는 화자가 등장인물이 아니라는 점, ①과 ②는 사건의 내적 분석인데, ③과 ④는 사건의 외적 관찰이라는 점이 각각 그 특성이 된다. 이러한 시점의 문제는 작품분석의 유익한 길잡이가 된다. 그러나 이것은 임의대로 설정되는 것이 아니고 작품마다 모종의 필연성을 내포하고 있어야 한다. 작품의 정확한 파악은 화자의 위치와 태도에 대한 정확한 관찰이 선행되어야 한다.

1인칭 주인공 시점

주인공이 자기 자신의 이야기를 하는 시점으로 인물의 초점과 서술

의 초점이 그대로 일치된다. 화자가 1인칭인 '나'로 등장하여 이야기
를 전개해 나가는 데 이때 화자는 작가에 의해 창조된 허구적인 '나'
이다. 하지만 독자는 사실이라는 환상(illusion of reality)을 통하여 그대
로 받아들이기 때문에 남의 이야기가 아닌 자기의 이야기라는 느낌을
갖게 된다.

따라서 이 시점은 독자에게 직접 호소하는 힘을 갖게 되어 매우
친근하게 느껴지므로 진술 내용에 대해 독자의 신뢰감을 불러일으킬
수 있다. 작가의 주관성이 강하게 나타나기 때문에 객관성을 잃을 염
려가 있기는 하지만 인물의 내면세계를 드러내는 데는 매우 효과적이
므로 심리묘사를 주로 하는 현대 심리주의 소설에서 많이 사용되는
수법이다.

이 시점의 화자는 타 인물의 마음속을 들여다 볼 수 없기 때문에
화자인 '나'가 없는 곳에서 일어나는 사건을 서술할 수가 없는 제약을
갖는다. 따라서 서간체, 일기체 형식을 취하기 쉽고 작가 자신이 '나'
의 입장에서 이야기하기 때문에 사소설(私小說)에 속하는 경우가 대부
분이다. 즉 허구로서의 소설보다는 사건 없이 진행되는 작가의 경험담
이 많으며, 자신의 주관을 벗어난 객관적인 관찰이 없을 때 수필 형태
의 소박한 신변잡기로 떨어질 염려가 있다.

이 시점에 의한 작품으로는 이상의 「날개」를 비롯한 심리주의 소설
의 대부분과 김유정의 「봄봄」, 이문열의 「젊은날의 초상」, 최일남의
「흔들리는 성(城)」, 윤대녕의 「천지간」, 신경숙의 「감자 먹는 사람들」
등을 들 수 있다.

신경숙의 「감자 먹는 사람들」은 주인공이 방송국에서 알게 된 윤희
언니에게 쓰는 편지 형식으로 구성되어 있다. 주인공의 내적 풍경에
대한 고백으로 이루어진 이 작품을 읽다 보면, 얼핏 작가의 사적(私的)
인 생활과 체험을 그대로 전해 듣는 듯한 느낌을 준다. 그러나 현대소

이상한 일이지요. 이 병원의 이 창가에 서 있기는 처음인데 나는 언제인가 꼭 이 자리에 이렇게 서서 이렇게 생각에 잠긴 채 노래를 불러 본 적이 있는 것만 같습니다. 아마도 저 비 탓이겠지요. 세상에 이미 내렸던 그 많은 비는 연약한 사람들을 창가로 이끌었겠지요. 나 또한 과거 속에서 그랬을 테지요. 처음 세상에 내놓은 내 첫 앨범의 참담한 실패로 2집을 내는 일이 무산될 때마다, 깨고 싶지 않은 긴 낮잠을 자다가, 스튜디오에 서 있다가, 누군가에게 전화를 걸거나 책상 서랍을 열다가 …… 후두두거리는 빗소리에 슬몃 창가로 다가갔던 일이 어디 한두 번이겠습니까. 그때그때마다 무슨 생각인가에 깊게 잠겨들었겠지요. 생각의 어느 언저리에 스며드는 적요, 그리고 그 적요를 뚫고 철거덕철거덕 달려오는 기차의 강철바퀴 소리를 들으면서, 나의 처지나 혹은 누군가의 처지를 생각했을 것입니다.

—신경숙의 「감자 먹는 사람들」 중에서

설에서 작가는 여러 가지 가면을 쓰는 경우가 많고, 작중 화자에 있어서도 자신을 투영하지 않은 채 자신의 이야기처럼 전달하는 사례가 허다하다. 그리고 그것은 자칫 별다른 사회적 의미를 형성하지 않는 개별적 차원의 이야기로 들릴 우려가 있다.

그러나 이 작품이 진행되면서 작가는 자칫 단조로운 체험담으로 떨어지기 쉬운 이야기를, 인간의 삶에 한 단계를 점유하는 보편적 의미로 추구해나감으로써 '나'의 개인적인 영역을 벗어나고 있다.

최일남

1932~ . 소설가. 언론인. 전라북도 전주 출생. 1953년 ≪문예≫에 「쑥 이야기」가 추천 발표되고, 1956년 ≪현대문학≫에 소설 「파양」이 추천되어 등단하였다. 작품집으로 「서울 사람들」, 「거룩한 응달」, 「누님의 겨울」, 「틈입자」, 「만년필과 파피루스」 등이 있고, 수필집과 시사평론집도 출간하였다. 급격한 도시화와 산업화가 이루어진 시기에 이른바 '출세한 촌사람들'이 겪는 이야기를 토착어의 풍부한 구사와 건강한 해학성을 바탕으로 삼은 개성적인 문체로 표현하였다.

신경숙

1963~ . 소설가. 전라북도 정읍 출생. 1985년 ≪문예중앙≫에 중편소설 「겨울 우화」를 발표하면서 등단하였다. 주요 작품으로는 「풍금이 있던 자리」, 「깊은 슬픔」, 「외딴 방」, 「아름다운 그늘」, 「오래전 집을 떠날 때」, 「강물이 될 때까지」, 「기차는 7시에 떠나네」 등이 있다. 쉽게 읽히는 서정적인 문체와 섬세한 묘사로 주목을 받으며 1990년대를 대표하는 작가로 자리 잡았다.

1인칭 관찰자 시점

소설에 등장하는 부수적인 인물이 주인공의 이야기를 들려주듯이 서술하는 수법이다. 따라서 화자의 '나'는 관찰자로서의 부인물(副人物)에 불과하고 성격의 초점은 주인물(主人物)에게 주어진다. 서술방법은 1인칭이고 소설의 내용은 객관적인 관찰자의 눈에 비친 인간의 외면 세계이다. 관찰자로서의 화자는 자신이 직접 보거나 들은 이야기만 하기 때문에 주인공의 생각이나 심리 상태를 알 수 없으므로 전지적(全知的)이지 못하다는 제약을 받는다.

즉 주인공에 대한 관찰의 기회나 경험의 기회가 제한되어 폭넓은 인생의 경험을 전달하기가 어려우며, 대상에 대한 주관적 해석을 가함으로써 작품을 설명하게 될 가능성이 짙다. 그러나 나레이터가 사건이나 상황에 대해 주인공을 직접 묘사하고 코멘트를 할 수 있기 때문에 오히려 주인공 자신이 스스로 말하는 1인칭 서술보다 더 효과적으로 표현할 수 있으며, 주인공의 내부를 숨김으로써 긴장과 경이감을 자아낼 수 있다.

현진건의 「빈처」, 김동리의 「붉은 산」, 주요섭의 「사랑방 손님과 어머니」, 이청준의 「병신과 머저리」 등에서 이 시점이 잘 구사되어 있다. 특히 「사랑방 손님과 어머니」에는 어른들의 애정관계를 이해하지 못하는 순진한 어린 아이의 시점을 통해 천진한 어린 딸의 '몰이해' 뒤에 크게 부각되는 어머니의 고민을 매우 효과적으로 묘사하고 있다.

이렇듯 1인칭 관찰자 시점은 사람마다 개성이 있듯이 화자의 나이나 직업에 따라 세상사를 보는 눈이 다르기 때문에 같은 이야기라도 새롭고 신선하게 전달될 수 있는 것이다. 또한, 서술의 대상과 범위가 한정되어 있기 때문에 스토리에 통일성을 부여할 수 있으며 단일한 효과를 거둘 수 있다. 따라서 작가는 주관적 해석과 객관적 묘사를 적절히 사용하여 종합적인 효과를 얻는 것이 바람직하다.

주요섭

1902~72. 소설가. 평양 출생. 1919년 김동인(金東仁)과 함께 ≪독립신문≫이라는 지하신문을 발간하다가 10개월간 복역했다. 1921년 단편 「추운 밤」을 ≪개벽(開闢)≫에 발표하면서 문단에 데뷔, 본격적인 작품활동을 시작했다. 그의 작품은 빈민층의 빈곤상과 그 삶을 리얼한 수법으로 보여준 1920년대의 작품과 인간의 정적(情的)인 내부세계를 통해 인간의 아름다움과 슬픔을 그리려고 했던 1930년대의 자연주의적 작품으로 구분될 수 있다. 주요 작품으로 「인력거꾼」, 「죽음」, 「개밥」, 「첫사랑」, 「사랑방손님과 어머니」, 「아네모네의 마담」, 「추물」, 「북소리 둥둥둥」 등이 있다.

나는 그녀가 일기를 쓴다는 걸 몰랐다.

뭘 쓴다는 것이 그녀에게는 도무지 안 어울리는 일이었다. 자기 반성이나 자의식 같은 것이 일기를 쓰게 하는 나이도 아니었다. 그렇다고 학생 때 무슨 글을 써봤다는 소리도 듣지 못했다. 내게 쓴 연애편지 몇 장도 그저 그런 여자스러운 감상을 담고 있을 뿐 글재주 같은 건 없었다.

그날 나는 낮 시간에 집에 있었다. 간밤에 초상집에 갔다가 새벽에 들어와서 열두 시가 넘도록 늘어지게 잤던 것이다. 자고 일어나보니 집에는 아무도 없었다. 그녀는 아이들을 데리고 시장에라도 간 모양이었다. 물을 마시려고 자리에서 몸을 일으키던 나는 화장대 위에 웬 노트가 놓여 있는 걸 보았다. 당연히 가계부인 줄 알았다. 그런데 일기장이었다.

― 은희경의 「빈처」 중에서

은희경의 「빈처」는 그 제목을 현진건의 「빈처」에서 패러디하고 있고, 남편과 아내의 관계설정, 즉 부인물인 남편이 주인물인 아내의 이야기를 하고 있다는 점에서 현진건의 경우와 마찬가지로 1인칭 관찰자 시점을 유지하고 있다.

이 작품은 아내에 대한 관찰의 기회가 제한되어 있기 때문에, 아내의 일기장에 기록된 것 외에는 화자의 생각이나 추측으로만 아내의 입장을 설명할 수밖에 없다. 이 작품에서는 1인칭 관찰자 시점을 이용하여 아내가 쓴 일기를 작품의 중간에 계속해서 소개함으로써, 왜 아내의 의식이 화자의 그것과 어긋나게 되었는지 독자 스스로 판단하도록 유도하고 있는 것이다.

작가 관찰자 시점

작가가 외부적인 관찰자의 위치에서 작품을 서술하는 방법이다. 즉 서술자는 작품 밖에 있는 작가이며, 주관을 배제하고 시종일관 객관적인 태도로 외부적인 사실만을 관찰, 묘사한다. 그러므로 이러한 이야기의 등장인물은 '그' '그녀' '그들'로 되어 있기 때문에 3인칭 시점이라고도 한다.

작가는 등장인물의 행동이나 언어, 모습 같은 외부적인 사실만을 묘사할 수 있기 때문에 관찰의 범위는 무한하지만, 작중 인물의 생각이나 사상, 내면 심리 같은 것은 직접적으로 표현할 수 없다. 이 시점은 엄정한 객관성으로 생생한 표현과 선명한 묘사를 할 수 있기 때문에 근대 리얼리즘문학에서 널리 사용되고 있다. 또한 극적이고 객관적인 것이 특색이므로 인생의 단면을 예리하게 그리는 단편소설에 매우 적합한 수법이다.

그러나 작가가 설명이나 평가를 할 수 없는 사정이기 때문에 아무리 뛰어난 사상과 관념을 지닌 작가라고 하더라도 그것을 독자에게 전달할 수 없다는 한계를 지닌다. 작가는 객관적인 위치에 서서 외적인 사건만을 독자 앞에 보여줄 뿐이므로 독자가 직접 작품을 분석하여 판단해야 한다.

따라서 설명이 주로 되는 추상적인 관념에 떨어지지 않고, 독자 나름대로의 상상적 해석과 참여의 폭을 넓힐 수 있다는 장점을 지닌다. 그러나 구체적인 사건과 인물묘사에만 매달리기 때문에 너무 단조롭고 평면적이기 쉬우며 주제 표출에도 어려움이 따른다. 인생의 단면을 집중적으로 묘사하는 단편소설에서는 철저한 객관성으로 인해 극적 효과를 얻을 수 있어 무리 없이 쓰이고 있으나 장편소설의 경우에는 이 시점만으로는 소설을 구성하기가 어렵기 때문에 부분적으로 쓰이는 경우가 더 많다.

3인칭 시점은 서술자의 위치가 고정되어 있는 경우와 이동하는 경우의 두 가지가 있는데 단편소설의 경우에는 주인공 하나만을 클로즈업시키고 나머지 부수적인 인물들을 주인공 뒤에 두도록 하는 것이 좋다. 그러나 장편소설에서는 집중적인 효과보다는 다양한 사건의 전개를 위주로 하기 때문에 여러 인물들에게로 이동하는 시점인 이동적 서술법(moving narration)이 적합하다. 황순원의 「소나기」, 염상섭의 「임종」, 이청준의 「이어도」, 안수길의 「제3인간형」, 서정인의 「강(江)」, 하성란의 「곰팡이꽃」 등이 이 시점에 속한다.

머리카락의 길이는 이십 센티를 훌쩍 넘는 것들이다. 남자는 머리카락의 양끝을 팽팽하게 잡은 채 전구에 가까이 대고 찬찬히 살펴본다. 필터 끝까지 타들어간 담배꽁초를 집어든다. 필터 끝에마다 잇자국이 나 있다. 욕조 안에 펼쳐놓은 쓰레기를 들여다보면서 무릎을 포개고 그 위에 수첩을 펼쳐놓는다.

4월 23일 오비라거 맥주 뚜껑, 풀무원 콩나물, 신라면, 코카콜라, 참나무통 맑은 소주……

남자의 수첩에는 글씨들이 빼곡하게 채워져 있다. 숨은 그림 찾기에서 찾아야 할 항목들처럼 보인다. 남자는 망가진 시계의 부속품을 핀셋으로 집어올리는 시계 수리공처럼 자못 진지하다. 꼼꼼하게 쓰레기를 뒤지다가 간혹 멈추고 수첩에 글씨를 적는다. 박하향의 쿨 담배다. 쿨 담배. 고무장갑 손가락 끝에 묻은 오물이 수첩에 묻지 않도록 볼펜의 윗부분을 쥐고 글씨를 쓰기 때문에 글씨의 획은 어느 것 하나 반듯한 것이 없다.

—하성란의 「곰팡이꽃」 중에서

서정인

1936~ . 소설가. 전남 순천 출생. 1962년 ≪사상계≫ 신인상에 「후송」이 당선되어 문단에 데뷔했다. 이후 「물결이 놀던 날」, 「의상을 입으라」, 「미로」, 「강」, 「원무」, 「우리 동네」, 「산」 등을 발표했다. 단아한 문장과 정확한 구성력을 보이며, 창작경향은 내적 체험을 초현실적 수법으로 묘사하는 긴장감에서 차차 자유 지성인의 속물화하는 좌절의 분위기로 바뀌어 단편문학으로 크게 성공했다.

하성란

1967~ . 소설가. 서울 출생. 1996년 서울신문 신춘문예에 단편 「풀」이 당선되어 등단했다. 주요 작품으로는 「곰팡이꽃」, 「기쁘다 구주 오셨네」, 「강의 백일몽」 등이 있고 작품집으로 『루빈의 술잔』, 『삿뽀로 여인숙』, 『내 영화의 주인공』, 『웨하스』 등이 있다.

작가는 시종일관 주관적인 서술을 배제한 채 남자의 일상에 대해 객관적으로 묘사해 나간다. 작가의 응시를 따라가다 보면 결국 독자는 직접적으로 드러나 있지 않은 인물의 내면과 작가의 의도를 충분히 짐작하게 된다. 작가는 관찰자 시점을 효과적으로 사용하여 의도된 결과를 도출해내고 있다.

작가의 냉정한 시선은 너무나 익숙하여 무의미하게 보이는 일상에 대해 거리두기를 시도한다. 객관적이고 섬세한 응시를 통해 다시 묘사되는 일상의 모습은 더 이상 낯익은 곳이 아니다. 작가는 시점을 이용한 낯설게 하기를 통해 일상과 그 속의 현대인의 모습을 새삼 진지하게 들여다보게 한다. 쓰레기 뒤지는 것을 통해 이웃을 알아가는 한 남자의 모습에서 비정상적인 의사소통의 방법을 사용할 수밖에 없는 현대인의 고독을 발견할 수 있다.

전지적 작가 시점

작가가 전지전능한 신의 입장에서 등장인물의 심리상태나 행동을 묘사하는 수법으로 '올림푸스(Olympus)적 시점'이라고도 한다. 즉 올림푸스 신(神)이 자기 영웅들에게 했던 것처럼 누구보다도 월등한 입장에서 확실하고 실수 없이 자신이 만든 인물의 행동을 지도하고 인도하는 것이다. 이 시점에서는 인물들의 생각과 나타나지 않은 사건까지도 묘사하는 초인적인 힘이 작가에게 주어진다.

작가 관찰자 시점이 작가와 등장인물 사이를 명백히 구분지어 일정한 거리를 유지하고 있는 데 반하여 전지적 작가 시점은 작가와 등장인물의 거리가 좁혀지고 작가의 눈을 자유자재로 이동하면서 인물의 내부를 들여다볼 수 있다. 즉 작가는 인물과 사건에 대한 객관적인 관찰은 물론 인물의 사고나 감정을 분석하고 편집자적인 논평까지 가할 수 있는 것이다.

전지적 작가 시점의 유리한 점은 작가가 나타내고 싶은 인생관이나 생활태도, 윤리, 도덕, 사상, 관념이나 지식 등을 적당히 배합시켜 작품 속에 표현함으로써 총체적 현황을 그리는 장편소설에 많이 사용되므로, 관점의 다양성으로 인해 통일성을 부여하기 어렵고 자칫하면 산만한 방향으로 흐를 염려가 있다. 또한 화자의 눈을 피할 수 있는 비밀이 없을 뿐만 아니라 화자는 계속해서 중요한 정보를 독자에게 숨김없이 제공하게 되므로 서스펜스를 낳지 못한다는 단점도 지닌다.

그러나 현대작가들은 등장인물의 경험을 능가하는 신과 같은 위치로 독자를 끌고 감으로써 바라는 대로 작품효과를 낼 수 있는 매력 때문에 이 시점을 즐겨 애용하고 있다. 하지만 작가들이 자신에게 부여된 자유를 너무 지나치게 남용할 때 독자는 등장인물을 이해할 수는 있으나 그 인물들의 체험을 실제로 공감할 수 없는 경우에까지 이르게 된다. 이 방법을 즐겨 사용한 우리나라의 현대작가(1920년대)들 중에서 김동인과 이광수가 작품의 표면에까지 작가의 개입을 노출시켜 작품 전체의 효과를 반감시킨 것이 그 예이다. 즉 작가가 너무 작품의 안팎을 오갈 경우 독자에게 혐오감이나 거리감을 유발시킬 염려가 있는 것이다. 소설이 허구의 세계임은 명확하지만 독자는 사실이나 진실로 받아들임으로써 공감을 얻기 때문이다. 김동인의 「태형」이나 최인훈의 「광장」 등을 보기로 들 수 있다.

철학과 3학년이다. 철학과 3학년쯤 되면, 누리와 삶에 대한 그 어떤 그럴싸한 맺음말이 얻어지려니 생각한다. 그러나 지금 곧 이어 겨울방학이 될 3학년 가을, 아무런 맺음말도 가진 것이 없다. 맺음? 맺음말이란 건 무얼 말하는 것일까? 누리와 삶에 대한 맺음말이란 무얼 뜻하는 것일까? 아니 반드시 그럴 것까지는 없고, 또 그러기를 바라는 것도 아니다. 사람이 무엇 때문에 살며, 어떻게 살아야 보람을 가지고 살 수 있는지를 알아야 한다. 날에 날마다 눈으로 보고 느끼고 치르는 모든 따위의 일이라면 아무런 뜻도 거기서 찾지 못한다. 먹고 자고 일어나고 낯 씻고 학교에 와서 교수의 말을 시시하다면서 적어두고, 또 집에 가고, 비가 오면 우산을 받고, 누가 가자고 끌면 영화구경을 가고. 끄는 사람은 대개 영미였고. 영미의 그 화려한 사는 본때가 조금도 부러울 게 없다.

— 최인훈의 「광장」 중에서

최인훈

1936~ . 소설가이자 극작가. 함북 회령 출생. 1959년 ≪자유문학≫에 「그레이구락부전말기」, 「라울전」 등으로 추천받아 문단에 데뷔, 1960년 「광장(廣場)」을 발표하면서 각광을 받기 시작했다. 「구운몽(九雲夢)」, 「회색인(灰色人)」, 「서유기(西遊記)」, 「소설가 구보씨의 일일」, 「화두」 등의 소설과 「옛날 옛적에 훠어이 훠이」, 「둥둥 낙랑둥」 등의 희곡을 발표했다. 현대인의 고뇌와 불안을 묘사하기 위해 서사적 기교를 다채롭게 사용하면서도, 플롯을 중시하는 소설미학을 견지하고 있는 전후의 주목할 만한 작가 중의 한 사람이다.

일상적인 삶에서 의미를 못 찾고 '보람 있는 삶'을 갈구하는 주인공 '이명준'의 심리상태를 묘사하고 있는 부분이다. 작가는 전지적 시점에 의해서, 월북 → 6·25 동란으로 포로가 됨 → 중립국의 과정을 거치는 주인공의 움직임을 좇아서 그의 행동을 관찰할 뿐만 아니라, 주인공의 생각이나 사상 등 내면적인 심리상태까지 분석하고 있다.

6·25를 포함한 민족분단 상황을 이념적인 측면에서 접근하여 주인공의 입을 통해 부정적인 현실상황에 대한 신랄한 비판과 지적 탐구를 가져올 수 있었던 것은 전지적 시점에 의해서만 가능한 것이다. 따라서 관념적인 작가 최인훈은 자신의 해박한 지식과 철학과 정치에 대한 폭넓은 사상을 잘 드러낼 수 있었던 것이다.

2) 배경

소설 속에서의 배경은 작중인물의 행위나 사건들이 일어나는 모든 시간적·공간적 장소를 말한다. 따라서 작가는 인물의 설정과 함께 그들이 놓일 배경도 설정해야 한다. 배경은 단순히 장면의 제시만이 아닌 인물의 성격을 구체화하고 그들의 행위에 리얼리티를 부여하기 때문에 배경을 설정할 때는 작품의 전체적인 요소들과 잘 어울리는지 고려해야 한다. 배경이 아무리 생생하게 묘사되었다고 하더라도 그것이 작품의 전체적인 구조를 파괴하는 것이라면 기술적 결함으로 지적되어 오히려 작품의 효과를 반감시킬 수 있기 때문이다.

그동안 소설의 배경은 플롯·성격·주제 등에 비해 덜 중요하게 취급되어온 것이 사실이다. 중세의 로망이나 우리나라의 고대소설 등 이전의 배경은 단순히 '거기 있다'는 식의 극히 막연하고 추상적인 형태로 나타날 뿐이었으나, 19세기 이후에 소설이 사회적 산물이라는 것을 자각하게 되면서 소설 속에서 경험과 환경이 어떻게 인물을 변화시키고 인물은 이에 어떻게 반응하는가에 주목하게 되었다. 즉 이때에 오면 배경은 단지 하나의 장면만으로 존재하는 것이 아니라 총체적인 환경(whole environment)으로서 국가라든가 종교, 도덕, 기후 등 인간 생활 전반에 걸쳐 모든 양상을 포괄하게 된다.

브룩스와 워렌은 "배경의 묘사는 단순히 사실주의적 정확성이라는 용어에 의해 판단될 것이 아니라 그것이 소설의 무엇을 성공시켰는가라는 차원에서 판단되어야 한다"고 지적하고 있다.

배경의 역할에는 다음과 같이 세 가지가 있다.

첫째, 생생하고 기억에 남을 만큼 표현되는 배경은 인물과 행동의 신빙성을 높여준다. 즉 인물과 사건을 사실처럼 느끼게 해주므로 리얼리티를 부여하는 요소가 되는 것이다. 둘째, 소설의 일반적인 추상적 의미를 보다 구체화시키는 직접적인 행동 장소가 된다. 셋째, 소설의 일반적인 의도에 대하여 적절한 분위기를 창조함으로써 그 의도를 분명하게 해준다.

소설의 배경은 성격에 따라 몇 가지 유형으로 나누어 볼 수 있다.

첫째, 자연적 배경이 있는데 이것은 한 작품에 있어서 등장인물의 성격이나 행동에 효과를 살릴 수 있도록 적절한 자연을 설정하는 것을 말한다. 자연을 묘사함에 있어서 작가는 항상 인물의 심리와 감정 혹은 분위기를 구현해야 하며, 정서적 조화나 정서적 대조의 효과를 이루는 배경의 설정이 바람직하다.

이것은 해설자와 등장인물의 성격과 심리적 상황에 따라 주관적 자연과 객관적 자연으로 구분된다. 주관적 자연은 낭만주의 소설에서 많이 나타나는 것으로 작가의 사상이나 감정이 개입된 것을 말하고, 객관적 자연은 사실주의 소설에서 있는 그대로의 자연을 말하듯이 작가의 사상이나 감정이 개입되지 않는 것이다.

버려진 섬마다 꽃이 피었다. 꽃피는 숲에 저녁노을이 지치어, 구름처럼 부풀어 오른 섬들은 바다에 결박된 사슬을 풀고 어두워지는 수평선 너머로 흘러가는 듯싶었다. 뭍으로 건너온 새들이 저무는 섬으로 돌아갈 때, 물 위에 깔린 노을은 수평선 쪽으로 몰려가서 소멸했다. 저녁이면 먼 섬들이 박모(薄暮)속으로 불려가고, 아침에 떠오르는 해가 먼 섬부터 다시 세상에 돌려보내는 것이어서, 바다에서는 늘 먼 섬이 먼저 소멸하고 먼 섬이 먼저 떠올랐다. 저무는 해가 마지막 노을에 반짝이던 물비늘을 걷어 가면 바다는 캄캄하게 어두워갔고,

밀물로 달려들어 해안 단애에 부딪히는 파도 소리가 어둠 속에서 뒤
채었다.

－김훈의『칼의 노래』중에서

　김훈의『칼의 노래』는 주인공 이순신이 눈앞에 펼쳐진 바다를 묘사
하는 것에서부터 시작된다. 이 서정적인 서술에는 적의에 가득 찬 무
사로서의 시선이 묻어나지 않고 있다. 이순신이 가졌을 내면의 서술을
통해 영웅이 아닌 인간으로서의 이순신을 서사화하고자 하는 작가의
의도가 여기서부터 드러나고 있다.

　둘째로 사회적 배경이 있다. 사회적 배경은 일상적인 인간이 현실
에서 부딪치게 되는 여러 가지 정치, 종교, 계층 문제 등을 포함하여
시대성이나 사회성이 잘 나타나도록 하는 것이다. 소설가는 사회적
배경을 적절히 사용하여 하나의 경고를 줌으로써 사회에 대한 비판을
수행해야 한다. 그러나 그 의도가 명백한 소설을 쓰게 될 경우에 사회
소설로 떨어질 우려가 있다. 일반적인 의미의 사회적 배경은 등장인물
의 성격과 심리, 소설적 분위기 등을 적절히 드러내어 사회성을 부각
시킴으로써 소설의 주제를 드러내는 소설적 배경을 말한다.

　이윤기의「나비넥타이」의 서두는 사회전반을 지배하고 있던 획일
성을 추구하는 분위기를 언급하고 있다. 이는 현실 상황을 소설을 통
해 비판적으로 서술하기 위한 준비에 해당한다. 작가는 나비넥타이를
매는 것으로 자신의 개별성을 주장하다 따돌림을 받게 되었던 박교수
라는 인물을 제시함으로써 획일적인 가치관이 가지는 함정을 인식시
키고자 한다.

김훈

1948～ . 소설가, 언론인. 서울
출생. 오랫동안 신문기자 생활을
하다 문단에 발을 들여놓았다.
주요 작품으로는『빗살무늬 토
기의 추억』,『칼의 노래』,『현
의 노래』,「화장」,「언니의 폐
경」등이 있다. 산문집『자전거
여행』,『풍경과 상처』등과 독서
에세이집들을 발표했다.

내가, 지금부터 점묘(點描)하고자 하는 내 친구 박노수와 줄동창이 된 것은 시대 탓이기가 쉽다. 어떤 시대 같으면 우연이라고 밖에는 해석될 수 없는 사건도 그와 다른 시대에는 논증이 가능한 필연이 되기도 한다. 그래서 시대의 특수성이라고 하는 것은 우연과 필연을 자주 헷갈리게 한다. 우리가 학교에 다니던 시대는, 개인의 안팎 가치관이 일사불란하게 통일되는 것을 미덕으로 꼽던 시대, 따라서 사람들이 되도록이면 획일적인 가치관의 금 밖으로 잘 나서려고 하지 않던 시대였다. 이런 시대에는 공식이 하나 있었다. 잡생각을 말아라! <잡생각이 많은 아이>, 이런 소리를 한 번 들으면 회복기가 길었다. 상상력은 위험한 물건이었다.

─이윤기의 「나비넥타이」 중에서

이윤기

1947~ . 소설가, 번역문학가, 신화학자. 경북 군위군 출생. 1977년 《중앙일보》 신춘문예에 단편소설 「하얀 헬리콥터」가 당선되어 등단. 주요 작품으로는 「숨은 그림 찾기」, 「두물머리」, 『그리운 흔적』 등이 있다. 『장미의 이름』, 『푸코의 진자』 등 움베르트 에코 작품의 번역이 유명하며, 신화학 저서로서 『이윤기의 그리스 로마신화』 등이 있다.

셋째로는 심리적 배경이 있다. 심리주의 문학에 있어서의 배경을 심리적 배경이라고 하는데, '의식의 흐름,' '내적 독백,' '이야기의 점철' 등의 수법을 사용하는 현대심리주의 소설가들이 많이 사용하는 배경이다. 이러한 배경을 사용한 심리주의 소설들은 시간과 공간의 설정이 무한정 확대되어 자칫 혼란스러워 보인다. 과거, 현재, 미래가 뒤섞여서 왔다갔다하며, 공간도 특정한 장소가 아닌 논리를 초월하는 곳으로 설정된다. 즉 만화경적(萬華鏡的) 배경에 해당된다.

조이스의 『젊은 예술가의 초상』, 울프의 『댈러웨이 부인』 등과 우리나라의 경우 이상을 시조로 하여 최인훈의 작품들이 이에 해당된다.

넷째는 상황적 배경이다. 실존주의에 의한 상황중심의 배경으로서 배경이 곧 주제를 나타낸다. 인간이 느끼는 어떤 한계의식, 즉 죽음,

질병, 전쟁 등으로 인해 실존을 자각하게 되는 것으로, 이것은 현실적 배경이라기보다는 상징적 배경으로서 인간이 직면하고 있는 현대적 배경과 절망의 심연을 뜻한다.

> 우리의 감방이라는 것은 병원 안의 지하실의 하나였다. 바람이 휩쓸어 들어와 추워서 죽을 것만 같다. 우리는 밤새 떨고 있었다. 낮은 변변치 않았다. 이 닷새 동안 나는 대사교관(大司敎館) 곳집에서 지냈다. 그것은 중세기 것임이 틀림없는 지하감방 같은 굴속이다. 죄수가 많아서 빈 방이 없다보니 아무 데나 처박혔다. 나는 이 굴속이 별로 그립지 않았다. 추위에 떨지는 않았으나 거기서는 독방이었다. 혼자서는 점점 초조해진다. 이 지하실에는 친구가 있다. 판은 좀처럼 입을 열지 않는다. 그는 공포에 떨고 있다.
>
> ─사르트르의 『벽(壁)』 중에서

사르트르는 이처럼 감옥이라는 배경을 인간의 불가피한 한계상황으로 보고 도저히 뛰어넘을 수 없는 죽음의 세계임을 상징하고 있다. 이 외에도 카뮈의 『페스트』나 카프카의 『변신』 등 실존주의 작가의 대부분의 작품들이 이러한 상황적 배경을 잘 구사하고 있다.

위에 제시된 네 가지의 배경 외에도 케니는 중립적 배경과 정신적 배경에 대해 설명하고 있다.

중립적 배경은 상업소설이나 대중소설에 많이 쓰이는 것으로 단지 행위에 필요한 그럴듯함을 부여하기 위한 그 당시 배경으로 커다란 중요성을 갖지 않는다. 이런 배경은 단지 고증을 위한 보조적 수단에

사르트르

1905~1980. 잡지 ≪현대≫를 주재하면서 문단과 논단에서 활약. 무신론적 실존주의 제창. 문학자의 사회참여를 주장하고, 공산주의에 접근하였다. 작품에 소설 『구토』, 『자유에의 길』, 철학서 『존재와 우』 등이 있다.

지나지 않는다. 예를 들어 『춘향전』에서의 '광한루'는 단지 춘향과 이도령이 만났던 사랑의 장소로서의 공간적인 의미 외에, 인물의 성격이나 심리의 상징과는 거리가 먼 것이다.

정신적 배경은 물질적 배경 내에서 구체화되거나 물질적 배경에 의해 암시된 가치를 말한다. 예를 들어 이상의 「날개」에서 '나'의 거처는 자의식의 과잉상태에서 방황하는 한 지식인의 정신적 상황을 환기시키는 내포적 의미를 갖는 것이다. 김승옥의 「무진기행」에서 흐릿한 안개로 인해 형성되는 작품의 분위기는 주인공의 우울·혼돈·절망 등의 정신상태를 의미하는 것이다.

배경이 작품 속에 잘 드러난 예를 손창섭과 김원일의 작품을 통해서 살펴보자.

손창섭

1922~ . 소설가. 평양 출생. 1953년 ≪문예≫에 단편 「사련기」, 「공휴일」이 추천되어 문단에 데뷔했다. 김성한, 장용학 등과 더불어 1950년대를 대표하는 작가의 한 사람이다. 착실한 사실적 필치로 이상 인격의 인간형을 그려내어 1950년대의 불안한 상황을 잘 드러냈다. 주요 작품에 단편 「미해결의 장」, 「광야」, 「침입자」, 「신의 희작」, 「공포」, 「흑야」, 장편 『낙서족』, 『부부』, 『인간교실』, 『길』, 『봉술랑』 등이 있다.

이렇게 비 내리는 날이면 원구의 마음은 감당할 수 없도록 무거워지는 것이었다. 그것은 동욱 남매의 음산한 생활풍경이 그의 뇌리를 스치고 영사막처럼 흘러갔기 때문이다. 빗소리를 들을 때마다 원구에게는 의례히 동욱과 그의 여동생 동옥이 생각나는 것이었다. 그들의 쓰러져가는 방과 목조건물이 비의 장막 저 편에 우울하게 떠오르는 것이었다. 비록 맑은 날일지라도 동욱 오뉘의 생활을 생각하면 원구의 귀에는 빗소리가 설레이고 그의 마음 구석에는 빗물이 스며 흐르는 것 같았다.

　　　　　　　　　　　　　　　　　　　　—손창섭의 「비 오는 날」 중에서

위에서와 같이 손창섭 소설의 배경은 항상 비 오는 날로 되어 있다. 그것은 단순한 자연현상을 넘어선 작중인물의 어두운 의식세계의 한 단면으로, 소설의 주제인 어두움과도 상통하는 것이다. 6·25 직후의 암담한 현실을 리얼하게 제시하면서, 작중인물의 의식과 작품의 주제를 부각시키는 이중의 효과를 거두고 있다. 이러한 예를 김원일의 작품 『노을』에서도 살펴볼 수 있다.

……서산마루를 가득 채우며 노을은 붉게 번지고 있었고, 수백 마리의 갈가마귀떼가 어지럽게 원을 그리며 노을 속 깊이 사라져가고 있었다. 대장간의 불에 달군 시위쇠처럼 붉게 피어난 노을을 보자 엄마를 만나 가슴 뛰던 기쁨도 어느덧 사그러지고, 나는 그만 노을에 몸을 던져 한줌 재로 사위어 버리고 싶을 만큼 못 견디게 울적했다. 죽고 싶었다. 죽음이 두렵기는커녕 죽는 순간이 지극히 평안할 것만 같았다. 나는 타박타박 걸으며 혼잣말로 외쳐보았다. 아, 노을이 곱다. 아부지가 밉다. 아부지가 노을색이라면 엄마는 하늘색일까. 그러면 두 가지 색을 보태모 보라색이 되겠지. 그런데 엄마나 아부지는 왜 합쳐지기를 싫어하노. 노을은 죽고 싶도록 저렇게 아름다운데 말이다.

― 김원일, 『노을』 제4장 중에서

김원일

1942~ . 소설가. 경남 김해 출생. ≪매일신문≫ 문학상에 단편 「알제리아의 추억」(1966.4)이 당선된 후, ≪현대문학≫ 제1회 장편소설 공모에 장편 「어둠의 축제」(67.7~68.5)가 준당선되어 등단하였다. 작품집으로 『어둠의 혼』, 『노을』, 『환멸을 찾아서』, 『마당 깊은 집』 등이 있다.

아름다운 노을임에도 불구하고 주인공에게는 싫고 무서운 것으로 받아들여진다. 그것은 붉은 노을이 핏빛과 어두움으로 뒤덮인 과거의 어두웠던 광란과 살육의 세계를 나타내기 때문이다. 백정인 아버지는 먹기 싫은 소의 생피를 마시게 했고 그것을 말리던 어머니는 아버지에게 매를 맞아 핏빛 멍이 들었으며, 그 아버지는 '빨갱이'가 되어 시뻘겋게 열이 오른 도수장에서 '반동'들을 피범벅으로 만들었다. 이러한 과거의 기억들은 항상 주인공의 뇌리에 남아 있어 분명히 아름다운 노을임에도 불구하고 그것의 붉은 빛으로 인해 그에게는 '죽고 싶도록 울적한 마음'을 만드는 것이다. 그러므로 여기에서의 '노을'은 그것이 자연적 배경이면서도 주인공의 의식세계를 지배하는 정신적 배경으로까지 나아가는 것이다.

즉 작가는 아름다운 그러나 무척 붉은 '노을'을 제시하여 주인공의 소년시절의 어두웠던 기억들을 회상시킴으로써 정신적, 심리적인 상태를 나타내는 데 더 큰 효과를 거두고 있는 것이다.

3) 거리와 어조, 반복

소설의 기술적 요소 가운데 화자나 시점에 관련하여 그 개념을 보충해주는 것으로 거리와 어조를 들 수 있다.

소설에서 어조(tone)는 인물과 사건에 대한 작가 태도의 반영으로 볼 수 있는데, 작가는 작품 속에서 자신이 원하는 소설적인 효과를 얻기 위해 다양한 어조를 구사한다. 실제로 어조는 문장에서 드러나는 것이므로 작가가 취하는 시점이나 서술의 각도를 언어질서로 구체화한 것이라고 말하기도 한다. 즉 작가는 서술이나 묘사 또는 등장인물의 대화를 통해서 자신의 어조를 나타낸다.

따라서 우리는 작가가 구사하는 어조를 통해 작품을 파악하고 가치평가를 내리는 한 단서를 찾을 수 있는 것이다. 어조에는 풍자적이고 해학적인 것, 절망적이고 우울한 것, 유쾌한 것, 역설적인 것, 냉소적인 것 등이 있다. 김유정의 「봄봄」, 「따라지」, 「동백꽃」 등의 작품에서는 투박한 시골 사투리와 다소 익살적이고 해학적인 어조를 통해 웃음과 연민을 느끼게 하고 있음을 발견할 수 있다. 그리고 이상의 「날개」와 같은 작품에서는 일상적인 삶과 가치를 전도해버린 역설적인 어조를 통해 지적 패러독스와 자기 비판적이고 분석적인 태도를 엿볼 수 있다.

　오늘날의 젊은 작가들 가운데 성석제의 「소설 쓰는 인간」을 보면, 제비족으로 일관해 온 주인공이 '춤'에 관한 전문적 견식과 그 실행의 뒤끝에서 그간의 경험을 소설로 쓰려 하고 있다. 그 소설의 서두는 자신이 몸담고 있던 세계에 바탕을 둔, 경박한 요설의 어조로 시작되고 있다.

> 　나는 지금 소설을 쓰려 하고 있다. 안 쓰고는 배길 도리가 없다. 답답해서 죽을 거다. 자기 살아온 걸 쓰면 소설 몇 권은 충분히 나온다는 사람은 나도 지겹게 많이 봤다. 또 소설처럼 사는 인간도 만났고 어쩌다가 소설을 써야 먹고 사는 인간하고도 이야기해봤다. 그 인간들에게 자극을 받아서 소설을 쓰려는 게 아니다. 거창하게 시작했다가 한 권도 못 쓰고 땡할 사람도 아니란 말이다. 나로 말하면 벌어먹고 살아온 걸 소설로 쓸 수밖에 없는 인간이다. 안 쓰면 죽을 것 같다. 한마디로 목숨 걸고 쓰는 거다.
>
> 　그에 앞서 나는 세상에 잘못 알려진 우리의 세계를 바로 알리고자 한다. 우리의 세계가 뭐냐. 우리 세계는 다섯 가지 원소로 이루어졌다. 춤, 춤방, 남자, 여자, 세상. 마지막 원소인 <세상>은 <이 풍진 세상을 만났으니> 할 때의 바로 그 세상이다. 이 세상에서 우리 세계처럼 좀 특수한 <세계>는 다 그 <세상>을 기본원소로 삼고 있다. 이 풍진 세상에서 내가 춤에 관해 알게 된 건, 우리 세계 대부분의 사람이 그렇게 말하듯이 친구를 통해서였다.
>
> 　　　　　　　　　　　　　　　　　　　　　－성석제의 「소설 쓰는 인간」 중에서

성석제

1960~ . 시인, 소설가. 경북 상주 출생. 1986년 ≪문학사상≫ 시 부문 신인상을 수상하며 등단했다. 1995년 ≪문학동네≫ 여름호에 단편 「내 인생의 마지막 4.5초」를 발표하며 본격적인 소설가의 길로 들어섰다. 소설집 『그곳에는 어처구니들이 산다』, 『재미나는 인생』, 『새가 되었네』, 『호랑이를 봤다』, 『홀림』, 『황만근은 이렇게 말했다』 등이 있고 장편소설 『왕을 찾아서』, 『궁전의 새』, 『순정』 등이 있다.

또 역시 젊은 작가로서 최수철이 쓴 「얼음의 도가니」 같은 경우에는, 무의식의 심층을 끌어올려 이를 일상적인 삶의 행간 속에 매설하고 있는 소설문법을 볼 수 있다. 그래서 그의 소설에서는 이인성의 「낯선 시간 속으로」에서와 같이 '나'와 '그'의 구분이 불분명하며 강한 실험적 의식을 반영한 어조를 사용한다.

> 만약 내가 미쳐 버린다면, 나는 어느 날 밤 시퍼렇게 벼려진 톱으로 나의 책상을 반으로 잘라내고 있을 것이다. 한밤중에 미친 내(그)가 땀을 뻘뻘 흘리며 책상을 가르고 있을 때, 내가 서재로 들어선다. 나는 내(그)가 급기야 책상을 잘라내고 있음을 발견하고는 경악한다. 그때 그가 뒤를 돌아본다. 그 순간 나는 가슴을 쓸어내린다. 그는 내가 아니다. 제도 속에 정연하게 배열된 수많은 책상들의 열 한쪽 밖으로 삐죽이 나와 있는 나의 책상을 잘라내고 있는 것은 내가 아니다. 언제까지고 나는 그를 알아보지 못하는 것이다. 내가 그를 알아보지 못하는 한 나는 그가 아니다.
>
> ─최수철의 「얼음의 도가니」 중에서

최수철

1958~ . 소설가. 강원도 춘천 출생. 1981년 ≪조선일보≫ 신춘문예에 「맹점」이 당선되어 등단. 주요 작품으로는 「몸에 대한 은밀한 이야기들」, 「내 정신의 그믐」, 「얼음의 도가니」, 「어느 무정부주의자의 사랑」, 「고래 뱃속에서」, 「벽화 그리는 남자」 등이 있다. 동화로는 「물음표가 느낌표에게」가 있다.

우리 문학사에서 채만식은 「치숙」, 「레디메이드 인생」, 「태평천하」 등의 작품을 통해 인간과 사회에 대한 강력한 비판정신과 그의 특유한 희화적이고 풍자적인 어조를 보여준다.

우리 아저씨 말이지요, 아따 저시키, 한참 당년에 무엇이냐 그놈의 것, 사회주의라더냐, 막걸리라더냐, 그걸 하다, 징역 살고 나와서 폐병으로 시방 앓고 누웠는 우리 고모부 그 양반 …… 머, 말두 마시오. 대체 사람이 어쩌면 …… 내 원, 신세 간 데 없지요.

자, 십년 직공, 대학교까지 공부한 것 풀어먹지도 못했지요, 좋은 청춘 어영부영 다 보냈지요, 신분(身分)에는 전과자(前科者)라는 붉은 도장 찍혔지요, 몸에는 몹쓸 병까지 들었지요, 이 신세를 해가지굴랑 굴속 같은 오두막집 단간 셋방 구석에서 사시장철 밤이나 낮이나 눈 딱 감고 드러누웠군요.

—채만식의 「치숙」 중에서

작가는 일본인 밑에서 장사를 배우는 현실주의 청년을 화자로 등장시켜 사회주의 운동을 하다가 폐인이 된 고모부를 비웃게 하고 있지만, 오히려 일본인에게 장가가서 출세하고 싶어하는 이 청년을 풍자의 대상으로 그림으로써 이중의 효과를 낳고 있다. 즉 화자의 대화 종결어미마다 '요'라는 접미사를 붙여 다분히 독자의 동의를 구하면서 화자의 비난을 더욱 실감나게 만들고 있는 것이다.

어조는 거리(distance)와 관련이 깊다. 거리는 원래 미학에서 구체화된 개념으로서 '소설 속의 인물이 관찰되는 분리(detachment)'의 정도를 의미하는 말로 사용된다. 작가와 작중인물과의 거리를 가리켜 미적거리 또는 심리적 거리라고도 하는데, 이 거리의 양상은 대개 세 가지측면으로 구분된다. 작가와 등장인물과의 거리, 인물과 독자와의 거리, 작가와 독자와의 거리가 그것이다. 이 거리에 따라서 시점이 선택되기도 하는데, 작가와 등장인물과의 관계는 시점과 아주 관련이 깊

채만식

1902~50. 소설가, 극작가. 전북 옥구(沃溝) 출생. 1924년 ≪조선문단≫에 단편 「세 길로」를 발표하면서 문단에 데뷔했다. 「레디메이드 인생」, 「치숙(痴叔)」, 「금의 정열」, 「탁류」, 「태평천하」, 「여자의 일생」, 「아름다운 새벽」 희곡 「당랑의 전설」 등의 풍자적이고 사회 비판적인 작품을 썼다. 사회상을 역사의식으로 투시하면서도 인간의 본질을 추구하는 경향을 보인다. 추리소설 「염마(艶魔)」로 우리나라 최초의 추리소설 작가로도 꼽힌다.

다. 1인칭 시점의 경우에는 거리가 가장 가깝고, 작가 관찰자 시점의 경우에는 거리가 가장 멀다. 따라서 작가가 등장인물을 어떻게 보느냐에 따라 거리가 가까울 수도 있고 멀 수도 있는 것이다.

작가가 인물을 비판적인 눈으로 볼 때에는 냉철한 비정적(非情的)인 원거리에서 분석하여 은연중 인물이나 인물이 속한 사회를 냉소적으로 비판할 수 있다. 그러므로 일정한 거리유지는 감상이나 개인적인 주관에 빠지지 않고 대상의 실체를 옳게 파악함으로써, 공허하거나 불합리하지 않은 소설로서의 효과를 거둘 수 있는 것이다.

유진오의 「창랑정기(滄浪亭記)」나 이광수의 『흙』에서는 작품의 서두와 말미에 의도적으로 작가의 육성을 삽입하여 작중인물과의 거리를 좁히고 있음을 볼 수 있다.

이러한 작중인물에 대한 작가의 거리는 독자에게 직접적인 영향을 줄 수 있다. 독자는 작품 속에서 등장인물과 자신을 동일시(identification)하는 경향이 있는데, 작가가 세심한 배려로 좁혀 놓은 거리는 본질적으로 독자에게 대리경험(vicarious experience)이라는 감동력을 가지고 작중인물과 독자 사이의 거리를 좁혀준다. 즉 '소설에 있어서 독자는 나레이터를 바라보기만(look at) 하지 않고 나레이터와 같이 보는(look with) 것'이다. 이러한 작중 인물과 독자의 동일시는 작가와 등장인물, 나아가서는 작가와 독자 사이에 형성되는 신뢰감이라고 할 수 있다.

어조와 거리 외에 중요한 것으로 패턴(pattern)이 있다. 패턴이란 말은 특별한 말로 반복(repetition)을 뜻한다. 반복은 시에서는 흔히 율격과 결부되며 소설에서는 구성과 관계된다.

브룩스와 워렌이 『소설의 이해』에서 "패턴은 플롯 속에서 일어나는 사건의 반복과 같은 의미 있는 반복"이라 말하고 있는 것으로 보아 반복은 무의미한 되풀이가 아닌 소설이 이루는 의미를 독자에게 효과적으로 전달하기 위하여 사용하는 것임을 알 수 있다. 따라서 반복은 주제 표출이나 성격 창조에 이바지하고 있다.

김유정의 「동백꽃」에서는 점순네와 마름의 아들 사이의 갈등이 닭싸움이라는 사건의 계속적인 반복을 통해 첨예하게 드러나고 있다. 이 닭싸움의 반복적인 갈등은 나와 점순이의 심리적인 갈등의 계속적인 전개를 시사한다. 그러다가 어느 순간 두 사람의 계속적인 갈등에 화해의 순간이 마련되고 갈등은 해소된다. 이와 같은 반복은 사건을 얽어나가기 위한 작가의 소설작법 중에 기술적인 요소의 하나로 미리 계획된 의도적인 것이며, 작품의 구성과 관계있음을 알 수 있다.

반복은 또한 분위기와 상징을 통해서도 드러난다. 이상의 소설 「실화(失花)」에서 보여주는 문장의 반복은 주인공의 현실적인 강박관념에서 튀어나온 '의식의 흐름'으로서 이것은 연이의 비밀, 즉 치사한 부정이 주인공의 뇌리에서 떠나지 않고 내면세계를 지배하고 있음을 잘 보여준다.

> 사람이
> 秘密이 없다는 것은 財産 없는 것처럼 가난하고 허전한 것이다.
> 秘密이 없다는 것은 財産 없는 것처럼 가난하고 허전한 것이다.
>
> 아무런 秘密의 材料도 없으니 내가 재산 없는 것보다도 더 가난하고 싱겁다.
>
> 사람이 秘密 하나도 없다는 것이 참 財産 없는 것보다도 더 가난하외다 그려! 나를 좀 보시지요?
>
> ─ 이상의 「실화」 중에서

이상

1910~37. 시인, 소설가. 본명은 김해경(金海卿)이다. 1931년 ≪조선과 건축≫에 시 「이상한 가역반응(可逆反應)」 등을 발표하면서 작품 활동을 시작했다. 그의 작품은 내용이나 형식이 실험적이고 이색적이어서 당시의 문학계에 큰 충격을 주었다. 주요 작품으로 시 「1933년 6월 1일」, 「꽃나무」, 「거울」, 「보통기념」, 「정식(正式)」, 「동해(童骸)」 등과 소설 「날개」, 「봉별기」, 「종생기」 등이 있으며, 수필과 평론 등 모두 80여 편이 전한다.

이러한 문장의 반복은 이상 소설의 대부분에 나타나고 있는 의식의 흐름과 관련이 있으며, 반복적으로 주제를 강조함으로써 주제형성에도 이바지하고 있다. 이는 기법의 실험을 중요시 여기는 심리주의 작가들이 즐겨 사용하는 형식적 패턴의 하나이기도 하지만, 단순히 미적 측면(형식)만이 아닌 주제형성(내용)에도 기여하고 있는 것이다.

여기서 김유정의 사건의 반복, 이상의 문장의 반복 외에 현진건의 분위기의 반복을 살펴보기로 한다.

현진건의 「운수 좋은 날」에서 '추적추적 나리는 겨울비'는 처음부터 끝까지 작품의 분위기를 음습하고 울적하게 끌고 가는 역할을 하고 있다.

> (가) 새침하게 흐린 품이 눈이 올 듯하더니 눈은 아니 오고 얼다가 만 비가 추적추적 나리는 날이었다.
> (나) 흐리고 비오는 하늘은 어둠침침하게 벌써 황혼에 갓가운 듯하다.
> (다) 구진 비는 의연히 추적추적 나린다.

(가)는 작품의 맨 서두에 나오는 부분이고, (나)는 하루의 일과를 거의 마치고 마지막 손님을 태우고 갈 때이고, (다)는 일과를 다 끝낸 뒤 친구 치삼이와 술을 마시고 선술집을 나올 때의 분위기이다. 이처럼 처음, 중간, 그리고 끝에 겨울비의 분위기 반복을 통해 전체적인 상황을 주도해가면서 작품의 주제형성에도 기여하고 있는 것이다.

「운수 좋은 날」에서 이러한 겨울비의 분위기 반복으로 김첨지의 마음속에 불안의 그림자가 짙어지는 것과는 대조적으로, 김첨지의 인력거꾼으로서의 의외의 수입이 반복됨으로써 불행과 행운이 일정한 간격으로 교차되면서 작품 전체를 주도하고 이러한 이중적 패턴은 가난한 생활에 허덕이는 하층민의 참담한 비애를 더욱 잘 드러내 주고 있으며 플롯의 형성에도 기여하고 있다고 할 수 있다.

근래의 소설에 이르러서는 『거울 보는 여자』, 『작별인사』를 쓴 김이소를 비롯하여, 프랑스 등 해외의 문학창작 방식을 익힌 작가들이 사건의 반복이 아니라 이미지와 문장의 반복을 통해 새로운 기법을 보여주고 있기도 하다. 포스터는 "플롯이 우리들의 지성에 호소하는 데 비하여 패턴은 우리들의 미감에 호소함으로써 소설 전체로서 파악하도록 하는 것이다"라고 하여 플롯과 패턴을 구별하고 있다.

상징이 반복을 통해 이루어졌을 때 그것은 하나의 패턴이 되며, 하나의 플롯 속에서 반복되는 사건을 의미하는 에피소드의 반복 역시 전체적인 구조면에서 볼 때 하나의 패턴이 된다. 이러한 패턴의 창조는 소설 전체의 유기적인 통일성 아래 이루어져야 함은 물론이다. 작가는 반복이 단지 기계적인 반복이 아닌 의미 있는 반복으로서의 효과를 얻도록 하기 위해서는 반복할 때마다 어떤 변화를 주어 상황이나 사건을 점점 유발시킬 수 있는 역할을 하게끔 해야 한다. 그럼으로써 독자의 흥미를 유발시킬 수 있는 것이며, 이러한 의미 있는 반복은 논리적인 변화의 패턴을 통해 소설의 주제표출에도 기여하게 되는 것이다.

희곡의 이해

DRAMA

1. 희곡이란 무엇인가

희곡이 무엇인가를 살펴보겠다. 문학으로서의 희곡과 연극의 모체로서의 희곡을 중심으로, 그리고 희곡이 소설과 어떻게 같고 다른가를 중심으로 살핀다.

1) 희곡의 개념

희곡은 가까우면서도 먼 존재다. '가깝다는 것'은 희곡이 무엇인지를 사람들 대부분은 잘 안다는 의미다. '먼 존재'라는 것은 희곡이 무엇인지 잘 알지만 희곡읽기를 좋아하는 사람은 별로 없으며, 게다가 희곡을 써보려는 사람은 더더구나 별로 없다는 뜻이다.

희곡은 대화체로 된 문학형식이면서 연극의 모체다. 시나 소설처럼 읽혀지는 형식이면서, 연극 공연을 위해 준비되어야 할 가장 중요한 요소다. 희곡을 연극의 한 구성요소로 치부하여, 대본이라고 설명되는 경우가 많다.

대본은 연출이 개입된 이후의 결과물이다. 그런데, 희곡은 연출이 개입되기 이전의 상황이다. 희곡 안에 대본의 성질이 포함되어 있을 뿐, 희곡이 대본은 아니다.

연극은 공연예술의 정점이자 근원이다. 희곡은 이러한 연극의 근간이다. 아리스토텔레스가 쓴 『시학』은 희곡에 관한 책인데, 이 책에서 그는 자연의 행동을 모방(mimesis)하는 것에서 희곡이 발생했다고 한다. 이어서 그는 행동의 모방으로서 희곡이 가져야 할 여섯 가지 요소를 플롯과 성격, 조사, 사상, 장경, 노래라고 하였다.

아리스토텔레스의 희곡에 대한 설명은 수천 년 동안 희곡 및 문학을 분석하는 중요한 근거가 되었다. 그런데 아리스토텔레스의 설명 대부분은 현대의 희곡작품에도 여전히 유효하지만 그렇지 않은 부분도 있다.

예를 들어 희곡의 발생을 모방본능설에 근거하여 설명하는 데, 이는 정확한 설명이 되지 못한다. 아리스토텔레스의 설명에 들어있는 모방에는 창조의 의미가 없는 것은 아니나 창조보다는 재현의 의미가 강하다. 세상에 존재하는 본질을 찾고자 노력할 뿐이라는 것이다. 이런 관점은 플라톤의 연극에 대한 비판에서 자유롭지 못한 관점이다.

인간에게는 모방본능만이 아니라 표현과 창조의 본능도 있다. 실재하는 진리를 찾아가는 노력, 즉 창조의 본능이 표현의 본능, 모방의 본능과 만나 분화되는 과정에서 희곡이 만들어 진 것으로 보아야 한다.

희곡이 어떻게 만들어졌으며 희곡의 성격은 어떠한 지를 분명하게 알아보자. 이를 위해서는 희곡형식이 지금의 모습으로 완성된 그리스 시대의 희곡을 되돌아볼 필요가 있다.

그리스 시대 희곡은 수백 명이 들어가는 극장에서 두 명 이상의 배우들이 당시까지 구전되어 내려오던 이야기들 중에서 가장 재미있는 부분을 공연으로 보여주며 진선미를 합일시킨 칼로카가티아 (kalokagatia) 정신으로 구현한 연극이 공연되는 과정을 통해 정리되었다.

당시 연극은 축제기간 중에 펼쳐진 여러 프로그램 중의 하나인 연극경연대회를 통해 활성화되었고 그를 위해 희곡이 만들어졌다. 이러한 형성 배경을 보면 희곡에는 인간의 사회성, 정치성, 예술성 등이 복합되어 있음을 알 수 있다.

사회성이란 여러 사람이 공존하는 상황을 의미한다. 수백 명이 들어가는 극장에서 예술작품이 공연되었다는 점은 인간이 공존하는 방법을 찾았다는 것이며, 여러 명이 등장하여 하나의 공연을 하고, 많은 관객이 모여 이 공연을 봄으로써 연극이 완성되는 모습을 수많은 관객들이 직접 경험한다는 것을 의미한다. 이러한 사회성이 가능하도록 고안되고 정리된 것이 희곡이다.

극장 앞자리에 앉은 귀족과 그 뒤로 앉은 시민관객들은 이 세상에 함께 살고 있는 공존의 존재들임을 직접 목격한다. 예술작품 향유 이전에 인간 공존의 실제 교육이 연극을 통해 이뤄진 것이다. 극장은 다른 사람을 통해 나를 인식하고 나의 존재감을 확인하는 공간이었으며 이들은 서로 의지해 살고 있음을 확인하는 공간이기도 했다. 희곡을 통해서도 느끼는 바도 공존의식의 확인, 즉 사회성을 확인하는 과정이다.

희곡의 정치성이란 민주와 평등이 희곡을 만들어냈다는 것이다. 배우와 관객, 배우 등 여러 요소가 동등하게 힘을 합쳐야 하나의 형식이 완성된다. 어느 한쪽이 어느 한쪽을 강제해서는 안 된다.

희곡이 대화체라는 점이 희곡의 정치성을 잘 보여준다. 둘 이상의 존재가 대등하게 만나는 지점에서 작품이 시작되는 것이다.

그리스 시대의 경우 수백 명을 운집시켜 단결력을 과시하기 위해

축제

디오니소스 축제가 가장 대표적이었다. 이 축제에서는 술을 빚어 제주로 사용하는가 하면 한편으로 마시며 난장을 이뤘다. 양을 잡아 신에게 바치는 희생제의도 있었다. 이 과정에서 희생양이라는 말이 생겼다. 제의를 지내며 지었던 신에 대한 송가가 비극의 근원이 되었다는 주장도 있다.

희곡이 이용되기도 했으며 귀족과 일반시민들이 한 장소에 모이고 동일한 예술작품을 감상하는 근간을 제공한 점에서도 희곡의 정치성이 드러난다. 근대 이후에도 시민들의 결집을 위한 정치적 의도가 희곡에 포함되기도 했다.

희곡의 정치성은 희곡을 통해 기존 질서를 변화시키려는 욕망으로 나타나기도 했는데 변화의 욕망이 현실화 되는 경우 못지않게, 변화의 욕망이 희곡을 통해 해소되는 측면도 있었다.

희곡은 연극으로 공연될 상황을 고려해서 창작된다. 공연되었을 때 여러 영역이 다양한 감각으로 만나도록 계획된다. 그리고 연극의 공연 시간은 보통 2시간 이내다. 2시간 안에 효과적인 표현을 하도록 희곡에는 다양한 감각의 여러 장치들이 들어가도록 준비한다. 그래서 즉각적 감응이 일어나도록 한다.

이를 위해 희곡에는 충격적인 내용과 표현방법이 많이 들어간다. '극적이다'라는 표현은 '충격적이다'라는 표현과 다르지 않다. 희곡에 충격적인 무엇인가를 넣어야 한다는 의미다.

이상으로 보면 희곡은 짧은 시간 안에 내용을 효과적으로 전달하기 위한 충격적인 내용과 기법을 장치해야 함을 알 수 있다.

2) 희곡의 문학성 I : 소설과의 공통점

희곡을 좀 더 정확히 알기 위해서는 희곡과 소설이, 희곡과 시나리오가 각각 어떻게 다르고 같은지를 아는 것이 필요하다. 희곡이 문학의 한 형식이라는 점에서 소설과 대비할 필요가 있으며 배우들의 연기가 제시된 대본의 성격을 가졌다는 점에서 영화대본인 시나리오와 대비될 필요가 있다. 이런 대비를 통한 설명 속에서 희곡의 특징이 자연스레 해명될 것이다.

먼저 문학의 한 형식으로서 희곡과 소설의 공통점을 알아보자.

첫째, 희곡과 소설은 모두 서사구조(敍事構造)를 갖는다. 셰익스피어의 희곡『로미오와 줄리엣』은 앙숙인 두 가문의 남녀가 서로 사랑하게 되나 집안의 반대로 그 뜻을 이루지 못하고 청춘을 마감한다는 내용으로 되어 있다. 고대소설『운영전』은 안평대군의 문우(文友)인 김진사와 안평대군의 궁녀인 운영이 서로 연정을 불태우나 당대의 법도에 갇혀 사랑을 이루지 못한 채 청춘을 마감한다는 내용으로 되어 있다.『로미오와 줄리엣』이나『운영전』모두 이승에서 이루지 못한 아름다운 사랑이야기다.

두 작품의 서사구조는 동일하다. '1-우연한 만남, 2-사랑에 빠짐, 3-거대세력의 반대, 4-사랑성취를 위한 주변의 도움과 좌절, 5-죽음'이다. 이처럼 희곡과 소설은 서사구조를 갖는다. 위의 예는 우연히 동일한 서사구조를 갖는 것이지만 동일하지 않더라도 희곡과 소설은 모두 서사구조를 가진 채 써진다.

사랑과 이별, 사랑과 복수, 시대의 흐름에 대한 순응과 역행, 미래에 대한 희망, 권력과의 투쟁 등을 확장한 서사구조는 희곡에서 많이 발견된다. 이는 소설에서도 마찬가지다.

둘째, 희곡과 소설은 모두 갈등(葛藤)의 문학이다. 갈등은 칡뿌리와 등나무가 서로 엉켜 있다는 뜻이다. 우리네 삶은 정말 많은 사람과의 관계, 사건들, 고민의 점철로 엮어진다. 공원과 교정(校庭)의 등나무가 서로 엉켜 그늘을 만들듯 희곡과 소설에서도 이런 저런 얽힘이 뭔가를 만든다.

셰익스피어의『햄릿』에 나오는 대사로 너무나 유명한 것이 '죽느냐 사느냐 이것이 문제로다'이다. 햄릿은 왜 이런 대사를 하게 되었을까? 햄릿의 아버지는 왕이었다. 그런데 어느 날 죽었다. 죽음의 이유는 햄릿의 작은아버지 때문이었다. 햄릿의 작은아버지와 햄릿의 어머니

셰익스피어
(Shakespeare, William)

1564~1616. 영국사람. 극작가. 37편의 희곡을 발표했다. 대표작으로「실수연발」,「말괄량이 길들이기」,「베로나의 두 신사」,「사랑의 헛수고」,「한여름밤의 꿈」,「베니스의 상인」,「헛소동」,「마음대로 하세요」,「티투스 안드로니쿠스」,「로미오와 줄리엣」,「햄릿」,「리어왕」,「오델로」,「맥베드」등이 있다.

가 서로 사연(邪戀)에 빠져 햄릿의 아버지 귀에 독을 부어 죽게 하였다. 이런 사실[1]을 안 햄릿은 아버지를 죽인 작은아버지에게 복수를 하겠다고 결심한다. 그런데 문제가 생겼다.

작은아버지를 죽여 아버지의 원수를 갚는 것은 당연히 해야 할 일이나 작은아버지를 죽이면 어떤 결과가 발생하겠는가?

형을 죽이고 왕이 된 패륜아 동생을 응징한 복수의 정당함이 발생하는가? 왕을 죽이는 역모가 발생하는가? 그렇다. 복수와 역모가 발생한다. 그렇지만『햄릿』은 도덕적 문제나 정치적 문제는 다루지 않는다. 그런 내용으로 이어졌다면『햄릿』은 재미가 덜했을 것이다.『햄릿』에서는 도덕이나 정치보다 더 중요한 것이 다뤄진다. 그 중요한 것은 무엇일까?

사랑과 가족이다. 햄릿이 아버지의 살해자를 죽이게 되면, 그 결과는 어머니가 사랑하는 남자를 죽이는 것이 된다. 아버지의 원수를 갚는 일은 곧, 어머니의 사랑을 없애버리는 일이 된다. 그래서 햄릿은 고민하지 않을 수 없게 된다. 이보다 더한 갈등이 있겠는가. 복수를 하려니까 어머니가 울고, 어머니의 사랑을 존중하려니까 아버지가 우는 것이다. 어느 한쪽을 선택할 수 없는 상황이다. 갈등의 가운데에 있는 것이다.

허균의『홍길동전』에도 여러 형태의 갈등이 존재하지만 홍길동을 중심으로 한 갈등에는 패악스런 당대의 문제점들에 대한 비분강개가 만들어낸 갈등이 선명하다. 그런데 칼로 베어내어야 할 시대의 패악은 공교롭게도 홍길동의 어머니가 순종하는 아버지와 관련된다. 홍길동의 갈등은 햄릿만큼 표면화되어 있지는 않으나 중요한 부분이기는

허균

1569~1618. 강릉 출생. 조선중기 정치가. 소설가. 셰익스피어와 거의 동시대에 살았다. 소위 '문장'에 매몰되었던 당시 지적 엘리트들과 달리 한글을 이용해 소설을 쓴 천재이자 진보적 사고의 소유자.『홍길동전(洪吉童傳)』,『한년참기(旱年讖記)』,『한정록(閑情錄)』,『성소부부고(惺所覆瓿藁)』등을 지었다.

---

1) 햄릿이 자신의 어머니와 작은아버지가 서로 사랑하여 자신의 아버지를 살해했다는 이야기는 아버지 유령이 나타나 들려준다.

마찬가지다.

『햄릿』에서처럼 희곡에서는 갈등이 사건을 만들고 주인공이 행동한다. 주인공이 어느 한쪽을 선택하게 되는 것이다. 어느 한쪽이라는 것은 다른 쪽이 있다는 것이다. 그래서 어느 한쪽과 다른 한쪽이 갈등한다. 그 결과 또 다른 사건이 만들어지고, 멀쩡하던 관계는 꼬이고 엉키어 또 다른 갈등을 만들어낸다. 이처럼 갈등의 연속이 희곡을 만드는 것이다. 이는 소설도 마찬가지다.

셋째, 희곡과 소설은 모두 개연성과 우연성이 작품 구성의 근간을 이룬다. 개연성은 앞뒤가 서로 객관적으로 잘 연결되도록 한 증거가 있다는 의미이면서 상호 간에 계기성도 분명하다는 의미. 우연성은 갑작스럽게 혹은 억지로 뭔가가 만들어졌다는 의미이면서 객관적 증거도 부족하고 상호 간의 계기성도 미약하다는 의미다.

아리스토텔레스식으로 말하면 우연성은 '가망이 없는 가능성(improbable possibility)'이고 개연성은 '가망 있는 불가능(probable im-possibility)' 된다. 흔히, 좋은 희곡의 조건으로 개연성을 우선시하지만 좋은 희곡이 되기 위해서는 개연성과 우연성이 절묘하게 배합되어야 한다.

좋은 희곡이 되려면 전반부에서는 개연성을 중시하고 후반부에서는 우연성을 중시하는 것이 필요하다.

어떤 면에서 극적이라고 할 때의 극적은 우연성에 더 가깝다. 그래서 실제로 희곡에서 더 중시되는 것은 우연성이다. 요즘의 희곡일수록 더 그렇다.

희곡 『오이디프스』에서 주인공 오이디프스는 왕인데 나라에 한발(旱魃)과 역병(疫病)이 끊이지 않아 그 해결책을 찾으려고 점을 쳐보니까 나라 안에 아버지를 죽이고 어머니와 결혼해서 사는 패륜아가 있어서 그러니 그 자를 찾아 죽여야 한다는 점괘가 나온다. 그래서 오이디프스 왕은 그 자를 찾아내라고 명령한다. 그 패륜아라는 다른 누구도 아닌 오이디프스 자신이라는 것이 밝혀진다. 오이디프스가 청년시절 여행 중에 어떤 남자 일행을 죽였는데 그 일행이 바로 자신의 아버지 일행이었던 것이다. 그래서 오이디프스는 그 죄값을 치르고자 왕위에서 물러나고, 자신의 눈을 찔러 장님이 된 채 궁을 떠난다.

오이디프스가 패륜아라는 점을 밝혀내는 과정에 개연성이 있다. 현재의 어떤 사건이 갑자기 생긴 것이 아니라 과거의 어떤 사건에 뿌리를 두고 있다는 점을 보여주는 것이다. 어떤 불행한 사건이 발생했는데 그 사건의 범인이 누군인가를 수사하듯 찾아낸다. 범인을 찾아내는 과정에 증거가 없으면 즉, 개연성이 없으면 범인을 확정지을 수 없다. 원인과 결과를 연결 지어 상호 계기성이 있도록 하는 것이 희곡에 필요한데 이 계기성이 개연성인 것이다. 『오이디프스』는 이런 개연성이 선명하다.

그런데 왕국 불행의 원인이 하필이면 왜? 오이디프스인가. 왕이 될 정도의 운명을 타고난 인물이 어찌하여 자신의 아버지를 죽이고 어머니랑 결혼하게 되었는가? 운명은 차지하고라도 아버지를 죽이고 어머니랑 결혼해 사는 일이 가능하기는 한가? 그렇다. 상식적으로 납득하기 어렵다. 이것이 우연성이다. 『오이디프스』만큼 우연성이 과다한 작품도 드물다. 『오이디프스』는 만고의 걸작으로 평가된다. 그러한 작품에 이 정도의 우연성이 들어 있다는 점을 생각한다면 희곡에는 우연성이 반드시 들어가야 한다는 점을 알 수 있다.

다시 『오이디프스』의 내용으로 돌아간다. 오이디프스는 어째서 자신의 아버지를 죽이게 되었는가? 오이디프스는 원래 테베국의 라이어스왕의 아들로 태어났다. 그런데 버려졌다. 버려진 이유는 왕자가 태어나자 라이어스왕은 왕자의 미래를 점쳐 보았다. 그랬더니 아버지를 죽이고 어머니와 결혼할 운명이라는 점괘가 내려진다. 왕은 패륜적 운명을 타고난 아들을 그냥 둘 수 없어 죽이라고 명한다. 그러나 아이의 어머니는 갓난아기를 차마 죽일 수 없어 산속에 버리도록 명령한다. 아이는 옆의 나라 산속 나무에 발이 묶인 채 버려진다. 마침, 산을 지나던 목동이 그 아이를 발견하여 데려다 기른다. 그런데, 아이를 발견하던 순간 발이 묶여 있던 아이의 발은 퉁퉁 부어 있었다. 그래서 목동이 '어! 발이 퉁퉁 부은 아이네'라는 의미를 가진 말을 했다고 하는데 그 말이 '오이디프스'고 그 말이 그 아이의 이름이 되었다.

'발이 퉁퉁 부은 아이'라는 뜻의 이름을 가진 오이디프스는 건장한 청년으로 성장하였다. 청년 오이디프스는 자신의 미래가 궁금하였다. 그래서 당시 풍습대로 자신의 운명에 관한 점을 쳤다. 그랬더니 '아버지를 죽이고 어머니와 결혼하여 살' 운명이라는 것이다. 그래서 오이디프스는 그런 운명을 극복하고자 집을 떠난다. 여행을 시작한 오이디프스는 먼저 옆의 나라로 갔다. 자신의 모국으로 간 것이다. 그 곳이 자신의 모국인 줄 까맣게 모르는 오이디프스는 여행을 하던 중 길에서 일련의 행차를 만난다. 사소한 시비가 붙어 성마른 오이디프스는 그들과 큰 싸움을 한다. 그 싸움에서 상대의 우두머리를 포함한 여러 명을 죽인다. 그런데 그 우두머리가 그 나라의 왕, 다시 말해 오이디프스의 생부였다. 이런 사실을 알 리 없는 오이디프스는 싸움 후, 계속 여행을 한다.

그런데 그 나라에는 고민거리가 하나 있었다. 괴물 스핑크스가 지나가는 사람을 불러 세워 퀴즈를 내어 맞히지 못하면 잡아먹는 것이다. 퀴즈는 '아침에는 네 발로 걷고, 점심에는 세 발로, 저녁에는 네 발로 걷는 동물이 무엇이냐?'다. 답은 사람이다. 이 문제를 풀지 못해 사람들이 여럿이 희생되었다. 그런데 현명한 오이디프스는 '사람이다'라고 답을 맞힌다. 스핑크스는 사라지고 나라의 큰 걱정거리는 해결된다. 그러나 더 큰 걱정은 국왕이 죽은 것이다. 왕위가 궐위된 상태인데 마침 스핑크스의 퀴즈를 맞히는 현명한 사람이 나타났다. 그가 왕이 되었다. 그런데 그 나라 풍습에 왕위를 이어 받은 사람이 선왕의 왕비가 살아 있으면 그녀와 결혼하게 되어 있었다.

그래서 오이디프스는 홀로 된 왕비와 결혼하여 2남 2녀²⁾를 낳고 산다. 행복한 날이 이어지던 중 한발과 역병이 생겼고 그 원인에 오이디프스가 있다는 점괘가 나와 사실 여부를 캐게 되고 왕이 살해되던 당시 함께 있다가 싸움의 혼란을 타고 도망간 한 남자의 증언으로 그 살인범이 오이디프스라는 것이 밝혀진다. 그래서 오이디프스는 눈에 스스로 치명상을 입힌 후 딸과 궁을 떠난 것이다.

아리스토텔레스는 『시학(Poetics)』에서, 좋은 희곡의 조건을 시간, 장소, 행동 세 가지 측면에서 논의하면서 가급적 일정한 또는 한 장소에서 사건이 일어나게 하되 해가 떠서 해가 질 때까지의 시간 내에 일어나는 사건을 집중해서 보여줘야 한다고 했다. 그것도 『오이디프스』를 분석하면서 말이다.

그런데 위에서 보듯 오이디프스가 태어나 자란 다음 다시 모국으로 돌아와 왕이 되구 결혼하구 어쩌구저쩌구다. 해가 떠서 해가 지는 시간의 내용이기는커녕 수십 년간에 걸친 내용이다.

오이디프스와 관련된 수십 년간의 내용은 그리스에 구비전승되던 설화다. 이 설화 중에서 희곡화되어 연극으로 꾸며진 부분은 오이디프스가 한발과 역병의 원인으로 밝혀져 눈을 찌르고 궁을 떠나는 마지막 날의 내용뿐이다. 가장 극적인 부분을 희곡화한 것이다.³⁾

---

2) 에테오클레스 / 폴리네이케스 / 안티고네 / 이즈메네.
3) 여기서 하나 생각할 것은 극적 장르는 만드는 방식이 우리나와 다른 점이다. 우리의 경우 설화를 극적 장르로 꾸밀 때 구비전승 되는 전부를 희곡화했다. 그러나 가장 극적인 어느 부분만을 극적 장르로 꾸미는 방법을 생각해야 한다. 예를 들어 『춘향전』의 경우 춘향과 몽룡이 만나서 이별하고 재회하는 전

여기서 극적이라는 것이 어떤 의미인지 조금은 해명이 된다. 감정을 가장 고조시킬 수 있는 내용이 극적이라는 점을 알게 한다. 감정을 고조시키기 위해서는 다소 극단적이거나 충격적인 방법을 사용해야 하는 점도 알게 한다. 이 시점에서 다시 개연성과 우연성을 살펴보자.

먼저, 개연성이다. 왕궁이 아닌 곳에서 자랐지만 아이의 운명은 바뀌지 않았다. 자식의 미래에 대해 점을 쳐보고 그 결과에 따라 성급하게 반응한 아버지처럼 그 아들도 성격이 성급하다. 길에서 만난 일행과 생긴 가벼운 시비를 큰 싸움으로 가져간 급한 성격의 소유자다. 이런 점들은 앞뒤가 타당하게 연결되도록 장치한 점에서 개연성을 넣은 부분이 된다.

그 다음, 우연성이다. 산에 버려진 아이가 야수들의 먹이가 되지 않고 살아난 점, 길을 가다가 생부의 일행과 만난 점, 그들과 싸워 살인까지 저지른 점 등은 우연성에 해당한다. 우연성은 이런 부분만이 아니다. 사건과 상황을 분명하게 전달하기 위한 충격적 장치도 포함된다. 그런 점에서 우연성은 곳곳에 배치된다. 살인, 생부살해, 괴물의 등장, 생모와의 결혼, 눈 찌르는 행동 등도 우연성에 해당된다.

희곡과 소설의 성격을 모두 가진 오이디프스에서 보듯 희곡에는 개연성과 우연성이 모두 중요한 요소로 작용한다. 이는 소설도 마찬가지다.

넷째, 희곡과 소설은 모두 플롯에 의해 형성된다. 플롯은 작품이 어떻게 구성되어 있느냐 하는 점과 관련된다. 문학이 삶의 반영이라는 언급과 있을 법한 일을 작품 속에 넣어야 한다고 말하는 경우 모두, 사실에 근거한 내용이 작품에 들어간다는 것이다. 그러나 작품 속에 들어간 것은 사실이 아닌 것으로 변한다. 그 변하게 하는 것이 플롯이

과정을 보여주지 말고, '변사또의 생일날' 하루만 보여줘도 충분할 것이다.

다. 사실의 앞뒤를 바꾸고, 없던 것을 만들어내고, 있던 것을 없애고, 어떻게든 재밌도록 하는 일들이 플롯이 된다. 전혀 사실 아닌 것을 작품화하는 경우도 마찬가지로 플롯에 의해 만들어진다. 없던 것을 만들어내는 것이 플롯이기 때문이다.

이상에서 희곡이 문학의 한 형식이라는 점에서 소설과 비교하며 그 특성을 알아봤다. 희곡에는 서사구조와 갈등이 있으며, 우연성과 개연성이 배합되고, 일정한 플롯에 의해 써진다.

3) 희곡의 문학성 Ⅱ : 소설과의 차이점

이제부터는 희곡과 소설의 차이점을 통해 희곡의 특성을 알아보자. 차이점을 통해 얻게 될 결과가 희곡을 특징짓는 핵심적 부분이 될 것이다.

첫째, 쓰여지는 방식이 다르다. 희곡은 대화체로 구성되고 소설은 서사와 묘사로 구성된다. 소설에 대화가 없는 것은 아니고 희곡에 서사나 묘사가 없는 것은 아니나, 희곡의 그것은 대화 속에서 구현되고 소설 속의 대화는 서사와 묘사의 일부이다.

기임 : 진실이 뭔데?

자앙 : 진실이 뭔지도 몰라?

기임 : 모르니까 묻지!

자앙 : 진실이란 시험하지 않는 거야. 예를 들자면, 창고 속에서
　　　　상자쌓기 같은 거라구. 우리가 이 상자들을 엉뚱하게 쌓아 놓

상대를 설득하기 위해 비유적 표현을 사용하는 예다. 서술을 통해
설득의 내용을 드러내는 것이 더 타당한 상황이지만 희곡이므로 대화
안에서 그 내용을 드러내야 한다. 그래서 서술체가 아닌 대화체로 말
하게 된다.

'김첨지는 볼이 패이도록 담배를 빨았다'라는 표현과 '겹겹이 펼쳐
진 소백산의 나지막한 등성이들이 한눈에 들어왔다'는 표현에는 줌인
줌아웃 이상의 효과가 나타난다. 희곡에서는 이러한 표현이 무의미하
다.

대화체라는 단어는 크게 두 가지 중요한 의미를 갖는다.

첫째, 희곡의 내용이 등장인물들의 대화에 의해 전개된다는 것이다.
앞서 언급했던 서사구조, 갈등, 우연성, 개연성, 플롯 등이 대화의 연
속 속에 녹아 있게 된다.

또 하나 중요한 것은 무대지시문과 관련된다. 무대지시문은 무대의
모양이나 배우의 움직임, 조명, 음향, 효과 등을 지시함으로써 등장인
물의 대화를 통해 부족한 부분을 메워 희곡의 내용을 풍부하게 한다.
그래서 연극으로 공연될 경우, 무대지시문은 중요해진다. 그렇다 하더
라도 무대지시문에는 문학적 수사가 들어가면 안 된다. 대화 속에는

이강백

1947~ . 극작가. 1971년에 ≪동
아일보≫ 신춘문예에 「다섯」이
당선되면서 작가로 데뷔하였다.
한국 희곡사에서 가장 우화적이
고 상징적인 작품을 쓰는 독특한
극세계를 구축하고 있으며 「느
낌, 극락 같은」, 「칠산리」 등 많
은 작품이 있다.

문학적 수사가 얼마든지 들어갈 수 있으나 무대지시문에는 문학적 수사가 들어갈 필요가 없으며 들어가서도 안 된다.

왜냐하면 무대지시문은 연극으로 공연될 경우에 변형되는 정도가 심하기 때문이다. 희곡에 제시된 무대지시문은 연극 공연 시 완전히 무시될 수도 있고, 전혀 새로운 내용으로 바뀔 수도 있다.

무대지시문에 작품의 배경이 '화려한 황금장식이 가슴을 울렁거리게 하는 침대와 역대 왕의 감동적인 사진이 장대하게 걸려있는 왕의 침실'이라고 되어 있을 경우, 가슴을 울렁거리게 하는 황금장식은 어느 정도이며 감동적인 사진은 어떤 모습이고, 장대하게 걸려 있다는 모양은 어떤 모양일까? 불필요한 수사가 들어간 예다. 무대지시문과 똑같이 무대를 만들어 공연할 수도 있지만, 아무 장치도 없는 빈 무대를 왕의 침실로 가상하여 공연할 수도 있다. 공연상황에 따라 무대지시문의 내용은 그 변형의 정도가 심해지는 것이다.

그래서 수사학적으로 지나치게 장식적인 표현의 무대지시문은 의미가 없다. 무대지시문은 객관적 설명이면 족하다. '왕의 침실. 화려한 침대. 주변에 역대 왕들의 사진이 걸려 있다' 정도면 충분하다. 문학적 수사가 필요하다면 대화 속에서 구현시켜야 한다.

둘째, 희곡에는 줌(zoom)과 편집이 없다. 엄밀히 말해, 소설에도 줌과 편집이 없다. 그러나 소설의 자유스런 묘사를 생각해보면 소설에는 줌인 줌아웃도 있고 편집 이상의 것도 있다.

그러나 희곡에서는 특정 부분을 확대해 보여주거나 보이지 않는 부분을 카메라가 들어가서 속을 보여주는 방식의 시점 이동은 없다. 연극공연에서는 무대에 일차적으로 보이는 상황 안에서만 공연이 이뤄진다. 희곡에서는 카메라가 이동하듯 시선을 변화시키는 표현은 의미가 없다.

셋째, 희곡의 시제는 현재형이다. 현재형이라는 의미는 희곡 속의 내용이 현재시점에서 진행된다는 의미이며 공연의 복제 불가능성, 공연의 일회성을 내포한다.

과거의 사건을 소재로 하였든, 미래의 사건을 소재로 하였든 모두, 현재 상태에서 진행되고 있는 것이다. 그래서 희곡 속의 모든 일은 관객이 보는 현재 시점에서 진행되도록 설정된다.

희곡의 시제가 현재형이라는 점과 연극의 복제불가능성, 공연의 일회성은 어떻게 연결되는가. 이는 희곡이 연극으로 공연되었을 상태를 전제로 하는데 연극 공연은 현재 상태에서 진행되기 때문에 현재 이외의 시간은 핵심적이지 않다는 것이다. 인쇄된 책은 판형변화만 없으면 수만 권이 동일하다. 하지만 연극은 미세한 차이라도 동일한 공연은 없다. 같은 내용의 공연이 이어지지만 조금의 차이가 생긴다. 배우의 시선, 호흡, 대사를 주고받는 시점의 차이, 관객의 반응에 따른 진행의 호흡의 변화 등을 고려하면 공연은 미세한 부분에서라도 차이가 나타나는 것이다. 그래서 연극은 복제가 불가능하다. 녹화를 하더라도 그것은 기록일 뿐 연극은 아니다.

공연의 일회성이라는 말은 매회 공연의 중요성을 의미한다. 잘된 공연이 있고, 그렇지 않은 공연이 있을 수 있다. 그렇지만 한 회 한 회의 공연 모두가 소중하고 의미 있으며 그것으로 완성된다는 뜻이다. 그래서 연극 관람을 했을 경우 같은 내용의 공연이 어제도 있었고 내일에도 있을 수 있지만 세상에 다시없을 유일한 예술작품을 관람한 것이 된다. 그래서 공연의 복제불가능성과 공연의 일회성은 공연예술 장르의 숭고한 면을 부각시키는 것이다.

공연의 복제불가능성, 공연의 일회성은 희곡이나 연극의 성격을 나타내는 설명일 뿐이지 희곡이나 연극을 타 장르에 비해 우월한 입장이 되도록 유도하는 것은 전혀 아니다.

똑같은 공연이 없다고 인정하더라도 미세한 차이일 뿐인데 어제

공연과 오늘 공연이 다르다며 공연의 복제불가능성과 일회성을 주장하는 것은 지나치다고 생각할 수 있다. 어제, 칼로 결투를 하던 햄릿이 오늘은 총으로 결투를 하는 것도 아닌 작은 변화를 너무 확대 해석한 주장으로 생각할 수 있다. 하지만 복사된 화면이 아닌 극장 현장에서만 느낄 수 있는 연극의 감촉을 생각한다면 설령, 매회 똑같은 공연이라 하더라도 복제불가능성과 일회성의 숭고함은 변함없다.

넷째, 희곡은 가시적 상황을 제시하고 소설은 전지적 상황을 제시한다. 가시적 상황이라는 점은 공연할 때 보여지는 장면 변화에 한계가 있다는 의미이고, 전지적 상황이라는 점은 소설에 등장하는 배경 장면의 변화가 자유롭다는 의미다.

희곡을 읽는 입장이 아니라, 희곡을 창작하는 입장에서 생각해보자. 등장인물의 나이, 성별, 키, 고향, 좋아하는 색깔, 사는 곳, 친구 이러한 것을 먼저 가정하고 이에 근거하여 인물을 창조해보는 것이다. 그러면 정해 놓은 몇 개의 조건 안에서 인물이 말하고, 주변에 반응하는 것을 느낄 수 있다. 한 명만이 아니라 서 너 명의 인물조건을 만들어 놓고 그 인물들 사이에 어떤 사건을 개입시키면 인물들의 행동이 어떤 조건 안에서 움직이는 것을 더 분명히 알 수 있다.

게다가 희곡은 공연을 전제로 하며 희곡 고유의 특성으로 언급한 대화 중심으로 내용이 전개되는 점, 줌과 편집이 없는 점, 현재형으로 진행되는 점까지 고려하면 등장인물은 제한된 조건 안에서 행동하게 됨이 분명해진다.

희곡의 등장인물이 주어진 조건 안에서 제한적으로 움직인다 하더라도 행동 자체가 구속적인 것은 아니다. 우연성의 개입이나 독특한 상상에 의한 플롯에 의해 등장인물은 자유롭게 행동할 수 있다. 그렇지만 소설에 비해서는 그 자유로움이 제한된다.

가시적 상황을 제시한다는 점은 공연가능성 여부와 관련된다. 희곡도 신출귀몰, 호풍환우하는 내용을 만들 수 있지만 공연화하기 위한 현실성은 떨어질 수 있다. 어떤 내용이라 하더라도 연출에 의해 다듬어지고 조정되어 무대화하는 데 아무 문제가 없을 수도 있지만 내용에 가감이 많아지면 원작의 의도와 흥미가 줄어들 수 있다. 그래서 가시적 상황 제시 조건에 맞는 희곡, 즉 공연 가능성 여부를 고려해야만 희곡의 특성에 부합하는 것이다.

희곡은 대화체로 된 문학형식으로 연극 등의 공연물에서는 대본역할을 한다. 문학이라는 점에서는 소설이나 시의 모양과 닮은 점이 있으며 대화체로 된 대본이라는 역할 면에서 희곡은 뮤지컬이나 방송대본, 시나리오, 기타 공연물 형식과 닮아 있다. 그런 점에서 희곡은 여러 대본양식의 근간이 되기도 한다.

희곡에는 연극공연의 전체적 내용이 들어 있다. 등장인물이 몇 명이며 이들 인물은 서로 어떤 관계로 얽혀 갈등하게 되는가의 내용이 희곡에 들어 있는 것이다. 희곡을 건축에 비유하면 설계도가 된다. 설계도에는 건물의 층수, 계단의 위치 등이 들어간다. 설계도를 바탕으로 공사를 진행할 때 건물표면은 어떻게 할 것이며 내부 공간 배치는 어떻게 할 것이며 색깔은 무엇으로 할 것인가를 정하게 된다. 희곡이라는 설계도가 완성되고, 공연을 할 때 캐스팅은 어떻게 할 것이며, 의상의 모양과 색깔, 조명의 색깔과 위치, 무대장치의 모양 등은 공연 과정에서 논의되고 완성된다. 이처럼 희곡은 공연작품에 있어 근간이 되는 것이다.

4) 희곡의 어원

희곡을 한자로 쓰면 '戱曲'이다. '戱'에는 놀이나 공연이라는 의미가 있고 '曲'에는 노래나 뭔가를 비틀다라는 의미가 있다. 대사를 말

하되 율격에 얹어 이야기했다는 것을 알 수 있다. 근대이후의 희곡대
사에서는 율격이 거의 사라졌지만 발음하기 쉬운 대사를 써야 한다는
의미로 살아 있다.

Drama의 어원은 dran인데 dran은 행동하다는 의미다. 즉, 희곡은
등장인물들이 '행동'하도록 써진 형식이라는 것이다. 여기서 '행동'은
등장인물이 어떤 목적과 의지를 가지고 무대 위에서 그것을 실제 움직
임으로 실연해 보인다는 의미다. 실연되는 상황을 염두에 둔 것이 희
곡이 된다. 'Theatre'란 용어는 그리스어 '보는 장소(theatron)'라는 어
원을 가지고 있다. '지켜보는 행위'와 '남에게 보여지는 행위'의 근간
이 희곡에 의해 마련되는 것이다.

2. 희곡의 구성

희곡이 어떻게 구성되는가를 살펴보겠다. 희곡은 완벽한 길이로 구
성되어야 한다. 완벽한 길이로 구성되는 것은 무엇인가. 의외로 간단
한 그 내용을 알아보고 그 내용을 충족시키기 위한 구성의 여섯 가지
에 대해서도 살펴보겠다.

1) 희곡은 어떻게 구성되는가.

희곡은 '처음'-'중간'-'끝'으로 구성된다. 그러면 '처음', '중간',
'끝'이란 무엇인가? 간단하다.

'처음'이란 앞에 아무것도 없고 뒤에 무엇인가가 따라 나오는 것이
고 '중간'은 앞에 무엇인가가 있어야 하고, 뒤에 무엇인가가 따라 나
와야하는 것이다. '끝'은 앞에 무엇인가가 있어야 하고, 뒤에 아무것

도 따라오지 않아야 하는 것이다.

'처음'에는 앞에 아무런 사건이나 상황이 없었던 듯, 꼭 이렇게 시작해야만 할 것 같은 내용으로 구성되어야 하고, '중간'에서는 앞의 내용에 어긋나지 않은 채 뒤로 이어질 수 있도록 구성되어야 하고 끝은 앞의 내용을 받아 더 이상 진전이 없어도 될 것처럼 즉, 끝날 곳에서 끝났다는 평가를 받도록 마무리되어야 한다. 설명은 간단해 보이지만 실제로 이렇게 구성하기란 참으로 어렵다. '처음', '중간', '끝'의 구성은 희곡만의 문제는 아닐 것이다.

2) 구성의 여섯 가지 요소

구성의 여섯 가지 요소를 아리스토텔레스의 『시학』에 근거하되 현재적 언어 상황을 고려하여 정리해보면 다음과 같다.

플롯(mythos / fable / plot)

플롯은 사건의 조직, 결합 즉 작시술이며 희곡의 목적이다. 플롯은 희곡의 제일원리이며 생명이자 영혼이다. 희곡은 인간을 모방하는 것이 아니라 인간 행동과 삶, 불행과 행복을 모방한다. 행복과 불행은 모두 행동에 달려있다. 희곡의 목적은 일종의 행동이지 성질(질적인 상태)이 아니다. 인간은 성격(manners / ethos / characters)에 의해 성품, 즉 행동자의 일정한 성질이나 사람됨을 갖는 것은 사실이나 행·불행은 행동에 의해 결정된다. 희곡에 있어 행동은 성격을 묘사하기 위해서가 아니라 오히려 성격이 행동을 위하여 희곡에 포함된다.

플롯은 행동의 결과(realized action)라고 언급된다. 하지만 플롯은 행동의 결과만이라고 말할 수 없다. 그 이면에는 인간으로 어쩔 수 없는 운명적 요소도 중요하다.

플롯은 작시술, 즉 사건의 결합을 구비하는 것이 중요한데 이를 위해서는 급전(reversal / resolution)과 발견(recognition / discovery)이 있어야 한다. 멋진 대사나 성격의 독특함보다 사건을 재미있게 잘 엮어내는 것이 중요하다. 사건을 재미있게 잘 엮어내는 데 필요한 것은 필연과 우연의 미묘한 융합이다. 미묘한 융합이라는 것은 어느 한 쪽이 과도해서는 안 된다는 것이고 과도하더라도 납득할 수 있어야 한다. 이 미묘한 융합에서 배합을 결정하는 것은 작자의 역량이 되는데 작자는 전개될 사건의 성격과 운명적 요소, 동시대적 흐름 등에 근거하여 배합의 정도를 결정하게 된다. 따라서 작자의 역량과 다른 요소들은 중요성의 선후관계 없이 동등한 중요도를 갖는다.

플롯은 처음(beginning), 중간(middle), 끝(end)으로 구성되며 길이는 쉽게 기억할 수 있는 정도의 것이어야 한다. 플롯 속에 개연성, 필연성, 전체성, 통일성, 연속성이 들어가야 한다. 이처럼 아리스토텔레스는 우연성은 언급하지 않았다. 그러나 우연성이 결여된 플롯은 밋밋해진다.

플롯에는 급전(reversal / revolution / 사태가 반대방향으로 흐르는 것)과 발견(recognition / discovery / 무지에서 지의 상태로)이 반드시 있어야 하는데 이들은 플롯 구성 그 자체로부터 발생되어야 하며 발생은 '이어서' 일어나는 것이 아니라 '인하여' 일어나야 한다. 급전과 발견은 동시에 일어나야 하며 이 두 개가 있어야 복잡한 플롯이 되며 완전한 비극이 된다.

발견은 표지에 의한 발견, 고안된 발견, 기억에 의한 발견, 추리에 의한 발견, 상대방의 오류 추리에 의한 발견, 사건 그 자체로부터 유발되는 발견 등이 있는데 이중에서 마지막 것이 제일 자연스럽다.

플롯에서 급전과 발견에 이어 중요한 것은 파토스(pathos / disasters / scene of suffering)다. 파토스란 죽음, 고통, 부상 등과 같이 파괴 또는 고통을 초래하는 행동을 말한다.

연민과 공포를 일으킬 수 있는 가장 좋은 플롯은 악한 자가 행복하다가 불행에 빠지는 것이나, 월등하지는 않되 어느 정도 덕 있는 자가 악덕이나 비행이 아닌 과실(frailty / error)에 의해 불행에 빠지는 것이다.

플롯을 구성함에 있어 시인이 해야 할 일은 첫째 실제 장면을 그려보아야 하고, 둘째 작중인물의 제스처로 스토리를 실연해볼 필요가 있는데 이때 배우는 등장인물에 몰입해야 한다. 셋째 대체적인 윤곽을 잡고 삽화를 삽입하고 연장시켜야 한다.

플롯(비극)은 '분규'와 '해결'로 양분된다. 스토리의 시작부터 주인공의 운명에 전환이 일어나기 직전까지를 '분규'라 부르고, 운명의 전환이 시작된 뒤부터 마지막까지를 '해결'이라고 부른다.

플롯을 구성하는 스토리는 불가능하나 있음직한 것을 택해야 한다.

성격(manners / ethos / characters)

성격은 희곡의 제2원리이며 행동자가 가져야 하는 일정한 성질이다. 성격은 사상(디아노이아)과 함께, 행동을 결정하며, 등장인물의 의도를 예측하거나 밝혀주는 것이다. 행동자가 무엇을 의도하고 무엇을 기피하는지가 분명치 않을 때 그의 의도를 분명하게 해준다.

비극에서 추구되어야 할 성격은 크게 네 가지다. 첫째 선량해야 한다. 둘째 적합해야 한다. 셋째 전래의 스토리에 나오는 원형과 유사해야 한다. 넷째 일관성이 있어야 한다.

사상(sentiment / dianoia)

사상은 무엇을 증명 또는 논박하는 근거다. 사상은 그들의 언어에 의하여 이루어지는 모든 것, 다시 말해 무엇을 증명하려 하거나 반박하려하거나, 감정(연민·공포·분노 등등)을 환기시키려 하거나, 과장하려 하거나, 과소평가하려는 그들의 노력 중에 나타난다. 사상은 등장인물의 언어 즉 대사의 내용적 측면을 지칭한다. 서사문학이라고 한다면 작자의 주관적 개입이 된다.

조사(diction / expression)

조사는 비극에 실제로 사용된 언어 그 자체를 의미한다. 그런데 그 언어를 통해서 등장인물의 사상이 표현된다. 전체적으로 문자와 음절, 접속사, 관사, 명사, 동사, 격, 문으로 구성된다. 조사는 명료하면서도 저속하지 않아야 한다. 일상어로 된 조사는 명료하기는 하지만 저속하다. 생소한 말을 사용하는 조사는 고상하고 비범하다. 그러나 이런 내용은 그리스 시대에 맞는 논의다. 요즘의 희곡 상황과 너무나 다르다.

조사는 대사로 발화되기에 용이한 단어로 문장을 구성해야 하고 내용 전달에 어려움이 없는 문장을 사용해야 한다는 정도로 이해하면 된다. 짧은 문장이면 대사하기에 용이하고 관객에게 내용 전달을 분명하게 할 수 있다. 긴 문장의 경우 발화의 용이성과 내용전달의 효율성을 반드시 고려해야 한다.

노래(music / melody)

노래는 비극의 쾌감을 산출하는 양념 중에서 가장 중요한 것이다. 그리스 시대와 달리 일상적 대화체가 대사로 만들어지는 요즘의 희곡에서는 크게 주목할 수 없는 요소다.

장경(spectacular / decoration)

작시술과는 직접 관련 없다. 공포와 연민을 환기시킬 수도 있으나 사건의 구성에 의한 환기에 비하면 많이 약하다. 공포와 연민을 일으키기 위한 장경장치는 비예술적이며 비용이 많이 든다.

3) 플롯

플롯은 아리스토텔레스에 의해 언급된 대로 희곡 구성의 여섯 가지 중의 하나이다. 하지만 이 설명은 근대 이후의 희곡을 설명하는 데는 부족한 면이 있다. 그래서 희곡 구성의 여섯 가지 요소 중에서 플롯만을 부연한다.

플롯이란 무엇이며 어떻게 형성되는 가를 해명하는 가장 일반적인 논의는 프레이 타크(Gustav Freytag)의 5단계설이다. 사실주의 희곡 이후에 해당되는 5단계론은 사건의 얽힘 정도에 따른 감정의 고조를 근거로 플롯을 설명한다.

발단, 전개, 위기, 절정, 대단원이 5단계인데 이 5단계는 대개 순차적으로 일어나지만 극적 흥미를 위해 다섯 단계가 다양한 조합으로 섞이기도 한다. 예를 들어, 대단원을 먼저 제시하는 경우도 있고, 5단계를 복합적으로 배치하는 경우도 있다. 각 단계별의 의미를 알아보자.

발단

등장할 인물, 전개될 사건에 대해 기본적인 설명을 하는 단계다. 관심을 유발하기 위해 복합적 암시가 들어간다. 발단부에서 희곡의 승부가 갈린다고 말할 정도로 복선제시에 고도의 기술이 필요하다.

사건의 가장 극적인 순간 한토막이 연극이 되기 때문에 희곡은 과거에서부터의 일을 시시콜콜히 설명하지 않는다. 그렇지만 시시콜콜한 설명이 필요한 경우가 있다. 이를 위해 발단에서는 전사(前史)가 암시되거나 설명되기도 한다. 전사란 희곡 속의 사건이 일어나기 이전의 짐작되는 상황을 말한다. 이강백의 『북어대가리』에서 희곡의 전영법이라고 하여 도입부를 보다 효과적으로 살리기 위해 기술적으로 인물과 사건의 개요를 말하고 앞으로 나타날 사건의 결과의 한 모습을 잠깐 암시하는 방법을 발단에서 사용하기도 한다.

전개

인물소개와 사건 개요가 펼쳐진 후 사건이 복잡해지는 단계다. 사건의 방향이 결정되면서 행동이 구체화되고, 갈등의 핵심되는 축이 형성된다.

긴장과 흥미가 지속되도록 여러 장치를 구설한다. 한 개의 갈등을 뚜렷하게 하여 관심의 초점을 한 곳으로 모으기도 하지만 여러 개의 갈등이나 위장된 갈등을 혼합배치 하기도 한다. 어떤 갈등을 구설하든 기본적으로 선후관계에 우연성, 논리성을 갖춰야 한다. 후반부로 가면서 전반부에 구설했던 갈등을 해결하기 위해 우연성이 과다하게 개입하더라도 전반부에는 개연성, 논리성을 갖고 있어야 한다.

위기

주인공(protagonist)의 행동과 상반되는 적대자(antagonist)의 대립이 구체화되어 위기감이 조성되는 단계다. 희곡의 생명은 바로 위기감의 조성에 있다고 보는 견해가 대부분임을 생각해 보면 위기를 어떻게 엮어 가느냐가 희곡의 성패를 좌우한다고 할 수 있다. 그래서 위기를 고조시키기 위한 여러 설정과 장치들이 세심하게 배치된다. 위기의 고조를 위해 하위플롯(sub-plot)으로 제기된 위장갈등과 사소한 복선들은 정리된다.

비극이나 멜로드라마의 경우는 치명적인 충돌 없이는 사건이 해결되지 않을 것처럼 상황을 긴장시켜 간다.

희극이나 소극의 경우 대립의 지속 속에서 치명적 상처 없이 해결되리라는 짐작이 가능하도록 장치하는데 이 경우 대립을 둘러싼 인물들의 역할이 중요해진다. 이 시점에서 크게 두 가지의 전략이 필요하다.

하나는 긴장과 이완의 섞음이고, 또 하나는 긴장의 지속이다. 긴장과 이완의 섞음은 반전을 위한 준비도 되고 혹시나 하는 생각을 갖게 하는 방법으로 고조된 긴장 속에서도 충돌의 상황을 피할 수 있는 방법탐색을 완전히 포기하지 않는 설정이다. 긴장의 지속은 충돌의 방법에 관심을 갖게 한다. 충돌을 피할 수 없음은 기정사실화 되었고 남은 문제는 어떤 방법으로 충돌을 맞을 것이냐이다.

비극이나 멜로드라마의 경우는 파멸이나 죽음이 충돌의 결과가 되겠는데 한쪽만 죽거나 파멸할 것인지, 아니면 양쪽 모두 죽거나 파멸할 것인지 등이 궁금해지도록 장치한다.

희극이나 소극의 경우는 행복한 결말로 마무리되도록 충돌방지의 실마리를 마련한다. 그렇다고 충돌이 사라지는 것은 아니다. 충돌은 하되 치명상을 입지 않도록 하고 충돌 직전에 대립을 화해로 바꿀 수 있는 해결이 암시된다.

절정

물러설 수 없는 상황으로 몰려간 인물들이 충돌하는 단계다. 몇 가지 부수되던 장치들은 실체를 드러낸다. 사라지거나 주인공이나 적대자 중의 한쪽을 선택하게 된다. 결정적인 반전이 일어나기도 한다. 파멸이나 죽음 같은 극단적 방법에 의한 해결책이 제시되거나 그 동안의 오해가 해소되는 해결책이 제시된다.

비극에서는 주인공이든 적대자든 어느 한쪽, 또는 양쪽 모두 치명적인 피해를 입어 관객은 공포나 흥분 같은 감정을 경험한다.

희극이나 멜로드라마, 소극에서는 화해로운 결말을 맺어 편한 마음 상태를 경험하게 한다.

대단원

전체를 마무리 지으며 충돌 이후의 상황을 보여주는 단계다. 처음 -중간-끝에서 끝에 해당된다. 더 이상의 사건 전개를 기대할 수 없도록 펼쳐졌던 사건들과 장치들을 해결하고 종결짓는다. 해결과 종결 과정에서 발생했던 감정을 정리하는 단계이기도하다. 감정적으로는 카타르시스를 경험하는 단계다.

비극의 경우, 공포와 흥분의 감정은 연민으로 바뀐다. 연민은 불행한 상황에 처한 주인공을 걱정하고 동정하는 것이다. 불행한 상황이 자신에게도 발생할지 모르는 가정에 대한 우려의 생각도 갖게 된다.

화해로운 결말을 보였던 희극에서는 편한 마음 상태가 새로운 인식으로 바뀐다. 풍자가 발생하는 것이다.

멜로드라마는 희극처럼 화해로운 결말을 보이면서도 비극처럼 슬픔 속에서 연민과 우려를 갖는다. 비극에서의 그것과 차이나는 점은 안도감이 다분한 연민과 우려라는 점이다.

3. 연극을 통한 희곡 이해

희곡을 더 분명히 알기 위해서는 연극에 대한 이해도 필요하다. 이를 위해 연극의 기원, 연극의 역사를 중심으로 연극의 종류, 연극의 변천 등을 알아보겠다.

1) 연극의 기원

연극은 '무엇인가를 표현하려는 욕망'에 몸의 움직임을 넣어 '형식화의 본능', '창조의 본능'을 섞어 결정(結晶)되었다. '무엇인가를 표현하려는 욕망'은 다름 아닌 내면에서 일어나는 느낌이고, 이것을 몸의 움직임에 실어 세계와의 접점과 만나게 했다. 이를 형식화한 것이 연극이다. 몸의 움직임은 형식이고 내면의 느낌과 세계와의 접점은 내용이다.

몸의 움직임과 내용의 만남으로 만들어진 공연예술 장르는 연극 이외에도 있다. 그러나 정제되고 아름답고 조화로운 무엇인가를 형식화하려는 노력의 첫 결실이 연극이었다.

노동, 사랑, 전쟁이 있을 때 인간은 기쁨을 드러내고 두려움을 잊고자 뭔가를 표현했다. 뭔가를 표현하려는 이 단계는 연극이 아니지만 이 과정을 형식화 하면서 연극이라는 장르가 만들어졌다. 아리스토텔레스는 연극이 만들어진 근원에 모방(模倣)이 있다고 했다. 아리스토텔레스의 모방은 단순한 모사를 넘어서는 것이고 세상에 대한 이해를 포함하는 것이지만, 연극은 모방차원을 넘어 창조 본능, 형식화의 본능이 만들어낸 장르라고 봄이 옳다.

그래서 연극은 공연예술의 정점이자 근원이다. 연극은 종교적 본능, 소통의 본능, 표현의 본능, 놀이의 본능, 상상의 현실화 본능 등 인간이 가진 본능을 종합하여 완성된 형식화의 결정체이면서 이후 분화된 여러 공연예술의 근원이다. 연극 이후의 수많은 공연예술은 연극에서 방사형으로 퍼져나간 것으로 볼 수 있다.

2) 연극의 역사 I (중세까지의 연극)

현재의 연극은 그리스에서 일차적으로 형식화가 이뤄진 것으로 볼 수 있다. 그리스에서의 연극은 디오니소스(Dionysos) 축제에서 시작되었다. 디오니소스신은 포도의 신, 수확의 신이다. 포도는 술과 관계되고 수확은 자연의 순환, 인간의 삶과 관련된다. 이 신을 섬기는 축제에서 연극이 시작되었다. 포도가 수확되면 포도주를 담갔다. 첫술이 나오는 날부터 일 주일 이상 술을 마시면서 난장에 빠져들었다. 쌀이 수확되면 그 쌀로 술과 떡을 빚고 밥을 하여 조상에 그 수확에 감사의 예를 올리고 음복하는 우리의 추석의 풍습과 닮았다.

디오니소스 축제는 추석의 풍습과만 닮은 것이 아니다. 우리네의 시화연풍을 기원하는 마을굿과 많이 닮았다. 마을굿은 마을 공동체에 통합과 즐거움을 주기 위해 열린다. 디오니소스 축제가 이런 성격을 가졌었다. 일주일 이상 지속되는 축제기간 중에 다양한 프로그램들이 마련되고 이 프로그램 중의 하나가 연극 공연이었다. 우리의 마을굿도 일주일씩 지속되었는데 군취가무하면서 연극 같은 공연을 보여주었다.

7~8세기경의 디오니소스 축제 기간 중에 연극은 본격적인 형식화의 과정을 밟았다. 디오니소스 찬가와 춤이 가미되고 문학성도 융합되면서 그리스의 다양한 신화와 전설[4]들이 연극으로 만들어져 공연되었다.

그리스의 아테네에는 지금도 여러 개의 신전이 남아있다. 이 신전은 그 기능면에서 우리네의 서낭당과 유사하다. 아름답고, 거대한 건

---

[4] 그리스의 신화와 전설 중에는 이집트의 신화와 전설에 직·간접으로 영향 받은 것이 많다. 오이디프스 설화도 마찬가지다.

축물 그리스 신전에서 당시 사람들은 신에게 제사지냈다. 음습하고 볼품없어 방치된 채 기피대상이 된 우리의 서낭당과 기능면에서는 동일했다. 우리가 사진으로 많이 보는 파르테논 신전도 마찬가지다. 파르테논신전은 아테네가 모두 내려다보이는 아크로폴리스 언덕 위쪽에 있는데 파르테논신전 뒤쪽으로는 절벽인데 그 절벽 아래에 디오니소스 극장이 있다. 디오니소스 극장 옆에는 지금도 공연이 이뤄지는 그리스 시대의 야외극장들이 있다. 이런 극장들은 관객을 만 명 이상 수용하는데 이곳에서 디오니소스 축제기간 중 연극경연대회가 열렸고 우승한 사람은 연극작가로 연극배우로 이름을 날렸다. 당시 연극배우는 많은 사람의 존경을 받았고 배우가 되는 것은 명예로운 일로 받아들였다. 연극에 혐오감을 나타낸 사람도 있었다. 대표적으로 철학자 플라톤이었다. 플라톤은 이성을 중시하는 철학자였다. 그래서 연극같은 예술은 생의 본질을 궁구하지 못한 채 관능적이고 감성에 치우친 특징만을 보이는 한계를 가졌기 때문에 백성들을 우중(愚衆)으로 만드는 장르로 폄훼했다. 플라톤의 지적을 인정할 수는 없지만 연극에 귀감되는 지적으로 받아들일 수 있다.

그리스 시대 연극 공연은 판소리 공연하듯, 전기수(傳奇叟)가 재밌는 이야기해주듯 한두 명의 연기자가 나와 일인다역(一人多役)의 연기로 연극을 보여주었다. 무대를 둘러싸고 추임새를 넣거나 노래를 부르면서 이야기 전개에 조응하던 사람들이 있었는데 그들이 코러스였다.

당시에 가장 인기 있던 레파토리가 『오이디프스』를 비롯해 '그리스 비극', 혹은 '그리스 희극'으로 현재까지 전해진다. 대표적인 비극작가로는 아이스킬로스(Aeschylus), 유리피데스(Euripides), 소포클레스(Sophocles)가 유명했고 희극작가로는 아리스토파네스(Aristophanes)가 유명했다.

전기수

조선조 말 여러 사람들 앞에서 돈을 받으며 재미있는 이야기를 해주던 사람.

아이스킬로스(Aeschylos)

B.C. 525?~B.C. 456. 고대 그리스 3대 비극작가의 한 사람. 마라톤 전투 등에 참가. 「오레스테이아」 3부작. 「포박된 프로메테우스」 등의 작품이 있다.

유리피데스(Euripides)

B.C. 484?~B.C. 406? 고대 그리스 3대 비극작가의 한 사람. 「메데이아」, 「이폴리토스」, 「이피게니아」, 「헬레나」, 「메데이아」, 「엘렉트라」, 「트로이의 여인들」 등의 작품을 썼다. 아이러니를 내포한 합리적인 해석으로 그리스 비극에 큰 변모를 가져왔다. 여성심리 묘사에 뛰어났다.

소포클레스(Sophocles)

B.C. 496~406. 고대 그리스 3대 비극 작가의 한 사람. 장중 화려함과 엄밀한 기교주의, 등장인물의 성격부각의 특징을 보이는 작품을 쓰고 공연했다. 「아이아스」, 「안티고네」, 「오이디푸스왕」, 「엘렉트라」, 「트라키스의 여인」, 「필로크테스」, 「콜로노이의 오이디푸스」 등의 작품을 남겼다.

당시 연극은 인간의 운명과 고통스런 삶의 현실적 모습에서 지혜를 얻고 승화된 삶의 모습을 갖도록 요구했다. 그리고 연극을 통해 그리스의 역사를 알고 인간을 배우게 했으며 시민 상호 간에 친화력을 기르고 또 협동정신을 고취하도록 했다.

그리스 연극에서 흔히 고전주의의 삼일치법이라고 시간, 장소, 배경에 대한 조건이 성립되었다. 모든 사건은 동일 장소에서 이루어져 하루 동안에 끝나야 하며 주제나 내용이 일관되어야 한다고 했다. 이 삼일치는 현재 유명무실해진 듯하지만 좋은 희곡을 쓰고 좋은 연극을 공연할 때 염두에 두어야 할 중요한 유의사항이다.

로마 시대에 들어와 서 연극은 오락의 수단으로 변질되기 시작했다. 플르터스(Plautus), 테런스(Terence), 세네카(Seneca) 같은 작가들이 명성을 날렸다. 이들은 윤리적 문제에 집중하기보다 계략과 음모로 사람을 즐겁게 하는 희극을 주로 썼다. 이들의 신분이 노예나 전쟁 포로 출신이었다는 조건은 그리스 때와 비슷했다.[5]

세네카는 로마시대 드물게 비극을 쓴 작가다. 무자비한 방법으로 복수를 하는 비극을 주로 썼는데 혀를 베거나 창자를 갈라 내던지는 끔찍한 장면도 나온다. 초자연적 존재인 유령이 등장하는 작품도 있다. 세네카는 극을 5막의 형식으로 썼다. 이런 기법은 이후 현재까지 희곡의 전범처럼 되었다.

중세시대(330년경~1453)에 들어와서는 교회권력에 의해 모든 연극 공연이 중지되었다. 연극이 선정적이며 비도덕적이고, 불량스런 생각을 전파하고 더구나 전염병을 퍼트릴 수 있다는 이유였다. 소수에 의

아리스토파테스
(Aristophanes)

B.C. 445?~B.C. 385? 고대 그리스의 최대 희극 시인. 작품으로 「연회의 사람들」, 「개구리」, 「복신」 등을 남겼다.

---

5) 조선시대 우리나라의 연희자들 신분도 노비와 같은 하층민들이 많았다. 정착하여 살 수 없는 조건의 사람들이 자유로운 상상력으로 연희를 이끌었다는 공통점이 있다.

해 지방을 전전하며 연극을 했다. 효과적인 포교수단으로 예배연극, 도덕극과 함께 성인의 행적을 그린 기적극, 예수의 일생을 다룬 신비극 등을 교회마당에서 동시무대[6] 형식으로 공연하는 경우는 간혹 있었다.

연극 공연에 대한 관심이 점차 높아지자 교회는 통제권을 쥔 채 공연을 경제적 여유가 있던 시장의 조합에 맡겼다. 그들도 전문연극인 집단이 아니었기 때문에 장면별로 연극을 따로 보여주었다. 관객은 한 곳에 앉아 있고 수레가 장면마다의 무대를 싣고 와 공연을 했다. 이와 같은 이동식 수레무대가 형성되면서 전문 연극인들도 점차 생겨났다.

르네상스[7]의 새로운 흐름은 연극에도 새로운 바람을 일으켰다. 그리스극이나 로마극에 대한 연구와 공연이 활발히 진행되었다. 지적 리더그룹에서도 연극을 즐겨 일반인에게 큰 영향을 주었다.

영국 엘리자베스 시대(1558~1603)는 연극사에서 중요하다. 여러 희곡 작가가 그 시대에 활동했지만 그 중에서도 셰익스피어(1564~1616)의 활동은 연극사에 은총에 가까운 일이었다. 그는 비극, 희극, 사극 등 여러 영역에 걸쳐 '정말 기막힌 희곡'을 남겼다.

셰익스피어를 읽어보라. 그러면 희곡이 문학이라는 것을 알게 된다. 셰익스피어의 연극을 보라. 그러면 연극이 무엇인지 알게 된다. 그의 희곡 대사는 새롭고 다양한 어법을 사용한다. 그래서 그를 읽으면 머

---

6) 여러 장면의 무대장치가 필요할 경우 장치를 순차적으로 바꾸거나, 무대를 회전시킴으로써 변화를 주는 것이 아니라 여러 배경의 무대를 한 곳에 설치하여 동시에 볼 수 있게 한 장치. 한 무대에 방안의 모습, 회사의 내부, 영화관, 버스정류장 등을 동시에 장치해 놓은 상태의 무대.
7) 중세와 근대 사이(14~16세기)에 서유럽 문명사에 나타난 역사 시기와 그 시대에 일어난 문화운동.

리가 좋아진다는 연구결과까지 나왔다.

영국에서의 연극 번성이 르네상스 시대 전체의 연극을 풍성하게 한 것은 아니었다. 교회는 편하게 연극을 놓아주지 않았다. 교화의 수단이나 도덕적 교시의 수단으로 사용했고 귀족들이 즐겨 찾던 정해진 장소에서만 대사 있는 연극을 하도록 제한하기도 했다. 정해진 극장 외의 장소에서는 대사 없는 연극을 해야 했다.

연극에 대한 지배층의 통제가 엄존했으나 천년 동안 억압되어온 표현 본능은 더 이상의 통제로 억압할 수 없었다.

'코미디아 델라르떼(comedia del l'arte)'라는 새로운 형태의 희극이 발생했고 이후 코르네이유(Corneille), 몰리에르(Moliere), 라신느(Racine) 같은 희극작가도 배출했다.

코미디아 델라르떼는 전문연기자의 연극이라는 뜻을 갖고 있다. 르네상스 이전에 없던 전문배우들이 능숙하게 희곡 없이 즉흥적으로 연기를 하는 공연이었다. 희곡이 없었다는 것은 정해진 대본이 없었다는 뜻도 있지만, 사람들 앞에서 허튼 이야기를 할까봐 대사 있는 연극을 제한했기 때문에 대사 없이 몸짓으로만 연극을 해야 했던 코메디아 델라르떼의 특성을 드러내는 설명이기도 하다.

당시에는 연출의 개념도 없었다. 등장인물들은 안면의 상반부에 가면을 쓴 희극 극단의 배우들에게는 고정 무대도 희곡도 없이 장소의 분위기나 관객의 취미에 따라 즉흥적으로 희극을 엮어나갔다. 관객들이 이미 알고 있는 성격을 가면이나 동작을 통해 표현했으며 배우는 자기에게 주어진 성격과 직업의 범위 내에서 즉흥적인 연기를 한 연극이었다. 코메디아델라르떼는 근대연극의 형태와 연기에 많은 영향을 주었다.

3) 연극의 역사 Ⅱ (근대 이후의 연극)

근대 연극은 요즘 우리시대 연극과 직접적 혈연관계를 맺는다. 그리스시대에 만들어진 연극은 중세, 르네상스시대를 지나면서 사막을 옥토로 만든 개척자였다. 조상 덕에 옥토를 물려받은 근대연극은 이 옥토에 씨를 뿌렸다. 옥토에 뿌려진 여러 형태의 연극의 씨는 지금 꽃을 피우고 열매를 맺었다. 우리는 그 열매를 따먹고 있다. 열매가 자양분이 되어, 요즘의 연극은 전인미답의 새로운 땅을 개척하며 더 풍성하게 연극영토를 확장하고 있다.

근대연극은 18세기에 감상주의 연극, 낭만주의 연극, 사실주의 연극, 표현주의극, 서사극, 부조리극 등으로 이어지면서 오늘날에 이르렀다.

근대연극 형성은 시민사회 형성과 밀접한 관련을 맺는다. 이들을 위해 쉽게 이해되며 오락성 강한 연극이 형성되었던 것이다.

감상주의 연극은 불행을 최대한 과장하여 관객들의 눈물을 요구했다. 관객들은 선한 존재인 인간이 주변 환경에 희생되어 불행에 처하게 되는 상황을 동정했다. 르네상스 이후 환경을 타자로 인식하게 된 인간의 자각이 반영된 것이다. 그러나 그 상황을 인간 스스로 해결할 수 있다는 데까지는 이르지 못하고 상황을 수동적으로 인식했고 무언가의 힘에 의해 구원되기를 기다렸다. 그래서 감상주의 연극이 되었다. 하인이 희극적 역할을 하여 심각할 수 있는 상황을 풀어나가는 연극도 있었다.

19세기 초반에는 낭만주의 연극이 번성했다. 자유로운 형식과 상상의 자유를 내세워 현실 생활에 있어서의 아름다움보다는 상상 속의 아름다움을 연극화했다. 쉴러(Schiller), 괴테(Goethe), 위고(Hugo) 등의 작가가 이 시기에 활동했는데 이들은 소설가로 많이 알려져 있지만 희곡도 많이 썼다. 새로운 아름다움을 위해 무대를 시각적으로 풍부하게 하는 노력도 두드러졌다.

감상주의와 낭만주의가 예술의 중심사상으로 흐를 때 멜로드라마가 등장했다. 멜로드라마는 18세기말 프랑스의 극작가인 삐제르꾸르(Pixerecourt)에 의해 그 체계가 완성되었다. 연극이 시작될 때부터 멜로드라마적 요소는 존재했었고 서서히 그 영역을 확장하다가 18세기말쯤에 하나의 구조로 자리매김되었다. 멜로드라마는 연극의 다른 어떤 구조보다 가장 선호되는 장르가 되었다. 이유는 인간의 본성을 가장 분명하게 보여 주었기 때문이다. 우리나라의 경우도 멜로드라마는 연극, 영화, 방송드라마 등에서 핵심적 역할을 한다.

멜로드라마를 통속극, 격정극으로 번역하여 부르기도 하는데 이 번역 속에는 멜로드라마를 폄훼하는 시선이 들어 있다. 사람들에게 가장 선호되는 대중적 형식인 멜로드라마를 폄훼하는 일은 옳지 않다.

멜로드라마는 사람의 본능을 가장 사실적으로 드러낸다. 본능은 내면에 존재하지만 이것을 겉으로 드러낼 때 여러 충돌과 갈등이 생긴다. 본능은 통제되지 않으면 위험할 수 있다. 그래서 사람들은 본능을 드러내고 싶어 하지만 억제하는 것을 더 선호한다. 그래서 본능표현에 서슴없었던 멜로드라마를 즐기면서도 무시하게 되었다.

멜로드라마의 가장 큰 공적은 인간들에게 세상을 사실적으로 인식하는 눈을 갖게 했다는 점이다. 사람들이 본능을 즐기면서 은폐해 왔다는 사실을 보여줌으로써 세상에 널려 있는 여러 부정적 현상들을 인식할 수 있는 눈을 갖게 했다. 이어진 연극은 사실주의적 눈을 갖게 된 대중들의 인식을 반영했고 그래서 사실주의 연극이 만들어졌다.

19세기 중엽 나폴레옹 시대를 거치면서 번성했던 낭만주의 연극, 멜로드라마는 산업혁명을 지나면서 다른 모습으로 바뀌었다. 세상에 엄연히 존재하는 노동자층의 실상을 전하기 시작했다. 합리주의 사고와 과학정신이 낭만주의자들의 상상을 냉정한 사회 인식의 눈으로 바꾸었다. 이 때문에 자연주의와 사실주의 연극이 나타나기 시작했다.

당시 연극은 일상생활의 모습 그대로를 무대에 장치하는 무대미술적 측면의 사실주의와 극의 내용에 있어서의 사실주의 두 갈래로 나타났다. 내용면에서의 사실주의는 자연주의에 이어 나타났는데 원인과 결과가 뚜렷이 연결되는 논리적 사건으로 구성되도록 하면서 사회의 실상을 정확히 전달하여 비판적 인식을 갖도록 하였다.

사실주의 연극은 헨릭 입센(Henrik Ibsen)의 『인형의 집』이후 본격화 되었다. 이후 사실주의는 사회문제에 대한 정확한 인식, 대사의 산문화, 시민의 주인공화, 인간 삶의 개선에 대한 확신, 실제 모습 같은 무대장치, 실제 삶 같은 연기(Stanislavski식 연기), 연출가의 등장 등의 내용을 담으며 확대 발전되었다.

사실주의 연극은 현재도 가장 유력한 형식이다. 그럼에도 20세기에 들어와 표현주의 연극, 서사극, 부조리극, 토탈씨어터(Total Theater) 등의 흐름이 나고 들었다.

표현주의 연극은 인간 내면심리를 과장하고 기존 가치를 엎어버리는 방법으로 표현했다. 서사극은 무대에서 전개되는 모든 것이 연극이 아니라 사실 그대로라고 설명하고 강조했다. 부조리극은 우스꽝스러운 인간의 실존을 허튼짓 속에 진지함을 섞어 표현했다. 토탈씨어터는 희곡 위주의 기존 연극개념을 연극의 모든 요소들을 동등한 비중으로 만나게 해서 총체적 의식으로 연극을 만들었다.

4. 연극의 형태

연극의 대표적인 네 가지 형태에 대해 알아보자. 연극의 네 가지 형태라고 하지만 희곡의 내용에 따른 분류다. 따라서 희곡의 형태도 된다.

멜로드라마(melodrama), 희극(comedy), 비극(tragedy), 소극(farce)에 대해 알아보자.

1) 멜로드라마(melodrama)

멜로드라마는 현대사회에서 가장 주목받는다. 특히, 비극을 고전으로 물려받지 않은 우리에게 멜로드라마는 더없이 애호되는 형태다.

멜로드라마는 산업혁명을 지나면서 유럽과 미국을 중심으로 형성되고 꽃이 피었다. 부르주아가 형성되고 그들이 관객으로 대두되기 시작한 18세기말에 싹트기 시작하여, 19세기에 활성화되었고 이후 여러 변화를 거치면서 21세기 현재에도 세계에서 가장 유효한 희곡형태로서의 지위를 누린다.

우리나라의 경우, 희곡은 아니지만 탈놀이, 판소리, 설화, 조선조 대중 소설 등에 멜로드라마적 요소가 많다. 어떤 점에서 우리의 고전문학은 전부 멜로드라마적이다. 그 때문인지 몰라도 서양의 희곡이 들어온 이래 멜로드라마는 우리 희곡사에서 절대적 위치를 점하고 있다. 이후 영화, 방송드라마 등에서도 완성도 최고의 작품을 만들어내며 절정의 인기를 누린다. 방송드라마가 한류의 근간이 된 원인에는 멜로드라마만을 애호한 한국인의 성향이 큰 비중으로 자리하고 있는 것으로 판단된다.

멜로드라마의 시작은 예술작품을 관람하기 위해 극장으로 간 것이라기보다는 그들이 원하는 스토리가 무대 위에서 전개되는 것을 보고 즐기기 위해 극장에 갔다.

순수한 형식적인 입장에서 보면 멜로드라마는 우리가 상상할 수 있는 것 중에서 가장 인습적이며 도덕적이고 인위적인 장르, 즉 새롭고 자발적이며 자연주의적인 요소들이 들어갈 여지가 거의 없는 하나의 공식과도 같은 장르라고 할 수 있다.

멜로드라마틱이라는 용어에는 선정적인 요소가 많은 문학작품, 일화, 심지어 인간의 개연성이 결여된 사건이나, 선정적이 요소가 많은 문학작품, 일화, 심지어 인간의 개연성 없는 행동에도 적용된다. 하지만 멜로드라마틱이란 용어는 어떤 극 속에 멜로드라마의 특성이 포함된다는 것을 의미한다고 생각하면 된다.

멜로드라마는 고전극류와 대척점에 선다. 기본적으로 현실과 관계하며 추상을 거부한다. 현실의 여러 모습들이 여과 없이 멜로드라마에 등장하는 것이다. 멜로드라마에 등장한 현실의 여러 모습들은 멜로드라마의 비현실적 내용에도 불구하고 관객에게 현실을 바라보는 사실적인 눈을 갖게 했다. 멜로드라마가 사실주의를 배태한 셈이다. 그래서 멜로드라마는 리얼리즘의 부모인 셈이다.

멜로드라마에서는 등장인물들의 선과 악의 문제를 강조하고 등장인물들의 개인성보다는 행위자체가 중요시되었고 배우의 행위와 무대장치가 늘어났다. 흥미를 끌도록 고안된 여러 극적 장치가 모두 멜로드라마적이라고 할 수 있다.

멜로드라마는 등장인물을 한 계급에 국한시키지 않았고 더 이상 자신이 속한 계급의 문제를 그리지도 않았다. 선과 악만을 문제삼게 되었다. 잘 짜여진 극작술, 관객들의 정서에 호소하는 힘, 그리고 악의 처리 기법 등은 현대극에 유용한 극적 도구를 제공한다.

멜로드라마에 등장하는 인물들은 모호하거나 복합적이지 않다. 직선적이며 저돌적이다. 상황과 사건에 의해 움직이는 꼭두각시처럼 보이기도 한다. 멜로드라마는 권선징악을 근간으로 한 현실적이며 상식적인 교훈을 보여준다.

멜로드라마에 많은 것은 우연성·비논리성·희극적 해소장면·연민의
정·도덕성·대중성 등이고 적은 것은, 통일성·개연성·인물의 입체성
등이다.

멜로드라마는 화해적 결말로 마무리 되는 점에서는 희극에 닮아
있고, 슬픈 상황을 통해 연민과 우려를 유도하는 점은 비극과 닮아
있다. 비극과 희극의 핵심적 특성이 멜로드라마 안에 녹아 있는 것이
다. 이런 원인이 멜로드라마를 완성도 높은 장르가 되게 한다.

신파(新派)극이 멜로드라마의 대표적인 유형이다. 대표작으로는
'홍도'와 그의 오빠가 함께 등장하는 「사랑에 속고 돈에 울고」이며
이 작품을 쓴 임선규가 대표 작가이다. 현대에 이르러서도 멜로드라마
는 여러 작가의 많은 작품에 두드러진 특징으로 나타난다.

2) 희극(comedy)

희극의 대단원은 행복하고 화해롭다. 그렇지만 그 속에 세상을 사
실적으로 인식하도록 요구하는 장치들이 있다. 대립되는 양쪽을 중재
하는 인물, 악의 존재를 징벌하는 선의 위대함, 순결한 선에 돌아오는
승리, 세상의 부정을 한몸에 껴안아 조롱되는 인물, 여과되지 않은
본능, 이런 요소들을 섞어 비벼 희극을 완성하는 과정에는 웃음이 참
기름 역할을 한다.

희극은 웃음을 자아내되 웃음의 대상은 조롱되고 비판된다. 풍자정
신이 희극의 중심에 있는 것이다. 그래서 개인뿐만 아니라 사회의 부
정, 허위 그리고 모순에 대한 강한 비판을 가하며 보다 나은 인간과
사회의 출현 또는 도래를 갈망한다.

희극은 개인이 처해 있는 시대, 관습, 전통, 문화적 배경, 그리고
성격에 따라 그 표현이며 수용이 다양하게 변할 수 있다. 그렇지만

신파

일본의 20세기 초에 나타난 하
나의 연극유형을 가리키는 말이
다. 일본의 가부키, 노 등의 전통
예능을 서양에서 수입된 새로운
형태의 연극에 대비시켜 구파
(舊派)라 부르고 새롭게 형성된
연극을 신파라 불렀는데 이 용
어가 일제강점기에 그대로 우리
에게 전해졌다.

임선규

1910~?. 충남 논산의 가난한
소작농의 아들로 태어나 조선연
극사에 입단하면서부터 본격적
인 극작과 배우생활을 하였다.
동양극장의 전속작가가 된 이
후 숱한 인기작품을 썼는데 특
히 「사랑에 속고 돈에 울고」는
1930년대 대중극의 대명사이
자 동양극장의 상징적인 작품
이었다.

우리의 인생을 아름답게 이상화하면서도 동시에 사회의 위선이나 권태에 대해 공격하는 무기의 구실은 어느 곳, 어느 시대에서나 똑같다.

희극을 만드는 방법에는 풍자(satire), 패러디(parody), 음담(obscenity), 낭만성, 풍습, 사상, 블랙코메디 등이 있으며 관객을 웃기는 기본적인 세 가지 요소는 과장, 부조화, 기계화다.

희극을 쓴 대표적인 작가로는 오영진, 채만식, 이근삼, 이강백 등이 있다.

3) 비극(tragedy)

비극은 진지한 인간의 행동을 모방하되 그 행동이 그 나름의 완벽한 길이를 갖고 있어야 한다. 표현 방법은 직접행동이다. 비극의 목적은 공포와 연민의 정을 거쳐 우리에게 정화작용(catharsis)을 일으키는 것이다.

비극의 주인공은 행복에서 불행으로 떨어져야 한다. 그래야 연민의 감정을 일으킬 수 있다. 또, 주인공은 완전무결한 인격자가 되어서는 안 된다. 즉 비극의 씨앗을 내포하고 있어야 한다. 주인공의 몰락은 천한 욕망에 기인해서도 안 된다. 몰락은 주인공이 숙명적으로 지니고 있는 성격적 결함(tragic flaw)과 판단에 있어서의 오류(error in judgement)에 의해 이루어져야 한다. 주인공은 있는 능력을 다 동원하여 자신의 의도와 행동을 가로막는 장애와 몰락에 맞서 죽음 직전까지 투쟁을 한다. 단, 죽음에 대해서는 초연해야 한다. 주인공은 몰락 일보 직전에서 자기인식(self-recognition)을 한다. 자기 인식은 반전을 만들어 낸다. 고전 비극에서는 주인공의 신분이 일반 서민이 아닌 고귀한 가문의 출신이어야 했다. 18세기를 지나면서 이런 조건은 무의미해졌다.

현대사회에서 비극은 그 이전의 비극 같은 위상을 더 이상 유지하지 못한다. 인간과 사회의 조건이 달라졌고 이에 대한 인식도 변했기 때문이다.

오영진

1916~1974. 평양출생. 경성제대 졸업. 일본에 유학하여 영화를 연구. 평양에서 조선민주당을 창당했으나 공산당의 박해를 피해 월남. 「배뱅이굿」, 「맹진사댁 경사」, 「인생차압」, 「허생전」 등의 대표작이 있다.

이근삼

1929~2004. 극작가. 평남 평양 출생. 영어로 쓴 장막극 「끝없는 실마리」가 미국 캐롤라이나 극단에서 공연(1958)됨으로써 극작가로 등단. 1960년대 사실주의극 일변도이던 한국 희곡계에 「원고지」를 발표하여 충격을 던졌고 이후 비사실주의적 작품 성향의 대표적 작가로서 현재까지 한국 현대극의 주축으로 활동해 왔다. 희곡집으로 「제18공화국」, 「대왕은 죽기를 거부했다」 등이 있다.

우리나라에서 비극을 대표작으로 쓴 작가로는 차범석, 천승세, 최인훈 등이다.

4) 소극(farce)

희극과 함께 오랜 전통을 지닌 소극은 웃음 자체에 목적을 둔 희곡 형태다. 최근의 소극은 부조리한 인간의 실존과 행위를 뒷받침하는 표현으로 중요한 역할을 하여 부조리극이라는 형태를 낳았다.

소극은 희곡으로서보다 연극으로 공연되는 상황과 더 관련을 맺는다. 읽혀지는 상황보다 등장인물의 역할을 배우가 맡아 연기를 함으로써 발생하는 상황과 더 많은 관련을 맺기 때문이다. 그래서 소극은 공연되는 상황을 상상하면서 설명을 들어야 이해가 쉽다.

소극은 직설적이며 외향적이다. 웃음을 주는 오락적 요소가 강하며 웃음과 관련되는 동시대의 감각을 이용한다. 그래서 관객의 즉각적인 반응을 유도한다.

소극에 등장하는 주요 인물은 고정적 성격(stereotype)이다. 특수한 표정과 의상, 몸동작으로 당대에서 흔히 볼 수 있는 유형적 인물을 표현하는 경우가 많다. 인물은 극적 상황의 지배를 받으며 상황은 인위적이며 복잡하다. 복잡한 상황 속에서 주인공은 실수를 연발하면서도 용케 사건을 풀어간다.

해결방법에는 논리성, 합리성이 결여되어 있지만 중요하지 않다. 통쾌한 웃음 속에 현실의 불만과 분노가 해소될 뿐이다. 웃음을 유발하기 위해서는 상황과 의상, 행동, 장치 등 모든 것을 과장시키는 경우가 많다.

차범석

1924~2006. 극작가. 전남 목포 출생. 연세대 영문과 졸업. 희곡 「귀향」이 55년 조선일보신춘문예에 당선되어 등단했다. 한국의 대표적인 극작가. 대표작으로 「무적(霧笛)」, 「성난 기계」, 「산불」, 「열대어」 등 다수가 있다. 저서에 희곡집 『껍질이 깨지는 아픔 없이는』과 「대리인」, 『환상여행』 등이 있다.

천승세

1939~ . 극작가 겸 소설가. 전남 목포 출생. 성균관대 국문과 졸업. 사실주의 희곡을 쓴 대표적 인물. 주요 작품으로 「만선」, 「물꼬」 등이 있다.

5. 희곡사상의 흐름

　연극이 현재에 이르기까지 어떤 시대에 어떤 사상을 담아내는 데 주력했는가를 살펴보자.

1) 고전주의(Classicism) 희곡

　그리스와 로마시대의 작품을 고전주의 시대 희곡이라고 한다. 그리스와 로마인들의 생활태도와 의식, 가치관이 반영되어 있고 표현방식에도 당시의 삶이 반영되어 있다. 고전주의 희곡은 르네상스 시대에 들어와 연구되기 시작했다. 르네상스 시대에 맞는 희곡을 만들기 위해 앞선 시대의 희곡을 고전이라는 이름 아래에서 그 미적 체계를 다듬었다. 그 이론이 지금껏 희곡 이론의 근간이 되고 있다.

　고전주의 희곡은 냉정한 이성의 힘으로 정체와 억제를 통해 이상적 인간과 사회를 창조하고자 했다. 이를 위해서 고전주의 희곡은 삼일치법(three unities)을 중시했다.

　고전주의 희곡은 핍진성(逼眞性), 도덕성, 보편성을 내포하고 있다. 핍진성, 도덕성, 보편성은 현실에 있는 그대로의 모습과 관련된다. 가능한 일, 선의 승리, 악의 패배, 신의 섭리에 순응 등이 대표적인 내용이다. 고전주의 희곡 안에 멜로드라마적 특성이 강하게 들어 있음을 알 수 있다.

2) 낭만주의(Romanticism) 희곡

　18세기 이후, 인간의 자연스러운 본능을 존중하고 그에 따른 생각과 행동을 존중하는 사람들에 의해 형성되었다.

삼일치법

삼일치란 극중의 모든 사건을 하루 사이에 끝내야 하는 시간의 일치(unity of time), 모든 사건이 동일 장소에서 일어났다가 끝나야 하는 장소의 일치(unity of place), 모든 사건이 직선적이며 선명하게 한 가지 목적만을 위해 짜여져야 하는 행동의 일치(unity of action) 등의 세 가지다.

감정과 본능을 중시했지만 지독하게 계획적이고 이성적인 희곡이었다. 등장인물이 광범위 해졌다. 신분도 다양해졌다. 무대의 경우 장치와 의상 면에서 이전과 많은 차이를 보였다. 장면 전환이 많아지고 다양한 소재에 맞도록 무대도 복잡해졌다.

3) 사실주의와 자연주의 희곡

산업혁명의 영향이 컸다. 도시 주변에 집중 거주하기 시작한 노동층의 생활이 많이 반영되었다. 희극적 장면이나 천민의 대사로만 한정되어 있던 일상회화체를 무대에 도입하여 시어를 대치했다. 무대장치며 소도구가 우리 생활 주변에서 볼 수 있는 사실 그대로의 것으로 대치되었다.

극중 인물은 같은 시대, 같은 사회에서 호흡하며 살아가는 우리와 같은 인간으로 대체되어 현실감을 높였다.

사실주의와 자연주의에는 치밀한 극작술이 도입되었다. 장면·사건 하나하나가 논리적인 원인과 결과의 연결 속에서 과학적으로 전개되도록 했다. 소위 '잘 짜여진 극(well-made play)'의 극작술이 도입된 시기다.

제4의벽(the Fourth Wall) 이론도 생겼다. 무대와 객석 사이에 벽이 있는 것으로 가정하여 연기하는 이론이다. 무대는 네 개의 벽으로 둘러싸인 현실의 공간이다. 배우들은 그 안에서 실제로 생활하는 것으로 가정한다. 관객은 그 실제생활을 무대와 객석 사이의 제4의 벽을 통해 목격하는 것이라고 가정하여 연기하는 이론이다.

연출가의 개념이 만들어진 시기다. 표현본능과 창조본능에 더 충실해 진 것이다. 희곡에의 의존성이 강했던 연극을 공연적 상황에 더 충실하도록 한 개념이다.

4) 표현주의(Expressionism) 희곡

1910년경 독일에서 시작했다. 미술 분야에서 시도되었지만 20년대에 접어들어 무대에도 파급되었다. 특히 젊은 층의 환영을 받았다. 1차 전쟁 중의 사회 혼돈과 사회 질서, 기존 가치관의 붕괴가 표현주의를 가능하게 했다. 희곡 대사나 장치, 조명, 의상 등을 과장과 전도로 표현했다. 그로테스크한 분위기가 무대 위에 펼쳐졌다.

유진 오닐(Eugene O'Neill)의 털복숭이 원숭이(Hairy Ape)가 대표작이다. 스트린트베르(Strindberg)의 작품에서는 극중에 인형, 해골 또는 사체 등이 나와 대화를 하고 행동하기도 한다. 부조리극 작가들에게 많은 영향을 주었다.

우리나라에서는 1920년대에 김우진이 표현주의적 작품을 여러 편 썼다.

5) 서사극(Epic Theatre)

아리스토텔레스적 희곡은 관객들이 연극에 몰입토록 한다. 그런데 서사극에서는 몰입을 차단한다. 몰입차단을 소외효과라고 한다. 관객들이 작품에 몰입하지 않고 작품에 비판적 거리를 둔 채 바라보도록 하는 것이다. 무대 위에서 벌어지는 일들이 연극이 아니라 실제생활이고, 실제의 일인 것처럼 한다. 관객은 그것을 목격할 뿐이도록 희곡을 쓴다. 관객이 무대 앞에 앉아 있지만 없는 것으로 전제하고 연기하는 것이다. 관객과의 감정교류가 실재하나 부재하듯 연기한다.

그런데 서사극은 관객이 무대 앞에 앉아 있는 것을 전제로 한다. 관객에게 이것저것을 묻기도 하고 관객을 무대에 올리기도 한다. 등장인물이 관객들에게 극의 상황을 서술하듯 설명하기도 한다. 관객과의

김우진

1897~1926. 극작가. 목포 출생. 호는 초성이다. 와세다 대학 시절 유학생들과 극예술협회를 조직하여 학생극운동을 벌였다. 특히 표현주의극과 같은 서구 사조의 수용으로 근대극사에 중요한 작가로 남아 있으며 희곡으로 「이영녀」, 「난파」, 「산돼지」 등이 있다.

정통극과 서사극의 비교

정통극	서사극
철저한 플롯	서술적 이야기
관객의 공감	관찰자로서의 관객
감정의 이입	냉정한 비판력
경험	토론
있는 그대로의 인간	질문의 대상으로서의 인간
인간은 변할 수 없다	인간은 변할 수 있다
사건 결말에 대한 흥미	사건의 과정에 관한 흥미
장면이 결말을 향해 연결됨	장면이 독립되어 있다
진화론적 숙명	비약적 변화
사고가 존재를 결정	사회가 사고를 결정
감정	이성

베케트(Beckett, Samuel)

1906~ 89. 프랑스 소설가, 극작가, 아일랜드 더블린 출생. 1938년 이후 영문·불문의 전위적 소설·희곡을 발표하였다. 희곡 「고도를 기다리며(En attendant God ot)」(1952)의 성공으로 일약 그 이름이 알려졌다. 3부작의 소설 「몰로이(Molloy)」(1951), 「말론은 죽다(Malone meurt)」(51), 「이름붙일 수 없는 것('Innommable)」(53)은 누보로망(nouveau roman)의 선구적 작품이며, 그 외에 희곡「승부의 끝(Fin de partie)」(57), 「오, 아름다운 나날(Oh! Les beaux jours)」(63), 「연극」(64), 모노드라마에 「최후의 테이프」(60), 소설에 「일에 따라(Comment C'est)」(61) 등이 있다. 소설에서는 내면세계의 허무적 심연(深淵)이 추구되었으며, 희곡에서는 인물의 움직임이 적고 대화가 없는 드라마로 형식화되어 있다. 그는 전 작품을 통하여 세계의 부조리와 그 속에서 아무 의미도 없이 죽음을 기다리고 있는 절망적인 인간의 허무함을 일상적인 언어로 묘사하였다. 1969년 노벨문학상을 받았다.

감정교류가 직접적이며 정보교환도 한다.

서사극의 목적은 관객이 냉철한 자세를 유지한 채 관람을 하여 감정에 지배받지 않고 비판적 인식을 확보하도록 한다.

서사극적 기법으로 작품을 쓴 대표적인 작가는 이근삼이다. 그는 서사극 이론을 처음으로 소개하기도 했다.

6) 부조리극(Theatre of the Absurd)

1950년대에 접어들어 파리를 중심으로 유럽에서 일어난 연극운동이다. 이오네스코(Eugene Ionesco), 베케트(Samuel Beckett), 쥬네(Jean Genet), 아다모프(Arther Adamov) 등이 대표적인 작가다.

부조리는 비논리, 불합리다. 인간 존재의 부조리를 작품화했다. 인간 존재의 부조리란 인간 존재에 대한 정확한 통찰을 반영한 것이다.

법이나 과학 원리 같은 합리적 질서와 객관적인 체계가 세상을 움직이는 가장 강력한 축이라 생각되지만, 당치않은 불합리와 무질서 또한 이 세상에 존재하며 세상을 움직이는 중요한 축이다. 이러한 특성이 인간 존재의 부조리이고 이런 특성을 반영한 희곡이 부조리극이다.

인간의 숙명적 고독, 소통의 부재, 황당무계한 현실, 논리의 거부, 생의 무의미 등이 부조리한 상황을 보여주는 것이다.

아주 쉽게 설명하면 머피의 법칙이 적용되는 상황이 바로 부조리한 인간 면모의 대표적인 경우다. '안 될라니 뒤로 넘어져도 코가 깨진다'는 속담이 있다. 이 경우가 바로 부조리다. 이런 부조리는 부조리극이 생기기 이전부터 있었다. 다만 20세기에 와서 이를 구체화한 것이다. 인간에 대한 통찰이 더 분명해진 결과다.

7) 그 외의 흐름

이외의 흐름으로 다다이즘, 초현실주의, 실존주의 등이 있다. 기존 희곡 형식을 파괴한 반극(反劇)은 서사극, 부조리극을 중심으로 다양하게 펼쳐졌다.

초현실주의 작가로는 필란델로(Luigi Pirandello)가 대표적이고 실존주의 작가로는 싸르트르(Jean Paul Sartre), 카뮈(Albert Camus) 등이다. 실존주의는 한국전쟁이 끝난 뒤의 한국희곡에 많은 영향을 주었다.

6. 희곡 이해를 위한 몇 가지 용어

희곡을 이해하기 위해 몇 가지 용어를 부가하여 살펴보겠다. 인물 성격, 카타르시스, 희곡작가, 연출, 배우, 드라마트루기, 무대미술가,

기획 및 제작자, 프로시니엄 무대, 원형무대, 돌출무대, 전위연극의
창조된 공간 등에 대해 살펴보겠다.

1) 인물성격(character)

인물의 성격은 대사를 통해 주로 드러나지만 연극화 되었을 때는
인물의 외양이나 의상, 몸동작으로도 표현된다. 인물의 성격은 인물의
의지이면서 행동의 원인이 된다. 갈등을 유발하고 사건 전개의 방향을
결정짓는다.

악인, 선인, 희극형·소극형·멜로드라마형·비극형 인물·입체적·평
면적 인물, 전형적 인물 등 인물의 행동 특성에 따라 다양한 형태로
분류될 수 있다. 대표적인 인물 유형 세 가지만 살펴보자.

입체적 인물은 성격변화가 자유로워 상황에 대응하는 전략이 풍부
하다. 평면적 인물은 작품 내내 고정된 성격을 보인다. 개성적 인물은
성격변화가 다른 인물에 비해 성격변화가 훨씬 더 자유롭거나 고정된
정도가 상대적으로 높다. 전형적 인물은 변화가 약한 평면적 인물을
가리킬 때도 있고, 대응전략이 다양하여 상황해결력이 뛰어난 인물을
가리킬 때도 있다.

2) 카타르시스(catharsis)

감정의 정화라는 윤리적 견해와 감정의 배설이라는 의학적 견해가
대표적이고 카타르시스는 purification, clarification, correction, refine-
ment, purgation 등으로 번역된다. 비극을 감상했을 때 생기는 공포
와 연민의 감정이 복합되어 생기는 감상의 긍정적 결과물로 새로운
에너지를 얻는 측면도 고려된 용어다.

하지만 카타르시스라는 용어는 그 이상을 의미한다. 비극을 감상하고 났을 때 관객은 감동만이 아니라 예술작품 감상과 문화행위로 얻어지는 정신적 만족, 이어지는 심미적 체험, 교훈성 등 많은 것을 가져간다. 이러한 것을 통칭하여 카타르시스라고 봄이 옳다.

3) 희곡작가

희곡작가는 희곡과 소설의 공통점과 차이점 그리고 연극적 상황에 대한 이해가 있으면 된다. 문학작품의 서사적 특성을 지닌 채 연극적 특성을 융합시키면 된다.

4) 연출가

연출은 희곡을 이용해 연극이라는 장르를 새롭게 창조한다. 연극은 희곡작가, 배우, 장치 디자이너, 조명 디자이너, 의상 디자이너, 음악, 미술, 음향 등의 여러 예술가들이 참여한다. 연출은 그 과정에서 다양한 의견들을 조정하고 통일하여 새롭게 완성된 하나의 작품을 만들어낸다.

현대연극에서 연출가는 중요한 존재다. 작품을 선정하여 해석하고 공연의 스타일과 표현 기법을 결정하고 완성된 공연으로 만들어내는 작품의 해석자, 내지는 창조자의 역할을 한다. 간혹, 일부 연극 중에는 모체인 희곡과 전혀 다른 작품이 만들어지는 경우도 있다. 그만큼 연출의 역할이 중요하다.

5) 배우

배우는 육체와 음성을 이용해 행동을 표현한다. 희곡에 담겨 있는 언어, 등장인물, 무대장치, 의상 등은 바로 이 배우들이 무대 위에 발을 내딛으면서 비로소 생명을 얻게 된다. 연극을 흔히 배우의 예술이라고 하는 경우도 있다.

배우는 몸과 목소리로 다양한 기예를 표현하는 재주를 갖는 경우가 많다. 목소리의 폭이 넓으면 무대에서 표현하는 등장인물의 감정폭도 넓어지고 춤, 무예 등 여러 기예를 갖고 있으면 표현할 수 있는 인물군도 다양해진다. 급속하게 변화하는 공연 조건을 고려하면 배우는 철저한 연기훈련을 지속해야 한다.

배우는 희곡작가의 의도나 연출가의 해석과 재창조의 요구 이전에 자신의 해석관점과 표현방법을 생각해야 한다.

6) 드라마투르기(dramatrugy)

드라마투르기란 희곡이나 연극에 관계된 희곡작법, 희곡론, 극작술과 관련된 이론이다. 희곡이나 연극이 하나의 완성된 작품이 되도록 필요한 여러 가지 조건이나 규칙, 실연조건을 의미한다.

혹은 이러한 조건에 정통한 사람으로 연극의 제작과정에 연출과 배우, 무대미술가 등과 협의하고 조언한다.

7) 무대미술가

무대미술가는 상연을 위해 배경을 설계하거나 의상, 조명 등을 디자인하고 제작하는 사람을 말한다. 무대미술가는 작품에 대한 연출가의 해석과 의도에 따라 무대 이미지와 분위기를 창조하는 예술가다.

공연성을 중시하는 현대 연극에서 무대미술가의 비중은 높다. 연극 공연이 제한적인 표현수단 안에서 이뤄지기 때문에 다양한 장비와 매체를 이용해야 하는 무대미술가의 역할은 중요하다. 무대미술은 대체로 무대장치·조명·의상·분장 등으로 나뉘며, 연극 한 편이 완성되는 데는 이 모든 요소의 종합적인 효과가 필수적이다.

8) 기획 및 제작자

제작자는 기술적인 요소나 사업적인 요소를 담당한다. 연극의 상업성이 강조되는 오늘날에 있어 제작자의 역할이 더욱 부각된다. 제작자는 희곡을 선택해서 연출자, 극장, 필요한 자금을 확보하는 사람이다.

제작자는 공연을 홍보하고 표를 판매하는 일 외에 제작비 마련, 연출가 및 배우 스텝의 고용, 극장대관, 제작비 지출관리 등을 해야 한다. 공연의 예술적인 면에는 직접적 책임을 지지 않으나 연극공연에 관계하는 사람들 모두에게 중요한 영향을 끼친다.

9) 프로시니엄 무대(proscenium stage)

학교의 강당이나 체육관 무대 같이 무대와 객석이 막(커튼)으로 구분되는 가장 일반적인 형태다. 배우들이 무대의 삼면으로 등·퇴장하지만 막혀 있는 것으로 가상하고 연기한다. 국립극장, 세종문화회관 등이 프로시니엄 무대로 되어 있다. 액자무대(額子舞臺)라고도 한다.

10) 원형 무대(arena stage)

원형 무대는 가장 오랜 역사를 지닌 무대 형태다. 마당놀이할 때 많이 사용된다. 무대가 높은 단으로 따로 설치되지 않는다. 둥글게 관객들이 둘러앉고 그 안에서 배우들이 빙글빙글 돌면서 연기를 하게 된다. 레슬링이나 농구가 열리는 체육관을 연상하면 되는데 체육관은 관중석과 마루가 구분되어 있지만 원형 무대는 구분이 없다.

11) 돌출 무대

프로시니엄 무대와 원형 무대의 중간 형태가 바로 돌출 무대(thrust stage)이다. 에이프런 무대(apron stage)라고도 한다. 돌출 무대는 무대의 3면이 객석으로 둘러싸여 있는 형태로, 관객이 중앙으로 튀어나온 무대의 3면을 둘러싸고 앉도록 되어 있다. 무대가 관람석 앞으로 뻗어나와 있으므로 관객들이 배우들의 주요한 연기를 자세히 관람할 수 있다.

12) 전위 연극의 창조된 공간

제2차 세계대전 이후, 전 세계 전위 연극 운동이 활발하게 전개된다. 예르지 그로토우스키, 피터 브룩, 아리안느 므누슈킨, 줄리안 백과 주디스 말리나, 조셉 체이킨, 안드레 그레고리, 피터 슈만의 대부분의 작품들은 전통적인 공간을 거부한 창조적인 공간을 활용하였다. 이들의 연극은 공장이나 운동장, 카페, 창고나 지하실 같은 모든 공간을 사용하며, 그런 공간을 전체적인 공연 환경으로 전환시킨다. 배우와 관객은 공연 중에 한데 뒤섞인다.

시나리오의 이해

SCENARIO

1. 시나리오란 무엇인가

1) 시나리오(scenario)

시나리오는 영화대본을 지칭한다. 영어권에서는 스크린 플레이라는 말이 보다 널리 통용되고 있다. 때로는 스크린 라이팅(screen writing) 또는 필름 스크립트라는 말로 불리기도 한다. 시나리오에는 오리지널 시나리오가 있는가 하면, 소설 혹은 희곡이나 다른 장르의 문학작품 또는 예술작품, 때로는 기록물로부터 아이디어를 가져오는 각색시나리오가 있다. 시나리오에는 배우의 대사와 함께 배우의 동작과 장면의 구체적인 정황이 묘사되어 있다. 또한 시각적 영상용어가 표기되어 있고 음향효과나 음악 또는 영상효과에 대하여 구체적으로 묘사되어 있기도 하다.

시나리오는 몇 단계의 과정을 거쳐 완성되는데, 첫 번째 단계가 줄거리와 짧은 개요와 등장인물, 극적 클라이맥스를 설정하는 시놉시스 단계이고, 여기에 줄거리를 발전시키고 등장인물을 추가 및 재배치하

유현목

1925~ . 황해도 봉산출생. 동국대국문과 졸업. 동국대영화과 교수. 어둡고 절망적인 사회 현실을 사실적으로 묘사한 영화를 만들었다. 신과 인간의 실존적 문제에 대해 진지하게 접근한 사회적 리얼리즘의 거장이다. 대표작으로 〈아낌없이 주련다〉, 〈순교자〉, 〈분례기〉, 〈말미잘〉, 〈사람의 아들〉, 〈잉여인간〉 등이 있다.

김수용

1929~ . 1960년대 한국 문예영화 시대를 이끌었고, 1970년대 모더니즘 영화의 실험을 추구하였다. 주요 작품은 〈갯마을〉, 〈저 하늘에도 슬픔이〉, 〈안개〉, 〈춘향〉, 〈침향〉, 〈도시로 간 처녀〉, 등이 있다. 아시아영화제 감독상, 대종상 감독상 등을 수상하였다.

이만희

1954~ . 극작가. 동국대 인도철학과를 졸업했다. 〈그것은 목탁구멍 속의 작은 어둠이었습니다〉로 유명해졌으며 〈불 좀 꺼주세요〉, 〈아름다운 거리〉 등의 작품이 있다.

고 대사와 영상효과를 첨가하는 트리트먼트(treatment)단계가 있으며, 이를 최종적으로 여러 차례 다듬고 다시 고쳐 쓰고 세련되게 하는 세 번째 단계가 있다. 미국에서의 시나리오는 희곡과 비슷하게 대사와 지문(direction) 중심의 형식을 취하고 있다. 한편 다큐멘터리와 산업영화는 양면으로 나누어 좌측에는 카메라의 효과를, 우측에는 대사와 해설, 음악과 음향효과 등을 기술하고 있다. 이 방식은 대부분의 유럽 극영화감독들이 애용하고 있는 방식이기도 하다.

시나리오는 희곡처럼 대화체로 되어 있다. 그래서 희곡과 유사한 장르로 생각하기 쉽다. 유사한 점도 있으나 변별되는 점도 많다.

시나리오와 희곡이 유사한 점은 일정한 구성요건과 플롯, 내용의 분류 기준, 문학적 상상력을 필요로 한다는 점 등이다.

시나리오와 희곡의 두드러진 차이점은 표현 매개가 다르다는 점이다. 시나리오는 영상으로 표현되고, 희곡은 무대 위의 공연으로 표현된다는 점이다. 연극을 평면적 표현양식이라고 한다면 영화는 입체적 표현양식이라고 할 수 있다.

시나리오는 소설이나 희곡처럼 서사구조를 갖는다. 내용 전개는 '처음-중간-끝'의 원칙에 따라 구성되며, 플롯의 발전단계도 '발단 - 전개 - 위기 - 절정 - 대단원'의 5단계 과정을 밟는다. 5단계 과정은 일반적 형태에 대한 설명일 뿐 순차적일 필요는 없다. 내용구성이 멜로드라마인지, 비극인지 하는 점도 희곡의 그것과 크게 다르지 않다.

연극이 몇 개의 장으로 분할되는데 반해 영화는 수백, 수천 개의 장면으로 분할되며 표현기법에도 많은 차이가 난다. 무대 위에서 몸과 주변의 장치로 표현되는 연극과 달리, 영화는 헤아릴 수 없는 다양한 기법에 의해 융합된 형태로 표현된다. 영화의 다양한 기법을 시나리오가 모두 담아낼 필요는 없지만 기본적으로 이러한 기법에 대한 이해가 전제되면, 시나리오에 대한 이해도 높아지고, 표현영역도 확대되며,

시나리오를 쓰는 일에도 좀 더 수월하게 접근할 수 있다. 그래서 시나리오를 이해하기 위해 필요한 것이 영화에 대한 이해다.

2) 각색

영화화에 적합하게 소설이나 희곡 또는 시, 전기물, 때로는 사회학적·자연과학적 보고서를 기술적으로 전환시키는 시나리오 창작의 한 형태이다. 많은 극영화가 각색물로 되어 있다. 각색할 때의 가장 중요한 점은 원작물의 내용을 충실히 옮기려는 것보다는 그 원작물 중에서 영화적인 것만 발췌, 재구성하여야 한다는 점이다.

각색물의 예로는 방영웅의 소설을 유현목 감독이 연출한 <분례기(1971), 김동리의 소설을 최하원 감독이 각색한 <무녀도>(1973), 박경리의 소설을 김수용 감독이 각색한 <토지>(1974), 황석영의 소설을 이만희 감독이 각색한 <삼포가는 길>(1975), 조선작의 소설을 김호선 감독이 각색한 <영자의 전성시대>, 이문열의 소설을 장길수 감독이 각색한 <레테의 연가>(1987) 등이 있다. 외국 영화로는 셰익스피어의 희곡을 각색한 로렌스 올리비에 감독의 <헨리 5세>(1945), 파스테르나크의 소설을 각색한 데이비드 린 감독의 <닥터 지바고>(1966) 등이 대표적이다.

3) 콘티뉴이티(continuity)

영화의 주제나 줄거리의 발전에 있어 논리적이나 물리적 또는 심리적으로 장면(쇼트, 신, 시퀀스)이 단절되지 않은 연속성을 지칭한다. 영화는 연극과 달리 극영화의 경우 약 500~600개의 장면들로 구성되어 있는데, 각기 독립적으로 나뉘어 촬영되므로 숙명적으로 비연속

김호선

1941~ . 함경남도 북청 출생. 경희대학교 졸업. 드라마와 영상이 조화로운 감독이다. 많은 영화상을 수상했다. 〈애니깽〉, 〈사랑하고 싶은 여자, 결혼하고 싶은 여자〉, 〈아담이 눈뜰 때〉, 〈사의 찬미〉, 〈미친 사랑의 노래〉, 〈서울무지개〉, 〈수렁에서 건진 내딸〉, 〈열애〉, 〈세번은 짧게 세번은 길게〉, 〈죽음보다 깊은 잠〉, 〈겨울여자〉, 〈여자들만 사는 거리〉, 〈영자의 전성시대〉 등의 작품이 있다.

이문열

1948~ . 소설가. 서울 출생. 1977년 《매일신문》 신춘문예에 단편「나자레를 아십니까」가 입선, 1979년 《동아일보》 신춘문예에 「새하곡(塞下曲)」이 당선되어 문단에 데뷔했다. 소설집으로 『사람의 아들』, 『그해 겨울』, 『금시조(金翅鳥)』 등이 있으며 「그대 다시는 고향에 가지 못하리」, 「젊은날의 초상(肖像)」, 「황제를 위하여」, 「영웅시대」, 「사람의 아들(중편 개작)」, 「레테의 연가」 등의 장편소설을 간행했다.

장길수

1955~ . 경기공업대학 졸업. 인간애를 바탕으로 한 작품을 감독했다. 1985년 〈밤의 열기 속으로〉로 데뷔. 〈실락원〉, 〈추락하는 것은 날개가 있다〉, 〈레테의연가〉, 〈웨스턴 에비뉴〉, 〈아버지〉, 〈초승달과 밤배〉 등의 작품이 있다.

성일 수밖에 없다. 따라서 이들을 자연스러운 시각적 논리에 의하여 유기적으로 연결(편집)시켜야 한다. 영화 편집 시에는 항상 콘티뉴이티가 필수적이다. 따라서 촬영 시 감독을 보조하여 콘티뉴이티 걸이 콘티뉴이티의 관점에서 모든 촬영상황을 기록한다. 그러나 우리나라나 일본에서는 리포트나 시트라는 말을 빼버리고 콘티뉴이티(일본에서는 콘티)를 촬영대본이라는 개념으로 사용하고 있다.

4) 쇼트(shot)

영화의 세계는 눈에 보이는 삶의 모습과 지극히 닮아있다. 우리가 세상을 보는 실상(實像)과 영화의 화면 속에서 보여지는 영상은 동일한 정보 입력과정을 거쳐 전달되기 때문이다. 하지만 영화는 현실의 전체가 아니다. 우리 눈에 비쳐지는 실상이 선택의 여지없는 전체의 세계인 반면 영화는 단지 스크린의 크기에 맞게 잘려진 — 이것을 프레임이라고 한다 — 꾸며진 현실의 한 조각일 뿐이다.

영화에서 쇼트란 편집에서의 컷(cut)과는 개념적 차이를 지니는 것으로 촬영 시 카메라가 찍기 시작하면서 멈출 때까지의 연속된 촬영을 의미하는데, 바로 영화 표현의 가장 최소 단위로 볼 수 있다. 일정한 운동성을 지닌 최소단위가 바로 쇼트인 셈이다. 우리가 흔히 영화촬영현장을 엿볼 경우가 바로 쇼트를 촬영하는 것이라고 이해하면 좋을 것이다.

영화에서 기록되는 정보의 양은 기본적으로 그것이 어떠한 형태의 쇼트에 의해 그리고 어떠한 각도에 의해 찍혀졌는지에 따라 달라질 수 있다. 영화감독은 여러 가지 경우의 수를 산정하고 고려하여 그 중에서 어떤 쇼트를 배제하고 어떤 쇼트를 사용할 것인가를 결정하고 자신의 개성에 맞는 작품을 완성한다. 같은 장면이라도 어느 쪽에서

로렌스 올리비에
(Olivier, Laurence Kerr)

1907~1989. 잉글랜드 출생. 1928년까지 연극무대에서 활동. 1930년에 독일에서 영화배우로 데뷔. 1970년 감독으로 데뷔. 감독과 배우 양쪽 모두에 확고한 명성을 갖고 있다. 〈세 자매〉, 〈햄릿〉, 〈리차드 3세〉, 〈헨리 5세〉 등을 감독했으며 〈마라톤맨〉, 〈햄릿〉, 〈머나먼 다리〉, 〈오만과 편견〉 등 수많은 영화에 출연했다.

어느 각도로 촬영하는가에 따라 분위기나 느낌이 상당한 차이가 난다. 즉, 화면 속에서 보이는 일방향성 행동이 쇼트인 것이다.

이렇듯 스크린의 세계가 항상 다른 세계의 한 부분이라는 사실은 예술로서 영화의 기본적인 특성을 규정하고 있는데, 러시아의 초기 영화 이론가이자 감독인 레프 쿨레쇼프가 영화 제작에 관한 그의 저서 속에서 영화 필름의 가로, 세로 비율에 맞게 구멍을 낸 검은 종이를 통해 가상의 촬영대상을 보면서 자신의 시각을 훈련할 것을 충고하고 있다는 점은 우연이 아닌 것이다. 여기서 한 가지 덧붙여 생각할 것은 우리가 감상하는 화면 밖의 세계가 존재한다는 점이다. 즉 네 면의 바깥 면이 존재하며 촬영으로 보이는 그 뒤와 촬영하는 쪽이라는 앞의 면 역시 화면 밖의 세계라는 사실을 명심해야 한다. 즉 화면에 구성된 세계는 선택된 것이며, 선택된 것이라는 점은 일종의 의도가 담긴 것으로 이해해야 한다. 그렇기 때문에 쇼트는 영화의 최소 단위라고 할 수 있는 것이다.

쇼트의 경계는 종종 촬영된 하나의 에피소드가 감독에 의해서 다른 에피소드로 나누어지는 접합선이라고 정의되기도 하는데, 기본적으로 그것을 분류할 때에는 그 쇼트 내에서 지배적인 형태가 어떻게 나타나는가에 따라 그리고 그 쇼트가 얼마나 지속되는가에 따라 그 분류가 변할 수 있다. 쇼트는 대충 5개 정도로 분류할 수 있는데, 그것은 다음과 같다. 쇼트의 변별성은 주로 피사체에 대한 화면의 역할에 기초한다고 이해하면 좋을 듯하다.

익스트림 롱 쇼트(extreme long shot)

광활한 평원 같은 것을 표현할 때 사용되는 쇼트로 상당히 먼 거리에서 찍혀진 쇼트를 의미한다. 전경(全景)이나 대부분 야외 촬영에서 공간적인 준거의 틀로 사용되는데, 이런 이유에서 구축 쇼트(establish

데이비드 린(Lean, David)

1908~1991. 영국의 영화감독. 1928년 영화계에 데뷔. 영국이 배출한 세계적인 감독으로 명성을 얻었다. 〈콰이강의 다리〉, 〈아라비아 로렌스〉, 〈닥터 지바고〉, 〈밀회〉, 〈위대한 유산〉, 〈인도로 가는 길〉 등의 대표작을 남겼다.

그리피스
(Griffith, David Wark)

1875~1948. 미국의 영화감독. 어려서부터 유랑극단에서 활동. 기존의 단조로운 표현방법을 벗어나 접사 기법, 커트백 기법 등 여러 가지 변화 있는 표현방법을 구사하며 고전적 연출법의 출발점이 되었다. 대표작으로 〈국가의 탄생〉, 〈인톨러런스〉 등을 남겼다.

에이젠슈타인(Eizenshtein, Sergei Mikhailovich)

1898~1948. 러시아(라트비아) 영화감독. 영화에 몽타쥬 기법을 도입하였다. 대표작으로 〈파업〉, 〈전함포테킨〉, 〈10월〉, 〈낡은 것과 새로운 것〉, 〈이반 대제〉 등이 있다.

포드(Ford, John)

1894~1973. 미국의 영화감독.
1917년 〈직접사격〉으로 데뷔.
≪엔터테인먼트≫지가 선정한
위대한 감독 3위. 대표작으로
〈정보원〉, 〈역마차〉, 〈분노의
포도〉, 〈말없는 사나이〉 등이 있
다. 많은 영화상을 수상했다.

구로자와(黑澤明)

1910~ . 일본 영화감독. 어릴
때 미술공부를 했고 영화변사이
던 형을 통해 영화공부를 했다.
〈7인의 사무라이〉와 〈요짐보〉
는 〈황야의 7인〉, 〈황야의 무법
자〉로 리메이크되었고 많은 세
계적 영화감독들이 구로자와 영
화의 제자임을 자처한다. 대표
작으로 〈라쇼몽〉, 〈가케무샤〉,
〈붉은 수염〉, 〈데르스 우잘라〉
등이 있다.

첸 카이거(陳凱歌)

1952~ . 중국의 영화감독. 중
국영화 제5세대의 대표적인 감
독으로 평가 받으며 현대 중국
의 모순과 혼돈을 날카롭게 조
명하였다. 〈황토지〉, 〈대열병〉,
〈패왕별희〉, 〈현 위의 인생〉,
〈풍월〉, 〈황제와 자객〉 등의 대
표작이 있다.

ing shot)라고 불리기도 한다. 만약 인물이 익스트림 롱 쇼트로 찍힐
경우 그들은 화면 위에 단지 점이나 아니면 나타나지 않을 수도 있다.
이 쇼트의 가장 효과적인 사용은 종종 서사적인 서부 영화, 동양 영화
에서의 도입부분, 사극 영화에서 찾아볼 수 있으며, 데이비드 워크
그리피스나 세르게이 에이젠슈타인, 존 포드, 구로자와 아끼라 같은
감독들이 주로 사용했다. 예를 들어, 첸 카이거 감독의 <현(絃) 위의
인생>에서 영화의 서두에 등장하는 죽은 스승의 무덤에서 우는 쇼트
를 카메라가 뒤로 물러서며 광활한 구릉을 보여주는 것이 대표적인
장면이라고 할 수 있다.

롱 쇼트(long shot)

  그 기준이 가장 애매한 쇼트로 인물을 포함한 배경, 즉 미장센
(mise-en-scene)을 한꺼번에 표현하는데 적당한 쇼트이다. 일반적으로
연극에서 관객과 무대 사이의 거리에 해당된다. 즉 배경을 포함한 전
체적인 구도에서 보여지는 인물의 전신 모습이 담긴 쇼트라고 생각하
면 된다. 롱 쇼트는 대부분 사실주의 영화감독이 좋아하는데, 그것은
사람의 몸 전체 뿐 아니라 촬영 현장의 상당한 부분까지도 잡을 수
있어서 미장센을 통해 의미를 전달하려는 감독자들에게 이상적으로
부합되는 것이기 때문이다. 키아로스타미 감독의 <내 친구의 집은
어디인가>에서 인상적으로 보이던 주인공 소년이 친구의 집을 찾아
가기 위해 오르는 언덕의 장면에서 보여지는 롱 쇼트는 지그재그로
나 있는 길과 힘겹게 오르는 소년의 모습을 동시에 보여주어 여정의
고단함과 소년의 의지를 효과적으로 드러낸다고 하겠다. 더구나 지그
재그의 길이 마치 인생에 있어 되풀이되는 순환성과 점층적 상황이라
는 점을 효과적으로 드러내는 것으로 보여준다.

풀 쇼트(full shot)

프레임 가득 인물의 전신을 잡은 쇼트로, 롱 쇼트의 범위 중 가장 피사체에 근접한 것이다. 코미디 영화의 대명사인 찰리 채플린은 이러한 풀 쇼트를 선호했는데, 그것은 무언극(pantomime)이라는 예술에 가장 적합할 뿐만 아니라 적어도 다양한 얼굴 표정을 잡을 수 있을 정도로 피사체에 근접하기 때문이다. 풀 쇼트는 전체적인 배우의 움직임을 효과적으로 표현하고, 화면 가득히 배우 전신의 모습을 담아내기에 용이하기에 자주 사용된다. 따라서 배우의 입장에서는 온 몸이 연기의 공간으로 노출됨으로 연기역량이 가장 필요한 쇼트라고 할 수 있다.

미디엄 쇼트(medium shot)

이것은 그 기준이 신체의 어느 부위인가에 따라 달라지는데, 무릎 위를 찍는 니 쇼트(knee shot), 허리 위를 찍는 웨스트 쇼트(waist shot), 가슴 위를 찍는 체스트 쇼프(chest shot)가 그것이다. 미더엄 쇼트는 일종의 기능성 쇼트로 해설 장면, 움직이는 장면, 그리고 대화 장면을 포착하는데 유용하다. 또한 클로즈 업과 그보다 먼 거리의 롱 쇼트를 이어주는 데도 쓰이며, 클로즈 업의 배경을 재확인하는 데도 쓰인다. 인물의 수에 따라 투 쇼트(two shot), 쓰리 쇼트(three shot) 등으로 나누어지기도 한다.

클로즈업 쇼트(close-up shot)

비교적 작은 피사체나 사람의 얼굴을 찍은 것으로, 대상물의 중요성을 강조하거나 상징적인 의미 작용을 하는 쇼트이다. 또한 이 쇼트는 감독이 관객의 감정을 영화 속으로 몰입시키는 데 적절한 표현법이기도 하다. 익스트림 클로즈업(Extreme close-up)은 이 클로즈업 쇼트의 강조로 얼굴 대신에 사람의 눈이나 입만을 보여주는 자세한 묘사를

채플린
(Chaplin, Charles Spencer)

1889~1977. 영국 희극배우, 영화감독, 제작자. 런던 출생. 콧수염, 실크 해트, 코트, 지팡이 등을 이용한 거지 신사의 분장과 연기로 그의 독특한 개성을 창조하여 세계적인 인기인이 되었다. 눈물과 웃음, 유머와 페이소스가 당시 그의 희극에 대한 대명사였으나, 〈어깨 총(Shoulder Arms)〉(1918) 무렵부터 사회적 풍자와 비판이 곁들여지게 되어 〈가짜 목사(The False Priest)〉(1923), 〈황금광 시대(Gold Rush)〉(1925) 등의 걸작이 나오게 되었다. 또한 〈파리의 여성(A Woman of Paris)〉(1923)은 그가 감독만 한 비련(悲戀)의 운명드라마로 뛰어난 심리묘사를 보여주었다. 유성영화시대에 접어들면서도 그는 〈도시의 불빛(City Lights)〉(1931)과 현대문명의 기계 만능주의와 인간소외를 날카롭게 풍자한 〈모던 타임스(Modern Times)〉(1936)를 무성영화로 제작하였다. 그러다 40년의 〈위대한 독재자(The Great Dictator)〉에서 유성영화로 전환하여 히틀러와 그의 파시즘을 세계 인류의 적으로 과감히 탄핵하였다. 이어 〈살인광 시대(Monsieur Verdoux)〉(1947)에서는 제국주의 전쟁의 범죄성을 파헤쳤기 때문에 미국 보수세력이 그를 공산주의자라고 누명을 씌워 박해하기에 이르렀다. 52년 〈라임라이트(Limelight)〉의 시사(試寫)를 위해 영국으로 간 것을 계기로 미국을 버리고 유럽에서 영주할 것을 결심, 스위스에 정착하였다.

위한 쇼트이다. 얼마 전 우리나라에서 흥행에 크게 성공한 곽경택 감독의 영화 <친구>에서 주인공 두 사람이 서로 상대방을 견제하기 위해 만남을 가졌다가 결국 한 사람이 살해당하기 직전에 보여지는 담배꽁초가 물에 젖어 버리는 클로즈업 쇼트를 생각하면 쉽게 납득이 될 것이다. 이 장면에서 의도되는 것은 꺼져가는 목숨의 상징이자 상대방을 제거해 버리려는 의지로 읽히는 것이 당연한 까닭이 여기에 있다. 물론 후에 재판장에서 친구의 죽음에 관여한 바를 시인하는 것은 해설적인 설명에 해당된다. 모든 화면의 구성은 마지막에 편집이라는 감독의 고유 권한 속에서 이루어지고 밖으로 공개된다. 즉, 화면의 모든 구성이 일정한 의도 속에서 이루어지고 조직된다는 점에서 영화는 기본적으로 감독의 예술이라고 지칭되는 것이다.

5) 씬(scene)

'씬'은 영화의 최소 단위인 쇼트의 결합으로 이루어지는데, 연극에서의 장(場)과 비슷한 개념이다. 시간과 장소의 연속에 의해서 정리되고 인식되기 쉬운 효과를 낳으며 이해되기 쉬운 '통사적 배열'에 의해서 하나의 씬은 이루어진다. 그러므로 하나의 씬에서 쇼트는 동질적인 공간 속에서 연속적으로 나타나며, 이 공간을 분할하는 것은 카메라의 위치 이동뿐이다. 쇼트와 쇼트의 결합으로 이루어진 씬은 시간과 장소의 연속된 상태로 결합되므로 행동을 만들어내고, 영상을 통해 관객을 이해시키는 데 필수적이다. 따라서 씬이란 시간과 공간에 의해 통사적으로 배열된 쇼트들의 집합체로, 시퀀스를 구성하는 기본 단위로 파악할 수 있다. 감독은 편집을 행할 때 씬을 머릿속에 그려놓고 각 쇼트를 결합하여 편집에 임한다고 하겠다.

고전적 편집의 씬

씬의 가장 일반적인 예로는 얘기하는 사람을 교대로 잡는 쇼트의 커트 백에 의한 연결로 구성된 고전적인 대화 씬이 주로 거론된다. 또한 알프레드 히치콕의 <북북서로 진로를 돌려라>에서처럼 133개의 쇼트가 중심적인 등장인물의 시선과 중심인물이 본 것의 규칙적인 커트 백으로 이루어진 씬 등을 들 수 있을 것이다. 시선의 일치, 움직임의 연결, 축에서의 카메라 이동을 통한 연결 등은 씬을 구성하는 고전적인 방식으로 대부분의 영화에서 법칙과도 같이 사용된다.

하지만 이러한 정형적인 씬 구성은 뮤직비디오의 영향을 받은 현대 영화 — 올리버 스톤의 <킬러> 같은 — 에 이르러 일부러 그것을 조직적으로 해체하는 경향을 보이기도 한다. 최근의 영화에서 관객에게 화면을 재구하도록 유도하는 것은 바로 이러한 경향을 드러내는 씬의 구성이다.

변증법적 몽타쥬의 씬

씬의 구성은 러시아 몽타쥬 이론에 입각한 방법으로도 가능하다. 영화를 해석의 수단, 선전 선동의 수단으로 간주한 에이젠슈타인을 위시한 소비에트 학파에 의해 연구되어진 이 방식은 영화를 표상이라기보다는 분절된 담화로서 간주한다.

변증법적 몽타쥬는 바로 바로 쇼트 A와 쇼트 B(正과 反)가 갖는 갈등은 AB가 아니라 새로운 전체 개념 C(合, synthesis)를 낳는다는 것인데, 고전적 편집의 단순한 내러티브 전개를 위한 '연결' 개념이 아니라 새로운 의미를 창출해내기 위해 서로 다른 쇼트들을 '병치'시키는 것이다. 또한 이들은 인간들을 사물들이나 다른 살아있는 형식들과 상징적으로 대비시킴으로서 의미를 창출할 수 있다고 믿었는데, 에이젠슈타인의 <파업>에서 소 도살자는 파업자들을 학살하는 자들

히치콕(Hitchcock, Alfred)

1899~1980. 영국 출생의 미국 영화감독. 스릴러 영화라는 장르를 확립하였고 심리적 불안감이 담긴 영화를 많이 만들었는데 이런 특성은 '히치콕 터치'라는 말로 요약하기도 한다. <암살자의 집>, <39계단>, <현기증>, <사이코>, <새> 등의 대표작이 있다.

스톤(Stone, Oliver)

1946~ . 미국의 영화감독. 처음에는 시나리오 작가로 명성을 얻었다. 『미드 나잇 익스프레스』, 『스카페이스』, 『코난』, 『이어 오브 드래곤』이 그가 쓴 작품이다. <살바도르>를 성공시키며 감독으로 인정받았다. <플래툰>, <7월 4일생>, <도어스>, <JFK>, <닉슨> 등의 대표작이 있으며 수상경력도 화려하다.

과 상징적으로 대비되며 <전함 포템킨>에서 악덕 장교는 고기 위에 기생하는 구더기들과 대비되는 것이 그렇다. 즉 각 쇼트를 연결할 때 위의 장면을 교대로 편집함으로써 의미를 극명하게 창출하는 것이다. 이러한 씬 구성 방법은 이후 변형을 거쳐 현대 영화에서도 종종 사용되고 있다.

쁠랑 세깡스 씬(one scene-one shot)

씬은 하나의 쇼트로 이루어질 수도 있는데, '쁠랑-세깡스(plan-sequence : one scene-one shot)'는 전혀 중단되지 않는 씬 이상의 시간, 공간의 연속체이다. 이것은 한 번의 촬영으로 모든 것이 완결됨으로 편집이 필요 없지만, 실제의 작품 가운데에선 쇼트의 길이, 공간의 깊이, 프레임에서의 등·퇴장, 프레임 내의 이동과 카메라의 움직임을 이용한 동일화면 내에서의 큰 의미로서의 몽타쥬라고 볼 수 있다.

오손 웰즈의 <악의 손길> 도입부라든가, 로버트 알트만의 <플레이어> 등에서 이런 씬을 접할 수 있다. 그리고 좀 극단적인 예이지만, 히치콕의 <로프>에는 이 쁠랑-세깡스의 복잡한 성격을 실험적으로 사용해 독특한 영화 미학을 표현하기도 했는데, 이 영화는 엄밀히 따지면 순간적인 분절 — 등장인물의 등 뒤를 스치는 사이 필름 롤이 바뀐다 — 을 동반하고 있어 완전한 의미의 쁠랑-세깡스라고 볼 수는 없다.

6) 시퀀스(sequence)

'시퀀스'는 이른바 영화의 씬과 영화 작품 전체 사이에 자리 잡는다고 할 수 있는데, 영화의 전체 흐름 속에서 여러 개의 씬을 뭉쳐서 비교적 독립된 성격을 지닌 의미 단위를 말한다. 시퀀스는 독자적으로 그 의미를 완결시킬 수도 있지만, 한 편의 영화는 여러 개의 시퀀스를

오손 웰즈
(Welles, George Orson)

1915~1985. 미국의 영화감독. 1941년 영화 <시민 케인>으로 데뷔. 흥행에 구속되지 않은 채 자신의 작품세계를 구축하였다. <시민 케인>, <오손 웰즈의 이방인>, <멕베스>, <상하이에서 온 여인> 등의 대표작이 있다. <제3의 사나이>에는 배우로 출연했지만 오손 웰즈의 냄새가 많이 들어간 작품이다.

알트만
(Altman, Robert Bernard)

1925~2006. 미국의 영화감독. '할리우드의 반골'이라고 불리며 할리우드의 주류에서 벗어나 있지만 여전히 미국영화 흐름의 중심에 있는 감독이다. 6·25 전쟁을 배경으로 한 ≪매쉬 M.A.S.H≫를 발표하여 칸영화제 황금종려상을 수상하였다. <매쉬>, <내슈빌>, <플레이어>, <플레이어> 등의 대표작이 있다.

상호보완적으로 구조화시켜 더 큰 의미를 이끌어냄으로서 완성되는 것이다. 즉 시퀀스와 시퀀스가 더해져 한 편의 영화를 완성한다고 하겠다. 보통 할리우드에서 제작되는 대작의 경우 15~20개의 시퀀스로 짜이며, 유럽 영화의 경우엔 이보다 작은 12~15개로 이루어져 있다.

시퀀스의 설정은 영화적 영상의 중요한 특성의 하나라고 할 수 있지만 그것이 영화적 또는 서술적 성격의 혼합 코드에 선행되는 것이지 그 자체가 분명하게 참여하는 것이라고 볼 수 없다. 다시 말해 시퀀스는 필요에 의해 구성되는 것이지 이것을 통해 영화의 특징이나 성격이 드러나는 것은 아니다. 시퀀스는 의미파악이 가능한 내용의 연결체라고 생각하면 된다.

크리스티앙 메츠는 『영화에 있어서의 의미 작용에 관한 시론』에서의 시퀀스를 다음과 같이 분류했다.

에피소드 시퀀스

연대순으로 짧은 장면을 연결해서 긴 프로세스를 짧게 정리하는 기법을 '에피소드 시퀀스'라고 말한다. 실제로 하나의 이어진 시간이 연속되는 것은 아니지만 전체로서 정리된 하나의 일을 나타내는 것이다. 오손 웰즈의 <시민 케인> 도입부에서 그 좋은 예를 볼 수 있는데, 뉴스의 머리기사의 변모로 펼쳐지는 케인의 일대기를 다룬 시퀀스가 바로 그것이다.

병행 시퀀스

'병행 시퀀스'는 시간의 인과 관계를 단절하고 둘 이상 별개의 액션이 교대로 전개되는 것이다. 전형적인 예는 쫓기는 자와 쫓는 자가 교대로 나타나는 추격 장면을 들 수 있는데, 이 시퀀스는 각기 하나의 시간적 인과 관계를 형성하는 두 개의 시퀀스가 하나가 되어 두 개의 사건이 동시성을 생기게 하는 것이다. 영상의 교체가 바로 사건의 동시성을 얘기해준다. 윌리엄 프레드킨의 <프렌치 커넥션>의 추적 장면은 이 시퀀스의 가장 완벽한 구도를 제시하는데, 프랑스 마피아와 형사들의 쫓고 쫓기는 과정은 공간적으로는 떨어진 그러나 시각적으로는 강력히 통일된 단위 속에 묶여져 있다.

작품마다 변화가 풍부한 시퀀스를 나누는 것이 작품의 줄거리 유형을 나누는 출발점이다. 시퀀스의 구성 방식은 몇 개의 변화 형식에 따라서 분류된다.

시퀀스의 길이

흔히 안정되고 비교적 수가 적은 큰 시퀀스로 만들어진 작품이 고전적 작품의 특징을 가지고 있다고 생각되어 왔다. 즉 서사적 이야기 구조를 배열하는 방식의 영화적 기법을 주로 사용했음을 알게 된다. 고전적 작품에서 시퀀스는 영화에 느린 템포를 주는 길게 계속되는 경향이 강하지만, 한없이 늘어지는 것은 아니고 절제가 있다. 얌전하고 규칙적인 이 아름다운 시퀀스의 단위는 현대 영화에서 두 개의 경향으로 나뉘어서 상실되어 가고 있는데, 끝없이 길어지든가 엉뚱하게 단축되던가 하는 것이다.

길어지는 예는 안토니오의 영화에서 많이 볼 수 있다. <정사>, <태양은 외로워> 3부작에서 절망적으로 공허하며 권태의 포로가 될

안토니오 반데라스
(Banderas, Antonio)

1960~ . 스페인 출생의 영화배우. 〈신경쇠약 직전의 여자〉, 〈욕망의 낮과 밤〉, 〈마타도르〉, 등으로 알려지기 시작했다. 1992년 〈맘보 킹〉으로 헐리웃에 진출하였다. 〈영혼의 집〉, 〈필라델피아〉, 〈뱀파이어와의 인터뷰〉, 〈어쌔신〉, 〈데스페라도〉, 〈투 머치〉, 〈에비타〉 등에 출연하였다.

수밖에 없는 끝날 줄 모르는 긴 시퀀스가 그것이다.

절단, 세분화된 시퀀스는 <로즈마리의 아기> 등에서 볼 수 있는데, 그 가운데는 단순한 하나의 씬에 지나지 않는 짧은 시퀀스도 있다. 로즈마리가 텔레비전 앞에서 고통으로 신음하는, 영화의 흐름에서는 완전히 고립된 13초간의 고정 쇼트는 그 예이다.

시퀀스의 단면

시퀀스의 단면이 딱딱하다든가 덜 딱딱하다든가 하는 표현을 쓰는 경우가 있다. 딱딱한 단면의 전형적인 타입의 하나는 서술의 줄거리가 분명하고 세밀한 이야기로 펼쳐지는 시퀀스를 들 수 있는데, 독자적으로 그 의미를 완결지음으로서 작은 단계에 있어서의 카타르시스를 불러일으키게 하는 것들이다.

이에 반해 덜 딱딱한 단면의 시퀀스는 독자적인 의미의 완결 속에서도 다른 시퀀스와 쉽게 연결되어 또 다른 의미를 이끌어내는데 용이한 것들을 말한다.

시퀀스의 분절

씬과 씬의 연결이나 한 시퀀스에서 다른 시퀀스로 옮겨지는 것은 말할 것도 없지만 이런 경우에도 흔히 구독점과 같은 기호 표현이 있다. 디졸브와 같은 처리는 두 개의 시퀀스에 분명히 경계를 정하고 거리를 만든다. 이러한 처리는 시퀀스와 시퀀스가 분리되어 있음을 잘 알 수 있게 하지만 구식이다. 영화는 점점 이러한 타입의 분절을 좋아하지 않게 되었다.

더욱 도발적이고 말하자면 파괴적인 것은 하나의 시퀀스의 마지막 부분에 갑자기 어떤 쇼트가 시퀀스와 관계없이 나타나서 새로운 시퀀스를 여는 효과의 몽타쥬 커트이다. 로만 폴란스키의 <로즈마리의

로즈마리의 아기

1968년 패러마운트픽처스가 제작하고 로만 폴란스키가 감독하였다. 미아 패로우와 존 카사베츠가 주연을 맡았으며, 상영시간은 136분이다. 중산층 아파트에 입주한 젊은 부부가 아파트를 지배하는 악마적 힘에 의하여 악마의 씨를 잉태한다는 공포영화다.

아기>에는 이러한 실례를 많이 볼 수 있는데, 몽타쥬 커트는 두 개의 시퀀스를 그냥 단순히 연결할 뿐으로 두 개의 시퀀스 사이의 절단된 분할은 대단히 약하게 표현되어 있다.

시퀀스의 연쇄

시퀀스의 연쇄란 시퀀스가 서로 호응해서, 헨리 제임스의 표현을 빌린다면 '서술적인 신성한 압력의 효과로 부드럽게 연쇄되어' 이어지는 것이다. 모든 시퀀스가 저마다 끝을 맺고 릴레이식으로 연결되어 이야기의 진행이 마지막까지 연결된다.

프리츠 랑의 <마부제 박사의 천 개의 눈>에서는 각 시퀀스의 마지막에서 새로운 대사가 제시되고 다음 영상을 시작한다. 반대로 앞에서 설명한 단순한 효과의 몽타주는 서술의 흐름을 폭력적으로 단절하고 일시적으로 관객의 이해를 중단시킨다.

작품의 구분인 시퀀스의 형태라던가 그 연결방식을 이 네 개의 변수, 형태로서 완전히 얘기할 수 있는 것은 아니지만 이러한 형태들의 조합과 변화로 시퀀스의 대부분의 형태에 접근할 수 있다고 생각한다. 예를 들자면 아주 틀에 박힌 고전적인 작품에서는 단면이 딱딱하고 분명하지만 미끄러지듯 잘 연결되는 시퀀스를 볼 수 있다.

8) 인물의 움직임

화면에서의 움직임은 카메라를 통한 프레임 전체의 움직임도 있지만 화면 내에서의 피사체 즉 인물의 움직임을 통해 운동성을 드러내는 경우도 있다. 이 경우 피사체인 인물의 움직임의 방향성이나 의미만으로도 관객들이 상상하게끔 만든다. 즉 운동성을 이용한 다양한 의미망이 형성되는 것이다.

랑(Lang, Fritz)

1890~1976, 독일의 영화감독. 건축가의 아들로 출생하여 미술 공부를 했다. 〈혼혈아〉로 데뷔하여 표현주의 영화 〈사멸(死滅)의 골짜기〉로 재능을 인정받았다. 그 후, 탐정극 〈마부제 박사의 천 개의 눈〉, 공상영화 〈메트로폴리스〉 등을 발표하였으며 미국 이주 후에는 사회비판적 작품을 감독하였다. 〈격노〉, 〈암흑가의 탄흔〉 등이 미국 이주 후의 대표작이다.

마부제 박사의 천 개의 눈

변장과 최면과 술수에 능한 마부제 박사와 일당의 범죄행각과 몰락을 그린 영화. 범죄의 세기인 20세기와 범죄 연대기의 대중적 이용을 예언했다. 독일의 당시 상황을 반영한 표현주의 너머의 세계에 이미 도착했던 작품이다.

움직임의 방향성

어떤 영화는 움직임의 일관성을 지키기 위해 공식적인 방향성을 가진다. 전쟁 영화에서 퇴주할 때는 오른쪽에서 왼쪽으로, 공격할 때는 왼쪽에서 오른쪽으로 움직이게 한다든지, 두 연인의 애정 행각에서 왼쪽으로 움직일 때는 상호 진전된 모습을, 반대로 오른쪽으로 이동할 때는 사이의 거리감, 갈등 등을 기술하는 것으로 의미를 둔 영화도 있다. 이러한 일관성 있는 원칙을 무시하면 그 영화에 대한 주인공의 연관성을 이해하기가 조금 어렵게 된다.

또한 카메라를 향해 인물들이 다가오는 것은 보통 공격성을 암시하는 반면 카메라에서 물러나는 움직임은 패배성을 암시한다. 위험, 용기, 중요성의 감소 등이다. 액션 영화 장르에서는 일반적으로 직선적 동작을 강조하기 위하여 영상을 평면적으로 조감하는 경향이 강하다. 화면 속에 거리감을 제거하기도 한다는 의미이다. 한편 직선적 동작은 스피드와 명쾌함, 박진감들을 강조한다. 그러한 쇼트들은 보통 짧은데, 이는 화면 한쪽에서 다른 쪽으로 가는 시간을 될 수 있는 대로 작게 유지하기 위함이다. 이와 같은 쇼트들은 주로 추적 시퀀스에 사용되며 급속도의 리듬으로 편집된다.

움직임의 상징성

영화에서 어떤 형태의 움직임들은 고유한 상징 그 자체이다. 영화 감독들은 죽음, 정신적 마비상태, 탈진, 허기 따위의 개념을 나타낼 때 흔히 움직임의 정지, 또는 미세한 동작을 사용한다. 그러한 경우 남자를 위로해주는 여자의 팔처럼 조그만 동작은 심화되고 상징적인 중요성을 띨 수도 있다. 즉 운동성은 쇼트와 결합되어서 더 큰 의미를 창출한다. 개념적인 설명은 각각 사용되는 것이 아니라 전체적인 화면을 만들어내는 일부분이라는 점을 상기할 필요가 있다.

심리 영화에서는 인물의 움직임이 화면의 깊이 감을 더했다 감소시켰다 하는 수법으로 쓰이기도 하는데, 특히 지루함, 허무감 등을 묘사하는 데에 적격이었다. 이러한 유형의 쇼트들은 무언가 호기심을 갖게 하는 세트를 요구한다. 왜냐하면 우리는 인물의 행동이 끝나기도 전에 벌써 인물의 목표를 알고 지루해질 수 있기 때문이다. 어둡고 긴 호텔 복도에서 자신의 연인을 찾는 여주인공에게서 우리는 심리의 허무함을 읽을 수 있다. 끝이 없이 연속되는 문과 의자들 그리고 어두움은 그녀가 경험하고 있는 좌절감의 반복으로 볼 수 있는 것이다.

움직임의 극적 효과

관객은 가장 관심이 집중되는 영역을 향해 카메라가 투사된다고 믿고 있다. 즉 영상의 가장 중요한 요소는 화면 구도상 중앙에 제일 가깝게 위치한다는 것이다. 감독은 이를 이용해 화면 구도의 밖에서 중심으로 점점 들어가는 움직임을 하게 함으로써 관객을 놀라게 하는 쇼크 효과를 낼 수도 있다.

또한 밖으로 튀어나온 움직임은 폭발하는 감정, 즉 기쁨이나 황홀한 느낌을 전달시켜 주는데, <프렌치 커넥션>에서 진 해크만이 도망가는 범인을 총으로 죽이는 씬은 이를 적절히 이용해 극적인 효과를 창출하고 있다. 쫓고 쫓기는 격렬한 추적의 클라이맥스에서 주인공(진 해크만)에게 대단히 경멸을 주었던 범인을 총으로 쏘아 죽인다. 카메라가 주시하는 계단으로 도망쳐 올라오던 범인이 총을 맞으면서 보여주는 그 터지는 듯한 움직임은 희생자의 몸을 파열시키는 총알과 그동안 위험한 고비를 넘기고 모욕을 받아온 주인공에게 해방감을 안겨다 주는 상징으로 작용하고 있다. 이러한 시퀀스에서 꾸준히 쌓아올린 극적 긴장감을 한꺼번에 방출시키는 효과를 갖는다. 결과적으로 우리는 주인공에 동화되어 남을 죽이는 장면에서조차도 일종의 희열과

〈프렌치 커넥션〉
(French Connection)

윌리엄 프리드킨 감독의 1971년 미국 영화. 프랑스의 항구도시 마르세유 뒷골목에서 형사가 살해된다. 뉴욕에서는 형사 도일(진 해크먼)과 그의 파트너 루소(로이 샤이더)가 마약 밀매인을 붙잡아 밀매 경로를 추궁하여 '프렌치 커넥션'을 밝혀내고 격렬한 총격전 끝에 일당을 일망타진하는 내용으로 되어 있다.

통쾌함을 느끼게 되는 것이다.

9) 열린 형식과 닫힌 형식

열린 형식과 닫힌 형식은 일반적으로 예술, 비평가 및 역사가들에 의해 사용되어져왔다. 영화에서 쓰이게 된 것은 이 용어가 영화 분석을 위해 유용한 용어라는 자각에서부터였다. 대부분의 이론적 전개처럼 이것은 절대적인 의미보다는 비교학적인 의미로 잘 쓰여지고 있다. 실상 형식에 있어서 완벽하게 열려졌거나 닫힌 영화는 있을 수 없다. 단지 그러한 경향으로 나갈 수 있다는 것뿐이다. 다른 비평 용어들처럼, 열린 형식과 닫힌 형식은 그러한 개념들이 영화에 진실로 존재하는 것을 이해하는데 도움을 줄 때에만 응용 가능한 것이다.

내러티브에서의 열린 형식과 닫힌 형식

흔히 영화에 있어 내러티브는 주어진 플롯에 의하여 '질서 / 무질서 / 회복'의 선형적인 유형을 띄는 것이 일반적이다. 중요한 사건들의 정보와 인물의 성격을 명백히 해주는 도입부를 거쳐, 얽히고설킨 사건들을 지연시키거나 속이거나 풀어나가면서 관객의 장기적인 기대를 만들어내는 전개부를 지나면 영화는 단순한 정지가 아니라 '끝'이 나게 되는 것이다.

예를 들어 추리물에서 단서들은 한두 개의 의혹만 남기고 다 풀린다. 혹은 웨스턴 / 서부영화의 절정에서 두 사람 중 하나가 죽으리란 걸 우리는 알고 있으며 그것은 최후의 대결로 이루어진다. 흔히 결말은 인과 관계의 고리를 풀거나 '끝'을 맺는다. 주인공은 이기고 모두가 그 후로는 행복하게 살고, 우리의 기대는 마침내 만족되는 식이다. 이러한 내러티브 유형을 바로 '닫힌 형식'의 내러티브라고 말하는데,

여기서 '닫힘'의 개념은 종결을 의미한다. 이런 완결의 내러티브는 일상적인 문학의 범주와 크게 다르지 않다.

그러나 모든 영화가 그러한 완결성을 보여주지는 않는다. 홍상수의 <돼지가 우물에 빠진 날>이나 박광수의 <그들도 우리처럼> 같은 예에서 볼 수 있듯이 결말은 비교적 열려질 수 도 있다. 다시 말해서 최종적 결과의 본질이 무엇인지 불확실하게 스토리 사건을 제시할 수도 있다는 것이다. 이러한 '열린 형식'의 내러티브는 닫힌 형식의 내러티브 보다 관객에게 더 많은 상상의 자유를 주며 여운을 남기는 기능을 하기도 한다. 일단의 사건은 종결되지만 주인공에게 어떤 것도 남아있지 않고, 쓸쓸히 떠나가는 뒷모습을 보여준다든가 혹은 길을 떠나 새로운 모험을 하는 형식 등이 여기에 해당된다. 이처럼 열린 형식을 보여주는 것은 판단을 관객의 몫으로 돌리거나, 극적 줄거리에 참여시키기 위한 의도에서 출발한다.

화면 구성에서의 열린 형식과 닫힌 형식

화면 구성에서의 열린 형식과 닫힌 형식은 기술적인 면에서의 스타일의 문제이기도 하지만, 리얼리티를 담는 자세이기도 하다. 결과적으로 열린 형식과 닫힌 형식은 감독의 예술적 설계와 그의 철학적 세계를 결정하는 도구이다. 두 용어는 또한 사실주의와 표현주의의 개념과도 관련이 있다. 일반적으로 사실주의 영화감독들은 열린 형식을 사용한다. 반면 대부분의 표현주의 영화감독들은 닫힌 형식을 지향한다. 또한 열린 형식은 스타일상 섬세한 반면에, 닫힌 형식은 일반적으로 자의식적이다.

열린 형식의 화면 구성

사실주의 감독들이 선호하는 열린 형식은 넓은 외적인 현실을 의미하는데, 디자인과 구도는 대체로 우연적이며 비형식적이다. 과다한 균형과 계산된 조화는 자발적인 효과를 위해 피하게 되었고, 다큐멘터리 미학에 영향 받은 나머지 열린 형식의 영상은 정돈되었다기보다는 그 상태로의 '발견'에 차라리 가깝다. 또한 열린 형식의 정지된 사진은 거의 그림이 되지도 않고, 미학적이지도 않다. 대신에 그것들은 진실의 한순간, 즉 변하는 시간 가운데서 재빨리 포착된 스냅 쇼트와 같은 인상을 준다.

열린 형식의 화면에서는 프레임이 덜 강조된다. 그건 더 중요한 지식이 구도 바깥에 있음을 의미하는 것이다. 이러한 쇼트에서 공간은 연속되고 프레임 바깥의 연속감을 강조한다. 감독은 일반적으로 연기자를 따라 다니며 그들의 행동을 무계획적으로 여과 없이 담아낸다. 그래서 액션영화에서의 열린 형식은 우연히 촬영된 뉴스 영화 같은 장면을 연상시킨다. 열린 형식에서의 이러한 임의적 카메라 사용은 자유, 자발성, 우연성 등을 의미한다.

닫힌 형식의 화면 구성

표현주의 감독들은 닫힌 형식들을 더 선호하는 경향이 있다. 그건 자아 폐쇄적인 세계를 암시한다. 때때로 기괴한 인물을 강조하기 위해서 닫힌 형식의 영상들은 효과 면에서 더욱더 자의식 적으로 세련되어 있다. 선, 형태, 질감, 디자인의 아름다움은 기술적으로 잘 꾸며져 있으며, 종종 일상의 현실에서 거의 나타나지 않는 고도의 시각적 아름다움을 창출하기 위해 풍부하게 조작되어 있다.

닫힌 형식에서 프레임이란 충분한 조화의 형식적 요소들로 이루어진 일종의 자기만족적 모형의 세계이다. 비록 프레임 바깥에 더욱 많은 지식이 있다 할지라도, 주어진 쇼트의 시간 동안 이러한 지식은 시각적으로 무의미할 뿐이다. 또한 닫힌 형식은 카메라가 행동을 기다린다. 심지어 극중 인물이 프레임 내에서 어떤 공간을 향해 움직이기 전에 카메라는 그들이 갈 곳을 미리 아는 듯하다. 마치 그들을 기다리는 듯이……. 어떤 의미에서 임의적인 카메라 설정은 행동을 미리 예견한다. 그러므로 그건 사로잡힘, 운명, 절망감 등을 암시하기도 한다.

2. 시나리오 이해를 위한 영화의 이해

1) 영화란 무엇인가

영화는 스크린상에 움직이는 영상(映像)을 말하며, 제작과정에 있어서는 창조적 요소와 기계기술적 요소, 그리고 경제적 요소가 합쳐져서 만들어진다. 여기서 중요한 개념이 발생되는 데 영화는 본질적으로 움직이는 사진의 개념에서 출발한다는 것이다. 즉 사진의 개념과 움직이는 운동성이 영화에서는 중요한 전달의 수단이 된다는 점이다. 이렇게 강조하는 것은 흔히 TV와 영화를 같은 매체라고 생각하기 쉬우나 TV가 라디오 방송에서 출발한 언어의 전달에 중점을 두는 매체라면 영화는 시각적인 전달에 더 큰 비중을 차지한 매체라는 사실을 분명히 하고자 함이다. 따라서 한 편의 영화를 만들기 위해서는 경제적 책임을 지는 제작자와 스튜디오·카메라·녹음·현상 등의 시설이 있어야 하며, 예술적 책임을 지는 감독·시나리오작가·배우·촬영기사·미술가·음악가·편집자가 공동작업을 해야 한다. 이렇게 하여 만들어진 한 편의 영화가 관객이 볼 수 있게 되기 위해 배급업자 또는 흥행업자와 영화관이 있어야 하며, 광고가 행하여져야 하고 영화평론가들에 의한 평가작업이 있어야 한다.

영화는 결국 영화관에서 관객을 만나게 됨으로써 대중 전달의 기능을 발휘하고 거기에서 상품적 성격과 사회적 성격을 가지게 되며, 관객에게 심리적 영향을 줌으로써 예술적 또는 오락적 성격을 가지게 된다. 영화는 오늘날 예술의 한 장르이면서 단순한 예술의 영역을 넘어선 넓은 사회·문화적인 복잡한 현상이다. 영화의 영상을 만들어내는 것은 카메라·필름·영사기이다. 이것들은 19세기에서 20세기에 걸친 과학과 공업이 만들어낸 성과이며, 따라서 새로운 기술의 발명으로서 취급되고 하나의 테크놀로지로서 논할 수 있다. 새로운 영화는 새로운 커뮤니케이션의 수단, 새로운 사회적 언어로서도 이야기될 수 있다. 영화는 오락으로서, 그리고 흥행으로서 그 영상은 대중을 상대로 한 매스미디어가 되었으며, 텔레비전의 등장과 더불어 시각정보(視覺情報)의 전달매체, 메시지를 전달하는 새로운 수단, 새로운 기호체계로서 연구, 인식되어가고 있다.

2) 영화의 제작과 제반요소들

영화의 제작은 다른 예술에 비교할 수 없을 정도로 복잡한 과정을 거친다. 그리고 어느 예술보다도 기계에 의존적이다. 영상에 담는 장치나 영화를 보는 장치들은 모두 기계이고 기술의 역량에 의해 발전되어 왔다는 점을 부인할 수 없다. 영화의 발전사가 기술 발전사라고 하여도 과언이 아닐 정도로 영화의 제작형태는 과학기술의 발전과 함께 변해왔다. 영화는 동작 그 자체도 부자연스럽게 기록되던 초기의 무성영화시대, 사실적인 동작의 재현이 가능하던 발전된 무성영화시대, 그리고 유성영화시대, 색채영화시대, 대형영화시대, 입체영상시대, 입체음향시대 등으로 발전하여왔다. 1편의 영화가 제작되기 위해서는 기획·시나리오·연출·촬영·조명·녹음·장치·의상·연기·현상·편집

등 각 부분들이 유기적인 협동과정을 거쳐야 한다. 영화의 특징은 집단예술형태에 기계 예술적 형태와 산업적 예술형태가 더하여 만들어진다. 또한 막대한 제작비가 드는 영화는 숙명적으로 상업성에 종속될 수밖에 없다. 따라서 영화는 기획단계에서부터 제작비 및 이윤을 남기기 위한 사업체계로 들어갈 수밖에 없다. 제작형태에는 어느 인물에 가장 주안점을 두는 것이 영화산업에 유리한가에 따라 제작자시스템·감독시스템·배우시스템으로 나뉜다. 영화제작은 기획에서 어떤 종류의 영화를 누구누구를 참여시켜 어떻게 만들어서 어느 관객층을 공략할 것인가를 결정한다. 그런 다음 시나리오를 집필시키고 감독을 결정한다. 감독은 실무제작자의 감독 밑에 출연배우들을 결정하고 촬영·미술·의상·조명·녹음·편집 등에 참여할 인물들을 선별한다. 제작과정을 거쳐 완성된 작품은 배급회사를 거쳐 배급, 흥행을 하게 된다. 이처럼 복잡한 제작과정에서 중요한 요소를 간략하게 언급하고자 한다.

3. 영화의 실제

1) 촬영

영화촬영은 일반적으로 극장상영영화의 경우 35mm 영화가 주종을 이룬다. 광복 이후 6·25까지의 한국영화는 16mm로 제작되어 극장에서 상영되었으나 국제적으로는 70mm 영화가 늘어나는 추세이다.

촬영이란 감독이 배우들을 연기시킨 장면이나 영화상 필요한 장면들을 현실의 시각 체험에 가깝게 사실적으로 찍는 것이다. 그러나 시나리오 작가의 상상력에 의하여 만들어지는 세계를 기존 촬영기법으로 모두 촬영한다는 것은 불가능하다. 그래서 비용이 너무 많이 들거나 어렵거나 시간이 많이 걸리거나 위험하거나 현실적으로 불가능한 영상은 특수효과(특수촬영, 현상소에서의 특수작업)로 처리하게 된다. 촬영기를 이용한 특수효과로는 고속촬영, 저속촬영, 글라스 쇼트, 거울 쇼트, 모델 또는 미니어처 쇼트, 슈프탄 프로세스, 스폴리트 매트 쇼트 등이 있다. ① 고속촬영(high-speed cinematography): 영화는 1초에 24프레임(독립, 정지된 화면)이 촬영되고 영사된다. 그런데 만일 1초에 48프레임을 촬영하여 24프레임으로 영사한다면 화면 속의 움직이는 대상은 2배의 느린 동작으로 보이게 된다. 특수한 과학촬영이 아닌 한 보통 영화에서는 약 3배의 고속촬영에 의한 3배의 느린 동작이 가장 많이 사용되고 있다. 이 방법으로는 비엔나 왈츠풍의 완만한 환상적인 분위기를 연출한다. ② 저속촬영(accelerated-motion): 영화의 표준촬영 속도인 초당 24프레임보다 적은 프레임으로 촬영을 하여 초당 24프레임이라는 정상적인 속도로 영사를 하면 움직이는 대상은 빠른 동작으로 보인다. 만일 초당 1프레임씩 촬영된다면 영사 시 동작은 24배 빠르게 움직인다. 빠른 동작은 속도감 있는 현대적 시간 분위기와 희극적 분위기를 연출한다. ③ 로케이션촬영: 촬영소에서 세트를 만들어 촬영하는 것이 아니고 촬영소 이외의 장소에서 촬영하는 것이다. 오늘날에는 촬영소 내에서 모든 영화를 찍는 경우는 거의 없다. ④ 세트 촬영: 현실공간에서 로케이션촬영만으로 시각적 현실감을 모두 충족시킨다는 것은 영화촬영의 메커니즘상 거의 불가능하다. 따라서 영상에서 현실감을 주기 위하여 또는 미학적인 이유로 촬영소 안이나 밖에 세트를 세워 촬영을 하게 된다. 이 경우 배우의 연기가 자유롭거나 촬영기의 배치 및 이동이 자유롭고, 경우에 따라서는 특수촬영이 용이한 이점이 있다.

2) 조명

감광유제를 도포한 네거티브 필름을 영화촬영기가 사용하는 한 촬영에서 조명이란 필수적인 조건이다. 영화사 초기 필름의 감광도가 낮은 시절에는 조명은 적정노광을 위한 보조적인 수단이거나 실내장면이나 밤 장면을 위하여 사용되었지만, 고감도필름이 생산되는 최근에는 조명이 미학적인 측면으로 활용되고 있다.

영화조명은 스크린상에서 일어나는 사건을 적절한 밝기로 보게 해주고, 분위기나 화면의 깊이감 또는 입체감을 더해주고 3차원적 환각과 미적 쾌감을 더해주기 위하여 사용된다. 광선과 피사체의 각도나 채광법에 따라 정면조명·측면조명·뒷면조명·사선조명·상측조명·하측조명 등으로 불리기도 한다. 촬영기 렌즈 근처에서 주인공에게 비추는 시선조명이라는 것도 있다. 조명의 전체적인 분위기에 따라 밝은 상태를 하이 키 조명, 어두운 상태를 로우 키 조명이라 한다. 조명의 방향을 시계 숫자를 이용하여 부르기도 한다.

3) 편집

영화편집자는 현상소에서 나와 감독에 의하여 오케이(OK)로 떨어진 포지티브 필름(프린트)을 시나리오와 콘티뉴이티 리포트를 놓고 영화 순서대로 붙인다. 필름을 특수한 목적에 의하여 잘라 붙이는 행위를 편집이라 한다. 영화의 순서대로 대충 프린트를 붙이는 행위를 어셈블(assemble)이라고 한다. 이 어셈블에 최종적으로 극장에서 보여지는 영상과 같은 수준으로 정교하게 리듬과 스피드를 조절한 편집을 파인 커트(fine cut)라 한다. 이 파인 커트된 프린트와 똑같은 네거티브 필름을 찾아 붙이는 작업을 네거티브 편집이라 한다. 이 네거티브 필름과 사운드 네거티브를 함께 인화하여 영사용 프린트가 나온다. 편집이라는 말은 영어로 에디팅 또는 커팅이라고 한다. 초기 미국에서 에디팅 또는 커팅이라고 하였을 때는 영화의 표현기법이라는 개념보다는 단순히 필름을 끊고 붙이는 작업의 개념이었다. 그러나 1920년대의 소련이나 프랑스에서는 몽타주(montage)가 편집작업의 개념보다는 영화만이 갖는 독특한 수사적 표현기법의 개념이었다. 몽타쥬라는 용어는 프랑스어의 'monter(짜맞춘다는 건축용어)'에서 온 말로서 연극에서는 무대상에서 장치를 끌어올리거나 고정시키거나 조이거나 짜맞추는 것을 지칭하는데, 영화에 와서 편집의 개념을 가지게 되었다. 미국에서는 포토몽타주라는 사진용어가 있는데, 이는 한 프레임에 여러 장의 사진을 조합하여 다중노출시킨 것을 의미한다. 미국에서는 몽타주의 개념을 시간의 경과나 액션을 창조적으로 응축시키기 위하여 일련의 빠르고 짧은 쇼트들의 연속으로 이루어진 장면(sequence)에 적용하였다. 이와 같은 전형적인 기법으로 일련의 달력 신문의 헤드라인, 지명, 열차바퀴 등이 1930년대 미국 영화에서 자주 이용되었다. 오늘날에 있어 몽타주의 개념은 1920년대 소련의 몽타쥬파 영화감독들이 정립한 이론적 개념을 적용하려는 경향이 있다. 초기 미국영화, 특히 그리피스 감독 작품에서 큰 영향을 받아 개발한 소련의 몽타주기법은 감독에 따라 그 개념을 달리한다.

에이젠스테인의 몽타쥬관은 몽타쥬를 통하여 관객으로부터 정서적 반응을 끌어내는 것이며, 별개의 두 쇼트들의 충돌(편집의 연결의 의미)에 의하여 두 쇼트의 개념과는 다른 제3의 개념을 창출하는 것이다. 그는 몽타쥬의 수준이나 유형에 따라 길이의, 리듬의, 음조의, 탈음조의 지적인 몽타쥬로 분류하고 후자의 것은 추상적인 개념을 영상적으로 표현할 수 있다고 하였다. 레프 쿨레쇼프는 몽타쥬는 단순한 리듬을 창조하는 수단만은 아닌 현실과는 별개의 시공간을 만들어내는 것으로 보았다. 푸도프킨은 쇼트는 생생한 원료로 있지만 그 자신 생명을 가지고 있는 것은 아니고 그것이 복잡하게 결합하여 영화예술이 탄생된다고 보았다.

4) 녹음

영화음향에는 대사·효과음·음악이 있다. 대사의 경우 동시녹음일 때는 촬영현장에서 배우의 육성을 직접 채록하나, 후시녹음일 때는 스튜디오에서 출연배우 혹은 성우에 의하여 녹음된다. 효과음이나 음악은 녹음실에서 편집된 필름을 보면서 별도로 채록한다. 이 세 독립된 사운드 트랙을 편집된 필름을 보면서 녹음기사는 감독의 조언을 들으면서 소리의 강약을 조절하면서 믹싱을 한다. 이 믹싱을 한 자기 녹음테이프를 사운드 필름으로 옮겨 사운드 네거티브 필름을 만든다. 이를 영상 네거티브와 합성 인화하여 영사용 프린트를 만든다. 이와 같은 방식에 의하여 만들어진 프린트를 광학방식에 의한 프린트라고 하며, 영사용 프린트 위에 자기사운드트랙을 입혀 녹음한 방식의 프린트를 자기녹음프린트라 한다. 70mm 영화는 모두 자기 방식의 녹음방식을 채택하여 음질을 높이고 있다. 최근에는 영화녹음방식이 발달하여 잡음제거방식인 돌비시스템으로 입체음향녹음방식이 일반화되어 있다.

5) 검열

영화를 일반관객에게 공개하기에 앞서 정부 혹은 사회단체에서 헌법이나 기타 검열규칙에의 위법여부를 알아보기 위하여 하는 일종의 시사회이다. 영화사 초기부터 영화검열의 필요성이 인식되어 현재까

푸도프킨
(Pudovkin, Vsevolod I.)

1893~1953. 러시아의 영화감독. 러시아 영화의 혁명적 전통을 개척한 사람으로 평가 받으며 '몽타주 이론'의 수립과 보급에도 크게 공헌하였다. 〈어머니〉, 〈전함 포템킨〉, 〈토키에 관한 선언〉 등의 영화를 만들었다. 에이젠슈타인과의 영화론에 대한 논쟁으로 소련영화이론을 발전시켰다.

지 대부분의 국가에서 이를 시행하고 있다. 사회주의국가나 후진국일수록 정치체제에 대한 검열이 엄격하고, 서방 선진국은 폭력과 섹스에 관심을 두고 이를 영화와 청소년들의 격리에 치중하고 있다. 미국과 일본은 영화업계의 자율심의기구를 두고 상영여부와 관객의 연령층에 따른 등급만 결정할 뿐 필름의 삭제는 하지 않는다. 그러나 대부분의 국가가 등급과 삭제 행위를 병행하고 있다. 그만큼 영화자체가 지니는 영향력을 반증하는 것이라고 할 것이다.

우리나라는 일제시대부터 조선총독부에 의하여 정치사상에 치중한 엄격한 검열이 있었다. 1926년 조선총독부령 제59호 <활동사진필름 검열규칙>이 공표된 뒤 나운규의 <사랑을 찾아서>(1928)가 커트 및 제명변경으로 상영될 수 있었고, <혈마(血魔)>(1928) 같은 영화는 반이 커트되고도 상영금지처분을 받았다. 전창근(全昌根)은 <복지만리>(1941)로 작품이 압수됨은 물론 100일간의 옥고를 치르기도 하였다. 우리나라는 현재 공연윤리위원회에서 영화검열을 하고 있고 영화의 삭제와 등급행위를 하고 있다. '미성년자 관람불가', '고교생 입장가' 등의 등급이 있다. 1989년 이후 영화검열은 정보기관이나 문공부의 공무원이 철수, 순수 민간인들만으로 하고 있다.

6) 흥행

완성된 영화를 가지고 상행위를 하는 것을 영화흥행이라고 한다. 영화흥행에는 제작자·배급업자·극장주라는 세 요소가 있다. 과거에는 제작과 배급을 함께 하는 회사도 많았지만 현재는 제작과 배급을 분리해서 한다. 물론 경우에 따라서는 몇몇 대영화사가 주주가 되어 영화 배급회사를 설립, 운영하는 수도 있다. 영화제작자는 일반적으로 배급회사에게 완성된 영화의 지역과 상영기간에 대한 판권을 판다. 우리나

나운규

1902~1937. 함북 회령 출생. 영화인. 호는 춘사. 〈아리랑〉, 〈벙어리 삼룡이〉, 〈오몽녀〉 등에서 주연 감독을 하였다. 항일 영화를 만들어 민족혼을 고취시킨 공로로 사후 건국훈장이 추서되었다. 1927년 나운규프로덕션을 설립하여 여러 편의 영화를 제작하였다. 〈임자 없는 나룻배〉, 〈아리랑 제3편〉을 제작하면서 녹음장치에 성공하여 한국의 영화가 무성영화시대에서 유성영화시대로 전환하는 데 크게 기여하였다.

전창근

1908~1975. 서울 출생. 영화 감독 겸 배우. 애국심이 응결된 지사풍의 작품을 많이 만들었고 연출·각본·주연 등을 아울러 해 낸 만능 영화인으로 평가 받는다. 1925년 윤백남(尹白南) 프로덕션의 신인으로 발탁되어 1940년 〈복지만리〉로 데뷔하였다. 〈해방된 내 고향〉, 〈무기 없는 싸움〉, 〈낙동강〉, 〈불사조의 언덕〉, 〈3·1 독립운동〉 등 다수의 작품을 만들었다.

라의 경우는 6개의 지역배급망이 있는데, 영화제작자는 대부분의 작품을 이들 지역배급업자에게 상영권을 팔고 서울의 개봉관에만 직접 배급, 조건에 따라 약간 차이는 있으나 흥행수익을 반반씩 배분한다. 판권상영기간은 국제적인 관례가 5년이다. 선진국의 경우는 배급회사에서 많은 산하 극장을 가지고 있는 데 비하여 우리나라의 경우는 대부분의 극장이 개인 소유이다.

이상에서 영화의 여러 요소에 대해 간략하게 언급하였다. 즉 영화는 하나의 산업으로서 그 범위가 대단히 방대하고 전문적으로 세분화되어 나타난다. 하지만 위의 분야는 우리가 시나리오를 읽을 때는 보이지 않는 것들이다. 즉 영상을 만드는 과정에서 혹은 다 만들어진 영상을 세상에 유포하는 방식에서 필요한 것이다. 따라서 영상을 통해 정보를 전달하고 생성하는 화면의 구성을 이해하는 것이 시나리오를 보다 정밀하게 읽을 수 있도록 도와준다고 하겠다.

4. 영화의 크기(size)

1) 화면 사이즈에 따른 분류

표준 사이즈 영화

극장용 영화는 토마스 에디슨과 뤼미에르 형제의 발명 이래 35mm 너비의 필름이 쓰였으며 그 화면의 비율도 1.33 : 1을 지켜왔다. 토키 이후 사운드 트랙을 녹음하기 위하여 가로 너비가 좁아지고 정사각형에 가까운 화면이 된 때도 있었으나 오래지 않아서 세로의 수치를 줄여 원래의 1.33 : 1의 비율로 돌아와 오랫동안 표준 사이즈가 되어 있다. 지금은 와이드 스크린의 출현으로 사실상 표준 영사 사이즈로서

뤼미에르 형제
(Lumière, Auguste et Louis)

형 1862~1954. 동생은 1864~1948. 프랑스의 영화 카메라 겸 영사기 발명가 형제. 기계 제작자인 동시에 제작·흥행·배급 등 현재의 영화제작 보급형태의 선구적 역할을 한 영화의 시조이다. 형 오귀스트와 동생 루이 형제는 사진가의 아들로 에디슨의 키네토스코프를 연구, 필름이 원활히 움직이는 장치를 완성하여 촬영기와 영사기를 만들었다. 1895년 시네마토그라프 뤼미에르의 특허를 받아, 이 기계로 촬영한 영화를 일반에게 유료 공개하였다. 작품은 「리옹의 뤼미에르 공장 출구(出口)」, 「열차 도착」, 「물고기를 낚는 아기」, 「바다」 등 각각 필름 길이 10여 미터 정도의 영화로 상영시간은 1분을 안 되었다. 실업가로서의 수완과 예술가로서의 재능이 부족했던 형제는 실사영화(實寫映畵)가 대중의 흥미를 끌지 못하고 흥행이 벽에 부딪치자 2년 뒤 영화에서 손을 떼고 평생을 컬러사진 및 입체사진 연구에 몰두하였다.

의 지위를 상실하고 있는데, TV 브라운관의 사이즈가 바로 1.33 :
1의 표준 사이즈이다.

와이드 스크린 영화

1950년대에 들어서서 텔레비전 보급에 대항하기 위해 영화계는
와이드 스크린의 영사법을 개발하였다. 현재의 극장용 영화는 대부
분 와이드 스크린 영사용으로 제작되어 있다. 와이드 스크린의 영화
는 한때 여러 가지 규격으로 나왔으나 현재에는 다음방식으로 통일
되었다.

시네마스코프 사이즈

35mm 표준 필름을 사용하는데, 화상(畫像)을 좌우로 2 : 1로 압축
하여 촬영하고 영사할 때는 이와 반대로 좌우를 2배 확대하는 아나
모픽 렌즈를 사용해 화면 비율을 2.35 : 1로 한다. 이 방식은 프랑스
의 앙리 크레티앙이 발명한 것으로 1953년 20세기 폭스사가 채용,
<성의(聖衣)>가 최초의 시네마스코프 영화로 공개한 이래 와이드스
크린 영화의 표준사이즈로 세계적으로 보급되었다.

비스터비전 사이즈

1953년에 미국 파라마운트가 발표한 것으로 2롤 분의 네가 사이즈
로 촬영한 것을 그대로 1롤 분으로 축소프린트 하여 대형 스크린 영사
에 적합한 선명도 좋은 화면을 얻을 수 있도록 만든 것이다. 영사에
아나모픽 렌즈가 필요 없으며, 화면의 가로세로의 비는 1.85 : 1 내지
1.66 : 1이다.

시네라마

미국의 발명가 프레드 윌러가 고안한 3대의 촬영기로 동시에 촬영한 필름을 3대의 영사기로 영사하는 시스템이다. 1952년에 발명되어 대형영화의 선구가 되었으나 1962년 이래 1대 의 촬영기와 영사기를 사용하는 70mm판으로 개량되었다. 만곡도(彎曲度)가 큰 스크린을 사용하는 것이 특색이고 화면의 가로 세로의 비는 2 : 1로 되어 있다.

입체 영화

입체 영화의 기술은 오래 전부터 개발되어 왔으나 좌우 눈의 시차를 이용하여 입체감을 준다는 원리는 변함이 없다. 1953년 플라로이드 안경을 사용하는 입체 영화가 출현하여 한때 유행했으나 2대의 영사기를 동시에 돌리고 안경을 필요로 한다는 불편 때문에 오래가지는 못했다. 현재 특수 스크린과 영사 각도에 따른 안경이 필요 없는 입체 영화를 계속 연구하고 있다. 현재 호주에서는 극장 자체의 스크린을 원형으로 제작하여 중앙에 객석을 위치시키고, 영화의 내용이 진행됨에 따라 화면 자체를 이동시키는 극장이 선보였다 하니 기술의 진보에 따라 새로운 형태의 영화 탄생은 짐작될 수 있다.

2) 필름 사이즈에 따른 분류

70mm 대형영화

1955년에 발표된 70mm 너비의 대형 필름을 사용하는 토드-AO (제1호작 <오클라호마>) 이후 초(超) 와이드 스크린 시대를 개척한 시스템으로, 촬영할 때 아나모픽 렌즈를 사용하는 것(울트라 파나비전, MGM 카메라 65)과 사용하지 않는 것(토드-AO, 슈퍼 테크니라마, 파나비전 70)이 있는데, 모두가 영사용 프린트는 70mm 대형 필름으로 아나모픽 렌즈를 사용치 않고 표준화되어 있다. 화면 비는 2 : 1이다.

35mm 영화

일반적인 영화 제작에 가장 널리 쓰이는 필름으로 주된 영화용 시스템 자체는 이 필름 크기에 맞추어져 있다. 35mm 영사는 수퍼 16mm의 확대 작업과 35mm 필름의 작업을 통해서 이루어지는데 특히 수퍼 35mm는 위에서 언급한 70mm 영화 작업을 위해 쓰인다.

수퍼 35mm가 일반 35mm는 둘 다 필름의 폭은 같지만 일반 35mm가 쓰고 있는 사운드 영역을 수퍼 35mm는 이미지 영역으로 사용하여 동일한 필름 양으로도 보다 넓은 영역의 이미지를 만들어내어 보다 선명한 화질을 얻을 수 있다는 장점이 있다.

소형 영화

소형 영화는 가장 많이 쓰이는 것이 8mm와 16mm이다. 종래에는 아마츄어용 이외에는 사용되지 않았으나, 광학기술과 필름의 발달에 따라 프로페셔널 용도에도 쓰이게 되었다. 현재에는 6mm까지 보급되어 널리 사용되고 있으며 화질 역시 개선되어 다양한 용도로 제작된다. 특히 16mm는 TV 영화의 발달에 따라 많이 이용되고 있지만 8mm 영화는 점점 사라져가고 있는 추세이다.

5. 촬영

1) 앵글(angle)

영화에 있어 앵글은 카메라로 대상물을 촬영할 때 유지하는 각도를 의미하는데, 이것은 선택된 소재에 대한 감독의 논평이 될 수 있다. 즉 앵글은 선택된 소재에 대한 감독의 태도, 표현 방식, 즉 작가들이 창작을 할 때에 형용사를 사용하는 것에 비견될 수 있는 것이다.

평범한 앵글은 화면의 감정 표현에 적합하며 극단적인 앵글은 영상의 핵심적인 의미를 잘 재현할 수 있다. 또한 하이 앵글(high angle)에서 촬영된 인물과 로우 앵글(low angle)에서 촬영된 동일한 인물의 영상은 정반대 해석을 낳을 수 있다. 그래서 사실주의 감독들은 극단적인 앵글을 피하는 경향이 있으며, 대상물에 대한 가장 명확한 시야를 확보하려고 대부분 눈높이 앵글로 촬영한다.

그에 비해 표현주의 감독들은 대상물의 명확한 표현보다는 대상물의 본질을 가장 잘 포착하기를 원하며 극단적인 앵글로 촬영하여 사물을 왜곡되게 보이게 함으로서 더욱더 커다란 진실(상징적 진실)을 얻을 수 있다고 느낀다.

결국 사실주의 감독들은 카메라의 존재를 잊게 만들려고 노력하고, 표현주의 감독들은 카메라의 존재성을 관객들에게 환기시키려는 것이다. 일반적으로 영화에는 기본적인 5가지 종류의 앵글이 있는데, 그것은 다음과 같다.

버즈 아이 뷰(bird's eye view)

이 앵글은 바로 머리 위에서 거의 직각으로 밑을 촬영하는 것이다. 실제 생활에서 우리는 이러한 각도에서 사물을 보는 일이 거의 없기 때문에 이러한 앵글로 촬영된 장면은 우리에게 낯설어 보이며 추상적으로 보일 수도 있다. 카메라는 전능한 신의 시선과 같이 움직이기 때문에 피사체로서의 인간들은 아무것도 아닌 것처럼 보이게 되는데, 주로 '운명'이라는 주제를 취급하는 알프레드 히치콕이나 프리츠 랑 같은 감독들이 많이 사용했다. 최근의 영화로는 '에너미 오브 스테이츠'에서 위성을 중심으로 인간 개개인에 대한 감시를 보여줄 때 효과적으로 사용되는 것을 알 수 있다.

하이 앵글(high angle)

하이 앵글은 우리의 시각에서 수평으로 바라보는 것보다 위에서 바라보는 앵글이다. 이것은 '버즈 아이 뷰'와 같이 극단적인 것은 아니기 때문에 관객들이 그다지 전지전능하다고 느끼지는 않는다. 반드시 숙명이나 운명을 암시하지는 않지만 화면 속에 장치나 배경의 중요성이 강조되어 인물들은 그다지 중요하지 않고 배경의 덫에 걸린 듯한 느낌을 줄 때 사용한다. 또한 이 앵글은 자기 비하를 나타낼 때 효과적이기도 하다. 시각적으로 주변의 환경이 확대되고 피사체인 인간의 모습은 축소되는 경향이 강하기 때문이다.

아이 레벨 앵글(eye level angle)

관찰자가 한 사물을 볼 때와 가장 유사한 앵글이며 가장 평범하다. 사실주의 감독들이 사물에 대한 주관적인 평가를 피하게 하기 위해 많이 쓰는 앵글이지만, 사실 많은 극영화의 사건 서술에서 많이 사용하는 앵글이다. 하지만 반드시 서 있는 사람의 눈높이(150~180cm)에만 맞추는 것은 아니다. 유명한 일본 감독인 오즈 야스지로의 경우 일본 전통 가옥의 실내에서 주로 활동하는 높이인 120cm에 카메라를 놓고 아이 레벨 쇼트를 촬영했는데, 이것은 평범한 일본인의 실제 눈높이로 동양적인 아이 레벨 쇼트로 볼 수 있는 것이다. 이것이 로우 앵글과 구별되는 점은 카메라는 사람의 서 있는 눈높이보다 아래에 와 있지만 카메라의 각도는 수평을 유지한다는 점이다. 따라서 대부분의 대화장면은 주로 이 앵글을 사용하여 현실감을 높이는 것이다. 현실에서 바라보이는 방법과 영상을 동일하게 만들어 현장감을 높이려는 까닭인 것이다.

로우 앵글(low angle)

로우 앵글은 하이 앵글과 반대의 효과를 낳는데, 대상물의 높이는 증대되고 수직성을 나타내는데 유용하다. 또한 동작에 속도가 붙고 주위 환경이나 배경은 보통 왜소화되고 피사체의 중요성이 강조된다. 이렇게 밑에서 촬영된 인물은 불안감과 위압감을 느끼는 관객 위쪽에서 위협적으로 모습을 드러내는 공포감, 경외심, 존경심을 자아내게 한다. 특히 폭력 장면에서 로우 앵글은 그 혼란감을 잘 포착할 수 있는데, 이러한 이유로 구로자와 아키라 감독의 <7인의 사무라이>의 싸움 장면은 많은 부분이 이 앵글로 촬영되었다.

사각 앵글(oblique angle)

이것은 카메라를 옆으로 비스듬히 기울인 앵글이다. 수평선은 기울어지고 사람은 옆으로 넘어갈 듯 비스듬하기 때문에 긴장, 변이, 긴박감 등을 암시한다. 사각 앵글은 관객을 어리둥절하게 만들기 때문에 잘 사용하지는 않지만 폭력 장면 등에서 사용하면 효과적으로 긴장을 표현할 수 있기도 하다. 캐롤 리드 감독의 <제3의 사나이>는 영화 전반에 이 앵글을 사용하여 전쟁으로 폐허가 된 도시의 불길함을 암시하는데 효과적인 결과를 얻어냈다.

6. 미장센(Mise-en-Scene)

미장센(Mise-en-Scene)은 원래 '무대장치, 무대에 올린다'란 뜻의 프랑스어로 연극에서 사용되는 용어였으나 영화로 옮겨오면서 '쇼트의 구성'과 관련된 영화 제작 행위를 가리키는 것이 되었다. 연극에서는 고전주의 양식에서, 연극의 시작으로 막이 열리면서 보이는 무대에 대한 관객의 즉각적이고 직접적인 느낌을 가리켜 미장센이라 칭했다. 이런 생소한 말을 영화에서 굳이 원어 그대로 쓰는 이유는 무엇일까? 그건 영화에 있어서 미장센이란 단어가 가지고 있는 뉘앙스가 연극에서처럼 그저 세트 장치만으로 불려질 수 없는 더 복합적인 그 무엇이기 때문이다.

사실 무대 장치는 커다란 미장센의 한 작은 부분에 불과하다. 연극과는 달리 영화에서의 미장센은 세트의 배치뿐만 아니라, 주어진 공간 내에서의 공간 이동까지도 포함시킨다. 즉 배우의 움직임 및 카메라의 움직임, 심지어는 화면의 크기까지도 이 범위에 들어간다. 따라서 영화에서의 미장센이란 연극과 촬영이 혼합된 개념이라고 보면 정확할 것이다.

이 용어는 카이에 그룹에 의해 보다 특정한 의미를 부여받게 되는데, 이들은 이 말을 그들이 작가라고 부르는 일부 미국 감독들의 작품을 정당화하기 위해 사용했다. 이들 영화감독들이 할리우드의 전권 아래 작업했다는 것을 감안하면 이들이 대본에 대해 아무런 권리가 없는 것은 당연한 것이었다. 그러나 이들은 적어도 쇼트를 구성할 권리와 여기에 자신만의 식별 가능한 스타일을 가질 수가 있었다. 그러므로 미장센은 감독이 구사할 수 있는 표현 도구로서 자신만의 특정한 스타일, 즉 작가적 날인으로 볼 수 있는 것이다.

미장센에 대한 구체적인 이해를 위해 이창동 감독의 <초록 물고기>의 한 쇼트를 예로 들어 설명하고자 한다. 영화의 후반부 막동이(한석규)가 반대파의 보스를 살해한 후 자신의 형과 전화 통화를 하는 이 쇼트는 초록빛 꿈을 간직하고 살던 막동이가 살인의 충격 후 자신의 주체할 수 없는 감정을 전화 통화를 통해서라도 달래 보고자 하는 아련함을 담고 있다.

1) 공간 구성의 미장센

프레임(frame)

프레임은 미장센을 구성하는 가장 기본적인 사각 틀로, 영화에서의 공간 중 '화면 영역'을 규정하는 경계이다. 화가들이 화폭에 세심한 신경을 쓰는 것과 마찬가지로 영화감독들은 이 프레임을 이용하여 화면 구성의 균형과 표현성에 역점을 두게 된다. 위의 쇼트의 경우, 막동이는 '프레임'이라는 경계 이외에도 '전화박스'라는 또 다른 경계에 갇혀있다. 주체할 수 없는 막동이의 감정을 두 개의 경계 속에 가둠으로써 우리는 닫힌 상황 속에 놓인 인간의 모습을 짐작할 수 있다. 프레임을 이용하여 시각화시키고 있는데, 여기서 효과적으로 기능하고 있음을 알 수 있다.

아이콘(icon)

아이콘은 시각적 모티브와 스타일을 범주화하고 분석하는 수단이다. 의상이나 배경(세트), 색채, 질감 등 영상을 구성하는 모든 아이콘들은 감독의 중요한 선택 수단이며 미장센의 가장 세심한 부분이 될 수 있을 것이다. 이 쇼트의 경우, '전화박스'라는 배경과 '어두움'이라는 색채는 막동이의 감정을 더욱 극적으로 표현하는데 일조하고 있는데, 주위를 어둡게 하고 막동이의 모습을 밝게 함으로써 관객의 시선을 효과적으로 집중시키고 있다.

앵글(angle)

앵글은 카메라로 대상물을 촬영할 때 유지하는 각도를 의미하는데,

영화의 공간을 구성하는 감독의 논평이라고 할 수 있다. 즉 앵글은 선택된 소재에 대한 감독의 태도, 표현 방식, 즉 작가들이 창작을 할 때에 형용사를 사용하는 것에 비견될 수 있는 것이다. 이 쇼트의 경우, 하이 앵글로 시작하여 주로 눈높이 앵글 즉 아이 레벨(eye level)로 이동하여 객관적인 거리를 사실적인 느낌으로 변모시킨다. 결국 감독은 막동이의 모습을 더함이나 덜함 없이 그저 눈높이에서 바라볼 수 있도록 배려하고 있는데, 이는 관객이 더욱 주인공 막동이의 심정에 동화되게끔 하는 효과를 가진다.

구도(composition)

감독이 안정과 조화된 화면을 원할 때 흔히 고도로 균형 잡힌 구도가 쓰인다. 화면 속에서 놓이는 피사체와 주변의 배경을 지칭하는 구도는 한편으로는 물리적이며, 다른 한편으로는 화면 속에서 담아내는 방법에 따라 달라질 수 있다. 잘 조화된 구도는 안정적인 느낌을 만들고 내적인 균형을 이룬다. 배경 무대를 만들 때에도 구도는 중요하지만 그것을 카메라에 담을 때에도 역시 중요하다. 반면 감독들은 물리적 혹은 심리적 손상을 암시하기 위해서는 텅 빈 공간이나 비대칭적인 구도를 자주 응용한다. 이 쇼트의 경우, 주인공을 중심에 놓고 화면 주위를 전화박스의 틀로 채우는 대칭적인 구도를 취하고 있는데, 클로즈업에 가까운 꽉 찬 구도로 인해 막동이의 답답한 심정이 잘 드러난다. 벗어날 수 없는 형국을 프레임과 전화박스의 이중 틀로 꽉 채워서 구도화한 것이다.

2) 시간과 움직임 구성의 미장센

쇼트(shot)

쇼트(shot)란 카메라가 찍기 시작하면서 멈출 때까지의 연속된 영상을 의미한다. 바로 시간을 구성하는 영화 표현의 가장 최소 단위로 볼 수 있다. 영화에서 기록되는 정보는 기본적으로 그것이 어떠한 쇼트에 의해, 어떠한 각도에 의해 찍혀졌는지 뿐만 아니라 얼마의 지속시간을 가지고 있는지에 따라서도 여러 가지 효과를 만들 수 있는 것이다. 이 쇼트의 경우는 단 하나의 쇼트로 되어 있는데, 막동이의 감정을 흐트러지지 않게 하기 위해 커트를 자제하고 카메라의 움직임을 통해 쇼트를 이끌어 가고 있는 것이다. 이처럼 정적인 화면을 구성하고자 할 때는 가급적 쇼트의 시간을 길게 하는 것이 효과적이다.

카메라의 움직임

이 쇼트는 감정을 따라가는 카메라의 움직임을 보여준다. 전화박스 속에 갇혀있는 막동이의 모습을 효과적으로 보여주기 위해 카메라는 부감 쇼트로부터 시작하여 천천히 막동이의 바스트 쇼트까지 이동한다. 그리고 오랫동안 그의 모습을 지켜보게 만든 뒤 다시 클로즈업으로 막동이의 얼굴을 강조한다. 흔히 고정 쇼트로 표현할 수 있는 이 장면을 미세하나마 카메라의 움직임을 부여한다. 막동이의 전체에서 점차 얼굴로 카메라가 이동하고 얼굴의 긴장을 통해 긴장감 및 점층적 상황을 제시한다. 이처럼 한 것은 모두 감독의 선택이며 결과적으로 막동이의 심리를 표현하는데 효과적이었다는 점에서 미장센의 역할을 이해할 수 있을 것이다.

인물의 움직임

　이 쇼트는 인물의 움직임이 거의 없다. 쭈그려 앉아 있는 막동이의 모습이 전부이며 그 흔한 수화기의 바꿔 잡는 동작 역시 보이지 않는다. 단지 막동이의 웃음 띤 얼굴로 울고 있는 표정만으로 긴 시간을 이끌어 가고 있는 것이다. 절제된 인물의 움직임이 역동적인 움직임보다 더 효과적으로 사용될 수 있음을 보여주는 가장 적절한 예라고 할 수 있다.

　전체적인 결과에 대해 이야기하자면, 이 쇼트는 언뜻 보기엔 그저 울면서 전화를 하고 있는 막동이의 모습만이 있을 뿐이다. 살인을 저질렀고 그로 인해 괴로워하는 그의 모습뿐인 것이다. 하지만 감독이 구성한 미장센은 단지 그러한 상황만을 보여주지 않는다. 소박한 꿈을 가지고 살던 막동이가 불합리한 사회의 그늘 속에서 좌절해 가는 모습이 이 쇼트에는 드러나고 있으며, 자신의 미래가 어떻게 될 것인가를 암시하는 효과를 가지고 있기도 하다. 하나의 장면을 구성하기 위해 감독은 여러 가지 경우의 수를 가늠해 보고 가장 효과적인 미장센을 연출하게 되는데, <초록 물고기>의 이창동 감독은 이 쇼트에 많은 의미를 부여하고자 했음을 알 수 있다.

　감독은 쇼트를 선택하는 데 있어 여러 가지의 다른 기준을 갖고 있다. 감독이 카메라를 설치하고 움직임을 결정하고 시간을 조절하는 기준은 감독 개개인의 감정 및 속성에 의거하게 된다. 따라서 미장센은 감독이 구사할 수 있는 표현 도구로서 그의 특정한 스타일이자 특징이 된다는 점에서 앞서 작가적 날인이라고 설명한 것이다.

　또한 미장센의 이해와 분석은 영화를 심도 있게 감상하게 만들고, 의도를 파악할 수 있게 된다는 점에서 중요하다. 결국 감독은 화면을 통해 자신의 의도를 드러내고 관객을 이해시킨다. 따라서 영화를 이해하는 일에 있어서나 더 나아가 제작하는 일에 있어서나 극의 문맥에 따라 영상을 이루는 요소들을 일일이 끄집어내어 확인 것이 영화 분석의 가장 기본적인 공부라고 하겠다.

7. 영화에서의 시간과 공간

1) 영화에서의 시간

시각 및 도상적 기호와 관련된 모든 예술에서 시간은 오직 '현재' 외에는 있을 수 없다. 바로 이러한 이유 때문에 시각 예술에 있어 시간은 언어 예술에 비하여 궁핍할 수밖에 없다. 그림 속에 미래 시계를 그려 넣을 수는 있지만 미래 시제로 그림을 그릴 수는 없는 것이다.

하지만 오늘날의 영화는 여러 가지 동사 시제를 현재 시제에 의해 전달하고 비현실적 사건을 현실적 사건으로 전달하는 풍부한 경험을 가지고 있다. 영화는 그 초기부터 꿈, 회상, 의사 직접 화법 등의 전달을 위한 수단을 모색하면서 디졸브, 아이리스 등 일련의 수단들을 실험해 왔던 것이다.

영화 이론가 르네 슈옵은 영화 이미지의 진정한 아름다움이 '시간적 조형의 완성'에 기인한다고 주장한다. 사실상 시간의 차이를 조절한다는 것은 영화의 가장 탁월한 방법들 중 하나에 속한다. 다른 시각 예술과는 달리 영화에서의 시간은 의도적으로 단절될 수도 있고 연장할 수도 있으며 축소될 수도 도치될 수도 있다. 시간의 압축과 연장을 가능케 하는 이러한 영화적 특성은 삶의 템포에 대한 자동 기록장치로부터 시간의 예술적 모형으로 전화시키는 힘을 부여하여 영화 예술의 진정한 가치를 만들어낸다고 할 수 있다. 시간의 자유로운 조절기능이야말로 영화의 장점이자 타 예술과의 변별점이다. 영화는 편집이라는 독특한 기능을 통해 화면 속에서 시간을 자유자재로 변화시키는 것이다.

슬로우 모션(slow motion)

영화에서 정상 움직임이라면 필름은 1초에 24프레임이 돌아가야 한다. 슬로우 모션은 1초에 24프레임의 속도보다도 더 빠르게 촬영해서 영사 시에 표준 속도로 투사함으로서 얻어지는 효과다. 처음 이 효과가 나타나게 된 것은 우리의 눈이 따라가기에 너무 빠르게 움직이는 생물체나 어떤 현상을 더 명확히 알고 싶어 하는 과학적 탐구심에서이다.

영화 예술이 아니더라도 우리는 행동의 아름다움이나 태도의 우아함을 감상하기 위해 운동 경기, 발레, 혹은 서커스 등에서 이 효과를 접하게 된다. 영화에서 슬로우 모션을 사용할 때는 관객의 참여가 전제되어 있어야 하는데, 이를 이용해서 불안과 고뇌, 슬픔, 풍부한 상상력 등과 같은 다양한 감정의 반응을 불러일으키게 할 수 있는 것이다.

세르지오 레오네의 <원스 어폰 어 타임 인 아메리카>에서 유년시절의 끝, 어린 주인공들의 반대파 갱들을 피해 달아나는 장면의 슬로우 모션은 일종의 향수를 불러일으키며, 조나단 뎀의 <양들의 침묵>에서 주인공의 어린 시절의 기억, 에드리안 라인의 <야곱의 사다리>에서 이미 죽은 주인공의 상상 등에서 쓰인 슬로우 모션은 희미한 기억이나 머리속에 있는 회상이나 상상력의 표현으로 사용되었다.

패스트 모션(fast motion)

기술적으로 패스트 모션은 슬로우 모션의 반대이다. 1초에 24 프레임보다 느리게 촬영하여 표준속도로 투사하는 것이다. 이 효과 역시 과학자들이 즐겨 사용하는데 느린 현상을 눈으로 보고 싶을 때 적합하

다. 예를 들어 동식물의 성장, 화학 물질의 결정(結晶) 과정 등을 보여
줄 때 이상적이다.

사람의 움직임이 필름 상에서 속도를 더했을 때 그 사람은 우스꽝
스럽게 보인다. 대표적인 예가 찰리 채플린, 버스트 키튼, 막스 린더
등의 코미디이다. 특히 버스트 키튼의 경우 그의 영화 대부분을 기계
같은 몸짓과 무표정한 얼굴이 유발하는 희극 효과에 두고 있다. 초기
무성영화의 경우 코미디가 아님에도 불구하고 빠른 움직임으로 보여
지는 것은 당시의 카메라와 영사기가 현재와 같은 24프레임이 아니었
기 때문인데, 당시에는 보통 16~20 프레임으로 촬영되었다. 그렇기
에 정상적인 속도에서는 동작이 빨라져 우스꽝스럽게 보이는 것이다.

운동의 정지(freeze frame)

회화나 사진과 같은 시각 예술 매체에서 운동의 정지는 본질적인
요소이자 제한적인 요소이다. 화가나 사진작가는 움직임의 어느 순간
을 포착하여 그 순간에 승부를 진다. 그러나 영화의 생명은 '운동'이
다. 초기에 영화를 무빙 픽쳐(Moving picture)라고 한 사실을 상기하면
영화란 운동성을 표현하기 위한 수단으로 탄생되었다는 사실을 극명
하게 알 수 있다.

영화 이론가 장 엡스탕은 '영화는 본질적으로 운동과 밀접하게 연
관되고 동시에 보편적인 운동성을 드러내 준다. 운동은 형태와 불가분
의 관계에 있는 것으로 보이는데, 운동은 일종의 형태이며 형태를 만
들고, 또한 그것만의 형태를 갖는다'라고 영화의 성격을 규정했다.

그렇다면 영화에서 볼 수 있는 운동의 정지란 무엇인가? 물리적으
로 24프레임을 모두 동일한 장면으로 채워 넣어 투사함으로서 시간의
흐름에도 불구하고 장면은 고정되어 있는 상태다. 그러나 이 효과가
절대적인 부동성을 위해 사용되지는 않는다. 운동을 정지시킬 때도

감독은 운동을 상정하고 있다. 또한 이야기의 결말을 단정하고 싶지 않거나 여운을 남기고자 할 때 이를 사용하기도 한다. <내일을 향해 쏴라>의 마지막 장면에서 폴 뉴먼과 로버트 레드포드의 정지화면과 <델마와 루이스>에서 허공에 뜬 자동차의 마지막 정지 화면이 좋은 예가 될 수 있을 것이다.

운동의 도치(reverse motion)

시간을 거꾸로 흐르게 할 수 있다는 것은 사실상 영화가 가진 탁월한 가능성 중에 하나다. 그것은 어쩌면 인류가 영원히 이루지 못할 꿈이라고 할 수 있다. 하지만 이 방법이 시적이거나 극적인 효과를 이끌어낸 영화는 극소수인데, 영화사 초기부터 일부 코미디 영화 등에서 우스꽝스럽게 묘사되는 경우가 많았던 것이다.

장 꼭또의 <오르페>에서 거꾸로 걷는 사람이나 에이젠슈타인의 <10월>에서 떨어진 짜르(러시아황제)의 동상이 스스로 제자리를 찾아가는 효과 정도가 이에 해당할 것이다. 현재 영화에서는 운동의 도치라는 테크닉이 기술적 특권에서 벗어나 속도의 완급 조절 등이 이루어지고 그 가능성에 대한 진지한 탐구가 지속되고 있다.

시간의 수축과 확장을 위한 테크닉

일반적으로 영화적 시간은 물리적 시간과 다르다. 영화적 시간은 지각된 시간, 심리적 시간 등과 같은 주관적 시간이다. 우리 의식이 경험한 주관적 시간은 과거와 미래의 통합체이다. 더욱이 이러한 영화적 시간은 매우 독특한 방식으로 지각된다. 질적인 면에서 심리적 긴장의 상승, 극적 효과, 시간의 가치화가 생산되는 것이다.

한 편의 영화가 다루는 일정한 기간이 리듬을 갖고 자연스럽게 연결되기 위해서는 시간의 생략과 축약이 필수적이다. 시간의 단축을 위해 많이 사용하는 테크닉으로 커트 씬, 플래쉬 백 등이 있다.

커트 씬(cut scene): 커트 씬은 나중에 다시 취하기 위해 자연스레 행동을 단절시키는 것으로 시간 단축이라는 효과 외에도 생각의 밀도를 강화시키고, 그 무엇인가를 직접적으로 표현하지 않고도 관객이 자연스레 이해할 수 있도록 하기 위해 사용된다. 동일한 인물이 둘로 나뉘어 한 장면 내에서 현재와 과거를 동시에 보여주는 시간성의 혼합을 위해서 사용되기도 한다. 잉그마르 베르히만의 <산딸기>에서 주인공은 명예 의학박사 학위를 받으러 가는 도정에서 자신의 어린 시절을 다시 살아보는데, 꿈과 상상이 절묘하게 결합된 장면이 동시적으로 존재하는 것이다.

플래쉬 백(flash back): 플래쉬 백은 현재에서 과거의 어느 시점으로 건너뛰는 것이다. 마르셀 마르탕은 "플래쉬 백의 사용은 엄격한 방법으로 시간의 일치 법칙을 적용시키기 위해서다. 이 시간의 일치는 아주 긴 기간에 의해 두 부분으로 나뉠 수 있는 행동의 경우 매우 느슨해 질 수도 있다. 그러나 이야기의 시간적 연대로 길게 보여주는 것보다 현재의 시점에서 과거로 '플래쉬 백'해서 보여줄 경우 작품은 그 자체로 견고해지며, 미학적 측면에서 매우 만족할 만한 구조적 대칭과 동시에 작품을 현재에 구심점을 두고 현재와 과거가 시간적 대칭을 이루게 된다"라고 플래쉬 백 사용의 정당성을 설명했다. 아직도 이러한 고전적 개념의 플래쉬 백은 여전히 존재하는데, 상투적인 고전적 플래쉬 백에 대한 대안적 사용 또한 빈번하다.

플래쉬 포워드(flash forward): 시간의 축약과 함께 영화는 시간을 늘일 수도 있다. 플래쉬 포워드라는 테크닉은 플래쉬 백처럼 미학적인 근거가 빈약하고 자주 쓰이지는 않으나 '현재의 장면에서 미래로 건너뛰는' 특수성에 의해 SF 영화 등에서 종종 주제로 이용되기도 한다. 로버트 제메키스의 <빽 투 더 퓨처> 시리즈와 패니 마샬의 <빅>

들이 이 경우이다.

2) 영화에서의 공간

영화에서의 공간은 '프레임'이라는 단순한 틀에 갇혀 있는 것을 의미하는 것은 아니다. 또 이미지들은 단순히 2차적 표현에 불과한 것이 아니다. 루돌프 아른하임은 영화에 의해 만들어지는 효과는 3차원과 2차원의 중간에 놓여 있으며 관객은 영화의 영상을 표면과 심도의 두 차원으로 동시에 지각한다고 주장했다. 예를 들어 우리에게 달려오는 기차를 위에서 찍는다면 화면에서 기차가 관객을 향해 다가오는 움직임과 아래로 내려가는 움직임의 두 가지 느낌을 얻을 수 있다. 아른하임의 이러한 형태심리학적 관심은 영화적 공간의 조형성을 강화하는 데에 이론적 근거를 제시해주고 있다.

영화에서의 공간은 그 자체로 극적, 심리적 가치, 혹은 상징적 의미를 갖는 것이다. 영화감독은 프레임의 제한에 구속받지 않으며, 구조화되고 인위적인 그리고 때로는 왜곡된 공간을 창조하고, 응축과 분할, 그리고 공간적인 유사성이 있는 영화적 세계를 창조할 수 있다.

프레임

영화는 수많은 고정된 상(像)으로 구성되어 있다 이는 '포토그램(photogramme)'이라고 불리며, 투명한 필름에 연속적으로 배치된다. 이 필름들이 일정한 속도로 영사기를 통과하면서 크게 확대되어 움직임을 갖는 영상이 만들어진다. 포토그램과 화면 위의 영상 사이에는 이러한 운동감 외에도 많은 차이점들이 있지만, 이 둘은 모두 2차원적인 평면이라는 점과 사각의 프레임 속에 제한되어 있다는 공통점을 지니고 있다.

우선 여기서 영상의 한계라고 불리는 프레임, 즉 사각의 틀에 대해 생각해 보자. 프레임은 두 가지 기술적인 속성에 의해 그 크기와 비율이 제한 받는다. 즉 필름 폭과 카메라 렌즈의 크기가 그것인데 이 두 가지가 영화의 포맷을 결정짓는 중요한 요소이다. 그 중 표준 포맷은 가로 세로의 비가 1.33 : 1인 35mm 필름을 사용하는 것으로 50년대까지 상영되어 거의 모든 영화들에 사용되었으나 60년대 이후 와이드 스크린에 밀려 그 효용성이 점점 감소되었다. 근본적으로 프레임은 제한된 공간을 제시하지만 그 안에는 상상하기 어려운 시각적 공간이 만들어진다고 하겠다.

화면 영역과 비화면 영역

영화적 공간은 단순히 사각의 틀인 프레임만이 아니다. 물론 프레임이라 말을 하는 것이 틀 밖의 존재를 상정하는 개념이다. 즉 화면에 보이지 않는 각각의 위, 아래, 왼쪽, 오른쪽과 화면의 뒤, 바라보이는 앞의 여섯 면이 화면 밖의 영역에 놓인다. 이는 회화나 사진과는 다르게 영화가 '움직임'이라는 시간성과 밀접하게 연관되어 있기 때문이다. 따라서 프레임의 형태로 나타내기 위해 선택하는 현실의 어떤 공간이 존재하게 되는데, 이 현실의 잠정적인 어떤 공간을 우리는 '화면 영역(champs)'이라고 부른다. 그리고 선택에서 벗어난 또 다른 현실 공간은 '비화면 영역(hors-champs)'이라고 한다. 비화면 영역은 비록 화면 영역에 포함되어 있지 않지만 여러 방법으로 연결되어 있는 요소들 — 인물, 배경, 사물 등 — 의 집합으로 정의할 수가 있다. 영화에서의 공간은 이 화면 영역과 비화면 영역의 유기적인 관계에 의해서 이루어진다.

화면 영역의 구성

화면 영역을 구성하는 가장 고전적인 관점은 우리의 물리적인 시선에 따라 구성하는 것이다. 르네상스 이후 회화 이론, 즉 소설 원근법에서 빌려온 이 관점에 의해 카메라의 시선은 화면에 중심점을 설정하고 그 중심점 주위에 주 대상을 배치하려고 노력한다. 이 고전적 화면구성은 우리가 보고 있는 세계를 향해 상상적인 시각들을 형성하고 대상들을 조화롭게 배열한다.

소위 고전이라고 일컬어지는 많은 영화들에서 우리는 화면이 주로 등장인물의 시각적 중심영역 주위에 구성되고 있는 것을 볼 수 있다. 카메라 이동 기술이 충분히 발전하기 전인 초기영화는 말할 것도 없고 20년대 프랑스 인상주의자들, 그리고 40년대 할리우드 영화들도 마찬가지다. 따라서 우리는 고전적 스타일의 화면 영역 구성이 '중심화'에 주된 관심을 갖고 있었음을 알 수 있다. 현대 영화 역시 이러한 중심화 구성은 여전히 정설처럼 쓰이고 있으나 요즘에는 의도적인 비틀기 형식의 화면 영역 구성도 심심찮게 볼 수 있다.

3) 영화 공간의 확장

영화가 발달함에 따라 화면 영역과 비화면 영역과의 의사소통 방법들, 즉 화면 영역 내부로부터 비화면 영역을 구성하는 방법들이 다양하게 구사되었다.

① 먼저 화면 내부나 화면 바깥으로 나가는 것으로, 주로 화면의 측면 경계에 의해 생겨나지만 화면 영역의 상하 그리고 전후에서도 발생할 수 있다. 이명세의 <나의 사랑 나의 신부> 도입부에서 박중훈과 최진실의 화면 측면 밖으로의 등·퇴장은 비화면 영역의 암시 뿐 아니라 곧이어 나타날 작위적인 허구 공간으로의 연결 역할도 동시에

담당하고 있다.

② 다음은 화면 영역의 한 요소 — 주로 등장인물 — 에 의해 구사되는 비화면 영역으로의 다양하고 직접적인 질문들인데 가장 빈번히 사용되는 것은 비화면 영역으로의 시선이다. 여기에는 화면 영역의 등장인물이 주로 대사나 제스처에 의해 비화면 영역의 인물에게 말을 건네는 데 사용되는 모든 방법들이 포함될 수 있다.

③ 마지막으로 비화면 영역은 신체의 일부가 화면 밖에 있는 인물들 — 혹은 사물들 — 에 의해 정의 될 수 있다. 가장 일반적인 예로 클로즈 업 화면 구성은 반자동적으로 그 등장인물의 보이지 않는 부분을 포함하고 있는 비화면 영역의 존재를 내포하게 된다.

이와 같이 화면 영역과 비화면 영역은 가시적이고 비가시적이라는 서로의 차이에도 불구하고 어떤 의미로는 이 두 영역이 완전히 동질적인 상상적 공간에 속해 있다고 생각할 수 있다. 이렇듯 비화면 영역으로 인한 영화 공간의 확장 가능성은 무한하며, 이것은 영화만이 가질 수 있는 뚜렷한 특성이라 할 수 있다.

4) 영화 속의 움직임

'영화(movies)', '활동사진(motion pictures)', '시네마(cinema)' …….
이 모든 말들은 영화 예술에 있어서 움직임이 가장 중요한 개념임을 암시하고 있는데, 움직임은 보편적으로 영화 예술의 기초로 간주되고 있다 하지만 이러한 움직임은 흔히 영상의 보조적인 기능으로 인식되고 있는 것이 사실이다. 영상과 마찬가지로 움직임도 직접적이며 구체적일 수 있고 고도로 정형화되거나 추상화되어 극 자체를 이끌어 갈 수도 있다는 사실이 간파되는 것이다.

영화에서의 움직임은 크게 카메라의 움직임과 배우(인물)의 움직임으로 나눌 수가 있다. 영화감독은 이 두 가지의 움직임을 적절히 조화하여 영화적인 많은 테크닉과 의미들을 구사할 수가 있다.

카메라의 움직임

카메라의 움직임과 관련된 주요 문제는 시간의 문제이다. 이런 기교를 많이 사용하는 영화는 많은 시간을 소모하기 때문에 서서히 움직이는 것으로 보이는 경향이 있다. 감독은 카메라를 이동한 만큼 발생하는 영화 속에서의 시간이 과연 그만한 가치가 있는가를 판단해야만 한다. 그리고 카메라를 이동시키기로 결정했다면 어떻게 이동시킬 것인가를 결정해야만 한다. 감독들은 다음의 다섯 가지 주요 양식 가운데에서 카메라의 이동을 선택할 수 있다.

팬(pans)

팬 쇼트는 한 씬을 수평으로 훑는 카메라 이동을 의미하는데, 가장 일반적으로는 사용하는 경우는 프레임 안에 소재를 계속 잡아들 때이다. 만약 배우가 한 위치에서 다른 위치로 움직일 때 카메라는 구도의 중앙에 그 인물을 잡기 위하여 수평으로 이동한다. 촬영 현장의 광대함을 관객들이 경험할 수 있는 서사적 영화에서 익스트림 통 쇼트로 찍은 팬 쇼트가 특히 자주 사용된다. 그러나 팬 쇼트는 미디엄 쇼트나 클로즈업에서도 매우 효과적이다. 소위 리액션 팬(reaction pan) 쇼트라는 것은 중심인물부터 구경꾼이나 청자의 반응을 포착하기 위해 카메라를 이동시키는 것이다. 이 경우 팬 쇼트는 두 피사체 사이의 인과관계를 유지시켜주는 데 효과적이다. 흔히 뉴스를 시청할 때와 같은 장면으로 영화의 장면이 구성될 경우 브리핑을 하는 사람과 기자들의 관계에서 이런 팬 쇼트를 사용함으로써 객관적인 거리감이나 인과관계를 극명하게 드러낸다.

틸트(tilts)

틸트 쇼트는 한 씬을 수직으로 훑는 카메라 이동을 의미하는데, 공간적, 심리적 상호 관계를 강조하고 동시성을 암시하며 또한 인과 관계를 강조하기 위하여 사용될 수 있다. 또한 틸트란 앵글에 있어서의 변화이므로, 카메라는 한 인물의 시선으로 바꾸어 장면 내에서 치켜보거나 내려다보는 것처럼 가장할 수도 있다. 그리고 한 인물 내부의 심리적인 변화를 암시 할 때도 종종 쓰이는 데, 눈높이의 카메라가 아래로 기울어지는 경우 인물은 갑자기 약화되어 보이는 것이다. 한편 틸트는 피사체의 변신이나 자세하게 피사체를 화면으로 설명하고자 할 때 자주 구사되는 방법의 카메라 이동으로 쓰이기도 한다.

크레인(crane)

크레인 쇼트는 궁극적으로 공중에서의 달리 쇼트이다. 크레인은 일종의 기계 팔의 역할을 하는 것으로써 길이가 종종 6미터를 넘는다. 카메라는 공중에서 여러 각도로 움직일 수 있는 유연성 때문에 많은 복합적인 의미를 암시할 수 있다.

또한 많은 감독들은 크레인 쇼트를 '투시(penetration)'의 비유로 사용하기도 하는데, 이는 <시민 케인>에서 수잔 알렉산더가 처음 등장하는 장면의 멋진 크레인 쇼트에서 볼 수 있다. 빗속을 통과한 카메라는 크레인에 실려 불쌍한 수잔이 있는 초라한 나이트클럽의 지붕까지 올라갔다가 그녀에 대한 광고를 하고 있는 네온사인 가운데로 곤두박질 친 뒤, 짧은 디졸브와 함께 투시되어 수잔이 술에 취해 혼수상태로 쓰러져 있는 나이트클럽 안으로 들어간다. 이 쇼트에서 카메라의 이런 대상을 투시하는 것과 같은 이동은 사생활에 대한 잔인한 침해와 기자가 봉착하는 장애물에 대한 은유적인 표현으로 매우 효과적으로 활용되고 있다.

달리(dolly)

가끔 트래킹 쇼트(tracking shots)라고 불리는 달리 쇼트는 움직이는 일종의 이동 차(달리)에서 찍힌다. 이 방식은 화면 자체에 운동성이 생겨나 피사체가 고정되어 있다하더라도 배경으로 일정한 운동성을 포착한다. 달리 쇼트는 한 씬에서 나오거나 또는 들어가는 움직임을 생생하게 잡기 위해 시점 쇼트를 쓸 때 유용한 기법인데, 만약 배우가 향하는 목적지 보다 움직임 그 자체의 경험이 중요하다면 감독은 달리를 사용할 가능성이 더 많다. 그래서 배우가 무엇을 찾을 때 시간을 끌게 되는 시점에서 달리는 수색의 서스펜스를 연장시키는 데 도움을 준다.

또한 달리 쇼트의 가장 일반적인 용도 가운데 하나는 직접적이 아니라 심리적으로 무엇을 드러내어 강조하는 것인데, 카메라가 서서히 한 인물의 뒤를 따라갈 때 관객들은 그렇게 따라가면 무엇인가 발견되리라고 암암리에 추측하게 되고 감독은 이를 이용해 다양한 의미를 부여할 수 있는 것이다.

핸드 헬드(hand held)

1950년대에 새롭고 가벼운 핸드 헬드 카메라가 완성됨으로서 감독들은 더욱 유연하게 씬의 안팎으로 움직일 수 있게 되었다. 원래는 기록 영화 감독들로 하여금 거의 모든 장소에서 다큐멘터리 제작을 가능하게 하기 위해 사용되던 이 카메라는 많은 극영화 감독들에 의해서도 급속히 채택되었다. 핸드 헬드 쇼트는 변화가 많고 거칠다. 카메라의 흔들림 또한 무시하기 힘들지만 특히 근접된 범위에서 찍혀진 쇼트의 경우 화면은 쇼트의 흔들림을 과장시킨다. 이런 이유 때문에 감독들은 주로 시점 쇼트에 핸드 헬드 카메라를 사용한다. 왕가위 감독의 '중경삼림'에서 킬러가 이동하는 장면에서 핸드 헬드를 이용하여 내면적인 심리까지도 시각적으로 표현된 것을 기억할 것이다.

수필의 이해

ESSAY

1. 수필의 정의

수필이 무엇인가를 한마디로 정의하기는 쉽지 않다. 이는 시, 소설, 희곡과 같이 언어예술이면서도 그 장르 규정에 있어 어느 한쪽에도 완전히 포함되거나 독립되어 있지 않은 문학형태이기 때문이다. 즉 수필은 시와 소설의 형식과 같은 형식이 없을뿐더러 그 내용에 있어서도 대상의 제한이 없다는 뜻이다. 그러므로 개인적인 자기고백에서 일상생활·교육·정치·경제·종교 등에 이르기까지 어떠한 형식에도 구애받지 않고 자기의 사상·감정을 표현할 수 있다.

그러나 수필에서는 보통 자기의 고백문, 감상문, 수상문, 신변잡기 등을 생각한다. 여기서는 수필에 대한 단순한 개념을 좀 더 정확하게 이해하고자 한다.

1) 수필(隨筆)의 어의(語義)

수필이란 원래 essay의 역어(譯語)로서 <시험하다>의 뜻을 지니고

있다. 이런 뜻의 에세이라는 말을 처음으로 자기 자신의 작품에 쓴
것은 프랑스의 몽테뉴(Michel Eyquem de Montaigne)이다. 그는 그의
수상록의 제목을 『Les Essais』(1580)로 명명한 바 있다.

몽테뉴의 『수상록』의 결정판이 나온 2년 후 영국의 베이컨(Francis
Bacon)은 자신의 수필집을 『The Essays』라 명명하였다. 이것을 보아
essay라는 말은 몽테뉴의 Essai가 영국에서 essay라 한 것임을 알 수
있다. 또한 베이컨은 그의 『The Essays』에서 단서를 붙여 말하기를
"시사적으로 쓴 하나의 짧은 비망록을 나는 에세이라고 하였다. 이
말은 새로운 말이지만, 그 자체는 옛날부터 있었다. 가령 세네카가
루키리우스에게 보낸 편지 같은 것도 에세이라고 해도 좋을 것이다.
즉 수상록인 것이다"라고 말하고 있다. 이처럼 essay는 '시험삼아 쓴
글'이란 뜻으로 해석된다.

존슨(B. Jonson, 1573~1637)은 "수필은 마음의 산만한 희롱이며, 규
칙적이거나 질서 있는 행위가 아니라 불규칙하고 숙고하지 않은 소
품"이라고 말하고 있다. 여기에는 에세이의 정의가 포함되어 있음을
알 수 있다. 즉 "불규칙하다"는 것은 곧 일정한 형식이 없다는 것이며,
"숙고하지 않은" 것이란 생각이나 느낌을 그대로 나타내고 있다는
말이다. 다시 말해서 존슨이 말한 그대로 에세이란 느끼고 생각한 바
를 시험 삼아 써본다는 태도의 글이라 할 수 있다.

에세이를 이런 의미로 본다면 몽테뉴나 베이컨보다 앞서 고대 희
랍 시대 플라톤의 『Apologia: 소크라테스의 변명』이나 로마시대 세
네카(Seneca B.C. 54~A.D. 39)의 글들, 그리고 아우렐리우스(Marcus
Aurelius)의 『Meditations: 명상록』 등도 에세이의 범주 속에 포함될
수 있다.

한편 동양에서 '수필'이란 말을 처음 쓴 사람은 중국 남송 때의
홍만(1123~1202)이다. 그는,

子習懶　讀書不多　意之所之　隨卽記錄　因其後先　無復詮次
故目曰隨筆

세네카
(Seneca, Lucius Annaeus)

B.C. 4?~A.D. 65. 이탈리아 고대 로마제정기의 스토아 철학자. 네로의 과욕(過慾)에 위태로움을 느낀 나머지 62년 네로에게 간청하여 관직에서 은퇴하였으나, 65년 네로에게 역모(逆謀)를 의심받자 스스로 혈관을 끊고 자살하였다. 스토아주의를 역설했다. 주요 작품으로 「노여움에 대하여」, 「자연학 문제점」 등이 있다.

라고 책이름을 '수필'이라고 쓴 까닭을 말해주고 있다(최승범, 『수필문학』, 형설출판사, 1971, 15~16면). 그 뒤 우리나라에서 이렇게 붓가는 대로 문장 형식에 제약을 받지 않는 글로서, 수필이란 말이 쓰여지는 것은 박지원의 『열하일기』 중 「일신수필」이 처음이다. 이것은 필자가 연경에 다녀와서 그 견문을 쓴 일기로서 그 속에 「점사」, 「차별」, 「희대」, 「시사」와 같은 제목의 수필이 들어 있음을 볼 수 있다. 특히 위 제목의 수필들은 그 소재나 내용 그리고 표현에 있어 오늘날의 수필을 보는 듯한 다양성과 세련미를 대하게 된다.

오늘날의 입장에서 볼 때, 수필은 시·소설·희곡과 같은 뚜렷한 창작 형식 이외의 산문을 통칭하고 있다. 즉 개인적인 감상문이든 사회적인 사설이든 그 소재나 제재에 구애됨이 없이 자유롭게 쓰는 글이기에 어느 문학 장르에도 예속되어 있지 않은 독특한 산문양식이라 할 수 있다.

최승범

1931~ . 전북 남원출생. 1958년 ≪현대문학≫에 시로 등단. 현재 전북대 국문과 명예교수. 저서로 「후조의 노래」, 「난 앞에서」, 「천지에서」, 수필집 『한국의 소리를 찾는다 1, 2』, 『풍미산책』, 『조선 도공을 생각한다』, 『시조 에세이』, 『한국 수필문학 연구』 등이 있다.

2) 수필의 의미

수필이라고 하면 보통 붓가는 대로 자유로이 쓴 글이란 넓은 의미에서 통용되고 있다. 그러나 수필이 견문, 체험, 감상, 소견 등을 자유로이 쓴 것이라 하더라도 글 내용으로 보아 일기, 감상, 기행, 사색

박지원

(朴趾源). 1737~1805. 『열하일기』, 『연암집』, 『허생전』 등을 쓴 조선후기 실학자 겸 소설가. 이용후생의 실학을 강조하였으며, 자유기발한 문제를 구사하여 여러 편의 한문소설(漢文小說)을 발표하였다.

…… 등 실로 여러 각도로 쓰이고 있는 것이다. 여기에서 보통 에세이를 그 형태별로 크게 나누어 주지적·객관적으로 쓴 논문형태에 가까운 것과, 주정적·주관적인 문예작품인 것으로 분류하게 된다. 따라서 주지적이며 객관적인 글에 있어서 문체는 다분히 토의적, 논의적, 지적인 경향으로 흐르게 된다. 이런 종류의 수필을 가리켜 포오멀·에세이(formal essay)라 한다. 반면, 개인적인 정서나 감상 등을 예술적 표현으로 부드러우며 인간적인 체취를 풍겨내는 수필은 인포어멀·에세이(informal essay)라고 한다.

인포오멀·에세이나 개인적인 에세이라고 하는 수필은 모두 자기 자신의 이야기를 쓰고 있다. 이러한 종류의 수필에 대하여 몽테뉴는 그의 『수상록』의 서문에서 다음과 같이 말하고 있다.

독자여, 여기 이 책은 성실한 마음으로 쓰여진 것이다. 이 작품은 초두부터 내 집안일이나 사삿일을 말해보는 것밖에 다른 어떤 목적도 있지 않음을 말해 둔다. 이것은 추호도 그대를 위해서 봉사하거나 내 영광을 도모해서 한 일은 아니다. 그런 생각은 내 힘에 겨운 일이다. 나는 일가권속이나 친구들의 편의를 도모하기 위한 것으로 내가 세상을 떠난 뒤에 그들이 내 모습이나 기분의 특징을 몇 가지 이 책에서 찾아보며, 나에 관해 알고 있는 지식을 더 온전하고 생생하게 간직하도록 하려는 것이다.

이것이 세상 사람들의 호평을 사기 위한 기도였다면, 나는 내 자신을 좀 더 장식하고 조심스레 연구해서 내보였을 것이다. 모두들 여기 내 생긴 그대로, 자연스럽고 평범하고 꾸밈없는 별것 아닌 나를 보아주기 바란다. 왜냐하면, 내가 묘사하는 것은 내 자신이기 때문이다. 내 결점들이 여기 있는 그대로 나온다. 터놓고 보여줄 수 있는 한도에서 천품 그대로의 형태를 내놓는다. 만일 내가 아직도 대자연의 태초의 법칙 아래 감미로운 자유를 누리며 살고 있다는 국민 속에서 태어났다면, 나는 기꺼이 내 자신을 통째로 적나라하게 그렸으리라는 것을 장담한다.

그러니, 독자여, 여기서는 내 자신이 바로 내 책자의 재료이다. 이렇게도 경박하고 헛된 일이니, 그대가 한가한 시간을 허비할 거리도 못될 것이다.

위에서 보여준 몽테뉴의 글이나, 램(Charles Lamb)의 대표작은 『엘리아 수필집』(1923)의 서문에서 모두 자기 자신의 이야기를 쓰고 있음을 밝히고 있다. 자기 자신의 이야기를 쓴 글이란 각자가 가지고 있는 개성이 그대로 드러난 글과 통한다. 여기에서 우리는 인포어멀·에세이가 무엇보다도 개성적인 글이라는 특징을 찾을 수 있다. 그러므로, 개성적인 글은 보다 형상적이며, 예술적 표현으로 쓰여지게 된다. 수사는 더 비유적으로 되며, 인간의 내면을 향하게 되어 더욱 인간적·문학적 흥미를 모색하게 된다.

포어멀·에세이는 개인적이며 주관적인 에세이와 달리 보다 객관적이며 사회적인 유형의 수필을 뜻한다. 그러므로 이런 유형의 수필은 인생이나 자연을 관조하고 자기를 더욱 깊이 성찰하려는, 또 어떤 가치판단을 요구하게 되는 경향으로 나타난다. 지성이 번뜩이고, 심오한 사상을 보여주는 논문이 아닌 표현으로 나타나는 글이 이에 해당된다.

램(Lamb, Charles)

1775~1834. 영국 수필가. 『엘리아의 수필』은 그의 신변 관찰을 멋진 유머와 페이소스(pathos)를 섞어가며 훌륭하게 문장화한 것으로, 영국 수필의 걸작으로 평가받고 있다. 이밖에도 『찰스 램 서간집』 등이 있다.

...... 학문에 지나친 시간을 허비하는 것은 나태하다. 그것을 지나치게 장식용으로 쓰는 것은 허세이다. 하나에서 열 가지 학문의 법칙으로 판단하는 것은 학자의 버릇이다. 학문은 천품을 완성하고 경험에 의하여 그 자체가 완성된다. 그것은 천부의 능력이 마치 천연 그대로의 식물과 같아서 학문으로 전지(前枝)를 할 필요가 있기 때문이다. 그리고 학문이 경험에 의하여 한정되지 않으면, 그것만으로는 거기에 제시되는 방향이 너무 막연하다. 약빠른 사람은 학문을 경멸하고 단순한 사람은 그것을 숭배하고, 현명한 사람은 그것을 이용한다. 즉 학문의 용도는 그 자체가 가르쳐 주는 것이 아니라, 그것은 어디까지나 학문을 떠난 학문을 초월한 관찰로서 얻어지는 지혜에 속하는 문제이기 때문이다. ......

― 베이컨의 「학문」에서

위와 같은 글은 개인적인 내면의 관심보다는 사회적인 관심을 냉철한 지성을 바탕으로 하여 쓰여진 글이다. 학문이라는 대상을 객관적이며 냉철하게 분석하여 인간과의 관계를 서술하고 있다. 그러기에 문학적 표현이기보다는 논술적 표현이 되며, 일반적·보편적인 관심을 보여주고 있다. 이러한 깊은 사상이나 사회적인 관심을 철학이나 비평이 아닌 수필이라는 독특한 표현 양식으로 쓰여지는 글이 포어멀·에세이라 할 수 있다.

2. 수필의 특질

1) 개성적인 문학

시·소설·희곡 등 어떠한 문학 장르건 작가의 개성이 담겨져 있지 않은 작품은 없다. 그러나 수필처럼 강렬하게 작가의 개성이 담겨져 있는 문학 장르는 드물 것이다. 문학작품에서 작가가 대상과의 객관성을 유지하기 위하여, 시에 있어서는 메타포를 사용하고, 소설과 희곡에서는 표현의 기교 속에 작가의 사상·감정이 숨어있지만 수필에서는 이러한 기교가 없다. 윤오영은 그의 『수필문학입문』에서 수필의 성격에 대하여 다음과 같이 말하고 있다.

> 다른 문학은 마음속에 얻은 것을 밖으로 펴지만, 수필은 밖에서 얻은 것을 안으로 삼킨다. 그러므로 수필의 대상은 자기다. 결국 수필은 외로운 독백일 수밖에 없다. 이것은 독자를 더욱 잡아 흔드는 것이다. 필자는 노신의 글에서도 가끔 이런 것을 느꼈다. 그러므로 좋은 수필은 독자 앞에서 자기를 말없이 부각시킨다. 우리는 시나 소설에서는 그대로 그 시나 소설에 경도(傾倒)되고 만다. 그러나 수필에서는 항상 작가의 모습을 느끼게 된다. 이것이 또한 수필의 중요한 특색이다.

윤오영(尹五榮)

1907~1976. 동양의 고전수필을 바탕으로 한국적 수필문학을 개척한 수필가·교육자. 주요 저서로 『고독의 반추』, 『수필문학입문』이 있고, 주요 작품으로 『방망이 깎던 노인』, 『달밤』, 『양잠설』, 『마고자』가 있다.

수필은 글쓴이의 심경이 그대로 드러난다. 즉 시·소설·희곡에서처럼 표현 뒤에 감추어져 있는 것이 아니라 모습 그대로 생생하게 드러나기 때문에 읽는 이는 수필을 읽어 가면서 작가와 함께 호흡하는 것이다. 그러기에 수필은 자기의 고백문학인 것이다.

이렇게 작가의 체취를 생생하게 느낄 수 있는 수필에 대하여 윤재천은 『현대수필선집』에서 다음과 같이 인간미에 그 바탕을 두고 있음을 밝히고 있다.

> 제아무리 학식이나 식견이 풍부하여도 이 인간의 향기에 젖지 않은 사람이면 수필을 쓸 수 없다. 그러기에 우리는 수필을 쓰기에 앞서 인간미에 젖어 있어야 하고 수필을 읽기 전에 인간다운 자기 소지를 발견해야 한다.

이렇듯 수필은 개성적이고 자기고백적인 것이다. 그러므로 자기의 생활을 그려내는 데 있어 자신의 체취와 개성이 강하게 풍겨나게 된다. 가장 자유로운 형식과 자기만의 문체로 자기 자신을 적나라하게 그려내는 것이야말로 자신의 개성을 물씬 풍기게 하는 것이며, 또한 예술적인 향훈을 토해내는 수필의 특성이 있는 것이다.

2) 무형식의 문학

윤재천(尹在天)

1932.~ . 경기도 안성 출생으로 전 중앙대 교수이며, 한국수필학회 회장, 현대수필문학회 회장, 한국수필학연구소 소장, 현대수필 발행인 겸 주간, 한국문인협회 이사로 활동 중이다.

문학에는 시가 있고 소설이 있고 희곡 등의 장르가 있다. 즉 각 장르마다 독특한 형식의 틀 속에 작가의 사상·감정이 들어있다. 시나 소설이 갖추어야 할 형식 속에 제재나 소재를 여과시켜 주제를 형상화하는 데 비하여 수필은 이렇다 할 형식이 없다. 즉 수필은 다양한 소재를 일정한 형식이라는 틀 속에 맞추는 문학 장르와는 구별된다. 문학에 있어서 내용과 형식을 구분하는 일은 지극히 편의적인 일이다.

　작품은 내용과 형식이 서로 유기적인 상호작용을 함으로써 형상화 되는 것이지, 어떤 하나가 독립되어 존재하는 일이란 없다. 이런 점에서 문학의 형식은 장르를 결정하며 문학의 기능이 변화하면서 그 형식도 새로운 모습으로 나타나게 된다. 문학의 이러한 면에 대하여 구인환·구창환은『문학의 원리』에서 다음과 같이 말하고 있다.

　…… 문학의 내용 즉 사상성은 문학적인 진리를 나타내고, 형식과 기교는 문학적인 미를 나타내는 것이다.

　작품의 구조와 문체 및 그 뛰어난 표현 기교는 문학의 예술미를 결정해 준다. 위인체스터가 문학의 요소 중 형식을 중요시하는 것은 이 때문이다. 요컨대 문학의 형식 내용과 유기적으로 결합되어 구체적 작품을 형성하는 요소로서 문학의 예술성을 구현하는 것이다.

　즉 문학에 있어서 형식은 곧 작가의 사상은 형상화하는 용기(容器)가 된다. 시조에 있어서 일정한 자수의 제한에 의한 형식의 결정이라든가, 소설에 있어서 플롯(plot)이나 인물·배경 등의 제약, 희곡에 있어서 발단·상승·정점·하강·파국 등의 구조상의 제약 등은 각 장르마다의 문학을 형상화하여 주는 구체적인 용기인 것이다. 그러나 수필에는 이러한 구체적인 제약이 없다. 다만 산문정신을 바탕으로 하여 나타내는 수필만이 지니는 자유로운 수법에 의한 형식이 있을 따름이다. 여

구인환(丘仁煥)

1929~ . 민족수난사와 풍속 등 다양한 체험적 소재를 문학적 상상력으로 형상화한 비평문학 연구자이자 소설가이며 교육자이다. 10여 편의 중편과 장편 그리고 450편의 수필을 발표했다. 주요 작품으로『산정의 신화』등이 있으며 한국소설문학상 등을 수상하였다.

기에 수필의 무형식의 형식이 있게 된다. 일정한 형식의 제약이나 틀이 없는 상태에서 이루어진다는 것은 다른 문학 장르의 형식을 모두 포용할 수도 있다는, 수필 자체의 독자적인 형식을 갖게 된다는 것이다. 그러므로 수필은 시적이면서도 시일 수 없고, 소설·희곡적 요소를 지니면서도 소설·희곡일 수 없는 수필만의 독자적인 형식을 이루게 된다.

이런 점에서 수필을 쓰는 데 어려움이 있는 것이고, 고양된 지성의 바탕에서 나오는 문학적 표현이어야만 한다는 전제가 따르게 되는 것이다.

3) 유머 · 위트의 문학

문학 작품에서 간과할 수 없는 것은 무엇을 어떻게 표현하고 있는 가하는 문제이다. 같은 내용을 말하고 있으면서도 좀 더 읽는 이의 정서에 와 닿는 표현은 매우 중요하다. 수필은 단순한 생활의 기록이나 객관적인 진리의 서술이 아니다. 수필은 생활을 통해서 걸어가는 마음의 산책이다. 그 속에는 온화하고 담담한 지성의 거울에 비친 대상에 대한 비판정신이 있게 된다. 이러한 비판정신으로 하여 나타나는 유머(humour)와 위트(wit)는 수필의 활력소가 된다.

유머나 위트는 소설이나 희곡에서도 중시하는 문학비평의 기본적인 요소이다. 특히 수필에서는 서정의 아름다움과 함께 지적 활동의 기본이 되는 비평정신과 유머와 위트가 반짝여야 한다. 수필에 있어서 유머는 자연스레 스치는 입가의 미소이며, 위트는 문득 깨닫게 되는 지혜의 섬광이다. 수필에 있어서 냉철한 비판정신과 함께 유머와 위트는 깊은 사색 속에 내일에 대한 지향점을 제시해주며, 담담한 생활의 표현에 생명력을 불어넣어 준다.

妻를 글자 수수께끼로 "집안이 시끄러운 字가 무슨 字냐?"고 한다. 아내를 쳐(撲)서 시끄럽지 않을 이 없겠지만, '妻'처럼 우리나라에서 수지 안 맞는 글자도 없는 것 같다.

'妻'라는 音이 쳐(撲)에 통한다는 것보다는 '쳐먹는다' 따위의 천대를 연상하게 됨은 무슨 까닭인가?

도대체 妻 자가 붙은 말에 신통한 게 없다.

荊妻·愚妻·內妻·糟糠之妻……

아무리 보아도 賤에 가깝다. 漢字에 젖어 그것이 비록 '지어미·여편네·마누라·안사람'보다 고상한 용어로 관용되어 왔다지만, 역시 '처'가 있는 限 귀에 거슬리는 것은 나뿐이 아닌가 한다.

—최태호, 「愛妻論」에서

위의 수필이 성공한 이유는 '유머'에 있다. 처(妻)라는 글자의 동음이의어에 대한 관찰과 그 표현이 읽는 이로 하여금 미소를 자아내게 하는 것이다. 이렇듯 수필은 단순한 생활난사나 노변정담이 아닌 작가의 눈에 비친 대상에 대한 냉철한 관찰이 앞서야 한다. 사물에 대한 올바른 인식이나 인생에 대한 성찰은 수필이 지적인 산물임을 말해준다. 그러기에 수필가는 깊은 사상, 냉철한 비평정신 그리고 풍부하고 정감 어린 정서를 지녀야 한다. 이를 바탕으로 하여 유머와 위트가 자연스레 나타나게 되며 수필에 생명력을 주는 것이다.

4) 제재의 다양성

수필은 무엇이든지 담을 수 있는 용기와 같다. 그렇기 때문에 다른 어떤 장르의 문학보다도 제재가 다양하다. 따라서 수필은 인생이나 사회문제, 종교, 철학, 정치는 물론이요 세상의 모든 것이 제재가 될 수 있는 문학이다. 수필의 이러한 특성은 같은 산문으로 쓰여진 작품이라도 여러 가지 명칭으로 부르는 것으로도 알 수 있다. 즉, 개인적 수필(personal essays), 과학적 수필(scientific essays), 철학적 수필(philosophical essays), 비평적 수필(critical essays), 역사적 수필(historical essays), 종교적 수필(religious essays) 등이 있으며 때때로 강연집(lectures), 설교집(sermons) 같은 것도 수필이라는 이름으로 불리는 것을 알게 된다. 그러므로 우리의 생활주변에 무한하게 널려있는 제재를 발견하여 고도의 지성과 통찰로서 정제하면 무엇이든 수필의 대상이 된다. 우리의 주변 곳곳에 있는 평범한 일상적인 일이라 할지라도 작가의 독특한 관찰과 정서적 체험으로 인해 훌륭한 제재로써 재발견되는 것이다.

3. 수필의 종류

수필은 시·소설·희곡과 같은 특정한 양식(Style)을 갖지 않은 일반적 의미의 산문이라고 한다면 그 개념에 있어 혼란이 일어나게 된다. 그러므로 수필을 폭넓게 파악할 때는 반드시 그것을 포오멀·에세이(formal·essay)와 인포어멀·에세이(informal essay·personal essay)로 구분하고 있다. 이렇게 양분할 때 소논문·비평문·논설문·서평·시평 등을 포오멀·에세이에, 감상문·신변잡기 등은 인포오멀·에세이에 포함된다.

수필은 원래 일정한 형식에 제약을 받지 않는다 할지라도 표현방법과 그 내용에 따라서 독특한 형식을 지니게 됨을 생각할 때, 위의 포오멀·에세이는 주로 개인적인 일보다는 논리적인 면에 더 관심을 갖게 된다. 이는 객관적이며 사실적인 문제를 수용하는 데 더 적합하기 때문이다. 반면, 개인적·주관적·사색적인 관점에서 볼 때 그 수용양식은 인포오멀·에세이가 적합함을 알 수 있다. 여기서는 수필의 특징으로 보아 포어멀·에세이를 중수필의 범주에, 인포어멀·에세이를 경수필의 범주에 넣기로 한다.

1) 경수필

경수필(miscellany)은 대개 개인적·주관적·사색적인 내용을 주로 한다. 그러므로 이러한 수필은 자기 자신과 관계되는 일을 씀으로 작가의 개성이 뚜렷하게 부각되는 글이다. 개성적이기 때문에 매우 형상적이어서 예술적 표현으로 나타난다. 수사는 더욱 세련되어 나타나게 되고 따라서 그 글은 보다 문학적이게 된다.

그러므로 이러한 성향의 글은 논리적이고 체계적이기보다는 보다 시적이고 정서적이게 된다. 사실을 다루고 있으면서도 항시 인간의 내면 깊숙이 들어가 인간적인 흥미나 잔잔한 미소를 떠오르게 하는 담담하고 온화한 글이다. 즉, 가벼운 형식 속에 작가의 체취가 물씬 풍겨나는 글이다.

몽테뉴(Montaigne), 램(Charles Lamb), 이양하, 피천득, 윤오영, 서연범 등 대부분의 수필이 이러한 범주에 속한다. 한 예로써 다음의 수필을 보자.

피천득(皮千得)

1910~ . 시인, 수필가 겸 영문학자. 시보다는 수필을 통해 진수를 드러냈다. 주요 작품으로 수필 「은전 한 닢」, 「인연」 등이 있으며 시집으로는 『서정소곡』 등이 있다.

나무의 위의(威儀)

첫 여름 무엇보다 별이 아름답다. 이웃집 뜰에 핀 장미가 곱고, 길 가다 문득 마주치고 하는 담 너머 늘어진 들장미들이 소담하고 아름답다. 별의 계절이라고 할 수 있겠고 장미의 계절이라고 할 수 있겠다. 그러나 첫여름은 무엇보다 나무의 계절이라 하겠다. 신록(新綠)이 이미 갔으나 싱싱한 가지가지에 충실한 잎새를 갖추고 한여름의 영화(榮華)를 누릴 모든 준비가 완전히 되어 있기 때문이다.

그리고 나무가 주는 기쁨과 위안이란 결코 낮춰 생각할 것이 아니라, 살구, 복숭아, 매화, 진달래, 개나리, 장미, 모란, 모두 아롱다롱 울긋불긋 곱고 다채로와 사람의 눈을 끌고 마음을 빼내는 데가 있으나 초록 일색의 나무가 갖는 은근하고 건전한 풍취(風趣)에 비하면 어딘지 얇고 엷고 야한 데가 있다.

상나무, 사철나무, 섶, 도토리, 버들, 솔잣, 홰느티, 우리 동리에서 볼 수 있는 나무로서 하나치고 앞서 말한 꽃에 비하여 손색 있을 것이 없고 또 모든 나무는 각기 고유한 모습과 풍취를 가진 것이어서 그 우열(優劣)을 가리고 청탁(淸濁)을 말할 바가 되지 못한다. 그러나 나는 내 가까운 신변에 이때가 되면 오래 보지 못한 친구를 찾듯이 돌아다니며 그 아름다운 모습을 특히 찾아보고 즐기는 몇 그루의 나무를 가졌다.

가장 가까이 있는 친구는 내 집 한 포기 모란이 활짝 피었다 지는 무렵, 온 남산을 가리고 하늘 한 귀퉁이를 차지하게 되는 앞집 개중나무다. 참말로 잘생긴 나무다. 훤칠하니 높다란 키에 부채살 모양으로 죽죽 뻗은 미끈한 가지가지에 체통 치고는 좀 자잘한 잎새를 수없이 달았다. 보아서 조금도 구김새가 없고 거칠매가 없다. 어느 모로 보나 대인군자(大人君子)의 풍모다. 바람 자면 고요히 깊은 명상에 잠기고 잔바람 일면

명상에서 깨어 잎새 나붓거리며 끊임없이 미소 짓고 바람이 조금 세차면 가지가지를 너울거리며 온 나무가 춤이 된다.

　아침 산보(散步) 오고 가는 길에 매양 볼 수 있는 친구는 길가 두 집에 이웃하여 나란히 섰는 두 그루의 히말라야 으르나무다. 허구한 세월 히말라야 높은 준령의 거센 바람에 인종해 온 먼 조상의 유전인지 가지가 위로 뻗지 않고 아래로 숙였다. 검고 줄기찬 줄기와 가지에는 어울리지 않게 보드랍고 가느다란 잎새가 소복소복 떨기를 지어 달렸다.

　어떻게 보면 가지마다 고양이가 한두 마리씩 웅크리고 앉아 있는 것 같고 가지 끝마다 싹 터 나오는 새 잎새는 고양이 발톱 같다. 심지어 몇 해나 되는 나무인지 아직 두서너 길밖에 되지 못하나 활짝 늘어져 퍼진 가지들의 너그러운 품이 이미 정정한 교목(喬木)의 풍도(風度)를 갖추고 있다.

　다음 내가 일상 즐길 수 있는 또 하나의 친구는 우리 교정(校庭) 한가운데 섰는 한그루의 마로니에다. 가까운 주위의 자자부레한 나무들에 가리어 있어 그 전모를 한눈에 볼 수 없는 것이 유감이나 나무로서는 역시 잘된 나무다. 잎새는 밤나무보다 조금 큰 것이 별로 신기로운 것이 없다.

　그러나 나뭇가지가 줄기 밑등에서부터 시작하여 총총히 뻗은 데다 나무 잎새가 또 그 가지가지 밑에서부터 끝까지 다닥다닥 붙어 있어 이 나무의 속으론 햇빛도 좀체 뚫지 못하고 바람도 웬만해서는 흔들지 못하는 깊고 짙은 고유한 그늘을 가졌다. 꿈의 나무라고도 할까. 아침저녁, 대낮, 한밤 꿈 안 꾸는 순간이 없다. 무슨 꿈을 꿀까. 무척 다채로운 꿈일 것은 생각되나 그 깊은 꿈은 얼른 사람의 마음으로는 헤아릴 길이 없다. 아무튼 피와 살과 냄새로 된 사람의 어지러운 꿈 아닐 것은 분명하고 그 가운데 평화와 정일(靜逸)과 기쁨이 깃들었을 것만은 확실하다.

그리고 걸엇길, 한 오 분, 십 분 걷는 수고를 아끼지 않으면 성균관(成均館)에 온 뜰을 차지하고 구름같이 솟고 퍼진 커다란 은행나무를 볼 수 있다. 한말(韓末)의 우리 겨레의 설움을 보았을 뿐 아니라 임진왜란(壬辰倭亂)도 겪고 좀 더 젊어서는 국태민안(國泰民安)한 시절 나라의 준총(俊聰)이 청운(靑雲)의 뜻을 품고 명륜당(明倫堂)에 모여 글 읽던 것을 본 기억도 가진 나무다. 이젠 하도 늙어 몇 아름되는 줄기 한 구석에는 동혈(同穴)이 생겨 볼썽 없이 시멘트로 메워져 있지만 원기는 여전히 왕성하여 묵은 잎새 거센 가지에 웬만한 바람이 불어서는 끄덕도 하지 않는 품이 쓴 맛 단맛 다 보고 청탁을 가리지 않고 모든 것을 받아들이는 거룩한 성자(聖者)의 모습이다.

그렇다. 이러한 나무들에게는 한 때의 요염(妖艶)을 자랑하는 꽃이 바랄 수 없는 높고 깊은 품위가 있고 우리 사람에게는 도저히 찾아 볼 수 없는 점잖고 너그럽고 거룩하기까지 한 범할 수 없는 위의(威儀)가 있다. 하찮은 명리(名利)가 가슴을 죄고 훼예포폄(毁譽褒貶)에 마음 흔들리는 우리 사람은 이러한 나무 옆에 서면 참말 비소(卑小)하고 보잘 것 없는 존재다. 인제 장미의 계절도 가고 연순(年順)의 노령(老齡)도 머지 않았으니 많지 않은 여년을 한 뜰에 이러한 나무를 모아 놓고 벗 삼아 지낼 수 있다면 거기서 더 큰 정복(淨福)은 없을 것 같다.

－이양하

이양하(李敭河)

1904~1963. 주지주의(主知主義) 문학이론을 소개한 수필가 겸 영문학자. 수필집 『나무』를 간행했고 권중휘(權重輝)와 공저로 『포켓 영한사전』을 펴냈다. 주요 저서로 『이양하 수필집』 등이 있다.

2) 중수필

경수필이 개인적·주관적·정서적인 내용을 주로 하는 반면, 중수필(Essay)은 사회적·객관적·논리적인 내용을 주로 한다. 그러므로 자신의 상상적 체험에서 우러나온 감정이나 인상에 끌리지 않고 객관적이며 논리적인 형식을 갖추어 서술해야 한다. 이러한 수필은 보편적인 논리나 이성으로 짜여지기보다는 지적, 경구적인 경향이 있다. 베이컨과 같은 철학자·학자들이 이러한 경향의 수필을 많이 쓰며, 우리나라에선 김진섭·김태길·김형석·안병욱·이어령 등이 이런 유형의 수필을 많이 쓰고 있다. 이러한 수필의 예로서 다음과 같은 수필이 있다.

창(窓)

창(窓)을 해방(解放)의 도(道)에 있어서 잠시 생각하여 본다. 이것은 즉 내 생활에 권태(倦怠)에 못 이겨 창측(窓側)에 기운 없이 몸을 기대었을 때, 한 갈래 두 갈래 머리로부터 흐르려던 사상의 가난한 한 묶음이다.

철학자 게오르크 짐멜은 일개 화병(花甁)의 손잡이로부터 놀랄 만큼 매력 있는 하나의 세계관을 도출하였다. 이것은 적어도 하나의 유명한 사실임을 잃지 않는다. 이 예에 따라 나는 여기 한 개의 창을 관찰의 대상으로 삼으려 한다. 그러나, 이것은 과연 하나의 버젓한 세계관이 될지, 또는 하나의 명색 「수포철학(水泡哲學)」에 귀하고 말지는 보증(保證)이 한이 아니다. 그 어떠한 것이 이 「창측(窓側)의 사상」이 속하게 되든 — 물론 이것은 그 나쁘지 않은 기도에도 불구하고 아직은 오히려 하나의 미숙한 소묘에 그칠 따름이다 — 창은 우리에게 광명을 가져오는

김태길

1920~ . 서울대 철학과 및 대학원 철학과 졸업. 미국 존스 홉킨스 대학원 철학과 졸업(철학박사). 하와이 대학교 Eastwest Center Senior Fellow. 서울대 철학과 교수 역임. 현재 서울대학교 명예교수. 학술원 회원. 철학문화연구소 이사장. 대표작으로 「변혁시대의 사회학」, 「윤리학」, 「새로운 천년을 바라보며」, 「무심 선생과의 대화」 등이 있다.

이어령(李御寧)

1934~ . 평론가 겸 소설가, 수필가. 평론을 통해 한국문학의 불모지적 상황에서 새로운 터전을 닦아야 할 것을 주장하였다. 이데올로기와 독재체제의 맞서 문학이 저항적 기능을 수행해야 한다는 것을 역설하기도 하였다.

자이다. 창이란 우리의 태양임을 의미한다.

　사람은 눈이 그 창이고, 집은 그 창이 눈이다. 오직 사람과 가옥에 멈출 뿐이랴. 자세히 점검하면 모든 물체는 그 어떠한 것으로 의하여서든지, 반드시 그 통로를 가지고 있음을 두말할 것도 없다. 우리는 그 사람의 눈에 매력을 느낌과 같이 집집의 창과 창에 한없는 고혹(蠱惑)을 느낀다. 우리는 이와 같이 견인하여 놓으려 하지 않은 창측에 우리가 앉아 한가히 보는 것은, 그러므로 하나의 헛된 연극에 비교될 성질의 것은 아니다. 우리가 여기서 볼 수 있는 것은 너무도 많은 것 — 즉, 그것은 자연과 인생의 무진장한 풍일(豊溢)이다. 혹은, 경우에 의하여서는 세계 자체일 수도 있는 것 같다. 창 밑에 창이 있을 뿐 아니라, 창 옆에 창이 있고 창 위에도 창은 있어 — 눈은 눈을 통하여, 창은 창에 의하여 이제 온 세상이 하나의 완전한 투명체임을 볼 때가 일찍이 제군에게는 없었던가?

　우리는 언제든지 될수록이면 창 옆에 머물러 있으려 한다. 사람의 보려하는 욕망은 너무나 크다. 이리하여, 사람으로부터 보호하는 욕망을 거절하는 것같이 큰 형벌(刑罰)은 없다. 그러므로, 그를 통하여 세태를 엿볼 수 있는 유일한 기회를 주는 창을 사람으로부터 빼앗는 감옥은 참으로 잘도 토구(討究)된 결과로서의 암흑한 건물이라 할 수 있다.

　그러나, 우리는 우리가 창을 통하여 보려는 것이 과연 무엇일까를 알지 못한다. 그럼에도 불구하고, 우리는 그것 보기를 무서워하면서까지 그것을 보려는 호기심에 드디어 복종하고야 만다. 그러므로, 우리는 창을 한없이 그리워하면서 동시에 이 창에 나타날 터일 것에 대한 가벼운 공포를 갖는 것이다. 창은 어떠한 악마를 우리에게 소개할지 사실 알 수 없는 까닭이다.

　나라와 나라 사이에, 고을과 고을 사이에 도로·산천(山川)을 뚫고, 우리와 우리에 속한 것을 운반하기 위하여 주야로 달음질치는 기차, 혹은 알기도 하고 혹은 모르기도 한 번화한 거리와 거리의 질구(疾驅)하는 전차·자동차 — 그것은 단지 목적지에 감으로써만 의미가 있는 것일까? 아니다. 적어도 나에겐 그것이 이 세상의 생활에 직접으로 통하고 있는 하나의 변화무쌍한 창으로서 더욱 의미가 있는 듯싶다. 그러므로 우리는 항상 기차를 탈 때엔 조망(眺望)이 좋은 창을 선택하려는 것이다. 그리함에 의하여 우리는 흔히 하나의 풍토학(風土學), 하나의 사회학에 참여하는 기회를 잃지 않으려는 것이다. 여행자가 잘 이용하는 유람(遊覽) 자동차라는 것이 요새는 서울의 거리에도 서서히 조종되고 있는 것을 가끔 보지만, 그것을 볼 때, 나는 이것이 흥미에 찬 외래자의 큰 눈동자로서밖에는 느껴지지 않는다. …… 모르는 땅의 교통과 풍속이 이러한 달아나는 차창에 의하여 얻어질 수 없다면 여행자의 극명(克明)한 노력은 지둔(遲鈍)한 다리와 발에 언제까지든지 지불되어야 할 것이다.

여기 가령 비행기가 떴다 하자. 여기 가령 어디서 불이 났다 하자. 그러면, 그때의 우리는 가장 가까운 창에 부산하게 몰린다. 그때 우리가 신사체면에 서로 머리를 부딪침이 좀 창피하다 할지라도 관할 바이랴! 밀고 헤쳐서까지 우리는 조망이 편한 창측의 관찰자가 되려 하는 것이다. 점잔스럽게 창과는 먼 곳에 앉아 세간의 구구한 동태에 무관심을 표방(標榜)하고 있는 인사가 결코 없지 않으나, 알고 보면 그인들 별수가 없는 것이다. 비행기의 프로펠라 소리에 그의 조화는 완전히 파괴되어 있는 것이다.

우리로 하여금 항상 창측의 좌석에 있게 하는 감정을 사람은 하나의 헛된 호기심이라고 단정하여 버리는지도 모른다. 그러나, 사람의 보려하는 참을 수 없는 충동은 이를 헛된 호기심으로만 지적하기에는 너무도 심각한 것 같다. 참으로 사람이란 자기 혼자만으로는 도저히 살 수가 없는 것이고, 그보다는 다른 사람의 생활을 의하여 또는 다른 사람의 생활을 봄에 의하여 오직 살수가 있는 엄숙한 사실에 우리가 한 번 상도(想到)하여 보면, 얼마나 많이 이 창측의 좌석이 이 위급한 욕망에 영향을 제고하고 있는가를 용이하게 알 수 있다. 이리하여, 우리가 가령 달아나는 전차에 몸을 싣는다는 것은, 우리가 어떠한 목적지를 지향하고 있는 구실 밑에 달아나는 가로에 있어 구제하기 어려운 욕망의 충족을 꾀함을 의미하는 것이다. 많은 사람의 무리, 은성(殷盛)한 상점의 쇼오 윈도우 — 우리가 흔히 거리의 동화(童話)에 가슴의 환영(幻影)을 여러 가지로 추리(推理)하는 기회를 여기서 가짐이 무엇이 나쁘랴 — 돗의 가로는 그만큼 충분·풍부하다. 달아나는 창은 무엇보다도 그것을 더 잘 보여준다.

— 김진섭

김진섭(金晉燮)

1903~? 수필가·독문학자. 《해외문학(海外文學)》 창간에 참여, 카프의 프롤레타리아트 문학과 대결하여 해외문학 소개에 진력하였다. 수필집 『생활인의 철학』을 간행하였다. 수필을 문학의 수준으로 끌어올린 공로자이다.

비평의 이해
CRITICISM

1. 비평이란 무엇인가

1) 비평의 개념

문학비평(literary criticism)이란 무엇인가에 대하여 한마디로 말하는 것은 쉬운 일이 아니다. 예술에 속하는 모든 분야가 그렇듯이 문학비평 또한 생각하기에 따라 다종다양의 해답이 가능하다. 이는 문학 자체가 인간의 인식작용으로 빚어진 데서 연유하는 것으로, 문학을 그 대상으로 삼는 문학비평의 당면한 속성일 수밖에 없다.

그러므로 문학비평에 대한 질문은 '맞다' 또는 '틀렸다' 식의 가부 결정을 요구하는 것이 아니라 '타당하다' 내지 '그럴 법하다'는 정도의 포용력 있는 자세를 필요로 한다. 아리스토텔레스(Aristoteles, B.C. 384~322)의 『시학』 이래 오늘에 이르기까지 수많은 비평가들이 그들 나름대로 문학비평에 대하여 얘기하고 있지만 여전히 문학비평의 본질을 둘러싸고 의견들이 분분한 것은 바로 이 때문이라 하겠다.

문학비평의 '비평'에 해당하는 말인 'Criticism'[Kritik(獨), critique

(佛)]은 어원적으로 볼 때 라틴어인 criticus, 희랍어인 krinein에서 왔다. 라틴어 criticus는 'a judge'의 뜻으로 '재판관, 심판, 감정가, 심사원' 등을 가리키며, 희랍어 krinein은 '분별·식별 혹은 감식하다(to discern),' '분할·구분 또는 결정·판결하다(to decide),' '권위 있는 의견을 말하다(to give an authoritative opinion)'라는 뜻이다.

이렇게 서구어의 어원을 통하여 드러나는 바에 의할 때 문학비평이란 문학에 대하여 행해지는 감정(鑑定), 판단 그리고 평가라는 것임을 짐작할 수 있다. 즉 criticism의 의미는 대상을 선택하는 것으로부터 비롯하는 감정과 판단에 의한 평가작용인 것이다. 그것은 곧 대상의 가치를 규명하는 것이라 달리 말할 수 있는데, 이러한 가치의 규명 작업이 문학작품을 대상으로 하거나 문학의 이론 등과 같은 문제에 미칠 때 문학비평이 되는 것이다.

한편 한자로서의 '批評'을 살펴보더라도 서구어적 의미와 유사함을 알 수 있다. 먼저 '批'는 '손으로 치다, 부딪치다, 재확인하다, 바로잡다, 돕다, 표시하다' 또는 '판정, 품평(品評), 평어(評語), 평(評)하다'의 뜻으로서 대상으로 설정한 어떤 사물과 마주하여 제대로 식별(識別)하려는 행위를 일컫는다. '評'은 '言'과 '平'을 합쳐서 이루어 놓은 글자의 형태가 나타내고 있듯이 말을 공평하게 한다는 뜻이다. 이를 구체적으로 풀이해 보면 '헤아리다, 공평하게 세다, 논평하다, 선악을 따지다, 바로 잡다, 고치다' 또는 '판정, 품평' 등의 뜻을 지니고 있는데 이로 보아 대체적으로 '評'은 '공평하게 판정하다'는 의미를 지닌 것임을 알 수 있다. 이처럼 한자어로서의 '批評'도 식별하는 것과 공평한 판단에 근거를 두고 대상으로 놓인 사물의 가치 규명, 즉 평가작업에 힘쓰는 뜻을 내포하고 있는 것이다.

이렇게 비평을 지칭하는 서구어와 한자어 사이에서 공통적으로 발견한 의미를 통하여 생각할 때, 문학비평이란 문학작품 및 문학이론을 대상으로 하여 그 가치를 규정하고 평가하는 일련의 작업이라 할 수 있다. 즉 문학에 관한 실제적이고 이론적인 논의가 바로 문학비평이다. 그런데 이는 넓은 의미의 개념이다. 그래서 좀 더 일반적으로 쓰이는 좁은 의미의 문학비평의 개념을 살펴보면 한 작가나 작품을 분석하고 평가하는 행위로 파악된다.

문학비평에 관하여 언급해 왔던 많은 논자들의 견해가 실로 다양함에도 불구하고 위에서 점검한 바와 같이 글자의 뜻을 살핌으로써 그 개념을 정립할 수 있었다. 이는 많은 사람들의 다양한 생각 속에 공통적으로 깃들인 가장 기본적인 면모라 할 수 있다.

문학비평은 때로 무가치하다는 불만에 부딪힌 적도 많았으나 문학의 역사와 더불어 지금까지 발전해 오고 있음이 사실이다. 특히 현대에 이르러 문학비평은 급속도의 진전을 보였다. 이는 산업사회의 성장에 힘입은 인쇄매체의 발달과 함께 무엇보다도 문학에 종사하는 사람의 수적 팽창에 그 원인이 있을 것이다. 따라서 대량으로 쏟아지는 문학작품을 선별하고 통제하기가 더욱 어려워진 반면 저마다 나름대로의 눈으로 제시하는 견해들은 더욱 풍성해져 가고 있는 추세이다. 자칫 잘못하면 비평행위가 오류를 범할 수도 있기 때문에 비평가의 입장에서 보면, 대량으로 쏟아지는 문학작품들 속에서 방향감각을 잃기 쉬운 독자대중들에게 올바른 길을 잡아주는 작업은 결코 쉽지 않다. 그러므로 건전하고 참다운 문학비평의 역할이 더 절실하게 요구되고 있다. 더불어 문학비평의 필요성 또한 나날이 증가하는 것이다.

일상적인 생활에다 눈을 돌려보아도 알 수 있듯이 오늘날처럼 모든 것이 대량화되고 복잡한 시대에 있어서 올바르게 상황 및 환경에 대처하려면 나름대로 뚜렷한 선택과 판단, 그리고 결정이 있어야 한다. 즉 사람들은 누구나가 비평정신을 소유하고 있는데, 오늘날과 같은 시대에 있어서는 누가 더 확고부동한 시각을 확보하고 있느냐가 관건인 것이다. 불확실한 시대일수록 비평정신은 더욱 확실해야 한다. 올바르게 정립된 비평정신이 개재되어야만 올바르게 살아가는 것이라고 말할 수 있다. 이런 점에 비추어 문학비평도 선택에서부터 평가행위에 이르기까지 뚜렷한 비평정신에 몰두한 사람만이 올바르게 행사할 수 있는 것이라고 하겠다.

그리고 매사에서 그렇듯이 무엇인가를 선택하고 판단해야 하는 기로에 서면 위기감이 조성된다. 비평을 가리키는 'criticism'이란 말이 crisis, 즉 '결정적인 변화가 임박한 단계 또는 사태'를 뜻하는 말과 관계가 있는 것에 주목한다면, 비평이란 위기의식의 소산임을 알 수 있다. 위기란 선택의 기로에서 결단을 내려야 하는 고비이다. 바로 이러한 위기를 슬기롭게 헤쳐나감으로써 적합한 해결에 도달하려는 의욕 속에 늘 비평정신을 존재해야 한다.

오늘날과 같이 가치관의 혼란으로 말미암아 자주 여러 가지 어려운 상황에 봉착하는 현실 속에서 이러한 비평정신을 뚜렷하게 갖는다는 것은 상당히 중요한 일이다. 오늘날은 그 자체가 위기의 시대, 흔들림의 시대, 불안의 시대이므로 문학비평을 포함한 비평의 추세가 더욱 가속화 현상을 보이는 것은 항상 위기의 순간에 속해 있어야 하는 비평의 의미를 주지할 때 그리 놀랄 만한 일이 아니다. 이 시대는 위기의 시대이면서 동시에 비평의 시대이다. 그럼 여기서 문학비평의 개념에 대한 사전적 해석을 검토해 보기로 하겠다.

문학비평은 문예작품의 미와 단점에 대한 지식과, 적정의 판단과 가치평가의 기술이다.

―『웹스터 국제사전』

　　문학비평이란 문예작품 또는 예술작품의 특성과 성격을 평가하는 기술, 곧 비평가의 기능과 사명이다.

―『뉴 잉글리쉬 사전』

　　문예에 대한 과학적 비평을 말한다. 곧 작품의 비평은 그의 호악(好惡)을 기초로 할 것이 아니고, 여러 가지 점에서 논리적으로 귀결을 지어보려는 비평방법을 가리킨다. 따라서 비평가의 주관은 용납되지 않으며, 문예비평의 판단은 소위 심미적 판단으로서 감상비평에 이르지 않으면 안 된다.

―백철 편, 「문예사전」

　　문예비평이란 문예작품의 구조, 효과, 작가의 창작방법, 세계관 등을 검토하고, 개인적인 견지에서 작품의 미적 가치내용을 판단하는 일이다.

―이희승, 『국어대사전』

　　문학이란 무엇인가, 한 편의 문학작품의 뜻이 무엇인가, 작가는 무슨 일을 하는가, 한 작가 또는 작품의 가치는 어떠한가 등을 논의하는 일을 문학비평이라고 한다.

―이상섭, 『문예비평용어사전』

테느
(Taine, Hippolyte Adolphe)

1828~93. 프랑스의 비평가, 철학자, 문학사가. 그에 의하면 문학작품은 '인종,' '환경,' '시대'의 세 개의 본질적 요소의 기계적 작용에 의해 이론적으로 설명된다. 대표작 『영국문학사』에서 그는 위의 3요소와 중요 기능에 의한 결정론으로 졸라에게 공명을 주었다. 주요 저서로 『역사 및 비평론집』, 『속 역사 및 비평론집』 등이 있다.

생트 뵈브(Sainte-Beuve)

1804~1869. 프랑스의 시인, 소설가, 비평가. 《글로브》지 문예비평을 담당했고 위고와의 인연으로 낭만주의 운동에 참여했다. 그는 막연하게 시대와 환경의 구명에 그치지 않고 생활환경, 교육, 교우관계, 유파, 성격 등 작가의 객관적 조건을 정밀하게 검토하여, 개성이 갖는 정신의 종족을 밝히기 위해 '정신의 박물학'으로서의 비평을 표방했다. 저서로는 『비평과 문학적 초상』, 『여성의 초상』, 『현대작가의 초상』 등이 있다.

이상에서 살펴본 바와 같이 문학비평에 대한 사전적인 의미에서 공통적으로 드러나는 것은 문학비평의 대상이 문학작품(문예작품)과 작가라는 것이다. 또한 문학비평은 문학작품 혹은 작가에 대한 공평한 판단과 가치평가의 기술이라는 것도 알 수 있다. 결국 어떤 관점에서 생각하더라도 문학비평이란 문학작품을 떠나서는 존재할 수 없다. 문학작품을 바탕으로 하여 그것을 해석하고 평가하는 동시에 학문적인 연구를 수행함으로써 문학비평의 역할이 이루어지는 것이다.

그리고 이러한 비평작업을 수행하고 있는 사람을 비평가 혹은 평론가라고 부르는데, 오랫동안 작가와 비평가는 불편한 관계에 있어 왔다. 말하자면 비평가의 비평행위가 작가처럼 창조적이냐 아니면 우선순위에 있어서 작가보다 하위에 놓여지느냐, 즉 비평은 작품에 부수적인 것이냐 하는 문제가 심심찮게 거론되었던 것이다. 실제로 비평의 무용론 또는 비평 부정론이 제기되기도 했었는데, 괴테(Goethe, 1749~1832)는 "저 개를 내쫓아라! 저놈은 비평가니까"라고 말한 바 있다. 또 디즈레엘리(B. Disraeli, 1804~81)는 비평가를 '창작에 실패한 사람'이라 말함으로써 작가와 비교하여 비평가를 하위에 두는 냉소를 보인 바 있고, 체홉(Chekhov, 1860~1904)도 비평가를 일컬어 '쇠꼬리에 붙어 다니는 파리'라고 혹평을 했었다. 원래 비평가를 뜻하는 영어의 critic이란 말에는 첫째, 어떤 사항에 대한 가치, 진위(眞僞), 정당성 또는 미(美)나 기교를 감식하고 합리적인 의견을 말하는 사람, 둘째, 무자비하게 결점을 들추어 판단하는 사람, 곧 트집쟁이, 셋째, 문학이나 예술작품의 장점을 판단하는 데에 숙달된 사람 등의 뜻이 담겨져 있다. 이로써 알 수 있듯이 비평가는 항상 창조된 작품을 바탕으로 이차적인 생산에 종사하는 사람인 것이다.

그러나 또 한편으로는 문학작품과 마찬가지로 비평의 독자성을 주장하며 비평을 창작의 위치에까지 올려놓은 견해도 있다. 오스카 와일드(Oscar Wilde, 1856~1900)나 머리(J. M. Murry, 1889~1957)는 비평 또한 창작으로 보며 비평가도 창작가라고 하였다. 오스카 와일드는 "비평가는 여러 가지 아름다운 것에서 받은 자기 인상을 다른 수법, 또는 새로운 재료로 변형할 수 있는 사람을 말한다"라고 하여 비평 자체에 예술적인 창조성을 부여했으며, 머리는 "비평의 역할은 본질적으로 문학 자체와 같다. 즉 비평은 비평가가 자신을 표현하는 방편

괴테(Goethe,
John Wolfgang von)

1749~1832. 소설가, 극작가. 독일이 낳은 세계적 문호로서 24세 때에 희곡 『괴츠 폰 베를리힝겐』과 소설 『젊은 베르테르의 슬픔』을 써서 문명을 떨쳤다. 대표작으로는 희곡 『파우스트』와 서사시 『헤르만과 도로테아』, 『서동시편』, 자서전에 『시와 진실』, 『이탈리아 기행』 등이 있으며, 1829년 교양소설인 『빌헬름 마이스터의 편력시대』를 완성, 죽기 전 해인 1831년에 『파우스트 제2부』를 완결하였다. 그 외 60여 편의 문학작품이 있으며, 광물학·해부학 등 자연과학에도 힘을 기울여 『색채론』과 같은 중요한 저서를 남겼다.

체홉
(Chekhov, Anton Pavlovich)

1860~1904. 러시아의 소설가, 극작가. 1880년대 전반 수년 동안 『관리의 죽음』, 『카멜레온』, 『하사관 프리시베예프』, 『슬픔』 등과 같은 풍자와 유머, 애수가 담긴 뛰어난 단편을 많이 남겼다. 그후 『유형지에서』와 『6호실(Palata No.6)』 등에서 볼 수 있듯이 톨스토이즘이나 스토아철학의 영향으로, 인간의 본연을 인정하기 위한 인간성 해방에 눈을 돌렸다. 소설 『결투』, 『흑의의 사제』, 『귀여운 여인』, 『개를 데리고 있는 부인』, 『골짜기에서』 등이 있다. 희곡으로는 『세 자매』와 『벚꽃 동산』, 『갈매기』, 『바냐 아저씨』 등을 들 수 있다.

이라 할 수 있고, 그 점에서 볼 때 비평가 또한 다른 문인과 하등 다를 바가 없다"고 말하였다.

이처럼 작가와 비평가 사이의 불편한 관계가 대립되고 있음에도 불구하고 단적으로 지적할 수 있는 것은 바로 비평의 독자성이다. 즉 문학비평은 소설이나 시와 마찬가지로 창작의식의 소산인 것이다. 문학비평은 소재로서 주어진 작품을 가지고 그 속에서 자기의 세계를 창조한다. 작품이 인생의 인식에 그치는 것이라면 비평은 그 의식을 다시 새롭게 정립하여 새로운 가능성을 발견한다. 결국 문학비평이란 소설이나 시와 같은 문학작품을 제재로만 삼을 뿐이고, 전개과정에 있어서는 비평가의 비평관에 의한 창작임이 분명한 것이다. 한편 이를 변형시켜 생각할 때, 비평가는 창작적인 태도를 갖추고서 비평작업에 임해야 한다는 얘기로도 된다. 즉 문학작품을 대상으로 단순히 장단점을 밝혀주는 정도를 벗어나, 문학비평은 질서와 체계를 겸비한 창조적인 안목으로써 작품으로부터 취재한 현실적 상황에 대하여 새로운 의미와 방향을 제시할 수 있어야 한다. 바로 여기에 문학비평이 단순하게 작품 아래로 종속되지 않는 그 자체로서의 독자성이 있는 것이다.

2) 비평의 기준과 영역

비평의 기준

문학비평은 한 작가나 작품을 분석하여 평가하는 작업이다. 그러나 이렇게 대상을 식별해내고 그 의미를 분석하여 평가하는 것이란 아무렇게나 해서 달성되진 않는다. 이른바 비평작업에는 판단의 근거가 필요하다. 어떤 하나의 작품을 놓고 그 작품이 '좋다' 또는 '나쁘다'라고 규정되기 위해서는 반드시 거기에 적절한 이유가 밝혀져야만 한다. 다시 말해 '이 작품이 왜 좋은가. 또는 왜 나쁜가'라는 판단근거를 제시하는 작업이 바로 비평인 것이다. 그렇다면 이러한 판단근거를 어디에다 두느냐 하는 문제의 해결은 비평이 처한 큰 난관이 아닐 수 없다. 이런 점에서 비평은 그 기준의 설정이 어떤 시각에서 어떻게 이루어지느냐에 따라 실로 각양각색으로 나타날 수 있다. 어떤 기준을 취할 것인가에 대해서는 비평가마다 다르다. 그러므로 비평의 다양화 현상을 빚는 이와 같은 주안점의 문제, 즉 기준의 설정이 어느 방향에서 어떻게 놓여지고 있는가를 점검해 보는 것은 유용한 일이다.

첫째, 비평이 감상의 측면, 즉 주관적 표현에 기준을 두느냐 아니면 이론의 측면, 즉 객관적 지식에 기준을 두느냐 하는 문제가 있다. 이는 이른바 주관비평이냐 객관비평이냐 하는 문제이다.

주관비평(主觀批評)은 비평의 객관적 기준을 인정하지 않고, 주로 비평가 자신의 취미와 기질, 그리고 교양에 의하여 작품을 감상하고 음미하는 비평 방식이다. 이 비평은 근대 이후에 생겼는데, 주로 근대 이전의 객관적인 교리 등과 같은 확고부동한 기존의 척도에 대한 반동으로 일어났다. 그래서 이 비평은 근대의 개인주의 또는 낭만주의 사상에 근원을 두고 있다.

주관비평의 기준은 비평가의 소양에 따라 달라지는 것이며, 비평의 주관성을 강조할수록 주관은 취미나 기호처럼 사람마다 다른 것이므로 이 방식에 입각한 작가·작품에 대한 비평은 주관적이고 개인적일 수밖에 없다. 비평가 각자가 서로 다른 기준을 가진다는 것은 개인의 차이는 물론이고, 때와 장소에 있어서의 차이도 내포한다. 따라서 주관비평의 특징은 개별적이고 분화적인 데에서 찾을 수 있을 것이다. 이러한 주관비평에는 인상적 비평(印象的 批評)과 창조적 비평(創造的 批評)이 있다. 인상적 비평이란 글자 그대로 작품에서 받은 비평가 자신의 인상을 그대로 표시하는 비평태도이며, 창조적 비평이란 작품 비평이 단순하게 작품평으로 그치지 않고, 그것을 토대로 해서 비평가 자신이 문학에 대한 새롭고 독자적인 의견을 전개하여 그 비평 자체에 예술적인 창조성을 부여하는 비평이다.

한편 이와 같은 주관비평의 개별적이고 분화적인 특징과 대립하여 객관비평(客觀批評)이 있는데, 객관비평은 보편적 타당성을 요구하면서 일정한 객관적 기준에 의하여 판단해 나가는 비평을 말한다. 이는 비평가의 개인적인 독창성, 개인적인 자기 판단을 인정하지 않으며, 시대를 초월하고 당파를 초월한다. 다만 모든 비평가의 의견의 일치 아래서만 비평이 가능해진다.

하지만 문학비평이 안주할 수 있는 절대 유일의 보편적 객관기준이 존재하는가에 관한 의문과 객관비평의 절대적 조건인 비평가의 의견 일치가 과연 가능한가에 대하여 의문이 생긴다. 따라서 객관비평은 그 기준을 비평가와 작품의 외부에 두고 있는 비평이라는 정도로 보는 것이 타당할 것이다. 그리고 객관성이 과학에서 얻어지는 것처럼 문학에서도 가능할 것이라는 생각은 완전하고 절대적인 것이 못된다.

결국 문학비평에 있어서의 주관과 객관 문제는 극복되어야 할 과제로 남는다고 하겠다. 삶에 있어서 완전한 상대주의나 절대주의가 있을 수 없는 것과 마찬가지로 주관과 객관은 서로 조화롭게 극복되어야 한다. 주관을 바탕으로 객관적인 설득력을 확보할 수 있어야 올바른 문학비평이 이루어질 것이다.

둘째, 비평이 작품의 해석에 치중하느냐 아니면 평가에 치중하느냐 하는 문제가 있다. 이 두 입장은 비평의 성격을 규정하는 문제이므로 중요하지만, 실상 해석과 평가는 모두 비평의 내부에서 함께 공존해야 하는 속성이므로 어느 한쪽에 치우친 비평은 바람직하지 않다.

그러나 비평이 작품의 해석에 기준을 두느냐 아니면 평가에 기준을 두느냐 하는 이 문제가 실제로 비평사에서 양립하여 존재했던 것이 사실이다. 한국문학에 있어서도 1920년대 김동인과 염상섭의 논쟁에서 이 문제는 발견된다. 즉 김동인은 비평가를 활동사진의 변사에 비유하여 비평의 설명적이고 해설적인 입장을 주장했던 반면, 염상섭은 비평가란 작가를 지도하는 일종의 재판관으로 인정하였던 것이다.

해석은 비평가가 독자에게 작품의 구조를 분석하여 설명하거나 작품 전체의 의미를 이해시키려는 데에 중점을 둔다. 한편 평가란 작품의 좋고 나쁨을 판별하는 작업이므로 작품을 비판하는 데에 중점을 둔다. 해석 없는 평가란 있을 수 없고 평가를 지향하지 않는 해석이란 무의미하다. 즉 비평은 작가나 작품에 대한 지식을 단순히 독자에게 전달하기 위한 해석이나 설명에 그쳐서는 안 되고, 또 그러한 해석이나 설명 없이 돌연한 평가를 내려서는 안 되는 것이다. 평가가 올바르게 이루어지려면 충실한 해석이 뒷받침되어야 한다. 비평은 설명만으로 이루어지는 것도 아니고 평가만을 위한 것도 아니다. 작품을 깊이 있게 해석하고 그 의미를 바르게 평가해냄으로써 비로소 비평은 제 모습을 제대로 갖출 수 있다. 따라서 해석과 평가는 어느 한쪽이 비중을 더 차지해야 하는 것이 아니라 똑같이 병존해야 하며, 또한 서로가 서로에게 스며든 관계 속에서 작가의 창작을 사려 깊게 만들고 독자를 바람직하게 이끌어야 하는 것이다.

셋째, 문학비평의 기준을 문학 내적인 것에 두는가 아니면 사회나 역사 등의 문학 외적인 것들에 두는가 하는 문제가 있다. 전자는 내재적 비평(內在的 批評)이라 불리고 후자는 외재적 비평(外在的 批評)이라 흔히 말하는데, 여기서도 어느 한쪽으로 치우치기보다는 쌍방의 절충이 적절하게 이루어져야만 제대로 된 문학비평이 성립될 수 있을 것이라 여겨진다.

내재적 비평은 비평가가 문학작품 그 자체의 해석과 분석에만 집중하는 것으로 문학 자체로서 문학에 접근하는 경우이다. 따라서 이것은 문학의 구조와 방법을 연구하는 데 유용하다. 문학작품이란 일단 발표되고 나면 작가를 떠나서 존재하므로 이런 내재적 비평이 실제 작품에 충실하다는 것은 상당한 설득력이 있다. 실제로 작가가 작품에서 의도한 것과 산출된 작품 사이에는 얼마든지 차이가 개입될 수 있는 것이다. 그래서 내재적 비평은 작가에 대한 사항, 작품의 주변 애기, 시대적 환경 등에 대해서 무심한 태도를 취한다. 문학을 문학 자체의 고유한 방법으로 연구한다는 것은 필요한 일이며, 객관적인 문학작품의 가치 점검에 있어서는 내재적 비평의 역할이 크다. 그렇지만 내재적 비평은 문학을 지나치게 문학 자체로만 한정함으로써, 그로부터 발생하는 시각의 협소함을 면할 길이 없다. 자칫 잘못하면 예술지상주의와 같은 곳으로 떨어질 위험성이 내재적 비평에 항상 도사리고 있는 것이다.

이와 대립하여 외재적 비평은 비평가가 작품을 일종의 사회현상으로 보고 그 작가를 사회적 존재로 간주함으로써, 문학적 존재의 사회적 의의를 검토하는 비평이다. 즉 외재적 비평은 문학의 사회적·문화적 비평이라 불릴 수 있다. 여기서는 문학작품을 그것이 산출된 사회적 환경이나 역사적인 배경, 그 밖에 작품을 둘러싼 여러 가지 요인에다 귀속시킨다. 사회적 환경이나 역사적인 배경 등이 작가에 투영되어 나타난 것을 곧 작품이라고 보았을 때 이와 같은 외재적 비평은 나름대로의 타당성이 있다. 문학은 개성의 산물이기도 하지만 동시에 역사적 산물이다. 당대의 정치·경제·사회적 요인에 문학은 영향 받지 않을 수 없다. 따라서 외재적 비평은 사회적인 현실을 벗어나지 못하는 작가의 생애를 통하여 작품을 조명하거나 창작 과정상의 심리적인 측면, 또는 독자와의 관계 등에 초점을 둔다.

그러나 이러한 외재적 비평은 문학이 사회적 산물이란 점을 너무 의식한 나머지 문학 자체 내의 특징적인 면모를 도외시하여 문학을 오로지 문학으로서 보아야 하는 시각을 상실한다. 문학이란 비록 사회

적이고 역사적인 여러 정황 속에서 잉태되었을지라도 언어로서 탄생
한 상상력의 산물인 것이다.

　문학비평이 내재적 비평을 택할 것이냐 아니면 외재적 비평을 택할
것이냐 하는 선택의 상황에서 반드시 어느 하나만을 취해야 하는 것이
라면 항상 부족하고 불만스러운 작업이 될 것임에 틀림없다. 그러므로
문학 그 자체로의 접근과 더불어 문학 외적 환경을 충분히 고려함으로
써 문학비평은 보다 온전한 결실을 맺을 수 있으리라 본다.

　한편 문학을 판단하는 에이브람즈(M. H. Abrams, 1912~)의 네 가
지 관점, 즉 모방론, 효용론, 표현론, 객관론에 근거하여 비평의 기준
을 설정할 수도 있다. 여기서는 문학을 평가할 때 그 기준을 세계,
독자, 작가, 작품 자체 중에서 어디에 두느냐에 따라 다음과 같은 분류
가 가능하여 진다.

진실성의 기준－모방비평

　문학작품을 세계와 인생의 모방이나 반영 또는 재현으로 보고, 작
품이 세계와 인생을 얼마나 진실되게 모방·반영·재현했는가에 따라
작품의 가치를 평가하는 입장이다. 즉 어떤 작품이 그 대상에 대해서
가지는 모방·반영·재현의 진실성 여부에 따라 작품을 평가하는 것이
다. 그런데 진실의 기준은 그것을 어떻게 채택하느냐에 따라 다양하게
있을 수 있다.

　그 가운데 하나는 우리가 흔히 알고 있는 인생과 세계의 어떤 측면
과 비교해서 작품 속에 재현된 것을 판단하는 경우이다. 이는 비평가
의 직접 또는 간접적인 체험으로 판단한 인생과 세계의 진실이 문학을
평가하는 기준이라고도 하겠다. 그러나 문학이 인생과 세계에 대한
모방이나 재현이라 하더라도 정작 문학이 그 속에서 내보이게 되는
진실이란 실제상의 현실에서 나타나는 진실과는 다른 것이다. 또 문학

이 내포하는 진실은 사람마다에 상대적인 의미로 전달될 수 있기 때문에 진실에 대한 비평가의 개인적인 기준이란 실상 협소할 수밖에 없다. 따라서 체험에 의한 진실성의 기준이 작품 판단에 있어 일방적으로 통용되는 척도라 할지라도 거기엔 제약이 따른다. 진실성은 있는 그대로의 인생과 세계를 두고 생각하기엔 좀 더 포괄적인 것이다.

그러므로 또 하나, 작품 속의 진실성을 평가하는 기준으로 이상적인 진실이 설정되는 경우가 있다. 이는 작품에서 추구해야 하는 진실을 선험적으로 제시해 놓고 그것에 맞추어 작품을 평가하려는 입장이다. 하지만 여기서도 앞서 지적한 있는 그대로의 인생이나 세계에 대한 진실성의 기준과 마찬가지로 허점이 있다. 작품이 인생과 세계를 떠나 이상적인 공간을 떠돌게 된다면 이미 문학으로서의 본연을 잃고 특정한 이념에 부합하는 것으로 된다거나 종교적인 차원으로 기울지 않으면 막연한 관념의 남발 속에서 마치 뜬구름 잡는 것과 같이 된다고 보는 위험이 있는 것이다.

이처럼 문학작품의 진실성 여부가 현실적인 기준이나 이상적인 기준 가운데 어느 하나를 충족시키는 것으로써 판단되기는 힘들다. 단지 중요한 사실은 작품 속에 나타난 어떤 재현의 형태를 그대로 선입견 없이 인정하면서, 작품 안에서의 진실 여부를 측정하며 평가하는 일이다. 다시 말해 우리는 작품이 보여준 세계가 현실적이건 이상적이건 간에 그것이 작품 내에서 나름대로 진실하게 표현되고 있는가에 대하여 관심을 가질 필요가 있을 것이다.

효용성의 기준 – 효용비평

이는 문학작품이 독자 또는 사회 전체에 어떠한 영향을 주느냐 하는 작품의 효용 여부를 기준으로 하여 문학작품을 평가하는 것이다. 문학작품이 독자나 사회에 영향을 주는 요인은 주로 쾌락과 교훈에 있다. 즉 쾌락과 교훈을 주느냐 그렇지 않느냐에 따라 문학작품의 가치가 좌우된다. 또한 작품이 얼마만큼 쾌락과 교훈을 자아내는가 하는 그 정도의 깊이에 따라 작품의 가치판단이 달라진다. 평가의 기준이 쾌락일 경우엔 '신난다·감동적이다·조마조마하다' 등과 같이 재미나 만족감, 그리고 긴장에 해당하는 얘기로 성립되겠고, 교훈을 평가의 기준으로 한다면 지식이나 지혜의 확장에 도움이 될 수 있는 사상 또는 윤리적 측면이 강조되겠다.

로마의 대시인 호라티우스(Horatius, B.C. 65~8)는 그의 『시법(Ars Poetica)』에서 "시인의 소원은 가르치는 일 또는 쾌락을 주는 일, 또는 둘을 겸하는 일"이라 하여 교훈을 주거나 쾌락을 주거나 또는 그 둘을 동시에 부여하는 데에 문학의 목적이 있다고 보았다. 또는 시드니(P. Sydney, 1554~86)는 『시의 옹호(Apology for Poetry)』에서 "시는 모방의 한 양식이다. 즉 아리스토텔레스가 말하는 모방(mimesis)이라는 뜻이다. 곧 표현하는 것, 만드는 것, 또는 비유를 가지고 쓰는 말이다. 예컨대 말하는 그림이다. 그 목적은 가르치고 또 즐겁게 하는 일이다"라고 말하였다. 여기서 시드니의 효용비평적 자세를 알 수 있다.

그러나 한 작품에서 쾌락과 교훈이 명확하게 구분되어 나타날 수 없으며, 만약 이들 두 가지 기준이 따로 떨어져 나타난다면 그 작품은 좋은 것이라 할 수 없을 것이다. 쾌락과 교훈은 한데 어우러져 작품 안에 용해되어야 하며 비평의 기준점 또한 그 둘이 융통성 있게 조화된 자리에 놓여져야만 타당해지리라 본다. 효용성의 기준은 로마시대 이후 18세기 전반에 이르기까지 영향력 있는 문학평가의 특징이었다.

독창성의 기준 - 표현비평

작품을 작가와의 관계에서 다룰 때 가장 중요한 것이 바로 독창성이다. 여기서는 문학작품을 작가의 독특한 정신의 산물로 파악하여

호라티우스
(Horatius, Quintus Flaccus)

B.C. 65~8. 로마의 대시인. 그의 『시론』은 아리스토텔레스의 『시학』과 함께 2대 권위로서, 시학의 성격을 규정하고 모든 문제의 제기 및 해결에 지침을 제공했다. 여기에서 '시는 오락에 효용을 섞어 독자를 즐겁게 하면서 교훈을 준다'는 이른바 '당의정설'로 시의 목적을 설명하고, 또 '시는 회화처럼'이라는 문구로 모방 개념을 설명한다. 그의 저서로는 『카르미나』, 『풍자시』, 『에포도스의 집』, 『서간시』 등이 있다.

작가의 사상이나 감정 그리고 상상력에 의한 개성을 중시한다. 즉 작품 속에 담겨 있는 작가 고유의 특수한 장치나 경험세계를 밝혀내어 이를 평가의 기준으로 삼는 입장인 것이다.

우리는 흔히 어떤 작품을 대할 때마다 그것이 다른 여타의 작품들과 전혀 색다른 느낌으로 다가오길 기대한다. 만약 기존의 틀에서 조금도 벗어나지 못했다거나 벗어나려고 흉내만 내다가 기교상의 치장에 머물러 버린 작품이라면 독자들에게 실망을 줄 것이 자명하다. 이렇게 통상적으로 문학작품은 독창성의 기준대 위에서 심판받는 일이 비일비재하다. 문학작품이 아주 진부하다거나 다른 작품을 본뜨는 정도의 파생된 것에 불과하다면 그 작품에 대한 가치평가는 무의미할 것이다.

독창성이란 일반적으로 새롭고 참신한 것을 말한다. 독창성은 개성적인 생명력이다. 따라서 이는 위대한 작가를 가름하는 표상이라 할 수 있다. 위대한 작가들은 인생을 관조하고 세계를 투시하는 독창적인 안목을 지닌다. 작품을 통해 드러난 작가의 창조적인 독창성은 그의 문학적 위치를 좌우하는 평가기준이다.

그러나 이러한 독창성은 성서의 창세기에서 보는 것처럼 완전히 새로운 창조를 의미하는 것이 아니다. 즉 무(無)에서 유(有)로의 창조가 아니더라도 전통적으로 전해 내려오는 소재에다 새로운 시각을 가함으로써 얼마든지 독창적인 작품생산은 가능하다. 이와 같은 예는 우리 문단에 있어서 1920년대의 김소월이나 1970년대의 김지하 등을 통하여 찾아볼 수 있다. 따라서 문제의 관건은 기존의 것에 대한 답습 정도에 달린 것이 아니라 어떻게 개성적인 눈으로 대상에 접근하느냐에 달린 것이다. 오늘날 많이 행해지고 있는 작가론이나 작품론에 대한 비평에서 이러한 독창성의 기준은 큰 역할을 차지한다. 이는 정신분석학적 비평가들에 의해서도 자주 사용되는 작품평가의 기준이다.

짜임새의 기준―객관비평

작품 외적인 환경, 즉 작가의 의도나 독자에게 미치는 영향 등과 같은 것에 관심을 두지 않고 작품 그 자체의 본질적 특성을 밝히려는 데에 주력하는 입장에서 짜임새의 기준이 원용된다. 여기서는 작품의 구성 요소, 즉 플롯·문체·배경·어조 등이 조화롭게 어울려서 전체로서의 유기적인 질서를 창출해내고 있는가 아니면 그렇지 못한가에 평가의 주안점을 둔다.

모든 문학작품은 부분적인 면에서 복합적이며 전체로는 통일적이다. 다시 말해 문학작품을 여러 부분들이 서로 긴밀하게 결합하여 하나의 전체를 이룬다. 복합과 통일은 각기 대립하는 개념이지만 훌륭한 작품이 갖추어야 할 필수요건이다. 최대한도로 작품내의 세부적인 요소들이 복합성을 띠고 있으면서도 전체적인 면에서 오직 하나의 통일성을 획득한 작품이야말로 훌륭하다 말할 수 있을 것이다. 그러므로 복합과 통일에 의한 짜임새의 기준은 어떤 작품을 놓고 그것만을 판단하려 할 때엔 작품의 미적 가치를 측정하는 좋은 좌표라 하겠다. 흔히 '잘 짜여진 작품이다'라는 얘기는 이와 같은 기준에 입각한 평가행위이다.

작품 자체 내의 고유 원리만을 집착하는 이 입장은 시대나 작가의 생애, 그리고 문학사 등을 등한시하면서 작품 자체의 세계에만 너무 빠져드는 경향을 보인다. 1920년대 이후의 형식론자들에게서 그러한 면을 찾을 수 있다.

비평의 영역

문학비평의 영역은 일반적으로 문학이라 불리는 모든 것의 테두리와 맞닿아 있다. 문학적 형태를 갖추고 있는 작품 일반을 비롯하여 그와 관련된 여타의 주변적인 모든 사항까지도 문학비평의 영역 안에 포함될 것이다. 그러므로 문학비평의 영역은 문학 전반에 달한다. 영역은 다른 말로 범위라 하겠으며 그것은 제한된 구역의 언저리 또는 어떤 힘이 미치는 한계를 뜻함에 다름 아니다. 따라서 영역을 가름해 봄으로써 우리는 좀 더 명확하게 그 내부의 생김새를 관찰할 수 있다.

한편으로 문학비평의 영역에는 문학 전반을 대상으로 한 독립성의 확보와 아울러 독자를 위한 정리작업으로서의 역할도 수반되어야 한다. 즉 문학비평은 그 영역 속에서 독자를 위한 전달자로서의 정리작업 또한 충실히 감당해야 하는 것이다. 티보데(A. Thibaudet)는 진정한 비평을 가리켜 재판관도 아니며 변호사도 아닌 검사라고 칭하였는데, 여기에서 비평의 중간자적 성격을 읽을 수 있다. 비평은 이렇게 작가와 독자의 중간에 서서 그들 상호간의 조정작업에 힘쓰고 그들의 의견들을 수집·정리하여 진위를 밝히면서 독자에게 제보하는 임무를 수행하기도 한다.

문학비평은 문학상에 발생한 혼란을 수습하고 방향성을 부여함으로써 하나의 질서를 마련한다. 스코트(Walter Scott)가 그의 『문학비평의 방법과 재료(Methods and Materials of Literary Criticism)』에서 언급한 바와 같이 문학비평에는 첫째, 결점을 지적하기(fault-finding), 둘째 칭찬하기(to praise), 셋째 판단하기(to judge), 넷째 비교하기(to compare), 다섯째 분류하기(to classify), 여섯째 감상하기(to appreciate) 등의 의미가 내포되어 있다. 이는 문학상의 혼란스러움을 질서 있게 자리 잡으려는 비평적 노력의 과정임과 동시에 비평의 영역을 간명하게 제시한 것이라 하겠다. 그러나 비평이 해야 할 일은 그 정도의 설명으로 불충분하며 편의상으로나마 어떤 원칙의 설정이 필요하다. 이에 대해서는 정창범이 정리한 『비평의 영역』을 소개하여 보기로 한다.

첫째, 작가를 연구하여 그의 생애·유전·개성·성격·교육정도 및 내용의 문학적 형성, 그리고 그의 경력을 밝히는 방법도 문예비평(文藝批評)이 할 일이다(작가평전).

둘째, 개개의 작품연구와 그 연원, 즉 어디서 영감을 얻었으며 어떤 종류의 문예작품에서 힌트를 얻었는가를 구명(究明)한다. 따라서 작품 그 자체의 역사와 작품의 구조 및 특색과 작가의 모티브를 묻고, 그 작품이 어떠한 뜻을 작가 자신에게 또는 수법상 시대상으로 어떻게 후대에 영향을 끼쳤는가 하는 영향을 조사한다(작품연구).

셋째, 한 작가의 모든 작품에 관해서 연구한다. 개개의 작품에서 얻은 결론을 종합하여 작가의 재능과 특색을 결정한다. 한 작품에서 다음 작품으로 옮겨가 순서적으로 발견되는 소질(素質)의 진전과 변화를 기록한다. 또 유사한 작품을 전(前)시대 또는 당후(當後)시대에서 구하여 그것과의 관련을 생각하고 특색을 비교한다(작가론).

넷째, 작가 또는 문학사의 제유파(諸流派)의 집단을 연구한다. 그 유파의 신조와 집단을 형성한 동기·유래·조직·발달·해산 등의 역사를 먼저 구명한 뒤에 그 문학운동에 참가한 여러 작가, 적어도 대표될 만한 사람에 관해서는 한 사람씩, 유파(流派) 안에서 차지하는 각자의 지위와 공동으로 이루어진 주장과 선언에 관해서 조금씩 변해 가는 태도 및 관계를 밝힌다. 또한 그 후에 생긴 다른 주장과 분위기에 끼친 작용·연관성·모순·시대 전반의 동향을 고찰한다. 그리하여 일반적인 문제로써 각종 유파 간의 상호관계, 성쇠(成衰)의 원인·경쟁의 뒷자취를 보고 정확한 법칙을 생각해 본다(유파연구).

다섯째, 각 경향 각 유파를 중심대상으로 하지 않고 동시에 있었던 제유파를 포괄하여 전망하고 그 유사점과 상위점을 구명한다. 그리하여 그들이 모여서 형성하는 문예시기·문학시대를 구획한다. 일반 문명, 문화와의 관계에도 당연히 중요한 관심을 경주하여야 한다. 사회적·정치적·사상적·정신적·종교적 여러 면으로 그 시대의 각종의 동향과 형상을 비교하여 상호간에 일어나는 영향, 반영의 특성을 종합하도록 노력한다. 경우에 따라서는 군중심리의 상태도 고찰할 필요가 있다(동시대 유파별 사조 비교).

여섯째, 각 시기를 고찰한 뒤에는 그 전부를 연합한 일국의 민족문학의 역사를 조사하고 특색을 찾는다. 어떻게 태어났으며, 어떻게 신장했고, 발달했느냐 또는 반대의 길을 더듬게 되었느냐 하는 것을 해명한다. 이것은 민족 전체의 문제로서 민족심리학적으로 연구할 필요가 있다(민족문학론).

일곱째, 여러 외국문학을 참조한다. 그들 사이에 한 개의 민족문학을 설정하고 비교 검토해 보는 것이다. 그 가운데서 모방, 교환, 영향을 판별할 수도 있는 것이다. 혹은 서로 이웃한 여러 민족문학의 전역에 걸쳐서 동시에 한 가지 현상을 캐치할 수도 있다. 또는 전 유럽적인 사상·감정·세계적 사조도 찾아볼 수 있는 것이다. 따라서 '새로운 것'과 '낡은 것'과의 충돌이 빚어내는 현상을 국제적인 견지에서 발견할 수도 있다(외국문학과의 비교).

여덟째, 사상 및 제 운동을 연구한다. 즉 예로부터 문예 또는 문화상에 강력한 충돌을 던지고 파문을 일으킨 사상 및 운동을 검토해 보는 것이다. 이를테면 문예부흥의 휴머니즘, 그 밖에 로맨티시즘이나 표현주의 혹은 실존주의 따위의 성질·발달·쇠퇴의 원인과 법칙을 탐구하는 것이다(사조론).

3) 비평의 기능

모든 비평적인 활동은 우선적으로 작품의 해석과 감상에서 출발한다. 작품의 해석에 충실하여 올바르게 이해하고 또 적절한 감상을 얻게 된다면 비평활동의 일차적인 성과는 확보된 셈이다. 그러므로 비평가가 맨 먼저 주목해야 할 점은 작품의 어떠한 평가에 앞서 작품을 있는 그대로 해석하여 이해를 얻고 나아가 적절한 감상으로 작품세계를 향수하는 데에 있다. 러보크(P. Lubbock)가 지적한 것처럼 문학비평의 시작은 '작품을 올바르게 읽는 일이며, 될 수 있는 대로 작품에 접근하는 일'이다. 이렇게 작품에 대한 올바른 이해에 다가서는 것에서 기본적인 비평행위가 이루어지는 것이다.

비평의 주된 기능을 이처럼 해석의 차원에 두는 대표적인 비평가로서 허드슨(W. H. Hudson)을 들 수 있는데, 그는 문학작품의 예술적 가치평가를 위해서 먼저 작품의 해석이 선행되어야 한다고 다음과 같이 말하였다.

문학비평에는 두 가지 기능이 있는 것 같다. 하나는 해석(interpretation)이고 또 하나는 판단(judgement)이다. 실제에 있어 이 두 개의 기능은 오늘까지 혼합되어 쓰여 왔다. 따라서 대부분의 비평가는 판단이 모든 비평의 궁극적인 도달점이라고 생각하면서도, 이 판단의 수단으로서 해석을 자유롭게 이용했던 것이다.

그러나 근래에 와서, 판단과 해석을 별개의 것으로 구별하려는 경향이 학자 사이에 번지고 있다. 두 개의 기능을 대립시켜서, 비평가가 가령 해석보다 한 걸음 더 나아가 취미라든지 가치판단의 문제에 들어가더라도 상관은 없지만, 비평가의 주된 임무는 해석에 있다고 주장되고 있다.

이처럼 허드슨에 의할 때 비평의 첫 단계는 해석이며, 판단은 나중의 것임을 알 수 있다. 그러나 궁극적으로 문학비평이 도달해야 할 종착점은 작품의 가치평가에 있음이 틀림없다. 즉 문학비평의 기능은 해석에서 감상으로, 다시 감상에서 평가로 이른다. 이렇듯 비평의 기능이 걸쳐 있는 범위는 넓다. 따라서 '해석 → 감상 → 평가'에 이르는 비평과정상에서 어느 부분에 더 많은 비중을 둘 것인가에 대한 문제는 결코 가볍지 않다. 다만 비평이 문학작품을 해석하고 평가하는 것인 만큼, 비평의 기능 또한 작품을 해석하거나 평가하는 임무를 성의껏 다 해내는 데 있다고 하겠다.

한편 문학비평의 기능은 인생의 '의미를 탐구하여 생의 가치와 보람에 대한 인식을 높여주는 시대정신(時代精神)'의 구현에도 있다. 사르트르의 "중요한 일은 어디까지나 무엇을 쓰느냐이며 어떻게 쓰느냐는 다음의 문제이다"라는 말에서도 드러나고 있듯이 비평의 눈은 언제나 사회적 파급효과에 대하여 올바르고 진실한 방향으로 열려 있어야 한다. 즉 '무엇을 쓰느냐'에서의 '무엇'이란 항상 시대정신의 견제 하에 놓여지며, 비평이 사회적 삶의 고양에 적극적으로 대처하지 않으면 안되는 것을 시사한다. 이와 유사한 맥락에서 리브스(F. R. Leaves)가 지적했던 "참된 문학적 관심이란 인간과 사회와 문명에 대한 관심이다"라는 말을 음미해 볼 필요가 있겠다.

창작능력이 필요로 하는 요소와 재료란 문학의 경우 여러 가지 관념인데, 비평은 이들 제 관념을 정리하여 그로부터 시대정신을 색출하여야 한다. 이 작업을 이행하는 것이야말로 비평가의 임무이다. 비평가는 냉엄한 객관적인 입장에서 일체의 사상을 명철하게 관찰하여 지식적 생태로 끌어올려야 한다. 그리하여 아놀드(M. Arnold, 1822~88)는 『현대에서의 비평의 직능』(1952)에서 다음과 같이 비평의 기능을 말한다.

비평의 세계에서 알려지고 사색된 가장 좋은 것을 알고 퍼뜨리는 공정무사한 노력이며, 나아가 그것을 일반사람들에게 전파시킴으로써 진실하고 신선한 여러 가지 사상의 물결을 일으키는 것이다.

이처럼 비평은 사회적 삶의 발전과 향상을 위한 능동적인 진취성을 발휘해야 한다. 문학이 물론 개개인의 독서행위를 통해 전달되는 일대 일 대응의 관계에서 비로소 생명력을 얻게 되는 것이라 할지라도 개인은 개인의 생활에 그치지 않고 집단 속의 공동체로 흡수되기 때문에 어떤 형태로든 문학으로 인한 개인의 각성은 사회적 삶의 고양을 유발하게 될 것이다. 따라서 비평을 통해 인생의 의미를 밀도 있게 탐구하여 시대정신을 구현하고자 애쓰는 작업이란 매우 중요하며 또 절실하다. 여기에는 반드시 사사로운 이해관계를 초월하는 비평의 공정한 자세가 뒷받침되어야 한다. 이렇게 문학비평의 기능은 문학에 대한 이해의 폭을 넓히고, 문학이 지향해야 할 좌표를 다져나가면서 사회적 삶의 고양에도 기여해야 하는 부담을 슬기롭게 해결하는 데에 있다.

그럼 여기서 앞서 지적했듯이 비평의 기능을 세 가지로 분류하고, 이들 해석과 감상, 그리고 평가에 관하여 개별적으로 살펴보고자 한다.

해석(解釋, Interpretation)

작품을 해석한다는 것은 작품의 참다운 이해에 도달하고 작품을 올바르게 바라보기 위함이다. 그러므로 비평의 기능은 '해석'을 원활히 이루는 것으로 가장 기본적인 성과를 기대할 수 있다.

해석이란 곧 작품을 알기 쉽게 설명하는 일인데, 작품 속에 담겨진 의미를 판명하여 풀이하고 체계적으로 전달하는 일련의 과정을 통하여 달성된다. 비평의 주된 기능을 작품에 나타난 인생 및 표현의 해석으로 본 허드슨과 마찬가지로 엘리어트(T. S. Eliot)도 비평의 기능을 '예술작품의 설명과 취미의 교정'으로 보았고 다시 『비평의 한계』(1956)에서 "문학작품의 기본적인 기능은 문학의 이해와 향수를 촉진하는 것이다"라고 하여 어떤 판단을 내리기에 앞서 충실한 해석이 더 긴요함을 표명하였다. 비평이란 이처럼 해석을 통하여 작가와 독자 사이에서 매개적 역할을 담당한다. 독자는 비평가의 해석에 때때로 의존하여 작품을 발견하고 지식이나 교양을 넓혀나간다. 따라서 비평의 기능을 흔히 두 가지 관점, 즉 그것이 작가를 향하느냐 아니면 독자를 향하느냐 하는 면에 비추어 보았을 때, 이와 같은 비평의 해석적 기능은 독자를 향해 있는 것이라 하겠다.

문학작품의 해석을 위해서는 작품의 생산자인 작가에 대한 전반적인 지식이 필요하다. 비단 작가의 생애뿐만 아니라 그 작가를 둘러싼 시대적 환경, 친분관계 등 작가에게 일말의 영향을 주었으리라 판단되는 제반 사항들을 알아둘 필요가 있다. 이러한 작가와의 관계 아래 놓여 있는 여러 요인들이 작품을 이해하는 데 도움을 줄 수 있기 때문이다. 가령 한용운의 「님의 침묵」만 보더라도 한용운이 일제강점기를 살았던 승려이자 독립운동가라는 사실을 아는 것과 모르는 것 사이에는 「님의 침묵」에 대한 이해에 많은 차이가 생길 수 있는 것이다. 그러나 너무 지나치게 작품 외적인 참고물에 집착하다 보면 도리어 실상을 벗어나 왜곡된 해석을 빚게 될 수도 있다. 한 가지 예로 작가와 그 시대정신과의 관계를 들 수 있는데, 해방 전에 나왔던 작품들에 대하여 무조건 항일정신과 결부시켜 작품을 이해하려는 경향이 그것이다. 이렇게 되면 작품내적인 고유의 맛으로 접근하지 못하고 미리 설정한 자칫 독단적인 판단으로 인해 작품을 재단하고 심판하려는 결과를 초래할지도 모른다. 그래서 귀납적 비평을 주장한 몰튼(R. G. Moulton)은 해석이 귀납적이어야 한다고 주장하면서 그의 저서 『문학의 근대적 연구(The Modern study of Literature)』에서 다음과 같이 말한 바 있다.

> 귀납적 방법의 정수는, 관찰 암시된 증명 및 신선한 관찰에 의한 설명의 입증이다. 우선 문학작품의 내용이 세부에 이르기까지 질의되며 그렇게 하는 것은 세부 그 자체를 위해서가 아니라 공통의 설명을 하는 데 있어서 그들 세부의 조화 또는 통일의 목적을 가지고 있기 때문이다. 다음으로 이들 결과로서 일어나는 설명이 언제나 가설이어서 언제든지 보다 쉽게 넓은 설명에 기초를 두는 것에 양보하여야 한다.

몰튼은 문학의 법칙이 영구불변한 원리로서 존재하는 것이 아니라 작품 자체에서 새로운 원리가 생성되는 것으로 보았다. 즉 그는 어디까지나 객관적인 태도로 있는 그대로의 문학 현상을 관찰해야 하는 것이지 함부로 작품 위에 군림해서 재단하거나 심판해서는 안 된다는 것을 강조하는 것이다.

한편 비평의 해석적 기능에 있어서 반드시 짚고 넘어가야 할 중요한 작업은 작가의 철학 내지 사상의 점검이다. 작품은 작가의 사상, 인생관의 요체이기 때문에 작품의 바른 해석을 위하여 이러한 검토는 간과할

몰튼
(Moulton, Richard Green)
1849~1924. 미국의 문학자. 영국 출생. 문학연구의 방법과 세계문학에 공적이 크며, 『세계문학』, 『문학의 근대적 연구』 등의 저서는 한 때 한국문학에도 큰 영향을 끼쳤다.

수 없다. 작가는 작품을 생산할 때 필연적으로 현재의 세계에 대하여 또는 그동안 누적되어 왔던 인생의 문제에 대하여 어떤 태도를 드러내 보이지 않을 수 없다. 즉 작가는 언어를 매개로 하여 의식적으로든 무의 식적으로든 간에 그 자신의 철학 내지 사상을 노출시키게 되는 것이다. 따라서 아무리 순수한 감정에만 호소하는 작품이 있다 할지라도 작가에 대한 철학적 점검은 작품의 해석을 보다 풍요롭게 만들어 줄 것이 분명하 다. 일반적으로 철학적 비평(哲學的 批評)이라 부르는 것은 문학작품에 나타난 인생의 갈 길을 모색하고 비평하는 데 그 의의를 두는 것으로 세계와 인간을 전체적이고 종합적으로 파악하려는 비평태도를 말한다.

해석을 하는 데에 원본(原本)에 대한 정확한 이해력을 갖는 일이야 말로 무엇보다 중요하다. 시기적으로 많이 떨어진 과거의 작품일수록 더욱 그렇다. 또 이본(異本)이 만연할 경우 그것들을 분류하고 정리하 는 작업이 필요하며, 작품이 나왔던 당시의 언어에 대한 지식도 해석 을 위해 갖추어져야 한다. 이렇게 하나의 작품에 대하여는 그것의 가 치평가를 하기 전에 원본을 구명하고 모호한 말을 바르게 이해하고, 분류·정리·주해하는 등의 해석 작업이 선행되어야 하는 것이다. 올바 른 해석은 정확한 평가에 이르는 첩경이다.

감상(鑑賞, Appreciation)

감상이란 작품의 잘되고 못된 것을 따져내는 것이 아니라 작품을 감식하여 향수하고 즐기는 일이다. 감상을 위해서는 우선 비평가가 자기 스스로를 작품 속에 투영하여야 한다. 해석이 작품을 분해함으로 써 달성되는 개별적인 속성에 놓여 있다면 감상이란 한마디로 종합적 이며 작품을 하나의 통일체로서 음미하는 종합·통일의 작업이다. 따 라서 감상은 작품을 구성하는 각 요소들이 불충분하게 지닌 의미들의 재조직을 통하여 처음으로 작품 전체적인 의미를 이해하는 것이며 한편으론 주관적인 성격을 지닌 것이라고 하겠다.

이렇게 작품을 통일체로 음미하는 감상을 중시하는 태도에서 감상비평(鑑賞批評)이 생겨난다. 이는 비평의 객관적 기준을 모색하기보다 주로 비평가 자신의 취향에 의하여 작품을 감상하려는 비평 방식이다. 흔히 인상비평(印象批評)이라고도 불리는 이러한 방식은 글자 그대로 작품에서 받은 비평가 개인의 주관적인 인상을 그대로 표시한다. 이런 태도를 중시하고 실천한 대표적인 사람으로 페이터(Walter Pater)를 들 수 있겠는데, 그는 『문예부흥』의 서문에서 인상적 비평의 직능에 대하여 이렇게 말하였다.

실제로 있는 그대로 대상을 본다고 하는 것이 진실한 비평의 목적이라고 말한 것은 옳은 생각이다. 그리고 심미적(審美的) 비평에 있어 대상을 실제 있는 그대로의 모습으로서 본다는 것은, 다시 말하자면 실제로 오는 인상(印象)을 깨닫는 것, 즉 그것은 분명히 식별하고 생생하게 느끼는 것이다. 심미적 비평이 다루는 대상인 음악·시·인생의 예술적인 모든 형식, 즉 미적 판단의 대상은 실로 많은 취지(趣旨)를 간직하고 있는 꽃집이다. 그것은 자연계의 산물과 같이 여러 가지의 가치와 성질을 갖고 있다.

예술적인 작품이 자기에 대하여 어떤 관계를 가지고 있는가, 어떤 결과를 실제로 일으키는가, 쾌감을 주는가, 쾌감을 준다면 그 쾌감의 종류와 정도는 어떤 것인가, 그것과 만나서 영향을 받기 때문에 자기의 성질에 어떤 변화를 일으키게 되었는가, 이러한 의문에 대한 답변을 하는 일이 바로 미적 비평이 관계해야 하는 근본적인 사실이다.

이러한 입장은 실제 있는 모습 그대로의 작품세계를 중시하는 것인데, 미의 상대적인 성질로 말미암아 보는 사람의 주관과 입장에 따라 하나의 대상에서 여러 가지 인상이 생겨날 수 있다. 그러므로 작품을 가능한 한 음미하는 것으로 주력하는 이 비평 방식이 실상 작품에서 정당한 평가를 끌어내는 데에는 많은 위험을 내포하고 있기도 하다. 감상 그 자체가 목적으로 작용할 때는 주관에 치우치는 일이 많으므로 작품의 가치를 올바르게 평가하지 못할 우려가 따르게 되는 것이다.

감상이 작품에서 느껴지는 종합적인 인상이나 감동의 차원에서 주관적으로 나타나는 것이라 할지라도 그것이 지적(知的)으로 조합되지 않는다면 주관을 넘어 독선으로 흐를 공산이 크다. 그러므로 작품의 감상이란 올바른 평가를 염두에 두고 어떤 선입관에 기우는 일이 없는 상태에서 이루어져야 한다. 감상을 감상 그것만으로 자족해 버린다면 작품에 대하여 아무런 보탬을 주지 못하고 무의미해져 버릴지도 모른다. 올바른 감상을 위해서는 지나친 주관에 사로잡히지 말고 작가나 독자에게 유익한 인식을 제공할 수 있는 비평적 책임감의 테두리를 잘 지켜야 한다. 단순한 감상만으로 비평의 기능이 완전하게 수행되었다고 할 수 없다. 비평의 종착점은 어디까지나 평가적 기능의 완료에 있다. 그러므로 감상 역시 평가작업과 맥락을 같이 하면서 진행되어야 할 것이다.

평가(評價, evaluation)

평가는 비평의 최종 단계로서 평가 없이는 비평이 성립될 수 없다. 앞서 살핀 해석이나 감상도 결국 평가를 내리기 위한 전제조건으로 보아 무방하며, 작품을 대할 때 단순한 독자의 입장이 아니라면 비평의 궁극적인 기능이란 바로 이 평가에 있는 것이다. 즉 비평은 작품의 해설이나 감상에만 머물지 않고 거기에서 시작하여 가치평가에 이른다. 브룩스(C. Brooks)가 "비평의 주요 관심사는 통일문제(統一問題)이다"라고 말한 것은 바로 비평의 평가작업이 비평의 최종단계임을 시사한 것이라고 하겠다.

한편 포프(A. Pope)는 그의 『비평론』에서 작품에 대한 평가방법상에 유의할 점을 몇 가지로 제시하고 있다. 그것을 정리하면 '첫째, 작품 전체의 내용을 검토해야 한다. 둘째, 작품 중심으로 하되 부분에만 매달려 오로지 언어, 지혜, 재능, 운율 등만을 생각하는 잘못이 없어야 한다. 셋째, 정서와 감동을 분석하여 완고한 자세를 취하지 말아야 한다. 넷째, 편견이나 아집, 종파에 대한 애착 또는 고대 혹은 근대에 편중하는 일이 없어야 한다. 다섯째, 학문이 완전하며 교만성이 없어야 한다. 여섯째, 선입관으로 인한 질투를 물리치고 선량한 데 대한 찬양을 아끼지 말아야 한다. 일곱째, 자기의 취향에만 기준을 두지 않고 객관적으로 볼 수 있는 평가를 해야 한다' 등이다.

그러면서 포프는 비평가가 평가작업을 수행하는 데 있어 갖추어야 할 기본적인 소양에 대하여 다음과 같이 언급하였다.

완전한 비평가는 모든 작품을 그 작가가 쓴 것과 같은 정신으로 읽어야 한다. 전체를 통하여 너무 작은 결점을 찾아내지 말라. 우리들의 마음에 감동을 주는 것은 개개의 미(美)가 아니고 전체의 조화, 전체의 효과이다. 완전한 작품은 있을 수 없다. 온갖 작품에 대하여 먼저 작가의 목적을 생각하고 그것을 수행한 수단이 옳으면 작은 결점이 있어도 상찬(賞讚)을 아낄 바가 아니다.

그런데 이러한 비평가의 소양은 가장 기본적으로 갖추어야 할 비평적 자세일 따름이고 그 위에서 필히 구축되어야 하는 문제가 있으니 바로 평가기준의 뚜렷한 설정이다. 문학작품의 평가는 내부적인 체계성과 타당성을 수반하여야 정당하게 이루어지는 것이니만큼 막연하게 잡다한 나열의 방지를 위해 평가의 기준을 설정하는 일이란 대단히 중요하다.

여기서는 논자에 따라 주관주의에 입각한 평가기준이 있을 수가 있고 아니면 객관주의에 의존하는 평가기준이 있을 수도 있다. 문학작품은 그것을 보기에 따라서 실로 다양한 비평의 양상을 빚어내기 때문이다. 하지만 그런 가운데에서도 주관주의와 객관주의 중 어느 한 쪽에 경도되지 않은 평가기준의 설정이 요구된다. 즉 저마다 다른 관점의 다양성을 극복하기 위해서는 작품의 평가에 설득력 있는 논리가 마련되어야만 한다.

대체적으로 볼 때 주관과 객관이라는 두 극단의 중간적 입장을 취하는 평가기준이 무난하며, 이는 작품평가의 기준이 객관성(客觀性)과 상대성(相對性)에 바탕을 두어야 함을 의미한다.

비평이란 어느 한 방향으로 치우쳐서는 제대로 그 기능을 완수할 수가 없다. 아무리 내적 논리를 잘 갖춘 평가라고 할지라도 작품에 대한 그릇된 판단하에 내려진 것이라면 공허할 것임이 분명하다. 지나친 극단으로의 경도는 작품을 잘못 판단할 수 있는 원인일 수가 있다. 그러므로 객관성과 상대성을 탄력 있게 구사하는 종합적인 평가를 해야만 비로소 완전한 비평에 한발짝 다가설 수 있을 것이다.

2. 비평의 역사와 종류

1) 비평의 역사

그리스와 로마의 비평

아리스토텔레스의『시학』과『수사학』은 고대에 있어서도 훌륭하며 오늘날까지 많은 영향을 끼치는 저술이다. 그는『시학』에서 문학의 본질 및 종류 그리고 플롯, 수와 성질, 시작법(詩作法) 등을 다루고자 하였으며 문학에는 두 가지 원인, 즉 모방의 본능과 조화의 본능이 있다고 하였다. 서사시·비극·희극 등은 모두가 모방 양식이다. 그것들은 모방의 대상과 매개, 그리고 형식에 있어 각각 다른데, 아리스토텔레스는 서사시와 비극을 중요시하였으며 특히 비극에 역점을 두었다.

비극은 진지하고 완전하며 일정한 크기를 가진 행동을 모방하는 것으로 공포(恐怖)와 연민(憐憫)을 통하여 감정의 카타르시스를 일으킨다. 비극의 요소는 장면, 노래, 조사(措辭), 성격, 사상, 플롯 등인데 그 중에서 플롯이 가장 중요하다. 플롯은 기(起)·승(承)·전(轉)·결(結)로 짜여져 동작의 통일을 이루며, 단순 플롯과 복합 플롯 가운데 복합 플롯이 비극에 적당하다고 한다. 그리고 성격에 대해서 아리스토텔레스는 그것이 선량해야 하고, 타당성을 가져야 하고, 인생에 충실해야 하고, 시종일관해야 함을 지적하였다.

아리스토텔레스는 많은 제자들을 양성했으나 문학에 뜻을 둔 사람은 없었다. 그 이후에는『수사의 기술』과『언어의 정리』등의 저서를 남긴 디오니시우스(Dionysius, B.C. 68~7)가 그리스의 진보적인 비평가로 꼽히며, 크리소스톰(Chrysostom, 50~117)은 고전문학의 주해자(註解者)로서 당대를 대표한다. 아리스토텔레스 이후의 그리스 비평에 관한 특색은 첫째 윤리비평과 예술비평의 일치, 둘째 문장법, 즉 수사학의 발달, 셋째 문학의 귀납적인 연구를 향한 과학적 추리성 정도를 들 수 있겠다.

로마 문학에 있어서의 비평은 그 시대의 풍조가 실용적이었음으로 해서 그다지 독특한 면을 보여주지 못하였다. 그리고 문학 자체가 그리스 문학을 모범으로 하여 그것을 계승하고 있었다. 따라서 비평 분야에서만 독창적인 성과가 생겨날 리 만무했고 주로 그리스적인 철칙을 지켜나가는 일에 주력했을 따름이었다. 로마 사람들은 창조적인 능력보다 현실적으로 유용한 방면의 처리에 더 뛰어났다. 로마의 비극에 있어서도 그리스 비극의 모방 이상의 흔적을 찾기가 힘들다.

로마의 비평가로는 주목할 수 있는 사람은 키케로(Cicero, B.C. 106~43)와 호라티우스(Horatius, B.C. 65~8)이다. 키케로는 문학자이면서 웅변가, 정치가였는데 그리스 문학에 대한 조예가 깊었다. 호라티우스는 원래 시인이었으며 편지 형식이나 그 밖의 여러 형식으로 문학에 관한 견해를 펼쳤다. 그의 저서인 『시법(詩法)』은 편지 형식을 빌어 문예비평의 원리를 설명하고 있다.

중세시대의 비평

중세는 그리스도교의 권위 아래 모든 것이 눌려 있던 시대였다. 교황과 교회의 영향력은 거의 절대적이어서 당시의 사회에 있어 어느 한 군데도 그것들의 법칙을 벗어날 수 있는 것이 없었다. 그래서 학술 분야 또한 종교의 그늘에 가려 종교의 시녀 역할만을 충실히 감당해내었을 뿐 독창적인 면모를 상실해버렸다. 개인의 자유가 허용되지 않는 상태에서 문학의 번성을 기대하기란 어려운 일이다. 이 시대는 성서가 곧 문학이었고 그리스나 로마의 고전은 이교적(異敎的)이었으므로 고전에 대한 연구는 용납될 수 없었다.

문학을 등한시한 원인은 네 가지 정도로 요약될 수 있겠다. 그것은 첫째, 문학이란 꾸며내는 것이므로 진실이 아니라는 점, 둘째 문학이 도덕적인 표준에 부합하지 않는다는 점, 셋째, 심리적으로 문학은 정신을 교란시킨다는 점, 넷째 공리적인 견지에서 볼 때 문학은 실생활에서 나태함을 불러일으킨다는 점이다. 따라서 중세에 있어서는 그리스도교에 입각한 도덕비평만이 겨우 비평의 명맥을 유지했을 뿐이다.

중세 말기에서 르네상스 초에 이르는 동안에 나타난 문학상의 특징은 폴리치아노(Poliziano, 1454~94)에 의하여 주장된 인문주의적 고대 동경의 경향과 사보나롤라(Savonarola, 1452~98)로 대표되는 청교도주의의 경향이었다. 사보나롤라는 모든 문학을 중세 초기와 마찬가지로 그리스도교적 입장에서 보았고 개인적인 상상력의 자유로운 전개를 꺼려하였다.

성서만을 유일한 독서 대상으로 삼고 그리스·로마의 고전을 접할 수 없었던 중세의 문학은 각 지방의 민요나 민중들의 서정시를 통해서 비로소 일말의 성과를 엿볼 수 있을 따름이다. 가령 알렉산더 대왕 이야기, 케사르나 아더왕 이야기 같은 것은 독특한 내용과 형식을 지니고 있다. 즉 중세의 문학은 지방어에 근거하여 자유분방한 것을 생명으로 삼고 있었는데 이런 점에서 형식과 법칙을 중시한 그리스·로마의 문학과 대비된다고 하겠다.

르네상스 시기의 비평

르네상스 시기의 비평은 우선 문학을 문학 자체로 시인하는 데에 주력하여 그리스 문화를 재인식하고 그 위에서 문학의 심미적 기초를 다지려 했다. 그리고 예술 내에서의 선(善)에 대한 자리매김에도 많은 관심을 기울였다.

이탈리아 비평은 아리스토텔레스의 『시학』을 발견하게 된 15세기 말 이후부터 문학의 독립적인 의의를 규명하고자 하는 움직임이 일기

시작했다. 『시학』은 이탈리아 전역에 걸쳐 커다란 세력을 얻었고 특히 '모방론'의 영향력은 지대하였다. 즉 문학이란 자연과 인생의 모방인데 실제로 있었던 것을 그리는 것이 아니라 있었을지 모르고 또 있을 수 있는 것을 다룬다. 문학의 목적은 특수한 사실이 아닌 영원한 진리의 묘사에 있으므로 개개의 것을 다루기보다는 보편적인 것에 더 치중한다. 그래서 모방으로서의 문학은 평범한 현실을 넘어서는 고상한 성질을 품고 있는 것이다.

프랑스에서는 뒤 벨레(J. du Bellay, 1524~60)가 1549년에 『프랑스어의 옹호와 변명』을 써서 프랑스 문학에 고전의 이상을 불어넣었다. 그리고 스칼리제르(Scaliger, 1540~1609)은 『시론』으로 프랑스 비평에 아리스토텔레스의 원칙을 채용하였으며, 보클랭(Vauquelin, 1535~1607)은 『시작법』에서 프랑스 16세기의 비평관을 수집, 정리하였다.

당시 프랑스의 문예비평은 이탈리아에 비해 훨씬 실제적이었는데 시인들이 시를 비평하는가 하면 연극비평의 대부분이 극작가 자신들의 손으로 행해졌다. 이처럼 창작과 비평의 상호작용은 16세기 프랑스의 두드러진 특색으로 꼽을 수 있다.

르네상스 말기의 프랑스 문학비평에는 스페인 연극의 영향으로 인한 약간의 로만적 요소가 깃들여 있었으나 고전주의가 진전함에 따라 곧 쇠퇴하였다. 고전주의의 성장은 합리주의에 편승하여 세계 문예사조상 큰 위치를 차지하기에 이른다.

영국의 문예비평은 국어의 발달과 독립의 지연으로 인해 대륙보다 늦게 대륙의 영향을 받아 이루어졌다. 근대국가 관념의 발달은 국어의 독립을 시급히 요청하였는데 영국에서는 14세기 말까지 앵글로·색슨어, 라틴어, 프랑스어가 사용되었고, 15세기 말부터는 영어와 라틴어가 사용되어 왔다. 영국의 비평정신은 16세기에 이르러 언어의 연구, 문법의 연구, 수사법의 연구, 운율의 연구 등을 통해 찾아볼 수 있다.

시드니(Philip Sydney, 1554~86)는 『시의 옹호』에서 도덕적·청교도적인 문학관을 가진 사람들을 변호하는 입장으로 시인의 천직이 고상하다고 지적하였다. 그리고 당시 르네상스 기운이 동반한 로만적인 문학의 분방한 면에 대하여 고전적인 비평의 척도로써 비난하였다. 그는 영국의 연극이 삼일치법(三一致法)을 무시한 데 대하여 비난하였는가 하면 희비극(喜悲劇)에 대해서도 마찬가지였다.

엘리자베드 시대 연극이 완성되었을 무렵에 등장한 존슨(Ben Johnson, 1573~1637)은 당시에 있어 셰익스피어 다음가는 극작가이자 시인이었다. 비평가의 입장에서 존슨은 항상 고전주의에 입각하여 로만주의 극을 비난하였는데, 그는 셰익스피어를 일컬어 '일대의 시인이 아니라 만대(萬代)의 시인'이라고 격찬하면서도 셰익스피어의 반고전적인 경향을 공격하기도 하였다.

근대의 비평

근대비평의 대두에 앞서 고전주의 비평의 시기가 있었는데, 이러한 고전주의가 완성된 것은 17세기 말 프랑스에서였고 대표자로는 브왈로(Boileau, 1637~1711)를 꼽을 수 있겠다. 그는 그리스·로마의 위대성을 주장하였고, 고전주의의 교과서라고도 할 수 있는 『시법(詩法)』을 저술하였다. 거기에서 그는 균제와 조화를 이룬 형식과 도덕적으로 건전하고 귀족적인 품위를 갖춘 내용을 겸비한 문학을 주장했는데, 라신느(Racine, 1639~99), 코르네이유(Corneille, 1606~84), 그리고 몰리에르(Molière, 1622~73) 등도 나름대로의 개성을 지니면서 이와 맥락을 같이 한다.

영국에서도 고전주의는 17세기부터 18세기까지 문단 전체의 커다란 세력이었다. 포프(1688~1744), 아디슨(Addison, 1672~1719), 사무엘 존슨(Samuel Johnson, 1709~84) 등이 그 대표자인데, 밀턴의 『실락원』에 대한 아디슨의 비평을 보면 철저히 아리스토텔레스의 『시학』의 원칙을 따르고 있으므로 아디슨 자신의 주관을 찾아볼 수가 없다. 고전주의 비평은 고전적 척도로써 작품을 평가하며 내용보다는 형식에 치중하는 경향을 보였다. 따라서 자유로운 개성을 요구하는 근대정신에 의하여 배척될 수밖에 없었다.

근대비평으로서의 자각은 영국에서 비롯되었다고 하겠는데, 그 최초의 흔적은 워즈워드(Wordsworth)와 콜리지(Coleridge)에서 찾을 수 있다. 워즈워드는 고전주의에 반대하면서 "시는 감정의 자연스런 유로(流露)이므로 자연스럽게 우리들이 쓰고 있는 일상어를 써야 한다. 의식적인 시적 조사(措辭)는 필요 없다. 그리고 참된 미는 자연에 있으므로 그것을 그려야 한다"라고 말하였다.

프랑스의 생트 뵈브(Sainte-Beuve)는 브왈로의 『시법』을 배척하고 모든 척도를 도외시하면서 오직 자신의 인상과 감정을 중요하게 생각하였다. 특히 고전주의의 기틀이 확고하였던 프랑스에서 이와 같은 비평관은 상당한 어려움을 겪었으나 위고(Hugo)의 출현 등으로 하여 19세기 전반에 근대비평의 뿌리가 내릴 수 있었다.

그러나 고전의 법칙에 따르지 않고 인상과 주관적인 감정만으로 문학을 바라보면 개인적인 취향으로 기울어지게 마련이어서 비평의 일치점을 기대하기가 힘들게 된다. 그래서 생트 뵈브가 처음에는 의도적으로 인상과 감정을 주장했으나 작가의 개성(個性)·경우(境遇)·유전(遺傳)이라는 객관적인 기준의 필요성을 느끼게 되었고, 인상에 의한 비평을 거부하고 나선 테느(Taine)는 환경·시대·종족이라는 세 가지 기준을 내세워 작품을 평가하려 하였다. 한편 아놀드는 "시는 인생의 비평이다"라고 하면서 비평에 객관적인 기준을 들이대기보다는 공평무사한 태도로 임해야 한다고 보았다. 이는 예술의 가치를 예술 내에서 찾으려는 소위 '예술을 위한 예술'의 주창으로서 페이터(Pater)나

콜리지
(Coleridge, Samuel Taylor)

1772~1834. 영국의 시인, 비평가. 사우디와의 합작으로 희곡 「로베스피에르의 몰락」을 냈다. 워즈워드와 공저로 『서정민요집』을 냈는데, 그는 여기에 「노수부행(老水夫行)」을 수록했다. 『문학평전』 등의 명저에서 워즈워드를 논하고 상상론을 전개했다. 또 그의 관심은 철학, 종교, 정치 등의 여러 문제에도 미쳐 독일 관념론을 최초로 영국에 도입 소개했다.

와일드(Wilde)도 이와 비슷한 입장을 취하였다. 페이터는 문학의 본질적인 요소를 감각적으로 파악하여 쾌락에다 중점을 두었으며 와일드는 쾌락을 미라는 넓은 의미의 말로 대치시켜 비평이란 미에 대한 극찬이어야 한다고 주장하였다.

2) 비평의 종류

문학비평은 19세기에 와서야 하나의 장르로 확립되었고 20세기로 들어서면서 갖가지 방법이 모색됨에 따라 다양한 비평의 유형이 제시되었다. 현대에 올수록 문학비평의 유형은 전에 비할 수 없이 많은 양상을 빚고 있는 것이다. 비평은 작품을 해석하고 감상하며 평가하는 작업이므로 작품에 대한 다각적인 검토를 필요로 하기 때문에 해석·감상·평가의 방법에 따라 비평의 유형이 다양해지는 것은 당연한 현상이라 하겠다. 또한 비평작업에 있어서 이처럼 다양한 작품에로의 접근 노력은 작품에 대한 정당한 이해에 이르고자 하는 것이므로 충분히 용인될 수 있다. 그런 가운데에서도 슈메커(W. Shumaker)에 의할 때 비평의 유형은 첫째, 명백히 사색되고 솔직하게 진술된 목적이라야 하고, 둘째, 목적의 성취를 위해서 분석방법을 채용해야 하며, 셋째 보다 가치 있는 절실한 요구로 판단해야 한다는 세 가지 사항에 유의하고 있어야 한다. 비평에 대한 몇 사람의 유형 구분을 살펴보면 다음과 같다.

티보데의 비평 유형

① 자연발생적 비평 그날그날의 문제에 대하여 일반대중, 즉 독자들에 의하여 반응적으로 행해지는 비평을 말하며 저널리즘 비평도 여기에 속한다.

② 직업적 비평 독서를 하고 그 속에서 일반적인 교양을 끄집어내어 모든 시대, 모든 나라의 서적 사이에서 하나의 사회를 형성하는 것을 직업으로 삼는 사람들의 비평이다. 즉 이것은 비평을 전문으로 하는 사람들의 비평이며 주로 교수들에 의해 행해지는 강단비평으로 이루어진다.

③ 예술가적 비평 작가 자신이 그들의 예술을 반성하고 또 남의 작품을 고찰할 때 일어나는 비평으로 시인이나 소설가들이 창작의 경험을 살려서 쓴 비평을 가리킨다. 여기서는 미적 가치를 주된 논의의 대상으로 삼는다. 티보데는 원숙한 작가가 쓰는 이런 비평문장이야말로 가장 믿을 만하고 가치 있는 것으로 보았다.

쉬프리(J. T. Shipley)의 비평 유형

쉬프리는 비평을 그 기능에 따라 다음과 같이 유형 분류하였다.

① 작품의 설명과 판단의 비평 보카치오(Boccaccio), 타소(Tasso), 단테(Dante), 드라이든(Dryden), 위고, 워즈워드, 엘리어트.

② 상상문학에 대한 평가의 비평 중세와 문예부흥 당시의 일반적 비평.

③ 작가와 독자에게 봉사하는 비평 브왈로(Boileau), 포프, 생트뵈브, 아놀드, 오덴(W. H. Oden).

④ 작가의 규정(規定), 독자의 취미에 대한 입법비평(立法批評) 호라티우스(Horatius), 맑시스트 비평가(Marxist Critics), 제프리(Jeffery).

와트슨(G. Watson)의 비평 유형

① 입법비평(立法批評, legislative criticism) 일정한 규범을 정해 놓고 그에 따라 창작 활동을 펴나가도록 작가에게 지시하는 비평

② 심미비평(審美批評, esthetical criticism) 도덕적 규범이나 창

작기준을 사전에 정해 놓고 그에 따라 작가와 작품을 재단하는 입법비평과는 달리, 작가와 작품을 통해 주관적으로 얻을 수 있는 순수한 미적 쾌락만을 문제시하는 비평.

③ 기술비평(記述批評, descriptive criticism) 작품의 조건 이외의 어떠한 기준이 문학평가나 해석 위에 적용되는 것을 배제하고 우선 작품의 조건, 곧 언어적 조건에 따라 작품을 이해하고 평가하려는 비평.

프라이의 비평 유형

① 역사비평(historical criticism) 방법에 관한 이론
② 윤리비평(ethical criticism) 상징의 이론
③ 원형적 비평(archetypal criticism) 신화의 이론
④ 수사비평(rhetorical criticism) 장르에 대한 이론

웰렉의 비평 유형

① 맑시스트 비평
② 정신분석적 비평
③ 언어학적 비평 및 문체론적 비평
④ 신유기주의적(新有機主義的)·형식주의적 비평
⑤ 신화비평
⑥ 실존주의 비평

그레브스타인의 비평 유형

① 역사비평(historical criticism)
② 형식주의적 비평(formalistic criticism)
③ 사회문화적 비평(socio-cultural criticism)

④ 심리학적 비평(psychological criticism)

⑤ 신화비평(mythological criticism)

　이상에서 정리한 바와 같이 비평은 그 기능이나 관점에 따라 다양하게 유형 분류가 이루어질 수 있다. 이는 시대에 따라 비평의 양상이 변화함으로 해서 빚어지는 것으로 넓게 보아 비평은 그 대상에 의하여 몇 가지로 구분된다. 곧 이론비평(theoretical criticism), 실천비평(practical criticism), 비평에 대한 비평(Criticism for criticism) 등이 그것이다. 실상 위의 세 가지는 상호간에 밀접한 관계를 맺고 있으므로 서로의 유기적인 관계를 통해야만 비평의 발전을 꾀할 수 있을 것이나 그들 각각에는 독자적인 한계가 또한 있다.

　첫째, 이론비평이란 문학의 원론이나 장르에 대한 것, 그 밖에 문학의 여러 문제에 대한 비평을 말하는 것으로 소위 문학의 기본원칙에 대한 비평이다. 이론비평은 가장 먼저 시작된 비평으로서 문학의 일반원리를 탐구하고 시·소설·희곡·시나리오 등과 같은 각 장르적인 연구도 행한다. 즉 이는 일체의 문학에 관련된 이론적인 연구를 뜻하는 것이다. 아리스토텔레스의 『문학론』, 브왈로의 『시작법』, 포프의 『비평론』, 발레리(P. Valéry)의 『문학론』, 제임스(H. James)의 『소설론』, 리차즈(Richards)의 『비평의 원리』, 루카치의 『소설의 이론』, 최재서의 『문학원론』, 조지훈의 『시의 원리』 등을 이론비평의 예로 들 수 있겠다.

　이러한 이론비평은 문학에 대한 비평관을 확립하기 위한 것으로서 본격적인 비평이라기보다는 작품비평의 이론적 체계를 세우는 데에 기여함이 크다.

　둘째, 실천비평은 작가와 작품으로 직접 향하는 비평의 본령(本領)으로 작가에 대한 연구를 하고 작품을 해석·감상·평가하는 구체적인

발레리(Valéry, Paul)

1871~1945. 프랑스의 시인, 평론가. 순수시를 제창하고, 엄격한 정형에 음악성과 지성을 불어넣어 근대 상징시의 정점에 도달하였고, 데카르트를 이어 실증적 인식법과 시적 직관에 의해 현대 문명의 위기를 경고하는 많은 평론을 썼다. 저서로 『젊은 파르크』, 『매혹』, 『바리에테』, 『고정 관념』, 『테스트씨와 하룻밤』 등이 있다.

조지훈(조동탁)

1920~1968. 시인이자 국문학자. 경북 영양 출생. 1940년 ≪문장≫지에 「고풍의상」, 「승무」 등으로 정지용의 추천을 받고 등단했다. 광복 후, ≪문장≫지 동기생인 박두진, 박목월 등과 시집 『청록집』을 간행했고, 이어 첫 시집 『풀잎단장』을 대구에서 간행했다. 저서로 『시의 원리』, 『조지훈 시선』, 수상집 『창에 기대어』 등이 있다.

비평을 뜻한다. 일반적으로 문학비평이라 할 때는 바로 이 실천비평을 지칭하는 것이다. 흔히 볼 수 있는 작가론이나 작품론 같은 것이 여기에 속한다.

19세기 이후 20세기에 접어들면서부터 실천비평은 본격화되기 시작했는데, 그 이전에도 드라이든(1631~1700)의 『셰익스피어론』이나 아디슨(1672~1719)의 『실락원』에 대한 비평, 그리고 사무엘 존슨의 『셰익스피어 서설』 등과 같은 실천비평의 성과를 찾을 수 있다. 19세기의 아놀드는 『워즈워드론』에서 교양적 인생비평을 제기하였고 20세기 들어 엘리어트는 『단테론』, 『밀턴론』 등의 작가론으로 실천비평의 모범을 보였다. 이 밖에도 리차즈의 『실천비평』, 그리고 엠프슨(W. Empson)의 『애매성의 일곱 가지 유형(Seven Types of Ambiguity)』 등도 실천비평의 중요한 성과라고 하겠다.

우리나라에서도 김동인의 『춘원연구』 이후로 거의 대부분의 비평이 이러한 실천비평에 속하며, 오늘날 각 신문이나 문예지에서 실시하고 있는 월평(月評)이나 작품론, 작가론도 실천비평의 한 예라고 할 수 있다. 그러나 단순히 인상의 기술 차원에만 머물러버리는 것은 지양해야 할 과제이다. 이처럼 실천비평은 직접적으로 작품을 연구하여 비평작업을 수행하기 때문에, 비평의 가장 중요한 부분이 구체적인 작품세계와 작가를 이해하고 평가하는 것이니만큼 실천비평의 중요성은 실로 크다. 따라서 이론비평도 실천비평과의 상호교류를 통해서만 비로소 그 가치를 발할 수 있겠다.

셋째, 비평에 대한 비평은 문학비평 그 자체에 대한 비평이다. 비평 방법, 양식, 표준 등의 비교연구뿐만 아니라 참다운 문학의 이해, 평가를 위해서도 이러한 비평은 필요한 것이며, 비평가의 독단적인 오류를 방지하기 위한 견제의 역할로서라도 이 비평 방식은 절실히 요구된다. 즉 이 비평은 이론비평과 실천비평의 타당성 여부를 밝히는 데에 주안점을 둔다. 비평이 이루어졌다고 하여 모두 올바른 것이라고 단정을 내릴 수는 없다. 따라서 참다운 비평으로의 접근을 위해 어떤 비평에 대해서라도 그것의 재검토는 필요한 것이다.

한편 이러한 비평에 대한 비평은 근대 이후 비평에 대한 관심의 성장에 따라 발생한 것으로서 주로 논쟁의 양상으로 나타나기도 하였다. 1920년대의 ≪개벽(開闢)≫과 ≪조선문단(朝鮮文壇)≫ 사이의 문학논쟁, 1930년대 KAPF의 이데올로기 논쟁, 해방 후의 민족문학론에 대한 좌우익 작가 논쟁, 1970년대의 순수와 참여 논쟁, 1980년대의 민족문학주체논쟁 등이 이에 속한다. 이는 비평가마다 문학에 대한 나름대로의 평가 척도를 가지고 있으며, 거기에 기반이 되는 사상적 토대가 저마다 다르기 때문에 빚어지는 현상이다. 문제는 자기주장의 옹호가 얼마나 공감을 불러일으키고 내적 논리에 충실하느냐에 달려 있다고 하겠다. 이처럼 비평에 대한 비평은 비평의 재평가 작업이자 비평활동의 정리단계로서 그 나름의 의의를 가진다.

하지만 이것 역시 이론비평과 실천비평의 상호관련 선상에서 문학을 보다 풍요롭게 만들고 사고의 폭을 넓혀 나가는 지적인 노력에 충분히 부합하는 방향으로 나아가야만 비로소 올바른 비평으로서의 자리매김을 할 수 있을 것이다.

3. 비평의 방법

1) 역사주의 비평

문학의 역사주의 비평은 어떠한 작품이라도 그것을 둘러싼 역사적인 배경을 떠나서는 이해될 수 없다는 기본입장에서 출발한다. 이는 작가와 작품의 역사적인 배경, 사회적 환경 그리고 작가의 전기 등과 같은 사항들을 문학을 결정짓는 요소로 파악하여 그 관련하에서 작품을 이해하려는 방법인 것이다. 하나의 문학작품은 역사적 사실의 기록이며, 그 자체가 역사적 사실이다. 그래서 모든 문학작품은 고립된 존재가 아니므로 작품 외적인 관련 속에서 비로소 올바른 이해에 도달할 수 있다.

17세기의 드라이든과 18세기의 존슨(S. Johnson)에서 비롯되었다고 볼 수 있는 역사주의 비평은 19세기 프랑스에서 생트 뵈브와 테느에 의해 그 기초를 확립하게 되었다. 당대 사회의 특징인 과학적 사고방식의 영향이 그들 두 사람의 저술에 두드러지게 나타나는데, 방법상으로 두 사람은 다른 바가 없지 않으나 문학과 과학의 결합을 시도하였다는 점에서 공통점을 보인다. '문학의 박물학(The natural history of literature)'을 수립하려 했던 생트 뵈브는 작가 개인의 전기를 통해 문학작품에 접근하여 좋은 성과를 거둔 바 있는데 자신의 비평방법에 대한 다음과 같은 언급을 통해 그의 과학적 비평태도가 여실히 드러난다.

> 나에게 있어서 문학(문학적 산물, 즉 문학작품)은 작가의 인간적 측면과 그 본성으로부터 구분되거나 분리시킬 수 있는 것이 아니다. 나는 하나의 문학작품을 즐길 수는 있지만, 그 작품을 낳은 작가 자신을 알지 못한 채 작품만을 단독으로 판단하기 어렵다. '그 나무에 그 열매(tel arbre, tel fruit)'라는 말을 쉽게 인용할 수 있는데, 따라서 문학연구는 인간 그 자체, 즉 윤리연구로 옮겨진다.

이러한 생트 뵈브는 작품을 작가에 연결시켜 조명하였고, 작가의 생애, 시대적 상황, 사회적 환경 등에 결부되어 만들어진 작가의 초상화로 작품을 판단하려 했던 것이다. 그의 전기적 방법은 개인적이 아닌 사회적인 것이라는 데에 특징이 있으며 그의 제자인 테느에게 큰 영향을 끼쳤다.

자연과학의 이론체계를 문학연구에 적용하여 새로운 비평방법을 개척하는 데 공헌했던 테느는 모든 사물이 원인과 결과의 결정론적 과정에 의해 형성된다고 보았다. 그리하여 그는 문학 속에서도 원인과 결과의 결정론적 과정을 찾아내고자 하였다. 대표적인 저서로 꼽히는 『영문학사(History of English Literature)』(1863)에서 테느는 종족·환경·시대를 문학작품의 분석에 있어 가장 중요한 기준으로 들었다. 그에 의하면 모든 현상이란 인과의 필연적인 법칙에 따르는 것이므로, 인간의 정신 또한 출생지와 시대, 환경 등 주어진 조건들에 의해 결정될 뿐 자유의지나 우연성 같은 것은 아무런 작용력도 발휘할 수 없다고 한다. 따라서 종족(민족)의 성격, 사회적 환경, 역사적 시대는 문학을 결정하는 필수적인 요인이므로 문학비평에 있어서도 절대기준이라는 것이다.

생트 뵈브와 테느의 이론은 프랑스는 물론이고 유럽 전역에 커다란 영향을 끼쳤으며, 여기서 다져진 역사주의 비평의 방법은 1920년을 전후하여 형식주의 비평이 출현할 때까지 유일한 문학연구의 방법으로서 널리 통용되었다. 형식주의자들에 의한 역사주의 비평의 비판은 1930년대에 이르러 극도에 달했는데, 역사주의가 비판을 받은 원인으로 대략 다음의 세 가지를 들 수 있다. 첫째, 작품의 형성 요인에만 관심을 기울여 비평의 본질적인 작업을 등한시하였다는 점, 둘째 작가의 의도와 작품 자체의 의도가 반드시 일치하지 않는데도 역사주의 비평은 발생론적 오류(genetic fallacy)를 저질러 왔다는 점, 셋째 작품에 대한 지식의 축적에만 힘을 기울여 때로 작품 자체에 대해서는 막연한 인상에 그치고 만다는 점 등이 그것이다.

그러나 많은 비판이 가해졌음에도 불구하고 역사주의 비평은 1950년대 후반부터 다시 소생하여 현재까지도 문학연구나 그 비평에 많은 유익함을 제공하고 있다. 주목할 만한 역사주의 비평가로는 아우얼바하(Erich Auerbach), 레빈(H. Levin), 틸리야드(E. M. W. Tillyard), 데이셔스(David Daches), 스타이너(G. Steiner), 에이브럼즈(M. H. Abrams) 등을 꼽을 수 있다. 역사주의 비평은 그 자체에 결함이 있음에도 새로운 통찰력과 접근방식들이 개발됨으로써 한층 발전하는 추세를 보인다.

역사주의 비평가들은 어떠한 작품을 평가할 때 그 작품과 관련이 있는 모든 자료들을 활용할 수 있어야만 그 작품에 대한 전체적이며 타당성 있는 이해가 가능할 수 있다고 주장한다. 즉 작품은 환경에 의하여 산출되는 것이므로 그러한 외적인 환경을 떠나서는 올바르게 이해할 수 없다는 것이다. 그들은 작가의 전기 연구, 시대에 대한 주의 깊은 관찰, 그리고 문학 외적인 사실들의 포괄적인 수집을 통하여 종합적으로 작품에 접근하고자 한다. 이러한 역사주의 비평가들의 접근방법을 몇 가지 항목으로 나누어 살펴보면 다음과 같다.

첫째, 원본(text)의 확정 작업은 역사주의 비평가의 중요한 관심사이다. 활자화되어 있는 작품이 확정된 원본이 아니라면 참다운 비평이 성립될 수 없으므로 역사주의 비평가는 믿을 만한 원본의 확인과 더불어 그것을 확정하는 작업으로부터 시작한다. 원본을 확정하기 위해서는 서지학, 문헌학은 물론이고 제지술, 인쇄술, 제본술, 필체 감식법 등 상당한 주변 과학의 도움이 필요한데, 원본의 확정이 제대로 수립되지 않은 상태에서는 작품에 대하여 결정적인 판단을 꺼리는 것이 역사주의 비평가의 기본태도이다.

원본을 확정하기 위한 작업에는 대단한 감식력이 필요하고 특히 한 작가와 그의 작품의 특질에 대한 민감한 판단력이 필요하다. 따라서 원본 확정 작업을 따로 독립시켜 원본비평(textual criticism)이라 부르기도 한다. 이는 비교적 오래 전의 작품을 대상으로 할 때 무척이나 중요한 과제로 대두되는데 예를 들어 우리나라 고대시가의 경우에 비출 때 원본비평의 중요성은 두말할 나위가 없다. 양주동에 의하여 집대성되었던 향가와 고려가요에 관한 연구는 사실상 우리나라 문학 연구에 있어 최고의 원본비평이라 칭할 만하다.

원본의 확정 작업은 향가의 경우처럼 전적으로 재구성을 요하는 복잡한 것이 있는 반면에 비교적 단순한 와전도 있을 수 있고 아주 간단하게 띄어쓰기나 철자법에 관련된 것일 수도 있다. 김소월의 「접동새」에서 '아오라비'가 '아우래비' 또는 '아무래비' 등으로 표기되어 있는 경우라든지 서정주의 「화사(花蛇)」에서 '스며라, 배암'이 '숨어라, 배암'으로 표기된 경우가 발견되는 것으로 그 예를 들 수 있겠다. 이런 때 만약 원본이 확정되지 않는다면 작품에 대하여 전혀 엉뚱한 해석이 가해질 수 있는 것이다. 한편 이러한 오기(誤記)가 한 작품 내에서 빈번할 경우 베끼기 또는 인쇄 과정에서 잘못이 있었다는 가정 하에 원본 비평가는 원작자와 원작품의 의도를 가장 잘 전달하는 방향으로 수정하여 기술하기도 한다. 하지만 그렇게 불가피한 상황이 아니라면 원본의 확정 작업은 작가가 의도하여 써놓은 최종적인 완성품을 가능한 한 정확하게 규명하는 것을 목표로 한다. 이를 위하여 현대어본과 구철자본, 또는 각종 이본(異本)들을 대조, 검토하고 그런 다음 결정판(definitive edition)을 선정하도록 해야 한다.

둘째, 역사주의 비평가는 언어가 지극히 역사성을 띠는 실체인 까닭에 작품이 제작된 특정한 환경에서 그 작품의 언어가 지니고 있었던 의미를 밝히기 위하여 그와 똑같은 언어에 대한 지식을 습득하여야 한다. 따라서 그는 적절한 기록이나 출처, 그리고 전기에 관한 정보를 모두 살핌으로써 당대 사회의 언어체계를 세밀하게 탐구한다.

역사주의 비평가는 작품의 '해석'보다는 '해설'에다 일차적인 관심을 두는데, 많은 역사주의 비평가들이 문법학자, 특히 역사문법학자가 되는 이유가 바로 여기에 있다. 작품의 언어가 지닌 의미의 다양성을 설명하고 그 언어의 기능과 영향력에 대하여 완전한 이해에 이르고자 노력해야 하는 것이다. 해설작업은 독자들을 향해 작품이 산출된 당대의 특수한 언어를 향수할 수 있도록 해주려는 것이 목적이다. 그러므로 문학작품의 언어를 다룰 때, 역사주의 비평가는 이중의 책임을 지닌다. 즉 그는 오늘의 독자들을, 한 작품이 발표된 동시대의 독자들이 언어에 대하여 가졌던 이해나 인식의 상태로 되돌려 놓아야 하며 또한 발표된 당시의 언어를 현재에도 적응할 수 있는 표현 매체로 다루어야 한다. 이처럼 과거의 작품을 이해하려면 두 개의 언어에 대한 지식이 필요한 것이다. 과거의 작가가 사용한 언어와 그로부터 시공(時空)을 뛰어넘어서 있는 우리 자신의 언어, 역사주의 비평가의 임무는 이 두 개의 언어를 상호조절하는 일에 상당한 비중을 두고 있다.

셋째, 역사주의 비평가는 작가의 연구를 가장 엄격하게 다룬다. 작가연구는 역사주의 비평방법의 핵심적인 영역으로서 작가에 대한 전기적 정보는 역사주의 비평가에게 가장 가치 있는 자료가 된다. 그래서 역사주의 비평가는 작가의 정신적·물질적 조건을 위시한 주거 위치, 저술, 가족상황, 부채관계, 친구관계, 연애사건, 정치활동 등 작가가 느끼고, 듣고, 보고, 알고 있었으며 또한 인간으로서 존재했던 모든 것들을 샅샅이 수집한다. 이렇게 한 작가의 전 생애의 문맥 속에서 작품을 검토함으로써 주관적이며 편파적인 작품해석에 대하여 안전한 방책을 마련할 수 있는 것이다.

문학은 인간정신의 소산이므로 하나의 작품을 좀 더 효과적으로 이해하기 위해서는 그 작품을 창작한 작가에 대해서 소상히 점검할 필요가 있다. 역사주의 비평가는 작품과 인간이 불가분의 관계를 맺고 있다고 보아 개개의 작품을 그 원천이 되는 작가의 생애 속에 넣고서 이해한다. 작가의 언어 사용과 주제 선택, 그리고 작품 속에 반복적으로 나타나는 관념·형식·상징·연상들은 모두 작가의 정신적인 관습에서 발생하는 것이므로 결국 작가와 작품은 분리될 수 없다는 것이다. 여기서 작가연구의 중요성을 찾을 수 있다.

넷째, 역사주의 비평가는 작품이나 작가에 대한 평판과 일반 독자나 동료작가 및 후배작가에게 끼친 영향을 검토한다. 즉 어떤 작가와 작품을 여러 시기의 작가, 작품과 비교하며 서로 간의 영향관계를 살펴보고 작가와 동시대 독자가 지니는 심미적 가치를 설명함과 동시에 현대의 독자가 지니는 심미적 가치를 밝히는 것이다.

일반 독자들에게 끼친 영향관계를 알기 위해서는 일화, 잡담, 일기, 회고록 등은 물론이고 책의 판매부수, 출판회수, 모방작의 수 등 직접적인 자료를 수집하는 동시에 일반대중의 사상, 감정, 사회제도, 생활방식, 독서 및 취미경향 등의 간접적 자료도 수집해야 한다. 독자의 반응에 대한 연구는 다른 분야에 비해 무척 뒤져 있지만 작가와 작품에 대한 여러 시기의 독자 반응 양식을 주목함으로써 그 작가와 작품의 이해에 도달하기가 용이해질 수 있고, 그 작가, 작품이 오늘의 우리에게서 가지는 의미를 보다 명확히 할 수 있는 것이다. 예를 들어 이광수의 『무정』에 대하여 그 당시의 독자가 일으켰던 반응과 오늘의 독자가 일으키는 반응 사이에는 많은 차이가 있는데, 이러한 차이점을 상세하게 주시함으로써 이광수의 『무정』에 대한 올바른 판단에 상당한 도움을 얻을 수 있다.

한편 작가들끼리의 선후배관계, 사숙관계는 역사주의 비평가들이 즐겨 다루었던 연구주제인데, 여기서는 대부분 유사성의 발견이라는 작업을 거친다. 그리고 한 작가로부터 영향을 받은 것으로 추정되는 후배 작가의 작품을 세밀하게 검토하는 것도 역사주의 비평가의 할 일이다. 일반적으로 모든 작가는 서로 간에 어떤 식으로든지 영향을 주고받게 되어 있다. 여기에는 외적인 증거와 내적인 증거가 채택되는데, 외적인 증거란 작품에 관련된 기록이나 본인 또는 주변사람들의 진술을 말하며, 내적인 증거는 작품 속에서 가려지는 유사성 내지 연관성을 말한다. 외적인 증거는 생각과는 달리 전적으로 신뢰하기가 곤란한 경우가 많으므로 외적 증거는 반드시 내적 증거에 의하여 확증되어야 한다.

다섯째, 역사주의 비평가는 문학작품을 한 시대의 소산으로 본다. 그는 문학작품의 언어에 대한 이중의 관심, 즉 그 과거성과 현재성에 주목하듯이 작품 속에서 전달되는 가치와 관념들에 대해서도 이중의 관계를 맺고 있다. 다시 말해 역사주의 비평가는 작품과 더불어 문화의 과거성과 현재성을 함께 연구하는 것이다. 문학작품은 당대 문화의 특수한 표현이므로 작품에 대한 올바른 이해에 도달하기 위해서는 문화 그 자체를 점검하지 않을 수 없다.

하나의 작품은 그 시대 문화에 대한 표현으로서 시대를 반영한다. 가령 오늘의 우리 상황인 분단시대에 있어서는 작품의 배경으로 놓이는 이러한 분단시대의 문화적 검토가 없이 작품을 올바르게 평가하기란 용이한 일이 아니다. 작품은 주로 문화의 시대정신을 표현한 것이므로 그만큼 오늘에 있어서 분단시대라는 역사성의 인식은 작품의 이해와 평가에 지대한 영향력을 발휘하는 것이다. 하지만 모든 문학작품이 역사성을 내포하는 것으로 판단해버림으로써 역사주의 비평가는 자칫 발생론적 오류를 범하기 쉽다. 이는 문학작품의 기원에 관한 연구를 문학작품의 현재적 가치평가에 대한 설명으로 착각하는 오류인데 작품의 기원 연구에 몰두하다 보면 작품의 현재적 가치평가를 소홀히 하게 되는 경우가 빈번해지기 때문이다. 그러므로 작품의 포괄적인 이해를 위하여 시대성이나 당대의식의 파악에 주력을 할지라도 문학작품의 현재적 가치평가를 혼동시키는 이러한 발생론적 오류는 주의해야 할 것이다.

여섯째, 역사주의 비평가는 어떤 한 작품에 대하여 그것이 문학적 혈통이나 관습 속에서 차지하는 위치에다 관심을 기울인다. 그는 관습을 살아 있는 현재의 힘으로 보며 이것이 작품의 형성에 어떠한 작용을 하는지에 대하여 밝히고자 한다. 관습이란 계속적으로 오래 사용되어 일정한 형태로 드러나는 형식이나 문체, 주제, 소재 등을 말하는데 우리의 시조나 가사에 자주 등장했던 전원사상은 주제상의 관습이라 하겠고 시조가 3행 45자로 구성되어 있는 것은 형식상의 관습에 속한다고 하겠다.

새로운 작품이라 하더라도 그것은 의식적이든 무의식적이든 간에 이전에 이미 만들어져 있었던 어떠한 업적의 영향을 받게 마련이다. 그러므로 역사주의 비평가는 특정의 관습에 대한 건전한 지식을 갖추고 있어야 하겠고, 그러한 지식을 얻은 다음에라야 관습의 범주 내에 드는 어떠한 작품에 대하여 자신의 취향을 적용할 수 있다. 문학에 있어서의 관습은 문학 그 자체의 역사를 갖도록 해주는 요소이다. 이와 같이 문학적 관습을 고찰함으로써 문학을 단지 그 시대 문화의 일부로 취급하여 문학 자체의 독자성을 상실하게 할 수도 있는 위험으로부터 벗어날 수 있다. 문학이 속한 문화의 변천과 문학 내부의 어떤 요소들의 변천이 언제나 일치하는 것은 아니다. 우리가 작품을 대할 때 그 작품이 속한 시대의 문화적 배경을 잘 알고 있으면서도 작품을 제대로 읽지 못할 경우가 있는 것은 그 작품이 따르고 있는 문학 자체의 관습을 바로 이해하지 못했기 때문이다.

2) 형식주의 비평

  형식주의 비평은 20세기 문학비평에 있어서 가장 영향력 있고 활발한 움직임을 보였다. 이는 아리스토텔레스의 『시학』 이래로 가장 오래된 작품에 대한 정통적인 접근 방법이며 역사주의 비평과는 달리 문학작품 그 자체만을 연구의 대상으로 삼는다. 따라서 형식주의 비평은 작품의 문학성을 그 언어적 조직과 결부시켜 철저하게 분석하고 문학 외적인 사회·문화적 요인이라든가 작가의 전기 등에 대해서는 관심을 두지 않는다. 문학작품을 객관적이고 독립적이며 자율적인 대상으로 파악하여 그 존재방식을 발견하려는 형식주의 비평은 이처럼 하나의 작품을 구성하는 여러 요소들의 분석에 주안점을 둔다.

  형식주의 비평의 근본원리가 문학작품의 형태·구조·스타일, 그리고 심리적 효과를 강조하는 아리스토텔레스로부터 연유하였다는 것은 주지의 사실이다. 아리스토텔레스는 그의 『시학』을 통해 전체와 부분의 특수한 조직적 관계를 문학 자체 내에서 찾으려고 노력하면서 다음과 같이 말하였다.

  비극은 완전하고 전체적이고 일정한 크기가 있는 한 행위의 모방이다. 전체라는 것은 처음, 중간, 끝이 있는 사물을 말한다. 처음이라는 것은 인과적 필연성에 의해 앞의 것을 따르는 것이 아니라, 그 뒤에 무엇인가가 따르든가 존재하는 것을 말한다. 끝이라는 것은 그와 반대로 어떤 것을 자연히 따르는 반면 뒤에 따라오는 것이 없는 것을 말한다. 중간은 앞의 것을 따르고 뒤에 무엇이 딸리는 것을 말한다.

그러므로 잘 구성된 플롯은 함부로 시작하거나 끝내서는 안 되고 위의 원칙에 부합해야 한다. 따라서 아름다운 대상은 부분들의 질서 있는 배열뿐 아니라 일정한 크기 역시 필요하다. 아름다움이라는 것은 크기와 질서에 의존하는 까닭이다.

전체라는 개념은 그 구성 부분들의 존재를 인정하는 데서 성립된다. 아리스토텔레스를 추종하는 형식주의자들은 부분들의 독특한 조직으로서의 단일한 전체적 형상을 문학연구의 가장 중심적인 대상으로 본다. 아리스토텔레스에게서 직접적인 영향을 받은 이론은 18세기 말 칸트와 19세기의 콜리지에게서 찾을 수 있다. 칸트는 『미학판단비판』에서 예술의 특수한 인식능력은 전적으로 논리적 이성에 기초하고 있는 인식과 다르기는 하나 그에 못지않게 중요한, 특수한 종류의 인식을 자극할 수 있다고 하여 형식주의 비평의 기본개념을 보여주었다. 한편 독일의 선험주의 철학을 소화하며 그것을 문학에 적용시킨 콜리지는 『문학평전(Biographia Literaria)』에서 아리스토텔레스와 칸트의 기본입장을 다음과 같이 재천명하고 있다.

시는 일종의 글로서, 그 직접적 목적을 진리(사실)에다 두지 않고 쾌감에 둔다는 점에서 과학적 저술과 대치되며, 각 부분으로부터 오는 만족감과 더불어 조화를 이루는 전체의 쾌감을 제공한다는 점에서 여타의 쾌감 목적의 글과도 구별된다. …… 진정한 시의 정의를 말하자면 …… 그 부분들이 서로서로를 지탱하고 설명하는 글이다 …… 따라서 기발한 시귀들이 문맥에서 동떨어져서 전체에 화합하는 부분이 되지 못하고, 그 자체로서 별개의 전체를 구성할 때 이를 좋은 시라 할 수 없다.

이처럼 콜리지는 문학과 과학을 구분하고 문학이 주는 독특한 쾌감과 부분들의 조화로 이루어지는 전체를 강조하여 형식주의 비평에 이론적 근거를 제공하였다. 한편 형식주의 비평이 하나의 뚜렷한 운동의 모습을 갖추고 드러나게 된 것은 1920년대인데, 엘리어트와 리차즈는 그 대표적인 선구자이다. 비록 오늘날의 형식주의자들이 포우, 베르그송, 아놀드, 벤덤(Bentham), 프랑스 상징주의자들, 구르몽(R. Gourmont), 그리고 흄(T. E. Hume) 등에게서 많은 영향을 받은 것이 사실이지만 그보다도 더 중요하고 더 직접적인 영향을 끼친 엘리어트와 리차즈의 공로는 실로 막중하다고 하겠다. 구르몽, 프랑스 상징주의자들, 그리고 파운드(Ezra Pound)의 영향을 받은 엘리어트는 이러한 형식주의 비평 운동의 창건자이며 가장 활발히 활동한 사람이었다. 그의 평론집인 『성림(The Sacred Wood)』(1920)과 특히 그 속에 수록된 「전통과 개인의 재능(Tradition and the individual Talent)」이라는 평론은 20세기 형식주의 비평에 있어 가장 중요한 것으로 평가되고 있다. 여기서 그는 '작품 그 자체'를 비평의 대상으로 하여야 한다는 입장을 밝히고 있는데, 이는 형식주의 비평의 기본개념이다. 즉 이 글에서 엘리어트는 형식주의자들의 기본적인 태도를 다음과 같은 세 가지 개념으로 밝혔다.

첫째, 문학전통 또는 문학사는 결정적이거나 변경할 수 없는 것이 아니라 새로운 작품의 출현에 따라 끊임없이 재조명되는 것이다. 과거는 결국 현재가 되는 것이며, 또 현재에 의하여 갱신되는 것이다.

둘째, 실제적이든 상상적이든 간에 예술가의 체험은 결국 그의 작품 속에 응축되어 있다. 그러므로 독자의 진정한 관심사가 되는 것은 작품을 만든 사람이 아니라 작품 그 자체이다.

셋째, 예술가의 정서와 개성은 그 자체로서 중요한 것이 아니라 예술작품 속에 융합되어 있을 때 중요해진다.

또한 리차즈는 『문예비평의 원리』(1925)와 『실천비평』(1929)을 통하여 형식주의 비평에 중요한 기여를 했다. 즉 '가장 완전한 표현 양식'으로서의 문학의 개념, 해석과 판단의 기초가 되는 정밀한 원전분석의 방법, 그리고 문학작품의 언어에 대한 집중이 그것이다. 그리고 리차즈는 시어의 의미, 어조, 감정, 의도를 구별하여 시의 언어와 구조에 대한 새로운 관심을 보였다. 시적 언어의 애매성(ambiguity)도 강조하였다. 그가 『문예비평의 원리』 제16장의 '시의 분석'에서 ① 인쇄된 말들의 시각적 감각, ② 이 감각들과 밀접히 연관된 여러 심상들, ③ 비교적 자유로운 심상들, ④ 여러 사물들에의 지시 혹은 생각들, ⑤ 정서, ⑥ 감정적-의지적 태도들 등과 같은 분석 방법을 제시한 것은 종래에 없었던 새로운 지적들이다. 이러한 리처즈의 영향을 받아 엠프슨은 '정밀한 분석(close analysis)'의 모범을 보여주었다. 그의 『애매성의 일곱 가지 유형』은 리차즈의 이론을 직접 작품분석에다 원용한 것이다.

형식주의 비평은 다양한 분파로 나눌 수 있는데, 형식주의는 통일된 이론의 단일체라기보다 상관성 있는 이론의 복합체라 하겠다. 그러나 형식주의에 동의하는 사람들은 하나의 불변하는 원칙, 즉 문학작품 자체의 우위성을 인정하는 것에 대해서는 의견이 일치한다. '작품 그 자체'에 대한 형식주의 비평가들의 견해는 브룩스가 제시하고 있는 다음의 말에서 요약되어 나타난다.

> 우리 시대의 비평사를 다음과 같이 고쳐 말하는 것이 가능하다. 우리는 시인이나 독자보다는 시에 초점을 맞추려는 끊임없는 노력을 목격해 왔다. 시의 안에서 시를 구조로 강조하고, 또 시의 경계와 한계를 정해 왔다. 현대 비평가들은 시를 예술가의 기록적 문서로 고찰하여 그것이 의미하는 바가 무엇인가를 발견하기 위한 노력을 해왔다. 시는 하나의 독특한 구조를 가지고, 독특한 지식을 산출한다.

형식주의의 번성은 역사주의 방법의 쇠퇴를 의미한다. 이른바 신비평은 1920년대에 일어나 1930년대에는 보다 성장하였고, 1940년대와 1950년대 초에 이르러 그 절정에 달하였다. 신비평이란 말은 랜섬(J. C. Ransom)이 1941년에 발간한 평론집인 『뉴크리티시즘(The New Criticism)』에서 비롯하였다. 신비평은 문학작품을 그 형식의 구조와 의미의 분석을 위주로 비평하는 것이므로 형식주의 비평과 동의어로 사용된다. 문학의 고유성을 강조하는 형식주의 비평으로서의 신비평은 '본체론적 비평(ontological criticism),' '문맥비평(contextual criticism),' '본질적 비평(intrinsic criticism)' 등과 같은 다른 명칭으로도 불린다. 이런 명칭들을 통해서도 형식주의 비평의 기본성격이 잘 드러난다.

이러한 형식주의 비평의 기본성격은 역사주의 비평에 대한 비판적인 태도에서 보다 명확하게 나타난다. 형식주의자들은 역사주의 비평이 문학의 진정한 본성과 비평가 고유의 역할에 대한 개념상의 오류를 저질렀다고 공박했다. 그 대표적인 예로 윔제트(W. K. Wimsatt)와 비어즐리(M. C. Beardsley)가 공동 집필한 『의도적 오류(The Intentional Fallacy)』와 『감정적 오류(The Affective Fallacy)』가 있다. '의도적 오류'란 작품에 대한 작가의 의도나 계획, 작품 외적 기준으로 작품을 연구하는 것으로서 그러한 것들을 믿을 만한 판단기준으로 받아들이려는 역사주의 비평가들의 경향을 가리킨다. 한편 '감정적 오류'란 문학작품의 의미와 가치가 그에 대한 청중들의 감정 반응의 강렬도에 의해 검토되어야 한다고 생각하는 역사주의자들의 경향을 말하는 것이다. 이렇게 형식주의자들은 작품 자체의 본성을 작품의 기원이나 효과와 혼동해서는 안 된다고 역사주의자들에게 불만을 표시하였다. 따라서 형식주의자들은 작품을 작품으로서 논하기 위해 작품 자체에 대하여 정밀한 분석을 기한다. 이런 맥락 아래 웰렉과 워렌은 그들의 공저인 『문학의 이론』에서 다음과 같이 말하고 있다.

문학연구에서 작품을 위한 자연스럽고 의미 있는 출발점은 문학작품 자체의 해석과 분석이다. 무엇보다도 작품 자체만이 작가와 삶, 작가의 사회적 환경에 대한 모든 우리의 흥미와, 문학의 전체 과정에 대한 우리의 관심을 정당화해 줄 수가 있다. 그러나 이상하게도 문학사(文學史)는 작품의 환경에 너무 집착하고 있었기 때문에, 작품 자체를 분석하려는 시도들은 환경연구에 소비되는 거대한 수고에 비할 때 매우 미미할 수밖에 없다.

한편 랜섬은 '과학에 대항할 수 있는 문학'을 내세워 과거의 영시 (英詩)를, 사상을 표현하는 관념적인 정신주의 시(Platonic Poetry)와 사상을 배제하고 이미지만을 중시한 물질주의 시(Physical Poetry)의 두 경향으로 분류하였다. 여기서 17세기의 존 던(John Donne)의 시를 비롯한 형이상시를 관념시와 물질시를 적절히 조화시킨 것이라고 하였다. 그는 또한 왜 시가 구체적이면서도 보편적인가 하는 문제에 열중하여 시의 논리적 내용과 비논리적 내용을 구별한다. 그리하여 시의 이원화를 뚜렷이 하기 위해 그는 '구조(structure)'와 '조직(texture)'이라는 개념을 도입하여 시가 이 두 요소, 즉 확정적인 것(structure)과 불확정적인 것(texture)의 구성으로 이루어진다고 보았다.

테이트도 랜섬의 이원론과 비슷한 틀을 만들었는데, 그는 시의 속성으로 외연(外延, extention)과 내포(內包, intention)를 들고 외연과 내포에서의 텐션(tention)을 강조하였다. 테이트에 의하면 표시적 기능인 외연과 암시적 기능인 내포를 완전히 조직한 총체가 시의 의미, 즉 텐션이며 좋은 시에서는 텐션이 완전히 조직되고 외연과 내포에서 생기는 일체의 의미가 통일된다고 한다. 즉 외연과 내포를 이성과 감성에 적용할 때 그 둘이 결합되어 생기는 역학적인 긴장상태인 핍진성 (verisimilitude)을 시의 참모습으로 보았던 것이다.

이 밖에도 '상상적 통일(imaginative unity)'을 주장하고 문학의 형식을 전체의 효과를 나타내기 위한 소재의 조직화라고 본 브룩스도 언어 분석에 의하여 작품을 해명하려고 하였다. 그는 시의 어조와 시어의 뉘앙스, 그리고 애매성에 관심을 기울이고 이런 것들로 구성된 상호관계와 함축적인 의미를 모색하여 작품 속에 암시된 의미를 해명하였다. 또한 시의 언어가 역설(paradox)의 언어이고 아이러니의 언어임을 증명하기 위하여 작품을 분석하였다. 그의 저서인 『잘 빚어진 항아리 (The Well Wrought Urn)』(1947)에 수록된 「역설의 언어(The language of paradox)」는 이러한 점을 시사하고 있다. 랜섬과 테이트가 작품의 원리적 고찰에 더 주력했던 반면에 브룩스는 이런 견해들을 작품 분석에 적용함으로써 분석비평의 본보기를 보여주었다고 하겠다.

한편 시카고비평가그룹은 또 다른 유형의 형식주의 비평을 드러내었다. 이들은 시카고 아리스토텔레스 학파라고도 불리는데, 1930년대 중엽 시카고 대학에 모여들었던 비평가들과 문예학자들로 구성되어 있다. 크레인(R. S. Crane)을 비롯하여 맥컨(R. Mckeon) 등으로 대표되는 이 그룹은 비평의 구체적인 접근 방법에 있어 다원주의적 입장을 취한다. 그들은 문학비평을 '인문과학(humanistic learning)'의 범주에 내포시켜 역사주의적 방법을 수용하려는 태도를 보인다. 시카고비평가그룹은 실제비평보다 원론적인 비평의 이론에 많은 영향력을 행사하였는데, 부드(W. C. Booth)의 주요 저서인 『소설의 수사학(The Rhetoric of Fiction)』은 그들의 방법을 명확히 보여주고 있다. 부드는 독자에게 미치는 작품의 효과 연구와 순수한 형식주의가 의도하는 것 이상으로 수용하는 시카고학파의 다원론에 대한 애호를 제시하였다. 어떤 면에서 시카고비평가그룹은 형식주의의 범위를 넘어선 것으로 보이나 단지 그것은 구체적인 접근 방법상에 있어서의 문제일 뿐, 작품 그 자체를 중시하고 문학을 문학으로서 취급하여 원전 분석의 정확성과 시점의 강조를 도모한 점은 형식주의 비평의 특성을 강하게 드러낸 것이라 하겠다.

형식주의 비평은 20세기 비평의 주류를 이루어 작품 그 자체를 대상으로 하여 언어의 분석을 통해 작품을 구체적으로 해명해 나간 점에 있어서는 괄목할 만한 업적을 남겼다. 그러나 형식주의 비평은 작가나 작품에 대하여 지나치게 선별적인 비평태도를 취하였고, 언어분석에만 치중한 나머지 소설과 같이 긴 형식의 문학에 대해서는 형식주의 비평의 원리나 방법이 제대로 적용될 수 없는 약점을 보였다. 또한 이미지의 탐색과 같은 작품의 특정한 국면만을 강조함으로써 작품이 주는 전체적인 효과를 무시했다는 비난을 받는다. 그리고 모든 작품을 그 자체로서 완결된 것으로 단정했기 때문에 작품이 독자적으로 이해 불가능할 경우 그 이해를 돕기 위해 참조해야 하는 외재적인 정보를 도외시함으로써 비평태도의 편협성을 면치 못하였다. 이상과 같은 비판 속에서 형식주의 비평은 오늘날 다소 침체하고 있는 듯이 여겨진다.

3) 사회 · 문화적 비평

사회·문화적 비평은 문학을 사회의 산물이자 그 표현으로 보아 작품과 현실과의 상호관계에 관심을 둔다. 문학이 사회·문화적인 의미와 효과를 지닌다는 인식은 동양과 서양에서 모두 오래 전부터 있어 왔다. 중국의 『시경』에 수록된 대부분의 시들은 백성을 교화하고 선도하려는 시의 사회적 효용성의 맥락에 닿아 있다. 특히 공자가 "시 삼백 편을 한 마디로 요약하자면 생각에 사특함이 없다는 것이다"라고 말한 것에서 시의 사회적 인식은 잘 드러난다. 한편 우리나라 고려조의 대학자인 최자(崔滋, 1188~1260)도 그의 『보한집(補閑集)』에서 "글이란 도(道)를 실행하는 문(文)이니 실없는 거짓의 말을 쓰지 않는다"라고 하여 교화로서의 문학을 강조한 바 있다. 한편 희랍의 플라톤은 그의 『공화국』제10권에서 "이 공화국에서 인정할 수 있는 유일한 시는 신 또는 영웅에 대한 찬가뿐이다"라고 말하면서 시인이 인간의 행복과 미덕을 방해하는 감정을 유발한다는 이유로 시인을 그의 '공화국'에서 추방하였다. 이는 문학의 사회적 효용이 순수한 미적 가치보다 더 중요하다는 인식을 보여주는 것이라 하겠다. 아리스토텔레스는 문학이 주는 '카타르시스'라는 정서적 쾌락을 사회 전체에 미치는 아주 바람직한 효용이라고 보았다. 아리스토텔레스의 이러한 태도는

호라티우스에게 영향을 주어 문학이란 즐거운 방법으로 진리를 전달
하는 것이라는 당의정적 문학관을 낳게 하였다.

사회·문화적 비평의 길을 제시한 사람으로는 비코(Vico), 헤르더
(Herder), 그리고 헤겔(Hegel) 등을 들 수 있겠으나 오늘날 사회·문화
적 비평의 직접적인 출발은 테느, 그리고 맑스와 엥겔스로부터 비롯되
었다. 이들에 기초하여 20세기의 사회·문화적 비평은 하나의 위치를
다질 수 있었다. 역사주의 비평의 옹호자인 테느는 '종족,' '환경,'
'시대'를 문학의 결정 요소로 설정하고 문학에 있어서 미와 도덕적
가치는 서로 분리할 수 없는 것이라 주장함으로써 사회·문화적 비평
의 형성에 큰 공로를 세웠다. 맑스와 엥겔스는 테느가 설정한 문학의
세 가지 결정 요소에다 경제적인 요소를 새로이 추가하였다. 그들은
법률·정치·종교와 마찬가지로 문학 또한 생산적 토대 위에 세워진 사
회의식의 상부구조라고 하였다. 그러나 맑스와 엥겔스는 예술이란 전
적으로 수동적인 것만은 아니기 때문에 예술이 사회의 경제적 토대를
그대로 반영할 필요는 없다고 인정한다. 예술은 그 자체로서 스스로
사회의 변화를 결정하기도 하는 것이다. 따라서 훌륭한 예술이란 때로
그 사회적 관계를 초월한다고 맑스는 보았다. 엥겔스도 문학작품을
단순하게 사회학적으로 분석하거나 생경한 경향성이 노출되는 것을
반대하였다.

하지만 이러한 견해에도 불구하고 맑스주의 비평의 압도적인 경향
은 예술이 궁극적으로 물질에 의해서 결정된다는 것이다. 즉 맑스주의
비평에서는 문학을 그 예술성으로서가 아닌 계급주의적 사상 위주로
평가해버린다.

한편 오늘날의 사회·문화적 비평가들은 아놀드로부터 문학과 문학
비평이 강조하는 도덕적·지적·사회적인 측면에 대하여 많은 영향을
받았다. 아놀드는 인생이 윤리의 문제를 외면할 수 없다고 생각하며

문화와 문학을 윤리의 표현수단으로 정의하였다. 그리하여 문학이란 근본적으로 인생에 대한 비평이기 때문에 문학의 위대성은 어떻게 살 것인가 하는, 인생의 문제를 헤아리는 데 있다고 주장하였다. 그럼 여기서 사회·문화적 비평의 근본적인 법칙과 주된 문제들을 요약하여 정리해 보면 다음과 같다.

첫째, 문학작품은 그것을 낳게 한 환경, 문화, 문명을 떠나서는 충분히 이해될 수 없다. 문학작품은 작품 그 자체보다 가능한 한 넓은 상관관계 속에서 연구되어야 한다. 모든 문학작품은 사회적, 문화적 요소의 복합적인 상호작용의 결과이며, 그 자체는 고립된 현상이 아니라 복합적인 문화적 개체이다.

둘째, 문학작품 속에 구현된 사상은 작품의 형식이나 기교 못지않게 중요하다. 부분적으로 작품의 형식과 기교는 작품의 사상에 의해 결정되고 형성된다. 또한 작품의 질이나 그것이 야기시키는 비평적 반응은 사상의 수준과 정비례한다. 훌륭하고 생명력 있는 어떤 작품도 보잘것없고 천박한 사상의 토대 위에서 이루어진 경우는 없다. 이런 의미에서 문학은 진지한 것이다.

셋째, 생명력 있는 문학작품이란 그것을 나오게 한 당시의 문화와의 관련에 있어서나 개개의 독자와의 관계에 있어서 매우 도덕적이다. 그러나 문학작품이 특정한 관례나 행동 규칙을 지지하는 경우엔, 삶에 몰두하여 삶에 대해 가치 있는 반응을 나타내는 경우보다 덜 도덕적이다. 문학작품은 일종의 도덕적 경험, 다시 말해 사상, 이념, 이데올로기의 표현인 것이다.

넷째, 문학작품은 사회의 두 방면, 즉 특정한 물질적 요소나 힘을, 또는 집단의 정신적·문화적 흐름인 전통을 반영한다. 따라서 문학작품의 형식과 내용은 사회적 발전이나 문화적 취향의 미묘한 변화를 반영하기도 한다.

다섯째, 문학비평은 문학작품에 대해서 초연하게 심미적 관조로만 머물러 있어서는 안 된다. 비평은 예술창조에 영향을 끼칠 수 있고, 또 끼쳐야만 하는 생명력 있는 활동이다. 이 활동은 작가의 기교나 소재 선택을 지시하는 따위가 아니라, 훌륭한 예술이 생산되는 계기를 만들어 주거나 독자와 예술가를 고무하여 예술에 대한 지속적인 비평적 토의를 자극하는 그런 것이다.

여섯째, 사회·문화적 비평가는 과거나 현재의 작품 모두에 관심을 기울여야 한다. 그는 각 시대의 서로 다른 문학작품을 섭렵하여 과거의 작품으로부터 현재의 문학작품을 평가할 수 있는 척도를 마련해야 한다. 특히 그는 동시대의 작품에 주목하여 독자와 문학 사이의 조정자 역할에 충실하여야 한다. 사회·문화적 비평가가 서평과 같은 동시대의 작품평가를 비평적 기능의 필수적이고 중요한 부분이라고 생각하는 것은 바로 그 때문이다.

이와 같은 사회·문화적 비평은 20세기에 들어와서 더욱 다양한 갈래와 심화된 논리를 갖추게 되었다. 대표적인 사람으로 에드먼드 윌슨(Edmund Wilson), 사르트르(Jean-Paul Sartre), 코드웰(Christopher Caudwell), 윌리엄스(Raymond Williams), 루카치(G. Lukács), 골드만(L. Goldmann), 하우저(A. Hauser) 등을 들 수 있다. 이들 가운데에서 맑스주의 미학을 서구적 문제의식으로 심화시켜 심오한 리얼리즘 문학론을 전개하였던 루카치에 대해서 특히 주목할 필요가 있다.

루카치는 역사철학적 사상의 기초 위에서 그의 비평론을 전개한다. 그는 문학에 관한 모든 논의에다가 현실세계에 있어서의 총체성(totality)의 원리를 도입하여 문학이란 객관적인 현실을 전체적 관련 아래에서 다루어야 한다고 하였다. 루카치가 주장하는 총체성은 객관적인 현실을 실제 있는 그대로 파악하는 것도 아니고 직접적으로 재현하는 데에만 머무는 것도 아니다. 즉 그는 문학이 삶의 단순한 반영이라거나 현실의 세부적인 국면과 일치해야 한다는 시도를 거부하는 것이다. 그래서 그는 예술가 자신이 스스로를 소외, 고립시킴으로 인하여 진정한 사회적 관련상을 파악하지 못하고 인간의 존재를 왜곡시켜 불구로 만들어버리는 모더니즘을 공격한다. 그는 '정신병리학'을 모더니즘의 전형으로 보고 모더니즘을 자본주의의 현실로부터 도피하고자 하는 욕망의 표출로 단언하였다. 또한 예술 자체를 과학화하려고 함으로써 환경의 사소한 것들을 끌어모아 현실을 직접적으로 수용하는 자연주의 역시 배격한다. 루카치는 모더니즘과 자연주의를 가리켜 예술작품에 나타난 상황들과 인물들 사이에 있어 중요성의 차이를 변별하는 총체성에 대한 의식이 없으므로 서로 유사한 것이라고 간주하였다. 현실의 총체성은 구체적이고도 개별적인 속성을 지키면서 그와 관련된 사회적인 과정들을 모두 내포하고 있는 전형적인 인물을 통해야만 비로소 획득이 가능하다. 루카치는 이처럼 객관적 현실의 전체적 관련을 작가가 어느 정도로 감지하여 문학적으로 형상화하느냐에 따라 작가의 수준이 결정된다고 보았다.

사회·문화적 비평은 그 세부적인 다양한 논의에도 불구하고 대체로 문학이란 사회적으로 조건 지어진다는 전제에서 출발하고 있다. 그래서 이는 작품의 미학적인 면이나 작품 속에 얽혀 있는 모티브, 상징, 억양, 짜임새 등의 복잡한 요소들을 소상하게 해명하지는 못한다. 하지만 사회·문화적 비평가들은 문학이 사회의 변화를 낳고 또 그런 사회를 통해 문학이 생성된다는 기본입장을 바탕으로 그들이 역사의 진행에 이바지해야 할 것을 명심한다. 또한 문학의 물질적 환경에 대한 이해를 탐구하여 문학을 인간과정 전체로서 파악하고, 작품이 외부에 영향력을 갖는다는 확신이 있으므로 문학의 진지성을 철저히 신뢰한다. 따라서 사회·문화적 비평은 삶을 질서 있게 하고 세상의 모순과 타락에 맞서려는 인간다운 인식의 확인이라고 할 수 있다.

4) 신화·원형 비평

   신화·원형 비평가들은 신화란 언제나 원형을 유지하며 문화작품 속에서 재현된다고 생각한다. 그래서 위대한 작품은 신화의 원형으로 복귀하려는 경향을 가진다고 믿는다. 이렇게 신화·원형 비평은 작품의 배경이 되는 사회적·자연적 환경보다는 문학작품들 가운데 내재한 신화의 원형적 패턴을 찾아내어 작품을 해석하려는 비평이다. 즉 이는 신화에서 보편적으로 존재하는 원형적 패턴들을 문화작품 안에서 통시적으로 고찰하여 이것이 어떻게 재현되고 재창조되어 있는가를 탐구하는 비평태도인 것이다.

   신화·원형 비평이 하나의 뚜렷한 비평체계를 정립한 것은 최근의 일이므로 그 역사가 짧다고 할 수 있으나 문학과 신화에 대한 관심은 단지 오늘에 비롯된 것이 아니다. 그래엄 하크(Graham Hough)는 그의 비평론에서 이렇게 말한다.

>   그것은 플라톤의 「페드루스(phaedrus)」만큼 오래된 것이고, 신플라 톤주의자들을 통해 르네상스 시대의 신화작가에게 나타나며, 헤르더(J. G. Herder)를 비롯한 독일 낭만주의자들과 함께 강한 힘을 얻고 있다. 그러나 아리스토텔레스에게서 나온 순수한 문학비평의 주류는 그 관심을 대체로 경시했다.

   신화가 그리스와 로마의 고전들, 성서, 고대 전설과 서사시, 민속문학 등 많은 작품들의 본질적인 기초를 이루고 있다는 것은 오늘날 상당히 널리 알려진 사실이다. 그런데 이러한 신화적 접근에 대한 최초의 이론적 근거는 프로이트(S. Freud) 심리학에서 취해진 무의식의 세계와 프레이저를 위시한 많은 문화인류학자들의 업적에서 찾아볼 수 있다.

프레이저의 『황금가지(The Golden Bough)』(1890)는 인류의 무수한 신화를 추적하여 주술과 종교의 근원을 탐구한, 세계 각지의 신화·전설·민담들을 집대성해 놓은 저서이다. 여기서 프레이저는 신화란 제의(ritual)가 이야기의 형태를 취한 것으로, 세계 여러 나라의 중요한 신화들은 서로 공통된 요소를 많이 가지고 있다고 밝히면서 모든 민족의 신화들을 서로 잇고 있는 상관관계에 대하여 깊이 검토해 보았다. 그리하여 프레이저는 신화와 제의에 대한 우리의 인식을 확장시켜 주었고, 신화가 인류문화에 대한 폭넓은 이해에 커다란 역할을 한다고 강조하였다. 또한 그는 제의·신화·꿈 그리고 문학 사이의 유사성을 드러내어 문학연구의 새로운 방법을 시사해주었다.

원형(archetype)이라는 말은 원래 융이 정신분석학의 중요한 개념으로 사용했다. 원형은 원초적인 심상이기 때문에 선험적인 것으로 존재하여 집단무의식 속에 자리 잡고 있다. 융은 이렇게 인류의 가장 근본적인 경험은 무의식중에 과거로부터 전수된다고 하여 인류가 태고시대로부터 유전받은 보편적인 심성을 집단무의식(collective unconsciousness)이라고 불렀던 것이다.

원래 신화·원형 비평은 정신분석학과 밀접한 관련을 가지고 있다. 인간행동의 근저에 있는 동기를 주목하는 점에서 정신분석학은 신화·원형 비평의 바탕을 마련한다. 즉 개인의 무의식적인 상태를 탐구하는 정신분석학의 영향에 힘입어 집단의 정신과 성격 상태를 탐구하는 데로 나아간 융의 이론은 신화·원형 비평에 직접적인 단서를 제공하였다. 프로이트가 이드(Id), 자아(Ego), 초자아(Super-Ego)의 세 가지 정신층을 제시한 데 대하여 융은 그의 『원형과 집단무의식』(1959)에서 우리의 정신과정을 퍼소나(Persona), 섀도우(shadow), 아니마(Anima)라는 것으로 분류하였다. 섀도우는 무의식적 자아의 어두운 국면으로서 문학작품 속에서는 악마적인 인물로 드러난다. 아니마는 영혼의 이미지인데, 생명과 정열의 근원이며 문학작품 속에서는 선(善)과 활력(活力)의 관련 아래 나타난다. 이러한 아니마는 다시 둘로 나누어진다. 즉 남성의 무의식 내에 들어 있는 여성적 요소를 아니마라 하고, 여성의 무의식에 자리한 남성적인 요소를 아니무스(Animus)라고 하는 것이다. 이와 같은 융의 개념들은 문학적 담화 속에 흡수되었으며 현재까지도 신화·원형적 문학해석의 유익한 도구로 사용되고 있다. 분명히 융의 개념들은 프로이트의 사상보다 더 신화·원형 비평의 발전에 많은 중요성을 가지고 기여하였다. 한편 융은 그의 『심리와 상징(Psyche and Symbol)』에서 원형의 개념에 대하여 다음과 같이 말하고 있다.

> 원형은 결코 고대의 쓸모없는 잔존물이나 유물이 아니다. 원형은 살아있는 실체이며, 거기서부터 신령사상이 형성되고 지배적 표현이 나오는 것이다. …… 나의 '원형' 개념이 우리가 조상으로부터 물려받은 외연적 사상유형이나 철학적 사유의 일종으로 잘못 이해될 때가 가끔 있었다는 사실을 명심할 필요가 있다. 사실상 원형은 본능의 활동영역에 속하며, 그런 의미에서 그것은 심리적 형태의 유전적 형식을 나타낸다.

신칸트학파의 철학자인 카시러(Ernst Cassirer)의 신화에 대한 철학적 고찰도 신화·원형 비평의 형성에 큰 영향을 주었다.『상징적 형태의 철학(The Philosophy of Symbolic Forms)』과『언어와 신화(Language and Myth)』를 통해 카시러는 원초적 언어와 강렬한 정서적 경험을 결합시켰으며, 특히 신화의 언어를 이성적이고도 과학적인 이해에 선행하여 인간의 실재를 직관하는 근원적인 형식으로 특징지었다. 이러한 카시러의 신화론은 휠라이트(Philip Wheelwright)의『은유와 실재』(1962) 그리고 슈메커(W. Shumaker)의『문학과 불합리(Literature and the Irrational)』등으로 계승되었다.

보드킨(Maud Bodkin)과 프라이는 본격적으로 신화·원형 비평의 기초를 다진 선구자들이다. 보드킨은『시의 원형적 패턴(Archetype patterns in Poetry)』(1934)에서 문학작품 속에 사용된 일련의 원형심상들을 발견하고 질서화하여 신화·원형 비평의 모범을 보여주었다. 그는 로세티(D. G. Rosseti), 베라랭(E. Verharen), 콜리지 등의 시에서 바람의 이미지를 추출하고, 아무런 관계가 없는 이 세 시인의 작품들이 바람의 하강과 상승이라는 원형적 패턴을 지향하고 있는 것으로 설명하였다.

한편 신화·원형 비평을 더욱 체계화시키고 새로운 비평으로 확립한 사람은 프라이다. 프라이는『신화문학론(The Educated Imagination)』에서 신화·원형 비평의 본질적인 요소를 제시하고,『비평의 해부』(1957)를 통하여 신화·원형 비평의 이론을 체계화하였다. 그에 의할 때 신화·원형 비평은 다음의 세 가지 사항을 전제로 해야 한다.

첫째, 개개의 작품에 대한 독립적인 가치평가를 중지해야 하고, 둘째 작품에서 받는 인상과 감동을 중시하는 인상비평, 창조비평 등을 물리쳐야 하며, 셋째 작품 상호간의 기본적인 질서를 찾는다는 것은 도식화 작업을 뜻하므로 작품에서 우연적·부속적·지엽적인 구성요소를 제거하고 원형을 추출하여 그것을 체계화해야 한다는 것이다. 프라이는 원형을 고대의 의식에 나타난 죽음과 재생, 구약성서에 보이는 낙원, 그리스 사상의 전통을 계승한 황금시대에서 찾는다. 인류는 태초에 낙원을 소유하고 있었으나 상실하고 말았으므로 낙원의 회복은 인간의 영원한 소망이 되었다. 따라서 인간은 주위의 환경과 화해를 하고 일체가 되려는 상태, 즉 동일성의 회복을 추구한다. 신화에 나타나는 영웅들은 언제나 이러한 동일성을 회복하고 있다. 그리하여 프라이는 신화의 원형을 자연신화(nature-myth), 즉 사계의 신화에서 찾아 신화의 구성 원리를 밝혀냈다. 그는 이렇게 말한다.

신화는 자연의 순환이라는 개념을 받아들이면서 두 개의 구조를 뚜렷하게 제시하게 된다. 즉 우리는 봄이나 새벽, 탄생, 결혼과 구제의 신화 속에서 상승의 운동을 발견한다. 반면 죽음과 변형, 희생의 신화 속에서 하강의 운동을 발견한다. 이러한 하강과 상승의 작용은 다시 문학에서는 비극과 희극의 구조로 재현된다. 그리고 상승과 하강의 작용은 천국과 지옥의 모습으로 재현되기도 한다. 천국의 이미지는 전원시와 로맨스의 세계로, 지옥의 이미지는 아이러니와 풍자라는 불합리하고 고통스럽고 절망에 찬 세계로 구체화된다.

프라이는 탄생과 죽음, 천국과 지옥, 전원과 도회, 사랑과 증오 등과 같은 원형적 이미지의 체계가 끊임없이 순환하는 것으로 생각하여 문학 작품 속에서도 이러한 원형적 이미지의 패턴을 분석하고자 하였다. 또한 그는 자연의 변화와 인간의 삶에서 발견한 순환원리에다가 문학의 장르를 적용시킴으로써 문학을 하나의 전체적인 질서로 체계화하려는 노력을 보여주었다.

신화·원형 비평은 오늘날에 등장한 비평방법 가운데서 가장 새롭고 야심만만한 것으로 알려지고 있으나 몇 가지의 문제점을 지닌 것이 사실이다. 그러나 문제점이 있다고 해서 신화·원형 비평의 의의가 사라지는 것은 아니다. 부분적으로 안고 있는 문제점들은 앞으로 신화·원형 비평의 연구자들이 극복해야 할 과제일 것이다. 그레브스타인(S. N. Grebstein)이 지적했던 신화·원형 비평의 문제점 세 가지를 소개하면 다음과 같다.

① 원형, 단원 신화 그리고 문학의 근원적 원리를 추적함에 있어서, 신화비평은 특정의 동일성(同一性)과 예견성(豫見性)에 떨어질 수 있다. 문학에 재현되는 기본적인 신화유형을 강조함으로써 신화비평은 가끔씩 서로 다른 특성을 지닌 작품들을 하나의 단일한 작품으로 뒤섞는 위험을 저지른다.

② 문학작품의 기법이나 독특한 예술적 성격보다는 작품의 제재나 주제를 섬세하게 음미함에 있어서, 신화비평은 가치평가를 배제하고 거의 전적으로 분석적이거나 기술적이고자 한다. 실제로 프라이는 비평의 주요 기능이 문학의 가치평가에 있는 것이 아니고, 해설에 있다고 주장한다.

③ 문학작품을 근원적 원천으로 되돌려 놓으려는 의도에서, 신화비평은 종종 문학을 원시적 표현 형태로 환원시켜 왔으며, 예술가를 어린이와 미개인과 같은 사람으로 묘사하여 왔다.

5) 구조주의 비평

구조주의 비평은 작품 중심주의에 입각한 비평의 방법이다. 작품 외적인 일체의 자료들을 거부하고 직접 작품으로 향하여 작품을 성립시키고 있는 구조의 검출에 목표를 둔 구조주의 비평은 일견 형식주의 비평과 상통하며 역사주의 비평과는 대립되는 비평 방법이라 하겠다. 그런데 구조주의는 하나의 분야에서만 통용되는 이론이 아니라 여러 분야에서 나타나는 일종의 방법론이다. 즉, 구조주의가 적용되고 있는 범주는 문학·예술·사상은 물론이고 수학·윤리학·물리학·생물학·심리학·언어학·철학·인류학 등 거의 모든 과학에 걸쳐 있는 것이다. 이렇게 구조주의는 근본적으로 세계에 관하여 생각하는 하나의 방식이며, 구조의 지각 및 기술에 가장 큰 관심을 둔다.

구조주의는 1960년대에 이르러 프랑스에서 폭발적인 유행사상으로 등장했다. 그렇다고 구조주의라는 과학적 이데올로기가 그 때 처음으로 창시되었다는 뜻은 아니다. 일찍이 변혁의 이념을 이끌어왔던 역사주의도 실존주의도, 그리고 맑스주의도 인간의 전체성을 적절하게 파악할 수 있는 인식방법이 되지 못한다는 반발로부터 구조주의가 1960년대의 프랑스에서 새로이 대두되었던 것이다.

실상 구조주의는 언어학에서 배태된 개념으로, 1907년과 1908~09년, 그리고 1910~ 11년의 세 차례에 걸쳐 프랑스의 언어학자인 소쉬르(Ferdinand de Saussure)가 즈네브 대학에서 행하였던 『일반언어학강의(Cours de linguistique générale)』(1916)에 연원을 둔다.

소쉬르는 19세기까지 인문·사회 과학에서 지배적인 영향력을 행사하던 비교문법(比較文法)과 사적 언어학(史的 言語學)의 일률적인 방법에 회의를 품고 '언어 자체의 형식적 체계화'라는 과학적 분석의 방안을 강구하기에 이르렀다. 전통문법이 언어를 의미 중심으로 보아 합리주의와 연역법에 기초하여 각 개별 언어의 특수성을 인정하는 데 반해, 구조주의는 언어를 하나의 체계로 보며 경험주의와 귀납법에 입각하는 언어이론이다.

소쉬르(Saussure)

1857~1913. 스위스의 언어학자. 제네바 대학 교수였다. 주요 저서인 『일반 언어학 강의』에서 볼 수 있는 언어 이론은 언어 행동에 개인적인 면과 사회적인 면의 구별이 있음을 인정하고, 한편 언어의 동정인 면과 정적인 면을 구별하여, 사적 언어학에 대하여 기술적 언어학의 발달을 촉진시켰다.

소쉬르는 언어를 하나의 자율적인 체계로 생각하여 그러한 언어체계가 내재적으로 지니고 있는 법칙을 발견하고자 하였다. 또 그는 언어에 대한 공시적 접근을 통하여 관계 기능에 중점을 두었는데, 그가 세운 언어이론의 과학성과 언어 자체의 본질, 그리고 20세기의 지적 경향 등이 어울려 이룩된 것이 구조주의라고 할 수 있다.

이와 같은 소쉬르의 언어 사상은 프라그 학파와 코펜하겐 학파에 의해서 본격화되었다. 그들은 예술작품의 구조에 대한 새로운 견지에 언어학적인 바탕을 마련하였다. 이리하여 구조주의라는 최근 사상의 여러 이론들에 공통되고 있는 점은 늘 언어학적인 견지를 기본으로 하고 있다는 사실이다.

'구조'라는 말의 개념은 체계 내부에 있어서의 상호관계의 개념과 밀접하게 관련되어 있다. 이 말은 일반용어로서도 또 학문적인 술어로서도 흔히 쓰이는 말이다. 원래는 구조건축물이란 건축용어로 쓰였던 말로 생물구조라든가 심리구조 등 생물·심리학에서도 예사로 쓰이는가 하면, 경제구조나 유통구조 또는 사회구조 등 사회과학적인 용어로도 쓰이고 있다. 맑스경제학에서도 상부구조(suprastructure)라는 말이 하부구조(infrastructure)에 대립되는 말로 쓰였다.

이러한 구조라는 말은 19세기의 실증주의에서부터 빈번하게 쓰이게 되어 비유적인 의미에서 '언어의 구조'라든가 해서 막연히 쓰여오기도 했다. 이 말의 정의는 건축에서 비롯하여 화학, 물리, 생물, 사회과학에 걸쳐 다양하게 내려질 수 있으나 철학적으로 쓰인 용법을 총괄하여 기술하면 다음과 같다.

서로가 서로에 의존하고 서로의 상호관계에 의하지 않고는 존재할
수 없는 그런 연대적 현상으로 이루어진 총체 또는 전체.

구조주의의 언어학적 이용은 레비스트로스(C. Levi-Strauss)가 민속
학 연구에서 시작했다. 그는 구조주의 방법에 의거하여 신화나 민담작
품들을 분석하고 거기에서 보편적이고 항구적인 구조를 추출하고자
하였다. 그는 언어학의 방법에서 영감을 얻어 구화언어(口話言語)나
단순한 정보를 전달하는 언어를 넘어선 차원에서 신화에 접근하고
있다. 그래서 신화는 언어활동 속에 있으면서 동시에 그것을 넘어선
차원에 있다는 것을 지적한다. 즉 신화는 무시간성(無時間性)과 시간
성을 공유하고 있는 것이다. 따라서 신화의 내재적인 가치는 어떤 시
점에서 펼쳐진 것으로 간주되는 사건들이 또한 항구적인 구조를 이루
고 있다는 데 있다. 모든 구조 분석은 기본단위의 절단에서부터 비롯
된다. 언어학자에게 있어서는 음소(音素)라는 변별적 단위와 기호소
(記號素)라는 의미단위가 그 기본단위였다. 그러나 신화학자에게 있어
서는 문장(phrase)의 차원에 그 기본단위가 놓인다. 그러므로 신화는
우선 가능한 한 짧은 문장 단위로 절단하여 그 낱낱의 것들을 유별(類
別)하고 신화 속의 이야기 줄거리에 따라 그 유별마다에 알맞은 번호
를 붙이게 된다. 여기서는 문장이 기초단위가 된다. 그 기초단위들이
다른 단위들과 맺고 있는 관계를 기점으로 하여 큰 구성단위, 곧 신화
소(神話素)를 찾아내는 것이 중요하다. 이러한 신화소란 '관계의 묶음'
인 것이다.

한편 민간설화의 부문에서도 그것을 구조적인 체계로 간주하여 그 분석의 범형이 언어학에서 원용되고 있다. 여기서의 고전적 업적은 프로프(V. Propp)의 『민담형태론』이다. 1928년에 간행된 이 연구는 여러 가지 민담의 유형화를 꾀한 그 사상의 독자성과 선견지명으로 나중의 일반적인 설화의 구조분석에 많은 시사를 주는 바가 있었다. 프로프는 약 100개의 러시아 민담의 내용을 분석하여 모든 민담에 회귀적(回歸的)으로 나타나는 동인(動因, motive)의 유형을 정리하였다. 각 민담에는 불변항(不變項)이 되는 몇 가지 기능이 있어 주변상황은 부수적인 변이항(變異項)에 지나지 않는다. 프로프는 이러한 기본적인 기능에 입각하여 설화의 유형론을 제안하고 있다. 그는 모든 민담에 나타나는 기능을 31종으로 구별하고 분석대상이 된 민담 전부의 줄거리를 설명하는 데는 그것으로서 충분하다는 것이다. 이러한 프로프의 분석은 내용을 배제하고 너무나 형태에만 치우쳤다는 점에서 비판을 받기도 했다.

신화나 민화 그리고 전설 등 일반적으로 말해서 설화 형식으로 되어 있는 것은 모두 문학형식에 속한다. 구조주의의 흐름을 문학 쪽에 한정하여 살필 때 맨 먼저 거론되는 것이 러시아 형태주의이다. 기호학적 접근의 연원 또한 러시아 형태주의의 업적에 있다. 1920년대부터 이 형태주의자들은 문예비평을 문학작품 내용의 구조 연구로 생각하고 있었던 것이다.

형태주의의 이론은 주로 프라그 언어학파(1926~48)에 모여든 러시아 언어학자들에 의하여 그때 한창 정립되어 가고 있던 구조주의 언어학에 채택됨으로써 그 체계가 이루어졌다. 토도로프(Z. Todorov)가 지적한 바에 따라 형태주의의 원리를 기술해 보면 다음과 같다.

첫째, 형태주의자들은 작품 자체를 그 관심과 분석의 중심으로 삼는다. 그들은 그 당시 러시아 문학비평을 지배하고 있던 심리비평,

철학적 비평 또는 사회비평적 접근 방법을 거부하고 작가의 전기에서 시작하거나 그 당시의 사회상황의 분석에서 시작하여서는 작품을 설명할 수 없다는 입장을 취한다.

그 둘째의 원리는 츠클로스키(V. Chkloski)가 그 논문의 제목으로 제시하고 있다시피 『수법으로서의 예술(L'art comme procédé)』이라는 개념이다. 형태주의자들은 자칫하면 작품 자체를 은폐해 버리거나 창작행위의 메커니즘을 흐리게 하는 신비적인 요소는 모두 배제해 버리고 작품의 창작적 기법만을 기술해야 한다는 것이다.

이러한 맥락하에서 구조주의 비평론을 전개했던 주요 인물로는 롤랑 바르트(Roland Barthes), 뤼시앵 골드만(Lucien Goldmann), 르네 지라르(René Girard), 제라르 쥬네트(Gérard Genette) 등과 앞서 언급한 토도로프를 들 수 있겠다. 그들에 의하여 이어져 내려오는 구조주의 비평 방식의 요점을 추출해 보면 첫째, 문학작품은 유기적인 조직체라는 점이다. 그래서 하나의 작품은 그 자체로서 전체인 동시에 그 속에 담고 있는 각 부분들의 집적(集積)이다. 전체와 부분과의 관계는 어떤 법칙에 의해서 구조화되었다. 둘째, 이러한 법칙들은 그 나름대로 하나의 새로운 구조를 가지고 있으며 구조언어학에서 말하는 이른바 '생성의 법칙'에 참여한다. 셋째, 이른바 구조의 자율성으로서의 한 개의 구조는 스스로의 법칙에 의해 지속되고 또 다른 구조들과 변별되는 특성을 가진다. 따라서 이러한 변별적인 자질들에 의해 독립되면서 동시에 이들이 상호 관련되어 하나의 통합된 체계에 참여하는 것이다.

즉 구조주의 비평은 구조언어학의 영향에 힘입어 문학작품을 비평할 때도 작품에 담긴 사상보다도 먼저 형태연구를 중시하고, 그 형태의 고찰을 통하여 사상이해의 계기를 포착하려는 비평방법이다.

바르트(Barthes, Roland)
1915~ . 프랑스 비평가, 사회학자. 파리 대학 고등학술연구원 등 각지에서 교편을 잡았다. 문장체(文章體)의 개념을 도입하여 근대 프랑스 문학사를 분석한 처녀작 『문장의 영점』, 마르크스주의적 역사관을 배경으로 근대의 언어표현의 위기적 상황을 분석하여 바슐라르적 정신분석의 방법으로 탁월한 『미슐레론』을 썼다. 이 외에 『현대의 신화』, 『기호입문』, 『이야기의 구조』, 『모드의 체계』 등의 저서가 있다.

동인지 찾기

문학작품 찾기

|ㄱ| ~ |ㄷ|

429

지은이 소개

김종회 (문학평론가)
경남 고성 출생이며, 1988년 ≪문학사상≫을 통해 문학평론가로 데뷔했다.
≪문학사상≫, ≪문학수첩≫, ≪21세기문학≫, ≪한국문학평론≫ 등에서
편집위원을 역임했으며, 김환태문학상, 한국평론가협회상, 시와시학상 등을
수상했다. 저서로『위기의 시대와 문학』,『문학의 숲과 나무』,『문화통합의
시대와 문학』,『문학과 예술혼』등이 있다. 현재 경희대학교 국문학과 교수
이다.

신덕룡 (시인, 문학평론가)
경기 용문 출생이며, 1985년 ≪현대문학≫을 통해 문학평론가로 데뷔했다.
≪시와사람≫, ≪시와시학≫ 등에서 주간 및 편집위원을 역임했으며, 김달
진문학상, 발견문학상, 편운문학상 등을 수상했다. 저서 및 편저로『환경위
기와 생태학적 상상력』,『생명시학의 전제』,『초록생명의 길 1·2』, 시집으
로『소리의 감옥』등이 있다. 전 광주대학교 문예창작과 교수이다.

심상교 (희곡작가)
강원 강릉 출생이며, 1998년 ≪월간문학≫을 통해 희곡작가로 데뷔했다.
<삼매경>, <백화>, <가판대> 등의 연극을 공연했으며, ≪한국문학이
론과 비평≫, ≪어문학≫, ≪실천민속학≫, ≪구비문학≫, ≪한민족문화≫
등에서 편집위원을 역임했다. 저서로『고성오광대』,『교육연극 연극교육』,
『한국희곡론 1』,『한국전통연희론』등이 있다. 현재 부산교육대학교 국어교
육학과 교수이다.

한울아카데미 938

전면개정판
문학의 이해
ⓒ 신덕룡 외, 2007

지은이 **김종회·신덕룡·심상교**
펴낸이 **김종수** ㅣ 펴낸곳 **한울엠플러스(주)**

초판 1쇄 발행 **1992년 3월 2일** ㅣ 전면개정판 8쇄 발행 **2020년 3월 5일**

주소 **10881 경기도 파주시 광인사길 153 한울시소빌딩 3층**
전화 **031-955-0655** ㅣ 팩스 **031-955-0656** ㅣ 홈페이지 **www.hanulmplus.kr**
등록번호 **제406-2015-000143호**

Printed in Korea.
ISBN **978-89-460-6868-1 93800**

* 가격은 겉표지에 표시되어 있습니다.